L'anarchiste qui s'appelait comme moi

DU MÊME AUTEUR

Frictions, La Contre Allée, 2016.
L'Instant décisif, La Contre Allée, 2017.

PABLO MARTÍN SÁNCHEZ

L'ANARCHISTE QUI S'APPELAIT COMME MOI

Roman traduit de l'espagnol
par Jean-Marie Saint-Lu

ÉDITIONS ZULMA & LA CONTRE ALLÉE

La couverture de *L'anarchiste qui s'appelait comme moi*
a été créée par David Pearson.

Titre original :
El anarquista que se llamaba como yo

La traduction de ce livre a bénéficié
du soutien de Acción Cultural Española, AC / E.

AC/E
ACCIÓN CULTURAL
ESPAÑOLA

Si vous désirez en savoir davantage
sur les éditions Zulma, les éditions La Contre Allée
ou sur *L'anarchiste qui s'appelait comme moi*
n'hésitez pas à nous écrire
ou à consulter nos sites
www.zulma.fr
www.lacontreallee.com

À Teresa
À Pablo Martín Sánchez

Articuler historiquement le passé ne signifie pas le connaître tel qu'il a été effectivement. Cela signifie s'emparer d'un souvenir tel qu'il brille à l'instant d'un danger.

WALTER BENJAMIN

L'envie, la simple envie, est chose vaine
et son sentier débouche sur le néant,
mais l'entendement cherche des prétextes…
pour tout remettre au lendemain

« Il faut agir ! crient les gens sains ;
le bâton ! le bâton ! », en regardant l'abattoir.
Qu'importe que l'animal soit agneau
ou loup ? Notre loi aplanit tout !

À Vera pour quelques pauvres garçons
le garrot « sans effusion de sang »,
oh, grande clémence ! et sans que jaillisse

la moindre plainte du peuple ; sa patience
attend que le Rifain abatte pour nous
la vile dictature de la démence.

MIGUEL DE UNAMUNO

PROLOGUE

Il y a quelque chose d'émouvant et d'effrayant à la fois dans l'idée que le hasard puisse gouverner nos vies. D'émouvant, parce que cela fait partie de l'aventure même de vivre ; d'effrayant, parce que, comme tout ce qui est incontrôlable, cela donne le vertige. Dans le cas de l'écriture, le hasard joue souvent un rôle plus étrange qu'on ne le pense généralement, même si certains auteurs en ont fait le protagoniste de toute leur œuvre. Toutefois, l'histoire que le lecteur a entre les mains n'aurait pas vu le jour si le hasard n'avait pas frappé avec insistance à la porte de celui qui écrit ces mots. Ou plutôt : cette histoire n'existerait pas telle qu'elle est racontée, car une bonne partie des faits concernés peuvent être débusqués dans les hémérothèques et les archives, ces cimetières sans fleurs de la mémoire. Mais une histoire sans récit est une histoire qui n'existe pas encore : il faut que quelqu'un tisse le fil des événements. Et le hasard ou la coïncidence a croisé mon chemin pour que ce soit moi. Car cette histoire est celle de quelqu'un qui aurait pu être mon arrière-grand-père. C'est l'histoire d'un anarchiste qui s'appelait comme moi. C'est l'histoire de Pablo Martín Sánchez, une histoire qui vaut peut-être la peine d'être contée.

Tout commença le jour où je tapai pour la première fois mon nom sur Google. À l'époque, j'étais un jeune auteur inédit qui rejetait la faute de son échec sur un patronyme trop commun. Le moteur de recherche me donna raison : j'écrivis « Pablo Martín Sánchez » et l'écran cracha des centaines de résultats. Même moi j'y apparaissais, dans un cocktail de surfeurs, de joueurs d'échecs ou de responsables d'accidents de la circulation poursuivis en justice. Mais une entrée attira particulièrement mon attention, peut-être parce qu'elle était en français : « Dictionnaire international des militants anarchistes (Gh-Gil) » disait le titre ; à la suite on pouvait lire ce fragment : « Capturé, il fut condamné à mort et exécuté avec d'autres militants, comme Julián Santillán Rodríguez et Pablo Martín Sánchez… » Intrigué, j'ouvris la page et découvris qu'il s'agissait d'un article consacré à l'anarchiste Enrique Gil Galar, où Pablo Martín Sánchez était mentionné en passant. Je voulus alors accéder à la lettre M, correspondant à Martín, mais le dictionnaire, en cours d'élaboration, n'allait que jusqu'à la lettre G. Malgré tout, le texte consacré à Gil Galar éclairait un peu ce qui était dit dans le chapeau : « Membre d'un groupe d'action, Enrique Gil Galar participa les 6 et 7 novembre 1924 à l'expédition de Vera de Bidasoa au cours de laquelle une centaine de camarades venus de France étaient entrés en Espagne. »

Je ne réussis pas à trouver d'autres références sur Internet, mais plusieurs mois durant je continuai à me connecter à la page des militants anarchistes pour voir où en était leur dictionnaire. Le problème, c'est que le rythme de travail de ces gens était désespérément lent et que des années et des années passeraient avant qu'ils n'arrivent à la lettre M. Finalement, je leur écrivis pour leur demander d'autres informations sur Pablo Martín Sánchez. Leur aimable réponse, que j'ai conservée, disait : « Bonjour et merci pour votre courrier. Malheureusement, je n'ai pas d'autres informations sur Pablo Sánchez Martín [*sic*]. Il faudrait chercher, probablement, dans la presse espagnole de l'époque et dans les archives des tribunaux. Cordialement à vous, R. Dupuy. » C'est exactement ce que je fis : je fouillai dans les journaux disponibles à la Bibliothèque nationale, je consultai des douzaines de livres sur les événements de Vera et j'allai même sur les lieux des faits. Ce n'est qu'alors que je compris que je devais écrire l'histoire de cet anarchiste qui m'avait volé mon nom.

Malgré tout, me limiter à raconter ce qui s'était passé en 1924 n'avait pas beaucoup de sens. D'autres l'avaient fait avant moi et en première ligne : par exemple Pío Baroja dans *La familia de Errotacho*, écrit dans son bureau d'Itzea, dont les fenêtres donnent sur le chemin emprunté par les révolutionnaires dans la nuit du 6 au 7 novembre. Ce que je devais faire, c'était quelque chose que personne n'avait encore accompli : reconstituer la biographie de Pablo Martín Sánchez. Mais l'affaire ne s'annonçait pas simple, car si sa participation aux événements de Vera était bien documentée, on ne savait pas grand-chose de sa vie antérieure, sans doute parce qu'elle avait été aussi banale que celle de l'immense majorité des gens, même quand elle finit par paraître dans les journaux. En fait, une des rares informations que j'avais était qu'il était né à Baracaldo, et je décidai donc de commencer ma recherche par le commencement : l'état civil de cette ville. C'est là que je me rendis, par une pluvieuse matinée d'automne.

Il y avait la queue au guichet. J'attendis impatiemment mon tour. Quand il arriva, je demandai l'acte de naissance de Pablo Martín Sánchez. « Quelle date ? » me demanda la fille qui me recevait. « Je ne la connais pas exactement », répondis-je. « Eh bien sans la date de naissance nous ne pouvons rien faire. » Je me souvins alors que les chroniques que j'avais consultées affirmaient que Pablo avait vingt-cinq ans au moment de la tentative. « Vers 1899 », aventurai-je. « Je vais voir », dit la fille qui se leva pour consulter un énorme classeur. Elle revint aussitôt en faisant non de la tête : personne n'était enregistré sous ce nom en 1899. « Et en 1900 ? » demandai-je. Mais après avoir consulté les volumes compris entre 1895 et 1905, ce qu'elle trouva de plus proche était un certain Pablo Martín Santos, décédé d'un collapsus pulmonaire quelques jours après sa naissance. Les gens qui faisaient la queue commençant à s'impatienter, je remerciai et partis, sans trop faire attention à la fille qui m'avait reçu. C'est pourquoi je ne la reconnus pas quand, le soir même, elle se dirigea vers la table de la taverne Txalaparta où je réfléchissais à la stratégie à adopter pour le lendemain et me lança avec un sourire effronté : « Je ne pensais pas que vous seriez encore en vie ce soir. » Devant mon air perplexe elle poursuivit : « Vous étiez si déprimé en sortant de l'état civil que je me suis dit que vous alliez vous suicider en rentrant chez vous. » Je l'invitai à s'asseoir, mais elle était en train de fêter un anniversaire avec des amies, et elle n'accepta de rester que quelques minutes. Comme je lui racontai ce qui m'avait amené à Baracaldo, en essayant de justifier ma frustration du matin, elle me conseilla de consulter les actes de baptême des paroisses, parfois plus fiables que les données de l'état civil. Elle me souhaita bonne chance et me quitta avec deux bises. Ce n'est qu'alors que je me rendis compte que je ne lui avais pas demandé comment elle s'appelait.

Le lendemain je retournai à l'état civil, mais au lieu de la fille au sourire effronté ce fut un type rondouillard et couvert de sueur qui me reçut. Je l'interrogeai au sujet de sa collègue et il me dit qu'elle était malade. Je griffonnais un mot sur un morceau de papier, le signai avec mon adresse électronique en lui demandant d'avoir l'amabilité de le lui laisser quelque part. Deux jours plus tard, après avoir fait le tour de toutes les églises de Baracaldo, je rentrai chez moi les mains vides. Je ne savais par où continuer mes recherches. Mais juste au moment où j'allais renoncer, un courriel me redonna espoir : il était de la fille au sourire effronté (que j'appellerai désormais ainsi, pour respecter sa volonté d'anonymat). Comme mon histoire l'avait intéressée et que les heures passées à l'état civil lui semblaient une éternité, elle avait consulté les archives et trouvé un certain Pablo Martín Sánchez né le 26 janvier 1890. Elle n'était pas sûre que c'était celui que je cherchais, mais qui sait, peut-être bien que si. Elle avait aussi raconté l'histoire à son grand-père, et lui avait fait promettre de demander à son club de loisirs si quelqu'un la connaissait. Je lui écrivis aussitôt pour la remercier, en pensant qu'une fois de plus, le hasard ou la coïncidence avait croisé ma route. Car si au lieu de la taverne Txalaparta j'étais entré ce soir-là au Tempus Fugit, le plus probable est que maintenant, lecteur, c'est un autre livre que tu aurais entre les mains, et pas précisément de moi.

Le renseignement que la fille au sourire effronté avait trouvé dans le registre d'état civil était correct : il s'agissait bien du Pablo Martín Sánchez que je cherchais, né nettement avant ce qu'affirmaient les chroniques (erreur généralisée qu'on expliquera en son temps). De plus, les demandes du grand-père de la fille à ses compagnons du club avaient été très vite récompensées. Un de ces petits vieux qui se réunissaient tous les après-midi pour jouer au *mus* connaissait quelqu'un dans un village voisin, qui avait un cousin dont le père avait séjourné en France pendant la dictature de Primo de Rivera, et avait participé à quelques-unes des réunions clandestines où avait été planifié le renversement du régime. L'homme était mort presque centenaire quelques années plus tôt, mais son fils se souvenait encore de certaines des histoires qu'il lui racontait. Le problème était qu'il vivait à Boston, Massachusetts, et je ne pouvais m'offrir le luxe d'un voyage pour m'entretenir avec lui. Je me contentai donc de lui écrire une lettre qui ne reçut jamais de réponse. Mais les grands-pères du club de loisirs ne s'avouèrent pas vaincus et, enthousiasmés par une histoire qui semblait leur avoir rendu toute l'énergie de leur première jeunesse, ils en parlèrent dans tout Baracaldo. La fille au sourire effronté passait de temps en temps les voir et me tenait informé de leurs progrès, amusée qu'elle était par les histoires que lui racontaient « les limiers de la maison de retraite », comme elle les appelait. Je n'eus donc pratiquement rien à faire ; ce sont eux qui tirèrent le fil et un beau jour j'appris qu'ils avaient localisé quelqu'un susceptible de me raconter beaucoup de choses sur l'histoire qui m'occupait : une nièce de Pablo Martín Sánchez, de plus de quatre-vingt-dix ans et à la réputation de misanthrope, qui vivait dans une résidence pour personnes âgées de Durango, à une trentaine de kilomètres au sud-est de Bilbao.

Peut-être penses-tu, lecteur, que je fus saisi à ce moment-là d'une joie immense, mais tout ce que je ressentis, je l'avoue, c'est de la peur. Oui, une peur inexplicable, une peur vague. Peur d'affronter une histoire insipide, peur de parler avec cette nièce et de devoir admettre qu'il n'y avait là aucune histoire à raconter, peur de découvrir que mon homonyme l'anarchiste n'avait été qu'un être insignifiant ou un délinquant de petite envergure enrôlé dans l'expédition de Vera avec des intentions mesquines. Pendant un temps, je pensai rester chez moi et oublier l'affaire. Mais le curieux en moi finit par vaincre le peureux qui me tenaillait et j'entrepris un nouveau voyage, cette fois à destination de Durango. Un samedi de la fin janvier, froid mais ensoleillé, je me présentai à la résidence Uribarri. On me fit attendre quelques minutes avant de m'accompagner dans le jardin, où la nièce de Pablo Martín Sánchez m'attendait à moitié endormie sur un banc. Sa tête dépassait à peine du col du gros manteau vert qui l'enveloppait, ce qui lui donnait un curieux aspect de tortue somnolant au soleil. L'infirmière lui frotta doucement l'épaule et la vieille femme tendit le cou vers nous, en ouvrant lentement les yeux derrière des verres épais. Elle me scruta un moment avant de sourire. Puis elle sortit de sa carapace une main ridée, où brillait une curieuse bague en forme de T, et me la tendit aimablement : « Teresa, pour vous servir », me dit-elle. Et aussitôt, de la même voix douce, elle m'ordonna : « Asseyez-vous, je vous en prie. »

Cette rencontre fut la première d'une série qui devait se prolonger jusqu'à l'automne suivant : le premier samedi de chaque mois je montais à Durango pour écouter les histoires de Teresa, la nièce de Pablo Martín Sánchez, à qui je dois pour le moins la moitié de ce livre, car pratiquement tout ce que je sais de la vie de son oncle jusqu'au moment où il décida de s'enrôler dans l'expédition révolutionnaire procède de son inépuisable mémoire, lucide et étincelante au début, mais de plus en plus troublée à mesure que se succédaient mes visites. C'est ainsi que, faisant complètement mentir la réputation de misanthrope que certains avaient voulu lui faire, elle m'offrit, de façon quasi chronologique, le récit de la vie (ou ce qu'elle se rappelait qu'on lui avait raconté de la vie) de son oncle l'anarchiste.

La dernière visite était programmée pour la veille de la Toussaint, car lors de la précédente l'infirmière m'avait averti que la santé de Teresa s'était beaucoup altérée depuis quelque temps et que les efforts de mémoire que nos séances occasionnaient lui étaient préjudiciables. Je me présentai à la résidence en tout début d'après-midi, une boîte de chocolats à la main et un nœud à l'estomac. J'étais saisi d'un étrange mélange de tristesse et de soulagement ; de tristesse parce que j'allais mettre fin à ces attendrissantes rencontres et de soulagement parce que j'étais sur le point de compléter le puzzle d'une histoire qui deviendrait un livre. La vie de Pablo Martín Sánchez s'était révélée des plus fascinantes et la vieille dame m'avait annoncé, lors de notre précédente rencontre, une « petite surprise finale », en souriant malicieusement, les yeux à demi fermés derrière ses verres épais. Mais quand j'arrivai à l'accueil, la nouvelle imprévue de sa mort me fit un tel choc que je faillis en perdre l'équilibre : en dépit de son âge et de sa santé détériorée, je l'avais crue indestructible. « Elle est décédée la semaine dernière, m'a-t-on dit, doucement, dans son sommeil. » On était désolé de ne pas avoir pu me prévenir, mais on n'avait pas mon numéro de téléphone. Je sortis de la résidence, ma boîte de chocolats à la main. Comme je franchissais le seuil, j'entendis prononcer mon nom. Je me retournai : c'était l'infirmière, qui tenait une enveloppe à la main. Au dos était écrit « Pour Pablo ». « Nous l'avons trouvée sur la table de nuit de Mme Teresa, me dit-elle, j'imagine que c'est pour vous. » Je la regardai dans les yeux et, je ne sais pas pourquoi, tout ce que je réussis à faire fut de la prendre dans mes bras. Sans doute parce que je ne trouvais pas mes mots.

Une fois dans la rue, je m'assis sur un banc et j'ouvris l'enveloppe. Il y avait à l'intérieur une photo ancienne, très bien conservée, comme si quelqu'un l'avait gardée avec zèle durant longtemps. On y voyait trois personnes : un homme élégant, une femme brune et une jeune adolescente, enlacés et adossés à un camion de marchandises des années vingt flambant neuf, sur le flanc duquel il y avait une publicité – on commençait à en voir un peu partout – représentant une grande tête de vache avec des anneaux aux oreilles, à côté du nom : « La vache qui rit. » En regardant bien, je découvris que c'était l'homme que j'avais vu aux Archives historiques nationales, sur l'une des fiches anthropométriques établies par la police après les événements de Vera : ni plus ni moins que Pablo Martín Sánchez, mon homonyme anarchiste. Je ne reconnus pas la femme ni l'adolescente, mais je supposai que ce devaient être sa sœur et sa nièce, Teresa en personne, même si elle ne ressemblait en rien à la vieille femme qui avait ouvert pour moi sa malle aux souvenirs. En remettant la photo dans l'enveloppe, je découvris qu'elle contenait aussi un morceau de papier, sur lequel, comme griffonné à la dernière minute, on pouvait lire : « Merci pour tout, Pablo. Mon oncle aurait drôlement ri si on lui avait dit qu'il finirait en personnage de roman. »

Je ne peux faire moins que de dédier à Teresa ce livre et la remercier de te permettre, à toi, lecteur, de ressusciter maintenant l'histoire de son oncle l'anarchiste.

PREMIÈRE PARTIE

– 1 –

De nos jours, il n'existe plus qu'une Espagne cyniquement matérialiste, qui ne pense qu'aux profits vulgaires et immédiats ; elle ne croit en rien, elle n'espère rien et accepte toutes les bassesses de l'époque actuelle parce qu'elle n'a pas le courage d'affronter les aventures de l'avenir. Le pays de Don Quichotte est devenu le pays de Sancho Pança : glouton, couard, servile, grotesque, incapable d'aucune idée située au-delà des bords de sa mangeoire.

VICENTE BLASCO IBÁÑEZ,
Una nación secuestrada.

L'histoire commence par deux coups très forts frappés à la porte de l'imprimerie où travaille Pablo Martín Sánchez, qui sursaute, lâche la machine à composer sans pouvoir éviter que ne se répandent par terre les caractères alignés de la manchette du prochain numéro de l'hebdomadaire *Ex-ilio* : « Blasco Ibáñez secoue les consciences des émigrés espagnols de Paris. »

Nous sommes dans la capitale de la France, en l'an 1924, au début d'un automne pluvieux qui n'a pas pu faire oublier les Olympiades couronnées de succès dont Johnny Weissmuller, le futur Tarzan d'Hollywood, est devenu la grande figure. De façon inattendue, aujourd'hui, dimanche 5 octobre, le soleil s'est montré, mais déjà il décline, et Pablo était concentré sur sa tâche quand les coups frappés à la porte l'ont tiré de ses pensées. Il travaille dans une petite imprimerie délabrée, La Fraternelle, sise au numéro 55 de la rue Pixérécourt, en plein Belleville, un des quartiers ouvriers les plus chauds de la capitale et qui comptent le plus grand nombre d'Espagnols. Pablo est engagé comme compositeur, mais à l'heure de vérité il est aussi typographe : il corrige, dessine et compose tout ce qui s'imprime en espagnol, ce qui n'est pas peu depuis le coup d'État de Primo de Rivera et l'arrivée croissante d'émigrants venus à Paris en provenance d'outre-Pyrénées. C'est depuis lors que La Fraternelle imprime *Ex-ilio : hebdomadaire des émigrés espagnols*, publication de quatre pages qui pendant tout l'été a rapporté les évolutions de la sélection espagnole aux Jeux olympiques, depuis la bonne performance du boxeur Lorenzo Vitria jusqu'à celle, décevante, de l'équipe de football conduite par Zamora et Samitier, très tôt éliminée par l'Italie après un but contre son camp du défenseur Vallana.

Le salaire de Pablo lui permet tout juste de payer les trente francs du loyer hebdomadaire de la mansarde où il vit, car il ne travaille à La Fraternelle que du vendredi après-midi au dimanche : le reste de la semaine l'imprimerie est réservée aux publications en français, supervisées par le propriétaire en personne, Sébastien Faure, un vieil anarchiste rougeaud et véhément, chauve comme un globe terrestre et avec de grandes moustaches pointant vers le ciel, souvent plus occupé à batailler contre la justice qu'à contrôler le travail de ses collaborateurs. Ce qui est vraiment une chance pour Pablo, qui fait et défait pratiquement sans consulter *monsieur Fauve**, comme certains l'appellent dans son dos à cause de son caractère virulent. De toute façon, ils ne se croisent que le vendredi après-midi, car le patron est aussi bon vivant que libertaire et il ne lui viendrait pas à l'idée d'aller à l'imprimerie le week-end. Le problème, c'est que certains profitent de son absence et Pablo est parfois obligé de faire leur travail, comme cela a été le cas hier soir, où il a dû couvrir un meeting de protestation motivé par le premier anniversaire

* Les mots et expressions en italique suivis d'un astérisque sont en français dans le texte. *(Toutes les notes sont du traducteur.)*

du coup d'État de Primo de Rivera… célébré avec trois semaines de retard, histoire de ne pas démentir une réputation espagnole bien méritée.

La soirée s'est déroulée dans la salle des actes de la maison communale de l'avenue Mathurin-Moreau, près du parc des Buttes-Chaumont, à environ vingt minutes à pied de La Fraternelle. Il y avait là les gens les plus divers, mais tous unis par une double qualité : être espagnols et exilés. Les libertaires prédominaient, car Paris est à ce moment-là l'épicentre de l'anarchisme espagnol, mais il y avait aussi un grand nombre de communistes, de républicains et de catalanistes, de syndicalistes et d'intellectuels, et même des fugitifs et des déserteurs ; en définitive, tous ceux qui pour une raison ou une autre ont dû se réfugier en France, pour fuir les coups et les tortures de la Garde civile espagnole. Étaient présentes des grandes figures politiques du moment, comme Marcelino Domingo ou Francesc Macià ; ou même, en dépit de sa très vive inimitié avec Blasco Ibáñez, Rodrigo Soriano, le politicien et journaliste qui s'était battu en duel quelques années plus tôt avec Primo de Rivera en personne. Des intellectuels renommés, comme Eduardo Ortega y Gasset, qui avait dû s'exiler en France pour avoir crié « Vive la liberté » quand Miguel de Unamuno l'était à Fuerteventura, ne manquaient pas non plus à ce rendez-vous. Unamuno lui-même, assis dans un coin, tambourinait des doigts comme pour tuer le temps en attendant le début du meeting, bien qu'il fût plus probable qu'il comptait les syllabes d'un vers. Il y avait aussi dans la salle les hommes d'action qui depuis quelque temps révolutionnaient la volière parisienne, comme Buenaventura Durruti, avec son air sérieux de pistolero strabique, ou Francisco Ascaso, qui insistait pour démentir avec son esprit andalou ce qui était un secret de polichinelle : à savoir que c'est lui qui a tiré l'an dernier sur l'archevêque de Saragosse, Juan Soldevila. On vit enfin paraître, discret et fuyant, Ángel Pestaña, le tout nouveau et magnifique secrétaire général de la Confédération nationale du travail, venu expressément à Paris pour des raisons qui concernent de très près cette histoire.

En fait, Pablo avait pensé aller au meeting comme n'importe quel autre exilé, mais il avait dû finalement s'y rendre pour des raisons professionnelles. En toute fin d'après-midi, comme il se préparait à fermer l'imprimerie, un des rédacteurs de l'hebdomadaire *Ex-ilio*, un type menu et aux manières distinguées, les cheveux coiffés en arrière avec de la brillantine et une petite moustache fraîchement taillée, était entré en courant :

— Dis voir, Pablo, ce soir tu vas à la maison communale, non ?

— Oui, avait-il répondu, en regrettant aussitôt de ne pas s'être mordu la langue.

— C'est moi qui dois couvrir la soirée, tu sais que don Vicente Blasco va donner une conférence pour l'anniversaire du coup d'État de Primo, on dit que ce sera un avant-goût de la brochure qu'il pense distribuer partout… Mais il se trouve que j'ai rendez-vous avec une amie pour aller voir Raquel Meller ce soir, et ça risque d'être long, tu t'en doutes. Enfin, j'ai pensé que puisque tu y vas, tu pourrais peut-être prendre des notes et demain à la première heure je viens et je rédige l'article…

— C'est bon, ne t'en fais pas, avait dit Pablo.

— *Merci, camarade**, l'avait remercié le rédacteur, et il était sorti, laissant derrière lui une odeur de patchouli bon marché.

Et donc il était là, lui, le compositeur de La Fraternelle, jouant le rôle du journaliste dans la brume épaisse des cigarettes et des cigares, quand Vicente Blasco Ibáñez, la chemise amidonnée pour l'occasion, monta à la tribune pour prononcer la conférence qui serait le couronnement de la réunion. Enflé comme un dindon et suant comme un goret, il se racla ostensiblement la gorge, leva les mains à plusieurs reprises pour obtenir le silence et ajusta son monocle pour lire les feuillets tout froissés qu'il venait de tirer de la poche de sa veste. Pablo ouvrit son carnet de notes et s'appuya contre une colonne du fond de la salle, où on avait accroché un panneau qui annonçait, précisément, le spectacle de Raquel

Meller, la grande chanteuse populaire espagnole des scènes parisiennes. On y voyait l'artiste vêtue de noir, avec mantille et grand peigne. Quelqu'un lui avait dessiné d'énormes moustaches.

— Frères espagnols qui travaillez en France, commença l'écrivain valencien, nous voici réunis ici pour des raisons peu agréables. Comme vous le savez tous, le 13 septembre dernier cela a fait un an que notre patrie bien-aimée est dirigée (ou plutôt sabotée) par la tyrannie et la stupidité de quelques canailles indignes d'être appelées espagnoles. C'est pourquoi, nous les exilés, nous nous voyons obligés d'élever la voix pour protester à la face du monde contre la très grave situation que traverse notre pays. Par bonheur, en d'autres lieux, comme dans cette douce France qui nous a accueillis en son sein, il est encore possible de s'exprimer librement sans que les sbires du général Martínez Anido ôtent leur masque et sortent du public pour vilement nous arrêter…

Quelqu'un cria : « Anido au poteau ! », et Pablo profita de cette interruption pour prendre quelques notes rapides, avant que ne cessent les applaudissements et que Blasco Ibáñez n'adresse ses traits empoisonnés à Alphonse XIII et à Primo de Rivera :

— Ces deux apprentis tribuns font en remuant leurs lèvres plus de mal à la nation que les armes des ennemis. La pauvre Espagne est pour Alphonse XIII une boîte pleine de soldats de plomb et ce coureur de putes de Miguelito a essayé d'imiter Mussolini, mais maladroitement, comme un histrion, en proclamant la délation vertu publique et en violant la correspondance, en condamnant les citoyens pour ce qu'ils écrivent dans leurs lettres. C'est pourquoi je déclare, avec douleur et rempli de honte, que l'Espagne est aujourd'hui une nation séquestrée : elle ne peut pas parler, parce que sa bouche est opprimée par le bâillon de la censure ; il lui est impossible d'écrire, parce qu'elle a les mains liées.

Le public, captivé, buvait les paroles de l'écrivain, qui modulait son discours avec la pompe d'un orateur classique ou d'un de ces acteurs américains qu'il avait connus à l'époque où il était scénariste à Hollywood. Puis il s'emporta contre la guerre du Maroc et commença à décharger toute sa bile contre l'armée :

— Et que dire de cette armée de pacotille qui engloutit la plus grande part des ressources de l'Espagne et est invariablement vaincue dans toute opération entreprise hors de notre pays ? On dirait que le titre d'armée n'est ni exact ni approprié. Celui de police lui conviendrait mieux, car ses seules victoires, elle les remporte dans les rues des villes, où elle menace avec des mitrailleuses et des canons des foules qui n'ont, au mieux, qu'un mauvais pistolet dans la poche…

On entendit quelques cris de « C'est vrai, c'est vrai ! » et Blasco continua à pontifier de la sorte pendant presque une demi-heure, après avoir donné à chacun son dû. Quand il descendit de la tribune, il se dirigea directement vers la sortie de la salle, où l'attendait Ramón, son chauffeur particulier, avec la Cadillac prête à le ramener à l'Hôtel du Louvre, où il vit confortablement installé dans une chambre spacieuse du dernier étage, avec une vue superbe sur Paris.

Mais tout cela se passait hier, et ce matin le rédacteur aux manières distinguées n'est pas venu à l'imprimerie, comme il l'avait promis, ce qui fait que Pablo a dû écrire lui-même la chronique pour qu'elle paraisse demain dans *Ex-ilio*. Ce n'est pas non plus la première fois qu'il le fait, en réalité, bien que *monsieur** Faure le lui ait expressément interdit. Et alors qu'il achève de composer la manchette en question, « Blasco Ibáñez secoue les consciences des émigrés espagnols de Paris », les deux coups très forts à la porte le font sursauter et laisser tomber les types qu'il était en train d'aligner.

— Julianín ! crie Pablo, en ramassant les caractères répandus par terre. Julianín, la porte !

Mais Julián, le gamin de dix-sept ans qui l'aide à l'imprimerie depuis l'été, ne se montre pas.

— Julianín, putain de ta mère ! crie de nouveau le compositeur, en s'énervant soudain. Énervement qui a peut-être son explication dans le fait qu'hier soir, à la fin du discours de Blasco Ibáñez à la maison communale, quelqu'un l'avait approché pendant qu'il prenait ses dernières notes. Il était si concentré sur ce qu'il écrivait qu'il ne s'en était aperçu qu'en entendant sa proposition :

— Tu en veux ? avait dit près de lui une voix râpeuse, en même temps qu'une boîte de tabac à priser entrait dans son champ de vision.

— Non, merci, avait répondu Pablo en levant les yeux de son bloc-notes. La voix appartenait à un type très maigre, au visage piqué de petite vérole.

— Intéressant, ce discours, hein ? avait-il poursuivi, en prenant entre le pouce et l'index une bonne ration de tabac. Blasco sait mettre le doigt là où ça fait le plus mal. J'en ai vu plusieurs qui étaient mal à l'aise en entendant ses critiques contre l'Espagne ; il y en a qui préfèrent qu'on ne leur ôte pas le bandeau des yeux, tu ne crois pas ?

— Bon, personne n'aime entendre insulter sa mère, même si c'est un frère qui le fait, et avec toutes les raisons du monde.

— Oui, j'imagine que c'est ça, avait concédé l'homme, avant de baisser la voix et de préciser : Surtout si tu es un infiltré.

Pablo l'avait regardé droit dans les yeux. L'autre avait soutenu quelques instants son regard. Puis, s'approchant et baissant encore la voix, il avait ajouté :

— C'est pour ça qu'il y a des choses dont il vaut mieux ne pas parler ici. Viens faire un tour après au café de La Rotonde et rejoins notre groupe d'habitués…

— Je regrette, mais je ne peux pas, l'avait coupé Pablo en guise d'excuse, demain je me lève tôt pour aller au travail.

— Dommage. Qu'est-ce qu'on va devenir si même *la France** ne respecte pas le repos dominical. Et en ébauchant un semblant de sourire, il avait donné à Pablo une carte avec l'adresse imprimée de La Rotonde, puis lui avait dit, avant de le quitter : Passe un de ces jours, mais ne tarde pas trop.

Ces derniers mots ont plutôt l'air d'une menace que d'une invitation, avait pensé Pablo en voyant le type rejoindre un groupe dont le chef était le secrétaire général de la CNT, Ángel Pestaña, et il avait rangé la carte avec son carnet de notes dans la poche intérieure de sa veste. Il avait quitté la salle en se frayant un passage parmi la foule et la fumée. Dehors l'attendait sa fidèle bicyclette, une vieille Clément Luxe de troisième ou quatrième main. Il avait pédalé rageusement sous un ciel menaçant et ce n'est qu'en rentrant chez lui qu'il s'était rendu compte qu'il était écrit au dos de la carte : « Nous avons besoin de ton aide, camarade, prends contact avec nous de toute urgence. »

— La porte, Julianín, au nom du Ciel ! se désespère Pablo en terminant de ramasser les caractères. On peut savoir où tu t'es fourré ?

Et comme le gamin ne se montre pas, il s'essuie les mains sur son tablier de compositeur, franchit à grandes enjambées la distance qui le sépare de la porte, monte les deux marches et observe par le judas. Sa surprise n'aurait pu être plus grande : à peine a-t-il ouvert le volet que se jette dans ses bras son grand ami d'enfance, Roberto Olaya, connu de tous comme Robinson, qu'il n'a pas vu depuis la fin de la Grande Guerre, vers 1918, quand ils s'étaient quittés à la gare de Lyon, la gorge nouée.

I
(1890-1896)

Non. Pablo Martín Sánchez n'est pas né en 1899, comme le diraient les journaux plusieurs décennies plus tard, mais dans la nuit du dimanche 26 janvier 1890, fête de saint Timothée et saint Tite, de saint Théofrède et saint Théogène, tous évêques, et de saint Siméon, anachorète. À Baracaldo le thermomètre marquait quatre degrés et l'humidité était de 82 %. Pourtant, le ciel était dégagé, et Julián Martín Rodríguez put voir, brillantes sous la voûte céleste, les étoiles de la constellation de Cassiopée, tandis qu'il serrait avec force la main de sa femme, dans l'attente que le bébé pointe la tête et prenne sa première bouffée d'air.

Régnait alors en Espagne un Alphonse XIII de quatre ans à peine, raison pour laquelle c'était sa mère, la régente Marie-Christine, qui tenait les rênes de la nation. À la présidence du gouvernement alternaient les libéraux et les conservateurs, à la suite de la honteuse magouille à laquelle ils avaient eu recours après le pacte du Pardo, et maintenant s'achevait le tour du libéral Práxedes Mateo Sagasta. Qu'importe qui gouverne, se disait Julián en regardant les étoiles et en attendant la naissance de son premier-né, puisque nous continuerons à être les plus pauvres d'Europe. Il suffisait de voir le panorama qui s'étendait par-delà la fenêtre, légèrement éclairé par la lumière de la lune : le mal nommé quartier del Desierto, un conglomérat chaotique d'habitations insalubres qui s'étaient entassées depuis 1876 sur la rive gauche du Nervión, quand à la fin de la troisième guerre carliste la zone avait connu un rapide processus d'industrialisation et de croissance démographique, sans que passe par la tête d'aucun des maires successifs l'idée de le réfréner par un plan d'urbanisme. Le dur et dangereux travail dans les mines de fer, principale ressource de la population, avait fait de l'espérance de vie à Baracaldo l'une des plus faibles d'Espagne : quand Pablo naquit, elle n'était que de vingt-neuf ans.

Julián entendit les gémissements de sa femme annonçant la fin du supplice, mais il n'osa pas regarder tout de suite. Il sentit que sa main mollissait, puis il entendit les tapes que la sage-femme donnait sur les fesses du nouveau-né. Il attendit les pleurs, et comme il n'entendait rien, il ferma les yeux de rage et serra les dents, pensant que le bébé était mort-né. C'est en sentant la main de sa femme sur son dos qu'il s'enhardit à tourner la tête. C'était un garçon. Vivant. Mais, incompréhensiblement, il ne pleurait pas ; ou plutôt : bien qu'il eût l'air de vouloir pleurer, aucun gémissement ne sortait de sa gorge, comme s'il y avait là un avant-goût des scènes de cinéma muet qui arriveraient en Espagne quelques années plus tard. Les trois adultes se regardèrent, déconcertés, à la lumière du chandelier, mais d'abord aucun d'eux ne dit rien. Puis la vieille sage-femme enveloppa dans une serviette l'enfant et le mit dans les bras de sa mère, elle s'essuya les mains sur sa jupe et sortit en hâte de la maison, sans terminer le travail, en se signant et en murmurant des exorcismes comme si ces pleurs silencieux étaient de mauvais augure. « Croisons les doigts », tels furent les derniers mots que prononça la sage-femme avant que son ombre ne disparaisse dans l'encadrement de la porte. Mon Dieu, pensa Julián, s'il prend l'envie à cette vieille sorcière de raconter des histoires, nous allons passer d'indésirables à pestiférés. Mais quelque chose de plus urgent requérait son attention, et il chassa très vite ces mauvaises pensées. Il prit son couteau dans la poche de son pantalon et coupa le cordon ombilical, qui avait déjà cessé de battre. Nul n'aurait dit que c'était la première fois qu'il faisait ça.

Julián Martín Rodríguez et María Sánchez Yribarne s'étaient connus trois ans plus tôt, quelques mois après la royale naissance d'Alphonse XIII. María appartenait à la nouvelle bourgeoisie biscaïenne, non pas celle des propriétaires terriens ruinés, mais celle des visionnaires qui au début du siècle avaient pris le train de l'industrialisation et s'étaient enrichis du jour au lendemain, comme son grand-père, le mythique José Antonio Yribarne, fondateur de l'une des dynasties industrielles les plus puissantes du pays. Julián, en revanche, venait d'une très modeste famille de Saragosse, c'était le plus jeune de neuf enfants et le seul qui avait pu faire des études, grâce aux frères des écoles pies qui l'avaient accueilli au séminaire avec un enthousiasme qui n'avait pas tardé à susciter la suspicion. Il se distingua tout de suite en algèbre, en physique, en histoire naturelle, et aussi en latin, en grec, en langues modernes ; en revanche, la théologie, l'histoire et la philosophie lui restèrent dès le début en travers de la gorge. Quand il pensa en avoir assez appris, il quitta le séminaire sans dire au revoir à personne et se mit à parcourir l'Espagne en offrant ses services. C'est ainsi qu'à la fin 1886 il se retrouva à Baracaldo où il fut engagé par la famille Yribarne pour donner des cours particuliers à la jeune et indocile María.

L'amour avait été plus long à naître que dans les feuilletons de l'époque, mais Cupidon avait fini par arriver, avec une bonne provision de flèches. Et quand il le fit, ce fut avec virulence. Ils ne savaient pas eux-mêmes si ce fut en pratiquant les déclinaisons ou en résolvant des inconnues, en repassant la liste des rois goths ou en spéculant sur la transsubstantiation de l'âme, mais ce qui est sûr c'est qu'un beau jour ils se retrouvèrent en train de s'embrasser passionnément par-dessus la table, entre deux équations du second degré et deux poèmes de Victor Hugo. Quand les parents de María s'en aperçurent, ils flanquèrent l'audacieux précepteur à la porte à coups de pied, sans même prendre la peine de lui payer ses émoluments. Ce à quoi ils ne s'attendaient pas, c'était que leur fille fût prête à le suivre au bout du monde s'il le fallait.

Le mariage eut lieu au début du printemps 1889. Seul un des membres de la famille de la mariée y assista : don Celestino Gil Yribarne, brebis galeuse du clan et oncle préféré de María, qu'il avait toujours traitée comme la fille qu'il n'avait jamais eue.

On disait de lui à Baracaldo les horreurs les plus insensées, des rites sataniques qu'il pratiquait dans son hôtel de Miravalles, jusqu'à une addiction à la zoophilie. Rien de tout cela n'était vrai, bien sûr. La seule excentricité qu'il se permettait, et encore avec une certaine pudeur, était de collectionner les poils pubiens des femmes avec qui il couchait, en les classant de façon fétichiste et méthodique comme on inventorierait des papillons ou des monnaies anciennes. Du côté de la famille du marié, personne ne pouvant s'offrir les frais du voyage, on se contenta d'envoyer ses meilleurs vœux par voie postale, dans une lettre commune pleine de taches et de fautes d'orthographe.

Le mariage fut célébré dans la vieille église San Vicente Mártir, ce fut une cérémonie très simple, même si Julián, ayant été reçu à son examen d'instituteur, faisait maintenant la classe dans une école publique de Baracaldo. De son côté, María, dans un acte d'inconscience ou de défi, avait courageusement essayé de trouver du travail dans les usines sidérurgiques qui n'appartenaient pas à sa famille, comme celles de Santa Águeda, ou celle d'Arlegui & Cie. Mais dès qu'il se rendait compte qu'elle était la fille répudiée des Yribarne, plus aucun patron ne s'enhardissait à l'engager, chacun inventant de mauvais prétextes pour se débarrasser d'elle illico. Par chance, don Celestino, malgré l'opposition des patriarches du clan, contribua à payer la partie des frais de la cérémonie qui excédait les maigres ressources des jeunes amoureux. Et, sans se contenter de cela, il leur fit un magnifique cadeau de noces : un voyage à Paris pour assister à l'inauguration de l'Exposition universelle qui se tiendrait à l'occasion du centenaire de la Révolution française. En l'apprenant, les jeunes mariés ne purent contenir leur émotion et récitèrent à l'unisson les célèbres vers de Victor Hugo qui avaient été les témoins de leurs premiers baisers : « *Oh ! Paris est la cité mère ! / Paris est le lieu solennel / Où le tourbillon éphémère / Tourne sur un centre éternel*!* »

Le train qui devait les mener à la Ville Lumière partit de Bilbao le 5 mai, veille de l'inauguration de l'Exposition. À la frontière, ils en changèrent à cause du nouvel écartement des voies, et une horde de voyageurs prit d'assaut les wagons, non seulement ceux de première, de deuxième et de troisième classe, mais également ceux de marchandises. Personne ne voulait manquer le grand événement. Quand ils arrivèrent à la gare d'Austerlitz, le jour se levait et les centaines de voyageurs descendirent du train pour recevoir la bienvenue de l'imposant squelette bruni de 312 mètres de haut, expressément édifié pour l'occasion par un Gustave Eiffel surtout préoccupé de ne pas avoir à démonter sa tour une fois l'Exposition terminée, comme c'était prévu. Mais de là où ils se trouvaient, elle était cachée par les immeubles alentour et une légère déception se répandit parmi les voyageurs. Les nouveaux mariés se rendirent d'abord à l'Hôtel Espagnol, rue de Castellane, où l'oncle Celestino leur avait réservé une chambre, au prétexte qu'ils ne seraient nulle part mieux que dans un hôtel tenu par des compatriotes. Mais ils se rendirent vite compte que d'espagnol cet hôtel n'avait que le nom, à part quelques exemplaires anciens d'*El Imparcial* et d'*El Liberal* dispersés çà et là dans le salon de lecture. Il n'y avait dans leur chambre ni armoire, ni portemanteaux, pas même une misérable cuvette, pas même une bougie sur la table de nuit. Mais tout ce rien coûtait dix francs par jour.

Julián et María partirent pour le Champ-de-Mars, où la tour Eiffel servait d'entrée principale aux terrains de l'Exposition, plus de cinquante hectares couverts de pavillons. En chemin, ils mangèrent des frites vendues dans un cornet de papier, et burent des verres d'eau sucrée parfumée à la fleur d'oranger. Les rues de Paris arboraient leurs meilleurs atours, elles étaient décorées de guirlandes et de festons dorés, et une foule enivrée faisait flotter de petits drapeaux aux couleurs de la patrie. Ça, oui, c'est du fer, pensa Julián, bouche bée, en apercevant l'impressionnante tour depuis la place de la Concorde, et pas celui qui sort des mines de Baracaldo. En longeant la Seine, ils atteignirent le pont d'Iéna, juste au moment où le président de la République et sa femme s'apprêtaient à le franchir dans un landau officiel tiré par quatre chevaux sous l'escorte d'un peloton de cuirassiers. Sadi Carnot était impeccable, engoncé dans son frac des grandes cérémonies, mais ce fut la première dame qui suscita les meilleurs éloges, dans une tenue tricolore osée dessinée pour l'occasion : fond en soie bleue, dentelle d'Alençon blanche et garnitures rouge clair. Quand le carrosse passa sous l'arche gigantesque de la tour Eiffel, les fanfares entonnèrent *La Marseillaise*, avant de laisser place au discours convenu du président français qui inaugurait officiellement l'Exposition. Qui lui aurait dit alors que cinq ans plus tard, l'anarchiste italien Santo Caserio lui ôterait la vie en le poignardant au cri de « Vive l'anarchie ! ». Le reste de la journée fut marqué par un doux épuisement pour le jeune couple, et la nuit qui suivit, dans la chambre nue de l'Hôtel Espagnol, tandis que le ciel de Paris se transformait en une bacchanale de feux d'artifice et de lumières multicolores, un spermatozoïde portant le label des Martín Rodríguez et un ovule sorti de l'usine des Sánchez Yribarne s'unirent, pleins de jubilation, pour créer un embryon destiné à porter le nom de Pablo Martín Sánchez.

— C'est bizarre qu'il ne pleure pas, dit Julián quand il eut terminé de nouer le cordon ombilical.

— Mais si, il pleure, mais en silence, répondit María dans un halètement, tout en continuant à ressentir les contractions qui devaient expulser le placenta.

Dès le lendemain, sans perte de temps, Pablo Martín Sánchez était baptisé en l'église San Vicente Mártir, celle-là même où ses parents s'étaient mariés neuf mois plus tôt. Il ne pleura pas non plus cette fois-là, pas même quand le jeune curé don Ignacio Beláustegui lui versa sur la tête l'eau purificatrice, en accompagnant son geste de trois inopportuns et substantiels éternuements qui consolidèrent la cérémonie du baptême. Un vaillant chrétien, eut l'air de se dire don Ignacio, sans imaginer que des décennies plus tard il aurait à demander la grâce d'un si vaillant bébé.

Cet acte de rébellion muette marqua les premiers pas de Pablo en ce monde, et la nouvelle se répandit bientôt dans Baracaldo que l'enfant des Martín était incapable de pleurer. Cette rumeur était fausse, bien sûr, car même si le bébé pleurait peu, il pleurait comme les autres, mais d'une façon si discrète qu'il fallait faire bien attention pour s'en rendre compte. En revanche, il était vrai que Pablo ne semblait pas pressé de parler : il eut un an, puis deux, et quand arriva le troisième il n'avait pas encore prononcé un seul mot, en dépit des efforts désespérés de ses parents pour lui faire dire « papa » et « maman ». Jusqu'au jour où naquit sa sœur. On était en 1893, et tandis qu'à Saint-Pétersbourg Tchaïkovski composait sa symphonie « Pathétique » et qu'à Madrid l'Institut national de météorologie proposait ses premières cartes du temps, María Sánchez Yribarne mettait au monde son deuxième enfant dans la même demeure que le premier trois ans plus tôt, et sans que son mari ait besoin cette fois de prendre son couteau : la nouvelle sage-femme se chargea de tout. Une petite fille belle et remuante venait de naître, qu'on appela Julia et qui semblait prête à pleurer tout ce que son frère n'avait pas pleuré. Quand la petite se fut enfin endormie dans les bras de sa mère, on laissa entrer Pablo dans la chambre pour qu'il puisse la voir. Il s'approcha du lit, regarda le bébé avec ses yeux immenses et prononça son premier mot à voix haute, à l'étonnement de tous :

— Belle, dit-il, tout fier de lui.

La petite fille changea la vie de Pablo. Ce qu'il n'avait pas dit jusqu'alors commença à sortir à gros bouillons de sa bouche, comme un fleuve emballé après le dégel. Il passait des heures entières à raconter à la petite Julia les histoires les plus extravagantes, dans une langue pleine de mots inventés ou incompréhensibles qui amusaient et préoccupaient en même temps ses valeureux parents. Cependant, quand il n'était pas auprès d'elle, il s'enfermait dans un étrange mutisme dont nul ne pouvait le tirer, ce qui fit que l'enfant qui ne pleurait pas devint, pour les gens non informés ou mal intentionnés, l'enfant qui ne parlait pas, même si ces deux affirmations étaient strictement fausses. En outre, s'ajouta à tout cela un épisode qui finirait par révéler un manque réel chez l'aîné et par marquer son avenir le plus immédiat.

Cela se passa au printemps 1896, alors que Pablo avait six ans et que la petite Julia allait en avoir trois. Les pays industrialisés sortaient à peine de la Grande Dépression et, même si l'Espagne n'allait pas tarder à perdre ses colonies d'outre-mer et à s'enfoncer dans une crise aux conséquences incertaines, des vents plus calmes semblaient souffler en Occident. La situation économique des Martín Sánchez s'était notablement améliorée, et cela bien que l'oncle Celestino ne fût plus en mesure de les aider : un anévrisme foudroyant l'avait tué un jour qu'il chassait les papillons dans son hôtel de Miravalles, et la famille Yribarne s'était discrètement chargée d'empêcher María de toucher sa part d'héritage. Cependant, la bonne étoile de Julián continuait à le protéger, il avait obtenu un poste à l'école normale élémentaire de Bilbao, où il passait la plus grande partie de sa journée à s'évertuer à faire prendre conscience aux aspirants instituteurs de la nécessité de réduire le nombre de plus de dix millions d'analphabètes que comptait cette Espagne fin de siècle, tandis que María s'occupait des enfants à la maison. Un midi de début avril, alors qu'elle préparait le repas sur la cuisinière à charbon, elle entendit le rémouleur ambulant jouer sur sa flûte de Pan son inimitable mélodie. Elle regarda le couteau dont elle s'était servie pour éplucher les pommes de terre et décida qu'il était temps de l'aiguiser comme il fallait.

— Surveille Julia, dit-elle à Pablo, je reviens tout de suite.

Elle prit vingt centimes au fond d'un vase et sortit avec son couteau à la main, en laissant le repas sur le feu. Une fois dehors, elle vit la charrette du rémouleur tourner au coin de la rue suivante. Elle courut derrière lui, le rattrapa et ils négocièrent le prix. Il ne mit même pas cinq minutes à faire le travail, mais quand María, ayant récupéré son couteau tout juste aiguisé, tourna au coin de la rue pour regagner ses pénates, une carriole fonça sur elle. Elle parvint à éviter la charge de l'âne, mais ne put empêcher le bord du siège de heurter sa tête en passant. Elle tomba par terre, inconsciente, et le cocher et le rémouleur tentèrent de la ranimer. Une voisine offrit sa maison, on lui rafraîchit le visage avec des linges mouillés et on appela un médecin. Quand María revint à elle, une demi-heure au moins était passée. Elle avait une bosse sur la tempe et horriblement mal au crâne.

— Et mes enfants ? Ce fut la première chose qu'elle parvint à demander. Et voyant que personne ne répondait elle rentra chez elle en courant.

Elle sentit l'odeur de brûlé avant même d'arriver. Elle entra en poussant des cris et trouva Pablo tranquillement assis devant sa sœur, essayant de lui raconter pour la énième fois l'histoire de l'escargot qui avait trois yeux. La maison empestait le roussi, mais le petit garçon ne semblait pas s'en être aperçu ; en revanche, la petite pleurait à chaudes larmes. María alla dans la cuisine et retira la marmite du feu : à l'intérieur, une masse carbonisée restée collée au fond dégageait une odeur insupportable.

— Mais, Pablo, le gronda sa mère, tu n'as pas senti que ça brûlait ?

— Moi je ne sens pas, répondit-il laconiquement.

Et c'est ainsi que ses parents découvrirent qu'il n'avait pas le sens de l'odorat. Le médecin de Baracaldo qualifia cela d'« anosmie ou dysfonction olfactive », et à part prescrire à Pablo le miraculeux Sirop Hipofosfitos Climent (qui d'après ce qu'annonçaient les fabricants était aussi bon pour les convalescences que pour l'insomnie, la pâleur ou le ramollissement cérébral), il recommanda de l'éloigner des terres humides du nord et de l'emmener dans les climats secs de l'intérieur, où il pourrait probablement être enfin doté de cet odorat qu'il n'avait jamais eu :

— N'oubliez pas que la meilleure ruse du diable est de faire croire qu'il n'existe pas, dit-il aux parents en guise d'au revoir, les laissant quelque peu déconcertés.

Julián et María décidèrent de suivre le conseil du médecin. Tout pour la santé du petit, se dirent-ils, et ils commencèrent à envisager de déménager. Quelques jours plus tard leur parvint la nouvelle qu'auraient bientôt lieu à Madrid les concours d'accès au corps d'inspecteurs de l'enseignement primaire, trois postes étant vacants dans les provinces d'Albacete, de Badajoz et de Salamanque. L'occasion ne pouvait mieux tomber, et don Julián envoya sa candidature. Quinze jours plus tard il était convoqué aux épreuves qui devaient avoir lieu dans la capitale du royaume les 13 et 14 mai suivants.

— Pourquoi n'emmènes-tu pas le petit avec toi, comme ça on verra si le climat sec de Madrid lui convient ? proposa María.

— Voyons, je ne pars que deux jours.

— Mais au moins il te tiendra compagnie.

— C'est bon, comme tu voudras, accepta Julián.

Celui que cette proposition n'amusa pas, ce fut Pablo, qui ne voulait pas se séparer de sa sœur Julia, ne fût-ce que deux ou trois jours. Mais la décision était prise et le 12 mai, à huit heures du matin, père et fils prenaient l'express à destination de la gare du Nord de Madrid. En se frayant un passage entre les voyageurs chargés de besaces et de poules, hommes et femmes criant, fumant, se bousculant et crachant par terre, les deux Martín parvinrent à gagner leurs places de troisième classe. Sur le quai, mère et fille agitaient la main, tandis que Pablo écrasait son nez contre la vitre du compartiment et répétait à voix basse le premier mot qu'il avait dit de sa vie : belle, belle, belle. Une larme silencieuse coula sur sa joue. Puis, le train siffla et l'enfant comprit que c'était le signal de grandes aventures.

– 2 –

> Peuple, toi qu'on tue au travail dans les ateliers, dans les champs, dans les mines et à la guerre, fais-toi justice. Ne supporte pas plus longtemps la tyrannie des bourreaux qui t'oppriment. Révolte-toi enfin. Une vie ne vaut rien et moins encore quand elle est prédestinée à végéter et à ne connaître que des plaisirs bestiaux. Lève-toi, car il suffira d'un geste de ta part pour mettre en fuite, épouvantés, ceux qui ont l'air courageux et fanfarons. Les militaires sont des lâches, comme tous ceux qui ont besoin d'être armés pour vivre.
>
> *Espana, un año de dictadura,*
> manifeste publié par
> le Groupe international d'éditions anarchistes.

Six ans déjà ont passé entre ces adieux à la gare de Lyon et cet après-midi de début octobre 1924 où Roberto, que tout le monde appelle Robinson, franchit le seuil de l'imprimerie où travaille Pablo, boitant légèrement à cause d'une poliomyélite infantile et arborant la crinière rougeâtre et la longue barbe qui font honneur à son surnom. Il porte sa tenue habituelle, reprisée avec des pièces aux coudes, les poignets de sa chemise teints à la craie et un chapeau melon que certains pensent cousu à ses cheveux car il ne l'ôte jamais, pas même pour entrer dans les églises où il ne va pas pour communier, comme on pourrait le penser, mais pour prendre le frais et faire de bonnes petites siestes. Ce melon est partie intégrante de la physionomie de Robinson, qui raconte volontiers à qui veut bien l'entendre l'origine de sa passion pour un couvre-chef plus propre à la bourgeoisie qu'au prolétariat : dans ses jeunes années il a fait partie d'une communauté naturiste qui avait choisi le melon comme emblème et étendard, et il lui est resté fidèle depuis lors en hommage à ce groupe d'amis avec qui il a passé quelques-uns des meilleurs moments de sa vie. Derrière lui, remuant la queue, entre Kropotkine, son inséparable teckel.

Les deux amis s'observent un instant, se tenant par les épaules, comme pour évaluer les changements advenus durant toutes ces années.

— Tu n'as absolument pas changé, dit Robinson. Tu as toujours l'air d'un gamin de vingt ans.

— Eh bien toi, ces poils gris dans ta barbe te donnent presque l'air intelligent, dit Pablo.

Et avec deux sourires comme deux gondoles ils se jettent dans les bras l'un de l'autre, à mi-chemin entre une accolade et un assaut de boxe improvisé, tandis que Kropotkine aboie étourdiment, de joie ou de jalousie, on ne sait.

— Comment as-tu fait pour me retrouver ? demande Pablo.

— Pur coup de veine, répond Robinson. Il m'a semblé t'apercevoir hier soir à la maison communale, en train de parler avec Teixidó après le meeting, mais quand j'ai voulu t'approcher tu avais fichu le camp. Je lui ai demandé qui tu étais et il m'a dit que tu t'appelais Pablo, que tu travaillais dans une imprimerie de la rue Pixérécourt et que tu étais parti parce que tu devais te lever tôt. Aucun doute, c'était toi. En fait, je pensais que tu étais toujours en Espagne ; sinon, j'aurais essayé de te retrouver plus tôt.

— Et moi je pensais que tu étais toujours à Lyon. Je comprends maintenant pourquoi tu n'as répondu à aucune de mes lettres…

— Non, ça c'est parce que j'ai déménagé, j'ai eu des problèmes avec ma propriétaire. Je suis arrivé à Paris il y a à peu près un mois.

— Et où loges-tu ?

— Bon, tu connais mon goût pour la nature, dit Robinson d'un ton énigmatique, et comme les Buttes-Chaumont sont si jolies et si accueillantes, et qu'il fait encore beau…

— Beau, tu dis ? Mais il n'a pas cessé de pleuvoir depuis des semaines ! Dès ce soir tu viens chez moi, je loue une petite mansarde rue Saint-Denis. En semaine je ne suis pas à Paris, tu y seras à l'aise. Au fait, et Sandrine ? Elle n'est pas avec toi ?

Robinson fronce les sourcils :

— Il semblerait qu'elle ait pris très au sérieux la question de l'amour libre. Et Ángela, tu as eu des nouvelles ?

Cette fois, c'est Pablo qui tord le nez :

— Envolée, à tout jamais.

Les deux amis s'observent et mettent un moment à recomposer leur sourire.

— Allez, on va prendre un verre et tu me racontes ce que tu es venu faire à Paris, dit finalement Pablo. J'ai du travail par-dessus la tête, ce maudit hebdo sort demain et il faut que je le boucle aujourd'hui. Mais ce n'est pas tous les jours qu'on retrouve son frère de sang… Attends un moment, Robin.

Pablo descend au sous-sol où Julianín est en train de dormir comme un sonneur sur des cartons de livres. Il le réveille sans ménagement et lui confie la garde de l'imprimerie et de Kropotkine, le teckel, pour aller boire un canon avec Robinson au Point du Jour, dans la rue de Belleville voisine. Son ami Leandro, un Argentin grand et bien enveloppé, originaire de General Rodríguez, toujours prêt à plaisanter et à vous mettre en boîte, y travaille comme serveur. En les voyant entrer dans le bistrot, étrangement vide à cette heure-là, il s'écrie :

— Dis donc, vieux, on dirait que tu as trouvé Jésus-Christ. J'espère qu'il va m'amener une bonne poignée de fidèles assoiffés.

— Arrête avec tes bêtises, Leandro, et sers-nous deux ballons. Je te présente Robin, un ami d'enfance. Robin, je te présente Leandro, un vieil ami que j'ai connu en Argentine quand il était encore gamin et qu'il voulait être footballeur.

— *Enchanté**, répond Robinson en parodiant un accent français parfait, mais ne me donne pas de vin, un verre d'eau, ça ira.

C'est qu'en plus d'être végétarien, écologiste et naturiste, Robinson est abstème. Un type curieux, un type en avance sur son temps qui pratique un anarchisme tendance mystique, ou panthéiste, une façon particulière de comprendre le monde et d'entrer en relation avec tout ce qui l'entoure. Il est de ceux qui croient, par exemple, que tous les maux de l'humanité proviennent du fait de se torcher avec du papier plutôt qu'avec des feuilles de laitue. Et il est envoyé à Paris par le Syndicat espagnol de Lyon pour participer à l'organisation d'un complot révolutionnaire visant à entrer clandestinement en Espagne et renverser la dictature de Primo de Rivera. Mais tout ça, Pablo l'ignore encore.

— Eh bien, je vois qu'il y a des choses qui ne changent pas, dit-il. Alors bois pour lui, Leandro, parce qu'il faut fêter ça.

— Mais qu'est-ce que vous racontez. Moi je ne trinque pas avec de l'eau.

— *Merde**, alors ne trinquons pas, mais prends un verre de rouge, par Dieu.

— Par notre ami Jésus-Christ, tu veux dire.

C'est ainsi que l'étrange trio formé par Pablo, Robinson et Leandro commence à boire à petites gorgées, pendant que l'anarchiste abstème entreprend de raconter ce qui l'amène à Paris, après s'être assuré que le grand et impertinent Argentin est de toute confiance.

Toutefois, pour comprendre ce que Robinson raconte, il convient de connaître quelques antécédents. Les mouvements contre la dictature de Primo de Rivera débutèrent peu après le soulèvement militaire, tant en France, où avaient émigré de nombreux syndicalistes, communistes, anarchistes et républicains de toute nature, qu'en Espagne, principalement à Barcelone, où les catalanistes avaient réussi à lancer un important mouvement clandestin. Fin 1923, se tinrent plusieurs réunions dans la partie française des Pyrénées et, peu après, la CNT et d'autres groupes syndicalistes créèrent à Paris le Comité de relations anarchistes chargé de promouvoir et de préparer une insurrection contre le directoire de Primo de Rivera. Début mai, le Comité nomma une commission exécutive, le fameux groupe des Trente, composée d'anciens membres de bandes anarchistes bien connues, comme El Crisol, Los Justicieros ou Los Solidarios, responsables de quelques-uns des coups qui ont fait le plus de bruit ces dernières années. Entre autres, l'assassinat de l'archevêque de Saragosse, en réponse à la mort de Salvador Seguí, « El Noi del Sucre[1] », criblé de balles à Barcelone dans un guet-apens monté par le promoteur de la *Ley de Fugas*[2], le machiavélique Martínez Anido. De ce groupe des Trente font partie les jeunes Buenaventura Durruti, Francisco Ascaso ou Gregorio Jover « le Chinois », que la police française appellera bientôt « les trois mousquetaires », et d'autres, peut-être moins populaires, mais tout aussi enthousiastes tels que Juan Riesgo, Pedro Massoni, Miguel Garcí Vivancos, Ramón Recasens, Mariano Pérez Jordán « Teixidó », les frères Pedro et Valeriano Orobón, Agustín Gibanel, Enrique Gil Galar, Luis Naveira ou Bonifacio Manzanedo, dont certains finiront par partir pour la frontière et joueront un rôle décisif dans la tentative de Vera.

Contrairement à ce qui se passe en Espagne, l'Europe vit depuis l'été précédent des moments d'euphorie gauchisante, si l'on excepte l'Italie de Mussolini : en France les socialistes gouvernent, en Russie les communistes dominent, en Allemagne les démocrates républicains ont mis en prison un jeune Adolf Hitler en l'accusant de haute trahison et en Angleterre les travaillistes ont pour la première fois pris le pouvoir. En Espagne, en revanche, la CNT est virtuellement proscrite et son secrétaire général, Ángel Pestaña, a fait le voyage de Paris pour relancer

1. En catalan « le gamin du sucre ».
2. « Loi de Fuite », qui justifie l'assassinat d'un détenu lors d'une prétendue évasion.

le dialogue avec le Comité de relations anarchistes, refroidi depuis quelques mois par les désaccords qui ont surgi au moment de planifier l'assaut révolutionnaire, et pour s'informer personnellement de l'état des préparatifs. Le Comité lui a assuré qu'on pourrait mobiliser jusqu'à vingt mille hommes prêts à entrer en Espagne et à participer au renversement du régime, à condition toutefois de trouver à l'intérieur l'organisation et le soutien nécessaires. Pestaña ne semble pas avoir été convaincu par de si optimistes pronostics, mais quoi qu'il en soit il a accepté que les préparatifs, la recherche d'armes et de fonds et les campagnes de propagande auprès des exilés se poursuivent. Il a même apporté son soutien au Groupe international d'éditions anarchistes, fondé par Durruti et Ascaso dans l'idée de publier la brochure *España, un año de dictadura*, où l'on affirme que le pays est prêt à un changement de régime et qu'il ne manque qu'un détonateur pour déclencher la révolution. Mais la brochure n'est pas encore imprimée, car il faut d'abord qu'entre en jeu un compositeur du nom de Pablo Martín Sánchez, celui-là même qui en ce moment écoute avec attention Robinson au bistrot du Point du Jour :

— Le Syndicat espagnol de Lyon m'envoie pour faire la liaison avec le Comité. Mais à dire vrai les camarades de Paris nous considèrent avec méfiance.

— Et pourquoi donc ? demande Pablo.

— À cause de l'affaire Pascual Amorós.

— Je vois.

Comme Leandro a l'air de ne rien comprendre, ils lui expliquent de quoi il retourne. Pascual Amorós était un syndicaliste barcelonais qui avait dû fuir en France quelques années plus tôt, prétendument poursuivi par la justice. Il s'était installé à Lyon avec quelques-uns de ses compagnons de peine et s'était rapidement intégré au Syndicat espagnol. Mais un beau jour, on avait découvert qu'en fait il était le bras droit de Bernat Armengol, « el Roig », un infiltré de la police qui avait travaillé à Barcelone sous les ordres du faux baron de Koenig et de Bravo Portillo, caïds d'une bande de pistoleros à la solde du patronat. Il avait beau s'être fait tatouer sur le bras le slogan « Vive l'anarchie », menacé de mort par ses propres camarades, il avait dû se résoudre à rentrer en Espagne, où quelques mois plus tôt il avait été condamné au supplice du garrot pour avoir cambriolé une banque à Valence.

— Et comme certains de ses anciens camarades sont encore membres du syndicat de Lyon, conclut Robinson, Durruti et compagnie se méfient de nous. Au fond, ça se comprend, au point où en sont les choses on ne peut pas faire de concessions.

— Mais alors comment se fait-il que ceux d'ici aient accepté que tu te joignes à eux ? demande l'Argentin, un peu perdu.

— Pour l'argent.

— Pour l'argent ? s'étonnent d'une même voix Pablo et Leandro.

— Oui, pour l'argent. Même pour faire la révolution anarchiste il faut de l'argent, on a beau le regretter... Le Comité ne va pas fort question finances. Les camarades français n'ont pas encore récupéré de la guerre et les émigrés espagnols sont trop préoccupés par leur pain quotidien pour pouvoir apporter de l'argent à la cause. Il ne reste plus un centime de l'attaque de la banque de Gijón, et pourtant Los Solidarios avaient dérobé plus d'un demi-million de pesetas... Tout a été dépensé entre les fusils qu'ils ont achetés à Eibar et la création du Groupe d'éditions anarchistes, et la plupart d'entre eux ont dû chercher du travail en arrivant à Paris. Le fait est qu'à Lyon le Syndicat espagnol traverse une période favorable, et au début de l'été Ascaso et Durruti sont venus nous demander de l'argent pour les éditions. Nous leur avons dit que nous étions désolés, mais que nous avions déjà fait des donations au journal *Le Libertaire* et à la Librairie Internationale de la rue Petit. Ils n'ont donc pu faire autrement que de nous dire la vérité : ils avaient besoin d'argent pour financer un mouvement révolutionnaire destiné à renverser la dictature de

Primo de Rivera. Nous sommes parvenus à un accord : nous leur donnions l'argent et en échange ils acceptaient notre participation à la tentative d'invasion. C'est pour ça que je suis à Paris, pour faire partie du groupe des Trente.

Les trois hommes restent pensifs, jusqu'à ce que le silence soit rompu par deux clients qui entrent en riant bruyamment, saluent et s'assoient à une table au fond de la salle. Pendant que Leandro s'occupe d'eux, Robinson baisse la voix et avoue :

— Je ne suis pas seulement venu te voir, Pablito, je suis aussi venu te demander de collaborer avec nous.

— …

— Nous avons besoin de gens comme toi.

— …

— C'est notre avenir et celui de millions d'Espagnols qui est en jeu.

— Mais ça fait des années que tu ne vis plus en Espagne, Robin.

— Oui, mais j'aimerais pouvoir rentrer un jour et regarder les gens en face sans avoir honte. Pense à ta mère, pense à ta sœur : est-ce que tu vas les laisser pourrir pendant que toi tu es ici sain et sauf ?

Pablo plonge les yeux dans ceux de son ami, tandis que lui passent par la tête des images de sa mère, de sa sœur et de sa nièce, qu'il a abandonnées à leur sort pour partir en exil. Et il se dit que oui, qu'il a peut-être raison, que l'heure est peut-être venue d'essayer de changer les choses. Mais aussitôt il se dit que non, qu'il n'a vraiment pas envie de faire des folies, que Primo de Rivera tombera bientôt de lui-même et qu'une tentative manquée ne servirait qu'à asseoir plus solidement son pouvoir.

— De toute façon – Robinson interrompt ses pensées –, je ne te demande pas de prendre part à l'expédition, mais de collaborer avec nous en imprimant quelques pamphlets.

— Et toi, tu vas y aller ?

— Oui, ça va te sembler une folie, mais j'entends comme une voix intérieure qui me dit d'y aller. Si l'Espagne prend les armes et se soulève contre les bandits qui la gouvernent, je n'ai pas l'intention de rester les bras croisés. Si elle a besoin de moi, je serai là. Plus nous serons nombreux, plus nos chances de réussite seront grandes.

— Mais est-ce que tout est réglé ?

— Non, non, tu parles, il y a encore beaucoup à faire. Pour le moment, nous nous préparons pour le jour où les camarades de l'intérieur nous préviendront, ce serait une folie d'entrer en Espagne pour la libérer si ceux du dedans ne sont pas prêts à faire la révolution. Je pense que l'affaire n'éclatera pas avant la fin de l'année. Mais le moment venu, il faudra que tout soit bien organisé. Alors, qu'en dis-tu, on peut compter sur toi ?

— Je ne sais pas, il faudrait que j'en parle au vieux Faure, le propriétaire de l'imprimerie, pour savoir ce qu'il en pense.

— Ne prends pas cette peine, nous avons déjà parlé avec lui.

— Ah oui ?

— Oui, il est venu hier nous voir dans l'arrière-boutique que les camarades de la Librairie Internationale nous prêtent rue Petit, une minuscule pièce sans fenêtre qui nous sert de lieu de réunion. Nous voulions qu'il nous imprime un pamphlet de huit pages intitulé *España, un año de dictadura*, pour le distribuer gratuitement aux émigrés espagnols de Paris. Un bon tirage, quelques milliers d'exemplaires. Au début, ça ne lui disait trop rien, mais nous avons fini par le convaincre en lui disant que nous projetions aussi d'éditer une revue trilingue et une encyclopédie anarchiste…

— Et alors pourquoi avez-vous besoin de moi ?

— Pour les tracts révolutionnaires que nous voulons imprimer en vue de l'incursion. Quand nous franchirons la frontière, nous les distribuerons aux ouvriers et à la population civile, un appel direct à la révolution contre la dictature. Il est plus sûr de les imprimer ici que là-bas, les camarades de l'intérieur ont déjà assez de mal à se réunir sans qu'on les arrête. Mais le vieux Faure a dit pas question, qu'il ne voulait pas en entendre parler. Qu'il avait assez de problèmes en France pour aller en chercher d'autres en

Espagne, et qu'il ne voulait pas prêter son imprimerie pour des folies révolutionnaires. Tu sais que depuis la Grande Guerre il est devenu pacifiste, surtout depuis qu'il a rencontré Malatesta et qu'il a publié son manifeste, *Vers la paix*. Enfin, des manies de vieil anar dépassé, parce que dis-moi un peu ce que ça lui coûte d'imprimer les tracts s'il est d'accord pour publier le pamphlet.

Leandro est revenu à son poste dans la tranchée derrière le bar, et tout en servant discrètement deux absinthes aux clients qui viennent d'entrer, il demande :

— J'ai manqué quelque chose d'important ?

— Non, rien, répond Pablo, pensif, et après avoir vidé son verre cul sec il leur dit au revoir : Je suis désolé, mais il faut que je retourne au boulot. La vieille Minerva m'a planté et je ne veux pas que Julianín reste trop longtemps tout seul avec l'Albatros…

La Minerva est une vieille presse à pédale qui, après trente ans et plus de bons offices, veut prendre sa retraite. L'Albatros n'est pas beaucoup plus jeune, mais elle est encore capable d'imprimer huit cents cahiers à l'heure.

— On se revoit bientôt ? demande Robinson.

— Oui, bien sûr, passe me prendre à la fin de la journée, on rentrera ensemble à la maison.

En touchant sa visière du doigt, Pablo prend congé de ses deux amis. Dehors, la nuit est tombée et dans la lumière des réverbères se découpent des spectres faméliques. Les temps sont difficiles à Paris, où l'euphorie des Jeux olympiques a fait place à une période de récession économique. Le franc est en chute libre, mais les exilés espagnols ont d'autres préoccupations avec lesquelles se remplir l'estomac. La roue de la révolution a commencé à tourner, et elle semble vouloir attraper Pablo dans son tourbillon.

II
(1896)

Non, impossible. Malgré tous les voyages en train qu'il ferait par la suite, Pablo ne put jamais oublier ce premier trajet entre Baracaldo et Madrid. Ni la chaleur étouffante, ni la fumée du tabac qui envahissait les wagons, et moins encore la terrible odeur de pieds qui semblait tant gêner son père ne purent saper la fascination que produisait sur lui ce premier voyage. Nez collé à la vitre, il voyait passer, à une vitesse vertigineuse, arbres, maisons et vaches, fermes, collines et poteaux télégraphiques, ouvriers aux visages creusés de mille rides et enfants qui couraient à côté du train en saluant les voyageurs de la main. Tout cela agrémenté de l'irrépressible logorrhée d'un des occupants du compartiment, un garde-barrière retraité qui mettait une bande-son à la scène en racontant les histoires les plus extraordinaires, pleines de chiffres et de données exorbitantes :

— Le poids net d'un wagon, expliquait-il avec l'émotion de celui qui relate la vie d'un célèbre brigand à ses patients auditeurs, est de trente-six tonnes, et encore, quand il est vide ! Il fait dix-huit mètres de long et trois et demi de haut. Il est fabriqué avec des pièces d'acajou, de chêne vert et de rouvre, et il est recouvert de planches de teck, un bois qui vient du nord de l'Europe et qui est insensible aux changements atmosphériques…

— Est-ce vrai que le dernier wagon est le moins dangereux ? l'interrompit Pablo, sous le regard incrédule de Julián, surpris par l'inhabituelle loquacité de son fils.

— Et qui donc t'a dit ça, jeune homme ?

— Mon père.

— Eh bien monsieur ton père a parfaitement raison. Sinon, pourquoi crois-tu qu'un garde-barrière comme moi voyage en troisième ? Parce que c'est le wagon de queue.

À Miranda de Ebro et à Ávila, on changea de locomotive, et Pablo observa, les yeux grands ouverts, les ouvriers qui procédaient à l'accrochage et au décrochage des wagons. Mais ce qui l'excita le plus lors de ce premier voyage, ce fut d'entendre le chef de gare crier à pleins poumons « En voiture ! » lorsque s'achevait le temps prévu et de voir la foule des voyageurs qui s'empressaient de regagner leur place, de peur de rester là à regarder le train s'éloigner avec tous leurs bagages.

Mais si le trajet fut rempli d'émotions et de découvertes, le meilleur les attendait lorsque le train arriva à destination : il commençait à faire nuit quand il s'arrêta à la gare du Nord de Madrid, envahie par une multitude qui allait et venait en tous sens comme des fourmis dans une fourmilière sur laquelle on vient de marcher. Pablo n'avait jamais vu autant de gens rassemblés, ni aussi différents : des hommes en redingote et haut-de-forme, des vieilles femmes desséchées qui demandaient l'aumône, des jeunes garçons qui annonçaient en criant les manchettes des journaux du soir ou vendaient des oreillers de voyage aux passagers en partance. L'extérieur de la gare aussi était en effervescence et on entendait, par-dessus toutes les voix, les cris des cochers des fiacres ou *simons*, comme on les appelait familièrement à Madrid en hommage à celui qui les avait inventés. Quand Julián et Pablo sortirent de la gare en traînant leur valise, deux d'entre eux se disputaient à grands coups de poing les clients qui pouvaient se payer le luxe d'une voiture de louage. L'un saignait du nez et l'autre essayait de remettre en place la perruque d'étoupe mal en point avec laquelle il prétendait dissimuler une indissimulable calvitie.

Les Martín s'éloignèrent de là comme on fuit la peste, montèrent dans un tramway et traversèrent la ville jusqu'au quartier de Las Injurias, près du Manzanares, et l'humble pension qu'on leur avait recommandée à Baracaldo. Ils partagèrent un lit de fer geignard au matelas moisi et dormirent profondément sous le regard attentif d'une reproduction du Saint-Christ de Lépante qui pendait, un peu de travers, au-dessus de leur tête. Le lendemain ils se levèrent tôt, aux six coups de cloche d'une église voisine, et déjeunèrent à la pension, tout comme d'autres hôtes matinaux et silencieux, plus occupés à empêcher les cafards de monter sur leurs tables que soucieux d'engager la conversation avec leurs voisins. Pour un hôtel minable, le petit déjeuner n'est pas mal, pensa Julián en trempant dans son café au lait de curieux beignets, des *sots* à ce que leur dit l'hôtesse en leur servant leur collation.

Le père et le fils se rendirent au 80 de la rue San Bernardo, dans le bâtiment de l'école normale centrale, où le concours d'accession au corps des inspecteurs de l'enseignement devait avoir lieu : Julián, en repassant dans sa tête la liste des rois goths, dans une vaine tentative de calmer ses nerfs ; Pablo, bouche bée devant l'immensité d'une ville de plus d'un demi-million d'habitants. En sortant de la pension, ils prirent la rue de Toledo, laissèrent derrière eux la porte du même nom et arrivèrent à la collégiale San Isidro, à l'entrée de laquelle s'entassait une foule, en dépit des efforts du curé pour obtenir que les gens fassent la queue en bon ordre. Père et fils s'arrêtèrent à distance prudente, et observèrent la scène avec curiosité.

— Qu'est-ce qui se passe ? demanda Pablo.

— Je ne sais pas, mon garçon, répondit Julián, surpris lui aussi par l'effervescence religieuse des Madrilènes.

— C'est à cause du saint, dit une voix derrière eux.

Ils se retournèrent et se trouvèrent nez à nez avec un petit âne couvert de roses, d'œillets et de géraniums. Le tenant par son licou, un marchand de fleurs souriait affablement.

— À l'intérieur il y a saint Isidro, poursuivit-il, la collégiale ouvre à sept heures pour que les fidèles puissent le vénérer. Un œillet pour votre boutonnière, monsieur ?

— Non, merci beaucoup, répondit Julián et, attrapant vivement son fils par la main, il prit la direction de la place de la

Constitución, qui mettrait encore un peu de temps à s'appeler Plaza Mayor.

Ils longèrent la place par la Cava de San Miguel et arrivèrent bientôt à la place Santo Domingo, là où commençait la rue San Bernardo, démontrant ainsi qu'il est possible de traverser Madrid en sautant de saint en saint. Il était sept heures et demie du matin et c'était jour de marché.

— Écoute-moi bien, Pablo, dit Julián en prenant son fils par les épaules. Ici, ce n'est pas Baracaldo. Ici, c'est Madrid, la capitale. Alors sois bien prudent. Ne parle pas aux inconnus, ne t'éloigne pas trop, fais attention aux voitures et aux chevaux. Et s'il t'arrive quoi que ce soit, tu viens me chercher au 80 de la rue San Bernardo, qui commence juste ici. Je ne sais pas pour combien de temps j'en aurai, mais attends-moi sur la place. Si je tarde et que tu as faim, achète-toi un fruit au marché. Tiens, dit-il en lui donnant un réal. Prends-en soin. Et souhaite-moi bonne chance, fils.

— Bonne chance, papa, murmura Pablo, obéissant, tandis que son père ajustait son feutre et partait en direction de l'école normale centrale.

À cette heure de la matinée, les étals débordaient, et si Pablo avait un instant pu jouir du sens de l'odorat, la tête lui aurait tourné à cause du mélange d'odeurs qui émanaient de la place. Il aurait surtout senti le parfum des roses, des jasmins et des gardénias, car c'était depuis la fin de la guerre d'indépendance un marché aux fleurs. Mais comme le marché San Miguel voisin était devenu trop petit, les marchands qui n'y avaient pas trouvé de place s'étaient installés ici, et il aurait donc pu remarquer la douce senteur des fraises, la puanteur désagréable des sardines ou l'aigre odeur du cuir frais tanné. Pablo s'assit d'abord sur un côté de la place, et observa les plus lambins finir d'installer leurs marchandises. Puis il se leva et se mit à marcher distraitement parmi les gens, en se laissant mener par sa curiosité. Dans l'allée de la viande, un boucher vantait la couleur de ses filets. Dans celle des légumes, on magnifiait la saveur des tomates. Dans celle des poulets, une volaillère célébrait la fraîcheur de ses œufs. Et dans celle des tissus, un commerçant disait à une cliente :

— Non, madame. Ce n'est pas la couverture qui vous donne de la chaleur, c'est vous qui en donnez à la couverture ! C'est pourquoi l'important n'est pas qu'elle soit de grosse laine, mais que sa maille soit serrée, pour que la chaleur ne s'échappe pas… D'ailleurs, madame, l'été est tout proche, grâce au Ciel !

Pablo continua son tour de la place, et ce qu'il vit de l'autre côté l'étonna plus encore. Dans un petit recoin se concentraient, sans ordre ni logique, ceux qui n'avaient pu s'installer sur le marché. D'un côté, les vendeurs à la sauvette qui proposaient des produits sans acquitter de taxes. De l'autre, les gitanes qui offraient du romarin contre le mauvais œil, tiraient les cartes ou prédisaient l'avenir en lisant dans les entrailles d'animaux morts. Il y avait aussi les marchands ambulants de graines de lupin et autres gourmandises, prêts à remplir de caries la bouche des enfants. Des charlatans avaient improvisé une tribune avec des caisses de fruits et vendaient les produits les plus étranges : lotions pour la repousse des cheveux, potions panacées, crèmes blanchissantes ou talismans contre la trichomonase. Mais parmi eux, celui qui attirait le plus l'attention était un homme impeccablement vêtu, avec haut-de-forme et guêtres. Peut-être à cause de sa voix stridente, ou de son accent étranger, ou parce qu'il se tenait un peu à l'écart et avait réussi à réunir autour de lui un petit groupe de curieux, toujours est-il que Pablo se sentit attiré et s'approcha.

— Cinématographe Lumière, cinématographe Lumière ! criait l'homme à tue-tête, avec un accent français impossible à confondre. Pour la première fois en Espagne, la magnifique, l'incroyable, l'extraordinaire invention des frères Lumière : la photographie animée, la vie même ! Comment pourriez-vous manquer ça, mesdames et messieurs ?

Intrigué, Pablo se mêla à la poignée d'oisifs qui l'écoutaient.

— Oubliez une fois pour toutes les dioramas, les cycloramas, les cosmoramas, les kinétoscopes et les lanternes magiques, s'égosillait l'homme, ne vous laissez pas abuser par l'animatographe, ce truc du cirque Parish, l'invention des frères Lumière est quelque chose d'absolument révolutionnaire !

Un chien venu flairer ses guêtres reçut en échange un coup de pied dans le museau.

— Achetez vos billets maintenant, mesdames et messieurs, parce que demain ce sera dans tous les journaux… et alors il sera peut-être trop tard ! La première projection aura lieu ce soir à l'Hôtel Rusia, pour la presse, les autorités et les invités spéciaux. Mais dès demain, de dix à douze, de trois à sept et de neuf à onze heures du soir, à quatre pas d'ici, au 32 de la rue San Jerónimo, vous pourrez voir ce qu'on n'a jamais vu, ce qu'on n'a jamais pensé, ce qu'on n'a jamais imaginé ! Et tout ça pour une peseta seulement !

En entendant le prix, les curieux se dispersèrent. Tous sauf un : un gamin de six ans nommé Pablo.

— Les enfants paient demi-tarif, bredouilla l'homme, découragé, en voyant disparaître la clientèle.

Pablo plongea instinctivement la main dans la poche de son pantalon et sentit le métal froid d'une pièce. L'homme au chapeau haut de forme descendit de sa caisse pour s'y asseoir tandis que le brouhaha de la place augmentait. S'il y a quatre réaux dans une peseta, il y en a deux dans une demi-peseta, se dit Pablo, démontrant par là qu'avoir un père maître d'école servait à quelque chose. Donc il lui manquait encore un réal pour acheter son billet. Et pris du même découragement que l'émissaire des Lumière, il fit demi-tour, la queue entre les jambes.

— Eh, petit, où vas-tu ? entendit-il dans son dos. Se retournant, il vit que c'était l'homme au chapeau haut de forme. Tu es muet, ou quoi ?

Pablo fit non de la tête.

— Ne me dis pas que tu n'aimerais pas assister à une projection du cinématographe Lumière, le sonda-t-il d'une voix mielleuse.

Pablo fit oui de la tête.

— Eh bien dis à ton père de te donner une demi-peseta ! brama le Français. Et, s'éclaircissant la gorge, il remonta sur sa caisse et entonna sa mélopée avec une énergie renouvelée. Cinématographe Lumière, cinématographe Lumière ! Pour la première fois en Espagne, la magnifique, l'incroyable, l'extraordinaire invention des frères Lumière…

De la rue Leganitos montait une musique allègre vers laquelle Pablo se dirigea, le mot « cinématographe » résonnant encore dans ses oreilles. Une centaine de mètres plus loin, il découvrit la source de la mélodie : un trio de Tsiganes faisait danser une chèvre sur une chaise en bois. Celui du milieu, grand et maigre, jouait de l'accordéon et souriait sans pudeur en montrant la seule dent qui peuplait sa bouche ; les deux autres, petits mais tout aussi maigres, jouaient l'un de la flûte et l'autre du violon. Les gens passaient leur chemin, sans trop faire attention à eux, toutefois on entendait de temps à autre le tintement d'une petite pièce qui tombait dans leur sébile. Pablo s'assit sur un banc situé en face d'eux et s'endormit au son de la musique. Quand il se réveilla, le soleil était déjà haut et le trio de Tsiganes avait été remplacé par un vieux bossu qui buvait du vin rouge. Il voulut retourner à la place du marché, mais il prit la rue Leganitos en sens inverse et déboucha bientôt sur une grande esplanade, où un énorme immeuble en construction avait l'air de vouloir gratter le ciel. Complètement désorienté, il voulut revenir sur ses pas, mais finit par s'égarer dans le dense écheveau des rues madrilènes. Se voyant perdu, il commença par courir en tous sens, puis se laissa tomber sous un porche et se mit à pleurer en silence, la tête entre les genoux. Cinq minutes n'étaient pas passées que parvint à ses oreilles le braiment d'un petit âne. Il leva les yeux et vit passer, au milieu de la chaussée, le marchand de fleurs du matin. L'homme essayait de faire avancer son âne, qui, libéré maintenant de sa charge de roses, d'œillets et de géraniums, prétendait à un repos mérité.

— Allez, bête immonde ! criait l'homme en tirant sur le licou. Tu te reposeras quand nous serons arrivés.

Pablo se leva et, guidé par un pressentiment, il prit le même chemin que l'âne entêté et son maître désespéré. Au bout de cinq minutes, il était revenu place Santo Domingo. Les marchands rangeaient leurs invendus ou soldaient ceux qui ne tiendraient pas jusqu'au lendemain, tandis que mouches, chats et chiens s'apprêtaient à se jeter sur les détritus. L'homme à l'âne se dirigea vers l'allée aux fleurs et brada celles qui lui restaient. Pablo s'assit là où son père l'avait laissé le matin et se mit à l'attendre. Il le vit arriver peu après par la rue San Bernardo, saluant avec son chapeau, un grand sourire aux lèvres.

— Première épreuve réussie, s'écria Julián en l'embrassant sur le front. Tu as dépensé le réal que je t'ai donné ?

Pablo fit oui de la tête, mentant à son père pour la première fois de sa vie.

— Bon, ça ne fait rien, allons manger, j'ai une faim de loup.

Le lendemain, veille de la San Isidro, les Martín répétèrent leur programme. L'après-midi de la veille, ils s'étaient promenés aux abords de la place de la Constitución et étaient rentrés à la pension épuisés mais heureux. Ils avaient dîné d'un bouillon qui leur avait calmé l'estomac et s'étaient couchés dans le lit de fer geignard, et le Christ de Lépante leur avait souhaité de nouveau une bonne nuit. Les mêmes cloches les réveillèrent à six heures du matin, ils déjeunèrent du même café au lait et des mêmes beignets *sots*, remontèrent de nouveau la rue de Toledo et retrouvèrent les mêmes fidèles qui se bousculaient pour vénérer San Isidro. Enfin, place Santo Domingo, Julián sermonna de nouveau son fils en lui donnant un réal pour le cas où il aurait faim. Il ajusta son feutre et laissa Pablo au même endroit que la veille, puis remonta la rue San Bernardo, bien décidé à obtenir un poste d'inspecteur provincial.

Cette fois, cependant, ce n'était pas jour de marché et à cette heure de la matinée la place était sans aucun charme. Les vendeurs à la sauvette, les gitanes avec leurs petits bouquets de romarin, les vendeurs de lotion pour faire repousser les cheveux, tous avaient disparu. Mais celui que Pablo regretta le plus, ce fut le Français à haut-de-forme qui annonçait le cinématographe Lumière. L'après-midi de la veille, pendant que son père lui montrait les mille merveilles de la capitale, Pablo n'avait cessé de penser à l'impensable, d'imaginer l'inimaginable, de voir en imagination le jamais vu : la photographie en mouvement. Plusieurs mois auparavant, à Bilbao, il avait assisté à un spectacle de lanterne magique dans une baraque de foire, il gardait encore en mémoire les énormes images projetées, commentées par le maître de cérémonie et accompagnées d'une musique festive qui donnait l'impression de les mettre en mouvement. Mais le cinématographe Lumière promettait d'être quelque chose de vraiment extraordinaire ! Le mot lui-même le subjuguait, et tandis qu'il parcourait des yeux la place Santo Domingo à la recherche du marchand d'illusions, ses lèvres ne pouvaient s'empêcher de prononcer ce mot étrange, ce mot merveilleux : « ci-né-ma-to-gra-phe ».

Une heure plus tard, Pablo avait perdu tout espoir de voir arriver l'homme au chapeau haut de forme. Les deux réaux étaient brûlants dans sa poche et il n'avait pas le moindre souvenir du nom de la rue où avaient lieu les projections. C'est alors qu'il vit un crieur de journaux traverser la place :

— *La Época* ! Achetez *La Época* et lisez les nouvelles du jour pour quinze centimes seulement !

Comme un écho lointain, Pablo se rappela ces paroles : « Achetez vos places maintenant, mesdames et messieurs, parce que ce sera demain dans tous les journaux et il sera peut-être trop tard... » Il s'approcha d'un pas décidé du crieur, qui déjà quittait la place. Il ne devait pas avoir plus de douze ans, mais il était grand et costaud, et avait un teint de gitan. Quand il l'eut rattrapé, Pablo marcha sur plusieurs mètres à sa hauteur.

— Qu'est-ce que tu veux, toi ? dit le garçon en s'apercevant de sa présence. Allez, du vent, ça c'est pour les grandes personnes.

— Ça parle du cinématographe ? répondit Pablo.

— Quoi ? fit l'autre, surpris par la question.

— Est-ce que ça parle du cinématographe ?

— Ben tiens, évidemment ! *La Época* explique tout !

Le gamin posa son paquet de journaux par terre, en prit un exemplaire. En première page il y avait un article de l'écrivain Miguel de Unamuno, avec un curieux titre en anglais, « The Last Hero », mais comme ni l'un ni l'autre ne savait encore qui était Unamuno, ils continuèrent à parcourir les colonnes du journal. En page trois, sous la rubrique « Divertissements publics », ils trouvèrent l'information que Pablo cherchait.

— Regarde, c'est là, tu piges ? dit le jeune crieur avec une fierté non dissimulée. Et il se mit à lire : « Depuis hier Madrid propose un spectacle aussi nouveau qu'attrayant. Le *cinématographe*, à savoir la photographie animée, est quelque chose de vraiment remarquable, c'est l'un des plus merveilleux progrès obtenus par la science dans notre siècle. La présentation de tableaux et de vues panoramiques a lieu dans un local spacieux au 34 de la rue San Jerónimo, qui a reçu hier soir la visite des nombreuses et distinguées personnalités invitées à l'inauguration… »

Pablo enregistra ces informations dans sa mémoire, tout en écoutant bouche bée le vendeur de journaux poursuivre sa lecture :

— « … la projection de la photographie animée sur un rideau blanc ne pourrait se faire avec plus de perfection, et tous les mouvements des personnes et des objets qui traversent la scène sont reproduits. Le programme, donné à plusieurs reprises hier, compte dix numéros, parmi lesquels sont dignes d'une mention spéciale l'arrivée d'un train en gare, une promenade en bord de mer, l'avenue des Champs-Élysées, le concours hippique de Lyon et la démolition d'un mur. Le public pourra admirer ce spectacle à partir d'aujourd'hui de 10 heures du matin à midi, de 3 à 7 cet après-midi et de 9 à 11 ce soir. » Tu vois que *La Época* dit tout ?

Pablo mit la main dans sa poche et entendit le chant des sirènes des réaux qui s'entrechoquaient.

— Et elle est où, cette rue San Jerónimo ? osa-t-il demander.

— Pas loin d'ici, près de la rédaction de *La Época*. J'y vais, tu veux que je t'emmène ?

Pablo acquiesça témérairement, tout en mémorisant le nom de la place où l'avait laissé son père.

— Tu n'as pas l'intention d'aller voir le cinématographe, peut-être ? lui demanda l'autre en ramassant ses journaux.

Pablo répondit si d'un hochement de tête.

— 3 —

> La propagande effectuée sur le sol français conquit une infinité de malheureux résidant chez notre voisin, dans leur majorité anarchistes, communistes, syndicalistes et autres, qui, stimulés par l'idée de revenir à leurs différents points d'origine ou entraînés par les préceptes d'un égoïsme plus ou moins idéologique, mais toujours en lutte contre leurs devoirs envers leur mère patrie et leurs concitoyens, s'apprêtèrent, après avoir reçu argent en espèces, armes, munitions et moyens de locomotion, à rentrer en Espagne avec pour objectif l'exécution du plan ourdi par leurs inspirateurs.
>
> *Diario de Navarra*, 13 janvier 1927

Le tourbillon de la révolution semble vouloir attraper Pablo, mais il sera le dernier à se sentir concerné. Après sa conversation au Point du Jour avec ses deux amis, il retourne à l'imprimerie, où Julianín a fait moins de gâchis qu'on n'aurait pu le craindre. Il travaille jusqu'à une heure avancée de la nuit, avec l'aide de Robinson qui remplace le jeune apprenti quand celui-ci termine sa journée, après avoir mis un tablier et remonté les manches de sa chemise, comme un vrai professionnel, pour que l'hebdomadaire *Ex-ilio* puisse être distribué sans faute demain matin à la première heure. Puis tous les deux montent sur la bicyclette de Pablo, en jouant les équilibristes pour ne pas tomber, et descendent à toute allure la rue de Belleville, en jouissant du vent qui leur fouette la figure et en faisant retentir la sonnette comme des garnements, ainsi qu'ils le faisaient lors de leur lointaine enfance sur la meseta castillane. Kropotkine, comme fou et toute langue dehors, essaie de les suivre dans leur course, mais ne les rattrape qu'au faubourg du Temple, où la pente est moins prononcée. Arrivés place de la République, les deux amis descendent de bicyclette et finissent à pied le chemin qui les conduira à la mansarde de Pablo. Une fois là, l'hôte improvisé déroule une natte rangée sous son grabat et met dessus une vieille couverture.

— Je ne sais pas si je vais supporter tant de luxe, dit l'un.

— Désolé de ne pouvoir t'offrir toutes les commodités de ton hôtel particulier des Buttes-Chaumont, répond l'autre. Et tous les deux rient de bon cœur. Hum, avec un peu d'humour, la pauvreté est sans doute plus supportable…

Ils passent la nuit à évoquer des anecdotes du bon vieux temps. De temps à autre ils entendent Kropotkine gémir dans ses rêves derrière la porte, où ils l'ont laissé dormir sur le paillasson qui porte l'inscription *Bienvenue**. Quand ils se posent la question de l'heure, le jour est en train de se lever. Seulement alors, ils s'endorment. Et comme Pablo n'a pas de réveil, c'est par miracle que deux heures plus tard il ouvre les yeux, juste à temps pour aller prendre son train en laissant Robinson profiter quelques jours de son matelas.

Du lundi au jeudi, Pablo travaille à Marly-lez-Valenciennes, une bourgade au nord de Paris, à la frontière de la Belgique, où il s'occupe de la propriété de M. et Mme Beaumont, pour qu'elle soit prête lorsqu'ils viennent y passer le week-end. Il surveille la maison, entretient le jardin et le bassin, maintient les installations en état de propreté, répare les dommages occasionnels et nourrit les deux boxers que Mme Beaumont gâte à un point proche de l'intolérable pour une conscience ouvrière comme la sienne : c'est pourquoi certains jours il les laisse jeûner et donne leur gamelle aux cabots des rues qui pullulent aux environs, dans un acte subit de justice de classe. À dire vrai, ce travail est une sinécure : peu prenant, bien payé, avec logement inclus dans une maisonnette près du bassin. Pablo s'y rend chaque semaine, et continuera à le faire tant qu'il n'aura rien trouvé de mieux pour compléter le salaire rachitique que lui donne le vieux Faure.

Il prend le train à la gare du Nord, passe par Amiens et arrive à Lille, où le réveille le contrôleur, car il s'est profondément endormi ; de là, il doit encore prendre un train qui le mènera à Valenciennes, puis marcher vingt minutes jusqu'à la propriété de M. et Mme Beaumont. Les jours à la campagne se passent sans problème majeur, Pablo profite de ses moments libres pour lire, se promener, ou pour descendre au village boire des canons. Il se surprend parfois à sourire sans raison, ce qu'il met sur le compte de l'heureuse apparition de Robinson à Paris ; d'autres fois, malgré tout, il se prend à froncer les sourcils, ce qu'il met également sur le compte de son ami d'enfance : plus concrètement, de la conversation qu'ils ont eue le dimanche après-midi au Point du Jour. Les tambours de l'action se sont remis à résonner près de lui, et il ne sait s'il doit rejoindre l'orchestre ou partir en courant avant qu'il ne soit trop tard.

Quand il rentre à Paris le vendredi à midi, il se rend directement à La Fraternelle. Il y retrouve M. Faure, plus rouge et plus véhément que jamais, qui le reçoit en criant, selon sa bonne habitude.

— Bon sang de bonsoir ! Je vous ai attendu toute la matinée ! On peut savoir où vous étiez passé ?

— Mais, monsieur Faure, je commence à deux heures de l'après-midi et il n'est même pas encore une heure…

« Le Fauve » ouvre grand les yeux, presque au point de les faire sortir de leurs orbites, il enfle comme un ballon, passant en quelques secondes du rose au rouge puis au violet. Finalement, il lâche un grognement avant de désenfler.

— C'est bon, dit-il en lissant les pointes de ses moustaches, toutes grasses d'avoir été tant tripotées, allons au Point du Jour, je vous offre un verre, nous bavarderons un peu.

Et il lui parle de la nouvelle commande reçue par l'imprimerie, cette histoire de pamphlet contre la dictature espagnole, de revue trilingue et d'encyclopédie anarchiste. Pablo feint de ne pas être au courant et écoute attentivement, en intercalant de temps en temps une question ou une suggestion.

— Écoutez-moi bien, Martín. Ce pamphlet doit être imprimé maintenant, et pas d'excuse avec la Minerva, parce qu'elle est réparée. Alors veillez à ce qu'il soit prêt pour lundi, il ne fait que huit pages, hein ; sinon, vous finirez vendredi prochain en rentrant.

La revue et l'encyclopédie ne sont pas aussi urgentes, explique-t-il, ce sont des projets à moyen terme, qui ne représenteront pas une trop grande charge supplémentaire pour Pablo. Cependant, à tout hasard, le vieil anarchiste lui demande s'il serait disposé à travailler aussi le vendredi matin.

— Mais, monsieur Faure, le vendredi matin l'atelier est plein à craquer.

— Zut, c'est vrai. Et le lundi ?

— Je ne sais pas, il faut que j'y réfléchisse. Tenez, ne changeons rien pour l'instant, nous verrons plus tard. Julián fait de gros progrès, à nous deux, nous devrions nous en sortir. Évidemment, l'idéal serait de rénover le matériel ; si on pouvait investir dans une Roto-Calco, qui roule jusqu'à deux mille cahiers à l'heure ou presque…

— Plutôt passer sur mon cadavre ! crie Sébastien Faure, de nouveau en colère. Vous n'avez pas encore compris que c'est une imprimerie, pas une fabrique de chorizos comme vous en avez chez vous ? Allez-y doucement, Martín, ne me cherchez pas des poux dans la tête.

Et il sort du bar sans régler les consommations.

Le soir, comme il ferme l'imprimerie, Robinson arrive en traînant la vieille Clément Luxe de Pablo, un sourire d'une oreille à l'autre et le melon plus incliné que jamais. C'est ce qu'a de bien Robinson : rien ne lui fait perdre son sourire, on comprend que quoi qu'il arrive il sera toujours en communion avec la nature.

— Je me suis permis tous ces jours-ci de me servir de ton vélocipède, dit le végétarien en guise de salut et en mâchant le dernier mot avec une certaine moquerie.

— Tu as très bien fait, répond Pablo, mais aujourd'hui j'ai envie de rentrer en faisant une promenade, si tu veux bien.

— Pas de problème.

Kropotkine le remercie en remuant la queue, en parfaite harmonie avec l'esprit de son maître. Pendant le trajet, tout en poussant la bicyclette, Robinson raconte à son ami d'enfance ce qu'il a fait ces derniers jours à Paris.

— J'ai été désigné pour recruter des gens prêts à faire la révolution. Ouvriers, syndicalistes, anarchistes, communistes si besoin ; bref, tout émigrant espagnol pourvu d'assez de courage pour tout quitter et prendre les armes.

— Ben dis donc, il semblerait que les gens du Comité aient fini par succomber à tes dons messianiques, ironise Pablo. Et tu as réussi à embobiner quelqu'un ?

— J'en ai convaincu quelques-uns, oui.

— Et que leur as-tu dit ?

— « Frères, récite Robinson en enflant la voix comme le ferait un acteur de théâtre, l'heure est venue de renverser la dictature. En Espagne, les syndicats et les associations ouvrières ont été interdits, les prisons sont pleines de nos camarades. Nous ne pouvons fermer les yeux. La seule possibilité est la révolution. Nous préparons à la frontière une insurrection propre à encourager le reste du pays à se soulever. Quand nous entrerons en Espagne, le peuple s'unira avec nous et un gouvernement d'extrême gauche prendra le pouvoir. Tous ceux qui décideront de s'enrôler recevront un peu d'argent et leur billet de train ; les armes leur seront remises à la frontière, pour éviter qu'elles ne soient confisquées par la police française durant le trajet… »

— Je ne peux pas croire que tu aies eu du succès avec un discours aussi bâclé, l'interrompt Pablo.

Bien que Robinson ne daigne pas répondre, ce qui est sûr c'est qu'en endossant son rôle de joueur de flûte de Hamelin il a déjà réuni plusieurs dizaines d'adeptes, dont un grand nombre venu des usines Renault, où travaille Durruti, qui a fait beaucoup de prosélytisme parmi les ouvriers les plus mécontents de leur situation en France. Dans les locaux syndicaux, on s'est aussi montré enclin à soutenir la tentative d'invasion et il y a eu de nombreuses adhésions, de même qu'à la maison communale et aux alentours de la Bourse du travail. Au local du Groupe lyrique théâtral espagnol, Robinson a réussi à recruter quelques volontaires à la fin de la représentation, avec l'aide inestimable de Felipe Sandoval, un membre du Comité qui rôde toujours dans le coin et qui est monté à la tribune pour haranguer l'assistance, à qui il a promis que la révolution signifiera l'amnistie pour tous les prisonniers et tous les fugitifs, pour les déserteurs et tous ceux qui ont dû fuir l'Espagne pour sauver leur peau. Son intervention passionnée s'est achevée avec toute l'assistance criant en chœur « Vive la révolution ! ». En outre, Robinson a l'intention, la semaine qui vient, de parcourir les quartiers où est concentrée la majeure partie des exilés espagnols, comme Saint-Denis ou Ménilmontant, et les bars et cafés les plus fréquentés par les anarchistes et les syndicalistes, comme le café Floréal de l'avenue Parmentier, ou ceux de l'avenue Gambetta et de la rue de Bretagne.

— Au fait, dit Robinson, l'air de rien, au Point du Jour également il y a eu des gens intéressés, et un moment j'ai eu l'impression que ton ami argentin allait me dire qu'il s'inscrivait lui aussi.

Pablo ne répond rien, mais quelque chose remue dans son estomac.

— Et comme je vais manger tous les jours au restaurant végétarien de la rue Mathis, j'ai pu aussi réveiller les consciences de deux ou trois clients espagnols. Il y a un Galicien qui est assez convaincu de s'enrôler, un type à l'air intellectuel qui donne des conférences en espéranto sur le naturisme et l'amour libre. Je suppose que c'est pour ça qu'on l'appelle « el Maestro ». Tu pourrais venir un jour y déjeuner avec moi, je te le présenterais.

Mais le travail de recrutement qu'on a confié à Robinson n'est qu'une pièce du conglomérat d'activités du projet révolutionnaire. Comme il l'explique à Pablo pendant qu'ils prennent par le faubourg du Temple, le groupe fonctionne par un système d'assemblées, mais dans la pratique les principaux idéologues de l'opération sont Buenaventura Durruti et Francisco Ascaso. Les deux hommes sont parfaitement complémentaires : Durruti est un homme d'action, le leader charismatique qui sait enflammer les masses par son enthousiasme et ses paroles ; Ascaso apporte la réflexion et le calcul, la froideur et la stratégie. Tous deux ont une idée proche de ce que doivent être la révolution et la lutte anarchiste ; une idée assez éloignée, à vrai dire, de celle de Robinson, qui lorsqu'on lui demande ce qu'est l'anarchisme répond : « L'anarchisme ? C'est la doctrine de l'amour universel. » Et il est tout fier de ce qu'il dit.

À part Robinson, chargé du recrutement, Durruti et Ascaso ont nommé différentes personnes de confiance pour des tâches plus spécifiques. A été élu responsable du financement Pedro Massoni, homme de bonnes relations, habitué à manier les chiffres et l'argent depuis que les sbires de Bravo Portillo l'ont rendu borgne et boiteux dans la Barcelone de 1919. Sa première initiative a été d'organiser une collecte interne pour acheter des armes : trente francs par tête, qui pourront être récupérés avec la vente de timbres « pour la libération de l'Espagne » destinés aux sympathisants de la cause.

Miguel García Vivancos, un des membres de Los Solidarios qui a participé à l'attaque de la banque de Gijón, est chargé de trouver les armes, ce pour quoi il a ouvert trois fronts : d'un côté, les bolcheviques russes installés en France, toujours prêts à fournir du matériel de première qualité aux camarades communistes, mais plus réticents à négocier avec les anarchistes ; d'un autre, les trafiquants d'armes de la guerre du Maroc, bien qu'ils aient des débouchés assurés et soient peu enclins à traiter avec des exilés espagnols dont l'objectif est précisément de renverser le régime qui leur assure de gros bénéfices ; enfin, et cela semble être la voie la plus économique et la plus réalisable, on trouve les petits groupes de contrebandiers français qui ratissent les anciens champs de bataille de la Grande Guerre, pour localiser les arsenaux abandonnés et revendre les armes en bon état qu'ils y trouvent.

C'est à Ramón Recasens (connu aussi sous le nom de « Bonaparte », car il a quelque chose de Napoléon, avec sa petite taille et son goût pour la stratégie militaire) et à Luis Naveira (un type élégant qui était infirmier ou aide-soignant à Saint-Jacques-de-Compostelle et qu'on appelle « le Portugais », bien qu'il soit galicien) qu'il revient de fabriquer les faux passeports et autres documents pour les membres du groupe des Trente, car nombre d'entre eux sont fichés par la police et pourraient mettre l'expédition en péril s'ils voyageaient sous leur vrai nom.

Gregorio Jover, surnommé « le Chinois », autre ex-membre de Los Solidarios qui s'est échappé quelques mois plus tôt d'un commissariat de Barcelone en sautant par la fenêtre, a été désigné délégué du Comité et s'occupe des communications avec les différents groupes engagés dans le mouvement, tant ceux du sud de la France, dont la mission est de faire de nouveaux adeptes qui rejoindront les groupes en provenance de Paris, que ceux de l'intérieur de l'Espagne, avec lesquels il est plus difficile et plus dangereux d'entrer en contact.

Enfin, Mariano Pérez Jordán, alias « Teixidó », l'homme à la voix râpeuse amateur de tabac à priser, a été nommé responsable de la propagande, ce qui explique pourquoi il a sauté sur Pablo l'autre soir après le meeting de Blasco Ibáñez, car la publication des tracts est l'une de ses principales missions. Pour les autres activités, il n'y a pas de responsable spécifique, on les désigne au fur et à mesure.

— Et quel est le plan de l'expédition ? demande Pablo alors qu'ils traversent la place de la République.

— Je te le dirai plus tard, murmure Robinson en apercevant plusieurs policiers au coin d'une rue.

Mais nous, nous pouvons prendre quelques minutes d'avance pendant que les deux amis marchent en silence dans le labyrinthe des rues du troisième arrondissement. L'idée est que deux grands groupes partent de Paris pour la frontière, l'un en direction des Pyrénées occidentales et l'autre des Pyrénées orientales. Le premier se rassemblera à Saint-Jean-de-Luz jusqu'à ce que vienne l'ordre de libérer l'Espagne, en attaquant les postes-frontière et en prenant Irún, pour arriver finalement à Saint-Sébastien, où certains secteurs de l'armée semblent prêts à se soulever ; le second s'installera à Perpignan, pour traverser à Portbou, en direction de Figueras et libérer les camarades enfermés au pénitencier avant d'avancer jusqu'à Barcelone, où devra se produire le soulèvement définitif avec l'aide des mouvements sociaux et des militaires rebelles de la caserne Atarazanas. Pour que le plan fonctionne, les deux expéditions doivent être parfaitement coordonnées d'abord entre elles mais aussi avec les mouvements révolutionnaires de l'intérieur, dont la mission est d'attaquer les casernes et de construire des barricades, pour mettre en difficulté les forces de sécurité et inciter la population à se rebeller contre la dictature avec l'aval des forces armées les plus progressistes et des politiciens de tendance libérale. D'après certaines rumeurs, il est aussi possible que par l'ouest et le sud de la Péninsule interviennent simultanément d'autres groupes révolutionnaires, constitués d'exilés espagnols au Portugal, en Algérie et en Amérique latine et de certaines factions rebelles de l'armée qui combat au Maroc, lasses d'une guerre qu'elles jugent absurde et inutile. Bien entendu, Durruti et Ascaso sont conscients que l'opération ne peut être un succès que si la révolution éclate de façon simultanée dans tout le pays, comme s'il s'agissait d'une marmite sur le feu, dont toutes les gouttes d'eau entrent en ébullition en même temps.

Voilà, plus ou moins, ce que Robinson raconte à Pablo le temps qu'ils arrivent à la rue Saint-Denis et qu'ils s'assoient sous le porche pour partager une cigarette avant de monter chez eux.

— Alors, mon petit Pablo, quand vas-tu te décider ? demande Robinson après un inconfortable silence.

— Quand je vais me décider à quoi ?

— Mais enfin, tu le sais, à collaborer avec nous.

— Je ne sais pas, si le vieux Faure refuse, on ne pourra pas faire grand-chose. Vous êtes fous si vous croyez que je serai capable de le convaincre.

— Nous ne voulons pas que tu le convainques, mais que tu imprimes les tracts sans qu'il s'en rende compte.

— Ça, c'est impossible.

— Pourquoi ?

— Parce que le vieux n'est pas idiot. De combien d'exemplaires s'agit-il ? De centaines, de milliers ?

— Plutôt de milliers.

— Eh bien tu parles. Je ne peux pas faire disparaître des milliers de feuilles de papier sans qu'il s'en aperçoive. En plus, elles sont à l'en-tête de l'imprimerie, il finirait par s'en rendre compte même si nous distribuions tous les tracts en Espagne.

— Et si c'est nous qui te fournissons le papier ?

Pablo tire une dernière fois sur la cigarette et lance le mégot vers l'autre trottoir, en le catapultant avec le pouce et le majeur. Kropotkine, croyant que c'est un jeu, court le chercher.

— Mince, tu vas finir par me convaincre.

Et les deux amis montent se coucher, chacun plongé dans ses propres pensées.

Le samedi comme le dimanche, Pablo se lève à la première heure et va à l'imprimerie à bicyclette. Il y passe la journée tout entière à travailler au forfait, car outre corriger, maquetter et imprimer le matériel que lui ont laissé durant la semaine les différents rédacteurs de l'hebdomadaire *Ex-ilio*, il doit enchaîner avec les huit pages de la brochure du Groupe international d'éditions anarchistes, *España, un año de dictadura*, rédigée par

Durruti et l'aîné des frères Orobón, Valeriano, qui malgré sa jeunesse se distingue déjà comme écrivain et traducteur (il signera précisément les paroles espagnoles d'*A las barricadas*[3]). Pablo a tellement de travail qu'il a dû imaginer une ruse pour motiver le paresseux Julianín : le gamin touche cinq centimes pour chaque coquille qu'il trouve dans les épreuves ; en revanche, pour celles qu'il laisse passer, il doit en payer dix. À la grande frustration du pauvre apprenti, le bénéfice est le plus souvent misérable, quand il n'est pas carrément négatif, mais au moins Pablo parvient à le tenir intéressé et occupé à son travail.

Après sa dure journée, le compositeur retourne dans son antre et fume une cigarette avec Robinson, avant d'aller au lit. De son côté, le végétarien profite de l'emploi du temps intense de Pablo pour dormir un peu plus longtemps sur le matelas quand son ami part pour l'imprimerie, moment où il ouvre la porte de la mansarde et laisse entrer Kropotkine, qui se glisse entre les draps, ce petit monsieur, comme pour confirmer ce que l'Anglais qui l'a offert à Robinson lui a dit : « *Take care of him, boy*, ce *dog* descend du dernier teckel de *the queen* Victoria. » Mais cette prestigieuse lignée ne l'empêche pas de laisser des poils sur les draps et Pablo finit par s'en apercevoir, même s'il ne dit rien. Robinson profite aussi du week-end pour retrouver au local de la Librairie Internationale les camarades anarchistes du Comité et les mettre au courant de ses progrès en matière de recrutement de révolutionnaires. Il est décidé que la brochure une fois prête Robinson se chargera de sa distribution à Paris, en profitant de ce travail de recrutement, pour lequel le pamphlet sera assurément un bon complément.

Le lundi matin 13 octobre, *España, un año de dictadura* circule désormais de main en main dans la Ville Lumière, pendant que Pablo dort dans le train en direction de Marly, après un week-end épuisant qui s'est terminé la veille sur le coup de minuit.

---

3. Hymne de la Confédération nationale du travail (CNT).

III
(1896-1899)

« CINÉMATOGRAPHE LUMIÈRE, ICI. » Et au-dessous, en caractères plus petits, le prix de l'entrée : « Une peseta. » Pablo et le crieur de journaux étaient arrivés au 34 rue San Jerónimo le cœur palpitant, après être passés par la rédaction de *La Época* rue Libertad, et ils faisaient maintenant la queue pour assister au jamais vu, à l'impensable, à l'inimaginable : la photographie animée. La première séance aurait lieu à dix heures et ils ne voulaient la manquer pour rien au monde, dussent-ils dépenser tout ce qu'ils avaient dans les poches. Quand leur tour arriva, l'aîné des deux garçons demanda :

— Les enfants paient demi-tarif, non ?

Le guichetier les regarda à travers son monocle, l'air peu aimable.

— Si vous avez moins de dix ans, oui, se contenta-t-il de dire, en caressant une barbe épaisse qui partait de ses pommettes.

— Dix ans à nous deux ou chacun ? voulut savoir le garçon.

L'homme fut si surpris par la question qu'il dit :

— Allez, donnez-moi une peseta et entrez avant que je m'en repente.

Pablo sortit de sa poche les deux réaux que lui avait donnés son père et les posa sur le comptoir, tandis que le crieur de journaux réunissait plusieurs piécettes jusqu'à atteindre une demi-peseta. Le guichetier leur donna deux billets et bredouilla quelques mots incompréhensibles, pendant que le ciel se couvrait brusquement, jaloux de la joie des deux gamins.

À l'intérieur du local, des hommes et des femmes discutaient des vertus du nouvel appareil. Les optimistes affirmaient que le cinématographe aiderait à améliorer la vie des gens et contribuerait à développer la pensée humaine. Les pessimistes avaient l'air convaincus que ce ne serait qu'un divertissement de foire, comme tant d'autres qui étaient apparus et avaient disparu sans faire plus de bruit que cela. Quant aux apocalyptiques de service, ils prédisaient que cela assécherait le cerveau des enfants et tuerait le théâtre, l'opéra et la zarzuela. Mais ils étaient tous là, dans l'attente, impatients d'assister à l'événement de l'année. Soudain une porte s'ouvrit sur un petit homme tout pomponné ; il passa devant la grande toile blanche qui présidait au fond de la salle pour aller s'asseoir à un piano allemand Spaethe tout neuf. Ce n'est qu'alors, avec une ponctualité rigoureuse, que s'éteignirent les lumières et tout le monde courut s'asseoir. Dans la pénombre, l'épais brouillard des cigarettes sembla se condenser, les spectateurs retinrent leur respiration, et un ronron se fit entendre derrière eux. Presque aussitôt, un projecteur illumina la toile blanche et sous les yeux des spectateurs apparut l'image d'une rue de Paris, avec ses voitures, ses immeubles et ses habitants figés, immobiles. Un murmure de déception s'éleva dans la salle, mais brusquement, d'un seul coup, tout le monde se tut et un frisson parcourut la plupart des colonnes vertébrales : l'image avait commencé à bouger presque comme la vie même, bien que ce fût dans des tons de gris. Les calèches circulent d'un bord à l'autre de l'écran ; les passants se déplacent en les évitant et disparaissent derrière la toile blanche ; des enfants jouent avec un chien, qui aboie en sourdine et bondit comme un fou ; des cyclistes passent devant la caméra et saluent en souriant les spectateurs madrilènes stupéfaits, qui lèvent instinctivement le bras pour leur rendre leur salut. Tout cela égayé par la musique joyeuse du petit homme pomponné.

— Ooohh ! dirent plusieurs voix quand la bande s'interrompit au bout d'une minute à peine.

Mais il n'y eut pas beaucoup de temps pour commenter l'affaire, parce qu'une nouvelle image grise s'empara de l'écran et se mit en mouvement. Cette fois, c'était un train qui fonçait à grande vitesse sur les spectateurs.

— Aaahh ! crièrent certains, en tournant la tête, agrippés à leurs sièges.

Par bonheur, le train poursuivit son chemin, alla se perdre sur la gauche, et les plus craintifs respirèrent, soulagés. Il finit par s'arrêter et de nombreux voyageurs descendirent de voiture ou y montèrent. Après plusieurs secondes d'obscurité, apparut sur l'écran l'image d'un jardinier qui arrosait des fleurs, suivi par un chenapan qui entra silencieusement en scène et marcha sur son tuyau sans qu'il s'en aperçoive, coupant l'eau : le jardinier, surpris, regarda le bout de son tuyau et juste à ce moment-là le gosse leva le pied et l'homme reçut le jet en plein visage.

— Ah ! ah ! ah ! rirent quelques spectateurs, parmi lesquels Pablo et le jeune crieur de journaux.

Après le jardinier apparurent trois hommes qui jouaient aux cartes autour d'une table. Puis, diverses personnes se promenant au bord de la mer. Plus tard, les sveltes chevaux d'un concours hippique, suivis de plusieurs ouvriers sortant d'une usine… Pour finir, les spectateurs madrilènes purent jouir d'un idyllique petit déjeuner en famille : un père et une mère donnaient à manger à un gracieux bébé qui souriait comme un petit ange, la bouche débordant de bouillie.

Les lumières se rallumèrent d'un coup, tandis que mouraient les dernières notes du piano Spaethe. Mais les images animées restèrent encore longtemps sur les rétines des spectateurs ; pour certains, comme Pablo, cela deviendrait le plus beau souvenir de leur enfance.

— Ouahou, dit le crieur de journaux en quittant la salle.

Pablo lui répondit par le plus éloquent des silences. La séance avait duré un quart d'heure à peine, mais ses yeux brillaient maintenant d'un éclat différent. Dehors, les nuages s'étaient déchaînés et il pleuvait violemment.

— Comment est-ce qu'on revient à la place Santo Domingo ? demanda Pablo quand il eut récupéré la parole.

— Allez, je t'accompagne, répondit l'autre.

Et ils se mirent à courir sous la pluie, la tête pleine d'images en mouvement. Quand ils arrivèrent sur la place, la pluie avait cessé et un soleil timide se frayait un passage entre les nuages.

— Comment tu t'appelles ? demanda Pablo.

— Holgado, Vicente Holgado, répondit le vendeur de journaux. Et toi ?

— Martín, Pablo Martín.

Ils se serrèrent la main comme des hommes, sans soupçonner que des années plus tard ils se retrouveraient face à face.

Quand Julián rejoignit son fils, il le trouva pelotonné dans un coin, grelottant très fort et avec dans les yeux un éclat qu'il ne lui avait jamais vu. Il lui mit la main sur le front et constata qu'il était brûlant. Ils rentrèrent à la pension en tramway et Pablo se mit au lit après avoir avalé un breuvage à la quinine qui réussit à faire baisser sa fièvre. Le lendemain, fête de San Isidro, ils retournèrent à la bruyante gare du Nord et prirent le train pour Bilbao : l'aventure madrilène était terminée.

Les jours suivants, la famille Martín Sánchez attendit impatiemment le résultat du concours tandis qu'à Madrid le cinématographe Lumière connaissait un succès retentissant, au point que la Maison royale elle-même demanda une projection privée, en présence du jeune Alphonse XIII et des infantes Marie-Thérèse et Isabelle, ainsi que de la reine régente Marie-Christine. Enfin, au début du mois de juin de cette année 1896, la nouvelle tant espérée arriva à Baracaldo : Julián Martín Rodríguez avait obtenu la place d'inspecteur de l'enseignement primaire pour la province de Salamanque. Et bien qu'il ne s'agît que d'un poste de troisième classe, le traitement annuel s'élevait à trois mille pesetas.

— Nous ne pouvons pas refuser, dit María.

— Nous ne pouvons pas refuser, répéta Julián.

— En plus, ce sera bon pour la maladie de Pablo, ajouta María.

— Oui, ce sera bon pour la maladie de Pablo, répéta de nouveau Julián.

C'est ainsi que les Martín Sánchez convinrent de ce qui suit : le père et le fils emménageraient à Salamanque à la rentrée suivante tandis que la mère et la fille resteraient pour l'instant à Baracaldo, car la vie d'un inspecteur de province consistait à constamment voyager, de ville en ville et de pension en pension. Plus tard, si Julián parvenait à faire suffisamment d'économies, ils s'installeraient tous les quatre à Salamanque, même s'il devait continuer à sillonner la province. L'été passa, septembre arriva, Pablo et Julián firent leurs valises et se préparèrent au dur hiver de la meseta castillane. À la gare, comme s'ils répétaient la scène vécue quatre mois plus tôt, Julia et María agitèrent leurs mouchoirs tandis que Pablo collait son nez à la vitre et répétait en lui-même les mots de « belle, belle, belle ». Cette fois, cependant, il tarderait bien davantage à revoir sa sœur.

La première chose que firent les Martín en arrivant à Salamanque, après s'être installés dans une modeste pension près de la nouvelle gare, fut de rendre visite à l'ancien inspecteur, don Cesáreo Figueroa. Veuf, celui-ci vivait retiré à Villares de la Reina, petit village collé au chef-lieu. Il les reçut en espadrilles et en postillonnant tout du long, effet de la bronchite chronique qu'il traînait depuis des années.

— Ces Philippins n'ont plus aucun respect pour nous, dit-il en guise de salut, en brandissant un exemplaire d'*El Adelanto*. Et tout ça à cause du mauvais exemple des Cubains ! Mais entrez, entrez, je vous en prie.

Don Cesáreo Figueroa les conduisit jusqu'au salon et leur proposa un verre de vin, que Julián refusa poliment.

— La première chose à faire, dit l'homme en s'adressant à Julián, tandis que Pablo se distrayait en observant les taches sur la peau de vache qui faisait office de tapis, c'est vous acheter un âne, ou un mulet, pour aller d'un village à l'autre, car le plus long chemin entre deux points est souvent le bon.

Julián fit oui de la tête, sans très bien comprendre le sens de ces derniers mots.

— Si vous voulez, je peux vous vendre le mien, dont je n'ai

absolument plus besoin… en plus il connaît le chemin ! ajouta-t-il, et il lâcha un éclat de rire qui lui provoqua un accès de toux.

Quand il fut calmé, don Cesáreo les mena à l'écurie, située à l'arrière de la maison.

— Attention dans l'escalier, prévint-il, il est si vieux qu'il hurle comme si je le tuais chaque fois que je descends donner à manger à Lucero.

En voyant arriver son maître et les deux étrangers, le mulet leva la tête.

— Je l'ai acheté il y a trois ans à la foire de Béjar, il est intelligent comme pas un, dit-il en caressant le museau de l'animal. Lucero, je te présente MM. Martín. Et un nouvel accès de toux interrompit les présentations.

Deux heures plus tard, Pablo et Julián rentraient à Salamanque sur le dos du mulet Lucero.

Les premières années furent difficiles. Le travail de Julián consistait à aller d'une école à l'autre dans toute la province, y compris celles du chef-lieu, pour contrôler le travail des maîtres de l'enseignement primaire, tant du premier que du second degré : le premier était obligatoire, il concernait les garçons et les filles de six à neuf ans, et avait pour objectif de leur apprendre à lire, à écrire et à dominer les quatre opérations ; le second n'était plus obligatoire, il allait jusqu'à treize ans et comprenait des matières comme l'histoire et la géographie, et même la physique, la géométrie et l'arpentage pour les garçons, et des travaux d'hygiène domestique pour les filles, sans oublier l'enseignement de la doctrine chrétienne. Comme les écoles n'étaient pas mixtes (ce n'était autorisé que dans les plus petits villages), Julián devait laisser Pablo à la pension quand il allait inspecter des écoles de filles, mais il l'emmenait avec lui dans celles de garçons pour qu'il se mêle à des enfants de son âge pendant que lui-même s'entretenait avec le maître avant de lui remettre une liste de soixante instructions qui devaient être scrupuleusement suivies. Si ce n'était pas le cas, il le notait dans le cahier des visites, un grand classeur à couverture verte que les maîtres regardaient avec crainte ou méfiance, et il les prévenait, sur un ton d'avertissement :

— J'espère que la prochaine fois vous aurez remédié à ces petits manquements.

L'après-midi, une fois terminée sa journée de travail, il se consacrait à l'instruction de son fils, qui absorbait avidement toutes les connaissances que son père lui inculquait, sans trop se soucier de les apprendre à Ciudad Rodrigo ou à Cantalapiedra, à Alba de Tormes ou à Guijuelo. C'est ainsi que durant les premières années, il étudia la grammaire et l'orthographe, les mathématiques et la géographie, un peu de latin et quelques rudiments de français, des éléments de sciences naturelles et seulement les quatre règles de base du catéchisme, car au fond de lui Julián était anticlérical et il trouvait toujours une excuse pour remettre à plus tard l'enseignement de la doctrine catholique. Mais les moments où il avait le plus de plaisir à éduquer son fils, c'étaient le dimanche et les jours de fête. S'il faisait beau, il l'emmenait en excursion à la campagne et lui apprenait à distinguer un *lactarius deliciosus* (la savoureuse girolle) d'un *lactarius torminosus* (le lactaire à toison, hautement toxique), ou entre un étourneau et un merle :

— Tiens, regarde bien, les étourneaux ne font pas de nid. Ils dorment là où ils trouvent un abri, souvent dans les creux des arbres. En revanche, les merles tirent parti de tout ce qu'ils trouvent pour bâtir leur maison : racines, branches, feuilles, mousse, jusqu'à des bogues de châtaigne s'il le faut, puis ils renforcent le tout avec de la boue pour que ce soit plus consistant. Et toi, Pablo, qu'est-ce que tu préférerais être, un merle ou un étourneau ?

Si le temps était mauvais, ils restaient à la pension et Julián initiait son fils aux échecs ou à bâtir des châteaux avec des cure-dents, ou bien il lui racontait des histoires extraordinaires, très souvent inspirées de la biographie de personnages historiques.

— Je t'ai déjà raconté l'histoire d'Évariste Galois ? lui demandait-il tout en préparant une infusion ou en remuant les bûches dans la salamandre. Et, comme Pablo ne répondait pas, il retraçait pour la énième fois la vie de ce mathématicien de génie mort en duel en 1832, à vingt ans à peine. Pauvre garçon, allez savoir ce qu'il aurait fait s'il n'avait pas eu une telle malchance. Il avait essayé par deux fois d'entrer à l'École polytechnique, la plus prestigieuse académie de mathématiques de France, et les deux fois il avait échoué au concours. Et tu sais ce qu'a dit plus tard un illustre mathématicien français ? Qu'il n'avait pas réussi aux épreuves parce qu'il était plus intelligent que les membres du jury. Il paraît que Galois lui-même aurait dit, après avoir été collé : *Hic ego barbarus sum quia non intellegor illis*, c'est-à-dire : « Comme ils ne me comprennent pas, je suis un barbare. »

Pablo écoutait attentivement les histoires de son père, comme si c'étaient les contes de Perrault.

— À dix-sept ans il avait déjà fait des découvertes mathématiques fondamentales, et il compila toutes ses théories dans un mémoire qu'il envoya à l'Académie des sciences. Et tu sais ce qui arriva ? Ils perdirent le manuscrit ! Mais ce ne fut pas le pire : deux ans plus tard il présenta un nouvel ouvrage avec lequel il aspirait à remporter le Grand Prix de mathématiques de l'Académie des sciences. Le secrétaire de l'Académie l'emporta chez lui pour l'examiner… et il mourut dans la nuit ! Quand on essaya de récupérer le manuscrit chez le défunt, on ne le trouva nulle part. Alors Évariste Galois, déçu du monde et de la stupidité humaine, renonça à la gloire des mathématiques et entreprit de faire la révolution politique. « S'il faut un cadavre pour réveiller le peuple, je donnerai le mien », dit-il.

— Et qu'est-ce qui s'est passé ? demandait Pablo, impatient, bien qu'il connût déjà l'histoire.

— Que veux-tu qu'il se soit passé, mon garçon ? On l'a mis en prison. Et quand il en est sorti, ses ennemis politiques l'attendaient. Quelqu'un le provoqua en duel et Galois ne sut pas, ou ne voulut pas, refuser. Peut-être cherchait-il à mourir, après tant d'échecs. La nuit avant le duel il écrivit comme un fou toutes les découvertes mathématiques qu'il avait faites durant sa vie. Régulièrement, il notait dans les marges : « Je n'ai pas le temps, je n'ai pas le temps. » Quand l'aurore pointa à la fenêtre, il rédigea une lettre d'adieu et se dirigea vers sa propre mort. Mais ça, je te l'ai déjà raconté, non ? demandait Julián.

Pablo secouait la tête et son père en profitait pour boire une gorgée de son infusion ou mettre une bûche dans le feu.

— Ce fut un duel au pistolet, à vingt-cinq pas. Les deux jeunes gens se retournèrent en même temps, mais on n'entendit qu'un coup de feu. Galois tomba sur les genoux, les intestins perforés. On le donna pour mort et on le laissa sur place, allongé par terre, jusqu'à ce que quelqu'un le trouve et l'emmène à l'hôpital. Évariste eut encore le temps, avant de mourir, de faire venir son frère cadet : « Ne pleure pas, lui dit-il en le voyant arriver. J'ai besoin de tout mon courage pour mourir si jeune. » Et tu sais le plus beau de tout ? Les mathématiciens les plus importants étudient encore aujourd'hui ce qu'il avait écrit lors de cette dernière nuit…

À Noël et en été, père et fils rentraient à Baracaldo, pour passer leurs vacances près de María et de la petite Julia, qui entre deux visites grandissait à pas de géant. Pablo passait alors des heures et des heures avec sa sœur, à lui raconter ce qu'il avait vu et appris au cours des derniers mois, en mélangeant toutefois à parts égales réalité et imagination. Et comme il n'avait toujours pas d'odorat, ses parents en profitaient pour l'emmener de nouveau chez le docteur.

— Ce dont cet enfant a besoin, c'est du climat sec de l'intérieur, répétait le docteur d'une voix lasse ; et il les renvoyait avec sa phrase habituelle : N'oubliez pas que la meilleure ruse du diable est de faire croire qu'il n'existe pas.

Si bien que le père et le fils repartaient pour les terres de

Castille, poursuivant leur périple particulier, pendant que le pays s'effondrait à cause des conflits d'outre-mer : en février 1898, les États-Unis déclaraient la guerre à l'Espagne et l'été suivant, toutes les colonies étaient perdues, ce que ne devait pas voir le chef du gouvernement, Antonio Cánovas del Castillo, assassiné un an plus tôt par l'anarchiste italien Michele Angiolillo alors qu'il pratiquait l'hydrothérapie aux thermes de Santa Águeda.

— C'est quoi, un anarchiste, papa ? demanda Pablo, en entendant ce mot pour la première fois.

— Je te l'expliquerai quand tu seras plus grand, lui répondit son père. Tu es trop petit encore pour comprendre.

Mais peu après, un autre anarchiste italien, Luigi Lucheni, assassinait à Genève l'impératrice Sissi, en lui plantant un stylet dans le cœur, et Pablo demanda de nouveau :

— C'est quoi, un anarchiste, papa ?

Quand Julián ne savait plus comment se défiler, il changeait de sujet ou allait à la fenêtre pour apprendre une fois de plus à son fils le nom des constellations :

— Regarde, disait-il en montrant le ciel, celle qui a la forme d'un char c'est la Grande Ourse. Et celle-là, plus petite, c'est la Petite Ourse. Et cette autre, là, qui a la forme d'un M aplati, elle s'appelle Cassiopée. Oui, mon garçon, oui : un M, le M de Martín.

Ainsi passèrent les jours, les semaines, les mois et les années, et malgré les problèmes de la patrie, de la nostalgie et de la vie errante, si quelqu'un avait eu l'idée saugrenue de demander aux Martín s'ils étaient heureux, le plus probable est que la réponse aurait été affirmative. Mais au fond, peut-être de façon inconsciente, il y avait quelque chose qui manquait à Pablo. Quelque chose qui se produisait toujours dans les romans d'aventures qu'il lisait avant de dormir. Quelque chose qu'il n'avait jamais eu et que la transhumance continuelle rendait plus difficile encore. Quelque chose qui pouvait se résumer d'un mot : un ami. Julián ne pouvait pas remplir ce rôle, absolument pas. Et Lucero non plus, même si Pablo le prenait de temps en temps pour interlocuteur.

Non, ce dont le gamin avait besoin, c'était d'un Athos, d'un Porthos, d'un Aramis. Bien sûr, lorsqu'ils restaient plusieurs jours dans le même village, Pablo finissait par y connaître les enfants de son âge, avec lesquels il lui arrivait de jouer sur la Plaza Mayor ou d'aller chasser les sauterelles au bord de la rivière. Mais quand ils y revenaient l'année suivante, la plupart d'entre eux ne se souvenaient pas de lui et alors il préférait rester à la pension pour lire ses romans d'aventures. Cela aurait continué longtemps si, à la fin de 1899, peu avant les vacances de Noël, il n'avait pas connu Robinson Crusoé.

– 4 –

> La vie d'Unamuno à Paris eut comme axe le café de La Rotonde. À propos de cet établissement, tous les chroniqueurs de la période répètent le même cliché : La Rotonde est le café des rébellions.
>
> EDUARDO COMÍN COLOMER,
> *Unamuno, libelista*

— Un travail impeccable, marmonne le type à la voix râpeuse et au visage piqué de petite vérole, qui tient entre les mains un exemplaire d'*España : un año de dictadura*, vraiment impeccable. En une semaine, nous avons réussi à inonder Paris de pamphlets. Le succès a été retentissant, et pas seulement dans la colonie espagnole, les Français aussi commencent à ouvrir les yeux. Entre les meetings et ça, l'affaire est chauffée à blanc. Je viens d'apprendre que Blasco Ibáñez a trouvé un traducteur français pour sa brochure et que son éditeur espagnol, Juan Durá, est impatient de la publier. On dirait que ça marche pour le cher Vicente, il va aussi être traduit en anglais et distribué en Amérique. Un million d'exemplaires en tout, dit-on, subventionnés par les communistes russes, qui veulent exporter leur révolution dans toute l'Europe. On dit aussi qu'ils lui ont envoyé cinq cent mille francs pour financer l'édition et la distribution, mais Blasco ne confirme ni ne dément. Un peu de tabac ?

— Non, refuse Pablo avec brusquerie, un peu mal à l'aise à cette réunion improvisée dans un salon privé de La Rotonde.

Évidemment, l'homme qui ne cesse de parler est Teixidó, le responsable de la propagande du Comité, celui-là même qui l'a abordé il y a quinze jours lors du meeting où Blasco Ibáñez a pris la parole. Près de lui se tient Vivancos, chargé de trouver les armes pour l'expédition révolutionnaire. Et à ses côtés, Robinson, dont le sourire séraphique ne parvient pas tout à fait à rassurer Pablo.

— Je crois que Durruti et Massoni ne vont pas tarder, dit Teixidó tout en portant une pincée de tabac à son nez et en aspirant à fond. On va attendre cinq minutes, et sinon on te racontera ça nous-mêmes. En tout cas, je suis heureux que tu aies décidé de collaborer avec le Comité.

— Bon, je n'ai fait que mon boulot. Celui que vous devez remercier, c'est le vieux Faure.

— Non, je ne parle pas de la brochure, mais des tracts que nous voulons imprimer et emporter en Espagne. C'est une chance de pouvoir compter sur ton aide, car ne crois pas que la chose soit facile…

— Quoi ? Non, non, non, je ne me suis pas du tout engagé pour les tracts.

— Ah non ? Mais Robinson nous a dit que…

Six yeux se tournent à l'unisson vers celui qui se réfugie sous un chapeau melon.

— C'est en parlant qu'on se comprend, non ? se défend le végétarien, que trois regards carnivores sont sur le point de dévorer. Mais avant que quiconque ait pu lui répondre, la porte s'ouvre et Durruti entre, en ôtant étourdiment son habituelle casquette bleue de mécanicien, suivi de Massoni, avec son air de banquier rêveur. Du dehors parvient le vacarme de la soirée de don Miguel.

Nous sommes samedi 18 octobre 1921 et sur Paris tombe une petite pluie fine mais persistante qui humidifie les vêtements et les cœurs. Pablo est parti pour Marly et il en est revenu. Et ce soir il s'est laissé convaincre par Robinson de venir à La Rotonde, le café par excellence des rébellions et des conspirations, à l'angle des boulevards Raspail et Montparnasse. C'est dans ce café que Lénine a commencé à concevoir sa croisade à lui, tandis qu'il jouait aux échecs avec ses compatriotes nihilistes, et c'est là que Trotski s'est fait connaître par ses discours, tout en buvant à grandes gorgées un café aussi épais que le lit de la Seine. Il a aussi été fréquenté par des écrivains : Rubén Darío y venait souvent vider des bouteilles de cognac qu'il allait ensuite cuver à la rédaction de la revue *Mundial*, dont il était le directeur ; Pío Baroja y passait régulièrement, chaussé d'espadrilles et une écharpe autour du cou, en se lamentant de s'ennuyer beaucoup plus à Paris que près de la Bidassoa ; Josep Pla lui-même, avec son air de paysan ronchon, s'asseyait dans un coin pour râler contre tout ce qui bougeait. Mais La Rotonde n'a pas seulement vécu de plumitifs et de révolutionnaires : elle a été aussi pendant des années une fourmilière d'artistes, de bohèmes, d'étudiants, de travestis, d'indics, de délinquants de bas étage et d'une infinité de gens qui y passaient des heures à discuter, en buvant de l'absinthe ou en contemplant les tableaux qui encombraient ses murs, dont les modèles, qui venaient de temps en temps, étonnaient la clientèle en montrant leurs jarretelles et en se mettant du rouge aux lèvres en public.

Comme il ne pouvait en être autrement, La Rotonde a été le lieu de prédilection d'une bonne partie des Espagnols exilés pour unir leurs forces et leurs discours contre la dictature de Primo de Rivera. Un peu avant le coup d'État, le franc-maçon Carlos Esplá (secrétaire particulier de Blasco Ibáñez) y avait fondé un groupe intéressant, qu'il a appelé « la peña des Espagnols », et qui s'était très vite fait remarquer, non par la quantité ou la qualité de ses membres, mais parce que, malgré leur petit nombre, ils faisaient beaucoup de bruit : même si l'endroit était rempli de gens qui parlaient fort, on n'entendait que les Espagnols. Après l'arrivée au pouvoir du directoire militaire, le groupe avait bientôt intégré des émigrés de haute volée, comme Marcelino Domingo, Francesc Macià ou l'ex-ministre Santiago Alba. Toutefois, ceux qui lui ont donné son glamour définitif ne sont pas les politiques, mais les écrivains et les intellectuels, comme Ortega y Gasset ou Miguel de Unamuno, qui a fini par devenir l'indiscutable protagoniste des réunions, au point que l'ancienne « peña des Espagnols » a été rebaptisée « peña de don Miguel ». En fait, la vie à Paris du professeur exilé a son épicentre au café de La Rotonde, où il se rend chaque jour pour composer les sonnets de son livre *De Fuerteventura a París*, il en écrira même un en s'inspirant du jeune homme qui, en ce moment, dans un salon privé du café, se lève pour saluer Buenaventura Durruti et Pedro Massoni :

— Bonsoir, camarades, salue Durruti, en empoignant de sa main rude la main de Pablo. Enchanté de faire ta connaissance.

— Salut, répond Pablo, en serrant la sienne avec la même force.

Massoni s'assied sans rien dire et se met à feuilleter ses papiers. Durruti, superstitieux ou prévoyant, reste debout, car la seule chaise libre est dos à la porte.

— Vous lui avez dit de quoi il s'agit ? demande-t-il.

— Bon, se disculpe Teixidó en se frottant le nez, il se trouve que… Bon, il semble qu'il y ait un malentendu.

— Quel est le problème ? demande Massoni, en levant les yeux de ses papiers. Et, jetant un discret coup d'œil à Vivancos, il précise : Si c'est une question d'argent, nous n'avons pas un sou.

— Le problème, c'est qu'il ne veut pas collaborer, lâche Teixidó.

— Un moment, se défend Pablo, ce n'est pas que je ne veuille pas mais ce n'est pas aussi simple. Comme je l'ai dit à Robinson – et il lance un regard assassin à son ami –, nous ne pouvons pas imprimer les tracts sans l'accord du vieux Faure, et apparemment il a catégoriquement refusé.

— Oui, c'est vrai, souffle Durruti, c'est pour ça que nous avons pensé à toi. Connaissant ton passé de militant, nous croyions que tu ne refuserais pas de nous donner un coup de main, surtout en ces moments si difficiles pour les nôtres. Nous te fournirons le papier nous-mêmes, ne t'inquiète pas pour ça, nous avons déjà fait une commande de dix mille feuilles…

Tous les regards se tournent vers Pablo, sauf celui de Robinson, affairé à épousseter son melon, tandis que dans la salle d'à côté Unamuno, qui vient de terminer la lecture de son dernier sonnet, reçoit une ovation.

Mais qu'on sache bien qu'Unamuno ne vient pas seulement à

La Rotonde pour y recevoir des ovations, car dès le premier jour il s'est rendu compte que l'endroit est une inépuisable source d'histoires, et chaque fois qu'il le peut il en profite pour saisir au vol ce qui se dit, les secrets qu'on y révèle, les rumeurs et cancans qu'on y répand ; un matériau brut à partir duquel il écrit ensuite pour *Le Quotidien* des articles qui soulèvent un tollé de l'autre côté des Pyrénées et qui font se frotter les mains à Henri Dumay, le directeur du journal qui a organisé le départ d'Unamuno de Fuerteventura. La réputation acquise à Paris par la plume affûtée et insolente de l'ex-recteur de Salamanque est devenue telle qu'un journaliste français a dit de lui qu'il se servait de l'encre pour désespérer ses adversaires, comme les poulpes ou les calmars. Le point culminant a été atteint à la fin de l'été, quand Primo de Rivera en personne a écrit à Dumay une lettre indignée dans laquelle il tentait de démentir les accusations portées contre lui par Unamuno, lettre aussitôt publiée à la une du journal, sur trois colonnes, accompagnée de l'implacable réponse de l'ex-recteur. Comme on pouvait s'y attendre, la vente du *Quotidien* a dès lors été strictement interdite en Espagne.

Le pouvoir qu'Unamuno a acquis parmi les Espagnols est si grand qu'il s'est permis le luxe d'expulser tacitement de ses réunions Rodrigo Soriano, rescapé avec lui de Fuerteventura. Le détonateur a été la publication dans *Paris-soir* d'un article de Soriano, où il critiquait les « révolutionnaires de salon », une claire allusion à Unamuno. Depuis lors, l'ex-recteur ne se lasse pas de répéter, évoquant les jours de confinement dans l'île canarienne tout en faisant des petites boules de miettes de pain, que « ce n'est pas en m'exilant à Fuerteventura que le dictateur m'a puni ; il m'a puni en m'obligeant à y cohabiter avec Rodrigo Soriano, et ça, je ne peux pas le lui pardonner » ; encouragé par les rires, il poursuit : « Je sais bien que don Rodrigo n'est qu'un moustique, mais il arrive que les moustiques se glissent dans l'oreille des fauves et les perturbent au point de les rendre fous. Moi, ce moustique-là ne me perturbe pas. » Un de ceux qui se réjouissent le plus de ces commentaires est don Blasco Ibáñez, ennemi public de Soriano, qui bien qu'il ait son propre groupe au café Américain ne dédaigne pas de se montrer à La Rotonde pour profiter du succès populaire de don Miguel et lancer ses diatribes, presque toujours suivies par un moment d'autoglorification. Comme maintenant, où il vient de rejoindre le groupe, avec à son bras une dame élégante et un peu bigle, pendant que Pablo est dans le salon privé avec la direction du Comité des relations anarchistes. Le premier que voit Blasco est José María Carretero, jeune et prolifique écrivain espagnol qui signe ses œuvres du peu modeste pseudonyme de « El Caballero Audaz[4] ».

— Dans mes bras, Carretero ! s'écrie don Vicente, son énorme bide comme bélier. Et Carretero se laisse donner l'accolade, au point de disparaître ou presque.

— Comment allez-vous, don Vicente ?

— Bien, bien, merci. Vous avez lu *Le Quotidien* ? lui demande-t-il sans même le présenter à la dame qui l'accompagne.

— Oui, j'ai lu l'entrevue. On dirait que vous voilà d'humeur révolutionnaire. C'est vrai ?

— Absolument.

— Et que pensez-vous faire ?

— Comment, qu'est-ce que je compte faire, la révolution bien sûr !

— Et comment est-ce qu'on fait ça, don Vicente ? demande, faussement naïf, « El Caballero Audaz », comme pour démentir son pseudonyme.

— Ne faites donc pas l'innocent, Carretero, et ouvrez les yeux. L'Espagne ne peut pas continuer comme ça, à tous points de vue. Le problème, c'est justement que les gens qui devraient faire quelque chose ferment les yeux ou regardent ailleurs. Ce dont nous avons besoin en Espagne, c'est davantage de Michel Strogoff, vous voyez ce que je veux dire, des gens capables de pleurer pour

4. Le *caballero* audacieux.

leur peuple et de sauver les yeux de la nation tout entière, en dépit des fers brûlants avec lesquels ces salauds veulent la rendre aveugle. Il faut réveiller le peuple, Carretero, le faire bondir. Et moi je pense y parvenir, d'une façon ou d'une autre. Je ferai tous les meetings nécessaires, j'écrirai des articles dans les journaux, je distribuerai moi-même le libelle que je suis en train d'écrire, si vous voulez le savoir…

— Et vous n'avez pas pensé prendre les armes ? l'interrompt le jeune écrivain.

Blasco pâlit légèrement et lâche un formidable éclat de rire, qui fait taire ceux qui l'entourent. Puis, redevenant brusquement sérieux :

— Écoutez, monsieur, si vous pensez que je suis comme ce capitaine qui fait embarquer son équipage en restant lui-même à terre, vous vous trompez lourdement. Non, cher ami. Non. Je serai au tout premier rang, vous m'entendez ? Je serai le premier à offrir ma poitrine aux balles… – et, élevant la voix, il conclut, plein d'emphase – j'ai assez longtemps vécu et ça m'est égal de mourir. Je n'ai peur ni de la lutte ni de la mort !

Une salve d'applaudissements vient couronner ses derniers mots. Carretero s'excuse et monte dîner au premier étage avec un groupe d'Espagnols plus mesurés, décidé à écrire un opuscule mordant contre l'écrivain valencien, qu'il intitulera *El novelista que vendió a su patria*[5]. Mais laissons Blasco et l'audacieux Caballero à leurs joutes dialectiques, descendons les deux volées de marches qui, au fond à gauche, mènent au salon privé, et finissons d'écouter la conversation entre Pablo, Durruti et compagnie. Parce qu'il ne faut pas oublier que La Rotonde n'héberge pas seulement des politiciens et des intellectuels qui font la révolution à grands coups de bla-bla et de figures rhétoriques, mais aussi de véritables hommes d'action, des anarchistes éclairés qui mettent au-dessus de tout la perfection des formes

5. *Le romancier qui vendit sa patrie.*

d'un Browning semi-automatique, l'impossible beauté d'un pistolet Harmonica ou la finesse d'un *cachorrillo*, ce pistolet de poche dont s'est servi Larra pour se suicider. C'est ainsi que pendant que les Unamuno et compagnie font la guerre de papier, sur la table d'à côté on parle habituellement d'incursions, d'attentats, d'offensives et de tentatives d'invasion ; toutefois, si l'affaire devient sérieuse ou si on soupçonne la présence d'un mouchard ou d'un indic, on se réunit dans le salon privé au fond à gauche.

— C'est bon, d'accord, je le ferai, finit par concéder Pablo, même s'il n'est toujours pas convaincu qu'une tentative d'invasion révolutionnaire soit le meilleur choix. Pour quand vous les faut-il ?

— La date de l'expédition n'est pas encore déterminée, elle ne dépend pas tant de nous que des camarades de l'intérieur, mais on peut imprimer les tracts dès maintenant. Bon, quand nous aurons le papier, évidemment.

— Et l'argent, précise Massoni, parce qu'à eux deux Vivancos et Teixidó ont vidé la caisse.

Les personnes concernées veulent protester, mais Durruti coupe court :

— S'il vous plaît, camarades, ne tournons pas autour du pot : nous laverons notre linge sale plus tard. Pablo, merci pour ta collaboration, elle nous sera sans aucun doute d'une aide inestimable. Inutile de te demander la plus grande discrétion. Nous resterons en contact à travers Robinson, si tu es d'accord.

Après avoir serré la main à chacun et regardé Robinson d'un air de circonstance, Pablo sort de La Rotonde, tandis qu'autour de don Miguel quelqu'un vient de raconter une blague et que retentissent des éclats de rire. Décidément, Pablo fait maintenant partie de l'Orchestre de la Révolution.

IV
(1899)

— Je m'appelle Roberto. Roberto Olaya. Mais tu peux m'appeler Robinson, dit le garçon en levant les yeux d'un livre dont tous les cahiers étaient coupés.

Pablo et son père étaient arrivés dix jours plus tôt à Béjar, une des plus grosses bourgades de la province de Salamanque. Située à environ soixante-dix kilomètres au sud du chef-lieu, elle était souvent coupée du monde par les fortes chutes de neige hivernales, comme c'était le cas cette fois-là.

— Moi je m'appelle Pablo Martín. Mais tu peux m'appeler Pablo.

Les deux garçons se regardèrent en silence. Robinson était un peu plus jeune que Pablo, mais avait l'air plus âgé.

— Qu'est-ce que tu lis ? demanda l'enfant de Baracaldo.

— *Robinson Crusoé*, répondit l'enfant de Béjar.

— Tu me le prêtes ?

— Je te le prêterai quand je l'aurai fini. Mais attention que mon père ne te voie pas.

Le père du garçon était le propriétaire de la pension où logeaient l'inspecteur et son fils, située en haut de la rue Flamencos, près de l'église San Juan Bautista. Plus jeune, il avait été syndicaliste dans l'usine textile où il travaillait, mais une erreur d'inattention lui avait coûté la main gauche et il avait dû ouvrir une pension pour gagner sa vie. On disait de lui dans le bourg qu'il était athée et libre-penseur, et même, selon les plus informés, qu'il était marxiste, mot qui en laissait plus d'un perplexe.

— Pourquoi est-ce que ton père ne doit pas me voir ? voulut savoir Pablo.

— Parce qu'il n'aime pas ce livre, il dit qu'il est pour l'esclavage. Mais moi je l'ai déjà lu trois fois.

— Et tu l'auras bientôt fini ?

— Oui, bientôt, répondit le garçon en lui montrant les pages qu'il lui restait à lire.

Béjar était la dernière bourgade que Julián Martín devait inspecter avant de rentrer à Baracaldo passer Noël avec sa famille. La municipalité comptait huit écoles élémentaires (quatre de garçons et quatre de filles) et l'inspecteur provincial espérait les avoir toutes vues avant ses vacances, en laissant pour son retour les écoles de villages voisins comme La Calzada, Ledrada ou Candelario. Mais c'était sans compter avec la formidable chute de neige qui tomberait juste avant son départ et isolerait la ville du reste du monde, une neige qui mettrait plusieurs jours à fondre et des décennies à s'effacer de la mémoire des habitants de Béjar.

— De toute façon, dit le garçon qui se faisait appeler Robinson, avec cette neige je ne crois pas que vous puissiez quitter la ville de toutes les vacances, alors tu auras le temps de lire le livre du début à la fin.

Julián envoya un télégramme à María pour lui annoncer le contretemps, avec l'espoir de pouvoir très vite franchir sur le dos de Lucero le col de Vallejera, sur la route de Salamanque. Mais c'était déjà l'avant-veille de Noël et il leur serait bien difficile d'arriver à Baracaldo pour y déguster les gourmandises de la fête. D'autres clients de la pension se trouvant dans la même situation, ils ne furent pas longs à s'organiser pour célébrer ensemble la naissance du Christ, car en de semblables occasions mieux vaut être mal accompagné que terriblement seul, quoi qu'en dise le proverbe. Le bruit ayant couru qu'un inspecteur provincial était descendu à la pension, il fut désigné comme maître des cérémonies, et Julián ne put faire autrement que d'accepter cette charge et de présider aux festivités de la veillée. Et c'est ce même soir, quelques heures avant le dîner, que le fils de l'inspecteur avait trouvé le fils de l'aubergiste en train de lire au grenier un livre intitulé *Robinson Crusoé*.

— Pourquoi tu te caches ici ? demanda Pablo, qui était arrivé là en suivant une chatte pleine qui se promenait partout comme chez elle dans la pension.

— C'est mon refuge provisoire. Avec ce qui est tombé hier mon repaire est inaccessible, répondit Robinson en imitant le jargon des romans d'aventures.

— Et il est où, ton repaire ?

— Ça, je ne peux pas te le dire. Du moins pour le moment.

Les deux garçons s'observèrent avec attention, sous la faible lumière de la chandelle de suif qui éclairait les combles, squelette de poutres et de poteaux qui évoqua à Pablo la cale d'un vieux bateau pirate. Robinson était assis sur une énorme malle vermoulue, avec le ventre et les jambes recouverts d'une couverture à carreaux sur laquelle la chatte pleine s'était pelotonnée.

— Et quand est-ce que tu pourras me le dire ?

— Quand tu auras subi l'épreuve.

— Quelle épreuve ?

Robinson referma le livre en poussant un soupir.

— Quelle épreuve veux-tu que ce soit. L'épreuve de l'amitié.

— Ça consiste en quoi ? demanda Pablo, qui en matière d'amitié était plutôt perdu.

Mais Robinson ne répondit pas, car une voix montait de la cage d'escalier :

— Roberto ! Où t'es-tu encore fourré, Roberto ?

Le garçon fit un signe brusque à Pablo pour qu'il garde le silence. Effrayée, la chatte disparut d'un bond derrière des solives de bois empilées dans un coin.

— Roberto ! Robertooo ! Si jamais tu es encore au grenier, je vais me servir de ma savate !

Robinson repoussa la couverture et se leva, laissant voir l'appareil orthopédique avec lequel les médecins tentaient de renforcer les muscles de sa jambe gauche, qu'une récente poliomyélite avait laissés mal en point.

— Rentre là-dedans et fais-moi de la place, murmura-t-il en ouvrant la malle et en éteignant la chandelle de suif, parce que si elle nous trouve ici ma mère va nous flanquer une de ces roustes !

Ils s'installèrent dans la malle, et dans le noir entendirent les pas qui montaient l'escalier. Quand la porte tourna sur ses gonds, les deux gamins retinrent leur respiration.

— Je sais que tu es là, Roberto, s'écria sa mère. Tu penses que je ne sens pas l'odeur du suif qui vient de brûler ? Mais je ne vais pas perdre mon temps à te chercher à l'aveuglette, ne crois pas ça. Si dans cinq minutes tu n'es pas à la cuisine pour m'aider à éplucher les pommes de terre, tu seras privé de réveillon.

Cela dit, elle sortit en claquant la porte. À l'intérieur de la malle, Pablo et Robinson ne pouvaient se retenir de rire. Quand ils quittèrent leur cachette, on aurait dit des amis de toute une vie.

— Désolé, mais il faut que j'aille aider ma mère, s'excusa le fils de l'aubergiste en ouvrant la porte pour laisser entrer un peu de clarté.

— Et ton repaire, quand est-ce que tu vas me le montrer ? demanda le fils de l'inspecteur, qui n'avait pas oublié cette question en suspens.

— Il faut d'abord que tu passes l'épreuve, Pablo, n'oublie pas. Allez, tiens, pour le moment prends le livre, si tu veux. De toute façon, je le connais par cœur.

— Merci, Roberto.

— Robinson, appelle-moi Robinson, le corrigea le garçon, et il commença à descendre l'escalier, en traînant sa jambe boiteuse.

Ce soir de Noël, treize personnes dînèrent à la pension et personne ne manqua de le faire remarquer. Autour de la table en chêne qui trônait dans la salle à manger, étaient réunis un représentant en produits pharmaceutiques, un marchand de bestiaux gros comme un tonneau, un couple de jeunes mariés qui voulaient se rendre à Lisbonne pour voir l'océan Atlantique et quatre comédiens d'une compagnie itinérante qui agrémentèrent le dîner de leurs plaisanteries et de leurs chants, en plus des hôtes don Veremundo et doña Leonor, et de l'inspecteur provincial, don Julián Martín Rodríguez. Bien qu'ils aient déjà fait leur première communion, les deux garçons avaient pris place à une table à part et achevèrent de sympathiser en avalant leur bouillon de chou et en faisant un sort à la dinde, sur laquelle d'ailleurs personne ne cracha, à vrai dire, malgré l'interdiction de manger de la viande édictée par la doctrine catholique. Seul le voyageur de commerce osa objecter timidement que Notre-Seigneur ne serait pas très content de voir sur la table cet animal à pattes, mais doña Leonor s'excusa en disant qu'à cause de la neige le poisson n'était pas arrivé à Béjar et qu'on n'allait certainement pas fêter Noël avec du bouillon de légumes. Question tranchée.

— Le climat de Salamanque est très favorable à l'élevage de dindes, disait le négociant en bestiaux, la bouche pleine. Dans la région il y a beaucoup de châtaignes, et c'est ce qu'elles préfèrent, pourvu qu'elles soient cuites, bien sûr.

— J'ai entendu dire, l'interrompit un des comédiens d'une voix de jeune premier démodé, qu'elles s'alimentent aussi de noix.

— Oui, c'est vrai, reconnut le marchand, en essuyant la graisse qui coulait le long des commissures de ses lèvres, mais alors leur chair prend un goût huileux. Dans d'autres régions on les engraisse avec une pâte de pommes de terre, de farine et de lait. Mais je vous le répète : rien ne vaut les châtaignes.

— Et comment avez-vous fait cette sauce délicieuse ? demandèrent les jeunes mariés à l'hôtesse.

— Recette secrète, répondit Leonor, avec un demi-sourire.

— Eh bien elle est à s'en lécher les doigts, dit l'une des actrices, tout en interprétant la métaphore dans son sens le plus littéral.

— Les piments d'aujourd'hui ne vous fichent pas autant le feu que ceux de jadis, essaya de mettre son grain de sel le voyageur de commerce, sans que personne s'intéresse à lui.

À la table des enfants, la conversation prit un tour insoupçonné :

— Tu sais combien de cheveux on a sur la tête ? demanda Robinson en touchant sa tignasse, rêche comme une brosse de chiendent.

— Non, répondit Pablo, qui n'avait jamais réfléchi à la question.

— Cent mille ! dit le fils de l'aubergiste, en écarquillant les yeux comme s'il venait de trouver un trésor. Et tu sais le mieux ?

— Non, c'est quoi ?

— Eh bien de même que les serpents changent de peau, nous changeons de cheveux. Tu sais combien de temps il faut pour les changer tous ?

— Non, combien ?

— Trois ans !

— Et s'ils tombent et qu'il n'en pousse pas de nouveaux, qu'est-ce qui se passe ? demanda Pablo.

— Qu'est-ce que tu veux qu'il se passe ? Tu deviens chauve !

Quand il ne resta plus que les os et le souvenir de la dinde, on passa aux petits biscuits de Noël et aux *zambombas*[6], au vin doux et aux chants populaires. Don Veremundo offrit aux hommes des cigares, délicatesse que tous acceptèrent sans faire de manières, sauf le chatouilleux voyageur de commerce, qui voulut d'abord s'assurer qu'ils ne venaient pas de Cuba. Les comédiens récitèrent des vers, très applaudis par le public improvisé, et finalement Julián prit la parole, devant l'insistance des présents :

— Le hasard ou la providence a fait qu'en cette soirée si particulière nous soyons réunis ici, alors qu'il y a quelques heures la plupart d'entre nous ne se connaissaient même pas. Je ne vais pas vous mentir : j'aurais préféré passer Noël avec ma femme et ma petite Julia, et pas seulement avec mon fils Pablo et vous tous. Mais puisque Dieu l'a voulu ainsi, profitons de la veillée !

— Donnez-nous un bon conseil pour la nouvelle année, inspecteur, demanda le marchand de bestiaux, en mâchant à la fois ses mots et ses biscuits.

— Désolé, je ne donne pas de conseils, dit Julián. Vous m'excuserez, mais en général les gens demandent des conseils pour ne pas les suivre ; et s'ils les suivent, c'est pour avoir quelqu'un à

6. Sorte de petit tambour rustique, qui sert à accompagner les chants populaires, en particulier à Noël.

qui reprocher de les leur avoir donnés.

Cette sortie fut célébrée par tout le monde, sauf par le négociant, qui n'attendait pas une réponse de ce genre. Il termina son biscuit en le faisant passer avec une lampée de vin doux et, s'adressant à l'aubergiste, il demanda :

— Et la messe de minuit aura bien lieu, malgré la neige ?

— Bien évidemment, répondit don Veremundo, en s'essuyant le museau avec son moignon. Nos concitoyens ont passé la journée à dégager les rues et à les saler, vous pouvez donc aller à l'église San Juan, qui est tout près.

— Comment ? Vous ne pensez pas nous accompagner ? s'étonna le voyageur de commerce.

— Non, vous m'excuserez, je souffre de dyspepsie, je ne digère pas bien les repas copieux…

— Eh bien rien de meilleur pour ça que le stomachique Parodium, l'interrompit le voyageur, par déformation professionnelle.

— Mais ma femme et mon fils seront heureux de vous accompagner, pas vrai ? continua don Veremundo en regardant son épouse.

— Bien sûr, répondit doña Leonor, qui savait que ce que ne pouvait digérer son mari, c'étaient les soutanes. Julián n'avait pas lui non plus l'estomac assez fin pour de semblables aliments, mais sa charge l'obligeait à certains sacrifices, même s'il avait ensuite besoin d'une bonne dose de bicarbonate spirituel pour trouver le sommeil.

Le cortège se mit en marche un peu avant minuit, avec à sa tête doña Leonor et les comédiens qui chantonnaient des couplets légers, mais une fois dans la rue l'air glacial leur ôta brusquement l'envie de faire des roulades. Il tombait quelques flocons et les hommes relevèrent les revers de leur pardessus, tandis que les femmes retenaient d'une main les pans de leur robe et de l'autre le châle qui leur protégeait le cou. Les deux garçons fermaient la marche, légèrement retardés par la boiterie de Robinson, qui avec son appareil orthopédique avait du mal à avancer dans le sel et la neige.

— Va devant avec les autres, je connais le chemin, dit fièrement le fils des aubergistes.

Mais Pablo resta près de lui jusqu'à l'église. À l'extérieur il y avait une grande agitation, car les conversations d'après-dîner avaient été échauffées. D'un tilbury descendit un homme à canne et chaussures vernies, suivi par une femme engoncée dans un manteau d'astrakan, tandis que le cheval haletant tentait de se réchauffer en urinant sur la neige d'où s'éleva une vapeur épaisse, comme si c'était de l'encens. En voyant arriver ce couple élégant, les mendiants agglutinés à la porte de l'église tirèrent de leurs poches leurs mains engourdies en demandant s'il vous plaît, une aumône pour les plus démunis. À l'intérieur, les gens se pressaient, l'organiste s'apprêtait à jouer les célestes notes du *Puer natus est nobis*. Il régnait une pénombre ambiguë qui prédisposait au recueillement, mais également à la dissipation, en particulier chez ceux qui avaient abusé des boissons spiritueuses au dîner. La lumière tremblotante des cierges ne pouvait empêcher quelques recoins de l'église de rester dans l'obscurité, ce dont profitaient certains pour se frotter plus que nécessaire. Quand l'orgue se tut, le prêtre éleva la voix au-dessus des fidèles et, ajustant sa chasuble brodée, il se mit à lire l'Épître de saint Paul à Tite.

— Suis-moi, entendit Pablo près de lui, et il vit Robinson disparaître dans l'ombre. Il regarda Julián, en quête de son aval, mais l'inspecteur semblait s'être endormi en entendant la voix feutrée qui parlait de piété et d'espoir. Il se fraya un chemin entre les fidèles et suivit Robinson jusqu'au déambulatoire, où un enfant de chœur gardait une petite porte en bois dissimulée dans la pénombre.

— Salut, Juan, murmura Robinson.

L'enfant de chœur salua d'un signe de tête et regarda autour de lui.

— Je suis venu avec un ami, ajouta Robinson en montrant Pablo.

— Ce n'est pas ce qui était convenu, dit l'enfant de chœur sur un ton de gangster.

— Je te donnerai le double, si tu veux.

— C'est bon, entrez, et il leur laissa le passage, tout en tendant discrètement la main.

Robinson lui donna un petit paquet allongé, qui disparut aussitôt, comme par enchantement, et fit signe à Pablo de le suivre. Un escalier raide et étroit conduisait à l'orgue. Le prêtre lut les derniers mots de l'Épître et l'instrument rugit de nouveau avec violence, faisant sursauter les deux garçons.

— Par ici, lut Pablo sur les lèvres de son ami.

À deux ou trois mètres de l'orgue imposant, juste derrière le costaud qui en actionnait le soufflet, il y avait un petit creux dans la balustrade. De là, dissimulés aux regards, les deux garçons pouvaient voir une grande partie de l'église : monté en chaire, l'officiant se disposait à lire l'évangile selon saint Luc, tandis que les paroissiens, riches ou pauvres, jeunes ou vieux, carlistes ou libéraux, s'entassaient sur les bancs, dans les allées latérales ou autour des fonts baptismaux, les plus fervents se pressant contre les grilles du maître-autel.

— Qu'est-ce que tu lui as donné ? demanda Pablo, intrigué par le trafic.

— À qui, à Juan ? Rien, deux cigares de mon père. Regarde, tu vois cet homme, là-bas, appuyé contre le confessionnal ?

Pablo dirigea le regard vers l'endroit indiqué, bien éclairé par un cierge tout proche, où se tenait un homme d'une cinquantaine d'années qui dodelinait de la tête.

— C'est don Agustino Rojas, mon maître d'école. Sûr qu'il est soûl. Et tu vois cette femme, au premier rang, qui embrasse son missel ? Eh bien c'est la chérie du maire, le type, là-bas, qui n'arrête pas de lui lancer des petits regards chaque fois que sa femme ne fait pas attention…

Pablo essayait de distinguer dans la foule toutes ces personnes que Robinson avait l'air de connaître comme si elles étaient de sa famille, tandis que le silence se faisait et que le prêtre commençait à lire le passage de la naissance de l'Enfant Jésus :

— Et il arriva que Marie se trouvant là, vint l'heure de la mise au monde, et elle donna le jour à son fils premier-né, l'enveloppa dans des langes et le coucha dans une crèche, car il n'y avait pas de place à l'auberge...

Pablo laissa ses yeux errer sur cet espace sacré qui commémorait un accouchement vieux de mille huit cent quatre-vingt-dix-neuf ans, et bien que les effluves de l'encens fussent indifférents à son insensible glande pituitaire, un calme étrange envahit son esprit. Il cala son front entre deux balustres, tandis que Robinson continuait à lui raconter des histoires, et son regard tomba sur une petite fille qui portait une robe bleue festonnée. Il ne voyait pas son visage, car elle était juste au-dessous d'eux, mais elle attira puissamment son attention. Près d'elle, un homme en tenue coloniale la tenait fermement par la main.

— Ça, c'est Ángela, murmura Robinson, voyant que Pablo ne cessait de l'admirer. Il n'y a qu'un an qu'elle est à Béjar. Ses parents sont partis pour Cuba quand elle n'était pas encore née, mais ils ont été forcés de revenir. Ils habitent juste en face de la maison.

— Et qui est celui qui la tient par la main ?

— C'est son père, don Diego Gómez, capitaine de frégate de la marine espagnole dans la guerre d'outre-mer, dit Robinson comme s'il récitait par cœur un refrain mille fois répété : le bras droit du général Weyler. Maintenant il est à la retraite, mais on dit qu'il s'est battu trois fois en duel, et qu'une de ces fois-là il a perdu un doigt. C'est pour ça qu'il porte toujours des gants.

— Et qu'est-ce qui est arrivé aux autres ? demanda Pablo sans quitter des yeux Ángela, peut-être en pensant à l'histoire du malheureux Évariste Galois, l'intrépide mathématicien qui fascinait son père.

— Quels autres ?

— Ceux qui se sont battus contre lui.

— Ils mangent tous des pissenlits par la racine.

À ce moment-là, un garçon s'approcha d'Ángela et lui dit quelque chose à l'oreille, mais elle sembla ne pas faire attention à lui.

— Et celui-là, qui c'est ?

— Ça, c'est son idiot de cousin. Je me suis battu sept fois avec lui. Il s'appelle Rodrigo, Rodrigo Martín.

— Allons bon, comme moi.

— Oui, il y a beaucoup de Martín par ici.

— Et lui aussi il est rentré de Cuba ?

— Tu parles, il est né à Béjar. Sa famille était une des plus riches de la ville, mais ses parents sont morts quand il était petit…

Alors, juste à cet instant, comme le prêtre terminait sa lecture et que l'orgue retentissait de nouveau, la fille en robe bleue, la fille de don Diego Gómez, sans trop savoir pourquoi, leva les yeux au ciel et son regard rencontra celui du fils de Julián Martín, l'inspecteur provincial. Elle resta ainsi quelques secondes, bouche bée et à deux doigts de se rompre le cou, à essayer de découvrir qui était ce garçon qui l'épiait à travers les barreaux de la balustrade. Il resta lui aussi paralysé, sans ciller, rougissant dans l'ombre. Ils n'auraient pas bougé jusqu'à la messe du lendemain, et même jusqu'à celle du Premier de l'an, si Rodrigo Martín n'avait pas voulu savoir ce que regardait sa cousine. Robinson s'écarta de la balustrade, entraînant Pablo dans sa retraite.

— Mince, murmura-t-il, s'il nous a vus, nous sommes foutus.

— Pourquoi ? demanda Pablo quand il fut revenu de sa surprise.

Robinson tarda à répondre, mais sa réponse fut une double confidence :

— Parce que je me suis battu sept fois avec lui et que je n'ai jamais gagné… Et parce que Rodrigo est amoureux d'Ángela.

Pablo ressentit une étrange oppression dans la poitrine, comme si l'air lui manquait. L'orgue continuait à résonner majestueusement, inondant l'église de notes et de larmes les yeux de certains paroissiens. Quelques jours plus tard, ce serait le Nouvel An et le suivant serait celui du nouveau siècle. Les routes se rempliraient alors d'automobiles, les cieux d'aéronefs et les villes de cinématographes, mais le cœur de Pablo se remplirait bientôt d'amour et d'idéaux.

— 5 —

> L'édition et la diffusion des proclamations anarchistes étaient alors à la charge de la Librairie Internationale du 14 de la rue Petit, qui servait également de siège au Groupe international d'éditions anarchistes, sous l'administration de Férandel ; à la Revue internationale anarchiste, édition trilingue fondée en novembre, et, enfin, au Comité de relations anarchistes espagnol.
>
> ANTONIO ELORZA,
> *El anarcosindicalismo español bajo la dictadura*

— Tu m'as bien piégé, hein, avait reproché Pablo à Robinson en sortant de La Rotonde. En arrivant chez eux, il avait ajouté : Tu mériterais de passer la nuit sur le paillasson avec Kropotkine.

Mais Robinson avait répondu avec le plus innocent de ses sourires, et aujourd'hui il est venu chercher son ami pour l'inviter à déjeuner. Comme il a travaillé dur toute la matinée, Pablo accepte de bon cœur, en s'efforçant d'oublier le mauvais tour du café de La Rotonde.

— Je t'emmène au végétarien de la rue Mathis, dit Robinson en tirant sur sa barbe avec délice. Depuis hier soir nous sommes dans le même bateau, il faut fêter ça.

— Nous avons toujours été dans le même bateau, Robin, mais tu ne t'étais jamais autant employé à me faire couler avec toi. Tu crois vraiment que le mouvement révolutionnaire réussira ?

— Si je ne le croyais pas, je ne ferais pas ce que je fais.

— Eh bien moi je parie qu'en Espagne même les rats sont au courant, avec tout le remue-ménage que vous faites. Martínez Anido doit se pourlécher les babines.

— Bon, c'est le paradoxe de toute révolution, Pablito. D'un

côté tu es obligé de crier comme un sourd pour que le peuple soit au courant et la rejoigne, et de l'autre tu dois murmurer pour qu'elle n'arrive pas aux oreilles de ceux qu'elle vise à renverser. Bien sûr qu'en Espagne ils sont conscients que nous nous préparons à détrôner le gouvernement ; ils le savent depuis le jour même où ils ont fait leur coup d'État. Et ils nous craignent, évidemment qu'ils nous craignent, parce que s'ils peuvent contrôler ceux de l'intérieur, ils ne peuvent pas nous contrôler nous, surtout que le gouvernement français nous protège plus qu'ils ne le souhaiteraient. Regarde ce qui s'est passé avec l'expulsion de Cándido Rey : le responsable s'est fait mettre à la porte par le Premier ministre pour n'avoir pas respecté le droit d'asile. Et maintenant Primo va devoir baisser son froc et nous le renvoyer. En tout cas, le plus important est que le plan reste secret, qu'ils ne sachent ni comment ni quand, ni par où nous allons entrer. Et ils ne le savent pas, puisque nous ne le savons pas nous-mêmes !

Les deux amis sortent de La Fraternelle en souriant et se dirigent vers la place des Fêtes pour prendre le métro. En passant devant le Point du Jour, ils entendent des cris. À l'intérieur, Leandro hors de lui, jurant comme un damné, est en train d'étrangler le propriétaire des lieux, M. Dubois qui, coincé contre le comptoir, tente de se défendre en lui donnant des petits coups de pied. Pablo et Robinson se précipitent à l'intérieur pour arracher sa proie des mains de Leandro. Dubois tombe par terre en soufflant très fort, pendant que les deux amis s'efforcent d'entraîner dehors le géant argentin, qui finit par sortir en lâchant le chapelet d'insultes les plus injurieuses qu'il connaît en français et qu'il ne vaut pas la peine de détailler ici : que chacun émette les plus grosses qui lui viennent à l'esprit, et avec un peu de chance il en trouvera la moitié.

— Putain, on peut savoir ce qui t'arrive ? lui lance Pablo en faisant un dernier effort pour éloigner Leandro de la porte. Tu es devenu fou, ou quoi ?

L'Argentin, toujours hors de ses gonds, crie comme un possédé en direction du Point du Jour, jusqu'à ce que Pablo, qui ne l'a jamais vu dans cet état, lui flanque une gifle qui le laisse bouche bée au milieu d'une insulte. Il y a un instant de silence et d'incertitude quant à sa réaction, puis Leandro porte la main à sa joue, crache par terre et écrase du pied son crachat, manie invétérée qui lui a valu plus d'un désagrément, comme le jour où son glaviot était tombé sur un chien qu'il avait alors poursuivi jusqu'à ce qu'il puisse l'écraser.

— Allez, fichons le camp avant que Dubois n'appelle la police, dit Pablo ; et après quelques secondes il ajoute : Tu aimes manger végétarien, Leandro ?

— Tu te fiches de moi ? aboie l'Argentin. Dans mon pays manger les plantes est un délit.

— Eh bien aujourd'hui tu vas en commettre un, désolé.

Et les trois jeunes gens s'engouffrent dans le métro, direction le restaurant de la rue Mathis.

— *Che*, même mon père ne me giflait pas comme ça, se plaint Leandro en se frottant la joue, avant de demander trois billets de seconde.

— Eh bien il aurait dû le faire, réplique Pablo.

C'est dimanche, le métro est moins bondé que d'habitude, il reste des places libres, chose impensable en semaine dans une ville où des centaines de milliers de gens l'empruntent. La publicité s'est rendu compte qu'il y avait là une aubaine et les murs des stations sont tapissés d'affiches en couleurs, comme celle qui fait de la réclame pour l'apéritif Dubonnet, un slogan qui est sur les lèvres de nombreux Parisiens : un chat derrière une bouteille, sur l'étiquette de laquelle on voit un chat derrière une bouteille, sur l'étiquette de laquelle on voit un chat derrière une bouteille, et ainsi de suite jusqu'à ce qu'on ne puisse plus rien distinguer. Leandro se laisse tomber sur un siège, qui a l'air de se plaindre amèrement et fait grincer ses os de bois en enviant peut-être ses collègues de première classe, doublés d'un cuir qui amortit les chocs.

Tandis que le métro serpente sous terre, avec un rugissement qui renforce l'impression de vitesse, Leandro leur raconte ce qui s'est passé. M. Dubois l'a accusé d'avoir pris de l'argent dans la caisse, ce à quoi il a répondu que c'était une accusation très grave et qu'il exigeait des excuses. Le vieux lui a dit que c'était lui le patron et qu'il n'avait pas à présenter d'excuses, et que d'ailleurs il avait des preuves. L'Argentin lui a demandé en criant s'il avait des témoins, et Dubois lui a répondu que son unique témoin était la nouvelle caisse enregistreuse, plus efficace que le meilleur des mouchards. Alors le sang est monté à la tête du géant de General Rodríguez qui s'est mis à insulter son patron, à le traiter d'exploiteur bourgeois et de sangsue, en disant que s'il croyait davantage une caisse enregistreuse qu'un travailleur honnête c'est qu'il était plus pourri que Rockefeller. Dubois lui a dit qu'il était viré. Et ce dont Leandro se souvient ensuite, c'est de la gifle de Pablo…

— Tu allais l'étrangler, lui rafraîchit la mémoire Robinson. Et la caisse enregistreuse était par terre.

— C'est bien fait pour lui, ce sacré fils de pute, revendique Leandro, vous auriez dû me laisser finir le boulot. Le vieux se croit très malin… mais sans cette maudite caisse enregistreuse il ne se serait jamais rendu compte de rien !

Pablo et Robinson, stupéfaits, regardent le nouveau renvoyé, tandis qu'ils descendent à Louis-Blanc pour prendre la correspondance qui les conduira à Crimée :

— Qu'est-ce que vous croyez ? se défend Leandro. Vous pensiez vraiment que je pouvais vivre avec ce que me payait ce misérable ?

Les trois amis poursuivent leur chemin en riant. Le restaurant se trouve dans le quartier de La Villette, un des plus dangereux de Paris selon les bourgeois fortunés, mais on y mange merveilleusement bien si on y va sans préjugés, comme le constatent Pablo et même Leandro, en suivant les conseils de Robinson et du Galicien qui parle espéranto, et ceux des deux autres végétariens qui se sont assis à leur table et se montrent décidés à se joindre à l'expédition révolutionnaire.

Le soir, alors que Pablo ferme l'imprimerie et sort sa bicyclette, il entend siffler dans son dos, ainsi que les aboiements de Kropotkine : au bout de la rue Pixérécourt se découpe la silhouette de Robinson, avec son melon et son boitement, léger mais impossible à confondre. Pablo va à sa rencontre.

— On pourrait te prendre pour mon ombre, Robin. Tu as peur que je te quitte pour une autre ?

— Absolument pas. Il n'y a pas meilleure ombre dans tout Paris. Dis voir, les types du Comité veulent te parler.

— Ils ont trouvé du papier ?

— Non, il s'agit d'autre chose.

— De quoi ?

— Je ne sais pas, ils n'ont pas voulu me le dire.

— Bon, mais ils peuvent attendre que je rentre de Marly, non ?

— Hum… je ne crois pas, ça semble urgent. Ils sont en réunion au local de la rue Petit. Je leur ai dit que j'allais te chercher et que je te ramenais…

Pablo prend son air de mauvais poil.

— Allez, Pablito, à bicyclette on y est en un clin d'œil. Et sûr que la réunion sera très brève.

— Écoute, Robin, tu commences à me soûler avec tes affaires. Si un jour je décide de m'enrôler dans votre absurde expédition, tu seras le premier à le savoir, sois-en sûr. Mais en attendant, laisse-moi tranquille. Et ne prends pas cet air de chien battu…

Mais Robinson prend son air de chien battu. Et Kropotkine aussi.

— Allez, monte, finit par céder Pablo. Plus tôt on en aura terminé, mieux ce sera.

Ils traversent la rue de Belleville, descendent la rue de Crimée, très pentue, longent le parc des Buttes-Chaumont et arrivent enfin rue Petit. À la hauteur du numéro 14, un réverbère éclaire l'enseigne de la Librairie Internationale, dont les lettres sont écaillées. Derrière les vitres sales on aperçoit des rayonnages couverts de livres et d'exemplaires de l'hebdomadaire *Le Libertaire*, qu'éditent ici même les camarades français de l'Union anarcho-communiste, supervisée par Séverin Férandel et sa compagne Berthe Favert, dont on dit qu'elle est la maîtresse de Francisco Ascaso.

— Par-derrière, indique Robinson, voyant que Pablo se dirige vers la porte principale. Et toi, Kropotkine, tu restes ici et tu surveilles la bicyclette.

« Par-derrière », cela signifie qu'il faut aller jusqu'à la rue du Rhin, franchir un mur de deux mètres de haut environ, traverser un petit terrain vague encombré de broussailles et frapper à une petite porte à moitié dissimulée dans le mur. Un, deux, trois coups ; puis, après une pause, encore deux coups. Et la porte s'ouvre comme par enchantement. De l'autre côté se trouve la petite pièce où ont lieu les réunions du groupe des Trente et où trône une large table qui occupe presque tout l'espace ; autour, quelques chaises et des caisses de livres servant de tabourets. L'état-major est là, mais juste comme Robinson et Pablo entrent, Durruti et quelques autres saluent et s'en vont. Seuls restent Vivancos, Ascaso et Massoni. La pièce empeste le tabac et sur les murs l'humidité dessine des cartes de nouveaux mondes. Piètre climat pour les livres.

— Assieds-toi, Pablo, s'il te plaît, dit Vivancos en prenant l'initiative, lui qui lors de la réunion de la veille à La Rotonde n'a pas daigné ouvrir la bouche. Il a une voix douce et apaisante, comme s'il parlait en sourdine, qui contraste avec son air de bourreau ou de majordome, et traîne un peu les « s » en parlant. Nous ne te retiendrons pas longtemps. Robinson nous a dit que demain tu prends le train de neuf heures pour Lille.

— Bon, pas exactement, corrige Pablo. Je vais jusqu'à Marly, mais le train s'arrête d'abord à Lille, oui.

— Et à Amiens.
— Oui, à Amiens aussi, bien sûr.
— Nous voudrions te demander un service, un petit service pour toi, mais d'une importance énorme pour nous.
— Allons-y, si c'est dans mes cordes…
— Il s'agit simplement de remettre une lettre à quelqu'un à Amiens, sans même descendre du train. Cette personne profitera de l'arrêt pour monter dans le dernier wagon. Elle aura une mallette de médecin à la main, entrouverte. Quand tu la verras monter, lève-toi et arrange-toi pour que vous vous croisiez dans le couloir. Et laisse tomber la lettre dans sa mallette.
— C'est tout ?
— Oui, c'est tout. Bon, attends, quand rentres-tu ?
— Vendredi matin.
— On peut te joindre à Marly ?
— Oui, je m'occupe d'une propriété, mais il y a le téléphone.
— Non, pas question de téléphone. En tout cas, quand tu rentreras vendredi, regarde bien si tu vois de nouveau monter le médecin à Amiens. Cela voudra dire qu'il a quelque chose à te donner. Vous refaites la même chose à l'envers, et voilà.
Pablo regarde fixement Vivancos, puis Massoni et Ascaso.
— Juste une question. Pourquoi moi ? Je veux dire, si cette lettre est si importante, pourquoi ne la portez-vous pas vous-mêmes, au lieu de vous fier à moi, que vous connaissez à peine ? Amiens n'est pas si loin…
— Tu as raison, mais c'est la méthode la plus sûre – cette fois c'est Ascaso qui parle. Tu fais ce trajet chaque semaine depuis longtemps, j'imagine que les employés des guichets et les contrôleurs te connaissent, donc tu n'éveilleras pas de soupçons. Nous, en revanche, ceux qui nous connaissent, ce sont les policiers.
— Et je peux savoir quel est le contenu de la lettre ?
— Pour ta sécurité, mieux vaut que tu ne le saches pas. Il est hautement confidentiel, seuls ceux qui étaient ici quand tu es entré le connaissent.

— J'imagine, sinon vous l'auriez mise à la boîte. Et que se passe-t-il s'il y a une fouille avant d'arriver à Amiens et qu'on me confisque la lettre ?

— Espérons que ça n'arrivera pas, répond Ascaso, coupant. De toute façon, si tu vois des mouvements bizarres ou suspects, le mieux est que tu t'en débarrasses en la jetant par la fenêtre après l'avoir déchirée.

— Entendu. Autre chose ?

— Oui : merci pour tout.

— Bonne chance, ajoute Vivancos de sa voix de velours, en lui tendant la main et l'enveloppe.

— J'espère ne pas en avoir besoin, répond Pablo, en glissant la lettre dans une poche dissimulée dans la doublure de son manteau. Et il sort en compagnie de Robinson, résigné à son rôle de pigeon voyageur.

Le lendemain Pablo se réveille en sursaut après une nuit d'insomnie, avec l'impression de s'être endormi un instant plus tôt à peine. Mais non, ce n'est pas une impression, c'est la réalité : tu as fini par t'endormir, Pablito, et si tu ne te dépêches pas tu vas rater ton train. Alors saute de ton lit et file à la gare, mais fais attention, ne marche pas sur la tête de Robinson, qui continue à ronfler paisiblement à tes pieds.

Pablo enfile à toute vitesse son pantalon et ses chaussures, prend un sac dans lequel il met les quatre choses dont il a besoin et bondit, il est si étourdi qu'il marche sur la queue de Kropotkine, lequel se met à hurler comme un hystérique. Il descend l'escalier quatre à quatre et une fois dans la rue il s'aperçoit qu'il n'a pas pris son manteau. Et dans son manteau il y a la lettre qu'il doit remettre à Amiens. Il remonte les sept étages à toute allure et découvre que Kropotkine n'est plus sur le palier, mais dans le lit à côté de Robinson. Tous deux le regardent avec les mêmes yeux, mi-endormis, mi-coupables. Sans rien dire, Pablo attrape son manteau et repart en quatrième vitesse. Quand il arrive à la gare du Nord, le train vient juste de démarrer mais il le rattrape in extremis et, comme le lui a indiqué Vivancos, il va s'asseoir dans le wagon de queue, en se rappelant ce que disait son père : en cas de collision, c'est le wagon le plus sûr. De toute façon, c'est celui qu'il prend toujours et qu'il continuerait à prendre, fût-il le plus dangereux, car c'est le seul wagon de troisième classe, avec ses bancs en bois rustiques alignés deux par deux. Mais Pablo a beau essayer de penser à autre chose, dans la poche de son pardessus la lettre le brûle. Et s'il en connaissait le contenu, elle le brûlerait encore plus.

Son contact à Amiens est Juan Rodríguez, un exilé originaire d'Estrémadure, un peu maniéré et plus connu comme « le Toubib », bien qu'il n'ait jamais terminé ses études de médecine. À Amiens, toutefois, il travaille comme barbier dans l'arrière-boutique d'une droguerie située derrière la cathédrale. Il est assisté d'un autre exilé espagnol, Blas Serrano, qui à ce que disent les mauvaises langues est son amant. Les temps ont bien changé et le barbier du village ne se charge plus maintenant d'arracher les dents, de provoquer des avortements ou de poser des cataplasmes de moutarde ; il s'occupe désormais de collecter de l'argent pour le mouvement anarchiste auprès des ouvriers espagnols qui résident dans le nord de la France, en Picardie. La lettre que Pablo a dans sa poche, écrite sur une feuille de papier quadrillé, signée des initiales M. G. V., est aussi brève que dangereuse. L'écriture, douce et élégante, ne parvient pas à occulter l'âpreté des mots, qui se plaignent du manque de ressources du mouvement anarchiste et de la faible collaboration des camarades français, et rappellent à Juan Rodríguez l'importance de continuer à récolter des fonds parmi les ouvriers espagnols d'Amiens, en déplorant l'esclavage auquel nous soumet « ce puissant seigneur appelé argent, cet opium trompeur inventé par la bourgeoisie pour nous salir les mains et l'esprit ».

L'écriture devient un peu plus hésitante quand la lettre entre dans le vif du sujet, comme si les mots craignaient d'en dire plus qu'ils ne le devraient en demandant au « Toubib » d'accepter une mission « de l'importance la plus absolue » : trouver des armes, en grande quantité et à bas prix, car l'étudiant en médecine converti en barbier a de bons contacts avec les ouvriers de la région employés à la récupération de matériel de guerre. Ces derniers ont l'habitude de trafiquer avec ce qu'ils trouvent, malgré un règlement qui exige que les armes soient remises aux ingénieurs militaires pour être détruites. Ensuite, les mots déplorent de nouveau les problèmes financiers du mouvement et se transforment en chiffres fixant les prix que peut offrir Rodríguez aux trafiquants : un maximum de trente francs pour un fusil et de cinq cents pour une caisse d'« ampoules », nom sous lequel sont connues les grenades dans le jargon révolutionnaire ; et pas besoin d'« outils » : il y a assez de pistolets en ce moment, et même de reste. La dernière chose que lira « le Toubib » sera les mots très succincts de salut et de remerciement, et l'ordre de détruire la lettre quand il l'aura lue.

Enfin apparaît au loin l'imposante cathédrale d'Amiens, signe que le train approche de la ville. Pablo n'a pas ôté son manteau, la sueur coule dans son dos. Brusquement, un doute l'assaille : n'attire-t-il pas trop l'attention en le gardant sur lui ? Il jette un coup d'œil circulaire et il a l'impression que tout le monde l'observe, comme pour lui reprocher silencieusement son attitude. Une petite vieille assise en face de lui, le visage couvert de verrues, a l'air de dire tu vas voir quand tu descendras, tu vas choper un de ces rhumes, je ne te dis que ça. Par chance, le train entre en gare et freine en tressaillant avec de légères secousses. Pablo se lève, baisse la vitre et penche la tête. Quand le convoi s'arrête, quelques voyageurs en descendent. Il voit alors l'homme à la mallette de médecin qui aide une femme enceinte à monter ses bagages. Le pouls de Pablo s'accélère, il quitte sa position à la fenêtre pour se diriger vers le bout du wagon, vers la portière par laquelle l'homme vient d'entrer. Une fois dans le couloir, il sort discrètement la lettre de la doublure de son pardessus et manque trébucher sur la femme enceinte ; une seconde plus tard il croise le prétendu médecin, dont la mallette est entrouverte. Il lâche l'enveloppe dedans et poursuit son chemin. Ils n'ont même pas eu besoin de se regarder. Revenu à sa place, Pablo a encore le temps de voir par la fenêtre l'homme à la mallette sortir de la gare en compagnie d'un autre individu. Avant de s'asseoir, il ôte enfin son manteau et la petite vieille à la figure pleine de verrues secoue la tête comme pour dire il était temps, mon petit, il était temps.

V
(1899-1900)

Roberto ne se trompait pas. Comme il l'avait pronostiqué, l'inspecteur et son fils ne purent quitter Béjar de toutes les vacances de Noël. Là où il avait eu tort, en revanche, c'est quand il avait dit que Pablo aurait le temps de lire *Robinson Crusoé* : c'est à peine s'il en avait feuilleté les premières pages, tant il avait été occupé à la découverte de l'amitié et de l'amour véritables ! Le col de Vallejera ne fut pas franchissable avant le Jour de l'An, mais alors les vacances étaient presque terminées, des vacances qui devaient marquer le destin de Pablo Martín Sánchez.

En ce soir de Noël de 1899, une fois la messe de minuit terminée, les deux gamins quittèrent leur cachette derrière les balustres pour rejoindre les autres clients de la pension.

— Où étais-tu passé ? demanda Julián à son fils.

Mais Pablo ne répondit pas. Dans ses yeux brillait une lueur que son père ne se rappelait avoir vue qu'une fois : le jour déjà lointain où il l'avait retrouvé grelottant de froid sur la place Santo Domingo, à Madrid. Les quatre comédiens, le marchand de bestiaux et le couple de jeunes mariés décidèrent de prolonger un peu la soirée, seuls rentrèrent à la pension Julián, Pablo, doña Leonor, Robinson et le voyageur de commerce, qui durant le trajet essaya de les convaincre des vertus miraculeuses de l'onguent Palleschy, remède infaillible contre les engelures. Comme ils allaient arriver à l'auberge, Robinson s'approcha de Pablo et murmura :

— Regarde, là, à l'entrée de cette rue, c'est la maison de la famille Gómez. Et cette fenêtre, là-haut, c'est celle de la chambre d'Ángela.

Pablo leva les yeux.

— Au fait, ajouta Robinson, comme en passant, la lucarne de notre grenier est juste en face de sa fenêtre.

Pablo eut du mal à trouver le sommeil cette nuit-là. Il se tourna et se retourna dans son lit sans pouvoir s'endormir. Près de lui, Julián ronflait comme un sonneur, coiffé d'un bonnet de nuit surmonté d'un pompon. Une église voisine, probablement San Juan Bautista, marquait de ses cloches le passage des heures. Elles sonnèrent deux coups, puis trois, puis quatre, à cinq Pablo ne dormait toujours pas. Les yeux d'Ángela semblaient le regarder dans les interstices du sommeil, immenses et troublants. Il finit par se lever et sortit à tâtons de la chambre, sans même chausser ses espadrilles. Il monta au grenier et poussa la porte qui, se voyant forcée à une heure si intempestive, grinça avec insolence. Il alla jusqu'à la lucarne, par où filtrait une mince clarté, et grimpa sur une chaise qu'il trouva juste au-dessous, comme si quelqu'un l'avait exprès placée là. Il ouvrit la tabatière et, s'étant penché au-dehors, il reçut une gifle d'air glacé, accompagnée de quelques flocons de neige qui fondirent sur son visage. La maison de la famille Gómez se trouvait juste en face et il n'eut aucun mal à localiser la fenêtre d'Ángela, comme le lui avait indiqué Robinson. Il n'y avait même pas quatre mètres de distance, de la lumière filtrait derrière les rideaux fermés. Peut-être qu'elle ne peut pas dormir elle non plus, pensa Pablo. Et, comme pour répondre à sa pensée, une voix retentit dans son dos, lui causant une peur mortelle :

— Elle dort toujours la lumière allumée.

Pablo sursauta, chancela sur sa chaise et tomba par terre avec fracas.

— Désolé, dit Robinson sans pouvoir se retenir de rire. Je ne t'attendais plus.

— J'ai failli me tuer, balbutia le natif de Baracaldo.

— À cause de la peur ou de la chute ? ironisa celui de Béjar.

— Des deux, je crois.

Et ils sourirent tous deux dans l'obscurité.

— Elle te plaît, Ángela, pas vrai ? demanda Robinson.

— Je ne sais pas, répondit Pablo en rougissant. Je suppose que oui.

— Alors à partir de maintenant il faudra qu'on fasse très attention.

— Pourquoi ?

Mais déjà Robinson tirait la malle qui leur avait offert un refuge le soir précédent, et la plaçait sous la lucarne.

— Allez, monte, dit-il sans répondre à la question de son ami. Une fois dressé sur sa tour de guet, il répéta : Elle dort toujours avec la lumière allumée.

— Et pourquoi ça ? voulut savoir Pablo.

— Parce qu'elle a peur.

— Peur de quoi ?

— Eh bien de l'obscurité, à mon avis.

— C'est bizarre.

— Ne crois pas ça, moi aussi ça m'arrive. Mais tu sais ce que dit mon père ?

— Non, qu'est-ce qu'il dit ?

— Que seuls les courageux éprouvent de la peur, ceux qui n'ont pas peur ne peuvent pas l'être, parce que les courageux, ce sont ceux qui savent surmonter leurs peurs…

Les deux garçons se turent et observèrent la fenêtre éclairée d'Ángela en essayant de comprendre le sens profond de ces mots, jusqu'à ce que le froid les fasse claquer des dents.

— Allez, allons dormir, il va faire jour, bâilla Robinson. Et tâche d'oublier Ángela, si tu ne veux pas que son cousin te réduise en chair à pâté.

Mais il y a des moments dans la vie où on s'obstine à se transformer en chair à pâté.

Les jours suivants, Pablo eut beau passer de longues heures à monter la garde à la fenêtre du grenier de la pension, il ne revit pas la petite fille à la robe bleue. Robinson lui tenait compagnie et le remplaçait quand il avait des crampes aux jambes ou qu'il devait aller aux toilettes. Mais Ángela n'avait pas l'air de vouloir apparaître dans l'encadrement de sa fenêtre. Ils ne la croisèrent pas non plus dans la rue, ni à la messe le jour de Noël, ni lors de la fête du Nouvel An, donnée au Cercle ouvrier. En revanche ils virent son père, toujours vêtu dans le style colonial, avec ces longues rouflaquettes qui se perdaient sous le col de sa chemise. Ils virent aussi sa mère, et deux de ses sœurs aînées, et même son cousin Rodrigo Martín, qui les menaça de loin, le poing levé. Mais Ángela ne se montra nulle part, comme si après la fugitive rencontre à l'église San Juan la terre l'avait mystérieusement engloutie. C'est ainsi qu'arriva la nouvelle année, et avec elle la fin des vacances, le temps s'améliora et la communication entre Béjar et le reste du monde fut rétablie, permettant à l'inspecteur et son fils d'enfourcher de nouveau Lucero et de poursuivre leur chemin au-delà du col de Vallejera.

— Demain, ce sera notre dernier jour ici, dit Pablo à Robinson la veille des Rois.

Un épais silence s'empara du grenier, sans qu'aucun des deux n'ose le rompre.

— Tu sais quoi ? finit par dire le fils des aubergistes, en grattant sa tignasse. Le chemin de mon repaire est dégagé. On pourrait y aller demain, si tu veux.

Pablo ne put empêcher ses yeux de briller.

— … mais avant il faudrait que tu passes l'épreuve, bien sûr. L'épreuve de l'amitié.

— Et qu'est-ce qu'il faut que je fasse ? s'enquit Pablo.

La question flotta quelques secondes dans l'air.

— Nous devons nous avouer un secret et jurer avec notre sang que nous ne le révélerons jamais à personne, dit enfin Robinson, en tirant un canif de sa poche. Toi d'abord.

Pablo regarda le canif et sentit un fourmillement au creux de l'estomac. Le moment était venu de démontrer que seuls peuvent être courageux ceux qui ont peur. Ils étaient assis l'un en face de l'autre sur la malle, dehors il faisait nuit depuis un bon moment, bien que le ciel dégagé laissât entrer la lumière de la lune par la lucarne, faisant luire des éclairs argentés sur la lame polie du canif. La chatte pleine se frottait contre les jambes des garçons, cherchant la chaleur ou des câlins. Au bout de quelques secondes qui semblèrent des heures, Pablo prit le canif d'une main tremblante, sans trop savoir quoi en faire.

— C'est la première fois que tu fais ça, hein ? murmura Robinson.

Pablo fit oui de la tête.

— Donne, alors, je vais commencer.

Prenant le canif de la main gauche, il se fit une entaille fine au bout de l'index. Une goutte de sang écarlate jaillit aussitôt.

— Maintenant à toi, dit-il en lui tendant le petit couteau.

Pablo en appuya le fil sur le bout de l'index de sa main droite et ferma les yeux. Il poussa un profond soupir, et quand il regarda de nouveau, le sang commençait à couler de l'entaille.

— Colle ton doigt au mien, dit Robinson. Et jure que tu ne raconteras jamais à personne le secret que je vais te révéler.

— Je jure que je ne le raconterai jamais à personne, dit Pablo en serrant avec force son doigt contre celui de son ami.

— Moi aussi je jure que jamais je ne raconterai ton secret à personne, répliqua Robinson, et il porta son doigt à sa bouche.

Pablo imita son geste et sentit la saveur aigre-douce du sang, du sien et de celui de Robinson.

— Et maintenant les secrets, dit le Béjarien.

Le natif de Baracaldo raconta qu'il n'avait pas d'odorat, que pour lui un pet et une rose, un œuf pourri et l'herbe fraîchement coupée avaient la même odeur. Cela sembla à Robinson le comble du mystère et il répondit par un aveu à la hauteur des circonstances : il raconta que Juan, l'enfant de chœur, avait trouvé à la sacristie une boîte en fer-blanc pleine de photos de femmes nues.

— Quand il me les a montrées, dit-il, j'en ai volé une sans qu'il s'en aperçoive. Tu veux la voir ?

Pablo n'avait jamais vu de femme nue et il fit oui de la tête, plein d'attente et craintif en même temps. Robinson alla à l'extrémité de la soupente, où s'accumulaient tout un tas de meubles branlants, et revint avec une photo. À la faible lumière de la lanterne de suif apparut l'image d'une jeune femme aux seins petits et fermes, gracieusement appuyée contre une échelle double, bras levés, regard perdu, sourire ciselé sur le visage et jambes croisées se rejoignant dans un triangle d'abondants poils pubiens. Seuls ses pieds étaient couverts, de bottines luisantes et de chaussettes en laine noire qui laissaient tout juste voir la naissance des chevilles. Pablo resta muet, fasciné devant cette image qui mettrait longtemps à s'effacer de sa tête, tandis que Robinson souriait devant la mine de son ami.

— Bon, ça suffit, dit-il au bout d'un moment, si tu la regardes trop longtemps elle va s'user.

Et il retourna cacher la photo parmi les vieux meubles du grenier.

— Tu avais déjà fait ça ? demanda Pablo quand il eut récupéré la parole.

— Quoi donc ?

— L'épreuve de l'amitié.

— Oui, une fois.

— Avec qui ?

Roberto Olaya observa la nuit étoilée par la lucarne et, se tournant vers son ami, il répondit :

— Avec Ángela.

Cette année-là les Rois mages ne lui apportèrent ni petit tambour, ni soldats de plomb, ni même un polichinelle de satin vert et rouge, mais Pablo devait recevoir le plus beau de tous les cadeaux. Il se leva tôt le 6 janvier et laissa son père profiter du jour de fête pour dormir tout son soûl. Sans le moindre bruit, il fit sa toilette dans la cuvette, s'habilla à la hâte et descendit déjeuner avec Robinson dans la cuisine de la pension, comme un enfant de plus de don Veremundo et doña Leonor. La veille au soir, il avait passé avec succès l'épreuve de l'amitié et aujourd'hui venait la récompense. Il sentait encore une légère brûlure au bout de l'index, mais ce n'était rien en comparaison de l'espoir de connaître le « repaire » de son frère de sang, comme ce dernier l'appelait. Ils déjeunèrent de lait au pain trempé, saupoudré de cannelle et des anecdotes du père de Robinson, qui entre deux cuillerées évoquait ses glorieuses années de syndicaliste :

— J'ai fait partie de la Deuxième Internationale, expliquait-il avec fierté, en en rajoutant un peu. Les camarades du syndicat textile m'ont même envoyé à Paris, comme représentant des ouvriers espagnols. J'y ai connu Friedrich Engels et j'ai été témoin du choix du premier mai comme Journée internationale des travailleurs !

Quand ils eurent fini leur petit déjeuner, ils mirent dans une gibecière une miche de pain et un bon morceau de chorizo, pour le cas où ils auraient faim dans la matinée. Ils enfilèrent gants et bonnet de laine, et sortirent de la pension. Le soleil émergeait des montagnes enneigées, annonçant une journée splendide. Ils avancèrent dans la rue Flamencos et, à l'entrée de la rue des Gómez, Pablo leva les yeux, presque instinctivement, dans le vain espoir de voir paraître Ángela. Et cela arriva. Oh oui, cela arriva. Juste à cet instant la fenêtre de sa chambre s'ouvrit et une tête aux cheveux châtains ébouriffés s'y pencha. En apercevant les deux garçons, elle s'écria :

— Roberto, eh, Roberto ! Où allez-vous ?

— À mon repaire, répondit-il.

— Je peux venir avec vous ? demanda la petite fille.

Robinson regarda Pablo du coin de l'œil, mais n'eut pas besoin de lui demander quoi que ce soit.

— Bien sûr, on t'attend à la fontaine.

Cinq minutes plus tard Ángela les rejoignit et Pablo perdit

toute contenance. Elle avait noué ses cheveux en queue de cheval et elle était si brune de peau qu'on aurait presque dit une mulâtresse, ce qui incitait les plus cancaniers à murmurer qu'elle était le fruit des amours illicites de sa mère et d'un Noir des Antilles. Bien entendu, personne n'osait soutenir ça en public, il n'aurait pas fallu que cela parvienne aux oreilles de don Diego Gómez, capitaine de frégate de la marine espagnole dans la guerre d'outre-mer, et tout à fait capable de prendre la mouche et de provoquer l'audacieux en un duel à mort.

— Ángela, je te présente Pablo, dit Robinson. Pablo, je te présente Ángela.

— Bonjour, dirent-ils tous deux à l'unisson, leurs voix batifolant en l'air. La petite fille esquissa un sourire sans quitter Pablo des yeux.

— Où étais-tu passée ? demanda Robinson. Je ne t'ai pas vue de toutes les vacances.

— J'ai eu la grippe, répondit Ángela d'un ton insouciant, ignorant qu'à cause du bacille de Pfeiffer plus de dix mille personnes allaient mourir cette année-là en Espagne. C'est le premier jour où mes parents me permettent de sortir. On y va ?

Ils traversèrent le bourg et prirent le chemin de Candelario. La neige commençait à fondre, mais il restait encore des zones à l'ombre avec des bancs de glace. Au bout de cinq minutes, avant d'arriver à l'usine textile de Navahonda où don Veremundo avait perdu la main gauche, ils quittèrent la piste principale et descendirent la pente abrupte d'un bois de chênes. Cela sentait la mousse et la terre mouillée. Peu après, ils atteignirent le Cuerpo de Hombre, qui leur coupait la route.

— Il est gelé, dit Robinson après un échange de regards avec Ángela, que Pablo ne sut comment interpréter. Je ne sais pas s'il supporterait notre poids, mieux vaut passer l'un après l'autre. Pablo, tu y vas le premier ?

L'enfant de Baracaldo n'avait jamais traversé de rivière gelée, il ne savait même pas qu'une rivière pouvait geler, mais il ne voulait pas avoir l'air d'une poule mouillée. Il avala sa salive et fit oui de la tête.

— Attention à ne pas glisser. Essaie d'aller en ligne droite en regardant toujours devant toi, conseilla Robinson.

Pablo mit un pied sur la surface gelée et sentit la couche de glace frémir sous son poids, tandis qu'au-dessous l'eau coulait. Si je retire le pied maintenant, pensa-t-il, je n'oserai pas le poser de nouveau. Il fit alors un autre pas et se retrouva en train de traverser le Cuerpo de Hombre, craintif et émerveillé à la fois, comme Pierre marchant sur les eaux pour rejoindre Jésus. Un instant, il sentit qu'il perdait l'équilibre, que le monde vacillait sous ses pieds, mais il agita les bras en l'air comme un équilibriste, et reprit son contrôle. Il avança d'un pas déterminé jusqu'à l'autre rive. Il se retourna en souriant, et son visage se figea : Robinson et Ángela avaient disparu. Un peu en amont, quelqu'un cria son nom, et il vit alors ses deux compagnons d'aventures qui traversaient un petit pont de bois, morts de rire. Pablo resta planté sur place jusqu'à ce que les deux autres l'aient rejoint.

— Ne le prends pas mal, dit Robinson, en lui passant un bras autour des épaules : c'est le bizutage obligatoire pour aller jusqu'à mon repaire. Pas vrai, Ángela ?

— Bien sûr. Et tu as eu de la chance, dit-elle à Pablo, en lui souriant des yeux : moi c'était au printemps et je me suis retrouvée trempée comme une soupe.

— Allons-y, dit Robinson en se mettant en marche. On y est presque.

Au bout de quelques mètres ils s'arrêtèrent. De leur bouche sortait une vapeur aussi épaisse que la fumée des usines textiles qui faisaient vivre les Béjariens. Le soleil filtrait entre les branches et Robinson alla jusqu'à un chêne au tronc gros et majestueux, et en montra la cime. Là-haut, camouflée dans la ramure, Pablo distingua une cabane en bois.

— Mon repaire, dit fièrement le fils des aubergistes, tout en se dirigeant derrière le chêne, où plusieurs branches coupées et clouées sur le tronc faisaient office d'échelons. Il grimpa à cette échelle et poussa la porte du repaire. Derrière lui montait déjà Ángela, avec une agilité digne de ce Tarzan qui, dix ans plus tard, remplacerait Robinson Crusoé comme idole dans les esprits enfantins les plus intrépides et les plus aventuriers. D'en haut, ils firent signe à Pablo de monter. La cabane était petite, mais il y avait assez de place pour trois. Le plancher était couvert de paille et du toit pendait un bougeoir, avec une chandelle à moitié fondue. Il y avait dans un coin une couverture en toile de jute, une gourde en laiton, une boîte d'allumettes, un livre tout moisi et quelques outils de base, un peu rouillés : un marteau, une scie, une boîte de clous.

— C'est mon père qui l'a construite quand je suis né, dit Robinson, avant de devenir manchot.

Il faisait froid, mais ils se réchauffèrent peu à peu sous la couverture.

— À quoi on joue ? demanda Ángela.

— On pourrait se poser des devinettes, suggéra Robinson. Allez, je commence. Quel est l'animal qui marche sur la tête ?

— Mmm, je ne sais pas, dit Ángela.

— Moi non plus, se rendit Pablo.

— Le pou ! dit Robinson, triomphant. Et quel est l'animal qui n'a jamais raison ?

Facile, dit Ángela en claquant la langue : l'alligator ! À moi maintenant. C'est une devinette qu'on posait à Cuba et les gens la trouvaient très drôle : au coin de la rue j'ai rencontré un petit vieux, je lui ai baissé son pantalon et j'ai mangé le meilleur morceau.

Pablo et Robinson trouvèrent la devinette très drôle eux aussi, mais sans pouvoir donner la réponse.

— La banane, dit Ángela. Encore une : j'ai un pied mais pas de jambe, qui suis-je ?

— Un champignon, cria Robinson en riant. À moi : entre deux énormes pierres un homme sort en criant ; tu l'entendras mais tu ne le verras pas. Réponse ?

— Mmm, je ne sais pas, dit Pablo.

— L'air ? essaya Ángela.

— Non, le pet ! cria Robinson en éclatant de rire.

— Porc ! l'insulta Ángela en lui donnant un coup. Et toi, Pablo, tu n'en connais pas ?

Pablo réfléchit un moment, puis il dit :

— Tant que je suis prisonnier, je vis ; si on me libère, je meurs. Et voyant que les autres ne répondaient pas, il conclut : Le secret.

C'est ainsi qu'ils passèrent la matinée, en s'amusant à se poser des devinettes, à jouer aux charades, aux osselets ou à la main chaude, qui les réchauffa définitivement. Puis ils descendirent de leur arbre et jouèrent à plante-couteau, à un deux trois soleil, et dessinèrent même sur le sol humide une marelle, sur laquelle Robinson démontra qu'il était imbattable pour le saut à cloche-pied. Plus tard ils firent un bonhomme avec des restes de neige, mais l'affaire se termina en bataille rangée, en un feu croisé de rires et de boules lancées avec trop de précision. Ils chassèrent aussi des grenouilles au bord de la rivière gelée et cherchèrent des terriers de taupes et de lapins. Quand ils eurent faim, ils remplirent la gourde d'eau de la rivière, après avoir cassé la glace avec le marteau, et mangèrent le pain et le chorizo que les garçons avaient apportés. Ángela les dévora avec délectation, après dix jours passés à s'alimenter de bouillons, d'œufs et de lait mélangé à du xérès. Puis ils remontèrent dans la cabane, s'allongèrent sur la paille, se blottirent sous la couverture et décidèrent de raconter des histoires. Robinson commença par un récit d'épouvante qu'il tenait de Juan, l'enfant de chœur. Ángela parla de sa vie à Cuba, son accent prenant parfois des résonances caribéennes. Pablo leur parla du cinématographe qu'il avait vu à Madrid, ce que les autres écoutèrent bouche bée. Mais peu à peu la fatigue les prit et ils s'endormirent. Quand Pablo se réveilla, Ángela avait la tête appuyée contre sa poitrine, comme si elle voulait entendre les battements de son cœur. Sentant qu'il se réveillait, la petite fille le regarda de ses yeux immenses. Elle leva la tête et fut sur le point de dire quelque chose. Mais elle se reprit et reposa son oreille sur le côté gauche de la poitrine de Pablo. Puis, elle se redressa et posa à Pablo la question la plus étrange qu'on lui ait posée de sa vie :

— Tu es un vampire, pas vrai ?

Pablo ne sut que répondre, car il n'avait jamais entendu parler de vampires.

— Tu ne sais pas ce que c'est qu'un vampire ? Les vampires n'ont pas de cœur, c'est pour ça qu'ils se nourrissent de sang. Et toi tu n'as pas de cœur.

— Bien sûr que si, répliqua Pablo, déconcerté.

— Non, tu n'en as pas. J'ai écouté, on n'entend rien. Tu es un vampire.

— Je ne suis pas un vampire.

— Bien sûr que si, Pablo. Tiens, pose ta main ici, dit Ángela en désignant le côté gauche de sa poitrine. Tu vois bien qu'il ne bat pas. Mais le mien, oui, tu vois ? ajouta-t-elle en portant la main de Pablo à la sienne.

— On peut savoir ce que vous faites ? demanda Robinson en s'étirant.

— Ben rien, dit Pablo, en retirant sa main de la poitrine d'Ángela.

— C'est parce qu'il n'a pas de cœur, dit la gamine. C'est un vampire. Tiens, touche.

— Eh ben dis donc, c'est vrai, dit Robinson tout étonné.

— Vous êtes fous, dit Pablo en se levant. Je ne suis pas du tout un vampire.

— Bien sûr que si, insista Ángela. Mais ça ne fait rien. Moi j'aime bien les vampires.

Pablo ressentit une brûlure à l'estomac, comme si ses entrailles s'enflammaient.

— Évidemment que j'ai un cœur ! cria-t-il, en posant de nouveau sa main sur son côté gauche. Constatant qu'il ne battait pas, il fit une grimace et sortit de la cabane.

— Ne t'en va pas ! crièrent Ángela et Roberto.

Mais déjà Pablo courait en direction de la rivière. Après avoir traversé le pont de bois, il atteignit le chemin de Candelario et rentra à toutes jambes à la pension, où il monta directement au grenier se cacher dans la malle, sans savoir qu'il imitait un comportement typique des vampires. Une fois à l'intérieur, essoufflé par l'effort, il entendit les battements de son cœur. Mais en le cherchant de la main il découvrit qu'il ne palpitait pas du côté gauche de son thorax, mais du droit.

Pablo ne le savait pas et jamais il ne le saurait, mais ce fait insolite était dû à une malformation congénitale consistant en la disposition inversée des organes internes, et qui recevrait des années plus tard le nom de *situs inversus*. Toutefois, elle était connue depuis au moins le XVIIe siècle, lorsque les médecins, ayant ouvert après sa mort la poitrine d'un vieux soldat qui s'était battu sous les ordres de Louis XV, avaient découvert qu'il avait le cœur du mauvais côté. Une malformation à laquelle est souvent associé un symptôme appelé anosmie.

– 6 –

Miguel García Vivancos avait appris le métier de mécanicien à l'âge de treize ans, avant d'émigrer en 1909 à Barcelone, où il devint tout de suite orphelin de père. Dès sa création en 1922, il fit partie du groupe d'action Los Solidarios, avec Buenaventura Durruti, Francisco Ascaso et Juan García Oliver, entre autres. À la suite de l'attaque de la Banque d'Espagne à Gijón, en août 1923, il fut arrêté et emprisonné durant trois mois, mais parvint à passer au travers des enquêtes policières et fut remis en liberté. Il partit alors pour Paris avec une bonne partie du groupe et fut chargé de trouver des armes pour organiser la lutte contre la dictature de Primo de Rivera. Après avoir négocié l'achat de fusils et de munitions avec un trafiquant belge, il participa le 7 novembre 1924 à l'opération de Vera de Bidassoa.

Dictionnaire international des militants anarchistes

Après quelques jours assez tranquilles à Marly, Pablo rentre à Paris le vendredi 24 octobre. En passant par Amiens, il regarde par la fenêtre du wagon de queue si l'homme à la mallette de médecin est cette fois encore à la gare. Il ne le voit pas, mais à tout hasard il va dans le couloir et se dirige vers la plateforme arrière. Aucune trace. Il retourne s'asseoir et attend l'arrivée à Paris en observant le paysage. Il tombe quelques gouttes, mais le soleil parvient à se glisser par une fente du toit qu'ont tendu les nuages, et le résultat est d'une beauté inaccoutumée : l'arc-en-ciel se dessine avec la trompeuse netteté des mirages. Un instant, Pablo a l'impression d'être dans la campagne de Castille, sur le dos de Lucero, les bras autour de la taille de son père. Pendant un bon moment, il ferme les yeux et se laisse aller à ses souvenirs. Quand il les rouvre, le triste spectacle des modestes maisons de la périphérie parisienne, ce que certains appellent avec mépris la *banlieue**, l'arrache à sa rêverie et le ramène à la réalité.

Comme il est très en avance, il décide de passer chez lui avant d'aller à l'imprimerie. Quand il entre, quelque chose attire son attention. La natte est encore par terre et il y a dans un coin une mallette en cuir vert qui n'était pas là quand il est parti pour Marly. Et sur la table, une calebasse : celle dont se sert Leandro, le géant argentin, pour préparer son maté. C'est alors qu'il découvre le petit mot sur son oreiller. Il est de Robinson : « Pablo, Leandro est recherché par la police. Le vieux Dubois a porté plainte contre lui. Ils ont fouillé chez lui et délivré à son encontre un ordre d'arrestation. Le mieux est qu'il se cache ici quelques jours, tu ne crois pas ? De toute façon, ce fou répète que si on ne veut pas de lui en France, il vient avec moi faire la révolution en Espagne. À très vite, je te raconterai tout calmement. Robinson. » Pablo laisse échapper un soupir et déchire le petit mot en mille morceaux.

Mais la fin de la semaine sera plus calme qu'on ne l'aurait pensé. Primo, parce que Sébastien Faure est en *tournée** en Suisse, où il donne une série de conférences par lesquelles il prétend démontrer l'inexistence de Dieu. Secundo, parce que le Comité de relations anarchistes n'a pas encore trouvé le papier pour imprimer les tracts. Tertio, parce que Robinson et Leandro vont partir en voyage, comme ils le font savoir à Pablo le soir, quand ils viennent le chercher à La Fraternelle. Ou plutôt, quand Robinson passe, accompagné d'un fantoche vêtu d'une tunique noire qui lui descend aux chevilles et coiffé d'un chapeau à large bord qui lui cache le visage.

— Vous venez d'un bal costumé, ou quoi ? demande Pablo d'un air moqueur en les voyant entrer.

— *Che*, tu ne sais pas que je suis recherché par la police ? Le vieux a porté plainte contre moi.

— Oui, je sais. Mais dans cet accoutrement tu attires davantage l'attention qu'autre chose. Tu ne passerais pas moins inaperçu habillé en femme...

Mais Leandro n'est pas d'humeur à plaisanter, chose inhabituelle chez lui. Abattu, il se laisse tomber sur une chaise, qui s'effondre sous lui comme un château de cartes. Pablo et Robinson essaient de ne pas rire en l'aidant à se relever.

— Écoute, Leandro, ce que tu devrais faire, c'est te cacher quelques jours dans ma mansarde, propose Pablo tout en ramassant les morceaux de la chaise qu'il essaie de remettre en état. Ou, mieux encore, passer quelque temps à la campagne ; tu pourrais venir avec moi à Marly et te réfugier dans la petite maison. Ce que tu ne peux pas faire, c'est continuer à te promener comme ça dans Paris.

— Oui, c'est ce que je lui disais en venant, intervient Robinson. En fait, nous pensions partir tous les deux demain pour le sud. Le Comité m'a demandé d'aller superviser là-bas le travail de recrutement. Apparemment, ils ne font pas trop confiance à la personne chargée d'enrôler des gens à Bordeaux, Bayonne, Biarritz, Saint-Jean-de-Luz et autres villes et villages de la région.

— Et moi qui pensais que ceux à qui ils ne faisaient pas trop confiance, c'étaient toi et tes petits amis du syndicat de Lyon. Trop de méfiance pour faire une révolution, tu ne crois pas ?

— Bon, on ne prend jamais assez de précautions dans des cas comme ça.

— Et toi, Leandro, qu'en dis-tu ?

— De quoi ? répond l'Argentin, un peu perdu.

— De cette histoire de voyage, de quoi veux-tu que ce soit ?

— Pour moi, c'est parfait. Du moment que je me débarrasse de ces vêtements... D'ailleurs, j'en ai plus que marre de cette maudite ville, puisse-t-elle disparaître !

Le voyage de Robinson a son origine dans un télégramme reçu de Bordeaux par le Comité de relations anarchistes en début de semaine, dans lequel il était dit que les camarades du Syndicat d'émigrés espagnols renonçaient à poursuivre leur travail de diffusion et de recrutement : « Regrettons ne pouvoir nous charger affaire. Saint-Jean-de-Luz une personne s'en occupe. Nom Max Hernández. Sincèrement, Syndicat émigrés espagnols. » La nouvelle n'a pas du tout plu au groupe des Trente, qui s'est réuni hier au local de la rue Petit et a pris la décision d'envoyer quelqu'un dans le secteur pour superviser le travail effectué par le dénommé Max, plus connu comme « el Señorito ». Et c'est Robinson qui a tiré le bon numéro.

— N'en parlons plus, conclut le végétarien, demain on part ensemble chercher le soleil du sud, parce qu'ici il commence à faire un froid du diable. Et du même coup on laisse un peu tranquille Pablito, lui aussi il a besoin d'intimité de temps en temps, ajoute-t-il avec un clin d'œil.

Mais cela, ce sera demain, car cette nuit ils dormiront encore tous les trois dans la mansarde. Bon, tous les quatre, car Kropotkine commence à se geler sur son palier, le pauvre.

La fin de la semaine se déroule paisiblement et, comme pour contredire Robinson, le temps se montre généreux avec les Parisiens, en leur offrant un été de la Saint-Martin inespéré. Il faut en profiter, semblent-ils tous se dire, et ils sortent en trombe dans les rues, avec un air de joie perplexe et d'exceptionnelle bonne humeur. Au Luxembourg, des jeunes essaient même de prendre le soleil, comme pour imiter Coco Chanel, qui deux étés plus tôt a inauguré la mode de la peau hâlée en se promenant à Cannes avec un bronzage des plus voyants. Mais Pablo sait qu'il s'agit d'un mirage, du calme qui précède la tempête. Et pas seulement parce que du nord du pays parviennent des nouvelles de pluies torrentielles, mais parce qu'il pressent que sa vie va bientôt connaître un bouleversement inattendu.

Le lundi matin il se dirige vers la gare du Nord pour prendre le train de Lille. Le ciel s'est couvert et avant de monter en voiture il achète *Le Quotidien* à un petit vendeur de journaux, un de ces jeunes crieurs qui prolifèrent à Paris depuis la fin de la Grande

Guerre. À la une est publiée une photo de la nageuse anglaise miss Zetta Hills, qui va tenter de traverser la Manche, engoncée dans une tenue en caoutchouc qu'elle s'est fait confectionner pour l'occasion. Un gros titre annonce aussi qu'un professeur de l'université de Barcelone, le professeur Dualde, a été arrêté à Gérone précisément parce qu'il lisait *Le Quotidien*. Et il y a dans les pages intérieures un article d'Unamuno, où après avoir durement attaqué le gouvernement espagnol et Primo de Rivera, il annonce sa participation à un meeting dans la salle des Sociétés savantes (avec Blasco Ibáñez et Ortega y Gasset), auquel il espère qu'assisteront tous ceux qui ont assez de dignité pour élever la voix contre un directoire qui est la honte de la vieille Europe et du monde entier. Mais Pablo n'a pas encore lu l'article quand il monte dans le wagon de queue et s'assied à la fenêtre, à l'instant même où passe sur le quai Vivancos en personne, sur son trente-et-un, avec monocle et haut-de-forme. Leurs regards se croisent et Vivancos fait un geste à peine perceptible, mais éloquent : il vaut mieux qu'on ne nous voie pas ensemble, semble-t-il lui dire, et il se dirige vers les voitures de première classe, parce qu'il est bien connu que pour qu'on vous laisse tranquille, le mieux est d'être bien habillé et d'avoir l'air riche.

Pablo essaie de lire l'article d'Unamuno, mais il n'arrive pas à se concentrer. Encore moins quand à la gare qui précède Amiens montent deux policiers, matraques et pistolets à la ceinture. « Inspection de routine, annoncent-ils lorsque le train repart, veuillez préparer vos papiers d'identité. » Ils se dirigent vers la voiture de tête et commencent à demander les documents, suivis de près par le contrôleur du train. Quelques secondes plus tard Vivancos surgit dans le wagon de troisième classe, une mallette à la main, et fait signe à Pablo de le suivre jusqu'à la plateforme arrière, où personne ne pourra les entendre. En fait, ils ne s'entendent presque pas eux-mêmes, à cause des secousses.

— Écoute, dit Vivancos, dont la voix douce ne parvient pas à dissimuler la nervosité. Ces policiers ne me disent rien qui vaille.

Prends cette mallette, et s'il m'arrive quelque chose tu descends à Amiens et tu la donnes au « Toubib », le type à qui tu as transmis la lettre l'autre jour. Il attendra sur le banc près du buffet. Puis tu remontes dans le train comme si de rien n'était. Tes papiers sont en règle, n'est-ce pas ?

— Oui, oui.

— Parfait. Maintenant retourne à ta place et comporte-toi normalement.

Pablo revient à son siège, la peur au ventre et un objet brûlant entre les mains. Le second en comptant son précédent voyage, d'abord une lettre et maintenant une mallette. Heureusement, il ne sait pas cette fois non plus ce qu'elle contient, parce que sinon il aurait des sueurs froides. Il la pose sur le plancher, en la dissimulant sous son banc. De sa position il peut voir la plateforme extérieure, mais Vivancos, appuyé à la rambarde latérale, est hors de son champ de vision. Quand les policiers arrivent à son niveau, Pablo les salue avec le meilleur accent français dont il est capable.

— *Espagnol** ? demande le plus jeune des deux en voyant sa carte d'identité.

— *Oui, bien sûr**, répond Pablo.

Le jeune agent le regarde avec méfiance et fait un commentaire à voix basse à l'autre, qui remue négativement la tête et montre quelque chose dans la partie inférieure du document, où il est écrit que Pablo est domicilié à Marly-lez-Valenciennes. Le détail semble les rassurer, malgré tout ils appellent le contrôleur, qui s'approche en traînant les pieds. L'homme leur explique, en bégayant, qu'il s'agit d'un voyageur régulier qui fait le trajet toutes les semaines. Le plus jeune a l'air contrarié, mais il rend ses papiers à Pablo. Ils continuent à vérifier ceux des autres voyageurs et, quand ils ont fini, ils échangent quelques mots, sans réussir à se mettre d'accord. Finalement, le plus jeune repart vers la tête du train, tandis que l'autre tire un cigare d'un étui, le porte à la bouche et se dirige vers la plateforme arrière. De sa place, Pablo observe la surprise du policier quand il découvre Vivancos, il le voit ôter son cigare et lui dire quelque chose, peut-être lui demande-t-il ses papiers. Le policier prend un air étonné et fait un geste comme pour dire « Veuillez me suivre, monsieur ». Pendant un moment, il ne se passe rien, puis il porte la main à son ceinturon en signe de menace. Traverse alors le champ de vision de Pablo un poing qui s'abat en plein visage du policier et le renverse. Quand il parvient à se relever, il dégaine son pistolet et tire, non pas dans la direction d'où est parti le coup de poing mais vers l'arrière, au loin, là où Vivancos vient de se casser la figure en sautant du train en marche.

En entendant les coups de feu, les voyageurs les plus proches se mettent à crier. Les gens se penchent aux fenêtres et sortent dans le couloir. Une femme assise au bout du wagon perd connaissance et son compagnon réclame à grands cris un médecin. Le jeune agent arrive en courant, l'arme à la main, tandis que l'autre apparaît, le nez en sang. « Arrêtez le train ! » hurle-t-il avant d'évoquer la mère du fugitif et toute sa famille, mais déjà le train a ralenti et entre en gare d'Amiens. Quand il s'arrête, les deux policiers sautent à terre. « Que personne ne descende ! » ordonne le plus jeune, tout en se mettant à courir dans la direction où s'est enfui Vivancos. L'autre entre dans le buffet de la gare et demande un chiffon et de l'eau pour se nettoyer le visage, moment que mettent à profit quelques voyageurs, mi-apeurés, mi-intrigués, pour descendre des voitures, sans tenir compte des avertissements bégayants du contrôleur, qui leur rappelle l'interdiction formelle de la police. Quelqu'un sort une flasque d'anis pour tenter de ranimer la jeune évanouie, qui n'a toujours pas repris connaissance. D'autres, qui devaient descendre à Amiens, en profitent pour ficher le camp, ils n'allaient pas perdre toute la matinée à cause de l'incident. Pablo descend, juste à temps pour voir « le Toubib » sortir de la gare. Et, comme s'il portait dans sa mallette une bombe sur le point d'exploser, il s'élance derrière lui, sans plus réfléchir. Il le trouve dans la rue, en train de faire signe à une voiture de louage qui approche, il le rejoint et pose la mallette par terre. « Le Toubib » le regarde du coin de l'œil et le reconnaît, ou du moins comprend la situation. Il prend la mallette et monte dans la voiture, qui démarre à toute vitesse. Quand Pablo remonte dans le train, les gens sont toujours agités, mais la jeune femme est revenue à elle. Le policier blessé sort du buffet, deux bouts de tissu dans les narines, et ordonne à tout le monde de remonter dans le train ; il prévient par téléphone le commissariat central d'Amiens et attend l'arrivée de renforts. Puis apparaît son collègue, en sueur et les chaussures pleines de boue.

— *Rien de rien**, dit-il.

Très vite arrivent cinq autres policiers. Deux d'entre eux montent dans le train en signalant au conducteur qu'il peut repartir. À partir d'aujourd'hui, Pablo sera fiché par la police française. Avec toutefois quatre-vingt-trois voyageurs aussi innocents que lui, ou un peu plus, peut-être, parce que la mallette que Pablo vient de remettre au « Toubib » contient quinze mille francs destinés à l'achat illégal d'armes de contrebande.

Quand le train redémarre, retentit le premier coup de tonnerre. Presque aussitôt se déchaîne une averse furieuse.

VI
(1900-1904)

— J'ai bien un cœur, regardez !

Après sa découverte, Pablo était retourné au repaire de Robinson pour prouver à ses amis qu'il n'était pas un vampire.

— Ce qu'il y a, c'est que moi je l'ai à droite. Vous saurez garder mon secret ?

En guise de promesse, Ángela et Robinson embrassèrent leur pouce, bien intercalé entre l'index et le majeur. Puis ils rentrèrent tous les trois chez eux, en silence, tristes de devoir se quitter.

— Ne vous en faites pas, les encouragea Pablo en leur disant au revoir. Nous nous reverrons bientôt, je vous le promets.

Et il tint parole, car les Martín reviendraient à Béjar en plus d'une occasion. En fait, depuis ce temps-là, chaque fois que Julián devait faire des inspections au sud de Salamanque, il s'arrangeait pour passer quelques jours à la pension de don Veremundo et doña Leonor, sachant que son fils s'était lié d'amitié avec le leur. C'est ainsi qu'après ce Noël qui changerait sa vie, Pablo parvint à garder vivant le feu de l'amitié et de l'amour véritables. Comme un soufflet, chaque nouvelle rencontre ranimait les liens entre Pablo, Robinson et Ángela, en dépit des tentatives de Rodrigo Martín pour tenir sa cousine éloignée de ces deux « simplets » et des transformations inéluctables chez les garçons à mesure qu'ils approchaient de l'adolescence. La première fois que les Martín retournèrent à Béjar, Robinson n'avait plus son appareil orthopédique et Ángela mesurait dix centimètres de plus, hauteur de laquelle elle continuait à tout observer avec ses yeux immenses et étincelants. À leur rencontre suivante, Robinson avait appris à fumer des cigarettes et Ángela à jouer de la flûte, ce qui fait que l'un se consacrait à pratiquer les inhalations, tandis que l'autre s'appliquait aux exhalations et tourmentait ses amis en voulant à tout prix imiter le joueur de flûte de Hamelin. Une autre fois, Robinson avait délaissé les romans d'aventures pour les livres de sciences naturelles, pratiquait avec savoir-faire l'art du dessin, élevait des vers à soie et avait un épagneul qu'il appelait Darwin ; de son côté, Ángela s'était mise à parler en intercalant un « te » entre chaque syllabe, et elle accueillit Pablo en disant : « Bontejourte Pateblote, çate faite lontetemte qu'onte nete sete pate vute. » Lors d'une visite postérieure, à l'occasion du premier Tour de France de l'histoire, don Veremundo avait acheté une bicyclette et Robinson était devenu un cycliste confirmé, car lorsqu'il enfourchait son vélo son boitement passait inaperçu : il initia Pablo en deux jours, et aussi Ángela, mais en cachette de ses parents et du curé de la paroisse, qui censurait en chaire les femmes indécentes qui montaient à califourchon sur une bicyclette. La dernière fois que l'inspecteur et son fils vinrent à Béjar à dos de Lucero, en février 1904, les seins d'Ángela avaient poussé et Robinson avait une ombre de moustache, qu'il n'était pas pressé de raser, trop occupé par l'idée de devenir végétarien, mode qui pointait timidement en Espagne.

— Je ne veux plus manger d'animaux, leur expliquait-il. Vous savez que tout au long de l'histoire il y a eu des gens qui ne mangeaient pas de viande ? Pythagore, par exemple. Ou Jésus en personne ! Mais mes parents m'obligent à en manger, ils disent que je n'ai pas fini de grandir et que je resterai rachitique si je ne les écoute pas. Un de ces jours je vais me tirer de la maison et ce jour-là ils verront ce qu'ils verront, vous pouvez me croire.

— Moi, j'ai entendu dire qu'il y a des endroits sur Terre où les gens mangent de la chair humaine, intervenait Ángela.

— Ça s'appelle du cannibalisme, expliquait Pablo, faisant celui qui savait. Il n'y a pas longtemps, un bateau anglais a fait naufrage sur une île de l'Océanie et les cannibales ont tué tout l'équipage et après ils l'ont mangé avec des pommes de terre. Alors si tu penses devenir végétarien, Robin, moi je pense me faire cannibale.

— Tu peux rire, disait Robinson, dont le surnom raccourci était maintenant habituel, mais j'ai lu dans *Blanco y Negro* que la chair humaine n'est pas bonne pour le cœur.

— Moi, comme je n'en ai pas… répondait Pablo, et ils riaient tous les trois en pensant à ce secret partagé.

— Mais est-ce que les animaux éprouvent des sentiments ? demandait Ángela, que la question intéressait.

— Tiens, évidemment, assurait Robinson, puisque l'homme descend des grenouilles ! Vous saviez qu'un poisson dans un bocal peut mourir de chagrin s'il vit seul ? Mais il suffit que tu lui installes un miroir pour qu'il soit content.

— Et allez donc ! disaient Pablo et Ángela à l'unisson.

— Je vous le jure, répliquait Robinson.

Quand Pablo quitta Béjar pour la dernière fois à cheval sur Lucero, il venait d'avoir quatorze ans, et le vieux mulet portait sur son dos une charge chaque jour plus lourde. Julián l'avait prévenu que tôt ou tard ils devraient mettre fin à cette vie transhumante, s'installer à Salamanque avec sa mère et la petite Julia, et qu'il faudrait trouver à María un travail qui les aiderait à supporter les frais de la maisonnée, car des temps de vaches maigres s'annonçaient. Sans aller plus loin, dans la ville voisine de Valladolid, venait d'avoir lieu entre la Garde civile et un groupe de femmes qui manifestaient en réclamant « du pain et du travail » un affrontement réglé à coups de fusil par les forces de l'ordre, avec pour résultat plusieurs femmes blessées, deux morts et un accroissement de la haine populaire contre la vénérable institution. Mais les événements allaient se précipiter d'une façon inattendue pour les Martín le soir où, ayant quitté Béjar pour se rendre à Ciudad Rodrigo, un orage terrible les surprit à mi-chemin. Le ciel s'obscurcit brusquement et les nuages violets déchargèrent avec force toute leur mitraille, si malencontreusement pour Pablo et Julián qu'au plus fort de l'averse ils se trouvaient au milieu de rien, sans le plus misérable endroit pour s'abriter. L'inspecteur éperonna le vieux mulet, mais Lucero se contenta de gémir indolemment. Au bout d'un moment ils crurent apercevoir une lumière au loin, et quittant la grand-route ils se dirigèrent vers elle. Les eaux bouillonnantes d'un ruisseau en crue les en empêchèrent. Julián tenta de trouver un endroit sûr où passer de l'autre côté, mais l'orage redoublait de force et le rideau de pluie empêchait de voir au-delà de vingt ou trente mètres.

— Serre-moi fort, dit-il à son fils, et il força Lucero à traverser le courant.

Au début le mulet résista, avec un entêtement prophétique, mais il finit par céder aux commandements de la cravache. La crue augmentait par endroits et, au plus profond du lit, l'eau arrivait à la hauteur de la croupe de Lucero. Un éclair illumina le ciel tout près, à en juger par la rapidité et l'intensité avec lesquelles retentit le tonnerre. Le vieux mulet, effrayé, se cabra, perdit l'équilibre et fut emporté par le courant, entraînant Pablo et Julián avec lui.

— Rejoins le bord, rejoins le bord ! cria l'inspecteur, mais la jambe de son fils était restée empêtrée dans l'une des besaces et le courant l'entraînait vers l'aval. Julián atteignit l'autre rive juste à temps pour voir, illuminé par un éclair, le visage terrorisé de Pablo que les eaux engloutissaient. Il se mit à courir le long du bord, dans l'espoir de voir émerger de nouveau la tête de son fils, tandis que le ciel continuait à se presser comme une éponge inépuisable et que le vieux Lucero, gémissant et gigotant, tentait de résister à l'assaut de la crue. Soudain, les besaces se détachèrent de l'animal et, après quelques secondes d'incertitude, Pablo reparut à la surface.

— Par ici ! cria Julián, entré de nouveau dans le torrent pour tendre la main à son fils.

Quand Pablo atteignit le rivage, le vieux mulet à bout de forces était définitivement entraîné par les eaux. Père et fils se fondirent dans une étreinte sous la pluie, la peur encore au ventre, et dirent adieu en silence à ce compagnon avec lequel ils avaient parcouru toutes les villes et tous les bourgs de la province de Salamanque.

— C'est ici que nous nous séparons, Lucero, murmura Julián

quand il l'eut perdu de vue. Et ils se dirigèrent vers la lumière qui brillait au loin.

Les pluies durèrent une semaine entière, provoquant des inondations dans une bonne partie du pays. Des villages furent littéralement submergés par les eaux, de nombreuses récoltes furent perdues, plusieurs bateaux firent naufrage dans la mer Cantabrique et la presse qualifia la tempête de « terrible tragédie nationale ». En prévision du retour du beau temps, Julián avait loué une bicoque phtisique dans une ruelle anémique de Salamanque (pour employer l'adjectif morbide avec lequel don Miguel de Unamuno qualifiait le complexe urbanistique de la ville), où il ne tarderait pas à s'installer avec sa famille au complet. Il envoya Pablo à Baracaldo, et ils déménagèrent pendant les vacances de Pâques. Bien entendu, il continuerait à aller de ville en ville, pour inspecter toutes les écoles de la province, mais au moins aurait-il ses êtres chers près de lui et un foyer où revenir régulièrement, sans compter les deux mois par an qu'il passait au chef-lieu pour faire ses rapports sur les plus de cinquante écoles que comptaient la ville et ses environs. D'ailleurs, avait-il pensé, dans une vision du futur, sûr qu'avec les automobiles, il n'y aurait très vite plus besoin de mulets pour aller d'une agglomération à l'autre. Et il ne se trompait pas trop.

C'est Pablo qui eut le plus de mal à s'adapter à la nouvelle situation. Cela avait été huit ans de transhumance, huit ans de pèlerinage continuel, huit ans à déambuler d'un endroit à l'autre, et cela n'avait pas été une étape quelconque, mais une étape de formation, celle où un enfant découvre le monde et devient une grande personne. L'aventure castillane ne l'avait pas guéri de son anosmie, mais elle l'avait fait grandir comme un être nomade et maintenant la vie sédentaire le prenait à contre-pied. Bien sûr, il jouissait de la compagnie de sa mère et de sa sœur Julia, de la chaleur familiale et des commodités d'une maison en bon état, mais son bonheur était un bonheur aigre-doux, car au fond les voyages et la liberté de la vie ambulante lui manquaient. De plus, Béjar était maintenant très loin, même si la ville n'était qu'à soixante-dix kilomètres de Salamanque. Et qui dit Béjar dit Robinson. Et qui dit Robinson, ah ! dit Ángela et ses yeux immenses. Mais il n'y eut guère de temps pour les lamentations : quelques jours après leur installation à Salamanque, Pablo entrait à la direction du journal *El Castellano*, dirigé à cette époque par le poète aveugle Cándido Rodríguez Pinilla. Son travail : garçon à tout faire. Son horaire : de trois heures de l'après-midi à minuit, sept jours par semaine. Son salaire : une peseta par jour et un repas chaud. Mais avant de commencer à travailler, il demanda de l'argent à son père et acheta un billet de train pour aller à Béjar dire au revoir à ses amis.

Arrivé à la gare au milieu de la matinée, il traversa le village au pas de course, en montant les côtes prononcées qui menaient à la rue Flamencos. À la porte de la pension il trouva don Veremundo, qui profitait de ce dimanche printanier en fumant tranquillement un cigare :

— Tiens tiens, voyez qui nous arrive, marmotta le père de Robinson. Et don Julián, il n'est pas avec toi ?

— Non, monsieur, cette fois je suis venu tout seul, répondit Pablo, haletant à cause de l'effort qu'il venait de fournir.

— Un vrai petit homme, sourit don Veremundo, et il lâcha un rond de fumée. Tu restes quelques jours ?

— Non, je rentre à Salamanque ce soir. Nous nous y sommes installés, avec ma mère et ma sœur.

— Oui, je l'ai entendu dire. Mais je suppose que ce n'est pas pour parler avec moi que tu es venu jusqu'ici… Tout le monde est à la messe, y compris Roberto et la fille des Gómez.

— Merci beaucoup, don Veremundo. Je vous souhaite une bonne journée, dit Pablo, et il partit en courant vers l'église San Juan.

Quand il y arriva, les fidèles les plus impatients commençaient à sortir, et parmi eux Robinson et doña Leonor. Les deux amis se jetèrent dans les bras l'un de l'autre, en se donnant de grands coups de poing dans le dos, comme pour simuler un combat de boxe. Mais au beau milieu de cette accolade, le fils de l'inspecteur fut soudain paralysé : Ángela sortait de l'église, accompagnée de sa famille. Leurs regards se croisèrent et le cœur de Pablo faillit lui manquer. Robinson se retourna et eut juste le temps de faire un signe à Ángela avant que le cousin Rodrigo ne s'aperçoive de sa présence : il joignit les deux index en forme de V renversé et dit à son ami :

— Allez, viens.

— Et Ángela ?

— On la verra au repaire, ne t'en fais pas.

Une demi-heure plus tard ils étaient tous les trois réunis dans la cabane du bois.

— Ce qui fait que je ne sais pas quand je pourrai revenir, leur disait Pablo, après leur avoir raconté sa nouvelle situation. Mais je vous écrirai, vous pouvez en être sûrs.

— Et quelle adresse tu mettras sur l'enveloppe ? Repaire de Roberto Olaya, premier étage gauche ? plaisanta Robinson.

— Alors comme ça tu vas être journaliste ? demanda Ángela, pleine d'admiration.

— Qui sait, répondit Pablo mystérieusement, sans soupçonner qu'il se servirait davantage du balai que du stylo.

— Eh bien moi je vais être spéléologue, comme Robin, dit Ángela.

— Ça, c'est impossible, intervint Robinson.

— Pourquoi ?

— Parce qu'il n'y a pas de femmes spéléologues.

— Eh bien je serai la première, tu verras.

C'est ainsi qu'ils passèrent le reste de la matinée, en faisant des plans pour l'avenir, ce qui est le mieux à faire quand on a toute la vie devant soi.

— Bon, les amis, il faut que je rentre déjeuner, dit finalement Ángela. À quelle heure part ton train, Pablo ?

— À six heures et demie.

Et à six heures et demie Ángela était à la gare, pour dire au revoir à son vampire. Quand le train démarra, elle se mit à marcher près du wagon, tandis que Robinson restait planté sur le quai en agitant sa casquette avec enthousiasme.

— Ángela ? dit Pablo en passant la tête par la fenêtre.

— Quoi ? répondit la jeune fille, en réglant son pas sur le rythme de la locomotive, qui augmentait petit à petit sa vitesse.

— Je reviendrai te chercher, dit-il comme elle commençait à courir. Tu m'attendras ? ajouta-t-il en désespoir de cause, tandis qu'Ángela se laissait distancer, ses yeux brillant pour la dernière fois, de plus en plus loin.

La dernière chose que vit Pablo fut qu'elle s'arrêtait à l'extrémité du quai et faisait oui de la tête, bras le long du corps, sans savoir qu'un sage a dit un jour que si le vent emporte les paroles, c'est le diable qui se charge des gestes, et que la différence entre deux oui muets est parfois plus grande qu'entre un oui et un non prononcés à voix haute. Mais ce que disent les sages n'est pas toujours vrai.

Salamanque était à l'époque une ville décadente, aux rues étroites et tortueuses, avec des maisons insalubres souvent sans eau courante, mal éclairées, où gens et animaux vivaient dans une cohabitation malsaine, avec un réseau d'égouts obsolète qui faisait de ce chef-lieu de province un des endroits à l'indice de mortalité le plus élevé de toute l'Espagne : si Salamanque était connue au-dehors comme la Petite Rome ou la Petite Athènes pour ses édifices monumentaux et son célèbre passé universitaire, en dedans beaucoup la connaissaient comme « la ville de la mort », à cause de ses épidémies récurrentes de variole, de diphtérie ou de grippe, auxquelles il fallait ajouter les morts violentes qui scandalisaient régulièrement les habitants et remplissaient les pages des journaux. Il ne faut donc pas s'étonner si les informations les plus effrayantes qu'on puisse imaginer parvenaient à la rédaction d'*El Castellano*, même si les journaux de la ville, sous la pression des forces vives de la société, s'étaient mis d'accord pour lancer une campagne d'assainissement hygiénique et moral.

Pablo débuta à la mi-avril 1904. Le premier jour, avant qu'il ne quitte la maison, sa mère l'embrassa sur le front et essaya de l'encourager avec le discours bien connu sur le travail qui rend digne. Mais l'aîné des Martín ne tarderait pas à se rendre compte que s'il est vrai qu'il rend digne, il ne l'est pas moins qu'il mortifie, car dès le premier jour il allait tomber sur deux personnages singuliers qui le feraient entrer d'un coup dans l'âge adulte. S'il avait lu Freud, si en vogue à l'époque, il aurait pu leur donner un nom : l'un s'appelait Thanatos, l'autre Éros. Le baiser maternel encore frais sur le front, Pablo sortit de la maison, traversa les voies ferrées puis le parc de la Alamedilla, l'un des lieux les plus malfamés de la Salamanque du début du siècle. La rédaction d'*El Castellano* se trouvait au premier étage du numéro 28 de la rue Zamora, près de la Plaza Mayor, et ce qui surprit le plus Pablo en entrant fut l'intense activité qui y régnait et la fumée de tabac asphyxiante qui irritait son larynx et ses glandes lacrymales. Un grand espace encombré de tables, de chaises, de corbeilles à papier et de crachoirs fonctionnait comme centre d'opérations, présidé dans un coin par une chouette empaillée qui avait l'air de tout contrôler de ses yeux de verre exsangues. Il y avait peut-être dix personnes dans la salle, parlant, fumant, écrivant ou tapant à la machine à écrire, mais au début personne ne s'aperçut de sa présence.

— Toi, gamin, viens là, lança enfin une voix. Au milieu de l'épais brouillard, un homme chauve au visage cuivré lui faisait signe d'approcher.

— Je ne m'appelle pas gamin, dit Pablo quand il fut près de lui, pour essayer de se faire respecter.

— Ah non ? Et comment t'appelles-tu, si on peut le savoir ?

— Pablo, Pablo Martín.

— Très bien, Pablo Martín, écoute-moi bien : à partir d'aujourd'hui tu oublies ton nom. Ici, on t'appellera gamin, compris, gamin ? dit l'homme sans ôter sa cigarette de ses lèvres. Il avait les yeux rouges et les pupilles dilatées, comme s'il souffrait de mydriase ou avait pris de la belladone.

— Compris, finit par transiger le nouveau venu. Il n'était pas non plus question qu'on le mette dehors sitôt arrivé.

— Voilà, j'aime mieux ça. Allez, apporte cet article à l'imprimerie. Tu sais où c'est, n'est-ce pas ?

Pablo fit non de la tête.

— Bon, ne nous énervons pas.

— Je vais lui montrer, dit de la table voisine une voix féminine.

L'homme se tourna vers sa collègue, une femme potelée et frisée comme un mouton : c'était la secrétaire du directeur d'*El Castellano*.

— Comme tu voudras, Obdulia. Mais ne traîne pas en chemin, je te connais, dit l'homme en lui faisant un clin d'œil.

— Quel plouc tu fais, répondit la dénommée Obdulia. Puis, quittant sa table, elle fit signe à Pablo de la suivre.

— Merci beaucoup, dit le garçon en sortant de la rédaction.

— De rien, mon joli, répondit la femme d'un air insouciant, en lui faisant un clin d'œil. Apparemment, dans ce bureau, les clins d'œil étaient meilleur marché que le pain de seigle.

L'imprimerie était elle aussi rue Zamora, dans un petit sous-sol sans lumière naturelle occupé par deux vieilles Marinoni qui fonctionnaient à plein régime. Le tableau était complété par un marbre, un massicot, un clicheur, une machine à glacer, plusieurs rames de papier, des galées, des fontes, et un petit bonhomme en blouse et les mains tachées d'encre. Obdulia fit les présentations, en s'imposant au-dessus du bruit des machines. Puis Pablo remit l'article à l'imprimeur et ils retournèrent au journal, où ils trouvèrent plusieurs rédacteurs en pleine discussion.

— Je te dis que non, merde, ce n'est pas mon tour, disait l'un.

— Le mien non plus, hier soir je me suis occupé de l'affaire du bordel, argumentait l'autre.

— Eh bien moi j'ai passé la semaine à arpenter la ville, disait un troisième.

— Alors on tire au sort et on n'en parle plus, dit l'homme aux pupilles dilatées, en prenant quatre crayons sur son bureau. C'est celui qui tire le plus court qui s'y colle.

Mais ce fut lui qui s'y colla.

— Alors j'emmène le gamin avec moi, dit-il, contrarié.

Et c'est ainsi que Pablo vit Thanatos en face : au fond du Tormes, à la hauteur du pont romain, on venait de retrouver deux cadavres en état de putréfaction, les pieds liés et lestés d'une petite enclume. Quand ils arrivèrent, la Garde civile essayait de disperser les curieux qui s'entassaient sur le pont pour assister en première ligne à la scène. Au milieu de la rivière, une barque équipée d'un treuil hissait les corps d'un homme et d'une femme.

— Suicide, ou assassinat ? demanda le journaliste à un garde civil après s'être identifié comme rédacteur d'*El Castellano.*

— On ne sait pas, on ne sait pas, répondit l'agent.

— Sûr que c'est un suicide. Au point où en sont les choses, les gens préfèrent mourir les poumons pleins que l'estomac vide. Allez, gamin, note, dit-il à Pablo, en jetant un mégot dans l'eau.

Mais Pablo ne l'écoutait plus, hypnotisé par les deux corps qui se balançaient en l'air. Bien que leur état de décomposition fût avancé, il ne faisait aucun doute que c'étaient ceux d'un homme et d'une femme jeunes, presque des adolescents à en juger par leurs vêtements. Le plus étrange était qu'ils avaient l'air d'être morts en se consolant mutuellement, car la *rigor mortis* les avait fondus dans une étreinte. Soudain, l'image d'Ángela vint à l'esprit de Pablo et il éprouva une peur très concrète : la peur de ne pas la revoir. Il se promit alors qu'un jour il reviendrait à Béjar et qu'il se marierait avec elle.

Mais ce n'en était pas fini des émotions. Quand ils retournèrent à la rédaction la nuit était tombée et l'éclairage électrique récemment installé en ville lui donnait un aspect immatériel, comme un décor de théâtre. Pablo et le journaliste arrivèrent rue

Zamora, mais s'arrêtèrent à la hauteur du Cercle de Salamanque :

— Allez, on va s'en jeter un avant de retourner en enfer, dit le journaliste.

— Je n'ai pas d'argent, répondit Pablo.

— C'est la maison qui paye, ne t'en fais pas. Manolito, deux cognacs !

— Ça marche, don Ferdinando ! répondit le garçon d'un ton malicieux.

Et c'est ainsi que Pablo apprit le nom du rédacteur aux pupilles dilatées.

— Allez, gamin, on trinque à ton premier jour de travail et à tes deux premiers morts : santé !

— Santé, murmura Pablo en levant son verre, et il laissa le liquide brun lui embraser la gorge.

— Au fait, l'avertit Ferdinando quand ils sortirent du Cercle, fais attention à Obdulia, elle est dingue des petits jeunes.

Et il éclata d'un rire qui fit résonner les pavés de la rue.

Une fois à la rédaction, Pablo put constater que ce que Ferdinando avait dit était vrai : Obdulia ne cessait de l'observer d'une façon que quelqu'un de plus expérimenté n'aurait pas hésité à qualifier de voluptueuse. Les yeux plissés, elle lui lançait de petits regards à travers la fumée des cigarettes. Qu'il fût occupé à vider la corbeille, à moudre le café ou à remplir le réservoir d'un stylo, il sentait sur sa nuque le regard persistant de la secrétaire de don Cándido, le poète aveugle qui dirigeait le journal de chez lui. Quand l'horloge de la mairie sonna neuf heures, tous les rédacteurs se levèrent comme un seul homme, comme activés par un ressort, et se jetèrent sur leurs chapeaux et leurs gabardines pour aller dîner.

— Gamin, tu restes ici avec Obdulia pour nous avertir au cas où une nouvelle urgente tomberait, dit Ferdinando à Pablo. Nous dirons au garçon qu'il te garde nos restes. Et il lâcha de nouveau un de ses éclats de rire habituels.

— Ne le prends pas mal, lui dit Obdulia quand ils furent seuls.

Au fond, ce ne sont pas de mauvais garçons, tu verras. Allez, viens là et dis-moi comment s'est passé ton après-midi.

Pablo se rapprocha et commença à lui parler des suicidés du Tormes, jusqu'au moment où la femme lui mit un doigt sur la bouche avec un petit sifflement pour lui intimer de faire silence. Elle lui caressa le visage, le cou, la tête. Puis elle se leva et entraîna le gamin à l'extrémité de la salle, où une porte en verre dépoli donnait accès au « Bureau de la Direction », à ce qu'indiquaient de grandes lettres gothiques peintes avec soin. La dernière chose que vit Pablo, avant de disparaître derrière elle, ce furent les yeux cristallins de la chouette naturalisée, qui avait l'air de beaucoup s'amuser de voir Mlle Obdulia faire de nouveau des siennes.

— Viens ici, mon petit chat, murmura la secrétaire sur un ton qui se voulait tendre, mais qui stupéfia Pablo, je vais te montrer comment on dirige un journal.

Et, sans allumer, elle ferma la porte à clé et conduisit sa proie à la table du sacrifice. Alors, comme dans un rêve ou un cauchemar, Pablo se retrouva en train de pétrir des seins énormes, tandis qu'une langue visqueuse s'introduisait dans sa bouche et la transformait en un aquarium plein de poissons. Ses papilles gustatives découvrirent la saveur métallique des baisers d'une autre personne et son caleçon devint involontairement trop étroit. Une main se glissa dans son pantalon et en fit sortir la longue-vue de sa virginité, couronnée par un gland rougi et gonflé qui semblait tout observer de son œil Polyphème. Un jupon tomba par terre, des soupirs déchirèrent l'atmosphère, une table en bois gémit sous le poids et Pablo fut absorbé par un animal fabuleux, à mi-chemin entre une méduse et un follicule pileux. Enfin, il sentit que son corps entrait en éruption, tandis qu'une décharge électrique le parcourait de la tête aux pieds. Il se mordit la langue pour étouffer un halètement et ses forces l'abandonnèrent, comme Samson après qu'on lui eut coupé les cheveux.

Dehors, Éros s'était penché à la fenêtre et contemplait la scène en se tordant de rire.

– 7 –

> Nous recevons de Paris et de Soissons de nouveaux détails sur l'achat d'armes en France. Il y a quelques semaines, la police était avertie qu'un Espagnol exerçant à Amiens la profession de barbier s'était mis d'accord avec des ouvriers employés dans la zone rouge de récupération de matériel de guerre pour négocier avec eux l'achat des armes et des munitions qu'ils pourraient découvrir. Deux Espagnols du nom de Serrano Blas et Rodríguez Juan ont été arrêtés et ont déclaré avoir acquis ces munitions pour faire de la contrebande de guerre au Maroc. Toutefois, la police pense qu'il s'agit d'individus au service des organisations révolutionnaires espagnoles.
>
> *El Pensamiento Navarro,* 16 novembre 1924

Nous sommes jeudi après-midi à Marly, et Pablo récupère de trois jours de dur labeur. Les pluies torrentielles ont détruit le petit embarcadère du bassin, inondé une grande partie du jardin et arraché quelques tuiles de la maison, occasionnant des fuites. Par chance, mardi le temps a commencé à s'éclaircir et Pablo a eu deux jours sans pluie pour réparer les dégâts. En outre, le travail l'a aidé à ne pas être obsédé par ce qui s'était passé dans le train, même s'il n'a pas résisté à la tentation de descendre tous les soirs au village pour le cas où il entendrait parler de quelque chose. Mais le nom de Vivancos n'a surgi dans aucune conversation et n'a paru dans aucun journal, et donc « pas de nouvelles, bonnes nouvelles », comme disait son père. La nuit tombe et Pablo, après s'être lavé dans le bassin et s'être changé, descend le chemin qui mène au village bien décidé à faire taire les rugissements qui montent de son estomac. Il a envie de manger quelque chose de chaud et de boire un verre de bon vin *tinto*, ou rouge, comme disent les Français, ce qui démontre une fois de plus que la réalité est toujours question de point de vue. Ce que Pablo ne sait pas, c'est que cette vérité sera d'ici peu utilisée contre lui.

À cette heure-ci le bistrot de Mme De Bruyn est bondé. Les clients sont pour la plupart des ouvriers qui ont fini leur journée et qui lèvent le coude avant de rentrer chez eux pour trouver le dîner servi. C'est pourquoi la plupart sont debout, au comptoir, essayant de prolonger le meilleur moment de la journée. À l'extrémité de la salle il y a de longues tables en bois, avec des bancs de chaque côté, où quelques commensaux qui n'ont personne pour leur faire à dîner se tapent la cloche avec les plats que Mme De Bruyn leur propose pour trois sous. Comme ce pantagruélique *hochepot** qu'on vient de servir à Pablo : une sorte de pot-au-feu à base de viandes et de légumes variés, identique à celui que de l'autre côté de la table deux villageois mangent en conversant avec animation. Au début, le compositeur ne leur prête pas attention, car il est tout entier à l'écoute des protestations de son estomac ; mais à mesure que sa faim diminue, son cerveau se remet à fonctionner et quelques mots parviennent à ses oreilles. L'un d'eux est « Amiens ». Un autre, « armes ». Un troisième, « police ». Et quand se glisse le syntagme « anarchistes espagnols », Pablo est à deux doigts de s'étouffer.

Les deux convives ne connaissent pas tous les détails de l'histoire. Tout ce qu'ils ont entendu dire, c'est qu'hier après-midi, près d'Amiens, la police a fait échouer une opération de contrebande d'armes, en prenant en flagrant délit deux hommes qui tentaient d'acheter un arsenal de guerre à des ouvriers de Reims. Arrêtés, ils ont dit qu'ils voulaient ces armes pour faire de la contrebande dans le Maroc en guerre, mais la police soupçonne qu'il s'agit plutôt d'un plan ourdi par des groupes d'anarchistes espagnols. Elle ne se trompe pas, car les deux hommes interceptés sur la route d'Amiens à Reims, à la hauteur de Voyennes, sont Juan Rodríguez, « le Toubib », et Blas Serrano, son inséparable camarade, chargés de trouver des armes pour l'expédition révolutionnaire.

Le fatal dénouement s'est enclenché au début de la semaine dernière, quand « le Toubib » a reçu des mains de Pablo la lettre qui le chargeait de la recherche d'armes. Il s'était mis à l'ouvrage et quelques jours après lui était parvenue la première offre : un récupérateur belge venait de découvrir dans un bois proche de Damery un ancien entrepôt allemand enterré, d'où il avait tiré un grand nombre de fusils, de cartouches et de grenades en bon état de conservation. Il était disposé à vendre les fusils et les grenades au prix stipulé, les cartouches étant incluses dans le contrat sans coût additionnel, car il y en avait d'humides dont la poudre était probablement inutilisable. Rodríguez s'était mis en contact avec Vivancos et ils avaient décidé de procéder sans tarder à la transaction, pour ne pas rater une si belle occasion. Et c'est pourquoi Vivancos s'était rendu le lundi à Amiens pour remettre l'argent au « Toubib », opération que la police avait failli faire capoter et qui n'avait pu être menée à bien que grâce à la présence de Pablo dans le train. Certains avaient pensé alors que l'intervention des policiers n'était pas due au hasard, et le soupçon s'était renforcé hier après-midi, quand une patrouille était survenue à l'improviste sur les lieux où se réalisait la vente.

La rencontre avait été programmée pour six heures de l'aprèsmidi. Rodríguez et Serrano avaient quitté Amiens dans un camion de boucher, de marque Renault, ils étaient arrivés avec une demi-heure d'avance au rendez-vous, près de Voyennes. Le récupérateur, un type avare de paroles, si blond qu'on aurait dit un albinos, s'était présenté vingt minutes plus tard. Il leur avait fait signe de remonter dans le camion et de le suivre sur un chemin de terre qui s'enfonçait dans le bois ; ils n'avaient pas tardé à arriver à une maison en ruine. « Le Toubib » et Blas Serrano étaient descendus du véhicule et étaient entrés dans la maison derrière l'albinos, qui après avoir écarté des madriers avait ouvert une trappe qui donnait à la cave. Là, rangés dans des caisses, il y avait plus de cent fusils mausers, plusieurs douzaines de grenades et des paquets bourrés de munitions. Après avoir fait le décompte à la lumière d'une lanterne ils avaient remis l'argent au récupérateur. Sans un mot, à eux trois, ils avaient sorti le chargement pour le mettre dans le camion. Ils avaient dû faire plusieurs voyages. Au dernier, comme ils émergeaient de la cave, la police les attendait, pistolets pointés sur leur front.

Pablo ne connaît pas encore tous ces détails, mais il laisse son *hochepot** à moitié avalé et demande sa note. La conversation entre les deux hommes lui a coupé l'appétit, car il a le pressentiment que les arrestations d'Amiens sont en relation directe avec les activités du Comité de relations anarchiste. Et plus concrètement avec l'homme du train à qui, ces dernières semaines, il a remis une enveloppe et une mallette. Il ignore ce que contenaient l'une et l'autre, il ne sait même pas, en fait, comment s'appelle l'homme à la sacoche de médecin, mais si c'est un des hommes arrêtés et qu'il finit par parler, son avenir immédiat à lui s'annonce très sombre : la police ayant relevé son identité dans le train, son nom circule peut-être déjà dans les commissariats. Mais il ne faut pas être aussi pessimiste, il est possible que le type du train ne crache pas le morceau, qu'il soit un héros comme il n'y en a plus. Parce que, comme l'ont dit les deux clients du bistrot de Mme De Bruyn, les détenus ont déclaré qu'ils voulaient des armes pour leur contrebande au Maroc. Tu devras attendre jusqu'à demain, Pablito, quand tu seras rentré à Paris, pour en savoir davantage. Bien que tout semble indiquer, à vrai dire, que le mouvement révolutionnaire a la police sur les talons.

Le soir, Pablo a du mal à trouver le sommeil, et pas exactement à cause de la digestion un peu lourde du pot-au-feu, bien qu'elle s'ajoute au reste. Quand enfin il parvient à s'endormir, des cauchemars l'empêchent de se reposer. Il rêve d'une voie ferrée qui part de ses pieds pour se perdre à l'infini. Au début du chemin il y a une pancarte qui dit : « Le salut, au bout de tout. » Il se met en marche, d'abord posément, puis de plus en plus vite, à mesure qu'il passe devant d'autres pancartes qui disent : « Dépêche-toi, le salut est entre tes mains » ou « C'est presque fini, le salut dépend de toi ». Pablo se met à courir et lit enfin sur une pancarte : « Le salut à 2 km » ; puis il voit la pancarte d'1 km, puis celle de 500 m, il est asphyxié, il n'en peut plus, 200 m, il est sur le point de défaillir, 100 m, 50, 20, 10… Alors apparaît une dernière pancarte qui dit « Désolé, le salut est passé », et il se retourne juste à temps pour voir le train lui foncer dessus. Il se réveille en criant, trempé de sueur. Il sort de la maisonnette et se rafraîchit dans le bassin. L'eau presque gelée le réveille. Mais il rentre aussitôt et essaie de se reposer, car il devine que des temps agités l'attendent. Et il n'a pas tort, car plus jamais il ne retournera à Marly ni à la maison du bassin.

Le lendemain matin, Pablo s'endort dès qu'il est dans le train. Il change à Lille et somnole de nouveau. Au bout d'un moment il est réveillé par le contrôleur, celui qui l'a défendu devant les soupçons des policiers. Il est tenté de lui demander comment ça s'est fini l'autre jour, mais au dernier moment il se retient. En arrivant à Paris, sitôt sorti de la gare du Nord, il achète le journal et, avant même qu'il puisse en lire les gros titres, un teckel lui saute dessus, couvrant de boue son pantalon.

— Kropotkine, fichu clébard ! se plaint Pablo en ôtant la boue avec son journal. Qu'est-ce que tu fais là ? Où est Robinson ? demande-t-il, craignant le pire. Kropotkine se jette de nouveau sur lui, mais Pablo réussit à esquiver l'assaut en faisant une authentique véronique de torero. Qu'est-ce qu'il y a, qu'est-ce que tu veux ?

Kropotkine se dirige alors vers une ruelle qui se perd derrière la gare. Pablo le suit, mais quand il entre dans la ruelle, le chien a disparu. Comme il va faire demi-tour, il entend qu'on l'appelle, mais il ne voit toujours personne.

— Eh, Pablo, ici ! C'est la voix de Robinson, qui semble venir d'un tas de déblais au bout de la ruelle, près d'une maison en construction. En approchant, Pablo voit une tête émerger d'une fenêtre du premier étage, à moitié camouflée par un échafaudage : c'est la tête de Robinson, et Kropotkine est près de lui.

— Qu'est-ce que tu fiches là ?

— Tais-toi et monte, vite. À droite de l'échafaudage.

Pablo rejoint son ami, qui se comporte comme un conspirateur. Quoique, à y regarder de près, c'est bien ce qu'il est.

— Qu'est-ce qui se passe ? dit-il en entrant par l'embrasure de la fenêtre. L'immeuble a l'air d'être depuis longtemps en construction, comme si les travaux avaient été interrompus faute de financement. À l'intérieur, quelqu'un a bricolé un banc avec une planche et deux briques.

— Beaucoup de choses, dit Robinson en faisant de la place à Pablo sur le banc.

— Bonnes, ou mauvaises ?

— Plutôt mauvaises. À partir de maintenant, nous devons agir plus discrètement.

— Eh bien nous voilà frais. Ils ont arrêté Vivancos, n'est-ce pas ?

— Non, bien sûr que non. Il a failli se tuer en sautant du train, mais il a réussi à s'échapper. Au fait, les gens du Comité te remercient pour tout ce que tu as fait, dommage que ça ne serve plus à rien.

— Pourquoi ?

— À cause de l'arrestation de Rodríguez.

— De qui ?

— Du « Toubib », le type à qui tu as remis la mallette de Vivancos.

Et alors Robin raconte à Pablo l'histoire complète de l'arrestation du barbier et de son inséparable assistant à Amiens.

— Tu sais s'ils se sont mis à table ?

— Tout semble indiquer que non, qu'ils supportent la pression des interrogatoires et qu'ils maintiennent la version de la contrebande au Maroc. Mais on ne sait pas jusqu'à quand ils pourront résister. Alors tu imagines le moral des gens du Comité.

— Oui, j'imagine.

— Et en plus il y a ce télégramme.

— Quel télégramme ?

— Un télégramme qui est arrivé hier d'Espagne. De Barcelone, concrètement. Il disait : « Tous à la frontière. Révolution sur le point d'éclater. »

— Sans déconner.

— Oui, imagine un peu la situation. Nous avons voulu nous réunir au local de la Librairie Internationale, mais le bruit avait couru qu'un télégramme était arrivé et il n'y avait pas assez de place pour tout le monde. On a fini dans les sous-sols de la Bourse du travail. Certains voulaient partir tout de suite pour la frontière, mais d'autres disaient que le télégramme était très suspect, qu'il était trop explicite pour avoir été envoyé d'Espagne. Bref, après une terrible discussion, ce sont les plus prudents qui ont gagné et ce matin Jover et Caparrós sont partis pour la frontière pour constater de visu où en sont les choses. Jover est allé à Portbou et Caparrós à Irún. Ils nous enverront un télégramme pour nous rendre compte de la situation.

— Et quel est le mot de passe ? demande Pablo, plus par inertie que par véritable curiosité.

— Quel questionneur tu fais, Pablito, lui répond Robinson avec un sourire malicieux. On peut supposer que seuls les membres de la commission exécutive doivent le connaître, non ? Enfin, c'est assez simple : si le télégramme dit « Maman, état stable », ça veut dire que les camarades de l'intérieur ne sont pas encore prêts pour la révolution ; si le message est « Maman, état grave », ça voudra dire qu'ils sont prêts et que nous devons partir pour la frontière et attendre le début de l'incursion ; si le télégramme dit « Maman décédée », c'est que la révolution a éclaté et que nous devons entrer en Espagne sans perdre de temps.

— Sacré panorama, telle est la réponse succincte de Pablo. Et comment pensez-vous faire la révolution si vous n'avez pas d'armes ?

— Bon, que l'affaire d'Amiens ait raté ne signifie pas que nous n'avons pas d'armes. Le Comité a ses propres ressources et il leur reste quelques cartouches à brûler. En dernière instance, nous pouvons prendre le risque de récupérer à Barcelone les mille fusils que Los Solidarios ont achetés à Eibar après le cambriolage de la banque de Gijón et qui sont stockés au port dans un endroit sûr. Bien que le mieux serait de ne pas utiliser cette dernière carte, bien sûr. Il semble qu'il y ait un contrebandier espagnol ici à Paris prêt à nous vendre un bel arsenal, et nous avons l'intention d'aller trouver ce soir don Vicente Blasco pour lui demander de l'argent. De plus, les camarades du sud sont aussi chargés de trouver du matériel. C'est précisément un des points dont j'ai parlé avec Max ces jours derniers.

— Quel Max ?

— Le chargé de la propagande et du recrutement dans le Sud-Ouest. Un type qu'on appelle « el Señorito ».

— Ah, oui. Alors les soupçons du Comité n'ont pas été confirmés ?

— Bon, moi il ne m'a pas fait si mauvaise impression, en dépit de ses airs aristocratiques et de son goût pour la cocaïne. Il faut reconnaître que c'est le meilleur déguisement pour que la police ne l'arrête pas comme anarchiste, n'aie aucun doute là-dessus. En plus, au point où en sont les choses nous ne pouvons pas non plus demander la lune.

— Mauvaise affaire. J'ai connu un type comme ça à Barcelone pendant la Semaine tragique, c'était un indic de la police qui se faisait appeler Emilio Ferrer et se présentait comme sculpteur. Au fait, où est passé Leandro ?

— Il est resté à Saint-Jean-de-Luz. Il dit qu'il est tombé amoureux de la ville, mais moi je crois plutôt qu'il est tombé amoureux d'une de ses habitantes. J'espère pouvoir le récupérer pour la cause quand sera venu le moment de se battre.

— Eh ben dis donc… Et les tracts qu'on devait imprimer ?

— Aucune idée, je suppose que Teixidó n'a pas encore trouvé le papier.

— Ce qui signifie que si le télégramme dit que vous devez partir au galop, vous partirez sans eux.

— C'est vrai. Tu ne pourrais pas les imprimer avec le papier de l'imprimerie ? On peut toujours biffer l'en-tête… Allez, ne le prends pas comme ça, dit-il devant l'air irrité de son ami. Dis-moi, on se voit ce soir au meeting de Blasco et d'Unamuno ?

— On verra, Robin, on verra, dit Pablo, et il ressort par l'embrasure de la fenêtre, direction La Fraternelle, tandis que Kropotkine lâche deux aboiements et remue la queue en guise d'au revoir.

VII
(1904-1906)

Faute de grives, on mange des merles. Et quand on adore les grives, les merles ne sont que de simples succédanés : les uns s'adonnent au jeu, les autres à la boisson, certains se consacrent à Dieu et d'autres aux causes perdues. Pablo, lui, se consacra à écrire des lettres d'amour et à cultiver des idées révolutionnaires. Les premières, de plus en plus osées, reçurent des réponses de plus en plus ferventes. Les secondes, de plus en plus dangereuses, grossirent à mesure que son travail à *El Castellano* le mettait en contact avec « l'actualité du moment », comme disait don Ferdinando en un superbe pléonasme. C'est là, rue Zamora, pendant qu'il vidait les corbeilles en s'efforçant d'esquiver les attaques d'Obdulia, qu'il entendit parler pour la première fois des droits des travailleurs et de la loi qui venait de promulguer le repos dominical en Espagne.

— À voir quand on nous l'appliquera à nous, disait Machin, l'optimiste.

— Je ne serai plus là, répondait Truc, le pessimiste.

— Eh bien le *Times* ne paraît pas le dimanche et personne ne crie au scandale, intervenait Chose, redoublant les espoirs.

C'est également à la rédaction d'*El Castellano* que Pablo se familiarisa avec les idées communistes, il se passionna pour la révolution russe de 1905, depuis les terribles événements du Dimanche rouge jusqu'au Manifeste d'octobre et la création du premier soviet de Saint-Pétersbourg, présidé par un très jeune Léon Trotski.

— Ces Russes ne sont pas bien dans leur tête, s'indignait Truc, le carliste.

— Ils sont plus dangereux que tu ne le crois, l'avertissait Chose, le libéral.

— Et si la révolution se répandait dans toute l'Europe ? disait Machin, l'exalté.

Mais la révolution allait s'achever en queue de poisson, car bien que le tsar se fût engagé à instaurer un régime constitutionnel, il se réserva la possibilité de mettre son veto à n'importe quelle loi et limita le droit de vote aux classes aisées. Cela déçut énormément Pablo, qui avait pris parti pour l'équipe révolutionnaire, et suivi l'évolution du conflit russe avec le même intérêt que d'autres pour les exploits des grimpeurs du Tour de France ou les rencontres des premiers clubs de foot espagnols. Alors, se sentant floué, le jour où Ferdinando arriva au 28 de la rue Zamora et lui parla de l'anarchisme, il échangea son blouson rouge contre un noir :

— Berkman est sorti de prison, dit le type à la peau cuivré, en se frayant un passage dans la brume des cigarettes. Tu sais qui est Alexander Berkman, gamin ? Eh bien prends du papier et un crayon, il faut traduire cet article du *New York Tribune*, moi j'ai la vue qui baisse.

Alexander Berkman était devenu l'un des anarchistes les plus célèbres d'Amérique après sa tentative manquée, en 1892, d'assassiner Henry Clay Frick, le sanguinaire exécuteur du programme élaboré par la Carnegie Steel Company pour réprimer la grève de ses propres ouvriers ; maintenant, après quatorze ans de prison, il était de nouveau dehors, changé en une véritable icône de la cause libertaire, dont la branche la plus radicale considérait les tyrannicides et les régicides comme le moyen le plus direct pour atteindre ses objectifs. Si on en veut confirmation, qu'on en parle au vingt-cinquième président des États-Unis, William McKinley, assassiné au début du siècle par l'anarchiste Leon Czolgosz.

— Tu sais ce que dit Berkman, gamin ? Qu'il est révolutionnaire avant d'être homme et que le seul amour que puisse se permettre un révolutionnaire est l'amour de l'humanité. Tu sais quelle est la première chose qu'il a faite en sortant de prison ? Il a mangé le bouquet de fleurs que lui avait apporté sa compagne…

Mais il faudrait attendre que le jeune Catalan Mateo Morral entre en action pour que l'anarchisme occupe les unes de tous les journaux nationaux, ce qui coïncida avec la célébration du mariage royal entre Alphonse XIII de Bourbon et Victoire-Eugénie Julie Ena de Battenberg, le 31 mai 1906. Ce fut une année de grandes turbulences politiques et sociales en Espagne, comme devait en rendre compte, de manière apocalyptique, la grande romancière et comtesse Emilia Pardo Bazán dans un article publié dans *La Ilustración Artística* : « Adieu, 1906 ! Année de calamités, de dévastations, d'éruptions, d'inondation de lave ardente et d'eau boueuse, d'incendies, d'exécutions, de massacres, d'explosions de bombes depuis la Russie jusqu'à Madrid, de séismes détruisant des villes entières, de typhons et de cyclones dévastant des régions immenses, de sécheresses qui anéantissent les récoltes, de duels à mort, de crimes en abondance, de suicides en nombre, de collisions et de déraillements quotidiens de trains, de naufrages collectifs où sombrent des centaines d'êtres, et de menaces sourdes de lèpres et de pestes orientales. Il n'a manqué que la guerre. » Et ce fut précisément une de ces calamités, qualifiée par Pardo Bazán d'« effrayante » qui serait à deux doigts de faire dérailler la nation tout entière.

Cent reporters étrangers et plus de cinq cents journalistes espagnols s'étaient inscrits auprès du ministère de l'Intérieur pour couvrir le mariage de Son Altesse Royale, et parmi eux se trouvait, s'agitant beaucoup, un certain Ferdinando Fernández, d'*El Castellano* de Salamanque. Il était flanqué du jeune Pablo Martín, converti en son fidèle écuyer depuis le jour où ils avaient assisté à la récupération des suicidés du Tormes. Cela faisait dix ans que Pablo n'avait pas mis les pieds dans la capitale du royaume, mais il se rappelait encore nettement la matinée de printemps où il avait pénétré dans un autre royaume, comme l'a appelé Maxime Gorki : le royaume des ombres du cinématographe. Il gardait aussi, gravés dans sa mémoire, le visage et le nom du crieur de journaux qui l'avait accompagné dans son aventure : Vicente Holgado. Ce à quoi il ne s'attendait pas, c'est qu'il le rencontrerait de nouveau dans une ville qui comptait alors plus d'un demi-million d'habitants.

Il ne pensait pas non plus que la capitale aurait accueilli avec un tel enthousiasme l'apparition dans son troupeau d'un nouvel animal destiné à devenir bientôt le roi de la forêt : l'automobile. Quand ils arrivèrent le mercredi soir, veille du mariage, il faisait encore assez jour pour qu'il puisse voir quelques voitures motorisées. Il en avait entendu parler à Salamanque, mais il n'en avait jamais vu, et à Madrid elles circulaient déjà en nombre. Bien entendu, seules les classes les plus aisées pouvaient se permettre le luxe d'acquérir une Panhard de 12 CV, comme le duc d'Albe, mais même une conscience prolétaire comme celle de Pablo fut incapable de se soustraire à la fascination de ces monstres rugissants à carrosserie irisée.

— Ferme la bouche, gamin, lui dit Ferdinando, tu as l'air de vouloir avaler le monde.

Le spectacle s'acheva quand ils arrivèrent à la pension crasseuse qu'Obdulia leur avait réservée rue de Barcelone, à quelques mètres de la Puerta del Sol, où devait passer le carrosse royal en se rendant à l'église San Jerónimo.

— Quatre douros pour cette porcherie ? s'indigna Ferdinando quand l'aubergiste leur montra leur chambre, décorée de cercles d'humidité sur les murs et simplement équipée d'une paire de grabats rachitiques et d'une cuvette ébréchée.

— Oui, monsieur, répondit la femme, en zézayant comme une Gaditane. Mais si vous n'en voulez pas, ne vous en faites pas, il y a des gens qui font la queue pour trouver un logement ce soir…

En effet, d'après des estimations officielles, la population flottante avait augmenté de plus de cent mille âmes en raison du mariage royal, et les hôteliers madrilènes, qui n'ont jamais été idiots, avaient augmenté leurs prix sans vergogne. Heureusement, c'était *El Castellano* qui payait. Ferdinando refusa de dîner à la pension et emmena Pablo au café Pombo, dans la toute proche rue Carretas, célèbre pour ses librairies, ses bijouteries et le bon vin de ses tavernes, mais surtout pour ses magasins d'orthopédie, dont les vitrines débordaient de bras articulés, de jambes de bois, d'yeux de verre, de dentiers et de toutes sortes d'articles propres à remédier aux diverses altérations que peut subir le corps humain. Les lampes à gaz donnaient un air accueillant au café, constitué d'une grande salle centrale et de cinq cabinets indépendants, mais communiquant entre eux par de vieilles arches de pierre. Dans l'un de ces cabinets, plusieurs journalistes espagnols pariaient sur l'endroit que choisiraient les anarchistes pour attenter à la vie d'Alphonse XIII, car le bruit courait que Madrid était infesté d'individus prêts à faire sauter la berline royale pour se rattraper du régicide manqué, un an tout juste auparavant, quand une bombe en forme de pomme de pin avait failli tuer Sa Majesté à la sortie de l'Opéra. Certains assuraient même que la ville était couverte de graffitis annonçant l'attentat et que sur un arbre du Retiro quelqu'un avait gravé au couteau l'inscription « Alphonse XIII sera exécuté le jour de son mariage », en signant sa menace d'une tête de mort et de deux tibias croisés. Il n'était donc pas étonnant que les mesures de sécurité aient été renforcées comme jamais et qu'à la Garde royale aient été ajoutés des effectifs de l'armée, de la Garde civile et de la police montée, sans oublier les inspecteurs anglais que la famille de la mariée avait fait venir expressément pour la protéger.

Ferdinando se dirigea vers le groupe de journalistes qui augmentaient leurs mises à mesure qu'ils vidaient leurs verres et salua deux ou trois connaissances. Puis il alla au comptoir et commanda une ration de rognons au xérès, deux biftecks aux pommes de terre et une bouteille de vin rouge.

— Allez, il s'agit de prendre des forces, gamin, car une journée de chien nous attend demain, dit-il à Pablo, et il s'attaqua à grandes cuillerées aux rognons.

Quand ils eurent fini de dîner, les journalistes s'étaient embarqués dans une discussion entre monarchistes et républicains qui semblait destinée à finir en eau de boudin. Le plus exalté était un jeune type à l'air maladif qui vociférait en étirant le cou comme un dindon déplumé et menaçait son interlocuteur avec un chapeau de feutre, dont le ruban avait été remplacé par une sorte de cordon tressé, ce qui lui donnait un aspect des plus ridicules.

— Allez, gamin, allons-nous-en, rue Ceres l'ambiance sera meilleure.

La rue Ceres était à l'époque la rue aux putes de plus bas étage de tout Madrid, fréquentée par la fine fleur de la vauriennerie, cette bohème désœuvrée de peintres en haillons, musiciens alcoolisés et plumitifs désespérés qui lui dédiaient des alexandrins boiteux du plus mauvais goût : « Les prostituées de cette rue silencieuse / baignent dans la lumière laiteuse des réverbères / qui révèle aux passants leurs figures de sorcières / ce sont Pepa, Carmen et Lola la rosière. » La rue finirait engloutie par les travaux de rénovation de la Gran Vía, mais au début du siècle elle était encore un des points de référence du lumpen le plus authentique. Ferdinando et Pablo traversèrent la Puerta del Sol, bondée de gens qui admiraient l'éclairage public ou essayaient d'obtenir au dernier moment un billet pour la corrida royale ; puis ils prirent la rue del Arenal, où des ouvriers s'affairaient à installer les tribunes du lendemain, et poursuivirent jusqu'à la place Santo Domingo, celle-là même où Julián Martín avait laissé son fils dix ans plus tôt pendant que lui-même passait les épreuves d'admission au poste d'inspecteur provincial.

— Ça, je connais, dit Pablo.

— Ne me dis pas que tu as déjà fréquenté le paradis de la rue Ceres, s'étonna Ferdinando, en désignant une ruelle un peu plus loin.

— Non, je parle de la place. J'y suis venu avec mon père quand j'étais petit.

— Et il ne t'a pas emmené voir la Moños ? Quel père indigne !

s'écria le journaliste en secouant la tête. Allez, viens, on n'a pas toute la nuit, gamin.

— Non, vas-y, toi. Moi j'aime mieux faire un tour dans le coin, s'excusa-t-il.

— Dis donc, si tu n'aimes pas les jupes, je peux aussi t'emmener quelque part où tu trouveras de la jaquette, insinua-t-il en faisant un geste obscène. Et voyant que Pablo refusait son offre, il le salua : Bon, tant pis pour toi, gamin. Moi je vais me vider le bocal, il ne faudrait pas que j'en vienne à te coller cette nuit.

Et, lâchant un des éclats de rire dont il avait le secret, il se perdit dans l'obscurité.

Pablo alla s'asseoir à l'endroit où il s'était assis des années plus tôt. La place n'avait pas beaucoup changé, mais vue comme cela, dans la pénombre, elle avait un air fantomatique. Un chat noir passa en arquant l'échine et ses yeux orange brillèrent dans le noir. Comme j'aimerais remonter le temps, pensa Pablo en se levant, et me retrouver ici en train d'écouter l'homme qui annonçait le cinématographe Lumière. La nuit était splendide et il se mit à marcher sans but, laissant ses jambes prendre l'initiative tandis que sa tête voyageait dans le passé, faisant défiler des images de trains en mouvement, de tuyaux d'arrosage crachant leur eau, de chevaux participant à des concours hippiques, et de parents donnant à manger à des enfants heureux. Les rues étaient décorées de guirlandes et de banderoles de papier qui sommeillaient avant de briller de tout leur éclat le lendemain. Des gens campaient sous les porches, au désespoir des veilleurs de nuit, qui brandissaient leur bâton ferré, impuissants et conscients de leur infériorité numérique. Il pouvait être onze heures quand Pablo décida de rentrer à la pension. Il ne lui fut pas difficile de retrouver la Puerta del Sol, où il y avait encore du mouvement et où des malchanceux traînaient leurs valises en quête d'un toit pour la nuit. Il prit alors la rue Carretas et, passant devant le café Pombo, il en vit sortir le jeune journaliste exalté qui deux heures plus tôt étirait le cou comme un dindon et menaçait ridiculement son interlocuteur avec un chapeau de feutre. L'homme tira une montre de la poche de son gilet, regarda l'heure et se dirigea vers la rue d'Atocha en se hâtant, l'air d'un conspirateur. Sans trop savoir pourquoi, Pablo le suivit à une certaine distance, jusqu'à ce qu'il disparaisse à l'intérieur d'un immeuble. Sur le seuil, un écriteau qu'il déchiffra bouche bée annonçait : « Colisée Impérial. Le plus parfait des cinématographes. Suite des remarquables travaux de l'illusionniste Canaris, avec la belle madame Albani et le ventriloque Sanz. » L'entrée coûtait cinquante centimes, deux fois moins cher que dix ans plus tôt, et il y avait une séance nocturne à onze heures et demie.

— Un ticket, demanda Pablo, oubliant complètement l'homme qu'il suivait.

Quand les lumières s'éteignirent, on vit paraître sur l'écran un couple de jeunes mariés qui arrivaient à l'hôtel. Mais pas n'importe quel hôtel, c'était un hôtel mécanique, où tout fonctionnait comme par enchantement : les valises montaient toutes seules dans les chambres, les vêtements se rangeaient de leur propre initiative dans les tiroirs de la commode, les brosses lustraient les guêtres sans le secours du moindre cireur et les bûches couraient en procession vers la cheminée pour brûler dans un feu allumé par des allumettes automatiques. L'illusion était sans le moindre doute plus grande que celle qu'aurait pu créer un quelconque magicien de foire avec des miroirs, des doubles fonds, des poulies camouflées ou des fils invisibles, et Pablo fut ébahi de voir à quel point le cinéma avait évolué durant ces dix dernières années : il ne se contentait plus de montrer la réalité, désormais il prétendait même la changer. Il se souvint alors que quelques mois plus tôt, à Salamanque, il avait entendu parler d'un film dans lequel un homme allait sur la lune et il se demanda si l'invention des Lumière n'était pas un avant-goût de l'avenir, une machine capable d'avancer dans le temps pour voir ce que verraient les générations futures.

À la fin de la projection, quand l'illusionniste Canaris sauta sur la scène dans l'intention d'hypnotiser un spectateur disposé à se soumettre aux sortilèges du mesmérisme, Pablo quitta la salle, convaincu qu'aucun prestidigitateur ne pourrait faire mieux que ce qu'il venait de voir. Il était à ce point plongé dans ses pensées qu'en sortant du hall il faillit heurter deux types qui discutaient devant l'entrée : l'un était le journaliste malingre et pâle qu'il avait suivi un peu plus tôt, l'autre un jeune homme fort et brun, un de ces ruffians à mine de jeune premier qui font pâmer les femmes. Il parut tout de suite familier à Pablo. Bien des années étaient passées, mais il n'y avait aucun doute : ce regard de défi, ce teint de gitan, ce ton de voix frimeur…

— Vicente Holgado ? demanda-t-il.

Les deux hommes interrompirent net leur discussion et le mentionné porta les mains à ses reins, comme si la réponse s'y trouvait sous la forme d'un Browning semi-automatique.

— Qui le demande ? intervint l'homme au feutre, en tendant le cou comme une autruche.

— Pablo Martín, d'*El Castellano* de Salamanque, répondit le gamin d'un ton professionnel, sans quitter des yeux Vicente Holgado.

— Merde, dit l'autre en le reconnaissant. Sans déconner, tu es le morveux qui m'a accompagné voir le cinématographe Lumière.

— Non, je suis le morveux qui t'a *emmené* voir le cinématographe Lumière, corrigea Pablo avec un sourire.

Vicente hésita un instant, en regardant tour à tour Pablo et le gazetier malingre, comme quelqu'un qui effeuille une marguerite ou lance un louis d'or pour savoir si son amour platonique l'aime ou non. Finalement, ce dut être face, car après avoir scruté le hall avec des yeux inquisiteurs, il ajouta :

— Allez, viens avec nous.

Et c'est ainsi que Pablo entra en contact avec le mouvement anarchiste, même s'il lui faudrait quelques heures de plus pour découvrir à quel point ce pouvait être dangereux. Pour lors, ils se contentèrent de l'emmener dans une taverne au coin de la rue, où ils firent les présentations de rigueur. Le journaliste du café Pombo travaillait pour le *Diario Universal* et avait été rédacteur de *Tierra y Libertad*, l'hebdomadaire anar fondé à Madrid par Juan Montseny, alias « Federico Urales », un instituteur de Reus reconverti en syndicaliste, journaliste et dramaturge frustré. De son côté, Vicente dit être sans travail et ne voulut pas donner davantage d'explications. Malgré tout, c'est lui qui paya les verres de vin, avec un billet de cent pesetas tout froissé, qui provoqua les protestations du serveur.

— Ou tu acceptes ce Quevedo ou tu nous invites, lui répondit Vicente Holgado d'un air vraiment peu aimable, en posant sur le comptoir le billet dédié au grand écrivain. Puis, s'adressant à Pablo, il s'excusa : Désolé, mais nous devons y aller. La journée de demain sera intense. J'espère que nous nous reverrons.

— Je l'espère moi aussi, dit Pablo. Et il était sincère.

Quand il arriva à la pension, Ferdinando ronflait comme seuls peuvent le faire les fous ou ceux qui ont la conscience tranquille.

Le lendemain ils se réveillèrent tôt, firent leur toilette dans la cuvette ébréchée et petit-déjeunèrent au café Pombo d'un chocolat bien mérité, composé de cacao, de sucre et de cannelle à proportions égales, accompagné de churros douceâtres et gras qui se défaisaient sous les doigts. Ce n'est qu'alors qu'ils se sentirent prêts pour cette journée de travail qui se prolongerait jusqu'à l'aube. À l'église de los Jerónimos, où aurait lieu le mariage, on avait monté une tribune réservée aux journalistes, mais Ferdinando préféra rester Puerta del Sol pour voir passer le cortège royal.

— Tous les mariages se ressemblent, gamin. Ce qui est intéressant, c'est ce qui se passe dans la rue.

En fait, il avait la flemme d'aller jusqu'à l'église et avait décidé de monter son quartier général là même, au point où se croisaient les quatre rues principales du parcours nuptial.

— Écoute-moi bien, dit-il en déployant un plan et en traçant du doigt une sorte de huit aplati. C'est l'itinéraire que va suivre le cortège : rue Arenal, Puerta del Sol et carrera San Jerónimo à l'aller ; rue Alcalá, Puerta del Sol et calle Mayor au retour. Compris ?

— Compris.

— Alors voilà ce qu'on va faire : je t'attendrai ici et toi tu suivras le carrosse royal, en prenant note de tout ce que tu verras, entendras, écouteras, ressentiras, pressentiras ou renifleras. Compris ?

— Parfaitement, dit Pablo, en pensant que le dernier point serait un peu difficile pour lui.

— Et s'il se passe quelque chose d'extraordinaire, tu rappliques en courant me le raconter. Compris, gamin ?

— Tout à fait, votre honneur, dit-il avec une pompeuse affectation, et il partit pour la rue Arenal, content d'échapper aux pupilles dilatées de ce lourdingue de Ferdinando. En passant devant le numéro 22, il vit une affiche qui disait : « Gros succès de la *voiturette** Clément spécialement conçue pour les routes d'Espagne. Monte toutes les côtes. Conduite d'une grande facilité. » C'était le siège de la concession des frères Santos, pionniers du commerce de l'automobile.

Malheureusement, il n'y avait pas de temps à perdre, car les correspondants d'*El Castellano* n'étaient pas les seuls à s'être levés aux aurores : quand Pablo arriva au ministère de la Marine, la rue Bailén était déjà bondée. Les commerçants avaient improvisé des petites tribunes dans leurs vitrines pour mieux voir passer le cortège et maintenant c'étaient eux qui avaient l'air d'être en vente. Sur les balcons, les curieux se rassemblaient déjà, certains étaient montés sur les toits et les terrasses, risquant leur vie pour voir passer Victoire-Eugénie de Battenberg l'hémophile et Alphonse XIII le prognathe. Enfin, à neuf heures et demie, le monarque sortit du palais, flanqué de carrosses, d'automobiles et d'escortes à cheval. Vêtu de son grand uniforme de capitaine général, il saluait depuis la berline royale avec un hiératisme de guignol, accompagné de l'infant don Carlos et du petit infant don

Alfonso María. À sa droite, sans les quitter des yeux, chevauchait don Rodrigo Álvarez de Toledo, premier laquais de Sa Majesté, tandis que la foule enflammée agitait ses mouchoirs et jetait ses chapeaux en l'air en criant « Vive le Roi ! ». Une femme fit une syncope et une petite fille faillit être étouffée dans le tumulte, mais le destin de la nation était au-dessus de telles futilités. Le cortège de la future reine ne quitta le ministère de la Marine qu'à dix heures et demie : à ce moment-là Pablo, juché sur la statue de Neptune, regardait la berline de gala d'Alphonse XIII se diriger vers los Jerónimos.

Le mariage se déroula sans incident, bien que la tension fût palpable dans l'atmosphère, comme un volcan sur le point d'entrer en éruption. L'église avait été mille et une fois passée au peigne fin par les forces de sécurité, mais tant que les fiancés n'auraient pas échangé leur « oui », les gens avaient peur que ne se produise un attentat. Comme si une fois mariés, par la grâce divine, les époux seraient soudain immunisés contre le feu et la dynamite ! À l'intérieur de l'église s'étaient rassemblés le gratin de l'aristocratie espagnole et européenne ainsi que les plus hauts mandataires politiques, depuis l'archiduc François-Ferdinand d'Autriche jusqu'au comte de Romanones, en passant par Maura, Canalejas ou les princes de Belgique, de Suède, de Grèce et du Portugal. Quand Victoire-Eugénie de Battenberg entra, au bras de son éminente belle-mère, toute l'assistance se leva comme un seul homme, tandis qu'un murmure d'excitation parcourait les bancs et les tribunes installées à l'intérieur. Les ampoules électriques placées sur le maître-autel semblèrent réverbérer avec plus d'intensité, éblouies par la robe blanche de la princesse, brodée d'argent et parsemée de lis et de fleurs d'oranger. L'éminentissime cardinal Sancha, primat d'Espagne et archevêque de Tolède, célébra la cérémonie et les fiancés devinrent époux, jusqu'à ce que la mort fasse le caprice de les séparer. Quand ils sortirent de l'église pour descendre les marches recouvertes d'un tapis rouge, la *Marche royale* retentit pour la énième fois et la foule enfiévrée fut prise de folie, agitant et lançant aux nouveaux mariés tout ce qu'elle avait sous la main. Plusieurs femmes furent à deux doigts d'ôter leur jupon pour le jeter à ce roi chevalin dont on murmurait qu'il avait un entrejambe de la taille de son épée.

Grimpé sur un arbre, Pablo contemplait la scène à une certaine distance, ébahi par la beauté de la reine, qui saluait de sa gracieuse main gantée ceux qui l'acclamaient, tandis que le soleil arrachait des éclats dorés au diadème qui couronnait sa chevelure ondulée. Brusquement, il se sentit coupable. Coupable de jouir de ce spectacle fastueux pendant que les gens mouraient de faim dans les villages de la moitié de l'Espagne. Coupable d'avoir admiré la beauté d'une reine qui symbolisait la force des puissants et la marginalisation des opprimés. Coupable de se consacrer à prendre des notes sur cet événement au lieu de le combattre comme les anarchistes.

— Nous sommes ce que notre père nous a enseigné à ses moments libres, entendit-il un petit vieux dire dans son dos, quand il ne se préoccupait pas de nous éduquer.

Un instant, Pablo crut que le petit vieux lui parlait, mais en se retournant il vit que l'homme était aveugle et qu'il délirait à voix haute. Malgré tout, il retourna ces mots dans sa tête, comme s'ils avaient été dits expressément pour lui, et il parvint peu à peu à oublier son sentiment de culpabilité. Avant qu'il ne s'en soit rendu compte, le cortège prenait la rue d'Alcalá par où débutait son trajet de retour au palais. D'un saut, il fut au pied de son arbre et se mêla à la foule, en avançant avec difficulté pour se mettre à la hauteur du carrosse royal. Arrivé Puerta del Sol, il retrouva Ferdinando, qui bâillait à l'ombre d'une calèche garée dans un coin.

— Quelle corvée, gamin, dit-il d'une voix fatiguée. Et en plus de ça ce soleil de tous les diables. Tu sais quoi ? Je vais t'accompagner un moment, parce que j'en ai ma claque de rester planté là.

Ils prirent ensemble la calle Mayor, dernier tronçon de l'itinéraire que devait suivre le cortège royal. Les troupes du régiment de

Wad-Ras formaient deux infranchissables rangs de chaque côté de la chaussée, obligeant le public à s'agglutiner sur les trottoirs. Les cloches de l'église Santa María voisine sonnèrent deux coups qui étouffèrent les rugissements de l'estomac de Pablo, lequel n'avait rien reçu depuis plusieurs heures. C'est alors qu'un jeune type qui progressait en sens inverse du cortège les heurta.

— Dites donc, mon garçon ! l'invectiva Ferdinando en l'attrapant par le bras. Faites un peu attention, voyons.

— Lâchez-moi, grogna le type en se libérant, et sous l'aile de son chapeau brillèrent les yeux acérés de Vicente Holgado. Merde, c'est pas vrai… ? marmonna-t-il en reconnaissant Pablo. Tirez-vous d'ici tout de suite.

Et il reprit son chemin, à contresens du cortège.

— Tu le connais ? demanda Ferdinando en claquant la langue.

— Oui, un vieil ami, répondit Pablo, distrait, tandis que son cerveau fonctionnait à mille à l'heure.

— Eh bien tes vieux amis ont de drôles de façons, gamin. Bon, on continue, ou quoi ?

Pablo hésita. Il regarda la berline royale suivre son parcours et la main d'Alphonse XIII qui saluait la foule de la fenêtre. Il eut alors un pressentiment.

— Non, Ferdinando, je crois qu'il vaut mieux que nous n'allions pas plus loin.

Et, le prenant par le bras, il le força à rebrousser chemin avec lui. Le journaliste eut à peine le temps de protester, car au même instant une explosion assourdissante les fit sauter en l'air. Des morceaux de verre se mirent à pleuvoir sur leurs têtes et l'air s'emplit de fumée, de poussière, de cris et de hennissements. Une intense odeur acide envahit l'atmosphère.

— On a tué le roi et la reine ! cria quelqu'un.

Mais l'oiseau de mauvais augure se trompait. Comme l'année précédente à Paris, Alphonse XIII en sortirait indemne, renforçant ainsi la légende de son immortalité. On attenterait à sa vie en cinq occasions encore, mais la République elle-même ne pourrait pas en finir avec lui. À côté de Sa Majesté, réfugiée à l'intérieur du carrosse royal, Victoire-Eugénie Julia Ena de Battenberg, la reine tout fraîchement proclamée, essayait de réprimer ses larmes tout en regardant sa robe de mariée éclaboussée de sang de cheval. En moins d'une heure elle avait découvert le prix à payer pour être la femme du roi d'Espagne.

À quelques mètres de là, Ferdinando secoua la poussière de son gilet et se tourna vers Pablo avec des pupilles plus dilatées que jamais.

— Cours téléphoner à la rédaction, dit-il d'une voix tremblante. Dis-leur qu'on a essayé d'assassiner le roi. Puis tu reviens, toujours en courant, car il faut que nous parlions toi et moi. Et avant que le gamin ne s'exécute, il ajouta :

— Au fait, Pablo : bon boulot.

C'était la première fois qu'il disait son prénom.

— 8 —

> Quand se répandit à Paris la nouvelle de la position révolutionnaire adoptée par Blasco Ibáñez, tous les mécontents, les enthousiastes de bonne foi, les révolutionnaires qui croyaient romantiquement en son radicalisme vinrent à lui. Et un soir, dans un restaurant de Montparnasse tenu par un Espagnol, se tint le conclave conspirateur.
>
> « EL CABALLERO AUDAZ »,
> *El novelista que vendió a su patria*

À la hauteur du nº 8 de la rue Danton, à quatre pas de l'île de la Cité, un groupe assez nombreux se presse pour tenter d'entrer dans l'immeuble. Nous sommes vendredi 31 octobre 1924, et la salle des Sociétés savantes est pleine à craquer : dans quelques minutes va débuter le meeting de Blasco Ibáñez et Miguel de Unamuno, qui vont à nouveau tenter de faire prendre conscience à l'opinion publique de la nécessité de renverser le gouvernement autoritaire de Primo de Rivera. Il y a davantage de citoyens français qu'à la maison communale, un mois plus tôt, quand Blasco était sorti acclamé par une multitude fervente d'Espagnols en exil, parce que le meeting de ce soir a été organisé avec l'aide des gens de gauche de Paris, de la Ligue des droits de l'Homme et même de membres importants de la franc-maçonnerie. À l'extérieur, les gens protestent à grands cris, tandis que le concierge essaie d'expliquer, courtoisement, que pour des raisons de sécurité plus personne ne peut entrer dans la salle et que d'ailleurs, à ce qu'on vient de lui dire, le meeting est commencé. Bien qu'il ait pris le métro pour venir de l'imprimerie, Pablo fait partie de ceux qui sont restés dehors. Au vu de la situation, il décide de faire demi-tour et de rentrer chez lui. Finalement, il n'a pas très envie de s'enfermer à écouter ces deux révolutionnaires de papier, après tout ce que Robinson lui a raconté à midi. Tandis qu'il se fraie un passage dans la foule, une militante française essaie de lui vendre un timbre « pour la libération de l'Espagne ». Il se débarrasse de la jeune femme avec une vague excuse mais alors qu'il repart en direction du pont Saint-Michel, une porte latérale de l'immeuble où se tient le meeting s'ouvre et quelqu'un l'attrape par le bras pour l'attirer à l'intérieur.

— Tu ne croyais tout de même pas te défiler comme ça, pas vrai ? sourit Robinson dans la pénombre. Il y a toujours une place réservée pour votre honneur dans la salle des Sociétés savantes.

Il le conduit, par un escalier raide, vers un balcon d'où il pourra écouter les conférenciers. Un lustre luxueux illumine la grande salle baroque et les centaines d'auditeurs, parmi lesquels de nombreux membres du Comité des relations anarchistes. En bas, près d'une porte dérobée au fond de la salle, Pablo reconnaît Durruti et Ascaso, accompagnés de deux filles coiffées à la garçonne : Ramona Berri et Pepita Not, les deux seules femmes du Comité, ex-membres de Los Solidarios. Il lui semble apercevoir aussi, au premier rang, Juan Riesgo, Massoni et Vivancos, le bras en écharpe, et l'aîné des frères Orobón. Seul, près de la porte d'entrée, Recasens monte la garde, en plein dans son rôle de Napoléon. Bien entendu, ni Jover ni Caparrós ne sont là, ils sont partis ce matin pour la frontière. Il y a aussi un bon nombre de communistes et de syndicalistes, dont plusieurs ont été recrutés par Robinson pour prendre part à l'expédition révolutionnaire. Et dans l'espace réservé à la presse, Pablo découvre le petit rédacteur d'*Ex-ilio*, avec ses cheveux gominés et sa fine moustache fraîchement taillée, prêt à étayer la chronique qui paraîtra lundi dans l'hebdomadaire.

— Pablo, dit Robinson quand ils arrivent au balcon, je crois que tu connais Anxo, Carlos et Baudilio.

Ce sont les trois végétariens qu'il a recrutés au restaurant Mathis.

— Oui, bien sûr, comment allez-vous ? les salue Pablo en leur tendant la main.

En bas, sur l'estrade, Charles Richet, un vieux et célèbre professeur de la Sorbonne, maçon, spiritiste et spécialiste de la métempsychose, vient de déclarer la séance ouverte. Ses paroles sont saluées par les cris d'auditeurs qui s'en prennent au fascisme, à Mussolini et à Primo de Rivera, et même au gouvernement français présidé par le Cartel des gauches. Après lui prend la parole un orateur portugais, en smoking, qui rend un hommage bref mais bien senti à Ferrer Guardia, en saluant sa mort tragique et injuste. Puis c'est le tour d'Ortega y Gasset, qui prononce un discours courageux et sans concession. Mais le plat de résistance arrive quand monte sur l'estrade l'ex-recteur de l'université de Salamanque, don Miguel de Unamuno, avec sa barbichette éclatante, et qu'il fascine l'assistance avec un discours passionné qui mêle à parts égales colère et ironie, comme à l'instant où il fait jaillir les rires de ses auditeurs avec une superbe attaque à la jugulaire de Primo de Rivera :

— Vous me pardonnerez l'expression, mais cet abruti de première dit que je suis un mauvais fils de l'Espagne. Un mauvais fils, moi ? Mais je ne suis pas fils de l'Espagne ! Je suis, comme tout professeur, son père !

Vieilli par l'exil et à soixante ans bien sonnés, Unamuno semble reprendre vigueur avec les rires et les applaudissements de l'assistance.

— Ce n'est pas que ce militaire ivrogne et débauché soit vide, non : c'est qu'il est rempli de vide, ce qui n'est pas la même chose. Et après, cet autre porc épileptique aux mains couvertes de sang, dit-il en faisant allusion à Martínez Anido, me traite de conspirateur. Mais moi je conspire à la lumière du jour, messieurs, contrairement à eux. Moi, ce que je veux, c'est que tout ce que je dis se sache. Et c'est précisément pour cela que je le dis…

Ses attaques contre Primo se succèdent, il se délecte en particulier d'une rumeur qui circule à propos de la Caoba, la protégée du dictateur, qu'il a fait remettre en liberté après qu'elle avait été arrêtée et inculpée pour détention de cocaïne.

— Quelle jolie preuve de respect pour la justice nous offre ce petit Bouddha charlatan !

Puis ce sont les banderilles contre la monarchie :

— Et que dites-vous de ce gros pif que le sort nous a réservé ? Alphonse XIII est un mauvais homme, et le principal responsable de tout ce qui se passe au Maroc. On ne peut pas aller à la guerre comme on va se battre en duel ! Savez-vous ce qu'a dit le chef arabe Abdelkrim après que notre audacieux monarque eut accusé la France et l'Angleterre d'avoir vendu des armes aux Marocains ? Il a demandé pourquoi il aurait besoin que les autres nations européennes lui fournissent des armes, si celles qu'abandonnent les Espagnols au cours de leurs retraites et de leurs défaites lui suffisent amplement. Nous sommes la risée de l'Europe !

Unamuno s'est échauffé et il fait une petite pause pour boire de l'eau.

— Et que dire de ses rejetons ? Le prince des Asturies a hérité de l'hémophilie de sa mère, le deuxième est sourd-muet de naissance et allez savoir ce que peut avoir le troisième. La république est le seul choix possible ! Et s'il faut faire la révolution pour cela, eh bien faisons-la, voilà ce que je dis !

Une assourdissante salve d'applaudissements et de vivats submerge la salle. Puis le professeur, enhardi, poursuit sa philippique contre la dictature et la monarchie. Quand il descend de l'estrade, c'est sous une ovation nourrie, en saluant comme un torero. C'est alors que Pablo voit entrer Luis Naveira, accompagné du concierge du bâtiment, qui semble avoir accepté de mauvaise grâce de le laisser passer, même si ce n'est que pour prévenir quelqu'un. Le pourboire a dû être généreux. Naveira a l'air très agité, il se répand en gesticulations devant Recasens qui lui fait signe de le suivre jusqu'au fond de la salle, où sont Durruti et

Ascaso. Les deux hommes se fraient un passage à coups de coude au milieu de la foule pour rejoindre les dirigeants anarchistes. Ils échangent quelques mots et disparaissent par la porte dérobée. Robinson, à qui l'événement n'a pas échappé, se lève brusquement :

— Je vais voir ce qui se passe, dit-il à Pablo, et il quitte le balcon en le laissant avec les trois végétariens.

Après Unamuno, c'est au tour de Blasco Ibáñez, qui monte sur l'estrade en retouchant sa coiffure peu fournie, de ce noir mat que donnent les mauvaises teintures végétales ; il s'affale derrière la table, remplit un verre d'eau et remonte la montre de gousset Roskopf qui ne le quitte jamais, en attendant que cessent les applaudissements. L'écrivain valencien n'a guère préparé son intervention, parce que tous ces derniers jours il a été occupé par le bon à tirer de la traduction française de son incendiaire brochure, faite par un jeune étudiant en philosophie qui fréquente son groupe au café Américain. Mais bien qu'il s'agisse d'une resucée mal ficelée de ce qu'il a dit il y a un mois à la maison communale, son bagout et sa présence suffiront à enflammer l'assistance, qui n'hésitera pas à l'interrompre aux cris de « Vive l'anarchie ! » et « Dehors la bourgeoisie ! ».

— Républicains, commence Blasco, et on entend quelques protestations dans le public. Seriez-vous monarchistes, par hasard ? demande-t-il sur un ton manifestement moqueur qui en laisse plus d'un perplexe. Espagnols, alors, continue-t-il, mais sans parvenir cette fois non plus à contenter tout le monde, car de nombreux auditeurs ne le sont pas. Bref, camarades : je vous le dis d'emblée, je ne vais pas tourner autour du pot, comme bien d'autres. Moi, je tire au but directement. Et mon coup atteint sa cible en plein cœur !

Un chœur de cris et de bravos répond comme un écho à chacune de ses interventions, prononcées d'un ton si belliqueux qu'elles effrayent les plus modérés. Nous ne les reproduirons pas toutes ici, car nous les avons déjà entendues, *mutatis mutandis*, à la maison communale, mais nous ne pouvons nous empêcher de consigner cette apostrophe, lancée quand Blasco fait une pause pour boire une gorgée d'eau :

— Quand vous gouvernerez, vous nous fusillerez exactement comme ceux qui gouvernent en ce moment !

Ce à quoi don Vicente répond, d'une voix énergique :

— Nous fusillerons ceux qui se soulèveront contre la République, qu'ils soient de droite ou de gauche…, mais surtout nous fusillerons les agents provocateurs, profère-t-il en montrant du doigt celui qui l'a interrompu.

Et au milieu des bravos l'écrivain valencien achève son discours par une déclaration d'intentions qui fait monter de plusieurs degrés la température de la salle :

— Je ne suis pas ici simplement pour être ici, ni pour passer un moment agréable avec vous. Non, non, absolument pas. Vous voulez savoir pourquoi je suis ici ce soir ? Et après un silence plein d'attente, il conclut en levant le poing : Je suis ici pour faire la révolution !

Après le rugissement enthousiaste d'une bonne partie de l'assistance, un jeune communiste des premiers rangs monte sur l'estrade en criant :

— Vive la république sociale ! Vive la Russie !

Ce à quoi Blasco répond, en le priant de descendre :

— Oui, mon garçon, vive la république sociale ! Mais d'abord, faisons la république démocratique…

Après la réponse du célèbre écrivain, le meeting s'achève en dérivant vers un colloque enflammé où les uns défendent la révolution bolchevique, les autres la révolution démocratique, d'autres encore la révolution anarchiste et les plus distraits la révolution capitaliste. Comme Blasco descend de l'estrade, un vieil Espagnol des premiers rangs lui reproche son adhésion au communisme bolchevique. L'écrivain le regarde avec bienveillance, s'approche et lui murmure à l'oreille : « Soyez sans crainte, grand-père, jamais la république communiste ne triomphera en Espagne. Laissons ces jeunes gens nous aider à faire éclore la république démocratique, puis nous les remettrons à leur place… »

Comme Robinson n'est pas revenu, Pablo quitte le balcon avec les végétariens. Une fois dans la rue, il leur dit au revoir et rentre chez lui. En traversant le pont Saint-Michel, il surprend deux mendiants qui se disputent avec virulence une place sur le quai, que chacun d'eux réclame pour sienne. Il semblerait que le sens de la propriété privée ait aussi pris racine chez les plus défavorisés. Un quart d'heure plus tard, en arrivant à sa mansarde, il s'effondre sur son lit sans même ôter ses chaussures et s'endort aussitôt profondément.

Au bout d'un moment, Robinson le réveille, mais Pablo ne sait pas s'il s'est passé une minute ou si c'est l'heure de se lever.

— Quoi, qu'est-ce qu'il y a ? demande-t-il, tout étourdi, en se dressant sur le lit.

— Enlève tes chaussures, voyons, ce ne sont pas des façons de se coucher.

Pablo grogne, les ôte et les lance à Robinson, qui les esquive par miracle.

— Allez, mon vieux, ne te mets pas dans ces états-là. Et moi qui me préoccupe de ton repos… Tu sais quoi ? reprend-il au bout d'un instant.

— Quoi ? aboie Pablo en se fourrant sous la couverture, la tête sous l'oreiller.

— Rien, rien… Bon, si, finit-il par dire. Tu vas me manquer.

Mais Pablo s'est rendormi, et sa seule réponse est un ronflement long et sifflant. Quand il se réveillera le lendemain, Robinson ne sera plus là.

La journée du samedi se déroule sans incident. À midi, Pablo se risque à aller déjeuner au Point du Jour. Après tout, lui-même n'a rien à craindre et peut-être pourra-t-il trouver la manière d'aborder le vieux Dubois pour lui demander de retirer sa plainte contre Leandro. Mais le tavernier n'est pas là, il a déjà trouvé un remplaçant à l'Argentin : un Japonais discret et éthéré qui se promène entre les tables comme l'ombre d'un samouraï. Pablo tente de convaincre quelques-uns des habitués de parler à Dubois, et tous se montrent disposés à aider ce bon Leandro, très apprécié de la clientèle. Mais quand il annonce qu'il faudrait faire une collecte pour adoucir le vieux bistrotier, tous baissent les yeux et se concentrent sur l'assiette qu'ils ont sous le nez.

L'après-midi est encore plus calme que la matinée, sauf la dernière heure. En peu de temps, Julianín a fait de grands progrès et commence à être davantage une aide qu'une gêne. Il semblerait que la stratégie des cinq centimes par coquille ait porté ses fruits, car il corrige désormais les épreuves avec tant de soin que Pablo doit faire extrêmement attention à l'heure de composer les textes s'il ne veut pas se ruiner. On dirait que le jeune garçon a pris au sérieux la maxime du grand typographe Firmin-Didot accrochée au-dessus de la porte : « Les erreurs et transpositions de lettres blessent encore plus l'œil typographique qu'une note fausse ne blesse une oreille musicale. » Le fait est qu'en dépit du caractère discret et taciturne du gamin, Pablo est en train de se prendre d'affection pour lui. C'est pourquoi il sursaute quand, à la fin de la journée, tout en nettoyant diligemment des planches, Julianín sort de son mutisme habituel pour dire à brûle-pourpoint :

— Je vais m'enrôler dans l'expédition.

— Quoi ? demande Pablo, déconcerté.

— Je vais m'enrôler dans l'expédition révolutionnaire. Je ne veux pas rester toute ma vie ici bras croisés, en attendant qu'on me laisse rentrer dans mon pays.

— Mais tu as réfléchi à ce que tu dis ? le réprimande Pablo. Tu n'es qu'un gamin !

— Je pensais que toi aussi tu t'étais enrôlé.

— Moi ? M'enrôler dans cette expédition-suicide ? Mais qui est-ce qui t'a raconté ça ?

— Je ne sais pas, comme ces derniers temps tu es toujours fourré avec le boiteux au melon, celui qui est chargé de recruter des gens, je pensais que…

— Eh bien ne pense pas tant, Julianín, ne pense pas tant. Et ôte-toi ces bêtises de la tête.

— C'est décidé et je n'ai pas l'intention de changer d'avis, répond le garçon avec aplomb.

— Et qu'en disent tes parents ? C'est tout ce que trouve à dire Pablo, surpris par son courage.

— Qu'ils disent ce qu'ils veulent, je suis assez grand maintenant.

— Allez, rentre chez toi et demain prends ta journée. Profites-en pour réfléchir un peu avec ta tête et non avec tes pieds, tu en as bien besoin…

Julianín le remercie, prend ses affaires et s'en va. Et juste comme il sort, entre Robinson.

— Tiens donc, justement je voulais vous voir, illustre corrupteur de mineurs !

— Écoute, Pablo, je ne sais pas de quoi tu parles, mais j'ai beaucoup de choses à te dire, et sans perdre de temps.

— Sans perdre de temps, dis-tu ? s'écrie Pablo, un peu irrité. C'est exactement ce que je n'ai plus cessé de faire depuis que tu es arrivé : perdre mon temps. Et maintenant, par-dessus le marché, tu bourres le crâne du gamin avec tes idées révolutionnaires !

— Si tu parles de celui qui vient de sortir, c'est lui qui est venu me trouver. Et tu devrais suivre son exemple. On dirait que tu refuses de te rendre compte de la gravité de la situation. Il s'agit de sauver l'Espagne, putain !

— Ce dont il s'agit, c'est de sauver une merde ! Et de rage il jette par terre la planche que vient de nettoyer Julianín. Le tintement métallique se fait entendre quelques secondes, pendant que les deux vieux amis se regardent dans les yeux. Puis Pablo se laisse tomber sur une chaise, lourdement. Je regrette, Robin, je ne sais pas ce qui m'arrive, peut-être que je vieillis. Il y a dix ans j'aurais été le premier à prendre les armes pour libérer l'Antarctique s'il avait fallu. Mais maintenant ce n'est plus aussi clair pour moi. J'ai l'impression que Primo souhaite que nous fassions un truc de ce genre. Si nous entrons en Espagne et que nous échouons, alors il n'y aura plus moyen d'en finir avec lui : il réprimera la révolte et légitimera son mandat, au prétexte que l'Espagne a besoin d'une poigne de fer contre ceux qui essaient de la déstabiliser.

Robinson jauge les paroles de son ami.

— Si tu penses vraiment ça, finit-il par dire, pourquoi est-ce que tu nous aides ? Pourquoi as-tu apporté la lettre à Amiens ? Pourquoi as-tu accepté d'imprimer les tracts ?

À présent c'est Pablo qui réfléchit à ce que vient de dire Robinson.

— Je ne sais pas. Je suppose que mon cœur admire ce que vous êtes en train de faire, mais ma tête s'obstine à le contredire. Peut-être que j'ai peur, tout simplement, et que je cherche des excuses pour ne pas le reconnaître.

Robinson sourit :

— Peur, toi ? Je ne crois pas, dit-il en s'accroupissant près de lui. Et même si c'était vrai, tu sais ce que disait mon père : seuls les gens courageux peuvent avoir peur. Je ne sais pas, il se peut que tu aies raison et que tout ça se retourne contre nous, mais c'est un risque qu'il faut assumer. Notre dignité est en jeu, Pablito, en tant que personnes et en tant que peuple. Allez, viens, c'est à ton tour de me payer un verre.

Et tandis qu'ils descendent la rue de Belleville, en quête d'un bar discret où on serve des boissons sans alcool, Robinson raconte à Pablo tout ce qui s'est passé depuis qu'il a quitté le balcon de la salle des Sociétés savantes. Parce que ça commence à chauffer.

Quand hier soir Ramón Recasens a demandé à Naveira s'il venait avec lui au meeting d'Unamuno et de Blasco Ibáñez, le Portugais lui a dit d'y aller, que lui restait encore un moment à l'atelier clandestin de la rue Vilin, pour voir s'il pouvait terminer de développer les dernières photos des faux passeports. Cinq minutes plus tard, alors qu'il s'affairait dans la chambre noire improvisée dans l'ancienne salle de bains, on avait frappé à la porte. Naveira avait d'abord pensé que c'était Recasens, qui avait peut-être oublié quelque chose, mais la façon de frapper n'était pas celle qui était convenue. Il s'était essuyé les mains et était sorti de la pièce juste à temps pour pouvoir s'échapper par la fenêtre alors que la police enfonçait la porte. Il n'avait pas pu récupérer le matériel avant de partir. Et il y avait là les photos de certains des membres les plus connus du groupe des Trente, ceux qui avaient à tout prix besoin de faux passeports pour ne pas mettre l'expédition révolutionnaire en péril : Durruti, Ascaso, Vivancos, Massoni, Recasens lui-même, Teixidó et bien d'autres. Naveira s'était réfugié sur le toit, grelottant de froid et priant pour que les policiers ne le découvrent pas. Ce n'est que lorsqu'il n'avait plus entendu leurs voix qu'il s'était enhardi à quitter sa cachette pour filer à toute vitesse à la salle des Sociétés savantes. Il avait dû se disputer avec le concierge pour qu'il le laisse entrer, mais ce n'est que lorsqu'on avait entendu les applaudissements, à la fin de l'intervention de Miguel de Unamuno, qu'il avait accepté. Alors seulement il avait pu parler à Recasens et rejoindre Durruti et Ascaso pour leur raconter ce qui venait de se passer.

— Le coup a été terrible, dit Robinson en attaquant un jus de framboise. Plus personne n'a confiance en personne. On peut supposer que les autorités françaises fermeront les yeux, car en fin de compte nous sommes leurs réfugiés politiques, mais il n'empêche que la police ne nous fiche pas la paix. Il y a des gens qui assurent avoir vu à Paris Fenoll Malvasía, le chef de la Sûreté du gouvernement de Primo de Rivera. Peut-être pour négocier avec la police française, ou pour s'entretenir avec les nombreux infiltrés qu'il a parmi nous. Mince, qu'est-ce que ce jus de framboise est bon.

— Et qu'est-ce que vous allez faire ?

— Eh bien chacun propose une chose. Au point où nous en sommes, nous ne pouvons plus reculer, nous devons aller de l'avant et continuer à travailler en attendant les télégrammes que Jover et Caparrós doivent nous envoyer de la frontière, mais les gens commencent à devenir nerveux, parce qu'il n'est pas normal qu'ils tardent autant à donner signe de vie. Quoi qu'il arrive, Recasens et Naveira se remettront au boulot dès qu'on trouvera une autre planque pour l'atelier clandestin.

— Et si les télégrammes finissent par arriver et disent qu'il faut entrer en Espagne, alors que les passeports ne sont pas prêts ?

Robinson claque la langue et avale une nouvelle gorgée de son jus de framboise.

— Il est très probable que ce sera le cas. Eh bien il faudra prendre une décision. Je crois qu'il est trop risqué que des gens comme Durruti et Ascaso voyagent avec leurs vrais passeports en même temps que le reste de l'expédition, parce qu'ils pourraient la mettre en danger. Mais d'autres pensent que les chefs ne peuvent pas rester à Paris en envoyant les autres faire la révolution.

— Et pour les armes, qu'est-ce qui se passe ?

— On en a parlé aujourd'hui avec Blasco Ibáñez. Il est très probable qu'il nous donnera de l'argent pour en acheter.

Effectivement, hier soir, pendant que Luis Naveira expliquait à Durruti et Ascaso que la police avait découvert l'atelier clandestin, Pedro Massoni s'était placé à un endroit stratégique pour aborder l'écrivain valencien à la fin de son discours. Un petit vieux s'était approché de Blasco pour lui reprocher son flirt avec le communisme bolchevique, mais le romancier était parvenu à le rassurer de quelques mots murmurés à l'oreille. Massoni avait pu alors lui parler et l'accompagner dans une salle privée où se trouvait déjà Unamuno, en train de bavarder avec Marcelino Domingo et Ortega y Gasset. Une fois sur place, il avait entrepris d'expliquer à Blasco pourquoi ils avaient besoin de son aide.

— Écoutez, jeune homme, l'avait presque aussitôt coupé don Vicente, en d'autres temps je vous aurais envoyé paître. Mais dans des moments comme celui-ci il faut soutenir même les causes les plus farfelues. Le samedi j'ai coutume de déjeuner au restaurant de mon ami Pepe à Montmartre, entre le Lapin Agile et la place du

Tertre. Si ça vous dit, passez donc demain vers deux heures, vous me raconterez tout en détail en buvant un cognac. Nous ne sommes pas ici dans un lieu où on puisse parler de n'importe quoi : mes amis pourraient s'effrayer.

Et après avoir lâché un éclat de rire, il était allé retrouver le trio de craintifs.

C'est ainsi qu'aujourd'hui à midi Durruti et les deux boiteux, Massoni et Vivancos, sont montés après déjeuner tout en haut de la butte Montmartre. La ville s'était parée de ses plus beaux atours pour fêter la Toussaint, et une foule de Parisiens étaient venus jusqu'au vieux cimetière de Montmartre et au Sacré-Cœur flambant neuf (cela ne faisait que cinq ans que sa construction était achevée) pour rendre hommage à leurs morts. Un soleil timide brillait et du porche de la basilique on avait une vue magnifique sur la ville qui s'étendait comme une forêt touffue, parsemée ici et là de quelques espèces différenciées : à gauche le bois de Vincennes, en ligne droite la cathédrale Notre-Dame et le Panthéon, à droite la tour Eiffel montrant sa cime entre les branches de quelques arbres proches… Quand les trois anarchistes étaient arrivés place du Tertre, un zeppelin avait traversé le ciel, attirant l'attention des gens, qui n'ont pas oublié le bombardement allemand pendant la Grande Guerre. « Regardez, une baleine volante ! » a crié un enfant, provoquant le rire des passants. Mais c'est avec un objectif moins festif que les trois hommes sont montés jusqu'à Montmartre : demander cinquante mille francs à Blasco Ibáñez pour acheter les armes proposées par un contrebandier espagnol installé à Paris.

Un peu avant le Lapin Agile, Durruti, Massoni et Vivancos ont trouvé le restaurant de l'ami Pepe. Blasco Ibáñez, élégamment vêtu et avec au revers la rosette de la Légion d'honneur, a eu l'air surpris en voyant ces trois hommes à la mine de bandits de grand chemin entrer dans le local et se diriger vers la table où il était en train de fumer un cigare, en se distrayant à faire des ronds de fumée tout en observant les nombreux passants par la fenêtre.

Le plus probable était qu'il avait oublié le rendez-vous. Ou qu'il n'attendait que Massoni. Quoi qu'il en soit, il les a poliment salués l'un après l'autre et les a invités à s'asseoir. Mais le restaurant était encore plein et il n'était donc pas approprié de parler de certaines questions, ce pourquoi, après quelques minutes de conversation sans importance, Blasco a pris son verre de cognac et s'est levé :

— Attendez-moi ici, messieurs. Je reviens tout de suite.

Les trois anarchistes l'ont vu se diriger vers un type petit et rondouillard, à l'épaisse moustache et aux sourcils touffus, qui ressemble à un morse. Après avoir échangé quelques mots avec lui, il est revenu à la table.

— Don José nous cède aimablement son cabinet privé, un cabinet de choix, pour que nous puissions bavarder un moment. N'oubliez pas de lui laisser un bon pourboire en partant.

Et il les a conduits vers l'extrémité du restaurant, où après avoir tiré un rideau de velours rouge et franchi une porte vitrée, ils sont entrés dans un petit salon avec des fauteuils râpés et décolorés autour d'une table en bois rustique. Qui sait ce qu'il serait advenu de bien des révolutions si les cabinets privés n'avaient pas existé.

— *Voilà**, s'est exclamé Blasco en leur proposant de prendre place d'un geste théâtral.

Le premier à parler a été Durruti. Il a sommairement expliqué les activités que le Comité mène à Paris, avant de mettre sur la table l'affaire qui les a conduits à Montmartre aujourd'hui : l'expédition révolutionnaire qu'ils sont en train d'organiser pour entrer en Espagne et renverser la dictature.

— Et que voulez-vous que je fasse pour vous, messieurs ? Vous ne prétendrez pas qu'à mon âge je prenne les armes et que je me batte pour la libération de l'Espagne ? a demandé Blasco en frottant avec délectation son énorme panse.

— Non, bien sûr que non – c'est Massoni qui a pris la parole. Le matériel humain, c'est nous qui nous en chargeons. Il y a des centaines d'hommes prêts à passer la frontière. Mais nous avons besoin d'armes.

— Eh bien nous pouvons en parler à don José, pour voir s'il peut nous prêter quelques couteaux, a plaisanté Blasco avant d'éclater d'un rire qui l'a fait s'étrangler et tousser violemment.

— L'heure n'est pas à la plaisanterie, est intervenu Vivancos, avec une dureté inattendue.

— Il y a toujours du temps pour les plaisanteries, a poursuivi Massoni d'un ton conciliant. Mais je suis convaincu que don Vicente est tout sauf un plaisantin. Après vous avoir écouté hier soir et l'autre jour à la maison communale, il ne fait aucun doute pour nous que vous êtes des nôtres. Nous avons entendu dire que les amis russes vous ont remis une somme énorme pour payer les frais d'un pamphlet que vous avez l'intention de distribuer gratuitement. Je suis sûr que même s'il ne s'agissait que du dixième de ce que les gens avancent, vous en auriez assez pour placarder vos paroles dans toute l'Europe…

— Bon, bon, n'exagérons pas, l'a coupé Blasco. Si ce que vous dites était vrai, la brochure circulerait déjà de main en main. Au fait, je pense l'intituler *Una nación secuestrada*[7], qu'en pensez-vous ?

— Magnifique, a répondu Durruti, mais si vous nous prêtez l'argent vous pourrez peut-être commencer à en écrire la seconde partie : *Una nación liberada*[8]. Bien entendu, nous attendrions que la première soit épuisée pour entrer en Espagne et faire la révolution.

L'écrivain a hésité un instant, surpris par cette réponse, mais il a finalement éclaté de rire :

— Vous êtes très drôle, jeune homme. Voyons, de combien parlerions-nous ?

— De quarante ou cinquante mille francs, a répondu Massoni.

— *Mon Dieu** ! Ça n'a rien d'une bagatelle…

— Nous voulons bien faire les choses, est intervenu Durruti.

---

7. *Une nation séquestrée.*
8. *Une nation libérée.*

— Cela va de soi, jeune homme, cela va de soi. Bon, je verrai ce que je peux faire. L'Espagne ne mérite pas d'être gouvernée par ces anormaux et j'appuierai toujours toute initiative propre à les jeter dehors à coups de pied. C'est une belle somme, mais dès que j'aurai fait quelques démarches vous pourrez y compter. À condition que vous me promettiez d'attendre la sortie de ma brochure pour faire la révolution, bien sûr ! s'est-il exclamé avant de rire de nouveau avec fracas.

— Bien entendu, don Vicente, il ne manquerait plus que ça, a répondu Durruti sans hésiter, ce qui fait qu'il a presque eu l'air de parler sérieusement.

— Si vous voulez, on se voit ici lundi à la même heure. Avec un peu de chance j'aurai réussi à réunir l'argent. Enfin, *vive la bagatelle**, comme dirait l'autre… et à la République ! a soupiré Blasco Ibáñez en levant son verre.

— Et à la liberté, a ajouté Durruti.

— À la liberté ! ont dit à l'unisson Massoni et Vivancos, en imitant le geste de porter un toast, car seul le gros écrivain est entré avec un verre dans le salon privé. Mais si trinquer avec un verre vide porte malheur, trinquer sans verre doit nécessairement déboucher sur une catastrophe.

Après avoir dit au revoir, les trois jeunes hommes ont quitté le restaurant, en laissant au morse le pourboire convenu. Dehors, le ciel de Montmartre s'est couvert. Alors qu'ils descendaient la butte, chacun plongé dans ses réflexions, à la hauteur de la rue des Martyrs un coup de klaxon les a fait sursauter.

— Je vous dépose quelque part, messieurs ? a dit Blasco avec un sourire de nouveau riche, depuis la banquette arrière de sa Cadillac, conduite par le fidèle Ramón.

Les trois anarchistes se sont regardés un instant et ont fait non de la tête, avant que la Cadillac de Blasco ne se perde vers le bas de la rue, en direction de l'Hôtel du Louvre.

VIII
(1906-1908)

L'auteur de l'attentat s'appelait Morral. Mateo Morral. Il avait vingt-six ans, était originaire de Sabadell et le bouquet de roses lourd de dynamite qu'il avait lancé d'un balcon du 88 de la calle Mayor avait coûté la vie à plus de vingt personnes et en avait blessé plusieurs dizaines d'autres. Les tests graphologiques démontrèrent que c'était Morral lui-même qui avait gravé au couteau la menace de mort sur l'arbre du Retiro, peut-être dans l'inavouable objectif de se dénoncer pour se délivrer de son destin. Deux jours plus tard, découvert à Torrejón de Ardoz, il s'ôta la vie d'une balle dans le cœur après avoir envoyé un de ses poursuivants dans l'au-delà. Seize autres anarchistes seraient arrêtés par la suite, mais ce furent deux intellectuels qui finirent par payer les pots cassés, accusés d'avoir collaboré au régicide manqué : le vieux José Nakens, directeur de l'hebdomadaire *El Motín,* au siège duquel il avait donné refuge à Mateo Morral après la tentative avortée, et Francisco Ferrer Guardia, fondateur de l'École moderne de Barcelone, où le magnicide avait travaillé comme bibliothécaire au cours des mois précédant l'attentat. Nakens fut condamné à neuf ans de prison, tandis que Ferrer était acquitté faute de preuves, après plusieurs mois derrière les barreaux rouillés de la prison Modelo de Madrid. En revanche, le nom de Vicente Holgado n'était apparu nulle part.

Pablo et Ferdinando restèrent un jour de plus dans la capitale pour couvrir l'attentat depuis l'endroit même des faits, puis ils rentrèrent à Salamanque.

— Qui était ce type que nous avons heurté ? demanda Ferdinando pour la énième fois, tandis que le train traversait la campagne de Castille.

— Je t'ai déjà dit que je le connais à peine, Ferdinando.
— Tu n'as pas dit que c'était un vieil ami ?
— C'était une façon de parler.
— Mais tu sais au moins comment il s'appelle, non ?
— Non.

Avec cette négation obstinée, le révolutionnaire que Pablo portait en lui marquait des points contre le journaliste en herbe. Une fois à Salamanque, il se mit à lire frénétiquement Bakounine, Proudhon, Kropotkine. Devant ces lectures sa mère se prenait la tête entre les mains, regrettant les jours où elle le voyait dévorer les romans de Jules Verne ou d'Emilio Salgari. Mais ce fut la mort de Julián Martín qui finit par libérer définitivement son esprit anarchiste. Un jour de malheur, alors qu'il se trouvait à la rédaction d'*El Castellano*, le téléphone sonna avec une stridence fatidique :

— C'est pour toi, Pablito, dit Obdulia en savourant le diminutif.

— Pour moi ? s'étonna le gamin, qui recevait pour la première fois un appel.

À l'autre bout du fil se fit entendre la voix larmoyante de sa mère : elle l'appelait de l'hôpital de la Santísima Trinidad, où Julián avait dû être admis. Apparemment, deux hommes l'avaient agressé alors qu'il était en route pour une école des environs de Salamanque, et lui avaient porté plusieurs coups de couteau à l'abdomen pour lui voler les quatre pesetas qu'il avait sur lui.

Quand Pablo arriva à l'hôpital, il trouva sa mère et sa sœur en larmes, inconsolables, devant la chambre de Julián, tandis que le docteur tentait de convaincre le prêtre que ses services n'étaient pas nécessaires. Julián avait à peine la force de parler et il avait perdu beaucoup de sang.

— Approche, dit-il à son fils en le voyant entrer, d'un filet de voix presque inaudible. On aurait dit qu'il l'avait attendu pour mourir, car il eut simplement le temps de lui caresser les cheveux avant de laisser en suspens la fin de sa dernière phrase : N'oublie pas de…

Pablo se mordit si fort les poignets que sa bouche se remplit de sang. Lors du procès, l'avocat des assassins dit que c'était la faim qui avait empoigné les couteaux : ces malheureux n'avaient rien mangé depuis cinq jours, leur entendement s'était brouillé et ils avaient agressé l'inspecteur. Dès lors, la faim devint le pire ennemi de Pablo et *La Conquête du pain*, de Pierre Kropotkine, son livre de chevet. Deux mois après la tragédie, María et Julia partirent avec leur deuil pour Baracaldo, mais lui resta à Salamanque (maintenant plus que jamais « la ville de la mort ») et il ne fut pas long à entrer en contact avec les foyers anarchistes et syndicalistes de la région, croyant honorer la mémoire de son père par un engagement idéologique de plus en plus marqué. Il quitta l'appartement où il vivait, trop grand et trop cher pour lui, et loua une chambre près de l'université, dans une pension pleine d'étudiants à l'air de fils à papa et dirigée par une vieille ronchonne que tout le monde appelait « madame Corbeau ». Son engagement idéologique finit par dériver en activisme libertaire et au début de 1907 il fut arrêté pour avoir écrit sur la façade de la cathédrale la phrase mythique de Josiah Warren : « Tout homme doit être son propre gouvernement, sa propre loi, sa propre église. » Suite à cette arrestation il faillit perdre son emploi à *El Castellano*, où il balayait de moins en moins d'escaliers et couvrait de plus en plus d'événements, remplissait moins d'encriers et corrigeait plus de coquilles. Toutefois, grâce à l'intervention de Ferdinando, il parvint à garder son poste, avec le sérieux avertissement que s'il récidivait il serait mis dehors sans ménagement.

Mais Pablo n'était pas disposé à renoncer à ses idéaux, qu'ils fussent politiques ou amoureux. Tandis que sa bouche se nourrissait de termes comme « action directe », « autogestion » ou « propagande par le fait », son cœur continuait à boire à la même source : les lettres qu'Ángela lui envoyait deux fois par mois, des lettres que la jeune fille parfumait amoureusement, bien qu'elle sût que Pablo était incapable de percevoir les odeurs. Et bien qu'ils ne se soient pas revus depuis ces lointains adieux à la gare de Béjar, leurs échanges épistolaires étaient d'une telle intensité qu'ils étaient convaincus que tôt ou tard ils pourraient renouer comme si les années n'avaient pas passé. Parfois ils faisaient des projets d'avenir, Pablo rêvait que pour leur voyage de noces ils feraient le tour du monde, Ángela lui disait qu'elle ne voulait plus être spéléologue, mais anthropologue, et qu'ils iraient vivre ensemble en Afrique, en Amérique ou en Océanie, où elle pourrait étudier les coutumes des Jivaros ou des cannibales. Avec Robinson, l'échange de lettres avait lui aussi été fluide au début, mais s'était interrompu quand il avait réalisé sa promesse de quitter ses parents et commencé une vie erratique à travers les villes de toute l'Espagne ou presque, d'où il envoyait des cartes postales sans adresse d'expéditeur auxquelles Pablo ne pouvait répondre. Dans la dernière, il lui annonçait son intention de devenir définitivement végétarien et de rejoindre une communauté naturiste de la côte catalane, où il pensait s'isoler du reste du monde, jusqu'à nouvel avis.

Entre une chose et l'autre, Pablo eut dix-huit ans, se laissa pousser la barbe et prit goût à fumer des cigarettes, qu'il tenait entre l'annulaire et le majeur, dans une attitude faussement dandy. Un jour, il se regarda dans la glace et se sentit adulte, suffisamment adulte pour fonder une famille. Une chose est d'être anarchiste, se dit-il, et une autre, bien différente, de prêcher l'amour libre. Et il écrivit une lettre à Ángela pour lui proposer le mariage. Il ne précisa pas que son idée était de se marier civilement, aberration que Pie IX avait qualifiée de concubinage, mais on aurait le temps d'entrer dans les détails. Il attendit avec une certaine nervosité la réponse de son amie : une semaine passa, puis une autre, et une autre encore, et aucune réponse n'arrivait. Pablo en rejeta la faute sur le service des postes, et écrivit une nouvelle lettre, dans laquelle il abordait à nouveau la question du mariage. Et cette fois, oui, il reçut une réponse. Mais pas d'Ángela, non : de don Diego Gómez, ex-capitaine de frégate de la marine espagnole dans la désormais lointaine guerre d'outre-mer. Ce n'étaient guère que quelques lignes d'une écriture noble, mais elles blessaient comme la dague d'un malfaiteur.

Monsieur Martín,
J'ignore si ce sont là les manières que vous a enseignées votre père, R.I.P., mais avant de faire des propositions matrimoniales à ma fille Ángela, vous auriez dû me consulter. Sachez que j'ai pour elle des projets de mariage très différents de ceux que vous-même proposez, ce pourquoi je vous prie, j'exige, même, que vous cessiez de l'importuner avec vos épîtres. J'espère avoir été suffisamment clair. Sincères salutations,

DON DIEGO GÓMEZ ARQUÉS

Pablo fut trois nuits sans dormir, en essayant de se convaincre que la volonté d'Ángela était étrangère aux desseins de son père. Dans ses moments de pire délire, il l'imaginait séquestrée en haut d'une tour, attendant que son vampire vienne la délivrer. Le matin du quatrième jour il envoya un télégramme à *El Castellano* pour annoncer qu'il prenait ses premières vacances en quatre ans. Puis il se rendit à la gare et acheta un billet de train pour Béjar, disposé à enlever Ángela si cela s'avérait nécessaire. Dût-il pour cela affronter la marine espagnole tout entière.

Il fut accueilli par un ciel truffé de gros nuages noirs qui présageaient des orages ou des malheurs. Les oiseaux volaient presque à ras du sol, nerveux et hébétés. Entre la gare et la maison des Gómez, il croisa plusieurs visages connus, mais aucun ne lui rendit son salut, comme si les quatre ans et plus qui s'étaient écoulés depuis sa dernière visite l'avaient rendu invisible, ou comme si cette barbe rare qu'il s'était laissé pousser était un masque impénétrable pour ceux qui se souvenaient de son visage d'adolescent imberbe. Quoi qu'il en soit, se sentant plus étranger que jamais, il arriva rue Flamencos et frappa avec détermination à la porte des Gómez. Mais il n'eut d'autre réponse que le silence. Comme il s'apprêtait à frapper de nouveau, il entendit une voix derrière lui :

— Il vaut mieux que tu n'insistes pas.

Don Veremundo Olaya, le père de Robinson, suçait avidement sa pipe en souriant amèrement :

— J'ai failli ne pas te reconnaître, Pablo. Qu'est-ce que tu as changé.

— En bien, j'espère, don Veremundo, répondit-il en lui renvoyant son sourire amer. Pourquoi ne dois-je pas insister ?

— Parce que ces derniers temps les esprits sont un peu perturbés dans la famille Gómez. Et j'ai l'impression que c'est en grande partie à cause de toi. Allez, viens, rentrons, ne reste pas planté là.

L'auberge n'avait pas changé, avec son escalier de bois arthritique qui se plaignait à chaque pas et la grande table en chêne qui trônait dans la salle à manger, celle-là même qui dix ans plus tôt avait accueilli un réveillon de Noël improvisé.

— Tu sais comment est le vieux militaire, continua don Veremundo. Quand il se met une idée en tête, personne ne peut la lui retirer…

— Quand les idées sont injustes, on les combat avec les faits, l'interrompit Pablo, citant le manuel du bon anarchiste.

— Tu feras ce que tu veux, mais sois prudent. Don Diego n'y va pas par quatre chemins : il veut marier Ángela avec son cousin Rodrigo…

Pablo eut l'impression que ces mots étaient de mortelles estocades sur le point de le transpercer. Par bonheur, la phrase interrompue de don Veremundo dévia l'épée au dernier moment :

— … mais elle refuse catégoriquement ce mariage. Elle dit que son cœur est déjà engagé.

L'estocade mortelle se transforma en caresse de soie et Pablo ne put réprimer un orgueilleux sourire de macho vainqueur.

— Ne crois pas que ce soit gagné, l'avertit l'aubergiste, plus expert en ce genre de combats. Don Diego l'a enfermée à double tour dans sa chambre jusqu'à ce qu'elle entende raison. Ça fait plusieurs semaines que la pauvre est entre quatre murs…

— Quel salaud, murmura Pablo en serrant les dents. Je vais aller lui parler, et pas plus tard que maintenant.

Il sortit de l'auberge et se dirigea de nouveau vers la maison des

Gómez, en dépit des avertissements de Veremundo Olaya, assurément inutiles. Car s'il y avait quelque chose qui pouvait le faire sortir de ses gonds, c'était bien l'injustice des forts envers les faibles.

— Ouvrez, ouvrez la porte ! cria Pablo plusieurs fois, en frappant avec le heurtoir.

Finalement on entendit les voix des parents d'Ángela qui discutaient dans le vestibule. Puis le claquement d'une gifle et des bruits de pas dans l'escalier. Quand la porte s'ouvrit, on vit se découper, à contre-jour, la silhouette imposante de don Diego Gómez, qui sortit dans la rue précédée de l'œil menaçant d'un fusil Remington rapporté de Cuba :

— Si tu ne fous pas le camp tout de suite, aboya-t-il sur le ton qu'on peut supposer à un vieux militaire vaincu et en retraite, je te paye un billet pour l'autre côté.

Voyant que Pablo ne bougeait pas, il leva sa carabine et le visa directement entre les deux yeux.

— Tu m'as compris ?

« Il n'est pas nécessaire d'être bien courageux pour rendre sa fille malheureuse », voulut répondre Pablo, mais son cerveau fonctionnait maintenant à mille à l'heure, comme c'était toujours le cas face au danger, et les mots qui sortirent de sa bouche furent tout différents :

— Ne vous mettez pas dans des états pareils, don Diego, dit-il en reculant, les mains levées. Je suis simplement venu vous annoncer que… que je renonce à la main de votre fille. Excusez le dérangement…

Et, tournant les talons, il partit en courant en direction de la gare. Il attendit le premier train pour Salamanque et, s'assurant que tous les gens qui étaient là l'entendaient parfaitement, il fit ses adieux à Béjar au cri de :

— À ne jamais te revoir, ville ingrate !

Mais Pablo n'avait pas l'intention d'aller très loin. Il descendit discrètement à l'arrêt suivant et refit le chemin à pied.

Quand il arriva à Béjar, à la nuit tombée, le froid était de plus en plus vif. Il remonta les revers de la vieille gabardine style Sherlock Holmes que Ferdinando lui avait donnée après l'attentat de Mateo Morral et fit un détour pour rejoindre l'auberge de don Veremundo, en évitant de passer devant chez Ángela. Quand le père de Robinson le vit reparaître, il secoua longuement la tête :

— Aussi cabochard que don Julián, qu'il me pardonne depuis l'enfer. Allez, entre, tu vas geler si tu restes dehors.

— Avez-vous des chambres libres pour cette nuit ? demanda Pablo en tirant un billet de sa poche.

— Range ça, voyons, c'est Robinson qui serait content s'il l'apprenait. Tu peux t'installer dans sa chambre. Tu sais qu'il a quitté la maison, n'est-ce pas ?

— Oui.

— Alors n'en parlons plus. Mais qu'il soit clair que je ne suis responsable de rien de ce qui peut arriver à partir de maintenant.

Après avoir dîné avec les parents de Robinson, Pablo se coucha tôt, ou plutôt fit comme s'il se couchait. Car il ne se déshabilla même pas. Quand minuit sonna au clocher de San Juan Bautista, il sortit de sa chambre sans faire de bruit, en s'éclairant avec un morceau de bougie. Le grenier était tel qu'il se le rappelait, bien qu'il lui semblât plus petit, comme s'il avait rétréci au fil des ans. Dans un coin sommeillait la vieille malle vermoulue, mais cette fois il ne fut pas nécessaire de la traîner jusqu'à la lucarne. Pablo pouvait parfaitement passer la tête sans même monter sur la pointe des pieds. Il l'ouvrit avec un effort grinçant et constata que ce qu'on perd en dernier ce n'est pas l'espoir, mais l'habitude : Ángela dormait toujours avec sa lampe allumée. Les rideaux tirés ne lui permettaient pas de voir l'intérieur de la pièce, mais il crut deviner une ombre qui s'y promenait de long en large, en dépit de l'heure avancée. Il ignorait si on l'avait avertie de son arrivée, mais il est plus que probable que ses cris et ses coups de heurtoir s'étaient glissés jusqu'à sa chambre, car aucune clé ni aucun cadenas ne peut empêcher l'amour de traverser les murs d'une prison, pensa Pablo en déformant les paroles de Bakounine qui parlait d'amours moins charnelles. Porté par cette pensée, il passa la moitié du corps par la lucarne et murmura aussi fort qu'il le put :

— Pssst, Ángela…

Mais la seule réponse qu'il reçut fut le gémissement du vent, qui s'était glissé dans le grenier, éteignant la bougie.

— Ángela, c'est moi, Pablo…

Il y avait à peine quatre mètres de distance entre les deux maisons, mais tout un monde semblait décidé à les séparer. Si seulement j'étais un vampire pour de bon, pensa Pablo, pour voler jusqu'à ta chambre. Et comme si c'était la formule magique qui ouvrait la porte à Ali Baba, la lumière de la chambre d'Ángela s'éteignit brusquement et les gonds de sa fenêtre grincèrent. Penché à la lucarne, Pablo retint sa respiration. Et dans l'obscurité de la nuit il vit scintiller ces yeux que depuis des années il imaginait en rêve.

— Pablo… susurra Ángela.

— Ángela, susurra Pablo.

Un frisson lui parcourut le dos.

— Comment as-tu… voulut-elle demander, un peu troublée.

— Pourquoi ne m'as-tu pas dit… ? voulut-il répondre, en bafouillant.

Le frisson laissa place à la suffocation.

— Je te vois très mal, dit-elle en tendant le bras.

— Moi aussi, dit-il.

Un ange passa dans la ruelle, tandis que les deux jeunes gens tentaient de distinguer les contours de leurs visages.

— Je vais allumer ma lampe, dit Ángela, comme ça nous pourrons mieux nous voir.

— Ce n'est pas dangereux ?

— Non, pourquoi donc. Je dors toujours avec de la lumière, avoua-t-elle avant de disparaître. Tu es beau avec la barbe, dit-elle en se penchant de nouveau à la fenêtre.

— Toi aussi, répondit Pablo.

— Moi aussi je suis belle avec la barbe ? sourit-elle.

— Oui. Euh, non. Bon, tu me comprends… rougit-il sous son masque de poils.

Un deuxième ange passa dans la ruelle, plus long encore que le premier.

— Pablo, dit Ángela en rompant le silence, d'une voix tremblante.

— Quoi ?

— Jusqu'où serais-tu prêt à aller pour moi ?

Le fils de l'inspecteur médita un instant et dit, d'un ton sentencieux :

— Jusqu'à l'infini.

— Alors sors-moi d'ici, sur ce que tu as de plus cher au monde, et allons vivre ensemble très loin, en Afrique ou en Amérique.

— Tu sais ce que j'ai rêvé ces jours derniers ? répondit Pablo.

— Non, quoi donc ? dit Ángela dans un soupir.

— Que tu étais une princesse séquestrée dans une tour et que je venais te délivrer. On dirait que je ne me suis pas trop trompé…

— Et qu'est-ce qui arrivait ?

— Où ?

— Dans ton rêve, voyons. Tu me délivrais, ou tu ne me délivrais pas ?

— Je ne sais pas. Je me réveillais toujours au moment où nous allions nous glisser par la fenêtre…

— Eh bien il vaut mieux que cette fois nous tardions un peu plus à nous réveiller, dit Ángela d'une voix ferme. Je ne supporte plus cette ville, cette famille, cette vie. Je veux partir d'ici, Pablo, je veux partir avec toi.

— C'est bon, dit-il en sentant que sa tête carburait de nouveau à toute vitesse. Attends un moment.

Pablo s'écarta de la lucarne et ralluma sa bougie. Ses yeux parcoururent le grenier comme ceux d'un tigre guettant sa proie. Puis son pouls s'accéléra quand il eut trouvé ce qu'il cherchait : dans un coin, couvertes de poussière et de temps, plusieurs poutres empilées semblaient regretter l'ostracisme dont elles étaient victimes. En essayant de faire le moins de bruit possible, il tira l'une de ces longues traverses jusqu'à la lucarne, la posa sur le rebord et pencha de nouveau la tête.

— Ángela, murmura-t-il.

— Oui ?

— Je vais essayer d'atteindre ta chambre, mais j'ai besoin que tu m'aides.

— Tu es fou ?

— Non, écoute. J'ai trouvé une poutre qui peut me servir de pont. Elle est en bon état et assez longue. Mais elle est très lourde.

— Et qu'est-ce que tu veux faire ?

— Je vais la pousser depuis ici, mais à un moment je ne pourrai plus supporter son poids. Alors il faudra que tu te penches et que tu la prennes par l'autre extrémité. Compris ?

— Oui.

— Très bien. J'y vais.

Pablo s'éloigna de la lucarne, il attrapa la traverse par l'autre bout en la poussant des deux mains. Le frottement faisait grincer le rebord et Ángela se rongeait les ongles, à deux doigts de pleurer, craignant que le bruit ne réveille ses parents. La poutre s'équilibra en reposant en son milieu, comme une balance. Le moment le plus périlleux était venu, il s'en fallait encore de deux mètres avant qu'elle n'atteigne l'autre côté. Ángela tendit les bras et Pablo continua à pousser, dans un effort de plus en plus grand car chaque fois que la poutre avançait d'un centimètre son poids augmentait de façon exponentielle. À la fin, incapable de la faire avancer davantage, il dut agripper la traverse pour l'empêcher de tomber avec fracas dans la rue. Pas question de revenir en arrière, mais ses forces faiblissaient et la poutre lui échapperait bientôt. C'est alors qu'il sentit le poids diminuer : Ángela avait réussi à en saisir l'autre extrémité ! Il s'efforça de pousser encore et le rebord de la lucarne recommença à grincer.

— Encore un peu, entendit-il haleter Ángela.

Après un ultime effort, le poids de la traverse s'effaça complètement. Pablo passa la tête par la lucarne et vit le grand sourire d'Ángela éclairer la nuit : ils l'avaient fait. Il ne restait plus maintenant qu'à traverser le pont étroit suspendu au-dessus de l'abîme.

— J'arrive, dit Pablo.

— Il ne vaudrait pas mieux que ce soit moi qui traverse ? répondit Ángela.

— Tu es folle ? Et si tu tombes ?

— Et si tu tombes toi ?

— Bon, c'est moi qui ai eu l'idée. J'assume le risque. Si je vois qu'il n'y a pas de danger, on traversera tous les deux vers ce côté-ci.

— Attends un moment, dit Ángela, en disparaissant de sa fenêtre.

— Qu'est-ce qu'il y a ? dit Pablo quand elle reparut.

— Rien, je suis allée bloquer la porte avec une chaise.

Les deux jeunes gens se regardèrent dans l'obscurité, en pensant peut-être que ce jeu-là était plus émouvant que le plante-couteau ou la marelle. Et beaucoup plus dangereux, évidemment.

— Tiens bien de ton côté, dit Pablo en se juchant sur le rebord.

— Pablo… murmura Ángela.

— Quoi ? répondit l'autre en s'asseyant à califourchon sur la poutre qu'il enlaça comme un koala.

— Fais attention.

— N'aie crainte, dit il, et il commença à avancer en se traînant sur la traverse.

Mais Ángela n'avait pas terminé sa phrase :

— Parce que si tu tombes, je te suivrai.

Un peu plus de pression pour le pauvre Pablo.

— Ne dis pas ça et tiens-la très fort.

Quand il fut à mi-chemin, une rafale de vent souffla avec virulence.

— Pablo… murmura de nouveau Ángela, chez qui la nervosité semblait avoir provoqué une incontinence verbale.

— Quoi ? répondit Pablo en levant la tête.

— Je t'aime.

Ce n'était pas le meilleur moment pour l'avouer, bien entendu, mais qui sait si elle aurait l'occasion de le lui redire.

— Moi aussi je t'aime, Ángela, répondit Pablo, suspendu au-dessus du vide. Et il pensa qu'après ça, même la mort n'aurait plus d'importance.

C'est alors qu'un bruit vint rompre le charme, et ils virent apparaître à l'entrée de la ruelle la lanterne du veilleur de nuit. « Merde », murmura Pablo, qui fut pris de vertige en regardant vers le bas. Il s'agrippa avec force à la traverse et retint sa respiration, pendant qu'Ángela éteignait sa lampe, on entendit le veilleur bredouiller des phrases incompréhensibles : ce n'était un secret pour personne que cet ivrogne de don Miguel aimait être bien allumé pour faire sa ronde. À un moment donné, il leva les yeux, l'air incrédule, puis il secoua la tête en se donnant de petits coups sur le sommet du crâne, avant de disparaître en murmurant des incongruités.

— Tu crois qu'il nous a vus ? demanda Pablo quand il fut remis de son vertige.

— Je ne crois pas, répondit Ángela. Non seulement il est myope, mais en plus il est toujours soûl.

Et Pablo termina de traverser le pont improvisé qui reliait deux maisons et deux cœurs. Quand il arriva de l'autre côté, Ángela lui tendit la main pour l'aider à entrer dans sa chambre. Leur étreinte fut de celles qui arrêtent les montres et font brûler la glace. Puis leurs bouches se cherchèrent, et se trouvèrent ; leurs langues s'explorèrent, et se plurent ; leurs yeux se regardèrent, et brillèrent ; leurs mains s'aventurèrent, et se perdirent ; leurs lèvres murmurèrent, et se turent ; leurs gorges frémirent, et haletèrent ; leurs cœurs battirent très fort, et s'emballèrent ; leurs peaux transpirèrent, et pâlirent ; leurs corps luttèrent, et succombèrent ; leurs vêtements glissèrent, et disparurent ; leurs sexes s'humidifièrent, et s'enchâssèrent ; leurs esprits s'affolèrent, et perdirent la notion du temps et de l'espace.

Quand ils revinrent à eux, la lueur de l'aube entrait par la fenêtre et quelqu'un tambourinait à la porte de la chambre.

— Ángela ! Ángela ! Ouvre la porte, Ángela !

C'était la dure voix de don Diego Gómez, capitaine de frégate vaincu et retraité de la très glorieuse marine espagnole.

– 9 –

> Un jour arriva le télégramme qui donnait le feu vert à l'opération. Lors d'une tumultueuse réunion dans le local de la Bourse du travail de la rue du Château-d'Eau, certains membres du comité organisateur proposèrent d'envoyer un délégué en Espagne pour avoir confirmation de la réalité de la préparation et écarter toute provocation policière. Ils ne furent pas entendus et l'expédition se mit en marche. Tentative tellement discrète que certains groupes eurent même droit à des adieux publics gare d'Austerlitz.
>
> JOSÉ LUIS GUTIÉRREZ MOLINA,
> *El Estado frente a la anarquía*

Il faisait nuit noire quand Robinson termina de raconter à Pablo ce qui s'était passé au restaurant de Montmartre. Le végétarien était sorti du bar en grommelant parce qu'il avait taché sa chemise avec le jus de framboise et que la framboise ne se nettoyait pas bien. Ils rentrèrent chez eux à pied et, après avoir fumé la cigarette de rigueur, se souhaitèrent bonne nuit. Robinson s'endormit aussitôt, mais Pablo eut du mal à trouver le sommeil.

Ce matin, ils se sont levés de bonne heure. Ils avaient à faire tous les deux. Dehors, il pleuvait comme il pleut toujours à Paris : imperceptiblement, mais on finit par être trempé. Ils sont montés à pied ensemble jusqu'à Belleville et se sont séparés à la hauteur de la station de métro. Pablo vers la droite pour aller à l'imprimerie, Robinson vers la gauche pour se rendre à la Librairie Internationale de la rue Petit. À La Fraternelle, la matinée s'écoule sans rien de nouveau, jusqu'à ce qu'arrive Robinson, à la dernière heure, incapable de contrôler son excitation.

— Pablo, Pablo ! crie-t-il du dehors en martelant la porte.

— Qu'est-ce qui se passe, tu es devenu fou, ou quoi ? lui demande son ami en le faisant entrer.

— Le télégramme, Pablo, le télégramme.

— Eh bien, quoi, le télégramme ?

— Il est arrivé, nous l'avons reçu ce matin à la fin de la réunion de la commission exécutive.

— Et que dit-il ?

— « Maman gravement malade. Opérée cette semaine. Viens immédiatement. María. »

Pablo laisse échapper un sifflement.

— Bon, qu'allez-vous faire maintenant ?

— Je ne sais pas, on a convoqué une réunion générale à la Bourse du travail. Assemblée plénière pour prendre une décision. C'est pour ça qu'il est important que nous soyons le plus nombreux possible. Il est probable que nous devrons partir dès demain pour la frontière et attendre sur place l'ordre définitif d'entrer en Espagne. Malgré tout, certains membres de la commission ne sont pas tout à fait convaincus, car le message ne correspond pas exactement à ce qui était convenu. En plus, en dehors du télégramme, aucune nouvelle de Jover et de Caparrós, ce qui ne manque pas d'être bizarre. Bon, Pablito, je te laisse, il faut que je prévienne tout le monde. Dis voir, tu me prêtes ta bicyclette ?

— Bien sûr, prends-la.

— Au fait, nous n'avons pas trouvé le papier pour les tracts…

Pablo ne dit rien. Robinson insiste :

— On ne peut pas faire la révolution rien qu'avec des armes, tu le sais. Les mots sont aussi importants que la poudre.

— Je vais voir ce que je peux faire, répond sèchement Pablo. Je n'ai pas encore terminé l'édition de l'hebdo, et il doit sortir demain.

— Si ce qui te préoccupe c'est l'en-tête des feuillets, on le coupe et point final.

— Je viens de te dire que je vais voir ce que je peux faire, Robin.

Pendant un bref instant, les deux amis se regardent dans les yeux, intensément.

— Sûr que tu ne veux pas venir avec nous, Pablito ? demande enfin Robinson.

— La bicyclette est là, obtient-il pour toute réponse.

Un peu après sept heures, Pablo a fini d'imprimer tous les exemplaires d'*Ex-ilio*. Il prend sa blague à tabac et se prépare une cigarette, lentement, tout en pensant à ce que lui a dit Robinson. Il met un peu de tabac dans le creux de sa main, enlève les petits morceaux de bois qui y sont mêlés, et l'effrite consciencieusement avant de le répartir tout au long de la feuille de papier, roule la cigarette du côté gommé et la colle délicatement. Au fond de lui-même, il sait qu'il finira par céder à la demande de son ami, mais si l'expédition part demain matin, il faut qu'il se mette tout de suite à imprimer les tracts. Ce n'est qu'à ce moment-là qu'il se rend compte qu'on ne lui a pas donné le texte à publier. Il fume sa cigarette, ferme l'imprimerie et rentre à la maison à pied, car Robinson ne lui a pas encore rendu sa bicyclette. Ça vaut presque mieux, se dit-il, car bien qu'il ait cessé de pleuvoir, un petit vent s'est levé, étonnamment glacé pour cette époque de l'année. Pablo s'emmitoufle dans son manteau et essaie de se réchauffer en soufflant dans ses mains. Il veut rentrer le plus vite possible et boire quelque chose de chaud, mais quand il arrive place de la République ses pieds décident, sans préavis, de tourner à droite et de prendre la rue du Château-d'Eau. Le bâtiment de la Bourse du travail se dresse majestueusement, couronné par une horloge qui semble encourager les aspirations révolutionnaires : *Fluctuat Nec Mergitur*, peut-on lire sur le cadran (et bien qu'il s'agisse simplement de la devise de la ville de Paris, Pablo ne peut s'empêcher de l'interpréter, en clé allégorique : vous pourrez être battus par les vagues, camarades, mais on ne pourra pas vous faire sombrer). Au moins à l'intérieur il fait bien chaud, surtout dans le vaste sous-sol, où plus de trois cents révolutionnaires sont réunis en ce dimanche après-midi et discutent avec ardeur de la stratégie à adopter pour les prochaines heures.

Pablo reste près de la porte. Le local est lourd de fumée et de tension, à parts égales. Juché sur une table, Ascaso tente d'animer l'assemblée improvisée. Mais tout le monde veut parler à la fois et imposer son point de vue. Certains soupçonnent que le télégramme a été envoyé par la police, et suggèrent de reporter le départ de l'expédition tant que Jover et Caparrós n'auront pas donné signe de vie. Ce n'est pas un soupçon absurde, car avec l'agitation engendrée par la colonie espagnole de Paris, il est plus que probable que la nouvelle de la conspiration est depuis longtemps parvenue aux oreilles de Martínez Anido. Or, on sait que la meilleure façon de faire échouer une conspiration est de la provoquer soi-même, pour l'avoir ainsi sous contrôle. C'est pourquoi certains, comme Gibanel et Pedro Orobón, proposent d'envoyer un délégué en Espagne pour avoir confirmation de l'authenticité du télégramme. Mais le groupe des prudents est en franche minorité, et ils perdent définitivement la partie quand le persuasif Durruti succède à Ascaso sur la table et prononce les mots suivants, au milieu d'un silence plein d'attente :

— Camarades, croyez bien que je comprends l'inquiétude de beaucoup d'entre vous. Comment être absolument certain que la chose est mûre ? Comment nous assurer que les télégrammes, celui que nous venons de recevoir aujourd'hui et celui qui est arrivé jeudi dernier, n'ont pas été envoyés par les suppôts du dictateur ? À mon avis, il n'y a qu'une seule façon de le savoir : aller à la frontière pour voir ce qui se passe de nos propres yeux. Nous ne réglerons rien en restant ici. Ce qui ne fait aucun doute, c'est que les conditions nécessaires pour mener à bien une action révolutionnaire ont été créées et qu'aujourd'hui elles existent. À Barcelone, le dictateur s'en est pris au catalanisme et par là n'a rien fait d'autre que nous procurer des alliés sur lesquels nous ne comptions pas. Il s'est offert le luxe d'envoyer en exil des intellectuels comme Unamuno et Soriano, de semer le mécontentement dans les classes moyennes et de pratiquer le plus éhonté des favoritismes. La guerre du Maroc continue et les soldats ne veulent pas aller mourir en Afrique. Ne voyez-vous pas dans tout cela, camarades, des signes positifs qui appellent à la révolution ? Bien entendu, il y en a aussi de négatifs, mais ne serait-ce pas le choc entre le positif et le négatif qui provoque l'étincelle ? Nous avons le droit et l'obligation d'entrechoquer le négatif et le positif et de produire cette étincelle ! Si quelqu'un me reproche de tomber dans l'aventurisme, je lui réponds qu'il n'y a pas de révolution qui n'ait été déclenchée par des aventuristes... Il se peut que nous nous trompions cette fois et que nous le payions de nos vies, ou que nous nous retrouvions en prison ; il se peut qu'après cette défaite nous en subissions d'autres ; mais ce dont je suis sûr, c'est que chaque fois qu'une telle situation se produit, nous faisons un pas de plus vers le soulèvement général, et que notre action ne sera jamais un acte inutile.

Des applaudissements éclatent spontanément dans la salle. Mais Durruti veut ajouter quelque chose :

— Ne vous trompez pas, camarades : je ne prétends convaincre personne, parce qu'une action de cette nature ne peut être l'œuvre que de ceux qui sont convaincus des principes élémentaires que je viens de rappeler ce soir.

Après l'intervention déterminante de Durruti, décision est prise de partir immédiatement pour la frontière et d'attendre sur place la suite des événements. Demain très tôt, avant huit heures, tous ceux qui sont toujours prêts à entrer en Espagne pour faire la révolution doivent se présenter à la gare d'Austerlitz avec le nécessaire pour partir. Là, on leur donnera un billet de train et, si possible, un peu d'argent. Les armes leur seront remises à la frontière, pour éviter des problèmes pendant le trajet. On procédera alors à la formation des deux groupes, celui qui partira pour Saint-Jean-de-Luz et celui qui ira à Perpignan.

— Que ceux qui veulent aller à Perpignan se placent à gauche ; les autres à droite, ordonne Ascaso en remontant sur la table. Que ceux qui n'ont pas de préférence restent au centre pour le moment. Pensez que la connaissance du terrain est importante, ainsi que les contacts que vous pouvez avoir à l'intérieur. Logiquement, les Catalans devraient aller à Perpignan, les Basques et les Navarrais à Saint-Jean-de-Luz.

Les gens commencent à se répartir, parmi lesquels des membres du groupe des Trente, comme Juan Riesgo, Luis Naveira, Gil Galar ou Bonifacio Manzanedo, qui se placent à droite. Robinson fait partie de ceux qui iront à Saint-Jean-de-Luz, avec Anxo, le végétarien qu'ils appellent « el Maestro ». Dans le groupe de gauche, Pablo peut distinguer Agustín Gibanel et les frères Orobón. Une fois terminée la première répartition, ceux du groupe du centre s'intègrent de façon équilibrée. Voyant que les principaux idéologues du mouvement ne rejoignent aucun des deux groupes, quelqu'un demande :

— Et vous, où allez-vous ?

— Bon, répond Ascaso, certains d'entre nous resteront ici jusqu'à demain après-midi pour s'occuper de l'achat des armes et finir de mettre le plan au point. Nous ne pouvons pas partir avec le gros de l'expédition parce que nous sommes fichés par la police française et que nous pourrions compromettre le succès du soulèvement. Mais nous vous rejoindrons à la frontière dès que possible. De toute façon, nous finirons de constituer les groupes demain à la gare. Sûr qu'il y a des gens qui n'ont pas pu être là ou qui n'étaient pas au courant de l'assemblée. De nouveaux effectifs vous rejoindront pendant le voyage, et à Saint-Jean-de-Luz et Perpignan tout est prêt pour vous accueillir. Camarades, dit-il en prenant une voix de gorge, il n'y a pas de temps à perdre : la révolution est prête à éclater en Espagne et désormais nous ne pouvons pas abandonner nos frères. Faites passer la consigne et venez tous demain à la gare d'Austerlitz. L'avenir de l'Espagne est entre nos mains. Vive la révolution !

— Vive la révolution ! crie en chœur l'assistance, certains avec plus d'enthousiasme que d'autres. La plupart des gens commencent à quitter la salle, quelques-uns en se demandant comment ils vont expliquer à leur femme que demain ils partiront libérer l'Espagne, d'autres avec le feu de la révolution crépitant dans leur estomac.

Pablo attend Robinson près de la porte, en observant avec attention les visages de ceux qui sortent. Beaucoup reflètent l'excitation du moment, plusieurs ont le regard perdu, d'autres ont la marque de la peur gravée sur la figure, d'autres encore simplement la fatigue. Pablo en déduit qu'ils n'iront pas à la gare demain ; sur d'autres visages, en revanche, il croit voir l'expression sincère d'un idéal sur le point de se réaliser. Quand Robinson découvre Pablo près de la porte, il va vers lui, accompagné de Teixidó.

— Merci d'être venu… salue le responsable de la propagande de sa voix râpeuse.

— Il vous en faut combien ? le coupe Pablo.

— L'idéal ce serait dix mille. Cinq mille pour chaque groupe. Mais on se débrouillerait avec la moitié. Je suppose qu'à l'intérieur ils auront réussi à en faire des copies clandestinement.

— C'est bien, j'essaierai d'arriver à dix mille, mais je ne peux pas vous l'assurer. J'apporterai demain à la gare tout ce que j'aurai. Si vous me donnez le texte, j'irai immédiatement à La Fraternelle. Mais attention, arrangez-vous pour supprimer l'en-tête des tracts pendant le trajet, je n'ai pas envie que le vieux Faure me vire de l'imprimerie. J'aurai déjà assez à essayer d'expliquer la disparition de plusieurs milliers de feuilles…

— C'est comme si c'était fait, promet Teixidó d'un ton ferme. Attends un moment, je t'apporte le texte tout de suite. Il se dirige vers la table où était monté Ascaso, et autour de laquelle Durruti, Vivancos, Recasens et compagnie continuent à discuter avec ardeur.

— En tout cas, avertit Pablo en profitant de l'absence de Teixidó, je continue à penser que cette expédition est une folie.

Et plus encore si les principaux dirigeants restent à Paris…

— Qu'est-ce que tu veux insinuer ?

— Je ne veux rien insinuer, Robin. Je dis simplement que si ça tourne mal, ce n'est pas eux qui prendront les coups ; mais si la révolution réussit, ils seront les premiers à s'attribuer les médailles.

— Tu commences à penser comme un maudit bourgeois, Pablito. Tu devrais venir avec nous pour te débarrasser de ta sottise.

Arrive Teixidó.

— Tiens, voilà.

— Ce n'est pas très long, constate Pablo en jetant un coup d'œil au texte.

— Nous préférons que ce soit percutant. Comme dit toujours don Miguel : si ce qui est bon est court…

— C'est deux fois bon, conclut Robinson.

— Et si ce qui est mauvais est long, c'est deux fois plus cher, argue Pablo en citant le vieux Faure. Enfin, on se voit dans quelques heures à la gare.

— Merci beaucoup, dit Teixidó en lui tendant la main. Pour l'Espagne.

— Pour la liberté, préfère Pablo.

Il sort, suivi par Robinson. Kropotkine les attend sous l'escalier, veillant jalousement sur la vieille bicyclette Clément Luxe. Après avoir traversé le soir glacial de Paris, ils sont de nouveau à l'imprimerie.

— Je ne sais pas qui m'exploite le plus, vraiment, de mon patron ou du prolétariat, ironise Pablo en remettant les machines en marche.

— Sûrement autant l'un que l'autre, rit Robinson. Mais l'un le fait pour tirer le pire de toi et l'autre le meilleur.

— Ouais, mais l'un me donne à manger et l'autre m'empêche de dormir.

— Bon, là-dessus tu as raison, admet Robinson. Bien que tu

puisses aussi voir ça autrement : l'un achète ton âme et l'autre t'offre son amitié.

— Tu n'as jamais pensé à te faire poète ? demande Pablo ironiquement, tout en alignant les caractères dans le compositeur. Mais dis-moi un peu, à quoi me sert l'amitié si je n'ai plus d'âme ?

Ils philosophent de la sorte pendant un bon moment, Robinson s'occupant de la vieille Minerva et Pablo faisant turbiner l'Albatros. Un peu après trois heures du matin, ils tiennent leur travail pour terminé. Ils ont fait presque quatre mille copies et ils sont épuisés.

— Et comment est-ce qu'on emporte tout ça ? demande Robinson.

— Dans la poche de ta chemise, si tu veux bien, répond Pablo en descendant à l'entrepôt. Il en remonte aussitôt avec deux sacs, dans lesquels ils mettent les tracts. Ils doivent peser dans les dix kilos chacun.

— Tu viens te reposer un peu à la maison avant de faire la révolution ?

— Sûr, sourit Robinson. À quelle heure est ton train pour Marly ?

— À neuf heures. Je t'aiderai à porter les sacs jusqu'à la gare d'Austerlitz puis j'irai gare du Nord prendre mon train.

Ils attachent les sacs entre eux, les installent sur la bicyclette comme des besaces et rentrent à la maison en la poussant. Durant le trajet, ils ouvrent à peine la bouche. Les événements se sont tellement précipités ces dernières heures que le moment des adieux les a pris au dépourvu. Il ne leur passe même pas par la tête que ces moments sont peut-être les derniers qu'ils partageront : ils sont trop fatigués pour avoir d'aussi funestes pensées. De toute façon, le destin leur réserve encore une surprise.

Une fois arrivés ils montent, en portant les sacs, les sept étages qui mènent à la mansarde. Il est presque quatre heures et ils pourront se reposer deux ou trois heures avant de se lever pour aller gare d'Austerlitz. Cette fois, c'est Robinson qui n'arrive pas à trouver le sommeil. En revanche, Pablo somnole aussitôt. Il rêve. Il rêve de quelqu'un qu'il n'a pas vu depuis longtemps, quelqu'un pour qui il a été à deux doigts de perdre la vie : il rêve d'Ángela, qu'il a longtemps essayé d'oublier. Mais on sait que le désir d'oublier quelqu'un grave encore plus profondément son souvenir dans la mémoire. Ángela porte une chemise de nuit, d'une blancheur qui blesse les yeux, une blancheur qui contraste avec sa peau brune. Elle se trouve sur un chemin solitaire, au milieu d'un terrain plat qui s'étend dans toutes les directions, sans qu'on puisse voir de vie alentour. Soudain, un homme vêtu d'un costume de lin et coiffé d'un panama sort du néant. Il la prend par la taille et la hisse sur ses épaules. Ángela crie, elle lui donne des coups dans le dos avec ses poings fermés, mais l'homme ne se trouble pas et s'éloigne sur le chemin. Ángela lève alors la tête et tend les bras vers quelqu'un : Viens, viens, viens, répète-t-elle, tandis que son visage se transforme successivement en celui de María, la mère de Pablo, puis en celui de Julia, sa sœur chérie, et même en celui de la petite Teresa, sa nièce de dix ans, pour redevenir finalement celui d'Ángela, qui continue à crier : Viens, viens, viens, Pablo, viens, Pablo…

— Pablo, Pablo ! le réveille Robinson. Pablo, ça va ?

— Hein ? oui… Je rêvais. Désolé.

— Ne t'en fais pas, je ne dormais pas. Tu rêvais à haute voix, tu avais l'air de passer un mauvais moment. Je t'ai réveillé quand tu t'es mis à crier et à agiter les bras…

— Merci. Quelle heure est-il ?

— Il est tôt, repose-toi encore un peu. En fait, je pensais aller chercher Naveira, qui habite tout près, pour qu'il m'aide à porter les sacs, comme ça tu pourras dormir un peu plus longtemps.

Pablo ne dit rien, mais il se redresse sur le lit et ouvre le tiroir de la table de nuit. Il y prend un objet iridescent, d'où émane une lumière verdâtre, et l'observe avec attention : c'est son amulette de la chance, un objet de verre transformé en pendeloque qui l'a accompagné partout depuis qu'il lui a sauvé la vie, voilà quelques années. Il le serre dans sa main, se lève et ouvre la seule lucarne de la mansarde. Le jour se lève et l'air froid le frappe à la face.

— Robin.

— Quoi ?

— J'ai fait un rêve.

— Et ?

Mais la question de Robinson est presque rhétorique, car il devine la réponse sur le visage de son ami.

— Je vais en Espagne avec toi.

Il est huit heures du matin ce lundi 3 novembre 1924, quand Pablo et Robinson arrivent à la gare d'Austerlitz, chargés de milliers de tracts et de deux sacs remplis de linge et d'effets personnels. Kropotkine, le fidèle teckel, leur ouvre joyeusement le chemin, devinant que l'excursion sera plus longue que d'habitude. Plusieurs centaines de personnes se sont donné rendez-vous à l'extérieur de la gare, mais toutes ne monteront pas dans les trains à destination de Perpignan et de Saint-Jean-de-Luz : la nouvelle a couru comme une traînée de poudre dans la communauté des Espagnols de Paris, et beaucoup sont venus dire au revoir aux deux cortèges, qui partent presque en même temps. Des femmes en larmes font leurs adieux à leur mari et des enfants aux yeux chassieux embrassent leur père. Il y a aussi de vieux républicains venus pour essayer de convaincre les expéditionnaires qu'ils sont en train de commettre une folie, mais absolument personne ne s'intéresse à eux. Ceux qui sont là veulent encourager et saluer avec tous les honneurs ces hommes prêts à donner leur vie pour la liberté et la patrie bien-aimée, et dont certains, les plus téméraires assurément, ont des armes enveloppées dans du papier journal, ce qui met toute l'expédition en péril. Mais qui pourrait les convaincre de s'en séparer, au point où ils en sont ?

La plupart sont des anarchistes, bien qu'il y ait aussi des communistes, divers syndicalistes et des révolutionnaires sans étiquette. Il est vrai que tous ceux qui étaient la veille à la Bourse du travail ne sont pas là, mais en revanche d'autres qu'on n'attendait pas sont venus : des émigrés qui ont vu dans cette aventure improvisée une bonne occasion de rentrer chez eux, des déserteurs désireux de bénéficier du décret d'amnistie récemment signé, et même des gens peu recommandables qui se sont enrôlés dans l'espoir de recevoir un peu d'argent et de nourriture, ou au moins un billet gratuit pour les terres chaudes du Midi français, maintenant qu'à Paris il commence à faire froid. Mais que peut-on y faire, tout le monde est le bienvenu pour grossir les rangs de la révolution. D'autant plus que les prévisions optimistes parlaient, il y a un mois encore, de plusieurs milliers d'hommes prêts à franchir la frontière.

Il y a aussi à la gare – il n'aurait plus manqué qu'ils n'y soient pas – les principaux organisateurs du mouvement, qui essaient de mettre un peu d'ordre dans cette expédition hétéroclite et de choisir les chefs de file des deux groupes, qui se dirigent vers leurs quais respectifs après avoir dit au revoir à leurs familles et leurs amis. Dans le train pour Saint-Jean-de-Luz montent quatre-vingts ou quatre-vingt-dix révolutionnaires, sans aucune femme parmi eux, mais avec un chien appelé Kropotkine ; dans celui qui va à Perpignan en montent plus d'une centaine, dont Ramona Berri et Pepita Not. Les expéditionnaires, chargés de sacoches, de havresacs et de musettes, se répartissent dans les compartiments des différents wagons, croyant ainsi attirer moins l'attention. Certains même essaient de s'installer en première, mais sont vite délogés par le contrôleur, qui se met à hurler en les voyant cracher et jeter leurs mégots sur le tapis qui couvre le plancher. Agustín Gibanel et Valeriano Orobón sont chargés de distribuer leurs billets à ceux qui vont à Perpignan, tandis que Robinson et Naveira le font pour ceux qui vont à Saint-Jean-de-Luz. Pablo fourre quelques paquets de tracts dans les havresacs de ses deux camarades et donne le second sac à Teixidó, pour qu'il les distribue aux responsables de l'autre convoi. Pedro Massoni, avec sa tête d'usurier, distribue finalement une petite somme aux voyageurs, en veillant à ce qu'aucun d'entre eux ne redescende du train une fois reçu ce butin ridicule.

À huit heures trente-cinq, un long coup de sifflet annonce le départ du train pour Perpignan. L'intrépide Gibanel est le dernier à y monter, en traînant une lourde valise dans laquelle il assure transporter plusieurs jambons, bien qu'il s'agisse en fait de fusils Winchester. Des mouchoirs s'agitent aux fenêtres et l'air s'emplit de baisers fugaces. Dix minutes plus tard, un nouveau coup de sifflet annonce le départ du train pour Saint-Jean-de-Luz. De nouveaux mouchoirs fouettent l'air, traversé de nouveaux baisers désespérés. Quand il démarre, ceux qui sont venus dire au revoir aux libérateurs quittent peu à peu la gare, ne laissant sur le quai que Durruti et Ascaso, qui suivent des yeux le train jusqu'à ce qu'il disparaisse au loin.

— Tu n'as pas l'impression qu'on les envoie tout droit dans la gueule du loup ? demande Ascaso, la voix brisée, sans oser regarder Durruti, qui tarde à répondre.

— Tu sais quoi, Francisco ? dit-il enfin, le regard au loin, là où a disparu le train. Si j'ai appris une chose ces dernières années c'est que dans une lutte on peut gagner sans héros, mais on ne peut pas gagner sans martyrs.

Pablo ne le sait pas, mais il vient de monter dans un train dont le dernier arrêt est l'échafaud.

DEUXIÈME PARTIE

— 10 —

> Aux Espagnols :
> L'Espagne traverse une période au plus haut point critique, le nombre de crimes et d'injustices que ce malheureux peuple subit sous la férule de la canaille en redingote, en uniforme et en soutane est si grand qu'il est sur le point d'exploser comme une chaudière dont on a trop augmenté la pression.
> Si nous sommes véritablement épris de justice et de progrès, si nous n'avons pas perdu ce bien si précieux qui a pour nom dignité, si nous avons, enfin, et c'est le moins que peut avoir un peuple, de l'honneur, nous devons profiter de ces circonstances favorables et partir tous comme un seul homme pour porter le coup de hache vengeur sur les Alphonse, les Anido, les Rivera et sur toute la canaille qui nous a couverts de sang et d'opprobre aux yeux du monde civilisé. Si nous n'agissions pas ainsi, nous mériterions le qualificatif de lâches, de complices de tous les maux qui pèsent sur nous et nous mériterions les plus aigres reproches du monde cultivé, qui nous jugera incapables de sortir du bourbier où nous étouffons.
> Allons sauver l'Espagne, camarades ! Vive la liberté !
>
> *Tract révolutionnaire imprimé à La Fraternelle*

Prendre le train pour un long voyage produit presque toujours un chatouillis à l'estomac. Imaginons ce qu'on peut ressentir si, en plus, on prend le train avec quatre-vingts compagnons prêts à faire la révolution et à libérer un pays tout entier.

Mais Pablo a encore l'esprit ailleurs, un peu engourdi qu'il est par le manque de sommeil et la hâte du voyage. Le convoi est parti à l'heure de la gare d'Austerlitz et les expéditionnaires se sont discrètement répartis dans les différentes voitures, bien que les adieux multitudinaires n'aient pas précisément contribué à les faire passer inaperçus. Du groupe des Trente, seuls cinq sont montés dans le train pour Saint-Jean-de-Luz : Robinson, qui refait son voyage d'il y a une semaine à peine ; Luis Naveira, « le Portugais », avec son accent galicien prononcé, sa voix stridente et son élégant port de praticien ; Juan Riesgo, qui semble vouloir réunir tous les défauts physiques dans sa personne : bossu, bigle et bec-de-lièvre ; Enrique Gilar, à qui il manque un doigt de la main gauche, en bon menuisier qu'il est en dépit de son air romantique ; et Bonifacio Manzanedo, un natif de Burgos à l'air affable et bonasse, spécialiste en explosifs, qui partage avec Pablo (sans que ni l'un ni l'autre le sache) un point funeste de leur biographie : avoir fait partie des cent cinquante hommes arrêtés à Bilbao il y a trois ans après la mort retentissante du gérant des Hauts Fourneaux de Biscaye.

Chacun s'installe dans une voiture distincte et prend sous sa responsabilité un groupe de quinze hommes environ, répartis dans les différents compartiments. Pablo qui fait partie du groupe dirigé par Robinson s'est érigé presque malgré lui en quelque chose comme son lieutenant (si cette dénomination peut avoir un sens dans le jargon anarchiste). Mais pendant que son corps roule vers le sud, son esprit voyage en sens inverse : affalé sur son siège, il ne peut s'empêcher de penser à M. et Mme Beaumont, qu'il n'a pas prévenus de sa décision soudaine de rentrer en Espagne et de renoncer à son travail d'entretien de leur propriété. Dès qu'il sera à Saint-Jean-de-Luz, il leur enverra un télégramme. En passant il avertira aussi le vieux Faure, qui écumera probablement de rage. Par bonheur, Pablo n'a pas repéré Julianín parmi les expéditionnaires, et il a bon espoir que le jeune apprenti prendra les rênes de l'affaire. Avec ces pensées pragmatiques, qu'on dirait impropres à un révolutionnaire, le désormais ex-compositeur de

La Fraternelle s'endort bientôt, repos dont nous allons profiter pour rendre compte des événements qui se déroulent à Paris pendant que le groupe de révolutionnaires laisse derrière lui Orléans, Tours et Poitiers.

Plus ou moins à l'heure où le contrôleur du train pour Saint-Jean-de-Luz pressait les derniers voyageurs de monter en voiture, sont sortis des éditions Flammarion, au 26 de la rue Racine, des cartons et des cartons du libelle très attendu de Blasco Ibáñez, dont le titre choisi pour l'édition française a finalement été *Alphonse XIII démasqué : la terreur militariste en Espagne*. Le tirage est époustouflant, car l'écrivain valencien a cédé à l'éditeur ses droits d'auteur pour qu'ils soient affectés à la publicité et à la diffusion, ce qu'ont respecté les frères Max et Alex Fisher, responsables éditoriaux de la maison Flammarion, qui ont fait une première édition de cent cinquante mille exemplaires dont ils vont rapidement inonder tout Paris. Pour l'édition espagnole, intitulée *Una nación secuestrada* et confiée à l'éditeur Juan Durá, valencien lui aussi et en exil à Paris, est prévu un tirage hallucinant d'un million d'exemplaires, que Blasco Ibáñez pense introduire clandestinement en Espagne. « Avec des avionnettes s'il le faut », aurait-il dit. Le petit livre ne compte pas plus de soixante pages et Blasco s'y montre profondément antimonarchiste, plus encore qu'antidictatorial, et réclame à grands cris un remède contre la tyrannie qui gouverne l'Espagne. Le pamphlet doit être traduit dans la plupart des langues européennes, et même en hébreu, en arabe et en japonais. Le geste de l'écrivain valencien finira par être comparé au célèbre *J'accuse* de Zola.

Mais si nous faisons écho à cet événement, ce n'est pas pour passer un moment à évoquer des anecdotes littéraires en attendant que Pablo se réveille et arrive à Saint-Jean-de-Luz avec ses compagnons, mais parce que l'agitation qui s'organise à Paris à la suite de la parution de la brochure de Blasco Ibáñez va tout particulièrement affecter le développement de cette histoire. Rappelons qu'aujourd'hui à midi Durruti, Massoni et Vivancos devaient retrouver de nouveau au restaurant de Pepe, à Montmartre, l'écrivain valencien pour qu'il leur remette l'argent avec lequel acheter les armes destinées à l'incursion. Mais nous pouvons déjà avancer que Blasco ne sera pas au rendez-vous. Parce qu'il l'a oublié, parce qu'il est trop occupé à jouir du succès de son pamphlet, ou parce qu'il n'a pas réussi à réunir l'argent promis, qui sait : le fait est que lorsque les jeunes anarchistes entreront dans le restaurant près de la place du Tertre, le morse leur dira que M. Blasco Ibáñez ne s'est pas montré de la matinée. Le soir, ils iront le chercher à son hôtel, mais ils n'y trouveront que son secrétaire, Carlos Esplá, qui leur expliquera qu'à la suite de la parution du pamphlet l'écrivain a reçu des menaces (et même une provocation en duel) et qu'il a préféré se retirer dans sa maison de Menton. Adieu donc aux armes et nouvelle contrariété pour le Comité de relations anarchistes. Mais désormais plus de marche arrière possible.

Quand Pablo se réveille, dans le train, la première chose qu'il voit est une main furtive qui sort de son sac.

— Eh, toi, qu'est-ce que tu fais ? demande-t-il violemment au propriétaire de la main, un type chauve et édenté assis en face de lui. Robinson a disparu et le compartiment est noyé dans la fumée des cigarettes.

— Du calme, camarade, ne te mets pas dans cet état, nous sommes dans le même bateau. Perico Alarco, à ton service, se présente l'homme en tendant la main avec un sourire comme un piano déglingué. Lui, c'est Manolito Monzón. Dis bonjour, Manolito, dit-il en lui donnant un coup de coude dans les côtes. Il est sourd-muet.

— Ça me semble parfait, répond Pablo, mais qu'est-ce que vous aviez à fouiller dans mon sac ?

— Mais non, vieux, on ne fouillait pas, on voulait simplement voir ces tracts que tu transportes, à ce qu'on dit. Puisque nous allons en Espagne pour les distribuer, nous voulons au moins savoir ce qu'ils racontent.

Pablo, l'air vraiment pas aimable, plonge la main dans son sac et en tire deux tracts.

— Tenez. Quand vous les aurez lus, passez-les à d'autres camarades. Mais discrètement, hein ?

— Bon, c'est que, enfin, dit le dénommé Perico en faisant des yeux d'agneau qu'on égorge, Manolito sait lire, mais il ne sait pas parler. Moi en revanche faire marcher ma langue, je sais depuis mon berceau, mais question lire, bon, c'est comme si je ne savais pas… Ça te dérangerait de me le lire, vieux ?

Juste à ce moment arrive Robinson, avec Kropotkine qui mord le bas des pantalons, et il s'assied à côté de Pablo.

— Il semble qu'il y ait eu des problèmes dans le premier wagon, explique le végétarien, un peu inquiet. Des types se sont mis à jouer au *mus* et une dame s'est plainte du bruit. Ils ne se rendent pas compte que tout peut foirer à cause de ce genre de bêtises. Bon, croisons les doigts pour que la police ne se montre pas pendant le voyage…

Les quatre types qui jouent au *mus* sont de Villalpando, dans la province de Zamora, déjà à Paris ils étaient inséparables, si bien qu'on les connaissait sous le nom de « clan de Villalpando ».

— Robin – Pablo se lève, profitant de l'occasion –, ça t'ennuierait de lire le tract au camarade, là, pendant que je vais changer l'eau de mes olives ?

— Non, bien sûr.

Il se lève et en donne un exemplaire à Manolito Monzón, le sourd-muet, et un autre à Robinson. En passant près de lui il lui murmure à l'oreille :

— Surveille bien les sacs, je n'ai absolument pas confiance en ces deux types.

— Perico Alarco, pour te servir, se présente l'édenté, en se levant et en parfumant la barbe de Robinson d'un souffle qui sent le lard rance. Le pauvre végétarien se met à lui lire le tract à toute vitesse pour se débarrasser de lui au plus vite.

— Voilà ce que ça dit : « L'Espagne traverse une période au

plus haut point critique, le nombre de crimes et d'injustices que subit ce malheureux peuple sous la férule de la canaille en redingote, en uniforme et en soutane est si grand qu'il est sur le point d'exploser comme une chaudière dont on a trop augmenté la pression… »

— Olé ! approuve Perico, et il laisse son attention s'envoler par la fenêtre, jusqu'au moment où Robinson prononce le « Vive la liberté ! » final. Vive la liberté ! répond l'édenté avec véhémence, et son vivat est repris par deux anarchistes qui passent à ce moment-là dans le couloir. Merci beaucoup, vieux. Au fait, tu n'aurais pas un peu de vin, qu'on se rince le gosier, moi et Manolito ?

— Ben non, je suis abstème.

— Hou là, vraiment désolé. Bon, ça ne fait rien, soigne-toi bien ! Et après avoir gratifié son camarade d'un nouveau coup de coude, ils se lèvent tous les deux et se retirent, ce qui coïncide avec le retour de Pablo.

— Quel duo, murmure Robinson.

— Tu peux le dire. Et ça, c'est aussi la faute de la dictature ?

— Non, c'est la faute aux gouvernements et à l'Église. Si ces deux-là étaient allés à l'école de Ferrer, ils n'en seraient pas là, et tu le sais mieux que personne. Mais c'est pour eux aussi qu'il faut faire la révolution.

— Pour eux et avec eux.

— Eh bien oui, que peut-on y faire. Dis voir, tu veux qu'on supprime les en-têtes des tracts ? suggère Robinson en voyant que les feuillets portent encore l'emblème de La Fraternelle (deux mains qui se serrent) et l'inscription « Imp. La Fraternelle, 55 rue Pixérécourt ».

— Maintenant ça n'a plus d'importance. « Le Fauve » peut bien se mettre son imprimerie où il veut. Si la révolution réussit, je resterai en Espagne. Si on échoue, on n'aura pas de mal à se loger en prison ou au cimetière…

Robinson a un sourire amer. Peu après, le convoi s'arrête et on oblige tous les voyageurs à descendre, bagages compris. Craignant le pire, certains révolutionnaires se regardent, l'air préoccupé. Ceux qui ont des armes hésitent entre les cacher et s'en débarrasser. Mais une fois sur le quai ils découvrent avec soulagement qu'il ne s'agit que d'un changement de train. La plupart en profitent pour manger ce qu'ils ont apporté de Paris : une miche de pain, un morceau de fromage ou de lard, deux œufs durs ou un fruit. Les responsables se réunissent à l'écart pour discuter. Apparemment, deux des expéditionnaires de la voiture de queue sont descendus à Tours et ne sont pas remontés. À Poitiers, deux autres ont dit qu'ils avaient mal au cœur, qu'ils passeraient la nuit sur place et qu'ils finiraient le trajet le lendemain ; mais personne ne miserait un centime sur leur réapparition. Cinq autres disparaîtront en gare de Bordeaux.

Il fait nuit noire quand ils arrivent à Saint-Jean-de-Luz et dix autres désertions ont eu lieu. Saint-Jean est un village de pêcheurs situé tout près de la frontière, et son nom basque, Donibane Lohizune, fait référence à la légende d'après laquelle la localité a été construite sur un marais. La commune ne compte pas sept mille habitants, elle est séparée de Ciboure (Ziburu, en basque) par la cicatrice de la Nivelle, qui se jette dans la baie de Saint-Jean-de-Luz, avant-poste du golfe de Biscaye et de la turbulente mer Cantabrique. Sur le quai de la gare les attend un petit groupe de douze à quinze anarchistes, pour leur souhaiter discrètement la bienvenue, et ce geste semble faire du bien au moral des expéditionnaires. Parmi eux, impossible à confondre, le géant de General Rodríguez, béret propre à ces latitudes enfoncé jusqu'aux oreilles.

— Leandro ! s'écrient en même temps Robinson et Pablo, et ils se fondent dans une triple étreinte, tandis que Kropotkine tourne comme un fou autour du trio et que l'Argentin regarde Pablo comme pour dire Ah je savais bien que tu finirais par venir.

— *Che*, j'ai cru que vous n'arriveriez jamais… Ces trains français mettent plus de temps à faire le trajet qu'un gaucho à descendre de cheval.

Le cortège qui sort de la gare est franchement extravagant, on dirait une armée de fantômes qui traverse la nuit. Celui qui semble mener le comité d'accueil est un homme de plus de quarante ans, à la moustache et aux cheveux gris, yeux clairs et regard intelligent, qui répond au nom de Julián Santillán. À ce qu'on dit, il a été garde civil, corps dont il a été exclu pour son caractère séditieux, et à l'avènement de la dictature il a dû s'exiler en France. C'est lui qui conduit le groupe vers la place Louis XIV, en bavardant avec les dirigeants de l'expédition, excepté Robinson, qui ferme la marche avec Pablo et Leandro.

— Nous pensions que vous seriez plus nombreux, dit l'ex-garde civil. Il était question de milliers de révolutionnaires.

— Bon, répond Naveira, n'oublie pas qu'une moitié est partie pour Perpignan, et que d'autres camarades arriveront par les prochains trains. L'idée est de se réunir à la frontière en attendant que du côté espagnol on nous envoie le signal de la traverser. Et vous, vous êtes combien ?

— Pas beaucoup, à vrai dire. Il y en a de Bayonne, de Biarritz, d'autres encore de Bordeaux, plus nous, ceux de Saint-Jean, qui sommes venus vous accueillir. En tout, une trentaine, selon mes calculs.

— C'est mieux que rien, marmonne Juan Riesgo, sans pouvoir cacher sa déception.

— Avez-vous pensé à un endroit où nous puissions rester en attendant de passer la frontière ? veut savoir Bonifacio Manzanedo.

— Les camarades d'ici peuvent recevoir trois ou quatre personnes par foyer. Les autres devront se débrouiller ou se loger dans des pensions. Il y en a plusieurs sur la place, bon marché et décentes…

Un peu à la traîne, Pablo, Leandro et Robinson échangent des nouvelles, pendant que Kropotkine laisse son cachet dans toute la ville.

— Alors comme ça le vieux Dubois m'a remplacé par un

Japonais… Eh bien tant pis pour lui ! marmonne Leandro, avant de cracher par terre et d'écraser rageusement son crachat du pied.

— Tu sais, il paraît que la clientèle a beaucoup augmenté depuis, plaisante Robinson, et Pablo en rajoute :

— On dit aussi qu'on peut enfin voir à travers les verres…

Le géant argentin les attrape par le cou :

— Attention, ou ce soir vous coucherez dehors…

Kropotkine aboie en essayant de mordre les jambes de Leandro, qui ne s'en aperçoit même pas. Quelqu'un leur demande de parler moins fort et de faire taire ce maudit clébard. Finalement ils arrivent à la place et l'ex-garde civil entre dans un restaurant. Il réapparaît presque aussitôt pour leur dire d'entrer, en se serrant un peu ils tiendront tous. Effectivement, la salle est immense et évoque un peu à Pablo le bistrot de Marly-lez-Valenciennes, où Mme De Bruyn fait des *hochepots** à s'en lécher les babines. Le patron, un Biscaïen de Guernica avec un faux air de Charlot, commence à servir verres de vin et chopes de bière, tandis qu'à la cuisine se met en branle tout un va-et-vient de casseroles et de poêles pour nourrir la foule affamée qui vient de prendre l'endroit d'assaut. Les révolutionnaires se répartissent autour des tables, et esprits et estomacs commencent à s'échauffer. Un petit groupe de végétariens, avec à leur tête « el Maestro » prend place à part près de la porte d'entrée et devient vite la cible des moqueries de certains, qui regardent en n'en croyant pas leurs yeux les légumes et les jus de fruits qu'ils ont commandés pendant qu'eux-mêmes plantent leurs crocs dans une tête d'agneau rôti. À la table du fond, les principaux chefs de l'expédition venus de Paris discutent avec les camarades de Saint-Jean-de-Luz.

— Donc quand pensez-vous que tout sera prêt ? demande Julián Santillán, l'ex-garde civil. On ne peut pas rester longtemps ici sans éveiller les soupçons…

— Il faut attendre le signal, avertit, prudent, Juan Riesgo. Nous prendrons contact demain avec les camarades du comité de Paris pour qu'ils nous disent comment ça se passe là-bas et comment ça s'est passé pour ceux de Perpignan. Tout ce qu'on peut faire c'est attendre et rester calmes.

— Dis donc, Santillán, interrompt Robinson, comment se fait-il que Max ne soit pas avec vous ?

— Quel Max ?

— Max Hernández, celui qu'on appelle « el Señorito », et qui est chargé du recrutement dans le coin.

— Ah, oui. Eh bien le fait est que personne ne l'a vu depuis plusieurs jours, la dernière fois c'était quand il est venu avec deux officiers de l'armée, qui ont affirmé que les garnisons de Bilbao, Saragosse, Lérida et Barcelone étaient prêtes à se soulever. Il paraît qu'il est allé à Paris pour rencontrer Rodrigo Soriano et Unamuno.

— Pourquoi diable voulait-il rencontrer ces deux je-m'en-foutistes ? intervient Gil Galar, en écartant de la main ses cheveux de poète romantique qui lui tombent sur les yeux.

— Ça mon vieux, je ne sais pas, raisonne Santillán, comme ce sont les deux principaux dirigeants du mouvement…

— Putain, mais qui donc t'a dit ça ? s'emporte Gil Galar, en se levant de table, les yeux – seule partie vivante de son visage cadavérique – injectés de sang.

— Dis donc, mon garçon, lui répond tout tranquillement l'ex-garde civil, sois gentil de te rasseoir et de te calmer. J'ai entendu Max dire que le mouvement était organisé de Paris par MM. Soriano, Unamuno, Ortega et Blasco Ibáñez.

— Eh bien ça devait être pour tromper l'ennemi, intervient Naveira, conciliant, si ça se trouve il soupçonnait qu'il y avait des indics parmi ceux qui écoutaient. Ou bien il a cru que leurs noms rassembleraient plus d'adeptes pour la cause, parce que en fin de compte, c'était sa mission, non ?

— Oui, admet Robinson, mais la fin ne justifie pas toujours les moyens, Luis. On ne peut pas envoyer des gens faire la révolution en les trompant. Nous en avons déjà suffisamment avec les mensonges de la police pour nous mentir entre nous par-dessus le marché.

Tel est le tour de la conversation, jusqu'à ce que le Charlot de Guernica les mette tous dehors. Au centre de la place, déserte à cette heure-là, il y a un kiosque, une vieille gloriette hexagonale ouverte sur les six côtés, où l'orchestre de la ville joue le dimanche, et c'est là que se rendent les révolutionnaires pour finir de s'organiser. Plus de la moitié trouvent un hébergement chez les camarades qui habitent Saint-Jean-de-Luz. Les autres se dirigent vers les auberges situées près de la place pour y dépenser les quelques francs que Massoni leur a distribués avant qu'ils montent dans le train. Avant de se séparer, ils décident de se réunir le lendemain à l'heure du déjeuner, là même, sur la place Louis XIV, que rejoindront aussi les camarades des villages voisins prêts à libérer l'Espagne.

Pablo et Robinson ont trouvé un logement gratuit chez Leandro, qui les a assurés que chez lui ils seront chez eux et pourront dormir comme de petits anges. Mais le sourire énigmatique de l'Argentin n'a pas réussi à convaincre tout à fait les deux amis.

— On peut savoir où tu nous emmènes ? demande Pablo, voyant qu'ils sortent de la ville.

— *Pas de souci, mon ami**, le rassure Leandro avec son sourire chevalin, nous y sommes presque.

Effectivement, deux minutes plus tard, Leandro s'arrête devant la porte du cimetière où, faisant une révérence, il les invite à entrer :

— *S'il vous plaît**, dit-il, tout fier de lui.

IX
(1908)

— Ángela, ouvre, ouvre la porte, au nom du ciel !

La voix de don Diego Gómez résonna, métallique et menaçante, tandis que la chaise qui barrait la porte semblait sur le point de céder sous ses assauts. Pablo et Ángela se regardèrent, terrorisés, et se rhabillèrent en toute hâte.

— Allons-nous-en ! cria la jeune fille.

Mais c'était trop tard. La chaise vola à travers la chambre et la porte s'ouvrit avec fracas, comme la bouche d'un dinosaure en fureur, encadrant la personne décomposée du capitaine de frégate, encore en bras de chemise. En les voyant enlacés, il s'immobilisa, changé en statue de sel, à peine un léger tremblement sur son visage décoloré. Derrière lui apparut Rodrigo Martín, le cousin d'Ángela, en tenue de ville.

— Vous le voyez, mon oncle, ce rat d'égout est capable de tout ! dit-il en regardant Pablo avec un mélange explosif de haine, de jalousie et de mépris. Il s'était laissé pousser les cheveux et une fine moustache soulignait son nez.

— Silence, ordonna don Diego sans remuer les lèvres, comme un parfait ventriloque, fais ce que tu dois faire.

Rodrigo entra dans la chambre, et ôta son gant de chevreau qu'il jeta aux pieds de Pablo dans un geste que tous comprirent.

— Non ! cria Ángela, en ouvrant des yeux démesurés.

— Ne t'inquiète pas, tenta de la rassurer Pablo avec un aplomb tragique. Si c'est le prix à payer pour notre liberté, nous le paierons avec plaisir.

Et il s'apprêta à relever le gant jeté par Rodrigo.

— Non ! cria de nouveau Ángela, en posant son pied nu dessus.

— Il n'a pas le choix, ma fille, dit don Diego Gómez, sans abandonner son attitude hiératique. Ou il relève le défi ou il sort de cette chambre les pieds devant.

— Je te hais ! Ángela se jeta sur son père et lui frappa la poitrine avec ses poings.

Le capitaine de frégate ne cilla même pas. Tout au plus sa pâleur et son aspect émacié s'accentuèrent-ils. Quand il fut fatigué de recevoir des coups, il saisit sa fille par la taille, la hissa sur son épaule et sortit de la chambre avec elle.

— Non, Pablo, noooon ! cria Ángela, sans cesser de frapper furieusement le dos de son père.

Mais comme il l'avait dit, Pablo n'avait pas d'autre choix.

— Nous considérons que cette offense est gravissime, dit Rodrigo Martín, plein de défi. Et nous choisissons le pistolet comme arme du duel. Demain, dès l'aube, je t'attendrai à la fontaine au Loup.

— Entendu, répondit Pablo.

Puis il se baissa pour relever le gant.

Les duels étaient interdits dans cette Espagne du début du siècle, mais généralement les autorités fermaient les yeux, démontrant par là le respect atavique que leur inspiraient certaines traditions. Le Code pénal pouvait bien proscrire la provocation, des douzaines de duels avaient lieu chaque année sur tout le territoire. Le président du gouvernement pouvait bien le qualifier d'« institution obsolète des affaires d'honneur », les messieurs les plus susceptibles continuaient à dégainer leur pistolet pour laver le leur. Les esprits éclairés pouvaient bien réclamer de plus fortes peines pour les témoins, ces derniers continuaient à être impunis et à s'en laver les mains. Il y eut même quelqu'un pour proposer d'interdire aux journaux de rendre compte des duels, au prétexte que la plupart des duellistes se battent *pour la galerie** et que si la presse ne se faisait pas l'écho de leurs exploits, beaucoup renonceraient à sortir leur honneur de leur chapeau. Bien entendu, il s'agissait la plupart du temps de simulacres épiques qui se terminaient par des coups tirés en l'air et des repas de réconciliation ; mais parfois, de façon exceptionnelle, la balle atteignait sa cible et l'opinion publique se prenait alors la tête entre les mains. C'était le cas avec les affaires récentes du jeune marquis de Pickman ou du journaliste Juan Pedro Barcelona, qui payèrent de leur vie un accès d'honneur effréné, le premier de la main du capitaine Paredes et le second à cause d'une balle tirée trop tôt par le directeur de l'hebdomadaire catholique *L'Évangile*, don Benigno Varela, qui en l'occurrence ne fit guère honneur à son prénom. La réponse à une si absurde effusion de sang fut la création de la Ligue nationale antiduelliste, constituée de personnes au prestige reconnu déterminées à en finir avec les affaires d'honneur d'un autre temps : parmi elles, de façon significative, de nombreux politiques, militaires, nobles et journalistes, qui étaient précisément les catégories les plus enclines à régler leurs différends à vingt-cinq pas de distance.

Toutefois, en sortant de chez les Gómez, ce ne sont pas ces duels qui vinrent à l'esprit de Pablo, mais un autre qui avait eu lieu presque un siècle plus tôt, et dont l'un des protagonistes était un jeune mathématicien français. « Je t'ai déjà raconté l'histoire d'Évariste Galois ? » crut-il entendre son père.

Mais don Julián était mort et maintenant c'était lui qui était sur le point de risquer sa vie. À dix-huit ans, il n'avait jamais tenu un maudit pistolet, car il n'avait pas encore été appelé pour son service militaire. Les anarchistes de Salamanque ne lui avaient pas appris non plus à se servir d'une arme, sans doute parce qu'ils n'en avaient pas. En fait, la fois où il avait été le plus près d'un Browning semi-automatique, c'était à Madrid, la veille du mariage royal, il y avait maintenant presque deux ans, quand Vicente Holgado, flairant le danger, avait porté la main à ses reins. Sa vie dépendait maintenant de son adresse au pistolet ! Quelle absurdité, pensa Pablo, quelle terrible absurdité. Mais il ne voyait pas d'autre moyen de se tirer de ce pétrin. Allait-il laisser tomber

Ángela ? Allait-il permettre à don Diego d'arriver à ses fins ? Allait-il sacrifier son amour pour sauver sa peau ? Non, en aucun cas. Et moins encore depuis cette fameuse nuit, moins encore depuis la *nox mirabilis*. Après tout, il était allé à Béjar prêt à affronter la marine espagnole tout entière et le destin le plaçait face à un seul adversaire, il n'était donc pas question de se laisser intimider. Bien évidemment, il aurait préféré ne pas en arriver à de telles extrémités, mais que pouvait-il faire d'autre ? Cette famille de militaires était régie par un code d'honneur qui ne laissait d'autre choix que de jeter le gant. Il n'y avait aucune autre possibilité pour eux : il s'était introduit chez eux et il avait déshonoré leur fille. Il ne restait plus qu'à espérer que tout se résoudrait par un tir en l'air ; ou, dans le pire des cas, que le sang répandu ne serait pas le sien.

C'est avec ces funestes pensées que Pablo sortit de la ville et prit le chemin de Candelario. Il avait besoin de s'éclaircir les idées et de se dégourdir les muscles. La route serpentait, en montant, et le soleil peinait à se frayer un passage entre les monts et les nuages bas. La rosée perlait sur les bords de la chaussée. Dans les bois, les merles chauffaient leur voix. Une carriole passa près de lui et s'arrêta :

— Vous allez à Candelario, jeune homme ? demanda l'aimable villageois.

Pablo entendit les mots, mais ne comprit pas la question : son esprit errait bien loin de là.

— Que dites-vous ?

— Je vous demande si vous voulez que je vous emmène à Candelario.

Pablo fit non de la tête et quitta la route : il n'avait envie de parler à personne. Il s'enfonça dans le bois, abîmé dans ses pensées. Il franchit des ruisseaux en pensant à Ángela, gravit des pentes en pensant à son père, longea des ravins en pensant à Ángela, se fraya un chemin en pensant à sa mère, évita un arbre tombé en pensant à Ángela, se reposa un moment en pensant à sa sœur, trébucha en pensant à Rodrigo, se redressa en pensant à Ángela, glissa en pensant à don Diego Gómez, se releva en pensant à Ángela, s'embourba en pensant à Évariste Galois, se perdit en pensant à Ángela. Quand il voulut revenir à Béjar, il était complètement égaré. Il n'avait aucune idée du temps qui s'était écoulé, mais le jour déclinait déjà. Il se dirigea vers le nord en se guidant d'après la mousse sur les arbres, comme le lui avait appris son père, mais ne put empêcher la nuit de le surprendre. Il réfléchit à la possibilité de faire un feu et de dormir à la belle étoile, mais il se contenta de s'asseoir sur une pierre et de rouler une cigarette dans le noir. Il frotta son allumette, et vit une lueur au loin. Il se leva et se mit en marche vers le point lumineux, qui grossissait à mesure qu'il avançait. Finalement, il distingua une petite construction en pierre, peut-être une cabane de bûcherons. De la fumée sortait de la cheminée et il y avait de la lumière à l'intérieur. Il se dirigea vers la porte d'entrée, mais alors qu'il s'apprêtait à frapper, il entendit une voix qui disait :

— Entrez, jeune homme, entrez, la porte est ouverte.

Surpris, Pablo se retourna, sans voir personne. À coup sûr, la voix venait de l'intérieur de la cabane. Il poussa timidement la porte et se trouva face à une petite vieille toute voûtée qui surveillait une marmite en train de bouillir dans l'âtre : il se rendit alors compte qu'il n'avait rien mangé de la journée. La femme avait un aspect des plus extravagants et sur son visage rides et verrues rivalisaient sans qu'on sache lesquelles l'emporteraient.

— Asseyez-vous, je vous en prie, dit la vieille en traînant les mots. J'allais justement dîner.

— Je ne voudrais pas vous déranger, s'excusa Pablo. Je me suis perdu dans le bois et cela fait des heures que je n'ai rien mangé.

— Je sais. C'est pour ça que je t'ai invité à t'asseoir, lui dit la vieille, comme si le fait qu'il ait pénétré dans sa demeure l'autorisait à le tutoyer.

— Merci beaucoup, se contenta de murmurer Pablo en s'asseyant sur une souche faisant office de chaise.

La cabane était éclairée par des bougies qui en peuplaient tous les coins et recoins comme de tremblantes lucioles. Les murs, couverts d'étagères, offraient un spectacle multicolore de flacons, de pots et de bouteilles remplis de sels, d'onguents, de breuvages ou d'herbes médicinales portant des noms fantastiques comme « tragacanthe », « dompte-venin » ou « scolopendre ». De loin en loin, un objet insoupçonné interrompait la série : un hibou naturalisé, un fer à cheval, une dent de sanglier, une poupée de cire, un astrolabe, un livre d'anatomie et même un prétendu buste de Pline à qui il manquait l'oreille gauche. Dans un angle, sous une couchette, plusieurs yeux félins observaient le nouveau venu.

— Tu n'es pas d'ici, pas vrai ? demanda la vieille après avoir retiré la marmite du feu.

Pablo fit non de la tête et ses entrailles hennirent, réclamant leur collation.

— Pourtant, quelque chose d'important t'a amené à Béjar, n'est-ce pas ?

Pablo fit oui, tout en regardant son assiette se remplir d'un épais bouillon brunâtre parsemé de pois chiches.

— Et je parie que ce quelque chose a un nom de femme.

— Comment le savez-vous ? demanda Pablo en portant sa cuiller à sa bouche.

— Pas besoin d'être une sibylle pour s'en rendre compte, jeune homme, il suffit de voir ta figure. Mais malgré tout, on m'appelle Anita, « la pythonisse ».

— Pourquoi ?

— Parce que je peux voir l'avenir.

La cuiller s'arrêta à mi-chemin entre l'assiette et la bouche de Pablo.

— Proche ou lointain ? demanda-t-il.

— Celui que tu voudras. Un jour, un an, toute la vie s'il le faut. Il suffit que tu me montres la paume de ta main.

Pablo lâcha sa cuiller et regarda ses mains.

— Mais je sais aussi faire d'autres choses, dit la vieille, en souriant sous sa moustache.

— Quel genre de choses ? voulut savoir Pablo, qui avait repris sa cuiller.

— Soigner les maux du corps, par exemple.

— Comment faites-vous ?

— Ça dépend. Du mal en question. Pour calmer les spasmes, je presse sur le poignet avec une lanière de feuille de palme. Pour faire baisser la fièvre, je mets sur le front un pigeonneau ouvert en deux. Pour arrêter les hémorragies, je fais en sorte que les gouttes de sang tombent sur l'intersection d'une croix faite avec deux pailles.

— Et ça marche ?

— Bien sûr.

Ils finirent de dîner en silence. Le bouillon avait très mauvais goût, mais il calmait l'estomac. De l'extérieur parvint un bruit pénible, comme une plainte ou un gémissement.

— C'est la girouette, dit la femme, elle se bat avec le vent.

Pablo lécha sa dernière cuillerée et il aperçut dans le bol en laiton son propre visage, inversé et déformé par la concavité. Il en éprouva un léger malaise, une ivresse étrange qui lui engourdit l'esprit, comme si la vieille guérisseuse avait jeté une substance narcotique dans la marmite. En observant de nouveau son reflet il crut voir une tête de mort inversée. Le bol lui échappa des mains, rebondit sur la table et finit par tomber sur le sol en terre battue de la cabane.

— Ça va ? demanda la pythonisse.

— J'ai un peu la tête qui tourne, rien de plus, répondit Pablo sans oser ramasser le bol. Pourriez-vous me lire l'avenir ?

La vieille le scruta en plissant les yeux, des yeux aussi petits que des pointes d'aiguille.

— Tu veux vraiment ?

— Oui.

— Avec toutes ses conséquences ?

— Oui.

— Pense que parfois les nouvelles sont mauvaises.

— Je sais.

— Donne-moi ta main gauche, dit la femme après avoir mis dans l'évier la marmite et les bols.

Comme si c'était un signal, les chats sortirent de sous la couchette et s'approchèrent de la table. Sur le toit, la girouette continuait à se battre contre le vent.

— Tout le monde veut devenir vieux, soupira la pythonisse en regardant les chats, mais personne ne veut l'être. Enfin, voyons ce que nous avons ici.

Elle prit la main de Pablo et commença à la manipuler comme si elle voulait s'assurer qu'elle était bien de chair et d'os.

— Tu as des mains de pianiste, dit-elle après son inspection. Tes doigts se plient facilement en arrière : signe de loyauté et de droiture.

Puis, contre toute logique, elle ferma les yeux, glissa le bout de ses doigts sur la main qui s'offrait à elle comme un livre ouvert, et entreprit d'interpréter, selon les règles les plus secrètes de la chiromancie, la carte de vie toute ridée de ce jeune amoureux. Sillons, plaines et monts constituaient une topographie que Pablo observait attentivement, étonné de la multitude de lignes qui s'entrecroisaient comme si c'étaient des rivières, des chemins et des voies ferrées. En observant bien, il constata que les quatre principales dessinaient un M, comme le M de Martín.

— Ces quatre lignes en forme de M, dit la pythonisse comme si elle lisait dans sa pensée, sont les lignes mères : la ligne de cœur, la ligne de fortune, la ligne de vie et la ligne de tête. Voyons d'abord la ligne de cœur, qui est celle qui t'intéresse le plus, j'en suis sûre.

Pablo écoutait attentivement, en se mordant la lèvre inférieure.

— La ligne de cœur est profonde et marquée. Cela signifie qu'il y a un grand amour dans ta vie. Mais sois prudent, car c'est un amour qui te fera souffrir, comme tous les grands amours : la ligne est aussi sinueuse et tordue.

Pas terrible, la première.

— Voyons maintenant la ligne de fortune… Ah, fine, mais continue. Cela veut dire que tu n'auras pas beaucoup d'argent, mais suffisamment toutefois pour mener une vie honnête.

À peine moins mauvaise, la deuxième.

— Voyons maintenant la ligne de vie.

La troisième laissa la pythonisse muette. Ses mains se mirent à trembler, et quand elle ouvrit les yeux, Pablo y décela un curieux mélange de crainte et d'incrédulité.

— Qu'est-ce qu'il y a ? demanda-t-il.

Mais la femme se contenta de confirmer du regard ce que le bout de ses doigts lui avait révélé.

— Qu'est-ce qui se passe ? insista Pablo d'une voix tremblante.

— Il vaut mieux que tu t'en ailles, répondit-elle en lâchant ses mains. Je ne suis qu'une vieille radoteuse même pas bonne à faire un ourlet à sa jupe.

— Vous ne pouvez pas me laisser comme ça ! s'écria Pablo en se levant de son siège.

Les chats arquèrent l'échine avec un sifflement menaçant. La femme se leva et se dirigea vers son lit, d'un pas vacillant. Elle ôta ses savates et se coucha.

— Dites-moi ce que vous avez vu, lui demanda Pablo en s'agenouillant au pied du lit.

— C'est bon, puisque tu le veux, concéda-t-elle après un long silence. Mais je dois t'avertir que même moi je ne comprends pas très bien. Je n'avais jamais rien vu de pareil.

Puis, fermant les yeux sous le poids d'une fatigue ancestrale, elle murmura :

— Ta main dit que tu mourras deux fois.

Pablo se releva, en se disant que la pauvre femme avait perdu l'esprit.

— Ne t'en va pas tout de suite, l'arrêta la vieille, sans ouvrir les yeux. Je t'ai dit que même moi je ne comprends pas. Mais je veux t'offrir quelque chose. Si tu dois mourir deux fois, peut-être est-il bon que tu l'aies. Allez, fais-moi passer le petit coffre qui est sur la cheminée.

Pablo obéit. C'était une petite boîte en bois, de la taille d'un poing, bordée de punaises.

— Ouvre-le toi-même, dit la pythonisse.

Ce qu'il fit, et une lueur verdâtre en sortit, émise par un petit objet sphérique.

— C'est une amulette de la chance, dit la vieille. Elle a sauvé beaucoup de vies.

Pablo s'aperçut alors qu'il s'agissait d'un œil de verre, surmonté d'un anneau fin qui permettait d'en faire un pendentif.

— Elle t'aidera à éviter les dangers, ajouta la brave femme. Maintenant, s'il te plaît laisse-moi seule. Pour rentrer à Béjar, suis le chemin le long du ruisseau.

Pablo mit l'amulette dans la poche intérieure de sa gabardine et sortit de la cabane, étourdi. Puis il revint sur ses pas et glissa deux pièces sous la porte. Le ciel s'était éclairci et entre les branches des arbres filtrait une faible clarté, suffisante pour suivre le ruisseau vers l'aval. Au bout d'un moment il distingua les lumières de l'usine de Navahonda et il entendit la sirène qui annonçait le changement d'équipe. Ça, je connais, pensa Pablo, et peu après il se retrouvait au pied d'un chêne majestueux couronné d'une cabane en bois, connue aussi sous le nom de « repaire ». Il faisait froid et il avait les pieds mouillés, alors il n'y réfléchit pas à deux fois. Il grimpa en haut du tronc et entra dans la cabane. Il tâtonna au plafond pour trouver le bougeoir, qui avait encore un peu de cire. L'ayant allumé, il constata avec satisfaction que l'endroit était encore en bon état : sûr que Robinson s'en était occupé avec grand soin jusqu'au jour de son départ. Et le mieux, c'était que la couverture de jute était toujours dans son coin, près de la vieille gourde. Pablo ôta ses chaussures et ses chaussettes mouillées, s'enveloppa comme il put dans la couverture et peu à peu il s'endormit, plongé dans un sommeil inquiet peuplé de mauvais augures. Il rêva que le monde était la paume de sa main et que le duel avait lieu sur cette confuse carte de lignes prophétiques. Une foule impatiente s'entassait sur les phalanges de ses cinq doigts, et sur son poignet avait été installée une tribune pour les familles et les amis des adversaires : il y avait là Ángela, dans sa robe bleue festonnée, le capitaine de frégate don Diego Gómez, revêtu de son uniforme des grandes occasions, et l'inspecteur provincial don Julián Martín, avec sa femme et leur fille Julia ; il y avait aussi Robinson, assis près de Ferdinando Fernández, le rédacteur d'*El Castellano*, qui cherchait des yeux Mlle Obdulia, aussi lambine que d'habitude ; au bout d'un gradin, Vicente Holgado essayait de passer inaperçu. Quand les duellistes entrèrent en lice, la foule se mit à rire avec fracas, car Pablo était venu se battre en caleçon. Mais impossible de reculer : Rodrigo avançait le long de la ligne de chance, de profil et le visant avec son pistolet. Quand il voulut lever son arme, Pablo s'aperçut que ses manches de chemise étaient cousues à sa taille.

Il fut réveillé par le chant strident d'un coq. La bougie s'était consumée, il avait la bouche sèche et mal à la gorge. Il ouvrit la porte de la cabane, mais le bois était encore plongé dans une pénombre épaisse. Il descendit de l'arbre, but de l'eau de la rivière et vida sa vessie, reconnaissant à l'urine pour la chaleur qu'elle dégageait. Il traversa le pont de bois et monta jusqu'à la route de Candelario, qui l'accueillit aux premières lueurs de l'aube. Puis il prit la route d'El Castañar en direction de la fontaine au Loup, sans croiser personne en chemin : on était lundi, de très bon matin, seuls les fous ou les querelleurs pouvaient avoir l'idée saugrenue de s'aventurer dans les parages. Le brouillard descendait de la montagne, estompant les contours des chênes et des châtaigniers, tandis que de Béjar parvenait le chant des coqs les plus paresseux, auxquels de temps à autre répliquaient les loups. Quand il arriva à la fontaine, les autres l'attendaient.

— Où sont tes témoins ? tel fut l'accueil de don Diego Gómez, dont la silhouette herculéenne et floue émergeait de la brume, flanquée de quatre autres personnes : Rodrigo Martín, pâle et distingué comme un faussaire ; don Arturo Gómez, frère cadet du capitaine de frégate, venu directement de Salamanque ; le docteur Mata, médecin personnel de la famille, chargé d'une boîte à pharmacie ; et un jeune prêtre au nez aquilin qui avait l'air d'avoir été amené ici contre sa volonté.

— Je n'ai pas de témoins, répondit Pablo.

— Mais ce n'est pas possible, s'irrita le père d'Ángela, c'est contre les règles du duel les plus élémentaires.

— Voilà ce qui arrive quand on se bat contre des rats d'égout, marmonna Rodrigo, dont le répertoire métaphorique semblait limité à la comparaison de son adversaire avec ce parent puant des mustélidés.

Don Diego claqua la langue, réfléchit un instant en regardant le ciel, et finit par dire, d'un ton menaçant :

— Ne crois pas que tu vas t'en tirer comme ça. Le père Jerónimo et le docteur Mata serviront de témoins.

— Voyons, don Diego, tenta de protester le prêtre, en toussotant à intervalles réguliers comme s'il avait un tic nerveux, une chose est que j'aie accepté de venir au cas où les secours spirituels seraient nécessaires, et une autre, bien différente, que je doive servir de témoin. De plus, vous savez que ces pratiques ont été frappées d'excommunication par Sa Sainteté Pie X dans l'*Apostolicae Sedis*…

Mais le regard assassin de don Diego suffit à le faire taire. Il semblait pressé d'en finir.

— Le duel sera à vingt-cinq pas, continua-t-il, avec cinq balles dans le magasin et trente secondes pour tirer à partir du signal, les adversaires pourront avancer jusqu'à une distance de dix pas. Les témoins acceptent-ils ces conditions ?

Donc, pensa Pablo, pas question de tirer en l'air : c'est vraiment du sérieux.

— C'est… c'est de la folie ! s'écria le père Jerónimo.

— Une affaire d'hommes, voilà ce que c'est, répondit le

capitaine de frégate. S'il y a ici une poule mouillée, qu'elle ose lever la main.

Cela sonna comme une véritable menace et le curé se signa par trois fois en regrettant sans doute l'échec de la divine providence qui exhorte à s'aimer les uns les autres.

— Docteur, continua don Diego, sortez les lettres.

— Les voici, s'empressa de dire don Gumersindo Mata, en les donnant à chacun des adversaires.

— C'est quoi, ça ? demanda Pablo.

— Que veux-tu que ce soit ? répondit Rodrigo d'un ton méprisant. La confession du suicidaire.

En effet, pour dégager l'adversaire de toute responsabilité pénale en cas de mort, les duellistes signaient généralement une note annonçant leur intention de se suicider. Rodrigo fit un gribouillis, plia soigneusement le papier et le mit dans la poche de sa casaque, en laissant échapper un petit sourire sardonique. Pablo comprit à ce geste que le sort en était jeté. Quel imbécile, pensa-t-il, ils ne me laisseront pas sortir d'ici vivant. Mais il n'y avait plus d'échappatoire. Il signa la lettre qu'il rangea dans la poche de sa gabardine, où elle tint compagnie à une amulette de la chance qui devrait se surpasser si elle voulait sauver la peau de son nouveau propriétaire.

— Et Ángela ? s'enquit-il.

— Ne t'en fais pas pour elle, elle est entre de bonnes mains, répondit Rodrigo, sans perdre son sourire sardonique.

— Tirage au sort des armes, annonça don Diego Gómez, en ouvrant un étui doublé de velours où sommeillaient deux vieux mais superbes pistolets Gastinne Renette, avec lesquels il s'était déjà battu trois fois en duel et avait perdu un de ses petits doigts. C'était maintenant au tour de son neveu de choisir. Pile ou face ? demanda don Diego en montrant un écu d'argent à l'effigie de la reine Isabelle II.

— Face, toujours, répondit Rodrigo.

— Pile pour moi, se résigna Pablo.

Isabelle II s'envola avant de retomber dans la paume de don Diego.

— Face, dit l'homme, et il remit la pièce dans sa poche.

Le cousin d'Ángela prit en main l'un des deux pistolets et le tendit à son oncle Arturo pour qu'il le charge. Pablo prit l'autre et le tendit au docteur Mata, qui fit de même.

— Tirage au sort des positions, annonça le père d'Ángela. Pile, ou face ?

— Face, toujours, insista Rodrigo.

— Pile pour moi, se résigna de nouveau Pablo.

Cette fois Isabelle II fit plusieurs pirouettes en l'air et retomba en regardant le sol. On arrivait à la fontaine au Loup par un sentier droit et plat, délimité sur un côté par un mur de pierre couvert de mousse. C'était là que devait avoir lieu la rencontre et Pablo choisit le point le plus éloigné de la fontaine. La brume commençait à se dissiper et le soleil semblait sur le point de se montrer derrière les montagnes, prêt à profiter de ce spectacle scabreux. Les deux jeunes hommes se dirigèrent vers l'endroit signalé et se mirent dos à dos, en exhalant des bouffées d'une buée qui se mêlait à la brume. Quand les témoins leur remirent les pistolets chargés, leurs cœurs se mirent à battre à tout rompre, comme des tambours de guerre.

— Remonte le col de ta casaque, murmura Arturo Gómez à son neveu après lui avoir remis son arme, qu'on ne voie pas le blanc de ta chemise.

Les témoins se retirèrent à une distance prudente et s'allongèrent par terre à plat ventre, à l'abri des balles perdues. Le père Jerónimo tremblait comme un flanc en murmurant tout un chapelet de prières. Alors tonna la voix de don Diego, dont l'écho se réverbéra contre les montagnes :

— Prêts ?

— Oui, répondirent les adversaires, bras droit replié, pistolet à la hauteur du nez et canon vers le ciel.

— Eh bien, en avant !

Don Diego compta les pas à voix haute, comme un inexorable goutte-à-goutte. Un, deux, trois, quatre, cinq, six, sept, huit, neuf, dix, onze, douze, treize, quatorze, quinze, seize, dix-sept, dix-huit, dix-neuf, vingt, vingt et un, vingt-deux, vingt-trois, vingt-quatre… et quand il arriva à vingt-cinq, Pablo sentit un frisson lui parcourir le dos. Il se retourna, se plaça de profil, puis s'immobilisa. Le premier des trois coups frappés dans les mains retentit et Rodrigo avança vers lui d'un pas court mais décidé. Quand retentit le deuxième, Pablo avait la bouche sèche. Au troisième, les deux adversaires tendirent le bras et deux cris se superposèrent dans l'air :

— Feu ! cria don Diego.

— Nooooon ! cria Ángela, qui débouchait du sentier en courant.

Pablo tourna la tête, et dans le même temps, retentissait, très forte, une détonation.

– 11 –

Le patron du café pensait que les réunions attireraient l'attention de la police et il le fit savoir. Il fut décidé d'aller au golf près de la plage, où on discuterait des préparatifs de l'affaire. Lors de la réunion qui s'y tint, la faction des prudents s'exprima par la bouche de plusieurs d'entre eux : « Le mieux serait d'envoyer deux ou trois émissaires à la frontière pour qu'ils se rendent compte de ce qui se passe en Espagne. »

PÍO BAROJA,
La familia de Errotacho

Le cimetière de Saint-Jean-de-Luz est plus grand qu'on ne pourrait s'y attendre pour une ville de cette taille. Il s'étend derrière le fronton municipal, couronné par une douce colline, et près du mur nord se cache l'ancienne cahute du fossoyeur, qui n'est plus habitée depuis la fin de la Grande Guerre. Toutefois, le bâtiment a l'air bien conservé, du moins à la lumière de la lune, comme si quelqu'un s'était occupé de le maintenir en bon état. Près de cette cahute se trouve un caveau à demi effondré. Leandro passe la main entre les grilles et se saisit d'un trousseau de clés, qu'il éclaire à la lueur de son briquet : d'un coup sec il fait tourner la roue dentée et l'étincelle enflamme la mèche de coton. Puis il prend une des clés et ouvre le cadenas qui protège sa tanière.

— Tu n'as pas peur que les morts te détroussent ? demande Robinson, qui essaie de plaisanter pour se débarrasser de sa peur à lui. Parce que l'endroit n'est pas très rassurant, disons. Mais quand Leandro entre dans la cahute et allume la lampe au kérosène accrochée au linteau de la porte, la lumière réussit à apaiser le végétarien.

La pièce est plus spacieuse qu'elle n'en avait l'air du dehors et on voit qu'on a pris soin de la ranger récemment. Il y a même une cheminée, avec des braises encore chaudes, une couchette double et une paillasse de feuilles de maïs. Au centre, préside un pot de chrysanthèmes sur une table ovale. Pablo et Robinson regardent Leandro, étonnés, mais l'Argentin fait celui qui ne remarque rien.

— Eh bien quoi, dit-il au bout de deux ou trois secondes, qu'est-ce qui se passe, les souris vous ont mangé la langue ? Vous ne me dites rien de mon nouveau foyer ?

— Eh bien, admet Pablo, le fait est que ce n'est pas mal… s'il n'y avait pas le voisinage, évidemment.

— Et ces fleurs, Leandro ? intervient Robinson après avoir ri du bon mot de son ami. Tu es sûr de ne pas les avoir volées à un mort ?

Alors, sans qu'on s'y attende, le costaud rougit et se fait tout petit.

— Ben… c'est que la cahute n'est pas à moi…

— Non, bien sûr, c'est la maison du Bon Dieu, admet Robinson.

— Non, je veux dire que… qu'elle n'est pas qu'à moi… elle est à… à…

— À qui ? s'exclament d'une même voix Pablo et Robinson, impatients.

— À Antoinette.

— À qui ?

— À Antoinette, la fille de l'ancien fossoyeur…

Un sourire s'esquisse sur le visage des deux amis.

— C'est elle qui a mis les fleurs, avoue Leandro, de plus en plus troublé.

— D'accord, mais la dénommée Antoinette, demande Pablo malicieusement, qui est-ce ? Je veux dire, à part être la fille du fossoyeur, elle doit être autre chose, à mon avis… Je ne sais pas, ta gouvernante ? Ta femme de ménage personnelle ?

— Ta prof de latin ? dit Robinson pour participer à la fête.

Les deux amis se tordent de rire. Robinson prend un chrysanthème et se le met dans les cheveux :

— *Bonjour, mon petit chouchou**, dit-il d'une voix de fausset en envoyant des baisers. Je suis ton Antoinette, tu veux venir faire un tour avec moi parmi les morts ?

Pendant un moment, ils continuent à gentiment se payer la tête du brave Leandro. Quand ils ont fini leur petit numéro, l'Argentin peut enfin s'expliquer : lorsqu'il y a dix jours à peine il est arrivé à Saint-Jean-de-Luz avec Robinson, fuyant la police parisienne, il a tout de suite fait la connaissance d'Antoinette. Ce fut un vrai coup de foudre, en plongée / contre-plongée, pourrait-on dire, car les deux mètres et plus du gigantesque Leandro contrastent avec le mètre cinquante de la petite Antoinette... Trois jours plus tard ils se promenaient entre les tombes du cimetière. Mais attention, l'Argentin s'est mis dans le crâne d'aller libérer l'Espagne avec ses amis, et même Antoinette ne le fera pas changer d'avis. Finalement, les trois hommes se couchent avec un curieux mélange de bonheur, de nervosité et de respect des voisins. Nous sommes lundi, 3 novembre 1924, et le premier jour de l'aventure révolutionnaire est arrivé à son terme.

— *Bonjour**, salue le lendemain matin, de l'extérieur de la cabane, une douce voix féminine. Leandro se lève d'un bond et réveille les deux autres à coups de pied.

— Allons, allons, fainéants. Debout, habillez-vous, on a de la visite...

Il a un ton complètement différent de celui d'hier soir : on dirait que la présence d'Antoinette lui a fait retrouver toute sa prestance. Quand Pablo et Robinson sont habillés, entre la fille du fossoyeur, une jeune femme petite mais vigoureuse, avec une casserole de lait et un seau d'eau pour la toilette et le rasage matinaux.

— *Buenos días*, salue-t-elle de nouveau, en espagnol cette fois.

— *Buenos días*, répondent les deux hommes, un peu intimidés parce qu'il y a bien longtemps qu'ils n'ont pas entendu une femme leur dire bonjour quand ils se lèvent.

Leandro allume le feu pour faire chauffer le lait, tandis qu'Antoinette leur conseille de bien se couvrir, parce que dehors il fait un froid à vous geler la barbe. Puis elle saisit avec les pinces un galet qui se trouve près de la cheminée et le passe dans les flammes, pour le plonger ensuite dans le lait avant qu'il se mette à bouillir. « Ma grand-mère faisait toujours ça ; dit-elle ; ça lui donne un goût très agréable, comme de lait grillé », et elle sourit d'une façon qui fait littéralement baver l'Argentin. Tous les quatre boivent leur lait à table, puis le silence s'installe. Pablo et Robinson comprennent enfin qu'ils sont de trop dans cette fête ; ou plutôt, c'est Pablo qui le comprend, car le végétarien, qui ne semble pas concerné, contemple Antoinette avec le sourire séraphique de celui qui se sent en harmonie avec l'univers.

— Bon, vous deux, on s'en va, on a des choses à faire, n'est-ce pas, Robin ?

— Eh, ah, oui, on s'en va, on s'en va. Où ça ?

— Eh bien d'abord, on va aller s'acheter un béret, parce que c'est ce qu'on porte ici, et qu'on attire pas mal l'attention avec notre allure.

— Ah, non, pas question, je n'échange mon melon contre rien au monde.

— Bon, viens avec moi envoyer un télégramme, au moins.

— Comme tu voudras.

— Allez, on y va.

— On y va.

Les deux amis sortent de la cahute, ils remercient Antoinette en rappelant à Leandro qu'ils ont rendez-vous avec les autres à midi sur la place.

— On se voit là-bas, dit l'Argentin.

— À plus tard, répond Pablo, et Robinson et lui se frayent un chemin dans le labyrinthe de tombes et de caveaux, un chemin qu'ils devront parcourir plusieurs fois encore pendant les trois jours d'attente tendue qui les attendent avant de se lancer dans la révolution.

À Saint-Jean-de-Luz, le temps semble se dilater. Les minutes deviennent des heures, les heures des jours et les jours des semaines, dans l'attente de recevoir le signal de franchir la frontière. Pendant ce temps, le plus sensé serait que les révolutionnaires ne se montrent pas trop en ville, qu'ils se cachent dans leurs maisons et leurs pensions pour passer inaperçus. Mais qui pourrait tenir enfermée entre quatre murs cette troupe d'hommes sur les nerfs ? Dès le matin, tôt, la ville se remplit de douzaines d'anarchistes et de syndicalistes espagnols, exaltés et anxieux, qui tuent le temps jusqu'à l'heure du déjeuner en achetant des bérets et des couteaux, en éclusant des verres de rouge dans les bistrots ou en inventant des compliments destinés aux rares jeunes filles qui osent traverser seules la place. Des petits groupes discutent imprudemment sur la meilleure façon de mener à bien la révolution, car tous pensent avoir la clé du succès de cette tentative téméraire. D'autres préfèrent s'enfermer dans les cafés pour jouer au *mus*, comme les quatre du clan de Villalpando, dont les cartes gondolées attestent leur réputation de joueurs invétérés. Toutefois, certains s'adonnent à des occupations plus lucratives et moins honorables, comme Perico Alarco et Manolito Monzón, qui se font jeter hors d'une boucherie à coups de pied pour avoir essayé de glisser un poulet dans leur sac.

Pablo profite de la matinée pour envoyer deux télégrammes, l'un à M. et Mme Beaumont et l'autre au vieux Faure, qu'il imagine râlant comme un putois en le recevant. Pourtant, « le Fauve » ne se sera pas encore aperçu que le compositeur espagnol a imprimé sans son autorisation plusieurs milliers de tracts à l'en-tête de La Fraternelle. Pas plus qu'il ne se sera aperçu de ce que Pablo découvre tandis que Robinson essaie un béret dans une chapellerie tenue par un Basque du nom de Mendiburutegia.

— Sache que je l'essaie pour passer le temps, dit Robinson, voyant Pablo sourire en constatant à quel point ce béret change la physionomie de son ami, parce que moi, je n'échangerai pas mon melon contre un de ces machins.

Mais c'est Pablo qui change de tête et sort de la boutique en courant.

— Bon, ce n'est quand même pas à ce point-là, si ? demande Robinson au chapelier en se regardant dans la glace.

Ce qui a fait sursauter Pablo et l'a poussé à bondir dans la rue n'est pas l'allure de son ami coiffé d'un béret, mais d'avoir vu à travers la vitrine la silhouette de quelqu'un qu'il n'attendait pas.

— Julianín ! crie-t-il une fois dehors. Et Julián Fernández Revert, le jeune assistant-compositeur de La Fraternelle, tourne sur ses talons. Il a à la main un des tracts révolutionnaires.

— Il y a une coquille, Pablo. Tu me dois cinq centimes, dit-il le plus innocemment du monde. Et ne m'appelle pas Julianín, s'il te plaît, je ne suis plus un gamin. En plus, aujourd'hui c'est mon anniversaire…

Pablo ne sait que dire, et il le regarde avec un impossible mélange de perplexité, de colère et de joie.

— Eh bien joyeux anniversaire, monsieur, finit-il par s'exclamer, mais je suppose que tu n'es pas venu jusqu'ici pour le fêter avec moi et toucher les cinq centimes…

— Bien sûr que non, je t'avais dit que je ne resterais pas les bras croisés. Je suis venu libérer l'Espagne. Ce qu'il y a, c'est que je ne me suis pas réveillé et que je suis arrivé trop tard à la gare, dit-il en baissant les yeux, honteux. Mais hier soir j'ai pris un autre train avec deux camarades qui l'avaient raté eux aussi et il y a deux heures que nous sommes arrivés.

Pablo ne sait s'il doit l'embrasser ou le gifler, et il se décide finalement pour un blasphème :

— Bordel de Dieu, Julián, bordel de Dieu – après une hésitation, il a renoncé au diminutif. Puis, comme cadeau de bienvenue il le fait entrer dans la boutique et achète deux bérets, un pour chacun. Robinson, quant à lui, a mis un melon flambant neuf, comme s'il voulait être présentable pour rentrer dans sa patrie.

Quand à l'heure du déjeuner les révolutionnaires se dirigent vers le restaurant, le natif de Guernica qui ressemble à Charlot leur conseille de se retrouver ailleurs, car ils ont commencé à éveiller des soupçons, malgré tous les bérets qu'ils ont sur la tête. Il ne voit aucun inconvénient à leur servir à manger, il ne manquerait plus que ça, mais s'il s'agit d'organiser des conclaves ou des conciliabules (mots textuels de l'aubergiste), il vaut mieux qu'ils se réunissent dans un endroit plus à l'écart, comme le golf de La Nivelle, de l'autre côté de la rivière. Trois ou quatre révolutionnaires tentent de protester, en alléguant qu'ils n'attirent pas plus l'attention que cela dans une ville comme Saint-Jean-de-Luz, qui a l'habitude de voir passer des tas d'ouvriers espagnols en quête de travail, surtout depuis le succès du coup d'État de Primo de Rivera. Mais ils sont bien obligés d'obtempérer et finissent par se rendre au parcours de golf, à environ un quart d'heure à pied de la place. Certains, animés par le vin ou par le froid, entonnent en sortant de la ville des chansons obscènes ou révolutionnaires. « El Maestro » se lance dans *La donna è mobile* et un chœur de sifflets l'accompagne. Quand enfin ils arrivent au golf, c'est Juan Riesgo qui prend la parole, avec sa bosse encore plus prononcée à cause du froid.

— Ce matin, j'ai parlé avec Durruti, leur annonce-t-il. Mais la communication était lamentable. Figurez-vous que pendant mon premier appel il y a eu une interférence, j'entendais une conversation entre un imprésario et sa maîtresse, une jeune actrice qui n'arrêtait pas de pleurer. Ce qui fait que Durruti ne m'a pas dit grand-chose, nous ne pouvons pas courir le risque que la police intercepte nos appels…

Ce que Juan Riesgo a pu savoir, en revanche, c'est que l'achat d'armes a échoué, mais il préfère ne pas le dire aux autres pour ne pas les décourager. En revanche, il leur dit que le comité de Paris leur demande de patienter, comme les camarades de Perpignan qui attendent eux aussi le signal. Quelqu'un demande s'il est vrai que Caparrós a été arrêté, et Riesgo répond qu'il ne peut confirmer cette rumeur. Toutefois, il est en mesure d'assurer que Jover est parvenu à se réfugier à Barcelone, d'où il pense diriger l'insurrection intérieure ; on peut supposer que lorsque tout sera prêt, il enverra le télégramme chiffré (dont le code secret, « Maman est morte », a inévitablement filtré parmi ceux qui sont à Saint-Jean-de-Luz). De plus, dès qu'ils le pourront, les membres du groupe des Trente qui sont encore à Paris viendront les rejoindre à la frontière ; il est prévu qu'Ascaso aille à Perpignan et que Durruti vienne à Saint-Jean-de-Luz. Quelqu'un propose d'envoyer un émissaire en Espagne pour constater *de visu* la situation. Mais Juan Riesgo s'y oppose :

— Ce serait une témérité inutile. En outre, il faudrait d'abord consulter le comité de Paris, qui a insisté pour que nous ne prenions pas de décisions unilatérales. Vous n'ignorez pas que la coordination entre les différents groupes est primordiale.

— Écoute, Juanito, réplique Gil Galar, sa chevelure mérovingienne au vent, désormais les décisions du comité c'est nous qui les prenons, si nous sommes à pied d'œuvre ce n'est pas pour rien. Nous ne pouvons pas consulter continuellement « les trois mousquetaires », ils doivent avoir déjà assez de problèmes à Paris.

— « Le Chinois » est à Barcelone, lui rappelle Riesgo.

— Autant dire sur la lune, répond Gil Galar. En plus, on ne peut même pas parler avec eux en toute sécurité ! Je crois que ce que propose le camarade est loin d'être idiot. J'irai moi-même si personne d'autre n'a les couilles d'y aller.

— Ce n'est pas de couilles qu'il est question, intervient Santillán, l'ex-garde civil, mais de tête, bien qu'il semble que certains ici réfléchissent avec leur entrejambe. Si nous décidons d'envoyer un émissaire, il serait logique que ce soit quelqu'un d'ici, quelqu'un qui connaisse le terrain, tu ne crois pas ?

Mais Gil Galar ne répond pas, il se mord la langue devant un argument aussi irréfutable. Après deux ou trois autres interventions, on prend une décision intermédiaire : si dans un délai de vingt-quatre heures aucun télégramme n'est arrivé, on enverra trois émissaires de l'autre côté de la frontière, choisis parmi les révolutionnaires de Saint-Jean-de-Luz qui connaissent le mieux la contrée : le premier ira à Irún, le deuxième à Vera et le troisième à Zugarramurdi. De plus, le délai est suffisant pour que Juan Riesgo, s'il le souhaite, se mette en contact avec les camarades de Paris pour les informer de cette initiative, mais en aucun cas leur avis ne sera prépondérant. Puis, comme il se met à pleuvoir et qu'il n'y a rien pour s'abriter sur le golf, les révolutionnaires rentrent en ville et se dispersent.

En fait, la discussion se révélera inutile, car il ne sera finalement pas nécessaire d'envoyer d'émissaire de l'autre côté de la frontière, à cause de l'apparition d'un personnage que beaucoup attendaient : Max Hernández, connu comme « el Señorito », qui arrivera à Saint-Jean-de-Luz coiffé d'un haut-de-forme et appuyé sur une canne à poignée de nacre, de celles qui souvent cachent un stylet.

X
(1908-1909)

On dirait que parfois la vie s'écoule au ralenti. En particulier quand la ligne qui la sépare de la mort est la plus mince. C'est ce qui arriva en ce matin d'hiver à la fontaine au Loup : quand la détonation résonna, le temps sembla ralentir, comme s'il voulait retarder le dénouement fatal. L'apparition inattendue d'Ángela, son cri déchirant lorsqu'elle vit la scène, firent se retourner Pablo à l'instant précis où la voix de feu retentit. La balle de Rodrigo, propulsée du Gastine-Renette, s'ouvrit un chemin à travers la brume et frappa son adversaire au téton gauche. La brutalité de l'impact fit rebondir le corps, qui resta en suspens comme si la Terre avait soudain échappé à la gravité. Puis, lentement, il retomba, et seuls flottèrent encore son chapeau et son pistolet. Quand il toucha le sol, la scène retrouva le pouls normal des horloges.

— Noooon ! s'étira le cri déchirant d'Ángela.

Le corps de Pablo était allongé sur le dos, et de sa bouche coulait un filet de sang. La jeune femme se jeta dans ses bras, elle lui prit le visage entre ses mains, le baisa sur les lèvres et répandit des larmes de rage, de peine et de douleur, et il eut encore le temps de lui caresser le visage et de lui dire « Ne pleure pas » avant de perdre connaissance. Rodrigo était resté paralysé, bras tendu et l'arme homicide exhalant de la fumée par la gueule, tandis que les témoins se relevaient d'un bond, comme des pantins à ressort dans une boîte à surprise, et couraient vers l'endroit où Pablo semblait sans vie. Ángela les maudit, en se tirant les cheveux et en se frappant la poitrine. Elle vit alors le pistolet tombé aux pieds de son bien-aimé et le saisit à deux mains :

— N'approchez pas ! cria-t-elle.

Mais don Diego continua à avancer. Quand il tendit le bras pour lui arracher le pistolet, Ángela appuya sur la détente. Pourtant ce ne fut pas une détonation qui retentit, mais la gifle que lui donna son père, preuve supplémentaire que le prétendu duel avait été, en fait, un simulacre, une mascarade, une *commedia buffa*, un assassinat camouflé sous le honteux nom de défi. Le revers du capitaine de frégate fut d'un tel calibre que sa fille roula par terre, sur le ventre, à demi inconsciente. Don Diego s'approcha du corps de Pablo, s'assura que la blessure était mortelle et mit dans sa main un vulgaire revolver de poche, un modèle Velodog fabriqué à Eibar et du même calibre que les Gastine-Renette. Puis, emportant Ángela dans ses bras, il ordonna d'un ton péremptoire :

— Allons-nous-en. Que d'autres le trouvent, ce maudit suicidé.

Le père Jerónimo lui ferma les yeux et lui donna l'extrême-onction, tandis que les autres redescendaient le chemin, ignorant que l'aîné des Martín n'avait pas le cœur sous le téton gauche.

Quand il reprit conscience, la première chose qu'il remarqua fut qu'il était étendu sur un lit. À ses oreilles parvenait, amortie, la litanie cadencée du *Tantum ergo*. Il fit un effort pour ouvrir les yeux et crut voir une ombre qui sortait de la pièce, une pièce petite et austère comme une cellule de couvent. Dans une niche, une Vierge l'observait d'un regard miséricordieux : la Vierge d'El Castañar, qui semblait veiller sur son sommeil. Il ravala sa salive et sentit le goût aigre-doux du sang. Il se rappela alors les yeux larmoyants d'Ángela et la douleur aiguë qui lui avait fait perdre connaissance. Il ignorait s'il s'était passé des heures, des jours ou des semaines, ni comment il était arrivé là, et il se demanda même s'il n'était pas mort, s'il ne se trouvait pas au ciel ou au purgatoire. En enfer, assurément pas, sinon au nom de quoi la Vierge présiderait-elle cet endroit. Mais quand il essaya de se redresser, un terrible élancement à la hauteur de la poitrine lui prouva qu'il était encore vivant : en palpant la zone endolorie, il s'aperçut qu'on lui avait bandé le torse. Il avait de la peine à respirer, mal à la tête, la bouche sèche et ses forces lui manquaient, il ferma les yeux et se rendormit.

Il fut bientôt réveillé par un toussotement, léger mais insistant, comme s'il s'agissait d'un tic nerveux. Il tenta vainement de se rappeler où il avait déjà entendu cette toux. Ses paupières s'entrouvrirent et dans son champ de vision apparut le nez aquilin du père Jerónimo, accompagné d'un père franciscain à la barbe en pointe.

— Loué soit le Seigneur, s'écria le prêtre en le voyant ouvrir les yeux.

— Loué soit-Il, lui fit écho le franciscain.

Pablo les regarda d'un air méfiant, en essayant de comprendre la situation.

— Où suis-je ? demanda-t-il ; et aussitôt : où est Ángela ?

Les deux religieux échangèrent un regard complice et le moine sortit de la pièce, silencieux comme un chat ou comme une ombre.

— Il n'est pas bon que tu t'excites, mon fils, voulut le rassurer le père Jerónimo. Le pire est passé. L'important, maintenant, c'est que tu récupères. Tiens, bois ça, dit-il en remuant le contenu d'une tasse avec une petite cuiller.

— Qu'est-ce que c'est ?

— De la quinine, pour la fièvre… avec quelques gouttes de laudanum, pour la douleur. Tu as faim ?

Pablo fit oui de la tête, tout en ingurgitant la potion qui avait un goût d'amande amère.

— Ça ne m'étonne pas. Cela fait une semaine que tu délires et que tu n'as absolument rien mangé.

Le prêtre sortit de la pièce et revint au bout d'un instant avec un bol fumant. C'était un bouillon de légumes, un peu trop clair mais réconfortant, et Pablo le but à petites gorgées, sous le regard incrédule du père Jerónimo, lequel débitait des expressions d'étonnement mêlées de latinismes qu'il traduisait lui-même, un peu à la légère :

— Ah, *amantes amentes*, insensés amants, soupira-t-il, en plissant les yeux et en ajustant son collet. Un miracle, c'est un miracle. Les Écritures le disent bien : *Mors certa, hora incerta*, la mort est certaine, mais son heure, incertaine. Un miracle, un véritable miracle…

En entendant les mots du prêtre, Pablo se rappela la pythonisse du bois et un instant il se demanda si ce n'était pas l'amulette de la chance qui l'avait sauvé de cette première mort. Mais il chassa aussitôt cette pensée de son esprit, tourmenté qu'il était par des doutes plus pressants. Quand il eut fini sa soupe il se sentit mieux, assez fort pour lancer un chapelet de questions :

— Où suis-je, mon père ? Où est Ángela ? Que m'est-il arrivé ? Qui m'a amené ici ? Qui sait… ?

— Chuuut, l'interrompit le prêtre, en posant l'index sur ses lèvres. Ne fais pas d'efforts, mon fils, ce n'est pas bon. Remercie plutôt Dieu de t'avoir sauvé la vie. Quand tu auras récupéré, tu pourras poser toutes les questions que tu voudras. Tu es dans le sanctuaire d'El Castañar, mais fray Toribio et moi sommes les seuls à le savoir, donc ne te fais aucun souci. Repose-toi et pense à ce qu'a dit Sénèque : *pro optimo est minime malus*, le mieux est le moins mauvais…

Ces mots ne parvinrent pas à tranquilliser Pablo, bien au contraire. Il ferma les yeux et attendit que le prêtre sorte de la pièce. Quand il entendit la porte s'ouvrir et se refermer, il essaya de se lever, mais tomba par terre comme un homme foudroyé par l'éclair : un nouvel et terrible élancement dans la poitrine faillit lui faire perdre conscience. Il réussit à ramper jusqu'au lit, s'y installa comme il put et dut admettre que ce maudit prêtre avait raison. Au fond, se dit-il, si je suis toujours vivant je suppose que c'est à lui que je le dois.

— Quand je t'ai donné l'extrême-onction et que je t'ai fermé les yeux, lui expliqua le prêtre le lendemain, pendant que fray Toribio lui changeait ses bandes et soignait sa blessure, j'ai remarqué que de l'air chaud sortait de ta bouche. J'ai voulu appeler le docteur Mata, mais il était déjà en train de redescendre le chemin. Donc j'ai pensé que le mieux était de ne rien dire, et je suis venu demander de l'aide à mon bon ami fray Toribio, docteur en médecine.

— Et en théologie, père, et en théologie, ponctua le franciscain.

— Ensuite, nous t'avons pris dans nos bras tous les deux et t'avons amené ici, continua le père Jerónimo. Mais nous ne comprenons toujours pas comment tu as pu survivre avec une balle dans le cœur.

— Ángela ? répondit simplement Pablo.

— Elle est entre de bonnes mains, ne t'inquiète pas pour elle, mentit le prêtre. Mais repose-toi, mon fils, repose-toi, le temps viendra de parler de tout ça.

Les deux religieux sortirent de la pièce.

Au cours des semaines suivantes, le père Jerónimo monta tous les jours au sanctuaire voir le convalescent, et il ne s'en passa pas un seul sans que Pablo ne l'interroge sur la fille de don Diego Gómez. Mais la réponse était toujours la même :

— Elle est entre de bonnes mains, sois sans crainte. Plus tôt tu seras guéri, plus tôt tu pourras la retrouver.

C'est ainsi que Pablo, dans l'espoir de retrouvailles prochaines, décida de devenir le meilleur des patients : d'obéir au père Jerónimo, de prendre les médicaments que lui donnait fray Toribio et de résister à son envie de fumer, car la blessure avait affecté sérieusement son poumon gauche. Quand il eut assez de forces, il demanda du papier et de l'encre, et écrivit une lettre à sa mère pour lui dire qu'il allait bien, qu'il ne fallait pas qu'elle s'inquiète, mais qu'il avait beaucoup de travail et qu'il ne pourrait pas passer Noël à Baracaldo.

— Combien de temps devrai-je rester au repos ? entendait fray

Toribio chaque fois qu'il venait prendre soin du « patient impatient », comme il l'appelait.

— Aussi longtemps que ton corps l'exigera, répondait invariablement le franciscain.

Mais le corps du gamin semblait avoir encore besoin de beaucoup de soins, car dès qu'il se levait et qu'il essayait de marcher, il s'étouffait, la tête lui tournait et il devait se recoucher, épuisé et livide comme de l'écume de mer. Ce fut bientôt la veille de Noël, puis Noël, et plus tard le Nouvel An ; le jour des Rois, le père Jerónimo monta au sanctuaire, entra dans la cellule et donna à Pablo un paquet enveloppé dans du papier strass. Le pâle et tiède soleil de janvier filtrait par la petite fenêtre, éclairant la pièce d'une clarté diffuse.

— Qu'est-ce que c'est, mon père ?

— Un cadeau, que veux-tu que ce soit. Allez, ouvre-le.

C'était un pantin de bois articulé, à la taille duquel pendait un fil épais, comme une reproduction en miniature du cordon qui serrait l'habit de fray Toribio. Quand on tirait dessus, les bras et les jambes du pantin s'agitaient spasmodiquement, vers le haut et le bas.

— C'est moi qui l'ai fait, avoua le prêtre, un sourire aux lèvres.

Pablo tira plusieurs fois sur le fil, absorbé dans le mouvement du pantin, puis il leva les yeux et regarda cet homme au nez aquilin pour lequel il commençait à éprouver de l'estime.

— Je vous remercie, mon père, mais je ne suis plus un enfant. Si vraiment vous voulez me faire un cadeau, dites-moi où est Ángela.

Le prêtre fronça les sourcils et son sourire se transforma en soupir :

— Ah, mon fils – découragé, il s'affaissa sur la seule chaise de la pièce. Ce ne sera jamais le doute qui nous rendra fous, mais bien plutôt la certitude. Mais enfin, tôt ou tard, il fallait que je te le dise…

Une ombre d'anxiété passa dans les yeux de Pablo.

— Ángela t'aimait… t'aime beaucoup, poursuivit le père Jerónimo en regardant ses mains, dont les doigts se tordaient sur sa poitrine comme des petites couleuvres blanches.

— Comment le savez-vous, mon père ?

— Parce que j'étais… je suis son confesseur, dit le prêtre en levant les yeux, pour voir l'effet de ses paroles. Quand elle me parlait de toi, la flamme de l'amour le plus pur que j'aie vu de ma vie brillait dans ses yeux…

— Mon père, vous me faites peur, l'interrompit Pablo d'une voix tremblante, sans se laisser tromper par la douce enveloppe de ce qu'il entendait. Pourquoi parlez-vous d'Ángela au passé ?

Les doigts-couleuvres s'immobilisèrent et un épais silence se rendit maître de la situation, seulement interrompu par le toussotement du prêtre. Une minute passa avant qu'il ne rouvre la bouche, une minute qui pour son interlocuteur fut une éternité.

— Parce que Ángela a disparu, dit-il enfin : elle s'est enfuie de chez ses parents le jour du duel et personne ne sait où elle est.

Pablo se redressa brusquement et sur son visage se dessina une grimace de profonde souffrance, physique et spirituelle à la fois.

— Mais elle sait que je suis ici, n'est-ce pas ?

Le père Jerónimo remua la tête en signe de dénégation.

— Seuls fray Toribio et moi savons que tu es ici. Le plus probable est qu'Ángela croie que tu es mort au cours du duel.

— Bon sang de bonsoir ! s'écria Pablo, furieux, en sautant du lit ce qui le fit aussitôt se tordre de douleur. Pourquoi ne me l'avez-vous pas dit plus tôt ?

— Il ne fallait pas, mon fils.

— Il ne fallait pas ? Qu'est-ce que ça veut dire, il ne fallait pas ? Savoir où elle se trouve maintenant, si toutefois elle est encore en vie, évidemment ! Où sont mes vêtements, mon père ? demanda Pablo en se dirigeant vers la porte.

Mais à peine eut-il fait deux pas que sa vue se troubla et que ses jambes flageolèrent. La dernière chose qu'il vit, avant de tomber par terre et de s'évanouir, fut le pantin articulé qui avait l'air de lui dire adieu du pied du lit.

Pablo ne put quitter le sanctuaire d'El Castañar avant le samedi 13 février 1909, fête de saint Étienne et de sainte Hermenegilda. Le jour des Rois, quand il eut repris connaissance, tard dans la nuit, fray Toribio et le père Jerónimo lui firent comprendre qu'il ne servirait à rien de se lancer à la recherche d'Ángela dans l'état où il était. Un mois s'était écoulé depuis sa disparition et, bien que la famille, la police et les habitants de Béjar aient passé toute la zone au peigne fin et alerté les bourgs alentour, on n'avait toujours aucune nouvelle de la fille des Gómez. La possibilité d'un suicide était de plus en plus lointaine, car tôt ou tard son corps aurait dû apparaître quelque part. Le plus probable était qu'elle était parvenue à s'enfuir par ses propres moyens, peut-être en prenant, dans une gare du voisinage, un train pour une destination incertaine. D'autre part, le fait que personne n'ait trouvé le corps sans vie de Pablo avait déconcerté don Diego et Rodrigo Martín, qui avaient commenté ce phénomène étrange avec le père Jerónimo. « Peut-être que les loups l'ont dévoré », avait aventuré le prêtre, mais il n'avait pas réussi à convaincre les duellistes.

Après cinq semaines de convalescence supplémentaires, la santé de Pablo s'était considérablement améliorée et l'endroit où se trouvait Ángela demeurait un mystère. S'il y a au monde quelqu'un qui puisse la retrouver, pensa-t-il en se levant par un matin glacial de février, c'est moi. Il décida, en dépit des chutes de neige des derniers jours, que le moment était venu de s'atteler à la tâche. Quoique, en fait, il ne sût absolument pas par où commencer ses recherches.

— Sois très prudent, lui conseilla le père Jerónimo, voyant que sa décision de partir était irrévocable. Si don Diego apprend que tu es toujours en vie, que Dieu ait pitié de nous ! Couvre-toi bien et prends les médicaments que t'a donnés fray Toribio…

— Oui, mon père, ne vous en faites pas pour moi. Surtout, si vous avez des nouvelles d'Ángela, écrivez-moi aussitôt. Qui sait, peut-être reviendra-t-elle à Béjar.

— Qui, Ángela ? Ça m'étonnerait. Tu sais mieux que n'importe qui qu'elle n'en peut plus de ce village, elle n'attendait que le jour où tu viendrais la chercher et où vous iriez vivre très loin, et plus ce serait loin, mieux cela vaudrait. Sais-tu ce qu'elle m'a dit un jour ? Que si rêver de toi était un péché, alors elle péchait toutes les nuits…

— Il faut que je la retrouve, mon père, qu'elle sache que je suis vivant, dit Pablo, la voix brisée.

— Oui, mon fils, oui. *Ite cum Deo*.

Les deux hommes se serrèrent dans les bras l'un de l'autre. Dehors, fray Toribio attendait avec une carriole pour faire sortir le jeune homme du village, camouflé sous des couvertures.

— Pablo, le retint le père Jerónimo comme il allait quitter le sanctuaire.

— Oui ?

— Ça, je crois que tu devrais le garder, dit-il en sortant de dessous sa soutane un petit objet emballé dans le même papier strass que celui qui avait enveloppé le pantin du jour des Rois.

— Encore un cadeau, mon père ? demanda Pablo avec un sourire.

Mais une ombre d'inquiétude couvrait le visage du prêtre :

— J'espère que ce n'est pas un cadeau empoisonné.

À l'intérieur du paquet, froid et lourd comme un cadavre, dormait un revolver de poche : celui que don Diego Gómez avait sournoisement placé dans la main de Pablo après l'avoir donné pour mort le jour du duel.

C'était l'heure de dîner quand le train s'arrêta en gare de Salamanque. Il y avait presque trois mois que Pablo en était parti, prêt à affronter une armée tout entière, et il y revenait maintenant, blessé et vaincu. Il avait demandé à fray Toribio de le laisser à Ledrada, où il prendrait un billet de troisième classe pour le chef-lieu de la province. Non qu'il pensât trouver Ángela en train de déambuler dans les rues faméliques de Salamanque, mais pendant les dernières semaines de sa convalescence, il avait réfléchi à mille façons d'entreprendre sa recherche et était arrivé à la conclusion que le plus sensé était de se rendre d'abord à la pension où il avait vécu depuis la mort de son père : il avait l'espoir d'y trouver une lettre, sinon d'Ángela, du moins de quelqu'un qui le mettrait sur la bonne piste ; de toute façon, il devait récupérer ses affaires… y compris les économies qu'il avait cachées dans la doublure du matelas. Il aurait le temps ensuite de passer à la rédaction d'*El Castellano*, où selon toute probabilité il aurait perdu son emploi, pour demander de l'aide à Ferdinando : celui-ci pourrait peut-être obtenir de publier dans le journal une petite annonce au sujet de la disparition d'Ángela, fût-ce avec un peu de retard.

Quand il arriva à la pension de Mme Corbeau, la vieille desséchée haranguait les derniers dîneurs pour qu'ils finissent leurs assiettes et regagnent leurs chambres. En voyant entrer Pablo, elle fit sa tête de cochon.

— Malheureux soit le Seigneur, murmura-t-elle en se signant plusieurs fois.

— Je sais que je vous dois trois mois de loyer, lui lança Pablo à brûle-pourpoint, en allant vers elle, mais donnez-moi la clé de ma chambre et je vous paierai religieusement.

— Vous n'avez plus de chambre ici, mon petit monsieur, grogna la vieille en pointant son doigt sur lui comme un pistolet. Vous croyez sans doute que vous pouvez apparaître et disparaître quand ça vous chante ? Eh bien vous vous trompez, et drôlement…

Deux étudiants se levèrent et quittèrent la salle.

— Laissez-moi au moins entrer et prendre mes affaires. Est-ce que j'ai reçu une lettre ?

— Vos affaires et vos lettres, mon petit monsieur, c'est moi qui les ai. Pour les récupérer, vous devrez me payer les deux mois où la chambre a été inoccupée.

— C'est ce que je ferai si vous me permettez d'y monter, insista Pablo, laissant entendre avec un haussement de sourcils que son argent était dans la chambre.

La patronne sembla hésiter puis elle se dirigea vers un des pensionnaires, un jeune garçon aux yeux globuleux qui buvait une infusion à petites gorgées.

— Mister Gregory Cook, s'excusa-t-elle sur un ton des plus mielleux, auriez-vous l'amabilité de permettre à monsieur de…

— Ne vous inquiétez pas, madame, je l'accompagnerai moi-même, la coupa le type avec un accent anglais marqué, en se chargeant de la situation. Suivez-moi, s'il vous plaît.

Ils montèrent jusqu'au deuxième étage et, en entrant dans la chambre, Pablo fut pétrifié. Non parce qu'elle empestait la naphtaline, car il ne s'en apercevait évidemment pas ; ni parce que la pièce avait été rafraîchie par son nouvel occupant, qui lui avait donné un aspect tout à fait bourgeois ; non plus parce que le drap, avec les initiales G. C. brodées en lettres dorées, était replié sur la couverture avec un soin irritant, prêt à accueillir le prince au petit pois ; et bien moins encore parce que la patronne avait permis à l'Anglais de placer sous les draps des bouteilles d'eau chaude, ce qu'elle lui avait formellement interdit à lui : mais parce que la vieille paillasse de bourre où étaient cachées toutes ses économies avait été remplacée par un matelas de laine flambant neuf.

— Et le vieux matelas ? bredouilla Pablo d'une voix tremblante.

— J'ai demandé à la patronne de le jeter, il était plein de… punaises, c'est comme ça qu'on dit ? répondit le fils à papa avec un mélange de dégoût et de froideur tout britannique.

— Putain de putain de ta mère…

Mais ce n'était pas la faute du petit-maître, et Pablo sortit de la chambre en claquant la porte. Il croisa dans l'escalier Mme Corbeau, qui montait toucher son dû.

— Eh bien ? demanda-t-elle, méfiante.

— Qu'avez-vous fait du matelas ? répondit Pablo.

— Quel matelas ?

— Celui sur lequel je couchais avant que l'Anglais ne s'installe dans ma chambre.

— Je l'ai vendu pour quatre sous à une famille de gitans. Pourquoi ça ?

— Parce que ce que vous leur avez vendu, bon sang, c'est toutes mes économies et vos deux mois de loyer ! Alors donnez-moi mes affaires et gardez votre mister Cook.

— Pas question, mon petit monsieur, répondit insolemment la vieille harpie. Pas d'argent, pas de mallette.

Le sang monta à la tête de Pablo, il sortit le pistolet que le père Jerónimo lui avait remis et le pointa sur la patronne, tout en sachant qu'il n'était pas chargé.

— Arrêtez de dire des bêtises, madame Corbeau, et rendez-moi ce qui m'appartient.

La vieille sembla plus contrariée par le surnom que par la menace, mais elle fit ce qu'on lui demandait. Elle se dirigea vers la réception et ouvrit une armoire à double battant. Il y avait là la mallette de Pablo, remplie à ras bord, et tout ce qui n'y avait pas trouvé place : ses livres, son parapluie et le chapeau de feutre de son père, ainsi que trois lettres qui lui étaient parvenues pendant son absence prolongée.

— Je savais bien qu'avec ces lectures vous finiriez dans la peau d'un criminel, cracha la vieille parcheminée en désignant un livre de Bakounine.

Mais Pablo ne l'écoutait plus. Il se jeta sur les lettres dont il examina le dos avec une frustration croissante : l'une était de sa mère, l'autre d'*El Castellano*, et la troisième de la mairie de Salamanque. Aucune ne semblait contenir de nouvelles d'Ángela, alors il coiffa son chapeau de feutre, prit sa valise et sortit de la pension, sans soupçonner que la troisième lettre allait décider de l'orientation de ses pas. Il était grièvement blessé, sans travail et l'amour de sa vie avait disparu, mais la patrie n'entend pas raison : Pablo venait d'avoir dix-neuf ans, il avait été inscrit sur les rôles militaires, raison pour laquelle la mairie l'informait que le lendemain, 14 février, aurait lieu le tirage au sort des conscrits.

– 12 –

> Ce Max était un homme svelte, au visage pâle et bleuté. Il souffrait du cœur, à ce qu'il disait, et pouvait mourir d'un moment à l'autre. Il avait une carte de syndicaliste de Barcelone et c'était un homme astucieux et sympathique. Apparemment, il se moquait de tout ; il avait vu bien des choses et appréciait la cocaïne. Max, à ce qu'on raconta, avait emmené quelques-uns des syndicalistes dans un bordel, où ils avaient bu et fait un bel esclandre.
>
> PÍO BAROJA,
> *La familia de Errotacho*

Max Hernández, « el Señorito », doit avoir plus de quarante ans, certains assurent même qu'il a dépassé la cinquantaine, mais il ne fait absolument pas son âge : sa silhouette svelte, sa peau blanche entretenue avec des crèmes, ses cheveux blonds coiffés avec soin, ses doigts fins de chirurgien, sa denture impeccable et son sourire lumineux, ses yeux turquoise, son costume blanc en cotonnade et ses chaussures vernies le font paraître plus jeune qu'il n'est en réalité. Bien qu'il affirme souffrir du cœur, il profite de sa maladie pour clamer aux quatre vents qu'il se moque de risquer sa vie, ce qui lui confère une vitalité rajeunissante, sans doute attisée par son goût pour la cocaïne. Il se distingue aussi par une remarquable loquacité et un don des langues hors du commun qui, ajoutés à son aspect éblouissant, lui donnent un pouvoir de séduction extraordinaire. Il arrive à Saint-Jean-de-Luz le mercredi, un peu avant l'heure du déjeuner, avec ses airs de dandy et sa canne à poignée de nacre. « C'est la meilleure façon de passer inaperçu », dit-il avec un certain cynisme à ceux qui le connaissent et sont venus à sa rencontre pour lui demander comment se passent les choses. Sa réponse ne fait qu'accentuer l'impatience et la nervosité de son auditoire :

— L'affaire est à point, les gars, il faudra traverser la frontière d'un moment à l'autre.

Hier, après la réunion improvisée au golf, les révolutionnaires sont revenus en ville et se sont dispersés à la nuit tombante. La cahute du fossoyeur a de nouveau fait preuve d'hospitalité, en accueillant une autre âme désemparée de dix-huit ans tout juste qui a tenu compagnie à Kropotkine près de la cheminée. La matinée d'aujourd'hui s'est déroulée à peu près comme celle d'hier, et quand à midi arrive en ville « el Señorito », les dirigeants du mouvement sont en train de choisir, près du kiosque à musique, les trois émissaires qui passeront la frontière cette nuit pour s'informer de la situation réelle en Espagne, malgré l'opposition tenace de Juan Riesgo, qui continue à considérer que cette initiative est inutile et dangereuse. Mais l'arrivée de Max va bouleverser complètement ses plans.

— Ça chauffe, ça chauffe, répète celui-ci sous le regard oblique et méfiant de Juan Riesgo. Je reviens de Saint-Sébastien, les militaires sont prêts à se soulever dès qu'ils en recevront l'ordre. Apparemment, Rodrigo Soriano arrivera demain de Paris pour se charger de l'affaire.

— Et que vient faire Soriano dans tout ça ? aboie Gil Galar, qui tient tous les politiciens pour des dictateurs en puissance.

— Mais mon vieux, il est toujours bon d'avoir des politiciens avec nous, répond « el Señorito », en ôtant ses gants de cuir blanc. Nous ne pouvons négliger l'influence que les politiciens peuvent avoir sur la société et l'armée, qui sont toujours rassurées quand elles savent qu'il y a une « autorité » derrière un mouvement comme le nôtre. Certains disent même que Romanones serait prêt à se charger d'un gouvernement révolutionnaire qui renverserait le directoire, et c'est une possibilité que nous ne pouvons pas écarter…

— C'est une possibilité que tu peux te mettre au cul, s'indigne

Gil Galar. On ne va pas risquer notre vie pour que le premier comte venu prenne les rênes de l'affaire. Notre révolution est une révolution prolétaire et anarchiste, quand est-ce que tu vas le comprendre !

— Bon, ça va, ça va, tente de calmer les esprits Luis Naveira de sa voix flûtée, ne nous énervons pas. Ce qui importe, c'est de faire la révolution et de renverser la dictature, nous verrons ensuite comment reconstruire le pays. De toute façon, Max, nous attendons le signal de l'intérieur pour passer la frontière, car la coordination est vitale dans ce genre d'affaires. Nous savons au moins maintenant que tout est mûr à Saint-Sébastien.

— Pas seulement à Saint-Sébastien, je sais que c'est aussi le cas sur une bonne partie de la côte cantabrique, de Bilbao à Saint-Jacques-de-Compostelle. De plus, à ce que j'ai pu voir, la plupart des villages basques et navarrais sont prêts, affirme avec force « el Señorito ». L'idéal serait d'aller à Hendaye et d'entrer en Espagne par Irún, où nous rejoindrions les camarades de la région, qui sont très bien organisés, pour aller tous ensemble à Saint-Sébastien.

— Très bien, mais ce que nous ne savons pas, c'est si tout est prêt ailleurs dans la Péninsule, surtout en Catalogne, dit Juan Riesgo, toujours prudent.

— En effet, admet Naveira, d'ailleurs, nous devons attendre le télégramme qui nous dira que la voie est libre.

— Évidemment, accepte Max. Je suppose que ce sera un télégramme chiffré.

— Bien sûr, confirme Riesgo. Et moins il y aura de gens au courant du code, mieux ça vaudra.

Après une discussion qui se prolonge jusqu'à ce que les estomacs crient famine, on décide de remettre à plus tard l'expédition des trois émissaires, car on a désormais une idée de la situation de l'autre côté de la frontière. À condition toutefois que ce qu'a dit Max soit vrai, évidemment. Bien que la plupart soient sous le charme de ce curieux révolutionnaire déguisé en aristocrate, tous ne lui font pas confiance. Comme Pablo, qui ne perd pas un détail de ce que dit et fait « el Señorito », en essayant de se rappeler où il a déjà vu ces gestes et entendu cette voix de velours. C'est ainsi que, au lieu d'aller manger avec Robinson, Leandro et Julianín (pardon, Julián), il se mêle au groupe qui se forme autour de Max, où se trouvent aussi les quatre ludopathes de Villalpando et la curieuse paire constituée par Perico Alarco l'édenté et Manolito Monzón le sourd-muet, qui ont l'air convaincus de pouvoir tirer profit des airs aristocratiques du « Señorito ». Mais ils se trompent lourdement, car non seulement il les emmène déjeuner dans un boui-boui minable, mais il ne daigne même pas payer les cigares. En revanche, après deux ou trois verres, il leur propose de les conduire à un bordel situé près du port avec cette promesse farfelue, impropre d'un homme à foulard et haut-de-forme :

— Je paye une pute à celui qui l'a plus grosse que la mienne.

Quelques-uns fêtent cette sortie et le suivent, sûrs de gagner le pari peut-être, ou mus par le funeste pressentiment que ce sera sans doute la dernière occasion pour eux de serrer une femme dans leurs bras. Pablo se laisse entraîner, plus obsédé par l'idée de se rappeler où il a vu et entendu ce regard turquoise et cette voix de velours que par l'envie d'assouvir ses besoins vénériens.

Le lupanar est une maison discrète qui tourne le dos au petit port de Saint-Jean-de-Luz, avec plus de classe qu'on ne pourrait en attendre, et fréquentée aussi bien par des marins mélancoliques que par des voyageurs de commerce, des ouvriers de la cimenterie Portland voisine et des gendarmes en service. Du dehors, derrière les jalousies des vastes baies vitrées, on ne voit que les persiennes discrètement baissées. Quand ils entrent dans le vestibule, qui empeste le camphre, le vieux portier de l'immeuble les fait attendre, car au même instant descend un client respectable qui ne veut croiser personne. Il les prévient aussi qu'il est interdit de monter avec des armes à feu et Max, donnant l'exemple, lui remet son pistolet, bien qu'à part lui le seul à être armé soit Casiano Veloso, un des membres du clan de Villalpando, qui dépose à contrecœur son Browning. Une petite sonnette électrique et le vieux portier les laisse entrer, non sans empocher le pourboire que lui donne Max. Le groupe de révolutionnaires, moins d'une dizaine, s'engage joyeusement dans l'escalier, ébloui par tant de simagrées. Ce qui n'a rien d'étonnant, habitués qu'ils sont aux antres infestés de punaises de la vieille Espagne ou du *quartier chinois** parisien.

En haut, ils sont accueillis par madame Alix, un inévitable grain de beauté peint au-dessus de la lèvre, elle les salue avec une grâce que bien des reines lui envieraient, en glissant à Max un clin d'œil complice, comme s'il s'agissait d'un vieil ami. Elle les fait entrer dans un vaste salon, presque dans la pénombre, où des jeunes femmes se promènent à moitié nues parmi les clients qui boivent de la bière et se cachent l'entrejambe sous leur chapeau avant de se décider pour l'une d'elles. Madame Alix les installe à une grande table à l'extrémité de la salle et débouche une bouteille de champagne sur le compte de la maison. Les révolutionnaires, peu habitués à ce genre de délicatesses, accueillent cette offrande avec des vivats et des baisers, et en deux minutes ils vident la bouteille en buvant au goulot. Max sort de la poche de sa veste des préservatifs qu'il propose à la ronde, mais la plupart les refusent, malgré tous les efforts d'« el Señorito » pour expliquer qu'ils sont en latex, et non en boyau d'animal, que c'est ce qu'il y a de plus sûr pour éviter la syphilis et qu'il s'agit du dernier modèle que la pharmacie londonienne John Bell & Croyden a mis sur le marché. Mais l'indifférence ou l'ignorance l'emportent et les imprudents révolutionnaires se laissent entraîner par les filles, pour la plupart françaises, bien qu'il y ait aussi deux ou trois mulâtresses antillaises, probablement originaires des territoires français d'outre-mer, qui promènent leur exotisme exubérant avec une fierté coloniale. L'une d'elles semble jeter à Pablo des regards insinuants depuis la table voisine, où elle est assise entre les jambes d'un type à l'air de boxeur avec lequel elle finit par disparaître, non sans avoir auparavant planté ses beaux yeux en amande dans ceux du compositeur tout déconcerté. Il y a aussi une Espagnole, de

Guadix, avec des cheveux oxygénés à la dernière mode, qui faute de dents répartit son esprit andalou entre les tables et finit par emmener par la main Perico l'édenté, émus peut-être tous les deux par leurs manques identiques.

Au bout d'un moment seuls restent à la table Max, Pablo, Casiano Veloso (avec sa chevelure de mousquetaire divisée en deux et ses cernes prononcés de bagarreur) et Anastasio Duarte (un natif de Cáceres au regard oblique qui est arrivé à occuper la charge de conseiller au Syndicat uni de Saint-Sébastien, d'où il a été expulsé parce qu'il est toujours soûl).

— Et vous, qu'est-ce que vous attendez, jeunes gens ? demande « el Señorito » après avoir allumé une cigarette Kedives, encore un de ses goûts snobs. Vous ne seriez pas pédés, quand même ? Il émet un petit rire saugrenu qui est tout près de rappeler à Pablo où il a déjà vu cet homme.

— Bien au contraire, répond Casiano Veloso, un peu vexé. Ce que je veux, c'est tirer la pute gratis.

— Moi aussi, fait Anastasio.

— Voyez-moi ces petits messieurs, marmonne Max avec un demi-sourire, en faisant un geste de la main pour attirer l'attention de madame Alix. Et toi ? demande-t-il à Pablo en fixant son regard dans le sien. L'ex-compositeur de La Fraternelle est de nouveau sur le point de se rappeler où il l'a vu, mais sa mémoire lui fait une dernière feinte et se tapit dans un recoin de son hippocampe.

— Eh ? Non, je passe, dit-il comme s'il jouait au *mus*.

Les trois autres le regardent, l'air de dire tiens, tiens, finalement on dirait bien qu'il y a un pédé parmi nous. Mais avant qu'ils ne puissent ajouter quoi que ce soit, madame Alix arrive et lui évite leurs moqueries. « El Señorito » murmure quelque chose à l'oreille de madame, qui lui répond oui avec empressement et leur fait signe de la suivre. Max, Casiano et Anastasio se lèvent, laissant Pablo seul à la table.

— Sûr que tu ne veux pas jouer ? lui demande en se moquant

« el Señorito » avant de s'en aller, en caressant de manière obscène sa canne à poignée de nacre.

Pablo fait simplement non de la tête, tout en regardant le trio s'éloigner derrière madame Alix, qui fait signe à plusieurs de ses filles de se joindre au groupe. Le cortège disparaît derrière un rideau écarlate, à l'autre bout du salon, et Pablo reste un instant dubitatif, essayant de lutter contre l'obsession qui le tourmente depuis qu'il a vu Max arriver ce matin à Saint-Jean-de-Luz, car il n'y a pas de pire torture que cette impression d'un souvenir qui effleure notre mémoire sans y pénétrer. Mais tu ne vas pas t'avouer vaincu, n'est-ce pas, Pablito, maintenant que tu y es presque. Il se dit que le mieux pour se libérer d'une obsession est de se laisser submerger par elle, alors laisse-toi porter par l'alcool, lève-toi et va jusqu'au rideau écarlate, il est encore temps de passer la tête pour voir les trois hommes franchir une porte à double battant au bout du couloir, précédés d'autant de filles à moitié nues.

Après avoir fermé la porte de l'extérieur, madame Alix disparaît par un escalier au bout du couloir, qu'elle laisse désert et dans la pénombre. Pablo quitte son refuge derrière le rideau et s'avance entre deux rangées de portes épaisses qui ne parviennent pas à étouffer les gémissements et les soupirs.

Sans un bruit, il se dirige vers la dernière chambre. Puis, comme si on était dans un roman du marquis de Sade, il s'accroupit pour observer par le trou de la serrure la scène obscène qui se déroule à l'intérieur. Mais il a juste le temps de voir trois derrières masculins en chaîne et d'entendre un chœur de rires féminins, amusé par ce curieux concours de poids et mesures, parce qu'il entend soudain dans son dos une douce voix caribéenne qui ressemble beaucoup à celle d'Ángela quand elle imitait l'accent cubain.

— Qu'est-ce que tu fais comme ça par terre, mon petit ?

Pablo se redresse en sursaut, découvre que la réprimande vient de la jeune mulâtresse qui lui jetait de petits regards au salon et qu'au début il avait crue originaire de la Guadeloupe ou de la Martinique.

— Viens ici, mon ange, et arrête de fouiner où tu n'as rien à faire…

Sans que Pablo lui oppose de résistance ou presque, elle l'introduit dans la chambre d'en face. La pièce est décorée avec un goût plus que douteux, assombrie par des rideaux à fleurs qui en cachent les fenêtres, motif qui se répète sur le couvre-lit et sur la toile de la *chaise longue**, ainsi que sur le fauteuil du chevet. Le sol est recouvert d'une moquette ornée d'une frise et une pendule semble vouloir marquer le rythme des amours éphémères. Sous le lit, même si Pablo ne peut pas la voir, il y a une cuvette pour les ablutions les plus intimes. Mais le révolutionnaire bien étonné n'a pas le temps de se distraire en regardant le paysage, car la jeune mulâtresse l'a couché sur le lit, sans autre préambule qu'un clin d'œil mille fois répété, et elle a entrepris de le déshabiller, après avoir ôté sa petite culotte de satin incarnat. La blancheur de ses dents luit dans la pénombre et sa généreuse poitrine oscille sur un rythme saccadé tandis qu'elle retire les bottes de Pablo, qui ne collabore pratiquement pas à l'opération.

— Mais, mon amour, il faut que tu y mettes un peu du tien, je ne peux pas tout faire toute seule, dit la Cubaine sans perdre sa bonne humeur, en même temps qu'elle réussit à lui enlever son pantalon. Comme elle le jette sur le fauteuil tapissé de fleurs, quelques francs s'échappent de ses poches et se répandent sur la moquette. Sois tranquille, mon petit, je te les rendrai tous après, lui murmure-t-elle à l'oreille en lui enlevant sa chemise, ce qui laisse apparaître l'amulette de la chance. Ah, maman, mais qu'est-ce que tu fais avec cette lanterne sur ta poitrine ?

L'œil de verre regarde fixement la fille fascinée par la lumière verdâtre qu'il émet.

— C'est mon amulette de la chance, dit Pablo, ouvrant la bouche pour la première fois.

La jeune femme approche ses lèvres de celles de Pablo et les baise des baisers de sa bouche, comme dans une version impie du Cantique des Cantiques. Quand les deux bouches se séparent, l'amulette est autour du cou de la fille et l'œil de verre semble chercher refuge entre ses seins. Non, ce n'est pas de la magie ni un charme, c'est l'art de la rue : celui qu'on apprend à l'école de madame la Faim et de madame la Pauvreté.

Dès lors, hypnotisé par l'œil de verre qui oscille sous les assauts de la Cubaine, le corps de Pablo l'abandonne, se relâche jusqu'à lui faire perdre toute notion du temps et de l'espace. Puis, sans savoir combien cela a duré, il revient peu à peu à la réalité.

— Eh bien dis voir, mon garçon – la tendre voix de la jeune femme lui parvient de loin – jamais on ne s'était endormi comme ça avec moi. Quel âge tu as, mon petit ?

— Combien tu me donnes ? répond Pablo par une autre question, encore un peu hébété.

— Pas plus de vingt-cinq ans, tu es un enfant de la guerre de Cuba, comme moi… Tu en veux, ma vie ? lui dit-elle en désignant un petit étui de maroquin qui contient un flacon et une seringue hypodermique.

Et Pablo voit enfin la lumière qu'il a cherchée toute la journée : son esprit fait un saut périlleux vers le passé, rebondit sur les parois du tunnel du temps et atterrit quinze ans plus tôt à Barcelone, pendant les violents événements de la Semaine tragique. En une fraction de seconde il voit des églises qui brûlent. Il voit des gens qui courent et qui crient. Il voit des morts sur les barricades. Il se voit lui-même, à dix-neuf ans à peine, réfugié sur une terrasse et refusant la morphine que lui propose un syndicaliste aux yeux turquoise, un sculpteur à la voix de velours et aux mains fines qui se fait appeler Emilio Ferrer et qui se révélera être un indic de la police. Les mêmes yeux, la même voix et les mêmes mains que celui qui se fait maintenant appeler Max Hernández, « el Señorito », et qui utilise des préservatifs de marque John Bell & Croyden.

Pablo saute du lit et sort de la chambre sans mettre son pantalon, sous le regard ébahi de la mulâtresse, surprise par le soudain emportement de son client. C'est dans la même tenue qu'il ouvre la porte de la chambre d'en face, provoquant les cris des filles qui s'y trouvent, lovées entre Casiano Veloso et Anastasio Duarte.

— Mais qu'est-ce qui se passe, putain ? demande Casiano, les yeux vitreux. Tu ne vois pas que tu fais peur aux demoiselles ?

— Où est Max ? demande Pablo.

— Pourquoi ? La révolution a éclaté, ou quoi ?

— Où est-il ?

— Il est parti.

— Comment ça, il est parti ? Où donc ?

— Est-ce que je sais, gamin, je ne suis pas sa mère, répond Casiano avant de s'occuper de nouveau de la grosse rouquine qu'il a dans les bras. Allez, détends-toi et viens en profiter avec nous, il y en a pour tout le monde.

Mais Pablo n'est pas d'humeur à faire la fête.

— Sûr qu'il ne vous a pas dit où il allait ?

Aucun des deux ne répond.

— Et à vous, il ne vous a rien demandé ?

Même silence.

— Quelle paire d'imbéciles, murmure-t-il en sortant de la chambre pour retourner chercher son pantalon. Mais la belle mulâtresse a disparu, non sans s'être payée de ses services avec les francs éparpillés sur le plancher, et en gardant comme pourboire l'œil de verre, l'amulette de la chance qui accompagne Pablo depuis plus de quinze ans.

Merde ! s'écrie-t-il en enfilant son pantalon en toute hâte.

Au salon, il récupère son manteau et son béret, et descend l'escalier en courant, faisant sursauter le vieux portier qui s'était assoupi. Quand il se retrouve dans la rue, il n'y a plus aucune trace du « Señorito ».

— Merde, murmure de nouveau Pablo, et pourtant il ignore qu'Anastasio Duarte a révélé à Max le code du télégramme chiffré, en échange d'une injection de cocaïne.

XI
(1909)

Il fut réveillé par les cris de « Vive les conscrits 1909 ! ». Il regarda la pendule accrochée au-dessus de la porte vitrée du bureau du directeur, cette porte par laquelle bien des années plus tôt l'avait fait passer Obdulia la dodue pour lui voler sa virginité : il était sept heures et quart du matin. Il se pencha au balcon et vit un groupe de jeunes hommes qui se dirigeait vers la Plaza Mayor en proférant chants et plaisanteries, après avoir essayé de conjurer par une nuit bien arrosée le funeste avenir qui attendait plus d'un d'entre eux.

La veille au soir, après avoir quitté la pension de Mme Corbeau, Pablo s'était rendu rue Zamora, en quête de Ferdinando Fernández. Mais à mi-chemin il s'était rappelé qu'on était samedi et qu'il n'y aurait probablement personne à la rédaction, car la législation concernant le repos dominical avait été adoptée par quelques journaux, parmi lesquels *El Castellano*, qui ne paraissait donc plus le dimanche. Il entra dans un bar pour avaler un pot-au-feu insipide et réchauffé. C'est là qu'il lut la lettre de sa mère, qui regrettait l'absence de son fils durant les fêtes de Noël ; et celle du journal, qui l'informait de son licenciement immédiat pour s'être absenté sans justification ; et aussi le document en double exemplaire de la mairie de Salamanque, où on le convoquait pour le tirage au sort des conscrits qui aurait lieu le lendemain. Il ne me manquait plus que ça, pensa Pablo, en croisant les doigts pour que le destin, pour une fois, se montre un peu plus indulgent avec lui.

La constitution de 1876 avait décrété le recrutement obligatoire pour les jeunes Espagnols (obligation qui durait la bagatelle de douze ans : trois ans de service plus neuf dans la réserve), mais tous n'étaient pas condamnés à quitter leur famille lorsqu'ils atteignaient dix-neuf ans, car le gouvernement fixait un contingent de recrues pour chaque province, et c'était le célèbre tirage au sort des conscrits qui déterminait quels seraient les élus. Il existait en outre d'autres possibilités de se libérer du recrutement (sans compter des mesures plus drastiques comme déserter ou s'automutiler) : d'abord, tous ceux qui faisaient moins d'un mètre soixante étaient exclus, tout comme ceux qui souffraient d'une maladie ou d'un défaut physique propre à les empêcher de prendre part dans les règles à la défense de la patrie sacrée. L'anosmie de Pablo, toutefois, n'était pas dans la liste des maladies justifiant une réforme, et bien que sa blessure par balle ne fût pas encore complètement guérie, elle ne pourrait pas lui servir d'excuse non plus. Il aurait été plus facile d'alléguer qu'il était fils de veuve et seul soutien de sa famille, mais le délai pour faire la demande de dispense était passé. Bien entendu, il n'avait pas l'argent qui lui aurait permis de payer le dénommé « remplacement financier », subornation légale que les jeunes de bonne famille utilisaient pour échapper à leurs obligations, si légale qu'elle était même annoncée ce jour même à la page 3 d'*El Castellano*, comme le constata Pablo dans un exemplaire qu'avait le patron du bar : la Previsión Andaluza (société anonyme de crédit et d'assurances) proposait aux pères de famille l'exemption du service militaire pour leurs fils, pour la modique somme de huit cents pesetas, sans autres frais ni débours, avec facilités de paiement en deux, trois ou quatre échéances.

– Quels salauds, marmonna Pablo, sentant que son sang révolutionnaire lui montait à la tête.

Il n'était d'ailleurs pas le seul à penser de la sorte, comme on en aurait très vite la preuve. Il paya son dîner avec le peu d'argent qui lui restait et se rendit au siège du journal pour lequel il avait travaillé ces cinq dernières années dans le mince espoir d'y trouver Ferdinando. Quelqu'un avait enlevé l'ampoule du porche, mais il y avait de la lumière à la rédaction, si bien qu'il frappa doucement à la porte de son majeur replié.

— C'est ouvert ! brama une voix impossible à confondre.

Trois mois ne s'étaient pas écoulés depuis la dernière fois qu'il était venu à la rédaction d'*El Castellano*. Pablo eut pourtant l'impression que cela faisait une éternité : les meubles étaient toujours à la même place, ainsi que les crachoirs, et la chouette empaillée elle-même continuait à surveiller la salle depuis son coin avec son attitude impassible de toujours, mais c'était comme si une patine de temps s'était emparée de toute chose. Ferdinando lui-même, seul et penché sur sa machine à écrire, semblait chargé de quelques années de plus. Ce doit être ce qui arrive quand on a miraculeusement échappé à la mort : en revenant des portes de l'Hadès, on voit le monde avec d'autres yeux.

— Putain de putain ! s'exclama le journaliste en voyant entrer Pablo, avec l'air de quelqu'un qui voit un fantôme. Dans mes bras, gamin, que je vérifie que c'est bien toi, en chair et en os. Et il se mit à lui palper le corps, comme on fouille un voleur. La nouvelle a couru que tu étais mort…

— Eh bien tu vois que non, sourit le ressuscité.

— Viens, on va au Cercle, il faut fêter ça, hein ! Je me suis retrouvé seul pour composer le couplet du lundi, avant d'aller aux Variétés voir la Belle Américaine… Mais, bon sang, tu connais ma devise : ne fais pas aujourd'hui ce que tu peux remettre à demain !

Quand ils furent devant leurs verres de cognac, Pablo commença à raconter à Ferdinando ce qui s'était passé, laissant bouche bée le journaliste, qui murmurait de temps à autre :

— C'est encore mieux que ce feuilleton de Manzoni qu'on a publié il y a quelques années.

Après plusieurs verres et plus d'explications qu'il ne l'aurait souhaité, Pablo évoqua la possibilité de mettre dans le journal une petite annonce au sujet de la disparition d'Ángela.

— Ça ne servirait à rien, dit Ferdinando.

— Pourquoi ça ?

— Parce que ses parents l'ont déjà fait.

En effet, pendant que Pablo guérissait de la terrible blessure reçue à la fontaine au Loup, don Diego Gómez avait remué ciel et terre pour retrouver sa fille, dont la disparition avait été annoncée dans tous les journaux de la province, *El Castellano* compris.

— Si tu mets une autre annonce disant que tu la cherches, le plus probable est qu'elle pense qu'il s'agit d'une ruse de sa famille pour la faire revenir au bercail. En plus, son père découvrira que tu es toujours vivant…

Le fait est que cet homme pétri par mille batailles avait toute la raison du monde, mais Pablo n'était pas disposé à baisser les bras :

— Sauf si c'est une annonce chiffrée.

— Une annonce chiffrée ? demanda Ferdinando en haussant les sourcils.

— Oui, une annonce codée qu'elle seule puisse déchiffrer.

— Tu as trop lu de romans, gamin. Donne-moi un exemple d'annonce chiffrée, pour voir, dit le journaliste d'un ton moqueur.

— Bon, je ne sais pas, un truc comme « Vampire sans cœur cherche désespérément femme anthropologue cannibale ».

Ferdinando manqua avaler son cognac de travers.

— Oui, bien sûr, dit-il quand il eut récupéré, et au-dessous on met : « renseignements à l'imprimerie d'*El Castellano* ». Il ne manquerait plus que ça ! Mais tu as perdu la boule, ou quoi ? Le type qui dirige le journal est peut-être aveugle, mais ce n'est pas un imbécile… Une annonce comme celle-là attirerait l'attention du monde entier !

Quelques habitués du Cercle examinèrent avec curiosité la curieuse paire formée par le journaliste et son disciple.

— Quoique, attends, laisse-moi réfléchir… continua Ferdinando, en voyant l'air abattu de Pablo. La semaine prochaine c'est carnaval, non ? Peut-être qu'on pourrait faire passer ça pour une annonce de costumes pour le bal masqué… Que dirais-tu de : « Particulier propose costumes de vampire et de cannibale pour carnaval » ?

Le visage de Pablo s'éclaira :

— Génial ! ou mieux, mets simplement : « Particulier propose costume de vampire sans cœur pour bal masqué. » Ça suffirait pour qu'Ángela, si elle le lit, se rende compte que c'est moi qui ai passé l'annonce.

— Si tu le dis… Je ne sais pas et je ne veux pas savoir ce que les vampires ont à voir dans tout ça, mais je verrai ce que je peux faire, admit Ferdinando. Ah, et qu'il soit dit qu'avec ça je paye la dette que j'avais envers toi depuis l'attentat de Mateo Morral…

Pablo sourit comme un vampire sans cœur :

— Merci beaucoup, Ferdinando. Au fait, est-ce que tu saurais où je peux passer la nuit ?

— Bon, savoir, ce qui s'appelle savoir, se mit à philosopher le journaliste, animé par la boisson et la conversation, tout ce que je sais c'est que je ne sais rien et que dans le monde il n'y a que deux sortes de gens fascinants : ceux qui savent absolument tout et ceux qui ne savent absolument rien… Mais puisque tu me le demandes, je te dirai que tu peux venir chez moi. Ça, je n'ai qu'un lit.

— Je ne voudrais pas te déranger, Ferdinando.

— Eh bien tu n'as qu'à t'installer à la rédaction. Demain c'est dimanche, personne ne viendra avant l'après-midi. En plus, si tu te lèves tôt tu pourras aller à la mairie pour le tirage au sort des conscrits.

— Mince, c'est vrai. Si jamais on m'envoie en Afrique je te jure que je déserte.

— Eh bien quel avenir attend Angelines… si tu la retrouves, bien sûr, intervint Ferdinando.

— Ángela, elle s'appelle Ángela, corrigea Pablo.

— Ange ou démon, qu'est-ce que ça peut faire, à l'heure de vérité, c'est toujours en enfer qu'on se retrouve.

La conversation s'acheva passé minuit et Pablo ne fut pas le seul à en tirer profit : Ferdinando eut lui aussi sa récompense, car il trouva l'inspiration nécessaire pour le couplet qui paraîtrait le lundi suivant à la une d'*El Castellano* : « Parce qu'il est conscrit

Fidel / trouve son sort bien cruel. / Mais il a tort de se plaindre / car il est bon pour les filles / qu'il cesse donc de geindre ! / et qu'il attende la quille ! »

À sept heures et quart du matin, les cris des conscrits se perdirent dans le bas de la rue, en direction de la mairie. Pablo se débarbouilla dans une cuvette qui se trouvait dans le bureau du directeur et quitta la rédaction d'*El Castellano* en portant sa valise. Quand il arriva à la Plaza Mayor, plusieurs groupes de jeunes hommes se pressaient aux portes de l'hôtel de ville, en fumant leur dernière cigarette avant de se soumettre aux desseins de la déesse Fortune. La bonne humeur que leurs chants distillaient un peu plus tôt semblait avoir fondu comme neige au soleil : tout n'était plus que soupirs et airs préoccupés. Un appariteur à la livrée impeccable sortit et annonça que la cérémonie allait commencer, en séance publique et solennelle.

Pablo monta l'escalier en traînant sa valise, accusant cet effort supplémentaire, et resta debout dans un angle de la vaste salle où allait avoir lieu le tirage au sort. La cérémonie était présidée par un type au crâne dénudé et luisant, qui introduisit dans une sphère les boules contenant les noms des deux cent vingt-quatre jeunes inscrits, sous le regard attentif de ceux qui avaient eu assez de courage ou de méfiance pour assister au tirage au sort. Une fois l'opération terminée, il introduisit dans une seconde sphère les deux cent vingt-quatre boules numérotées correspondant au nombre des jeunes gens. Parurent alors « les innocents », deux enfants qui ne devaient pas avoir plus de dix ans, vêtus comme pour leur première communion. L'un d'eux, le plus brun, se dirigea vers la sphère qui contenait les boules avec les noms ; l'autre, un chérubin aux cheveux blonds, se plaça à côté de la sphère aux boules numérotées. L'homme au crâne luisant releva ses manches, comme un prestidigitateur ou un boucher, et plongea les mains dans les deux sphères à la fois, pour remuer les boules avec la pompe et la solennité de celui qui sait qu'il est en train de mélanger les cartes du destin. *Alea jacta est*, crurent lire certains sur ses lèvres, mais déjà l'enfant brun extrayait la première boule et la tendait à un homme à la moustache généreuse qui faisait office de régisseur :

— Miguel Sáez Aguña, lut l'homme avec une voix aiguë surprenante.

— Numéro soixante-dix-sept, lui répondit le président, après avoir arraché la boule numérotée des mains du chérubin blond.

— Merde, s'écria un jeune homme, et il quitta la salle tandis que le secrétaire de mairie notait son nom et son numéro dans un carnet à couverture de couleur.

— Ça aurait pu être pire, dit quelqu'un près de Pablo. Au moins il échappe au Maroc.

Celui qui avait dit cela avait raison, car les boules déterminaient non seulement les conscrits qui devaient payer la contribution du sang, comme on l'appelait, mais aussi leur affectation : les numéros les plus bas iraient dans les territoires d'outre-mer, les numéros intermédiaires quelque part dans la Péninsule, et les plus élevés au contingent d'instruction, c'est-à-dire dans la réserve. Si bien que plus le numéro de la boule était bas, moins on avait de chances de rentrer chez soi, comme la sagesse populaire se chargerait de le vociférer tout au long de la matinée : « Fils conscrit et tiré au sort, fils en toute certitude mort », dirait une mère, la peur au ventre. « Dix jeunes hommes qui vont à l'armée, égale cinq morts programmées », répliquerait sa voisine. Et ainsi de suite jusqu'à épuisement de la liste des proverbes.

Dix minutes après le début du tirage, sortit la boule numéro 1, qui correspondait à Ángel Prieto Beltrán. L'infortuné quitta la salle livide et raide comme la justice, tandis que certains tentaient de lui remonter le moral et que d'autres faisaient le signe de la croix, comme pour un condamné à mort. Une demi-heure plus tard sortit la boule avec le plus haut numéro possible, le 224, et

Agustín Arenzana Morán poussait un cri de joie en se précipitant dans l'escalier pour fêter ça dans le plus proche bistrot.

— Mauvais patriote ! cria un petit vieux en le voyant traverser la place en sautant de joie.

La boule de Pablo fut parmi les dernières à sortir et elle portait le numéro 66. Un numéro qui lui permettait d'échapper à l'Afrique, mais pas au service militaire. Quand il sortit de la mairie, un quidam lui proposa de se joindre à la fête des conscrits, mais il déclina l'offre sans donner d'explications. Trois semaines plus tard aurait lieu l'acte de classement des recrues, mais l'incorporation ne serait pas effective avant le mois d'août, et l'affectation finale ne serait connue qu'en octobre ou novembre, ce qui laissait à Pablo plusieurs mois pour rechercher Ángela avant de faire son devoir.

Les premiers jours, il passa son temps à errer sans but dans les rues de Salamanque, dans l'espoir de la rencontrer au premier croisement, tout en faisant des vœux pour que la petite annonce publiée dans *El Castellano* finisse par porter ses fruits. Parfois, il se découvrait lui-même en train de crier le nom de sa bien-aimée au bord du Tormes, ou dans les environs de la ville, ou même devant les portes de la cathédrale, jusqu'à ce qu'un riverain le menace d'appeler la police. Il passa certaines nuits à la rédaction, d'autres chez Ferdinando ; il logea aussi un temps à l'imprimerie de camarades anarchistes et dormit même deux fois sous le pont romain, dans un état de désespoir grandissant. Quand son dernier centime fut dépensé, il décida de mettre au clou le peu qu'il avait, y compris sa valise. La seule chose dont il ne se sépara pas fut le chapeau de son père, son revolver de poche et l'amulette de la chance que lui avait offerte la vieille pythonisse dans sa cabane des bois.

C'est ainsi qu'arriva le premier dimanche de mars et toujours aucun signe de vie de la part d'Ángela. Si elle avait vu l'annonce, elle ne l'avait pas déchiffrée. Mais le plus probable était qu'elle n'avait même jamais eu le journal entre les mains. De fait,

El Castellano n'était diffusé que dans la province de Salamanque, et personne n'était en mesure d'assurer qu'Ángela s'y trouvait toujours. Elle pouvait être à Madrid, ou dans n'importe quelle autre ville d'Espagne. Ou plus loin encore, pensait Pablo : en Amérique, en Afrique ou en Océanie, pleurant sa mort au milieu des Jivaros et des cannibales. Il était même possible – cette seule pensée lui donnait des nausées – qu'elle soit au fond de la mer avec une enclume pour piédestal. Plus pour chasser ces funestes pensées que parce qu'il avait renoncé à se déclarer déserteur, Pablo se rendit à la mairie pour y remplir ses obligations de recrue numéro 66. On le mesura, on le pesa, on lui fit passer un examen médical et on découvrit la blessure qu'il avait sur le côté gauche de la poitrine, qui avait eu tant de mal à cicatriser. Pablo déclara que c'était une volée de plombs récente, et les deux médecins eurent l'air de se satisfaire de cette réponse. Ils lui demandèrent seulement s'il en ressentait de la gêne, ce à quoi il répondit qu'il voyait des étoiles quand il éternuait et qu'il avait du mal à respirer quand il montait un escalier. « Ça nous arrive à tous, dirent-ils en riant : cesse de fumer et tu verras comme ça ira mieux. » Sûr que s'il avait eu de l'argent pour les soudoyer, il ne leur en aurait pas tant coûté de le déclarer inapte au service.

Après le conseil de révision, Pablo fut définitivement incorporé au contingent de 1909. Bien qu'il eût encore plusieurs mois devant lui pour retrouver Ángela avant d'être appelé sous les drapeaux, il se rendit compte que s'il voulait réussir il ne devait pas se contenter d'attendre à Salamanque que se produise un miracle. Si au moins j'avais Robinson avec moi, pensa-t-il. Et une lumière s'alluma dans un coin de son cerveau.

— Alors tu vas à Barcelone ? demanda Ferdinando en apprenant la nouvelle. Quand ça ?

— Dès demain. Bon, je passerai d'abord par Baracaldo voir ma mère et ma sœur pour m'assurer qu'elles vont bien. Mais je partirai pour Barcelone aussitôt après.

— Et qu'est-ce qui se passe avec Angélica ?

— Ángela, elle s'appelle Ángela.

— Bon, quel que soit son nom. Tu n'espères pas la retrouver à Barcelone, non ?

Pablo sourit pour la première fois depuis bien des jours, car une lueur d'espoir était née à l'horizon. Il ne comprenait pas pourquoi il n'y avait pas pensé plus tôt, mais il lui semblait évident maintenant que si Ángela, le croyant mort, s'était enfuie de Béjar, elle serait aussitôt partie à la recherche de Robinson. Mais où donc était Robinson ? Jusqu'à nouvel avis, dans une communauté naturiste de la côte catalane. Malgré tout, il préféra ne pas partager ses réflexions avec Ferdinando, et se contenta de lui répondre, avec la force d'un poète ou d'un conquistador :

— Si elle n'est pas à Salamanque, j'irai la chercher partout, et même jusqu'au bout du monde s'il le faut.

– 13 –

> On attendait impatiemment le télégramme. Quiconque a vécu ces moments de fièvre partagée ne pourra jamais les oublier. Nous savions tous qu'à la réception de ce fameux télégramme nous devrions nous rassembler à la frontière et la traverser pour mener une lutte sans merci avec la police qui la gardait. Au fond, nul n'ignorait que nous allions nous heurter à des forces nombreuses, bien organisées et mieux armées que nous, et que beaucoup paieraient de leur vie, même si nous étions vainqueurs, leur action révolutionnaire. Mais que nous importait ! La liberté vaut bien un grand nombre de vies.
>
> VALERIANO OROBÓN, propos recueillis par
> Abel Paz *in Durruti en la revolución española*

La nuit est tombée quand Pablo sort de la maison de passe. On ne voit personne alentour, seul un chat famélique miaule sur le trottoir d'en face, près de l'unique réverbère à gaz allumé de toute la rue. Pablo sort sa blague à tabac. De la mer arrive une brise humide qui engourdit les muscles, et rend difficile même la tâche mécanique de rouler une cigarette. Il boutonne son manteau, et cale son béret sur sa tête jusqu'aux oreilles. De loin lui parvient la musique d'un gramophone, amortie ou paresseuse. Un instant, il pense aller sur la place pour voir s'il trouve Max, mais il se sent brusquement fatigué. De plus, l'image nette qui lui est apparue pendant que la mulâtresse lui proposait de la drogue commence à s'estomper, et il n'est plus aussi sûr que « el Señorito » soit le prétendu syndicaliste qu'il a connu à Barcelone en 1909. Il tire deux bouffées de sa cigarette en observant distraitement le ciel dégagé où se distinguent les principales constellations, que son père lui avait appris à reconnaître dans la campagne de Castille. Là, la Grande Ourse, qui a la forme d'un char ; un peu plus loin sa fille, la Petite Ourse, exactement semblable à sa mère mais plus petite ; et tout en haut de la voûte céleste, celle que Pablo préfère : Cassiopée, avec sa zigzagante silhouette qui dessine un M un peu aplati. « Le M de Martín », lui disait son père, et Pablo le croyait. C'est avec ces pensées nostalgiques qu'il prend enfin le chemin du cimetière, en suivant des rues inhospitalières. Il a un creux bizarre à l'estomac, mais ce n'est pas la faim. La scène du bordel, à présent floue et décomposée, l'a laissé mal à l'aise et sans œil de verre pour le protéger.

Quand il arrive au cimetière, la lune éclaire les niches et les caveaux, créant une atmosphère inquiétante. Pablo voit de la lumière dans l'ancienne cahute du fossoyeur et traverse le puzzle des tombes sans perdre de temps. Mais en approchant il entend des cris à l'intérieur : une voix masculine et une autre, féminine. Ce sont Leandro et Antoinette, qui se disputent violemment. Pablo s'arrête, indécis. Soudain quelque chose le frappe à la nuque, quelque chose de petit et de rond. Il se retourne et ne voit personne, mais un autre projectile l'atteint au bras : c'est un cône de cyprès, ce que les botanistes appellent galbule, même si les morts ne le savent pas. Ni les morts ni Pablo, qui se contente de ramasser le fruit en demandant d'une voix inquiète :

— Qui va là ?

Mais il n'obtient pour toute réponse qu'une autre pluie de galbules. Ce n'est que lorsqu'il entend aboyer Kropotkine qu'il se rassure.

— Connards ! Salopards ! crie-t-il à Robinson et à Julián, qui sortent de derrière un tombeau, morts de rire.

— Chuutt, ne crie pas si fort, il y a des gens qui dorment, le moque Robinson, avec un geste qui embrasse le cimetière tout entier.

— On peut savoir ce que vous faites ici dehors ?

— On joue à cache-cache, comme tu vois, répond Robinson.

Bon, on passe le temps en attendant que les deux autres règlent leurs problèmes, ça fait presque une heure qu'ils s'engueulent. Où étais-tu passé, vaurien, on t'a cherché tout l'après-midi.

— Par là.

— Par là ?

— Oui, par là, j'ai suivi « el Señorito », pour voir ce que sa tête me rappelait.

— Et ?

Mais Pablo n'a pas le temps de répondre, car la porte de la cahute s'ouvre et Antoinette sort en la claquant. Les voyant plantés là, elle s'enfuit à toutes jambes en sanglotant. Les trois hommes et le chien se dirigent vers la maisonnette. Leandro est assis sur une chaise, tête basse, en train d'effeuiller un chrysanthème.

— Entrez, les gars, entrez, leur dit-il sans les regarder en face, et il pousse un soupir. Comme aucun des trois n'ose rien lui demander, il leur donne lui-même l'explication. Cœur ou révolution…, *c'est tout*!*

À en juger par la façon dont Antoinette est partie, le choix de l'Argentin semble clair.

Le temps peut se dilater, mais pas éternellement : s'il s'étire trop sans se rétracter, il risque de se rompre. Et quelque chose s'est rompu à Saint-Jean-de-Luz quand Robinson, Leandro, Julián et Pablo arrivent à midi au kiosque à musique. Cette nuit ils ont bavardé jusqu'à l'aube et même plus, sans que Pablo trouve l'occasion de partager ses soupçons sur Max Hernández, « el Señorito », empêché par de byzantines discussions pour savoir si le football finira par supplanter la corrida comme distraction nationale, si le *tresillo* est un jeu de cartes plus ou moins bourgeois que le bridge ou si les pipes en bruyère sont meilleures que les pipes en terre. Ce n'est qu'après avoir éteint la lampe à kérosène, au son des ronflements de Leandro et de Julián, que Pablo s'est enhardi à murmurer :

— Dis, Robin.

— Quoi ? a répondu le végétarien, à moitié assoupi.

— Je crois que je sais à qui me fait penser « el Señorito ».

— À qui ?

— À un mouchard de la police que j'ai connu à Barcelone, il y a des années de ça.

— Sans déconner. Tu es sûr ?

— Oui. Enfin, non... Je ne sais pas.

— Bon, c'est oui ou c'est non ?

— C'était il y a si longtemps...

— Écoute, tu ferais mieux de dormir et de reprendre des forces, a bâillé Robinson. Demain on va le trouver et on lui demande des explications, d'accord ?

— Oui, a répondu Pablo, pas tout à fait convaincu, tandis que les ronflements de son ami s'ajoutaient au chœur désaccordé.

Ce matin, donc, les quatre oiseaux de nuit ont eu du mal à se lever et ils sont arrivés en retard sur la place, envahie par soixante-dix ou quatre-vingts révolutionnaires espagnols terriblement agités. Mais « el Señorito » ne se trouve pas parmi eux, comme le constate tout de suite Pablo.

— Eh bien il était temps, Roberto ! lance à Robinson Luis Naveira, un des seuls qui l'appellent par son véritable prénom. On pensait que vous aviez un ennui, bon sang.

— Qu'est-ce qui se passe ?

— Eh bien il se passe que le télégramme est arrivé, mon vieux.

Le cœur des quatre jeunes hommes fait un bond. Kropotkine lui-même se met à remuer compulsivement la queue.

— Allez, allons-nous-en d'ici, suggère Santillán, l'ex-garde civil, on attire trop l'attention.

Tandis que le ciel se couvre de gros nuages noirs, le peloton se dirige en toute hâte vers le golf de La Nivelle, sans que personne n'ait cette fois envie de chanter. Certains discutent en petits groupes, mais à voix basse, comme s'ils assistaient à un enterrement ou qu'ils craignaient de déranger un vieillard malade.

D'autres marchent en silence, rendus muets par un chatouillis à l'estomac ou par qui sait quels remords de conscience, comme Casiano Veloso et Anastasio Duarte, qui de temps en temps jettent à Pablo un regard plein de rancœur, en repensant à son irruption abrupte dans la chambre du bordel. Ce n'est que lorsque les révolutionnaires arrivent au golf que se déchaînent les passions et les cris.

— Du calme, camarades ! réclame en vain Juan Riesgo.

— Silence, merde ! hurle Gil Galar, plus cadavérique que jamais.

Seul un coup de tonnerre, menace de pluie, parvient momentanément à calmer les esprits.

— Camarades, lance Luis Naveira, flanqué des quatre autres membres du groupe des Trente et de l'ex-garde civil Santillán, le doyen de l'assemblée, cela fait trois jours que beaucoup d'entre nous sont arrivés de Paris, où nous avons tout laissé, nos appartements, notre travail et nos familles. D'autres sont venus de Bayonne, de Biarritz ou de Bordeaux, en faisant les mêmes sacrifices. Quant à vous, qui êtes de Saint-Jean-de-Luz, vous nous avez accueillis auprès de vos femmes et de vos enfants. Mais le moment de la vérité est enfin venu, camarades ! Le moment est venu de voir si tous ces sacrifices ont valu la peine. Le moment est venu de franchir la frontière et de libérer l'Espagne du joug de la dictature !

— Oui, oui, à bas la dictature ! crient certains.

— Dehors la monarchie ! rugissent d'autres.

— Vive la révolution ! lancent les plus exaltés.

— Le fait est, poursuit Naveira quand les cris cessent, que le télégramme que nous attendions est enfin arrivé ce matin à Paris, d'où le comité nous l'a renvoyé, à nous et aux camarades qui sont à Perpignan.

Un murmure plein de nervosité se répand parmi les révolutionnaires.

— En fait, continue « le Portugais », les camarades restés à Paris prendront le train ce soir. La plupart iront à Perpignan, car on pense qu'il faut plus de renforts en Catalogne. Les autres seront ici demain à l'aube, et parmi eux Durruti.

— Donc, observe quelqu'un, on va devoir rester les bras croisés jusqu'à ce qu'ils arrivent ?

— Eh bien, c'est ce dont nous sommes venus discuter, répond Juan Riesgo. Je suis partisan d'attendre Durruti et les siens, si peu nombreux qu'ils soient, parce qu'apparemment ils apportent des fusils.

— Mais il est aussi possible qu'ils n'arrivent jamais si on découvre ce qu'ils transportent, dit avec son air bonasse Bonifacio Manzanedo, le spécialiste des explosifs natif de Burgos.

— Je pense que le mieux est de franchir la frontière le plus tôt possible, parie Gil Galar, toujours prêt à montrer sa bravoure.

— Oui, mais avec quelles armes ? demande un des Parisiens. Parce qu'à moi, jusqu'ici, on ne m'a même pas donné un misérable outil. Croyez-moi, je n'ai pas l'intention de faire la révolution à coups de nerf de bœuf !

On entend des murmures d'approbation.

— Du calme, camarades, intervient Naveira, en cherchant du regard l'acquiescement de Juan Riesgo et de l'ex-garde civil Santillán, qui sont allés hier à Bordeaux récupérer une malle pleine d'armes fournies par les membres du Syndicat espagnol. Il y aura des pistolets pour tous ceux qui savent s'en servir, quoi qu'il en soit des fusils de Paris. Nous les distribuerons avant de nous mettre en marche, ainsi que les munitions, bien que certains d'entre vous soient déjà armés, j'en suis sûr. Une fois en Espagne, il ne sera pas difficile de trouver d'autres armes, surtout si les militaires se sont soulevés, comme a dit Max…

— Au fait, intervient Pablo, qui hésite à partager ses soupçons en public, pourquoi Max n'est-il pas avec nous ?

— Il a pris hier le train de nuit pour Saint-Sébastien, l'informe Naveira, n'est-ce pas, Bonifacio ?

— Oui, répond l'homme de Burgos. Je l'ai croisé sur le chemin de la gare. Il a dit qu'il préférait nous attendre en Espagne, parce qu'il sera plus difficile de franchir la frontière quand le conflit aura éclaté. Évidemment, avec son cœur fragile, il ne va pas passer à pied par la montagne…

Un autre coup de tonnerre résonne dans le ciel, comme s'il s'impatientait du retard de la prise de décisions. Mais la révolution n'est pas une chose qu'on puisse faire à la légère, et les hommes réunis au golf ne vont pas se précipiter à cause d'une simple pluie qui menace, alors que c'est l'avenir de l'Espagne qui est en jeu. Ils continuent donc à discuter un bon moment, malgré les premières gouttes. Quand enfin s'achèvent les délibérations, on passe au vote à main levée. Le résultat est sans appel : seuls Juan Riesgo et une poignée d'hommes sont partisans d'attendre jusqu'à l'aube l'arrivée des camarades de Paris. Tous les autres, y compris les principaux chefs de file de l'expédition, sont pour partir tout de suite pour la frontière. En fin de compte, si la révolution a éclaté, il n'y a pas de temps à perdre.

— Alors on se revoit dans deux heures, propose Naveira. Ici même. Ceux qui ont voté pour attendre les camarades de Paris, vous serez sous le commandement de Juan. Les autres, profitez de ce moment pour manger un morceau, si ce n'est pas déjà fait, parce que la traversée sera dure. Mais ne remplissez pas inutilement vos sacs, ne prenez que l'indispensable. Ceux qui ont des armes, apportez-les. Cartes, boussoles, lanternes, matériel de premiers soins seront aussi bienvenus. Courage, camarades !

Sans plus attendre, les révolutionnaires retournent en ville prendre leurs affaires et manger un peu avant de partir, bien que nombre d'entre eux aient l'estomac noué et du mal à avaler quoi que ce soit. Pablo, Robinson, Leandro et Julián, avec à leur tête un Kropotkine plus nerveux que de coutume, se dirigent en silence vers le cimetière, chacun perdu dans ses pensées. Une fois dans la cahute du fossoyeur, ils préparent sacs et besaces, en faisant attention à ne prendre que ce qui est indispensable pour la révolution.

— N'oublions pas les tracts, rappelle Robinson à Pablo.

— Ni le tabac, ajoute Leandro, plus pragmatique.

Mais comme la notion de l'indispensable est parfois très subjective, il finit par rentrer de tout ou presque dans les sacs ; documents personnels, passeports et actes de naissance ; porte-monnaie et portefeuilles ; couteaux à simple et double lame ; blagues à tabac, étuis à cigarettes, allumettes et briquet à mèche (Leandro) ; linge de corps, espadrilles, mouchoirs, tricots de peau, ceinture de cuir, gilet (Robinson), écharpe en soie (Leandro), bretelles, et même chausse-pied en métal (Julián) ; et aussi des articles d'hygiène : peignes, miroir de poche, savonnette Heno de Pravia, petits ciseaux, nécessaire de rasage, une serviette de toilette, et aussi un tube de vaseline parfumée pour se gominer les cheveux (Julián) ; un parapluie, une gourde et quelques effets personnels tels que photographies, lettres, carnets de notes, un crayon de la marque allemande Staedtler (Leandro), un stylo Parker (Pablo), une montre de gousset sans sa chaîne (Julián), un dixième d'une loterie pour le tirage du 11 juillet (Leandro), et cætera et cætera.

Pablo est le premier à terminer de faire son sac et il s'assied près du feu pour attendre les autres. En les observant, il se rend compte qu'avec ses trente-quatre ans il est le plus âgé : Robinson a un an de moins que lui, Leandro doit approcher les vingt-cinq et Julián est toujours Julianín, ses dix-huit printemps tout juste fêtés. En fait, excepté « el Maestro » et l'ex-garde civil Santillán, il doit être un des plus vieux de l'expédition. Et soudain il a peur, une peur vague, comme un présage : quelque chose lui dit que si l'affaire tourne mal, être parmi les plus vieux ne jouera pas précisément en sa faveur. Inconsciemment, il porte la main à sa poitrine, là où devrait pendre l'œil de la chance, et comme il ne le trouve pas sa peur s'accentue encore. Alors, pendant que les trois autres finissent de préparer leurs sacs, il prend son passeport et son stylo Parker et, d'un trait fin et précis de professionnel de l'édition, il ajoute une petite queue au zéro de son année de naissance, et comme par enchantement il n'est plus né en 1890 mais en 1899. Même Hans van Meegeren, le falsificateur débutant qui réussira à vendre un faux Vermeer au lieutenant de Hitler, Hermann Goering lui-même, n'aurait pas fait mieux. Ce n'est pas une exagération, car demain personne ne s'en rendra compte, contrairement à ce qui se passera pour d'autres révolutionnaires moins soigneux.

— Robin, dit Pablo quand il a achevé son œuvre d'art, de quelle année es-tu ?

— De 91, répond l'autre tout en essayant de fermer son sac à dos.

— Donne-moi ta carte d'identité.

— Pour quoi faire ?

— Donne-la-moi, aie confiance.

Aussitôt, comme par enchantement, le un se transforme en sept.

Une fois terminés leurs préparatifs, les quatre amis mangent un peu de pain et de fromage, qu'ils font descendre avec un vin aigre qui parvient malgré tout à calmer leurs corps et leurs cœurs. Excepté Leandro, dont la tristesse suppure par les deux ventricules et les deux oreillettes. Quand ils sont enfin prêts, sac au dos, l'Argentin leur dit :

— S'il vous plaît, attendez-moi dehors.

Alors, dans la solitude de ce qui a été sa demeure depuis qu'il a rencontré Antoinette, il arrache une feuille de cahier et avec son crayon Staedtler tout neuf il dessine un cœur transpercé d'une flèche. Dans la partie inférieure, il écrit cette terrible épigraphe : « Je reviendrai te chercher quand l'Espagne sera libre. » Au-dessous, comme un sceau d'amour, une larme se suicide pour signer son dessin.

Avant de sortir de la cahute, Leandro prend dans la poche gauche de sa chemise la photo d'Antoinette, celle qu'elle lui a offerte la première nuit qu'ils ont passée ensemble. Il l'élève vers le ciel, comme font les prêtres avec l'hostie avant de communier, la porte à ses lèvres et l'embrasse. Puis il la remet dans sa poche, l'image vers l'intérieur, et quitte la baraque. Dehors l'attendent ses trois camarades qui ne lui posent pas de questions, et ils se mettent en marche sous la pluie.

XII
(1909)

Quand Pablo y arriva, Barcelone était connue comme « la ville des bombes ». Elle s'était gagné ce nom, bien mérité, après l'explosion d'un premier engin, en 1884, qui annonçait la nouvelle stratégie de l'anarchisme le plus radical : la propagande par le fait. Les répliques successives de ce pétard inaugural avaient fait vaciller les fondements de la société catalane, la bourgeoisie aisée ayant fini par découvrir les risques d'un système qui récompensait impudiquement les puissants et punissait les déshérités avec la même impudeur. À la fin du siècle, Barcelone comptait un demi-million d'habitants (dont la moitié étaient analphabètes) et son économie était fondée sur l'industrie et le commerce. Mais les conditions de travail étaient le plus souvent inhumaines : des enfants de dix ans trimaient quinze ou seize heures par jour dans d'insalubres et sombres usines pour le misérable salaire d'une peseta. Ce qui fait que la classe ouvrière la plus contestataire inventa un jeu de mots pour se faire entendre : à l'exploitation nous répondrons par l'explosion. *Dit i fet*[9].

Après une longue décennie d'attentats contre l'armée, l'Église et la bourgeoisie la plus rossinienne, les autorités tentèrent de régler la question une fois pour toutes, et elles y parvinrent presque, avec ce qu'on appela le « procès de Montjuic », suivi avec un énorme intérêt par la presse européenne entre 1896 et 1898 : quatre cents anarchistes (ou boucs émissaires, peu importait) furent arrêtés, une cinquantaine exilés, une vingtaine emprisonnés et cinq durent prendre le chemin de l'échafaud. Mais la fin de la violence ne fut qu'un mirage, et s'il est vrai que pendant un

9. « Sitôt dit, sitôt fait. »

lustre aucune bombe n'explosa à Barcelone, quand elles le firent de nouveau ce fut avec virulence, au point qu'Antoni Gaudí finit par rendre hommage à la très populaire bombe Orsini (une sphère constellée de picots utilisée par Mateo Morral et ainsi baptisée en hommage à l'anarchiste italien qui avait attenté contre Napoléon III), en en plaçant une réplique entre les griffes du démon pisciforme qui tente de séduire un ouvrier dans la chapelle du Rosaire de la Sagrada Familia. En fait, quand Pablo arriva à Barcelone le 12 mars 1909, résonnait encore l'écho des quinze bombes de l'année précédente et de la polémique affaire Rull, quand avait été exécuté un prétendu anarchiste accusé de divers attentats, alors qu'en réalité il s'agissait d'un indic de la police. Dans la ville, la psychose était telle qu'un décret royal avait suspendu les garanties constitutionnelles pendant plus de six mois, malgré les protestations d'Anselmo Lorenzo, figure éminente de l'anarchisme espagnol, qui ne cessait d'affirmer qu'« on ne peut soutenir qu'il existe un terrorisme anarchiste, parce que l'anarchisme représente l'idéal de paix et d'économie le plus parfait, ce qui revient à dire d'amour et de justice ».

La vieille gare de France souhaita la bienvenue à Pablo, qui venait de passer quatre jours à Baracaldo auprès de sa mère et de sa sœur Julia, devenue une vraie demoiselle, svelte et avisée comme une sphinge. Mais une autre femme lui avait ôté le sommeil et il ne s'avouerait pas vaincu avant de l'avoir retrouvée. Juste devant la gare, il manqua se faire renverser par un automobiliste qui lui cria de faire plus attention s'il voulait avoir le temps de vieillir. De l'autre côté de la rue, un soleil splendide brillait dans le ciel, l'obligeant à ôter son manteau, celui avec lequel don Julián avait parcouru à dos de Lucero les villages de la province de Salamanque et dont sa mère lui avait imposé l'héritage. Il prit dans la poche intérieure un petit papier consciencieusement plié et lut pour la énième fois ce qu'y avait écrit Ferdinando Fernández quand il était allé lui dire au revoir à la rédaction d'*El Castellano* : « Abelardo Belmonte. 10, place Urquinaona, 3e étage, 1er A. »

C'était l'adresse d'un neveu à lui qui vivait et travaillait à Barcelone.

— C'est la brebis galeuse de la famille, lui avait dit Ferdinando avant de le serrer pour la dernière fois dans ses bras en lui glissant un billet de cinq douros dans la poche. Un garçon un peu exalté qui se dit anarchiste et je ne sais quoi encore. Mais tu n'as qu'à lui répéter ce que tu as écrit sur la façade de la cathédrale et tu verras comme il t'aidera.

Maintenant, suivant les indications d'un marchand de gaufres ambulant, Pablo se frayait un passage sur la future Vía Layetana encore en travaux, en se rappelant les mots du rédacteur, et il s'agrippait à ce bout de papier comme un naufragé à un canot de sauvetage. Un quart d'heure plus tard, il débouchait sur une vaste place, couverte d'arbres et entourée d'imposants immeubles.

— Excusez-moi, grand-père, dit-il à un vieil homme qui demandait l'aumône avec un bandeau noir sur l'œil gauche, la place Urquinaona ?

— Vous y êtes, jeune homme, soupira le vieux, qui fit tinter, comme un appeau, les quatre pièces qu'il avait au fond d'une demi-coquille de noix de coco.

Mais demander à celui qui n'a rien est affaire d'aveugles ou d'insensés, et Pablo se contenta de le remercier. Le porche du numéro 10 était gardé par un concierge à l'allure de dompteur de lions, un de ces chanceux qui devaient leur poste à la dernière vague d'attentats anarchistes, après laquelle les autorités avaient décrété, sous peine d'une amende de cinq cents pesetas, que tous les immeubles de Barcelone devaient avoir un portier pour veiller à la sécurité de ses habitants et faire fuir les malfaiteurs. Effectivement, ce dompteur de fauves semblait prêt à donner deux coups de fouet à quiconque oserait pénétrer dans son domaine.

— Bonjour, s'enhardit Pablo. Je cherche Abelardo Belmonte.

L'homme tortilla sa moustache en étudiant le nouveau venu.

— Troisième à droite, finit-il par concéder d'une voix de gramophone.

C'est ainsi que Pablo fit la connaissance du neveu de Ferdinando Fernández, de sa femme et de leurs trois enfants, aussi turbulents qu'un ouragan. Une rencontre des plus fructueuses, car non seulement Abelardo lui trouva un refuge nocturne – même si c'était dans une auberge municipale de la rue du Cid, en plein quartier d'Atarazanas, « le plus immoral de Barcelone », d'après don Ángel Ossorio, le gouverneur de la ville – mais il le présenta à La Neotipia, une coopérative anarchiste de typographes qui confierait bientôt de petits travaux à Pablo pour lui permettre de survivre. Plus important encore : c'est ce saint homme qui lui parla de la Lliga Vegetariana et le mit sur la piste de Robinson :

— Elle a été fondée il n'y a pas longtemps par le docteur Falp i Plana, qui était le médecin personnel du poète Verdaguer, lui expliqua-t-il un jour, voyant que Pablo désespérait de ne rien apprendre sur cette prétendue communauté naturiste dans laquelle Robinson s'était reclus. C'est tout près d'ici, tu pourrais aller te renseigner. Tu ne m'as pas dit que ton ami était végétarien ?

Pablo se rendit le jour même au local de la Lliga Vegetariana, sur la Rambla de las Flores, dans le vétuste palais de la Vice-Reine. Une secrétaire aux cheveux frisés comme la salade du même nom, qui ressemblait vaguement à Obdulia, le fit patienter dans une petite salle tapissée de papier vert épinard. Aux murs étaient accrochés des paysages bucoliques et des photos des activités de la Lliga, et on y voyait aussi, encadré, le premier menu qu'avaient partagé les membres de la société au restaurant Mundial Palace pour fêter l'acte fondateur, un menu qui sembla à Pablo tiré d'un conte de fées : 1) amusements Brahma, 2) riz Pythagore, 3) empanadas Ésaü, 4) fèves à la grande Chartreuse, 5) fruits Tolstoï, 6) laitue Lahmann, 7) pain Kneipp, biscuit *glacé**, fruits, fromages, douceurs et malt. Comme boisson, jus de raisin.

— *Bon dia, què desitja*[10] *?* le fit sursauter quelqu'un dans son dos : c'était le docteur Falp i Plana en personne, le fondateur de l'institution.

---

10. « Bonjour, que désirez-vous ? »

— Bonjour, répondit Pablo, un peu intimidé malgré la bonhomie de son interlocuteur. Je vous prie de m'excuser, mais cela fait plusieurs jours que je cherche un ami végétarien et je n'ai finalement rien trouvé de mieux que de passer pour voir si vous le connaissez.

— S'il est végétarien et qu'il vit à Barcelone, il serait étrange que nous ne le connaissions pas, répondit le docteur en passant à l'espagnol et en ébauchant un sourire béat.

— À vrai dire, je ne sais pas s'il vit précisément à Barcelone. Aux dernières nouvelles, il se trouvait dans une communauté naturaliste de la côte catalane…

Falp i Plana fronça les sourcils, de façon à peine perceptible, et observa Pablo avec une pointe de suspicion :

— Vous voulez certainement dire naturiste. Un courant très intéressant, bien entendu, quoique un peu impudique, ne trouvez-vous pas ? C'est une chose de vivre en communion avec la nature et une autre, bien différente, de se promener partout comme Dieu nous a mis au monde… Mais, que je sache, le nudisme n'est pas encore arrivé en Espagne. Comment dites-vous que s'appelle votre ami ?

— Roberto, Roberto Olaya, mais il se fait appeler Robinson.

— Très approprié, sourit le docteur de nouveau. Puis, comme s'il venait de penser à quelque chose d'urgent, il s'adressa à la secrétaire aux cheveux de frisée : *Escolti, Eulàlia, no li diu res aquest nom*[11] ?

— *Oi, i tant, doctor : es el que va dir aquella noieta tan mona de fa uns mesos i que a vostè li va far tanta gràcia. Encara el dec tenir apuntat per aqui…*[12]

Pablo essaya de comprendre ce qu'ils disaient, mais le catalan de ces braves gens était pour lui du chinois.

11. « Dites, Eulàlia, ce nom vous dit quelque chose ? »
12. « Bien sûr, docteur, c'est celui qu'a dit cette fille si jolie qui est venue ici il y a deux ou trois mois, ce nom qui vous a tant amusé. Je dois l'avoir noté je ne sais où… »

— *Justa la fusta*[13] ! s'écria le fondateur de la Lliga Vegetariana, en se frappant le front.

— On peut savoir ce qui se passe, docteur ?

— Non rien, dit l'homme en relativisant l'affaire, il y a deux ou trois mois une toute jeune femme est venue ici et nous a interrogés au sujet d'un certain Robinson. Curieux, non ?

Mais Pablo ne trouva pas ça précisément *curieux*. Il ouvrit des yeux grands comme des soucoupes et sa lèvre inférieure se mit à trembler.

— Ça va, jeune homme ?

— Euh… oui, oui. Elle ressemblait à quoi ?

— Qui ça ?

— La fille.

— Ah, oui. Je ne sais pas. À quoi ressemblait-elle, Eulàlia ?

— Très jolie. Très brune. Avec des yeux immenses.

C'est elle, pensa Pablo, plein d'allégresse, sûr que c'est elle.

— Et que lui avez-vous répondu ?

— À qui ?

— À la fille.

— Ah, rien, que le seul Robinson que je connaissais était celui de Defoe. Elle s'est excusée, m'a remercié et s'en est allée. Je n'ai même pas eu le temps de lui demander comment elle s'appelait.

Pablo ouvrit la bouche pour poser une autre question, mais il resta muet. C'était la première nouvelle qu'il avait d'Ángela depuis longtemps, et même si ce n'était pas grand-chose, cela voulait au moins dire qu'elle était en vie et qu'elle était passée par Barcelone. Il était même possible qu'elle s'y trouve encore. Mais le docteur interrompit ses pensées :

— Et maintenant, jeune homme, si vous voulez bien nous excuser, nous avons à faire. Laissez-moi une adresse où vous joindre et, si j'entends parler de votre ami, je vous le ferai savoir.

---

13. « C'est exactement ça ! »

— Merci beaucoup, docteur, dit Pablo en s'en allant, plein d'espoir.

La dernière chose qu'il vit en sortant fut le sourire de la secrétaire, frais comme une laitue tout juste récoltée.

Le jour où Pablo serra de nouveau Robinson dans ses bras, une bombe avait explosé rue de la Boquería. Il avait entendu la détonation et vu les visages apeurés des passants alors qu'il descendait les Ramblas en direction de la gare de France. Mais il ne s'était pas arrêté. J'apprendrai dans le train ce qui s'est passé, avait-il pensé. Il ne se trompait pas. À l'entrée de la gare, des ouvriers commentaient l'action : un tube rempli de dynamite avait explosé près du cabinet d'orthopédie Estebanell, et plusieurs clients avaient été blessés, comme pour démontrer qu'il pleut toujours où c'est mouillé.

Le matin même, le docteur Falp i Plana avait fait appeler Pablo, qui depuis plusieurs jours errait dans toute la ville en vain dans l'espoir de retrouver Ángela. Apparemment, un membre de la Lliga Vegetariana affirmait qu'un groupe de naturistes allemands s'étaient installés sur la Costa Brava, pour diffuser en Espagne les doctrines d'Élisée Reclus et de Richard Ungewitter :

— Qui sait, peut-être que vous y trouverez votre ami, avait suggéré le docteur en accueillant Pablo. Ce que nous ignorons, c'est le lieu exact de ce camp, ou de cette communauté, ou de ce que Dieu veut que ce soit. Près de Blanes, paraît-il. Vous devriez y aller et vous renseigner. Espérons que ce ne sera pas aussi difficile à trouver que l'Atlantide de *mossèn* Cinto.

Comme il évoquait le défunt poète, les yeux du docteur s'embuèrent, et Pablo sortit en courant du palais de la Vice-Reine pour prendre le billet de troisième classe qui le mènerait à son ami d'enfance.

Blanes était la première agglomération de la Costa Brava, avec de petites maisons en pierre qui semblaient vouloir contredire le nom dont l'avaient baptisée les Romains : le village Mou. Comme on était mercredi, le bourg bruissait d'activité, bien que le splendide soleil qui ornait le firmament eût invité à l'indolence. Pablo se dirigea vers le petit port de pêche, mais quand il s'enquit de la communauté naturiste, on lui répondit par des froncements de sourcils et des regards suspicieux : attitude hostile qui lui fit comprendre qu'il était sur la bonne piste. Peu importe, se dit-il, s'il le faut je m'installerai ici jusqu'à ce que je gagne leur confiance. Mais il n'eut pas besoin d'en arriver là, car vers le milieu de l'après-midi il croisa la seule personne de Blanes qui n'avait pas la langue dans sa poche : l'idiot du village.

— Excusez-moi, lui dit Pablo, puis-je vous poser une question ?

Assis sur le trottoir, l'homme essayait d'égarer une file de fourmis qui marchait en bon ordre en quête de nourriture : il se léchait l'index et traçait une ligne coupant leur parcours, éliminant ainsi la trace laissée par celles qui étaient en tête et provoquant la perplexité de leurs poursuivantes. L'idiot du village leva la tête et ferma à demi les yeux, gêné par le soleil.

— Qu'est-ce que tu veeeux ? dit-il en allongeant la dernière syllabe et en portant la main au front, comme une visière. Sa lèvre inférieure pendait, tout humide.

— Je cherche une communauté naturiste.

— Une quoooi ?

— Un groupe de gens qui vivent en communion avec la nature, répondit Pablo en citant le docteur Falp i Plana.

— Tu me donnes un baiseeer ?

Décidément, le pauvre homme n'avait pas toute sa tête.

— Ce n'est pas grave, ne t'en fais pas, continue avec tes fourmis, renonça Pablo en faisant demi-tour.

— Si tu me donnes un baiser, je t'y emmèèène, dit l'idiot du village derrière lui.

— Comment ? dit-il en se retournant.

— Toni t'emmèèène, Toni sait où ils sooont, mais Toni veut que tu lui donnes un baiseeer.

— Tu veux dire que si je te donne un baiser tu m'emmèneras à la communauté naturiste ?

— Toni ne sait pas ce que c'est que çaaa, les gens disent que Toni est bon comme le bon pain et bête comme ses pieds, mais si tu lui donnes un baiser, Toni t'emmènera à l'endroit que tu cheeerches.

Pablo pensa laisser tomber, mais peut-être que ce taré connaissait vraiment l'emplacement de la communauté. De toute façon, il ne perdait rien à lui donner un baiser : si c'était finalement une fausse piste, il aurait au moins rendu heureux un pauvre homme qui manquait manifestement d'affection.

— C'est bon, dit-il. Je te donnerai un baiser, mais seulement quand tu m'auras emmené là-bas.

Un sourire d'enfant le soir de Noël se dessina sur le visage de l'homme, qui se releva du trottoir en tapant dans ses mains. Sans rien ajouter, il se mit en marche vers les environs du bourg, en laissant la mer sur la droite. Quand ils eurent dépassé les dernières maisons, il prit un chemin qui pénétrait dans le bois en longeant la côte abrupte. Ils marchèrent en silence un bon moment, avec le chant des grillons pour musique de fond. Ils s'arrêtèrent enfin près d'un imposant rocher qui dépassait même les pins les plus hauts :

— On est arrivéééés, je veux mon baiseeer.

— Comment ça ? Je ne vois personne.

— Écouuute, dit l'homme. Et dans le silence, on entendit au loin des voix enfantines. Ils sont de l'autre côté du rocheeer, donne-moi un baiseeer.

Pablo sourit comme un père satisfait des progrès de son fils et offrit au pauvre homme une accolade sincère, couronnée par un baiser sonore sur la joue. L'idiot du village eut un air séraphique, et un petit filet de bave glissa de sa lèvre inférieure. Cela faisait des années que personne ne l'avait embrassé, car il sentait comme seul peut sentir l'enfer, où le plus gros châtiment qu'ont à supporter les damnés ne sont ni les tenailles ardentes ni les chaudrons de poix bouillante, mais la puanteur putride et nauséabonde de leurs âmes corrompues. Pablo ne s'en aperçut pas, mais quand il desserra son accolade, le label humide de la félicité était estampillé sur son épaule gauche.

Il escalada le rocher avec effort et, arrivé au sommet, il se sentit comme avaient dû se sentir les premiers découvreurs de l'El Dorado : tout en bas, dans une crique flanquée de montagnes couvertes de pins et aux eaux cristallines de la Méditerranée, une vingtaine de personnes prenaient le soleil complètement nues. Il y avait même des enfants qui barbotaient dans la mer pendant que leurs mères faisaient des exercices de gymnastique sur le bord. À cinq ou six mètres de là, sous un pin qui se balançait dangereusement au-dessus de sa tête, un vieillard à la peau bronzée s'adressait à plusieurs hommes en chapeau melon. Parmi eux, Pablo reconnut son ami Robinson malgré la barbe qu'il s'était laissé pousser et son torse couvert de poils. Sa première idée fut de faire demi-tour et de revenir plus tard, à la tombée de la nuit, quand cette *troupe** désinhibée se serait rhabillée, ne fût-ce que pour se protéger du froid. Puis il se rappela pourquoi il était venu jusque-là, et il se dit que s'il avait embrassé un attardé mental, il n'allait tout de même pas s'effrayer d'interrompre une réunion de gens plus que légèrement vêtus. Il vit Robinson s'écarter de quelques mètres du groupe pour jouer avec un chien qui sortait de l'eau ; et il lui vint en mémoire, sans qu'il sût très bien pourquoi, une phrase que son défunt père aimait à répéter, à savoir que le chemin le plus court entre deux points, quand un obstacle se dresse au milieu, c'est la ligne courbe. Si bien qu'il décida de faire un détour pour s'approcher de Robinson, sans tomber dans le vide ni être découvert par les autres. Il longea la crique escarpée en forme de C et, en arrivant à la hauteur du groupe d'hommes, il entendit le vieillard à la peau bronzée louer les bienfaits du soleil pour une vie longue et saine, dans un castillan truffé de gutturales :

— Pourquoi se remplir le corps de drogues dangereuses quand nous sommes malades, alors que le ciel nous envoie chaque jour le meilleur des remèdes ? Si nous offrons notre corps nu des heures entières aux rayons du soleil, son feu embrasera les milliers d'animaux invisibles qui vivent dans notre sang et sur notre peau, il détruira le poison de nos veines et nous rendra santé et vigueur…

— Si c'est vrai, pourquoi Homère disait-il qu'un médecin valait plusieurs hommes ? intervint un jeune grisonnant qui avait un anneau à chaque oreille, comme les pirates du XVIIe siècle.

Le vieillard claqua la langue :

— Il faut que tu saches, Paco, que le bon Homère lui-même sommeille parfois. Comme a dit Engels : *The proof of the pudding is in the eating.*

— Et ça veut dire quoi, ça ? demanda un type velu et robuste.

— Cela veut dire, Manel, que c'est en le mangeant qu'on a la preuve du pudding : est-ce que vous ne vous sentez pas mieux, peut-être, depuis que nous venons prendre le soleil dans cette petite crique ?

Les hommes firent oui de la tête et Pablo continua à avancer sur le bord du rocher, jusqu'à ce qu'il se trouvât le plus près possible de Robinson, qui continuait à jouer avec le chien dans le sable, dos à la montagne. En regardant bien, Pablo crut reconnaître Darwin, l'épagneul que son ami avait à Béjar quand ils s'étaient vus pour la dernière fois.

— Psst, fit-il pour attirer l'attention de Robinson, mais le son se confondit avec la brise marine et le fracas des vagues. Il essaya deux fois encore, sans meilleur résultat.

Darwin ne se retourna même pas, enjôlé par les mamours de son maître. Finalement, Pablo lui lança un petit caillou avec une telle précision qu'il l'atteignit en plein sur le melon qui lui couvrait la tête. Robinson regarda le ciel, ôta son chapeau, l'examina soigneusement et marmonna quelques mots, juste comme un autre petit caillou l'atteignait dans le dos. Il se retourna, reconnut son ami d'enfance, ouvrit la bouche l'air stupéfait, et se releva d'un bond en criant de toutes ses forces :

— Pablo !!!

Vingt têtes se tournèrent à la fois, d'abord vers Robinson puis vers l'endroit où il dirigeait les yeux. Et bien que cela soit difficile à croire, on doit à la vérité de le dire : jamais Pablo ne s'était senti aussi nu.

— 14 —

> Dans la nuit du 6 novembre dernier, plusieurs groupes d'hommes en civil, au nombre de soixante-dix environ, franchirent la frontière franco-espagnole sous la direction de quelques-uns d'entre eux, en provenance de Saint-Jean-de-Luz où ils s'étaient réunis, et munis de pistolets automatiques et de munitions en abondance, dans l'intention d'initier un mouvement révolutionnaire.
>
> *La Voz de Navarra*, 5 décembre 1924

S'il est bien vrai qu'on peut faire la révolution sans héros mais pas sans martyrs, il y a en ce moment même au golf de La Nivelle environ soixante-dix hommes qui ont toutes les chances d'entrer au martyrologe révolutionnaire, même si nombre d'entre eux se donnent de grands airs de héros. Mais tous les héros ne sont pas là, car plus d'un s'est défilé au dernier moment, comme Perico Alarco et Manolito Monzón, qui ont disparu mystérieusement ; ceux qui sont là ne sont pas tous des héros non plus, certains s'étant joints au groupe dans l'unique intention d'entrer en Espagne sans passer par la douane, parce qu'ils n'ont pas leurs papiers en règle ou qu'ils sont recherchés par la police ; c'est le cas de Francisco Lluch, un déserteur du régiment de Sicile qui veut aller à Eibar voir son père moribond. Même si cela semble incroyable, la plupart portent costume et cravate, comme si même pour faire la révolution il fallait être présentable (qu'on demande ce qu'il en pense à Robinson, qui étrenne son nouveau melon). Seuls les plus prévoyants et les plus pragmatiques ont troqué leur costume pour une veste de velours ou un gros pull à col roulé. En revanche, tous ont un bon manteau et il y en a même qui ont pris une cape imperméable, car même s'il ne pleut plus, une armée de nuages noirs peuple toujours le ciel, dans une attitude menaçante.

Le groupe s'est placé en cercle autour d'une malle et de deux caisses, fraîchement ouvertes par Juan Riesgo, qui est venu apporter les armes et saluer l'expédition. Dans la plus petite des caisses reluisent une cinquantaine de pistolets semi-automatiques, surtout des Star, des Browning et des Astra, quoique dire qu'ils reluisent ne soit que pure poésie, tant il est vrai que certains sont presque plus vieux que les hommes qui vont s'en servir. L'autre caisse, un peu plus volumineuse, est remplie de rouleaux de munitions de différents calibres, pour la plupart de 9 et de 7.65 mm.

— S'il y en a qui ne se sont jamais servis de ce genre d'outils, qu'ils attendent jusqu'à la fin, dit Gil Galar en commençant à distribuer les pistolets, tandis que Bonifacio Manzanedo y joint les munitions correspondantes, et que Pablo en profite pour répartir des liasses de tracts.

Près de lui, Luis Naveira ouvre la malle et en sort deux boîtes à pharmacie complètes contenant du taffetas, des compresses antiseptiques, des flacons de teinture d'iode, des bandes, des paquets de coton, du fil, des aiguilles, des ciseaux et un assortiment de médicaments et de crèmes. Comme il a été infirmier, il garde une des boîtes et donne l'autre à Robinson, qui la repasse à « el Maestro », son ami végétarien, en arguant qu'il ne croit quant à lui qu'à la médecine de mère Nature. Naveira tire également de la malle des lampes électriques, cinq ou six boussoles, plusieurs cartes Michelin du sud de la France et du nord de l'Espagne, deux ou trois rouleaux de corde et même des jumelles de théâtre, qu'il répartit entre les chefs de l'expédition.

Il est presque six heures du soir quand la distribution est terminée. Comme certains étaient déjà armés, il y a eu finalement assez de pistolets pour tout le monde, sauf pour quatre ou cinq qui ne savaient pas s'en servir et ont préféré s'en passer ; en revanche, certains en reçoivent double ration, comme l'ex-garde civil

Santillán. Juan Riesgo et ceux qui restent pour attendre Durruti disent au revoir à leurs compagnons d'aventure, qu'ils espèrent retrouver demain de l'autre côté de la frontière, et emportent la malle et les caisses vides. Puis le cortège se divise en cinq petits groupes de douze à quinze personnes, conduits par les principaux chefs de file de cette tentative périlleuse : Gil Galar l'exalté, le vétéran Santillán, Bonifacio Manzanedo le spécialiste des explosifs (dont certains assurent qu'il a une grenade à main dans sa sacoche, ce qui n'est pas vrai), l'infirmier Luis Naveira et un fugitif aragonais qu'on appelle, comme tous les Aragonais, « el Maño » (surnom qui rime avec son véritable patronyme : Abundio Riaño). Ce dernier commande le groupe venu de Bordeaux, où il gagnait sa vie en vendant des produits pour la repousse des cheveux et autres élixirs. L'idéal aurait été que les escouades soient encore plus petites, et si on n'en a constitué que cinq, ce n'est pas précisément qu'il manque des hommes pour les diriger, mais parce qu'ils sont peu nombreux à bien connaître le chemin qui doit les conduire en Espagne. En fait, de tous les révolutionnaires qui attendaient impatiemment à Saint-Jean-de-Luz l'arrivée du télégramme qui leur permettrait de franchir la frontière, seuls trois se sont déclarés capables de conduire l'expédition par la montagne, raison pour laquelle il a fallu, à la dernière heure, convaincre deux contrebandiers de Ciboure de servir de guides en échange d'une petite somme. Car le plan, comme l'explique Luis Naveira une fois les groupes constitués, est le suivant :

— Le plan est le suivant, camarades. Les cinq groupes partiront de façon échelonnée, mais nous n'irons pas vers Irún, comme certains l'avaient proposé, car il est quasiment impossible de passer par Hendaye sans être repérés. Non, nous gravirons La Rhune et nous franchirons la frontière par des points moins surveillés, entre les bornes 10 et 48, pour nous réunir, une fois en Espagne, aux palombières du col de Napoléon, d'où nous redescendrons tous ensemble vers le premier village, Vera. Ne vous éloignez pas des guides, tenez à chaque instant compte de leurs indications et marchez en silence et en groupes compacts. Il est possible que certains rencontrent des paires de carabiniers isolées qui ne soient pas au courant du soulèvement populaire et qui continuent à garder la frontière. Si le cas se présente, nous les inviterons à se joindre à nous pour libérer l'Espagne.

— Et s'ils ne veulent pas ? demande quelqu'un.

— Et s'ils nous attaquent ? demande un autre.

— S'ils refusent ou s'ils nous attaquent, concède Naveira, nous les réduirons au silence à l'arme blanche. Nous ne ferons usage des armes à feu qu'en cas de nécessité absolue, pour ne pas alerter les autres carabiniers qui pourraient se trouver dans la montagne. Une fois à Vera, il faudra voir quelle est la situation. Si le soulèvement a déjà commencé, nous nous joindrons aux révolutionnaires et nous suivrons leurs indications. Sinon, nous nous rendrons à la fonderie voisine, pour distribuer des tracts aux ouvriers et essayer de les convaincre de venir avec nous. Puis nous irons à la caserne des gardes civils et les inviterons à rejoindre le mouvement révolutionnaire, ou à se rendre et nous remettre leurs armes ; s'ils résistent, nous prendrons la caserne par la force, ce qui ne devrait pas être trop difficile, car il est probable qu'il n'y aura pas plus de deux ou trois équipes de deux en service.

— Ensuite ? demande « el Maestro », sa boîte à pharmacie entre les mains.

— Ensuite nous nous dirigerons vers Irún, où on peut penser que les camarades de l'intérieur sont déjà organisés et que nous pourrons nous joindre à eux. De là, nous partirons pour Saint-Sébastien et nous ferons triompher définitivement la révolution. D'autres questions ?

Comme personne ne répond, quelqu'un crie à pleins poumons :

— Vive la révolution !

— Vive la révolution ! répond la majorité, avec un enthousiasme qui faiblira à mesure que les heures passeront. Car si les révolutions commencent toujours par une profusion de vivats, elles se terminent en général par une effusion de sang, comme semble présager le crépuscule du soir qui salue les expéditionnaires d'une violente salve de rayons rouges et orange, dans une spectaculaire bataille contre les ténèbres ennemies.

Le premier groupe se met en marche, commandé par Naveira et guidé par un des deux contrebandiers appointés par la révolution ; s'y trouvent aussi les quatre de Villalpando, avec à leur tête Casiano Veloso. Cinq minutes plus tard part l'équipe de Gil Galar, à laquelle son leader a communiqué son esprit romantique et fervent, en entonnant *L'Internationale* et en lançant des vivats à la révolution ; elle a pour guide un maçon appelé Piperra, originaire de Zugarramurdi et bon connaisseur de la contrée. Peu après, c'est au tour du groupe dirigé par Abundio Riaño, « el Maño », formé en grande partie par les anarchistes de Bordeaux, Bayonne et Biarritz, et guidé par un neveu du curé de Lesaca, petit village contigu à Vera. Les avant-derniers à partir sont ceux de l'équipe de Bonifacio Manzanedo, qui a pour guide l'autre contrebandier de Ciboure. Enfin, comme la pleine lune commence à se glisser entre les nuages, se met en marche le groupe dirigé par l'ex-garde civil Santillán, à qui Robinson a cédé le commandement, conscient du fait qu'il perd la raison dès qu'il se trouve en pleine nature. « Attachez-moi, comme Ulysse, a-t-il dit à Pablo et à Leandro en arrivant au golf, car sinon je ne vais pas tarder à grimper aux arbres. » Bien entendu, le compositeur et l'Argentin font eux aussi partie de la dernière équipe, tout comme Julián l'imberbe et le petit groupe de végétariens mené par « el Maestro ». Leur guide est un jeune Navarrais de Lizárraga, roux et couvert de taches de rousseur, appelé Martín Lacouza, qui travaillait comme boulanger à Saint-Jean-de-Luz et est connu pour être grand amateur d'histoires de guerre. Mais l'escouade improvisée verra ses rangs grossir au dernier moment, quand elle longera le golf pour prendre le chemin d'Oleta :

— Eh, eh, attendez-nous ! Apparaît alors, hors d'haleine, Perico Alarco, suivi de près par Manolito Monzón, qui fait de grands gestes avec les bras. Mais ce n'était pas à sept heures, le rendez-vous ? demande-t-il en jouant les naïfs, pour ne pas avoir à expliquer que s'ils ont décidé de rejoindre l'expédition au dernier moment, c'est parce qu'ils ont été surpris en train de voler des poules à Ciboure et qu'ils ont dû filer comme s'ils avaient le diable aux trousses.

C'est ainsi que l'édenté et le sourd-muet rejoignent le dernier groupe des illuminés qui partent libérer l'Espagne avec quelques vieux pistolets et une bonne provision de tracts révolutionnaires.

XIII
(1909-1912)

Après la rencontre de Blanes, Robinson avait décidé de s'installer à Barcelone. Il avait cohabité plus d'un an avec ce groupe de naturistes libertaires qui plaidaient pour le végétarisme et la nudité comme voies d'accès à une société plus juste, où l'ingestion de viande serait tenue pour de la barbarie et le vestiaire pour une intolérable preuve de discrimination de classe. En fait, l'adoption du chapeau melon par les membres de la communauté voulait n'être qu'une tentative de subvertir les codes vestimentaires bourgeois : si l'habit fait le moine, disaient-ils, portons tous la bure pour que ses privilèges disparaissent. Ou mieux, restons nus aussi longtemps que notre corps le supportera.

Mais l'arrivée de Pablo supposa un changement dans la vie de Robinson : pour l'ami de son cœur il aurait porté redingote et plastron s'il l'avait fallu. Ce soir de début avril, après les heureuses retrouvailles, Pablo fut invité à partager un dîner végétarien avec les membres de la communauté, qui se vêtirent pour l'occasion, non par déférence, comme l'avait pensé le nouveau venu, mais parce que le soleil ayant décliné, un petit vent frais qui leur avait donné la chair de poule avait commencé à souffler. Le camp était situé au milieu du bois de pins qui surplombait la crique et c'est là, pendant qu'ils dégustaient une salade de radis et de carottes bien croquantes, que Pablo avait expliqué à Robinson qu'Ángela avait disparu :

— Tu n'as pas eu de nouvelles d'elle, n'est-ce pas ? voulut-il savoir.

— Non, aucune.

— Eh bien il va falloir que tu m'aides à la retrouver, lui dit-il.

Robinson n'y réfléchit pas à deux fois :

— Compte sur moi pour tout.

Après avoir dîné, ils descendirent tous les deux, seuls, à la plage, et Pablo raconta à son ami l'épisode du duel de la fontaine au Loup, tout en fumant sa première cigarette depuis longtemps.

— Quelle est la première chose que je t'ai dite quand on s'est rencontrés ? demanda Robinson, qui n'en croyait pas ses oreilles. De te tenir loin d'Ángela si tu ne voulais pas que son cousin te réduise en chair à pâté.

— C'est sûr qu'il a failli réussir, reconnut Pablo en lui montrant la cicatrice près de son téton gauche. Heureusement que nous autres vampires nous n'avons pas de cœur.

Les deux amis sourirent, tandis que le crépuscule colorait le ciel. Et dès le lendemain matin ils prenaient à Blanes le train pour Barcelone.

La première chose qu'ils firent en arrivant, après avoir obtenu que Robin soit admis à l'auberge municipale de la rue du Cid, fut d'élaborer un plan de recherche : pour retrouver Ángela, il fallait être méthodique. Ils savaient juste qu'elle s'était enfuie de Béjar en novembre, et que peu après on l'avait vue à Barcelone, à la Lliga Vegetariana, où elle avait demandé si on connaissait Robinson. Car il ne faisait aucun doute que c'était elle qui avait parlé avec le docteur Falp i Plana. Qui cela pouvait-il être, sinon ? Il y avait donc deux possibilités : soit elle était toujours à Barcelone, soit elle en était partie. Si elle y était encore, ils la retrouveraient tôt ou tard. Si elle n'y était plus, il y avait de nouveau deux possibilités : soit elle était quelque part en Espagne, soit elle avait fui à l'étranger. Si elle était en Espagne, ils finiraient par la retrouver, dussent-ils y consacrer leur vie. Sinon…, sinon, il valait mieux ne pas y penser. En tout cas, la première hypothèse à écarter, c'était qu'elle était rentrée à Béjar, chose improbable mais facile à vérifier : Pablo écrivit une lettre au père Jerónimo et Robinson envoya un télégramme à don Veremundo et doña Leonor, ses chers parents. Leurs réponses furent assez semblables : personne en ville n'avait plus de nouvelles d'Ángela, même si les mauvaises langues prétendaient qu'elle avait fui à l'étranger avec Pablo, car des riverains avaient vu le fils de l'ancien inspecteur rôder autour de la maison des Gómez la veille de sa disparition.

— Tu parles si ça m'aurait plu, murmura Pablo en lisant la lettre du père Jerónimo, rédigée dans une élégante écriture gothique. Dommage que les mauvaises langues mentent si souvent.

Une fois éliminée cette improbable possibilité, ils se consacrèrent avec acharnement à chercher Ángela dans tout Barcelone. Robinson, qui n'avait pas abandonné son goût pour la peinture, dessina un portrait fidèle de la jeune femme dont les grands yeux lumineux avaient un jour lointain ébloui Pablo dans l'église San Juan Bautista. À La Neotipia, la coopérative anarchiste de typographes, on leur en fit plusieurs copies qu'ils distribuèrent dans les lieux les plus fréquentés de la ville : sur les Ramblas, sur la place de Cataluña, à la cathédrale, sur les marchés, dans les cafés du centre et même dans le moderne et élitiste quartier de l'Ensanche, pour le cas où Ángela serait entrée au service d'une famille aisée. Au-dessous du dessin, un texte bref expliquait que la demoiselle du portrait était Ángela Gómez Nieto, âgée de dix-huit ans, originaire de Béjar (province de Salamanque), et priait toute personne qui l'aurait vue de s'adresser à La Neotipia, 116 Rambla de Cataluña. Pour le cas où ce serait elle-même qui verrait l'affichette, Pablo apposa sa signature au bas des copies et ajouta quelques mots de sa main : « Je t'attendrai tous les dimanches à cinq heures de l'après-midi près de la fontaine de Canaletas. » Une fois les premiers exemplaires distribués dans les lieux les plus centraux de la ville, ils prirent un plan, le divisèrent en vingt parties qu'ils entreprirent de parcourir une à une, en menant de pair la recherche d'Ángela et celle d'un travail, dont ils avaient grand besoin. Peu après son arrivée à Barcelone, Robinson se fit engager comme garçon de cuisine dans un restaurant appelé El Dropo, où en dépit du nom de l'établissement (en catalan, « fainéant », « flemmard » ou « paresseux ») il s'éreinta à travailler comme un bœuf. Celui qui lui en fut le plus reconnaissant, à coup sûr, ce fut Darwin, l'épagneul qui le suivait partout et qui depuis un an ne se nourrissait plus que de blettes et d'épinards. De son côté, Pablo continua à faire des travaux sporadiques pour la coopérative de typographes anarchistes, pour s'assurer de quoi manger en attendant l'heure de rejoindre les rangs. S'il ne désertait pas, bien sûr, ce qui était aussi une possibilité.

Au cours des trois mois qui suivirent, Pablo ne manqua pas une seule fois son rendez-vous dominical à la fontaine de Canaletas et attendit avec impatience que quelqu'un se présente à La Neotipia avec de bonnes nouvelles. Mais Ángela n'apparut que dans ses rêves et ses pensées, ce qui fit naître en lui une anxiété de plus en plus grande, comme s'il avait été contaminé par la croissante crispation politique et sociale qui s'emparait du pays, de manière plus aiguë encore, si cela était possible, dans « la ville des bombes ». L'origine du conflit, toutefois, était assez éloignée : concrètement, au Maroc. Les intérêts économiques espagnols dans la région étaient depuis assez longtemps menacés par les prétentions hégémoniques marocaines et par les aspirations colonialistes de la France voisine, mais Antonio Maura, le président du gouvernement conservateur, avait jusque-là refusé de mener tout type d'intervention militaire. Malgré tout, sous la pression des banquiers qui avaient investi dans les mines du Rif, des officiers de l'armée et du roi Alphonse XIII, qui s'ennuyait à collectionner des pantoufles et désirait entrer en action, il finit par dissoudre les Cortes au début du mois de juin pour éviter une opposition parlementaire aux opérations guerrières qui allaient incessamment être lancées au Maroc. Le Conseil d'État autorisa un crédit extraordinaire de plus de trois millions de pesetas, destiné à renforcer l'armée d'Afrique du Nord, et les hostilités commencèrent.

Mais l'opinion publique n'était pas prête à accepter que se répètent les aventures colonialistes qui avaient conduit l'Espagne au désastre de 1898, encore récent dans la mémoire des classes ouvrières, lasses de jouer leur vie dans des guerres organisées par et pour la bourgeoisie. L'injuste système de recrutement, qui permettait aux jeunes des classes aisées de s'affranchir du service militaire en payant plusieurs centaines de douros, ne faisait qu'exacerber l'antimilitarisme du prolétariat. Si bien que lorsque les réservistes et les recrues qui accomplissaient leurs trois ans de service actif commencèrent à être mobilisés, le peuple descendit dans la rue pour protester contre la guerre. C'est à Barcelone que le rejet fut le plus marqué, car c'est du port de la Cité comtale que commencèrent à partir les bateaux à destination de Melilla : des bateaux qui, par-dessus le marché, étaient exactement les mêmes que ceux qui avaient fait le voyage de l'enfer cubain onze ans plus tôt et dont le propriétaire était le clérical marquis de Comillas, qui devait se frotter les mains de si bonnes affaires.

L'après-midi du dimanche 18 juillet, alors que Pablo se rendait, sous un soleil de plomb, à son rendez-vous hebdomadaire avec la fontaine de Canaletas, se produisit un événement qui devait marquer le futur immédiat de la ville de Barcelone. À la hauteur du palais de la Vice-Reine, il vit passer un groupe de soldats qui se dirigeait vers le quai pour embarquer pour l'Afrique : il s'agissait du bataillon de chasseurs de Reus, l'un des derniers à avoir été mobilisés par le ministre de la Guerre, l'impassible général Arsenio Linares y Pombo. Soudain, sans qu'on s'y attendît, comme si le soleil avait déchaîné les esprits, la foule qui assistait au défilé entoura les soldats et, faisant fi du protocole, commença à les serrer sur son cœur et à les acclamer. Les recrues se joignirent au tumulte, rompirent les rangs et descendirent les Ramblas au bras de leurs parents, amis et autres Barcelonais opposés à la guerre. Pablo lui-même fut pris par la ferveur de la multitude : une jeune fille qui passait près de lui le prit par le bras et l'entraîna jusqu'au centre du peloton, sans lui laisser le temps de protester. Quand leurs regards se croisèrent, il vit qu'elle avait des yeux de couleur différente : l'un était bleu comme de la porcelaine chinoise, et l'autre doré comme un maravédis. Au risque d'arriver pour la première fois en retard à son rendez-vous dominical, il accompagna le bataillon jusqu'au port.

Sur le quai attendaient le gouverneur civil de Barcelone, don Ángel Ossorio, et le capitaine général de Catalogne, don Luis de Santiago, flanqués de nombreux agents de police. Quand ils virent le bataillon dans un tel désordre, ils ordonnèrent aux recrues d'embarquer sur-le-champ sur le vapeur *Cataluña*, qui devait les conduire au feu. Mais la goutte qui fit déborder le vase fut l'attitude d'un groupe de dames de l'aristocratie qui, à l'entrée de la passerelle, distribuaient aux soldats des médailles, des insignes à l'image du Sacré-Cœur et des cigarettes, avec un pharisaïsme si flagrant que certains jetèrent ces cadeaux à l'eau de manière ostensible et provocatrice.

— Jetez aussi vos fusils ! cria une mère.

— Les riches à la guerre ! proposa une autre.

— Ou les curés, qui n'ont personne à entretenir ! se désespéra une troisième.

— Oh oui, oh oui ! cria la foule enflammée.

Le capitaine général donna l'ordre de retirer la passerelle et les forces de sécurité tirèrent en l'air pour disperser la multitude. La fille aux yeux de couleur différente dit au revoir à Pablo en lui donnant un baiser sur la joue et s'enfuit en courant sur le brise-lames, le laissant planté là comme une statue. Des larmes épaisses comme du mercure se mirent à jaillir de ses yeux, des larmes d'impuissance, de rage, de désespoir, des larmes causées par l'injustice commise contre ces jeunes infortunés qu'il suivrait peut-être lui-même très vite, des larmes qui semblaient vouloir faire taire à tout jamais les langues vipérines qui à Baracaldo disaient que le fils des Martín était incapable de pleurer, des larmes qui étaient aussi, peut-être, des larmes d'amant désespéré, tourmenté, consterné, affligé, abattu, torturé et transi de douleur d'avoir perdu de la façon la plus sotte, la plus stupide, la plus incroyable, la plus inouïe possible la femme de sa vie. Des larmes qui l'auraient poussé à prendre l'arme qu'il portait toujours sur lui, à sortir de son étui le revolver de poche qu'avait mis dans sa main agonisante l'odieux capitaine de frégate de cette autre guerre d'outre-mer et à tirer sur l'autorité, si Abelardo Belmonte n'avait pas surgi du néant pour le sortir de là avant que la police n'intervienne.

Une fois sur les Ramblas, s'étant remis à grand-peine de son émotion, Pablo regarda l'heure : presque cinq heures et demie. Il remercia le neveu de Ferdinando et s'en alla, tout étourdi. Comme il arrivait à la fontaine de Canaletas, il lui sembla voir une jeune femme brune s'éloigner en direction de la place de Cataluña et se perdre parmi les gens qui profitaient du repos dominical pour faire une promenade dans le centre-ville, malgré ce soleil de tous les diables. Il ne la vit qu'un instant, de dos et à une certaine distance, mais ses cheveux et sa démarche lui rappelèrent Ángela. Son cœur fit un bond et il se mit à remonter les Ramblas en courant :

— Ángela, Ángela ! cria-t-il aussi fort qu'il put, en se frayant un passage parmi la foule qui le regardait comme on regarde les fous et les suicidaires.

Mais quand il arriva à la place, la jeune brune avait disparu. Pablo scruta les environs et finit par jeter sa casquette par terre, dans un geste de rage et de culpabilité. Il vit alors la jeune femme monter dans un tramway. Et quand elle s'assit à la fenêtre, il put voir son visage.

Elle était belle, mais ce n'était pas Ángela.

Après les altercations du dimanche après-midi, le gouvernement de Maura décida que plus aucun bateau ne partirait de Barcelone. Mais la mèche était allumée. Au cours des jours suivants les manifestations se répétèrent aux cris de « À bas la guerre », « À mort Comillas » ou « Les curés au Maroc », et devinrent de plus en plus violentes à mesure que parvenaient les nouvelles des nombreuses pertes espagnoles dans le Rif. Il y eut aussi des altercations à Madrid : à la gare d'Atocha, des femmes descendirent sur les voies pour empêcher leurs fils ou leurs maris de quitter la capitale. Le mercredi, un énorme meeting à Sabadell s'acheva par la rédaction d'un texte qui ne laissait aucun doute sur la position de la classe ouvrière au sujet du conflit en Afrique du Nord. Il disait ceci :

Considérant que la guerre est une conséquence fatale du régime de production capitaliste et que, vu le système espagnol de recrutement de l'armée, seuls les ouvriers font la guerre déclarée par les bourgeois, cette assemblée proteste énergiquement : 1) contre l'action du gouvernement espagnol au Maroc ; 2) contre les procédés de certaines dames de l'aristocratie, qui ont insulté la douleur des réservistes, de leurs femmes et de leurs enfants, en leur donnant des médailles et des scapulaires au lieu de leur fournir les moyens de subsistance que le départ du chef de famille leur arrache ; 3) contre l'envoi à la guerre de citoyens utiles à la production et, d'une façon générale, indifférents à la victoire de la croix sur le croissant, alors qu'on pourrait former des régiments de curés et de moines qui, outre qu'ils sont directement intéressés au succès de la religion catholique, n'ont pas de famille, ni de foyer, et ne sont d'aucune utilité au pays ; et 4) contre l'attitude des députés républicains, qui n'ont pas profité de leur immunité parlementaire pour se mettre à la tête des masses dans leur protestation contre la guerre. Elle engage la classe ouvrière à concentrer toutes ses forces dans le cas où il faudrait déclarer la grève générale pour obliger le gouvernement à respecter les droits des Marocains à garder intacte l'indépendance de leur patrie.

En conséquence de ce meeting, le gouvernement interdit toute manifestation publique contre la guerre, tant dans la rue que dans la presse, et à Barcelone fut émis un arrêté municipal interdisant la formation de groupes, ainsi que les télégrammes et appels à longue distance, dans l'intention évidente d'empêcher l'organisation d'une grève sur tout le territoire national. Mais le pire était encore à venir : le vendredi matin parut dans les journaux la nouvelle que dix soldats du bataillon de Reus avaient été jugés sur le bateau qui les emmenait à Melilla, à la suite des altercations qui avaient eu lieu sur le quai le dimanche après-midi. Quand le bruit courut qu'ils avaient été condamnés à mort, ce fut le déchaînement.

Pablo assista à tous ces événements dans un état proche de l'aliénation. La première semaine d'août il devait rentrer à Salamanque pour avoir la confirmation de son recrutement et connaître son affectation définitive, mais après la commotion qu'il avait subie sur le quai, et sa désillusion à la fontaine de Canaletas, il était resté plongé dans une sorte d'état second dont même Robinson n'avait pu le tirer. C'était comme s'il avait tenu la bataille pour perdue. Il cessa d'aller à La Neotipia, cessa de se nourrir, n'alla plus dormir à l'auberge municipale de la rue du Cid et ne prêta plus aucune attention à ce qui se passait autour de lui. Il se contenta d'errer à travers la ville, le regard perdu, les oreilles sourdes et le visage de plus en plus émacié, et ce n'est que lorsqu'un homme en sang mourut dans ses bras qu'il ouvrit enfin les yeux et regarda alentour : Barcelone était en flammes et un nombre incalculable de barricades avaient transformé la ville en champ de bataille lors de ce qui allait passer à la postérité sous le nom de Semaine tragique.

La cocotte-minute explosa le lundi 26 juillet, quand une grève générale improvisée dériva en affrontements de rue contre les forces de l'ordre et que le gouvernement décréta l'état de guerre. La loi sur la grève, modifiée trois mois plus tôt, obligeait les syndicats à notifier tout arrêt de travail huit jours à l'avance ; et comme si ce n'était pas assez, elle n'autorisait pas les grèves pour raisons politiques, ce qui condamnait à l'échec toute tentative de manifestation ouvrière prétendant changer véritablement les choses. Mais ce chaud lundi de juillet avait débuté avec la prise de la ville par les travailleurs, et l'annonce d'une grève générale de vingt-quatre heures se répandit comme une traînée de poudre : des mois plus tard, le gouverneur civil de Barcelone, don Ángel

Ossorio, affirmerait que la grève « n'avait pas explosé comme une bombe, mais s'était propagée comme un chapelet de pétards », un chapelet qui allait se prolonger une semaine entière. Le premier jour, les usines et les commerces fermèrent, les voitures de place cessèrent de rouler et les tramways – ultime réduit de résistance à l'arrêt généralisé – durent être escortés par des forces de la Garde civile à cheval et occupés par des gardes de sécurité armés de mousquetons ; c'est ainsi que ce qui avait commencé comme une grève pacifique déboucha sur un début de révolution : les patrouilles de police qui parcouraient les rues ou gardaient les tramways furent attaquées par des hordes d'hommes et de femmes qui virent là l'opportunité de se dédommager de siècles de misère et d'oppression. Le gouverneur Ossorio, dépassé par les événements et contrarié par les mesures adoptées par ses supérieurs, présenta sa démission le jour même et sortit de scène pour se réfugier dans sa résidence d'été du Tibidabo. Le lendemain matin, la ville avait été isolée, la presse interdite et les services du télégraphe rendus inutilisables, ce qui enflamma plus encore les manifestants, qui attaquèrent des commissariats, volèrent des armes et arrachèrent les pavés pour élever des barricades ; sans qu'on sache bien comment ni pourquoi, ce qui avait commencé comme une protestation antimilitariste dériva en révolte anticléricale : la ville se remplit d'appels à brûler les églises, les couvents, les collèges religieux et tout édifice sentant la calotte, et Barcelone se transforma en une forêt de bûchers qui la nuit venue illuminaient le ciel constellé. Depuis sa résidence d'été à Saint-Sébastien, le roi Alphonse XIII signa un décret qui suspendait les garanties constitutionnelles à Barcelone, tandis que les politiciens de la ville, qu'ils fussent catalanistes, républicains ou socialistes, se désintéressaient de cette révolution ouvrière, informe et acéphale, qui leur avait éclaté dans les mains. Le troisième jour, les tombes des couvents furent profanées et une manifestation conduite par des femmes alla jusqu'à la mairie, en portant comme des étendards les cercueils de quinze nonnes aux mains liées, supposément torturées et enterrées par leurs propres compagnes de clôture pour cacher au monde les fœtus de la honte. Il y eut même quelqu'un pour oser sortir une de ces momies de son cercueil et danser avec elle, dans un spectacle grotesque et délirant qui finit par faire bien comprendre aux classes dirigeantes que les ouvriers n'avaient pas l'intention de plaisanter : les bourgeois s'enfermèrent chez eux, pour attendre que l'orage passe, et les religieux partirent en courant, sauve qui peut, en se dépouillant de leurs soutanes et de leurs collets. C'est ainsi – il ne pouvait en être autrement – que le jeudi 29 juillet arrivèrent à Barcelone, en provenance de Saragosse, Burgos et Valence, dix mille soldats prêts à rétablir la loi et l'ordre, au nom de Dieu et de la patrie. Pablo découvrit brusquement qu'il tenait entre ses mains la tête ensanglantée d'un homme qui agonisait. Comme si le contact avec le sang chaud et visqueux l'avait ramené à la réalité, il regarda autour de lui et prit conscience de ce qui se passait.

— Sors-moi d'ici, dit le blessé d'un filet de voix, par ce que tu as de plus cher.

Il était sur une barricade, faite de pavés, de rails, de plaques d'égout, de poteaux d'éclairage public, de grilles, de sommiers, de meubles et même de chaises paillées, derrière laquelle plusieurs hommes tentaient de ralentir la progression des soldats qui tiraient avec leurs fusils. Il ne savait pas trop comment il était arrivé jusque-là, mais il s'en inquiéterait plus tard : maintenant l'important était de mettre ce pauvre homme à l'abri. Un peu plus bas, dans la même rue, un tramway renversé servait de parapet à un autre groupe d'ouvriers qui résistaient à grand-peine à la charge des forces de police. Une balle déchira l'air et vint frapper le sol orphelin de ses pavés, où elle s'incrusta à quelques centimètres de Pablo, dans une étonnante trajectoire oblique qui pouvait difficilement avoir son origine de l'autre côté de la barricade.

— Là-haut, sur la terrasse, montra l'agonisant, et un bouillonnement de sang s'échappa de sa bouche.

C'est alors qu'il le vit : se découpant sur le ciel, en haut d'un clocher qui avait échappé aux flammes, on voyait le chapeau d'un curé franc-tireur, un de ces « pacos » qui, ces dernières heures, s'étaient postés sur les toits et les terrasses pour aider les militaires à en finir avec les rebelles. Sans perdre plus de temps, il saisit l'homme agonisant par les aisselles et le traîna jusqu'au trottoir, tandis que les balles sifflaient au-dessus de sa tête. La première porte qu'il essaya d'ouvrir était solidement bloquée ; la deuxième et la troisième également, mais la quatrième céda et ils purent se mettre à l'abri dans une entrée obscure et spacieuse. Pablo allongea l'homme sur un épais tapis de corde près de la porte vitrée de la loge. Mais trop tard : le moribond porta la main à la poche de sa chemise, ouvrit la bouche pour ne rien dire et exhala son dernier soupir. S'il avait pu terminer son geste, il aurait sorti de sa poche une photo sépia d'une petite fille à longues nattes et au sourire espiègle, au dos de laquelle était écrite cette dédicace : « À mon père chéri le jour de ma première communion. Elena. » « S'il te plaît, dis-lui que je l'aime » auraient été ses dernières paroles. Mais la mort l'avait emporté sans lui laisser le temps de faire ses adieux.

— *Requiescat in pace*, entendit Pablo dans son dos, tandis qu'il fermait les yeux du défunt. En se retournant, il vit quelque chose bouger dans un coin de l'entrée, plongée dans la pénombre.

— Qui va là ? demanda-t-il.

— Emilio Ferrer, sculpteur et syndicaliste, se présenta la voix en sortant de l'obscurité. Le type devait avoir environ trente ans, peut-être plus, il était grand et maigre, se mouvait avec une certaine affectation et avait la tête couverte d'un foulard rouge, noué par ses quatre pointes, qui rappelait vaguement un chapeau de cardinal. Désolé pour ton ami.

— Ce n'était pas mon ami.

— Bon, je suis désolé de toute façon.

Un silence tendu s'installa dans l'entrée, tandis qu'au-dehors continuaient à résonner les coups de feu et les cris de rage ou de douleur.

— Et toi, qu'est-ce que tu fais là ? finit par demander Pablo.

— Rien, mon mauser s'est enrayé et je me suis réfugié ici pour essayer de le réparer.

Pablo regarda l'homme d'un air méfiant.

— Qui vous a donné vos fusils ?

— Joan Castells, le concierge du Centre radical. Il avait un véritable arsenal, le bonhomme. Mais j'ai bien l'impression que l'affaire est entendue, tu n'as pas vu les canons ?

Pablo fit non de la tête.

— Quelle odeur ! dit le type, en prenant un air dégoûté. On dirait que le mort a chié sur lui, tu ne sens pas ?

Mais Pablo n'eut pas le temps de répondre : un coup de canon explosa dans la rue, tout près de là, et le sol trembla sous ses pieds. Immédiatement, comme s'ils avaient attendu un signal, les habitants de l'immeuble sortirent de chez eux pour se réfugier dans les caves. En voyant le mort dans l'entrée, certains se signèrent, d'autres murmurèrent, la plupart détournèrent les yeux et continuèrent à descendre l'escalier. Un autre coup de canon retentit, et le boulet alla tomber un peu plus loin que le précédent.

— On y va ? demanda Pablo en montrant la porte de la rue.

— Tu es fou ? C'est fini, vieux, moi à ta place je penserais à sauver ma peau, dit le sculpteur ; et tout en posant son fusil enrayé près du cadavre, il ajouta : Tu es jeune et tu as encore beaucoup de chemin à faire et beaucoup de choses à découvrir ; mais n'oublie jamais que les chemins de la découverte sont plus importants que la découverte elle-même. Si tu me permets ce conseil, bien sûr.

Sur ces mots, le sculpteur qui se piquait de philosophie se dirigea vers la porte de la cave ; mais il se ravisa et disparut en haut de l'escalier. Pablo resta debout, ne sachant que faire. Dans la pénombre de l'entrée, il observa ses mains, où le sang séché se fendillait déjà. Qu'est-ce que je fais là ? pensa-t-il, que m'est-il arrivé ? Brusquement, tout lui revint : la scène du port, la vision d'Ángela, l'aveuglement, la dérive, la ville en flammes, les barricades… Au moins, je suis encore vivant, se dit-il en regardant le mort ; et il s'assit par terre, dos contre le mur, bras autour des genoux et l'amulette de la chance pendant sur sa poitrine. Ce n'est que lorsque les canons se turent et que la fusillade cessa que Pablo s'enhardit à entrebâiller la porte, la barricade était vide : à l'exception de deux hommes allongés par terre, immobiles et couverts de sang, les autres avaient disparu. On entendait encore quelques détonations isolées, le curé franc-tireur continuait peut-être à rendre la justice divine depuis le toit, en tirant sur les séditieux qui tentaient de fuir ou de se cacher sous les porches. Une voix ordonna le cessez-le-feu, et peu après retentirent les heurtoirs et les crosses des mausers qui cognaient frénétiquement contre les portes : les gardes civils devaient s'assurer qu'aucun rebelle ne se cachait dans les maisons. Les coups étaient de plus en plus rapprochés et un murmure de voix s'éleva des caves, comme si les habitants débattaient de la possibilité de sortir enfin de leur refuge. C'est maintenant ou jamais, se dit Pablo. Et il s'élança dans l'escalier avec l'agilité d'un chat.

Quand il arriva sur la terrasse, le soleil était à la verticale et le sculpteur s'était réfugié sous un petit appentis en bois.

— Ça te dit ? demanda l'homme en montrant un petit flacon de verre marron avec une étiquette de la maison Merck. Sur son visage se dessinait une étrange grimace de bonheur et ses yeux turquoise brillaient intensément.

— Il faut partir, ils seront là d'un moment à l'autre, se contenta de répondre Pablo.

— Mais comment veux-tu sortir d'ici ? En volant ? Il n'y a rien à faire, mon garçon, goûte-moi plutôt ça et commence à voler pour de bon.

Pablo regarda le flacon avec attention. À côté, un étui en maroquin contenait une seringue avec des restes de sang. C'était la première fois qu'il voyait ce genre de chose, mais il n'eut aucun mal à déduire qu'il s'agissait d'une ampoule de morphine, ou peut-être de cocaïne, la nouvelle drogue qui commençait à circuler et qui allait conduire le gouvernement à émettre un ordre royal interdisant le trafic illicite d'alcaloïdes dans les pharmacies, les officines, les bars et les maisons de tolérance. Ce qui est bizarre c'est qu'un syndicaliste puisse se payer ce genre de vice, pensa Pablo. Il l'observa alors avec curiosité. En dépit de ses vêtements prolétaires, son corps semblait avoir des aspirations aristocratiques : sous son foulard rouge dépassaient des cheveux raides et blonds, en parfaite harmonie avec une peau de porcelaine ; et ses mains, fines et bleutées, plutôt que d'un sculpteur, semblaient être celles d'un chirurgien.

— Sûr que tu n'en veux pas ? insista l'homme, et dans le silence qui suivit sa question on entendit des pas militaires monter l'escalier.

— Fuyons par les toits, proposa Pablo.

— Fuis si tu peux, toi, tu es encore jeune et tu as une longue vie devant toi, comme je te l'ai dit…

Pablo secoua la tête, le regarda une dernière fois et sortit en courant de l'appentis, sans soupçonner que des années plus tard il se retrouverait face à ce regard. Quand les militaires arrivèrent sur la terrasse, ils n'y trouvèrent qu'un morphinomane du nom d'Emilio Ferrer, un prétendu sculpteur muni d'une carte de syndicaliste qui était en fait un vulgaire indicateur, un indic stipendié de la Garde civile.

– 15 –

> La nuit du 6 novembre 1924, cinquante hommes, cachés dans les montagnes de Vera de Bidasoa, attendaient que le jour se lève. Cinquante hommes jeunes, forts ; isolément, aucun ne signifiait rien, ne pouvait rien ; tous ensemble, ils constituaient l'âme d'une faction : une faction qui lorsqu'elle entraîne derrière elle des hommes de plus en plus nombreux peut se transformer en armée du salut pour un peuple ; mais qui, lorsqu'elle n'a pas cette chance, est toujours une horde de bandits qui finit sur l'échafaud, quand elle n'est pas tombée sous les balles des défenseurs de l'ordre.
>
> EMILIO PALOMO,
> *Dos ensayos de revolución*

Tout au long de la chaîne des Pyrénées, qui relie la mer Cantabrique à la Méditerranée, s'échelonnent six cent deux bornes, numérotées d'ouest en est, qui marquent les limites frontalières entre l'Espagne et la France, depuis le pont Endarlatsa jusqu'au cap Cerbère. Il est revenu à l'équipe commandée par l'ex-garde civil Santillán de traverser la frontière à la hauteur de la borne numéro 18, en remontant le canal d'irrigation d'Inzola qui suit la pente de La Rhune après avoir laissé derrière lui le hameau d'Oleta. Quiconque connaît le terrain (et le guide du groupe, Martín Lacouza, le connaît parfaitement) sait que la meilleure option pour aller du golf de La Nivelle à la borne 18 n'est autre que l'ancien chemin de Vera, que certains appellent chemin de Napoléon, convaincus que c'est la voie suivie par l'armée de l'empereur français quand en février 1808 elle traversa la frontière lors de sa tentative pour conquérir l'Espagne. Mais la plupart des quinze révolutionnaires en route pour Oleta ne savent rien de tout cela, et les hommes avancent le long de la Nivelle sans soupçonner qu'ils marchent peut-être sur les traces laissées par les troupes napoléoniennes voilà plus d'un siècle. Ou plutôt, ils n'en savent rien jusqu'au moment où Lacouza, qui dirige l'expédition avec Julián Santillán, commence à raconter à l'ex-garde civil cette incursion historique et malheureuse, qui arrive aussi aux oreilles de ceux qui sont juste derrière eux. Ce n'est pas le cas de Pablo, Robinson, Leandro et Julianín (continuons à l'appeler ainsi dans son dos, pour éviter toute confusion avec l'autre Julián du groupe), qui ferment la marche en s'efforçant d'empêcher Kropotkine d'aboyer trop fort.

— Si ce cabot ne se tait pas une putain de fois, menace Santillán depuis la tête du groupe, nous devrons nous en débarrasser.

Bien que le teckel se moque complètement du succès de la révolution, lorsqu'il entend le ton de l'ex-garde civil, son sixième sens lui dit qu'il ferait mieux de se taire.

Il fait complètement nuit quand les hommes arrivent au hameau d'Oleta, constitué de quelques maisons disséminées, bien qu'on puisse en distinguer deux ensembles principaux. À l'entrée du premier il y a un fronton et une taverne avec une pancarte qui dit « Maison Landabururtia ». Les rebelles s'arrêtent près du fronton et décident de faire une halte rapide à la taverne pour se réchauffer ou attiser leur feu révolutionnaire avant d'entreprendre l'ascension de la montagne. Mais tous ne commandent pas du vin ou de l'eau-de-vie, Robinson et les végétariens préférant se stimuler avec un jus de fruits.

— Il n'y en a pas, leur dit le tavernier en espagnol.

Ils doivent donc se contenter d'eau sucrée, ce qui provoque l'hilarité de Perico Alarco et Manolito Monzón, qui ont l'air de chercher la bagarre.

— L'eau c'est pour les grenouilles, croa, croa ! se moque l'édenté, et Manolito en rajoute en gonflant les joues et en écartant les doigts, comme pour imiter un batracien.

Mais les végétariens ne bronchent pas et Perico, qui a vraiment des envies de dispute, passe à l'attaque personnelle :

— Dis donc, Robinson, tu es sûr de pouvoir te cogner la montagne avec ta patte folle ? le provoque-t-il.

— Et toi, tu es sûr que je ne vais pas pouvoir te cogner ta sale gueule ? menace le végétarien avec une violence soudaine qui ôte à chacun toute envie de la ramener.

— Bon, bon, ne le prends pas comme ça, marmonne Perico Alarco, qui bien qu'amateur d'esclandre n'ignore pas qu'il faut savoir ménager la chèvre et le chou, alors il change de sujet et s'en prend à Santillán, qu'il essaie de convaincre de lui donner un des deux pistolets qu'il porte, car ni lui ni Manolito ne sont arrivés à l'heure à la distribution.

— Quand on traversera la frontière, lui répond sèchement l'ex-garde civil, qui n'a absolument pas confiance en lui.

Le tavernier propose un peu de nourriture et les factieux se jettent dessus comme s'il y avait des jours et des jours qu'ils étaient à jeun (ou comme si c'était la dernière fois de leur vie qu'ils mangeaient). On dirait que leur estomac s'est dénoué avec la trotte qu'ils viennent de faire et que l'imminence de la révolution leur a ouvert l'appétit. Comme le patron connaît de vue le guide Martín Lacouza, il lui demande où ils vont à cette heure-là, mais un des membres du groupe le devance et lui répond imprudemment :

— Couper la tête au roi d'Espagne.

Quand ils sortent de nouveau à l'air libre, la lune s'est cachée et il s'est remis à pleuvoter. Mauvais présage, pense plus d'un. Les révolutionnaires calent leurs bérets sur leur tête et reprennent la marche, à la suite de Martín Lacouza, dont la loquacité habituelle semble avoir été étouffée par la pluie, car il n'ouvre pas la bouche jusqu'à ce qu'ils aient atteint une clairière au pied de la montagne.

— C'est là que ça devient dur, avertit-il, et il entreprend l'ascension en laissant à peine le temps à certains de couper des branches pour s'en servir de bâtons de marche.

Le chemin de Napoléon rejoint l'antique voie romaine, qui

conduit à Vera en longeant le canal d'irrigation d'Inzola et sur laquelle certains assurent qu'au temps de l'empire on voyait circuler des quadriges. Bien qu'elle ait complètement disparu sur certains tronçons, l'antique chaussée émerge de temps à autre le long du sentier, avec des pierres plus larges sur les bords et une rangée de cailloux étroits et allongés qui marquent l'axe du chemin. Mais les révolutionnaires, avec leurs vêtements mouillés et leurs encombrants sacs à dos ne sont pas d'humeur à prendre des cours d'archéologie : tout ce qu'ils voient, c'est une piste sombre, tortueuse et pentue, pleine de cailloux qui ne servent qu'à se tordre les chevilles et à dissimuler la boiterie de Robinson, dont la démarche chancelante passe maintenant inaperçue. Mais pour ce qui est de voir, c'est une façon de parler, parce que les chênes et les aulnes qui peuplent La Rhune laissent à peine filtrer la faible clarté d'une pleine lune atténuée par les nuages, et Santillán a donné l'ordre de n'allumer les lanternes qu'en cas d'absolue nécessité.

C'est ainsi, dans le noir et plongés dans un silence qui n'est troublé que par l'eau du canal d'irrigation d'Inzola et les roulades d'un oiseau insomniaque, que la bande de révolutionnaires remonte l'antique voie romaine. L'enthousiasme initial a fait place à un certain malaise et l'esprit libérateur de plus d'un a commencé à faiblir, même si personne ne veut le reconnaître. Mais, comme pour effacer de la tête des rebelles leurs pensées noires, un fait inattendu vient perturber l'ascension.

— Chuuut ! fait Martín Lacouza, en s'arrêtant brusquement à un coude du chemin.

Les autres s'arrêtent aussi, pétrifiés comme par un enchantement. Même la queue de Kropotkine est paralysée, et un aboiement reste coincé dans sa gorge. Par-dessus la rumeur de l'eau on entend les pas de quelqu'un qui descend précipitamment par le sentier, si précipitamment qu'en arrivant au coude il tombe presque sur le groupe. En le voyant, il laisse tomber un ballot qu'il portait à l'épaule et repart en courant par où il est venu, comme s'il avait vu un fantôme. Ce n'est qu'alors que Kropotkine aboie, en dépit des efforts de Robinson et de Pablo pour l'en empêcher.

— Eh, eh, toi ! crie Santillán en courant sus au fugitif tout en dégainant son pistolet. Mais le type a l'air de connaître le terrain, car l'obscurité l'avale avant que l'ex-garde civil ait parcouru dix mètres.

— Du calme, leur dit le boulanger de Saint-Jean-de-Luz, après avoir braqué sa lampe sur le ballot que l'homme a laissé tomber, ce n'est qu'un contrebandier.

Perico Alarco s'approche, sort un couteau de sa poche et fend la toile qui recouvre le paquet. Kropotkine échappe aux mains de Robinson et s'approche pour en flairer le contenu, avant de recevoir un coup de pied pour son audace. L'intérieur est plein de sachets de sucre et de café. Mais, juste comme Perico s'apprête à les mettre dans son sac à dos, Santillán arrive, son pistolet toujours pas rengainé.

— N'y pense même pas, lui dit-il en pointant l'arme sur lui. C'est peut-être la nourriture de toute une famille.

L'édenté laisse le paquet à contrecœur, et ils se remettent en marche, sans savoir que, caché dans les fougères de la montagne un contrebandier les épie en remerciant Dieu parce qu'on a pensé à sa famille.

Une demi-heure plus tard, là où le canal d'irrigation s'élargit un peu, Martín Lacouza manque de trébucher contre la borne 18. Il allume sa lampe et tous peuvent voir l'inscription sur la pierre : « R-18 ». Le boulanger braque sa lampe sur l'autre côté du canal d'Inzola et apparaît la borne 19, toute couverte de mousse. Il n'est pas encore dix heures et ils ont atteint la frontière. Tout semble tranquille.

— À partir de maintenant, il faut redoubler de prudence, avertit Santillán. Que ceux qui n'ont pas encore chargé leurs armes le fassent. Nous nous reposerons ici dix minutes puis nous continuerons jusqu'aux palombières du Portillo de Napoleón, où nous avons rendez-vous avec les autres groupes.

— Excuse-moi, Julián, mais la venta d'Inzola est tout près, l'informe Martín Lacouza. On pourrait peut-être s'y réchauffer un moment et savoir comment ça se passe en Espagne, avant d'aller aux palombières.

Mais l'ex-garde civil lâche un gros soupir et répond brusquement :

— Nous ne faisons pas une promenade, mais la révolution. Si quelqu'un a froid ou s'il a les foies, qu'il retourne d'où il vient. Mais attention, une fois qu'on aura passé la frontière, je colle une balle au premier qui se dégonfle, vu ? Donc, si quelqu'un veut partir, qu'il le fasse tout de suite, dit Santillán en regardant Perico et Manolito.

Mais les deux hommes restent impassibles. En revanche, au bout de trois secondes d'hésitation, ce sont les végétariens Carlos et Baudillo qui se séparent du groupe et, après avoir marmonné un « Désolé » et un « Bonne chance, camarades », s'en vont la queue entre les jambes. Robinson regarde Anxo, « el Maestro », et bien que l'obscurité ne lui permette pas de voir son visage, il devine qu'il rougit de honte.

— Personne d'autre ? insiste l'ex-garde civil, contrarié. Bon, on se repose ici dix minutes. Martín, dit-il au guide, va jusqu'à la venta et renseigne-toi sur la situation.

Les autres se déchargent de leurs sacs à dos et s'assoient au bord du chemin, surpris par la désertion des deux végétariens, qui n'a fait qu'augmenter la confusion et la nervosité des révolutionnaires. Il a cessé de pleuvoir, mais les dernières feuilles des arbres déversent encore de grosses gouttes traîtresses. Certains chargent leurs pistolets, d'autres en profitent pour fumer une cigarette. Leandro saute vers un petit îlot situé au centre du canal d'irrigation, où croît un aulne majestueux, à mi-chemin entre les deux bornes. Puis, prenant son couteau, il commence à graver quelque chose sur l'écorce de l'arbre. Pablo est tenté d'allumer sa lampe pour voir ce que l'Argentin est en train d'écrire, mais il préfère prendre son Astra 9 mm et donner à Julianín un bref aperçu du fonctionnement d'un pistolet semi-automatique (même s'il aurait préféré ne pas devoir le faire). S'il avait choisi d'allumer sa lampe, il aurait vu que Leandro a gravé sur l'arbre un L et un A, à la fois séparés et unis par une figure dont le nom rime avec libérateur.

— Regarde, ça c'est la culasse, explique Pablo à son ex-assistant, qui prend le Star que le sort lui a réservé et suit les indications. Là, en dessous, on met le chargeur, d'un coup sec, jusqu'à ce qu'on entende le clic de l'engrenage. Comme ça, tu vois ? Une fois le pistolet chargé, tu ôtes la sécurité et tu tiens fermement la crosse dans ta main droite, et si tu veux avoir plus de stabilité tu saisis ton poignet avec la gauche. Pour être plus précis dans le tir, tu dois faire coïncider la mire, qui est cet onglet sur le bout du canon, avec la hausse, qui est cet autre onglet ici derrière, mais ne perds pas trop de temps à viser parce qu'on te fera voler la cervelle avant que tu aies pu tirer, dit Pablo à un Julianín circonspect et apeuré. En appuyant sur la détente, on actionne le percuteur, il a un impact sur la balle, qui est expulsée. Tu relâches la détente puis tu appuies dessus de nouveau. Si tu es encore vivant, bien sûr… Une question ?

Julianín fait non de la tête, un peu affolé par le cours de balistique que vient de lui donner Pablo comme quelqu'un qui donnerait une leçon de trigonométrie. Il se produit alors un profond silence que Robinson rompt en changeant de sujet :

— Que veut dire ce R ? demande-t-il.

— Quel R ? répond Pablo, distrait, pensant qu'il veut parler du pistolet.

— Celui qui est inscrit sur la borne, avant le 18.

— Ah, oui. R-18… Eh bien je ne sais pas, à vrai dire.

— Ça signifie raie, c'est-à-dire frontière, dit l'un des hommes debout à côté de lui, originaire de Lanuza, dans les Pyrénées aragonaises. Du moins, c'est ce que j'ai entendu dire à un garde civil de mon village.

— Ce n'est pas possible, dit Pablo, parce que nous partageons les bornes avec les Français, il faudrait que ce soit un mot qui commence de la même façon en français et en espagnol…

— Donc ça veut dire quoi ? insiste Robinson.

— Référence, intervient « el Maestro », qui fait un effort pour se mêler à la conversation et oublier le départ de ses deux amis, ça veut dire référence.

Mais il n'y a plus de temps pour les spéculations, même si elles calment les nerfs et chassent les pensées noires, car le guide vient de revenir.

— La venta est fermée, il n'y avait pas de lumière aux fenêtres.

— Bon, alors on continue, dit Santillán, sur un ton qui n'admet pas de réplique. Il décide de fermer la marche, il ne faudrait pas que quelqu'un d'autre se mette à faire dans son froc.

Le groupe se remet en route, et quand il entre sur le territoire espagnol certains de ses membres s'agenouillent et baisent le sol ou saisissent une poignée de terre. Le contact avec la mère patrie semble ranimer le moral de l'expédition, qui atteint très vite la clairière où se trouve la venta d'Inzola. À partir de là, le chemin de Vera bifurque : en prenant à gauche on passe par la Peña del Águila puis, en continuant tout droit, par le col de Usategieta (appelé aussi Portillo de Napoleón en souvenir de la tentative avortée), où ils doivent retrouver le reste des révolutionnaires. Pendant qu'ils se dirigent vers le col, Martín Lacouza entreprend de décrire à « el Maestro » une autre de ces petites batailles qu'il connaît à fond, mais, de la queue du peloton, Santillán demande le silence. Ainsi « el Maestro » ne saura pas ce qui s'est passé ici même voilà presque un siècle, au temps du despote Fernando VII, quand le général Mina arriva au Portillo de Napoleón à la tête de centaines d'exilés espagnols, dans l'intention de détrôner le monarque et d'instaurer un gouvernement libéral. Comme Hegel avait raison, aurait pensé « el Maestro », quand il disait que l'Histoire se copie souvent elle-même et que les grands événements se produisent toujours deux fois. Mais peut-être vaut-il mieux que Martín Lacouza ne puisse pas évoquer le destin du général

Mina, car il ne faut pas décourager la troupe en évoquant les échecs passés. Parce que Mina avait échoué, même s'il avait pu sauver sa vie : les forces royales avaient repoussé l'attaque et le général s'était caché dans une grotte de la montagne avant de regagner la frontière. D'ailleurs, ce qu'Hegel n'a pas dit et que Marx a ajouté c'est que les grands événements se produisent deux fois, mais la première comme tragédie et la deuxième comme farce.

Quand l'équipe atteint le Portillo de Napoleón, les autres groupes ne sont pas encore arrivés, car bien que celui de Pablo ait été le dernier à partir, c'est aussi lui qui a pris le chemin le plus court : le col d'Usategieta est à la hauteur de la borne 18. Les hommes attendent, assis au pied des palombières, constructions en bois cubiques qui les protègent du vent glacial qui souffle du sommet. Mais, très vite, le premier groupe parti de Saint-Jean-de-Luz commandé par Luis Naveira fait son apparition. Cela fait à peine quelques heures qu'ils se sont séparés, mais elles leur semblent des années, à en juger par l'effusion avec laquelle certains fêtent ces retrouvailles. Le ciel s'est dégagé et la pleine lune éclaire légèrement les visages fatigués des hommes, qui se tapent dans le dos pour chasser le froid ou la peur. En bas, tout au fond, Vera se cache entre les montagnes qui occultent les rares lumières encore allumées dans le village. Si Leandro pouvait les voir avec ses jumelles de théâtre, il en distinguerait une au-dessus des autres, plus rouge et plus intense : celle de la fonderie, où à cette heure-ci doit avoir embauché l'équipe de nuit.

— Bon, moi je rentre, dit le contrebandier de Ciboure qui a conduit le groupe de Naveira.

— Merci, lui dit le Galicien en lui remettant la somme convenue.

— Nous avons deux défections, dit Robinson à Naveira quand l'homme a disparu.

— Et nous, trois, répond laconiquement « le Portugais ».

Ce ne seront pas les seules, car à mesure qu'arrivent les différents groupes, on en relève plusieurs autres. Presque toujours la même histoire : quelqu'un qui s'est arrêté pour pisser ou boire à une source, ou pour ôter un caillou de sa chaussure, et qui dès que ses camarades se sont éloignés a pris la poudre d'escampette et est reparti en courant par où il était venu. Il paraît que le bruit a couru que personne ne les attend en Espagne. L'obscurité de la nuit, la fatigue et la peur ont fait le reste. Le dernier groupe à arriver est celui qui est sous les ordres d'« el Maño » ; bien que « groupe » soit une hyperbole, car à part Abundio Riaño, seuls le neveu du curé de Lesaca, qui servait de guide, et deux autres courageux ont atteint le Portillo de Napoleón. C'est qu'il n'y avait pas dans chaque groupe un Santillán capable d'immobiliser les pieds des pusillanimes.

— Que le découragement ne se propage pas, dit l'ex-garde civil sur le coup de minuit en arborant un de ses pistolets, avant d'amorcer la descente vers Vera, vous verrez que ce jour entrera dans l'Histoire. Vive la révolution ! À bas la dictature ! Vive l'Espagne libre, putain de merde !

— Vive l'Espagne libre !

— À partir de maintenant, dit Santillán en répétant sa menace, je colle une balle dans la peau de celui qui recule.

Des soixante-dix révolutionnaires qui sont partis du golf de La Nivelle, une cinquantaine seulement entreprennent la descente vers le bourg de Vera. Mais mieux valent quelques braves que trop de poules mouillées, comme dirait le poète. Car pour être arrivé jusqu'ici il faut être un révolutionnaire de première catégorie.

XIV
(1909-1912)

Question : quelle est la méthode la plus sûre pour ne pas être très malheureux ?

Réponse : ne pas aspirer à être très heureux.

Telle fut la réflexion que se fit Pablo en sautant de terrasse en terrasse pour fuir les militaires, réflexion qui peut nous sembler hors de propos, vu les circonstances, mais qui si on tient compte des circonvolutions de l'esprit humain, où la ligne droite n'existe pas, finit par être providentielle : curieusement, cette pensée lui rendit la sagesse et lui sauva la vie ; sans elle, le plus probable est qu'il se serait laissé prendre par ses poursuivants ou qu'il se serait jeté dans le vide de n'importe laquelle de ces terrasses. Car cette réflexion en amena une autre : en fin de compte, se dit-il, le bonheur est pour l'être humain comme la maison d'un ivrogne : même s'il ne la retrouve pas, il sait qu'elle existe… Pablo savait ce qu'était le bonheur, même s'il l'avait perdu : il s'agissait, par conséquent, d'être patient, de ne perdre ni son calme ni la tête, d'espérer sans désespérer. À partir de maintenant, je ne me préoccuperai que de survivre, se promit-il, c'est le meilleur tribut que je puisse rendre à Ángela. C'est ainsi qu'il réussit à se tirer brillamment de cette aventure où il s'était engagé sans trop savoir comment ni pourquoi : de terrasse en terrasse il arriva au bout du pâté de maisons, força une porte, descendit un escalier et se retrouva dans une rue étroite et vide. Puis il s'éloigna de la zone conflictuelle, tandis que dans son dos retentissaient encore des tirs isolés.

L'entrée des troupes dans la ville marqua la fin des espoirs révolutionnaires des milliers de naïfs qui avaient prétendu changer le monde en brûlant des églises et en élevant des barricades. Ils résistèrent encore deux jours, mais ce ne fut que la dernière convulsion du pendu. Le vendredi arrivèrent en renfort à Barcelone deux autres compagnies d'infanterie et trois cents gardes civils, ce qui mit pratiquement fin aux escarmouches dans les rues. Les gens recommencèrent à sortir timidement de chez eux, certains services publics furent restaurés et, symboliquement, un tramway traversa les quartiers ouvriers jusqu'au bout de son itinéraire habituel. Le capitaine général, enhardi, donna l'ordre de reprendre les embarquements pour Melilla et le jour même un régiment d'infanterie descendit les Ramblas vers le port, sous le regard docile de rares Barcelonais, lesquels semblaient avoir oublié l'origine des terribles troubles qui avaient semé le chaos dans la ville.

— Vous avez des fusils et vous vous laissez mener à l'abattoir, a-t-on jamais vu ça ! tel fut le seul cri antimilitariste qui jaillit de la foule. L'auteur de cette proclamation fut arrêté sans que personne prenne sa défense.

Le samedi, les commerces rouvrirent, les barricades furent démantelées, les pavés rendus à leurs chaussées et les communications rétablies. Plusieurs douzaines de touristes allemands purent même débarquer et mordirent allègrement aux appâts de la capitale catalane, escortés, faut-il préciser, par quelques gardes et la bande-son des balles qui sifflaient encore sporadiquement sur les toits. Le dernier épisode sanglant eut lieu dans les ruines du couvent des sœurs dominicaines dévasté par les flammes, sur les murs duquel les rebelles avaient placardé des affiches avec ces mots curieux : « Nous avons un grand respect pour la religion et un grand respect pour l'athéisme. Ce que nous haïssons c'est l'agnosticisme, les gens qui ne choisissent pas. Vive la révolution et les instituteurs de Catalogne ! » Au milieu de la matinée, une foule mue par une curiosité macabre se réunit à l'intérieur de l'édifice et la Garde civile donna l'ordre d'évacuer les lieux ; les gens n'en tinrent pas compte, la Garde civile perdit patience, il y eut un coup de feu, la panique se répandit, la foule sortit en trombe du bâtiment et la débandade se termina par une fusillade qui fit six morts et de nombreux blessés : tel fut le sanglant épilogue d'une semaine tragique. Le lendemain, on n'entendit plus un seul coup de feu dans Barcelone et les fleuristes des Ramblas installèrent de nouveau leurs étals, preuve définitive que l'ordre avait été rétabli.

Comme l'auberge municipale de la rue du Cid avait fermé ses portes dès le début des troubles, Pablo avait passé les derniers jours de la semaine chez Abelardo Belmonte. Blessé très tôt à une jambe, le neveu de Ferdinando avait dû se résoudre à rester chez lui pour s'occuper de ses trois turbulents rejetons, pendant que sa femme était dans la rue avec le groupe des « dames rouges », qui avaient attaqué commissariats et couvents sous les ordres de Juana Ardiaca, une jeune femme du Parti radical dont le père avait été condamné lors du procès de Montjuic. Le dimanche de bon matin apparut aussi Robinson, qui avait participé aux derniers soubresauts de la révolte.

— C'est fini, dit-il en entrant dans la maison de la place Urquinaona, suivi de Darwin, son infatigable épagneul. La partie est terminée.

Et il n'avait pas tort, car dès le lendemain débutèrent les représailles. Le lundi, un tribunal militaire condamna à la prison à perpétuité le premier rebelle qui tomba entre ses mains, à titre d'exemple et d'avertissement. Puis, presque deux mille individus furent jugés, un millier emprisonnés, une cinquantaine condamnés à perpétuité et dix-sept à la peine capitale, mais seuls cinq furent exécutés ; quatre d'entre eux n'étaient que de simples participants à la rébellion qui avaient tiré le mauvais numéro : le dirigeant syndical José Miguel Baró, accusé d'avoir harangué les foules ; le délinquant Antonio Malet, d'avoir allumé un énorme bûcher avec des objets religieux ; l'agent de sécurité Eugenio del Hoyo, condamné pour avoir tiré sur une patrouille de l'armée ; et l'idiot qui avait dansé avec le squelette d'une nonne, Ramón Clemente, pour avoir construit une barricade. D'une certaine façon, un échantillon représentatif des délits commis pendant la semaine. Mais il fallait encore trouver l'idéologue de la révolution.

Le gouvernement de Maura en profita pour se débarrasser de son empêcheur de tourner en rond personnel : Francisco Ferrer Guardia, fondateur de l'École moderne, que beaucoup avaient dans le collimateur depuis la tentative de régicide de Mateo Morral. Le pédagogue fut fusillé au château de Montjuic le 13 octobre de cette année 1909. À cette époque, Pablo portait déjà l'uniforme des recrues.

Après avoir passé plusieurs jours enfermé avec Robinson chez Abelardo, à discuter de tout et de rien, le temps que la situation se calme, Pablo finit par se convaincre que déserter n'en valait pas la peine : cela l'aurait obligé à vivre dans la clandestinité ou à s'exiler dans un pays étranger, ce qui rendrait plus difficile encore la recherche d'Ángela. Au point où en étaient les choses, les réfractaires et les déserteurs avaient peu de chances de s'en tirer : la plupart finissaient par être rattrapés et embarqués pour le Maroc, où ils étaient envoyés en première ligne, pour lâcheté et antipatriotisme. Mieux valait rester en Espagne, accepter l'affectation péninsulaire que le sort lui réserverait et ne pas désespérer, ne jamais désespérer, car il arrive parfois que l'ivrogne retrouve sa maison juste comme il décide de se coucher sous le premier porche venu. De plus, les sympathies de Pablo pour les idées anarchistes avaient repris de la force, peut-être comme succédané (ou lénifiant) de son désespoir amoureux. D'ailleurs, contrairement à ce qu'on pourrait penser, les anars n'étaient pas à l'époque partisans de la désertion, mais pariaient sur une tout autre tactique : le prosélytisme antimilitariste dans les casernes comme outil pour saper l'armée de l'intérieur. La théorie ne pouvait être plus évidente : puisque les soldats sont des ouvriers obligés de servir la patrie selon un système de recrutement injuste, dans les moments de crise ils se mettront du côté du peuple pour défendre la révolution, à condition qu'on les instruise convenablement. On avait pu en avoir une preuve pendant les événements de la Semaine tragique : l'armée n'était entrée en action qu'au quatrième jour du soulèvement, alors que la Garde civile avait tout de suite pris les armes. En fait, les rebelles avaient applaudi et encouragé les soldats jusqu'au moment où ces derniers s'étaient vus contraints d'étouffer la rébellion : après tout, c'était précisément pour eux que le peuple était descendu dans la rue, pour empêcher qu'on ne les embarque dans une guerre inventée par les classes dirigeantes.

Le 3 août 1909 au soir, le délai légal étant à son terme, Pablo Martín Sánchez, recrue numéro 66 de la circonscription de Salamanque, quitta « la ville des bombes » pour revenir à « la ville de la mort » et y remplir ses obligations patriotiques. Robinson, réformé pour cause de boiterie, l'accompagna à la gare. Il lui avait promis de rester quelques mois encore dans la Cité comtale, au cas où Ángela donnerait signe de vie, bien qu'il fût convaincu que ce serait en vain : il doutait de plus en plus que la jeune femme qui l'avait demandé à la Lliga Vegetariana soit son amie d'enfance. Au fond, son idée était de rester à Barcelone pour gagner un peu d'argent puis d'aller en France ou en Allemagne, où le naturisme et le végétarisme jouissaient de plus de considération que sur les terres espagnoles. Mais il n'avait encore rien dit de tout cela à l'ami de son cœur.

— Dis voir, Pablo, dit-il comme ils arrivaient à la gare de France.

— Dis-moi.

— Je peux te parler sincèrement ?

— Cette question.

— Entre frères de sang il convient de ne pas tourner autour du pot et d'appeler chaque chose par son nom, n'est-ce pas ?

— Allez, Robin, déballe, parce qu'à ce train-là j'aurais eu la quille que tu ne m'auras encore rien dit.

— D'accord. Tu crois vraiment qu'on doit se lier pour la vie à la première femme qu'on aime, et n'avoir plus d'yeux que pour elle ?

Pablo s'arrêta net et regarda son ami sans rien dire.

— Je ne sais pas, il me semble que tu devrais profiter un peu plus de la vie et cesser de te traîner comme une âme en peine. Il ne faut pas penser aux maux, mais aux plaisirs qui sont à notre portée. Tu as entendu parler de l'amour libre... ?

— Laisse tomber, Robin, l'interrompit Pablo, en se remettant en marche. Je te remercie d'avoir essayé, mais tu n'arriveras pas à m'ôter Ángela de la tête. Toi, fais ce que tu veux, mais moi, je vais la chercher et c'est ce qui donnera un sens à ma vie.

— Très joli, monsieur, très joli. Mais qu'est-ce qui se passera si le jour où tu la retrouves elle est mariée avec un autre, hein ?

Pablo s'arrêta de nouveau, regarda son ami et ne dit que sept mots :

— Ce jour-là, ma recherche sera terminée.

Pablo se présenta au recrutement le mercredi matin et dépendit dès lors de la juridiction militaire, mais la répartition définitive du contingent n'eut lieu qu'à la fin septembre, quelques semaines avant la date prévue à cause de la guerre contre le Maure. Par une délicate attention du destin, moins capricieux qu'on ne pourrait le croire, son itinéraire prit la trajectoire d'un boomerang, car le sort lui réserva une affectation à la vieille caserne d'Atarazanas, dans une Barcelone vide de soldats depuis les derniers embarquements. Il lui avait suffi de faire un pas en avant pendant le processus de sélection pour être consigné dans la Cité comtale, sous le regard abasourdi des autres recrues, qui le prirent pour un fou, car après les derniers événements personne ne souhaitait aller dans « la ville des bombes ». Ce qu'elles ignoraient c'est que ce jeune homme avait pour faire ce pas un puissant motif en six lettres : Ángela. Barcelone était bien le dernier endroit où elle avait été vue, et donc il avait préféré cette affectation plutôt que Cadix, Saint-Jacques-de-Compostelle, Burgos ou Saragosse, où à coup sûr il se serait consumé dans la nostalgie ou le désespoir. C'est ainsi que Pablo passa trois longues années à la caserne d'Atarazanas, avec l'idée que tôt ou tard il finirait par retrouver Ángela.

Car si l'espoir est ce qu'on perd en dernier, c'est aussi, souvent, la seule chose qu'on possède.

Les premières semaines furent les plus difficiles, car les esprits étaient encore très tendus par la guerre du Maroc. L'atmosphère transpirait la peur d'être envoyé en Afrique, et bien qu'il fût improbable que les nouvelles recrues soient appelées tout de suite, les vétérans calmèrent sur elles leurs nerfs et leurs peurs, en machinant les bizutages les plus humiliants avec la permissivité complice des officiers supérieurs. Le premier jour, en cadeau de bienvenue, les moutons (tel était le nom qu'on leur donnait) furent conduits aux « latrines royales », les plus immondes de toutes, dans lesquelles les soldats avaient pendant plusieurs jours accumulé les excréments, dans l'attente du nouveau contingent. La puanteur était tellement insupportable que certains des instigateurs se bouchaient le nez avec des mouchoirs imbibés d'eau de Cologne tout en se moquant et en poussant les bleus à l'intérieur ; les plus délicats vomirent dès l'entrée et quant à ceux qui avaient résisté au premier impact, on les mit la tête la première dans l'infâme édicule au cri de :

— Regarde là-dedans si tu trouves un foutu Maure !

Pablo entendit cette phrase jusqu'à dix fois, mais quand bien même l'eût-il voulu il n'eut pas la moindre nausée, ce qui lui valut le respect des plus anciens, lesquels n'avaient jamais vu quelqu'un capable d'en supporter autant. Bien entendu, il garda pour lui le secret de son succès : à savoir qu'un pet et une rose, un œuf pourri et l'herbe fraîchement coupée, des latrines infectes et le cabinet de toilette de la reine d'Angleterre avaient exactement la même odeur pour lui.

Comme si cela ne suffisait pas, la caserne d'Atarazanas avait été choisie pour enfermer et juger de nombreux détenus après les événements de la Semaine tragique, ce qui ne contribua pas précisément à apaiser les esprits. Le tribunal militaire avait été constitué dans ses murs et on y avait tenu plusieurs conseils de guerre extrêmement sommaires, comme celui de José Miguel

Baró, le premier rebelle exécuté au château de Montjuic. Toutefois, lorsque Pablo arriva à la caserne, l'affaire qui était sur toutes les lèvres était celle de Ferrer Guardia, condamné à mort au motif d'avoir été, paradoxe cruel, le chef de file d'une révolte acéphale. Craignant d'éventuels incidents pendant son exécution, les autorités décidèrent de renforcer la sécurité du château où furent envoyés, le matin du 13 octobre, un très grand nombre de soldats, y compris des moutons de la caserne d'Atarazanas toute proche, dans ce qui fut interprété par beaucoup comme le dernier des bizutages. « Pour que ça vous serve de leçon », dit un sergent nommé Hansen. Parmi ceux qui devaient apprendre se trouvait Pablo Martín Sánchez.

Ils furent obligés de se lever à quatre heures du matin pour se rendre à la forteresse militaire. La nuit était fraîche et sur l'avenue del Paralelo les rares noctambules qui sortaient cahin-caha des lupanars et autres lieux misérables battaient encore le pavé. À la hauteur de la rue Carrera, Pablo eut un sentiment étrange en levant la tête, comme si cette vision annonçait des temps à venir : derrière les rideaux fermés d'un balcon éclairé se découpait la silhouette gracile d'un corps féminin. Chargés de leurs pesants fusils et de leurs encombrantes cartouchières, ils gravirent le chemin qui serpentait jusqu'en haut de la montagne, où ils rejoignirent d'autres compagnies affectées à la garde du château. Le peloton d'exécution fut tiré au sort parmi les soldats d'infanterie du régiment de la Constitution, à qui on remit les munitions correspondantes, mélangées à des cartouches à blanc. Les autres se répartirent dans la montagne, aux alentours du château et du fossé de Santa Amalia, lieu choisi pour l'exécution. C'est là que Pablo fut posté, et peu avant neuf heures il vit sortir par l'une des poternes de la forteresse le cortège funèbre, avec à sa tête un Ferrer aux yeux cernés mais digne. Il portait un costume gris de laine fine et une cravate, était tête nue et le bouc fièrement pointé vers l'avant. Curieusement, ses chaussures n'avaient pas de lacets : on devait les avoir ôtés pour contrecarrer toute tentation de suicide.

Quand ils passèrent près de lui, Pablo entendit le fondateur de l'École moderne adresser ces mots à celui qui commandait le peloton :

— Je vois, lieutenant, que vous êtes très jeune. Depuis combien de temps êtes-vous officier ?

— Un an.

— Pas plus ? Triste façon de débuter une carrière militaire !

— Triste, pourquoi ? s'indigna le lieutenant.

— Parce qu'en donnant l'ordre de faire feu vous allez mettre fin à la vie d'un innocent…

Le cortège avança lentement vers l'endroit choisi pour l'exécution, dans un silence tragique. Quand il s'arrêta devant le gouverneur du château, celui-ci lança une question qui arriva amortie aux oreilles de Pablo :

— Souhaitez-vous formuler une dernière volonté ?

Ferrer hésita un instant, puis dit, d'une voix ferme :

— J'aimerais simplement que vous ne m'obligiez pas à me mettre à genoux ni à tourner le dos au peloton. Et que vous ne me bandiez pas les yeux.

Les officiers échangèrent des impressions à voix basse et finirent par accéder à une moitié de sa demande : qu'il meure debout et face au peloton, mais les yeux bandés et les mains liées dans le dos. Pablo les vit emmener Ferrer, résigné à être aveuglé et à avoir les mains liées, jusqu'à l'extrémité du fossé, contre le mur ; le peloton prit place et les soldats se signèrent avant de tirer. Enfin, après l'ordre de « En joue », il entendit nettement la dernière phrase que prononça le pédagogue anarchiste :

— Jeunes gens, ce n'est pas votre faute, visez bien et tirez sans crainte ! Je suis innocent ! Vive l'École moderne !

Le fracas des détonations fit fermer les yeux à Pablo. Quand il osa les rouvrir, le corps de Ferrer Guardia gisait au sol, le crâne perforé par les balles et prêt à être enterré dans une fosse commune, parce que athée et impénitent. Il était neuf heures du matin.

Le peuple barcelonais réagit à l'exécution de façon immédiate, quoique timide, car l'échec de la Semaine tragique était encore frais : il y eut surtout quelques troubles dans les rues et l'explosion d'une poignée d'engins, dont l'un rue du Cid, tout près de l'auberge municipale où avait logé Pablo à son arrivée à Barcelone. La classe politique la plus progressiste laissa entrevoir elle aussi son malaise et le député républicain Rodrigo Soriano prononça même, lors d'un meeting à Valence, ces paroles prophétiques :

— En fusillant Ferrer, le gouvernement a signé son propre arrêt de mort.

Il ne se trompait pas : le 23 octobre les libéraux seraient de nouveau au pouvoir, avec à leur tête Segismundo Moret. Un peu plus tôt, Pablo s'était fait une promesse, après la profonde impression que lui avait laissée l'assassinat légal de Ferrer : dès qu'il aurait retrouvé l'amour de sa vie, il consacrerait ses forces à combattre un gouvernement qui faisait fusiller ses hommes les plus brillants. Vous me prêtez un bien long avenir, aurait dit Maura s'il avait connu ses intentions : c'est que s'il ne restait que dix jours au président avant de quitter sa charge, ce qui attendait Pablo, c'était trois ans de service, trois longues années sans rien savoir d'Ángela.

– 16 –

> L'ombre dense de la nuit se diluait dans les premières clartés d'une aube froide et hostile qui poignardait avec des vents de givre ces hommes mus par l'idéal politique et le hasard. On commençait à deviner les humbles maisons de Vera de Bidasoa. Le groupe révolutionnaire avançait en silence, comme s'il pressentait quelque chose d'imprécis, de menaçant. Bonifacio Manzanedo, devant : immédiatement après Pablo Martín Sánchez et Julián Santillán, deux des plus résolus parmi ces guérilleros improvisés.
>
> JOSÉ ROMERO CUESTA,
> *La verdad de lo que pasó en Vera*

Près de la piste principale qui descend du Portillo de Napoleón à Vera en traversant une forêt dense, court un sentier encombré de broussailles qui n'atteint pas le statut de chemin muletier, car mules, ânes et chevaux y pourraient difficilement passer. Mais Piperra, le guide de Zugarramurdi qui a aidé le groupe conduit par Gil Galar à franchir la frontière, insiste pour le prendre, et sur le coup personne n'a le courage de discuter, en fait tout le monde ignore que la seule raison qu'a le guide de ne pas suivre la piste principale est qu'elle passe près de la ferme d'Eltzaurdia, où vivent des parents à lui. Mais plus d'un se repend très vite de ne pas l'avoir contredit, car le sentier est presque impraticable : la pluie l'a transformé en véritable bourbier, glissant et dangereux dans l'obscurité, et même les bâtons de marche dont certains se sont dotés au début de leur parcours ne les empêchent pas de se retrouver par terre, couverts de boue comme des cochons turbulents. Ceux qui ont des lampes électriques sont contraints de les allumer. De part et d'autre du chemin, des chênes étêtés ont l'air de se moquer des faux pas des factieux, qui marmonnent des kyrielles de jurons et d'insultes devant un public silencieux de frênes, de houx et de hêtres, de fougères et de noisetiers sauvages. Seul Robinson, qui par miracle conserve intact son melon sur le crâne, se sent comme un poisson dans l'eau, dans une espèce d'osmose spirituelle avec la nature, il se permet même le luxe d'arracher des herbes qui poussent au bord du chemin, appelées queues de cheval à cause de leur forme et dont on dit qu'elles sont très bonnes pour la circulation et les emplâtres curatifs.

Quand le peloton quitte le cœur du bois, le sentier devient enfin plus praticable. Un chien aboie dans les environs, sans que Kropotkine, qui a appris sa leçon, ose répondre à la provocation : c'est le chien de garde d'un abri pour animaux que les révolutionnaires longent en silence dans leur descente vers Vera. À partir de là, le chemin rejoint le tronçon final de la vieille voie romaine et s'améliore sensiblement. La pluie a fait place au brouillard, qui se confond avec la fumée qu'exhalent encore les cheminées endormies des premières fermes, annonçant la bourgade toute proche. Il n'est pas encore une heure du matin quand le chemin débouche sur la route de France et que les premières maisons de Vera se découpent dans l'obscurité, libérant l'adrénaline des expéditionnaires, qui s'arrêtent sans trop savoir que faire, déconcertés par le silence et le calme qui semblent régner dans le village. Est-ce que par hasard ils s'attendaient à le trouver en armes, avec des barricades dans les rues ?

— Et maintenant, qu'est-ce qu'on fait ? demande quelqu'un.

— Il n'y a pas de lumière au moulin d'Errotacho, dit Piperra, qui connaît bien le village.

— Ni au manoir d'Itzea, ajoute Martín Lacouza, qui le connaît autant que lui.

Effectivement, le moulin est la première construction qui se trouve sur la gauche, juste avant le manoir d'Itzea, la résidence que la famille Baroja possède à Vera depuis 1912. Mais don Pío, contrairement à ce que certains affirmeront plus tard avec méchanceté et fourberie, ne se trouve pas chez lui à ce moment-là et ne peut donc voir le groupe de quarante et quelques hommes (sans compter le teckel) qui est sur le point de passer sous la fenêtre de son bureau.

— Ce qu'il faut faire, c'est aller jusqu'au village et voir quelle est la situation, propose Gil Galar, toujours prêt à entrer en action. D'ici, tout a l'air calme, mais qui sait.

— C'est sûr, reconnaît Luis Naveira. Marchons ensemble, en formation, et traversons le village avec nos armes prêtes. Si la révolution n'a pas encore éclaté ici, nous ferons nous-mêmes le premier pas. Si nous rencontrons quelqu'un dans la rue nous lui proposerons de se joindre au soulèvement et nous nous dirigerons vers la fonderie pour annoncer la nouvelle aux camarades. Puis nous donnerons l'assaut à la caserne de la Garde civile et nous prendrons contact avec les révolutionnaires d'Irún et de Saint-Sébastien. Quelqu'un sait-il comment on va à l'usine ?

— Oui, répond Piperra, elle est à deux pas du village, sur la route de Lesaca. Suivez-moi.

Les révolutionnaires, dégainant leurs pistolets, mettent tout seuls un pied dans la gueule du loup.

« La pittoresque ville de Vera », comme l'appellent les journaux quand ils daignent en parler, comprend deux quartiers principaux : celui d'Altzate, par où vient d'entrer le peloton de révolutionnaires, et celui proprement dénommé « quartier de Vera », où se trouvent l'église San Esteban, la mairie et la place des Fueros. On peut aller d'un quartier à l'autre par deux chemins : soit en suivant la route d'Eztegara, qui court parallèlement au lit du Zia, en crue à cause des pluies automnales, soit en prenant la rue Leguía, qui mène directement à la mairie, comme le sait bien Piperra :

— Si nous prenons la rue Leguía, nous passerons devant la caserne des carabiniers et celle de la Garde civile.

— Alors prenons par la route, suggère Santillán, qui sait qu'il n'est pas si facile de prendre une caserne par la force. Si on doit affronter la Garde civile, mieux vaut attendre que les ouvriers de l'usine se joignent à nous.

Mais avant cette alternative, le groupe a dû d'abord passer par la rue d'Altzate, où un chien a aboyé dans une des maisons, peut-être alerté par l'odeur de Kropotkine ou par les pas mal assurés du bataillon séditieux. Le fait n'est pas banal, car les aboiements de ce chien vont allumer la mèche qui finira par mettre le feu à tous les journaux d'Espagne. Son maître est l'alguazil du village, don Enrique Berasáin, qu'on appelle « le Gandin », à cause de son air alangui ou de son habitude de trop se pomponner, qui sait. Il vient de se coucher après avoir terminé sa ronde de nuit et il est en train d'appliquer de la cire sur sa lèvre supérieure pour que sa moustache ne perde pas sa forme, quand il entend les aboiements insistants de son vieux mâtin, qui cette fois n'aboie pas pour rien : s'étant levé de son lit et penché à sa fenêtre, don Enrique Berasáin a le temps de voir un important groupe d'hommes, à l'aspect négligé et sacs au dos, disparaître en bas de la rue en direction du quartier de Vera. « Trop nombreux pour des contrebandiers, semble se dire l'alguazil, qui ne sait s'il doit aller avertir le maire ou la Garde civile. Mais qui peuvent être ces gens à ces heures indues, si ce ne sont pas des contrebandiers ? »

Pendant que Berasáin se rhabille, les révolutionnaires poursuivent leur marche en formation compacte, à l'exception de Pablo et de Robinson, qui ont sorti des sacs les tracts subversifs qu'ils lâchent aux portes des maisons. Quand ils arrivent au carrefour, la proposition de l'ex-garde civil Santillán est unanimement adoptée et ils prennent la route d'Eztegara en direction de la fonderie. C'est pourquoi « le Gandin » ne les voit plus lorsqu'il sort de chez lui, en maudissant le sort qui l'accable, et il s'engage, craintif, dans la rue Leguía en direction de la caserne, armé à tout hasard du bâton ferré de son grand-père le veilleur de nuit. Lui qui pensait, quand on lui avait proposé la charge d'alguazil, que le plus difficile serait d'obtenir que les gens ne jettent pas de papiers par terre et que les filles rentrent chez leurs parents avant dix heures du soir… De l'autre côté du ruisseau, entre le quartier d'Altzate et celui de Vera, le peloton révolutionnaire avance dans les ténèbres, d'un pas vacillant, sans croiser d'autre vie qu'un chat noir qui bombe le dos à la hauteur du dépôt abandonné du tramway électrique. Juste après la route, la rumeur de l'eau sous un tunnel d'arbres feuillus rend, par contraste, plus épais le silence inattendu qui entoure le groupe. Décidément, la révolution n'a pas encore éclaté dans le village, où les gens semblent dormir du sommeil du juste.

— Pourquoi diable les hommes de ce maudit village ne sont-ils pas descendus dans la rue ? demande à voix haute Gil Galar. Comme quelqu'un fait chut pour qu'il baisse la voix, il se fâche : Plus tôt ils sauront que nous sommes là, mieux ça vaudra, je pense, non ?

Mais le groupe continue à avancer en silence, concentré comme une armée de fantômes.

La route d'Eztegara traverse le quartier de Vera avant de déboucher sur la grand-route, qui bifurque à droite et à gauche selon qu'on veut aller vers Irún ou vers Pampelune, en passant par Lesaca. Sur l'indication des guides, le cortège prend à gauche et aussitôt on aperçoit tout au bout les lumières de la fonderie, dont les machines semblent ne pas connaître la fatigue, car elles travaillent jour et nuit sans interruption. À mesure que les révolutionnaires approchent, le rugissement des moteurs devient plus audible et l'éclat des fours filtre par les grandes baies, éclairant le chemin. Les cheminées exhalent une fumée saupoudrée de flammèches qui crépitent en entrant en contact avec la nuit froide et humide. Une enceinte en pierre sépare les pavillons de la route, et les rebelles avancent en s'y collant, jusqu'à la porte d'entrée, fermée à double tour à cette heure-là. Sur la façade du bâtiment principal, gravé dans la pierre en grandes lettres, on peut voir le nom de l'usine : « Fonderies de Vera ».

— Eh ! Holà ! Il y a quelqu'un ? crie de toutes ses forces Julián Santillán.

— Camarades ! Il y a quelqu'un ? essaie à son tour Bonifacio Manzanedo.

Mais à cause du bruit des machines on ne les entend pas de l'intérieur.

— Il faudra attendre le changement d'équipe, propose quelqu'un.

— Ou que le gardien sorte faire sa ronde, suggère un autre, qui connaît bien le métier, car il travaillait comme veilleur chez Renault à Billancourt.

— Pourquoi ne pas sauter le mur et entrer de force ? dit Gil Galar.

— Peut-être que si on fait le tour on pourra entrer par-derrière, tente un autre.

Mais personne ne se décide à prendre l'initiative. À tout hasard, Pablo lance un paquet de tracts par-dessus le mur et en glisse une dizaine sous la porte principale.

— *Che*, et si on s'arrêtait un peu pour se reposer, pendant qu'on réfléchit à ce qu'on va faire ? propose Leandro, toujours pragmatique, mais en verbalisant la pensée de bien de ses compagnons.

C'est qu'il ne faut pas oublier que ces hommes marchent depuis des heures dans la montagne, alors que depuis des mois la plupart d'entre eux ne le faisaient que dans les rues pavées des quartiers de Paris ou d'autres villes du sud de la France. Santillán et Naveira tentent de nouveau d'attirer l'attention des ouvriers à l'intérieur de l'usine, mais devant leur échec ils finissent par accepter l'idée de l'Argentin et suivre le groupe, qui s'éloigne déjà de l'usine et avance, collé au mur d'enceinte, en direction de la Bidassoa, où ils pourront se reposer un moment et en profiter pour manger ou boire tout en décidant de la suite des opérations. Mais avant la rivière, de l'autre côté de la chaussée, se trouve une carrière qui promet un meilleur refuge que les bords humides de la Bidassoa, et la troupe s'y dirige et met aussitôt sac à terre.

Qu'est devenu pendant ce temps l'alguazil pomponné, don Enrique Berasáin ? Eh bien il est sorti de chez lui comme l'horloge de l'église sonnait une heure et, en maudissant le sort qui l'accable, il a pris la rue Leguía jusqu'à la caserne de la Garde civile. La porte était fermée et il a dû manier le heurtoir avec insistance. Une voix féminine a fini par dire :

— Qui est-ce ?

— C'est l'alguazil, don Enrique Berasáin, a répondu « le Gandin » en s'enveloppant dans son manteau.

La femme a ouvert le judas.

— Qu'est-ce qui se passe ?

— Je viens voir les fonctionnaires de service.

— Entrez, lui a dit la dame de mauvaise grâce, en refermant le judas et en ouvrant la porte, ils doivent être sur le point de revenir de patrouille avant la relève.

Effectivement, cinq minutes ne sont pas passées qu'arrive la garde formée par le caporal Julio de la Fuente, originaire de Tiebas, en Navarre, et le garde Aureliano Ortiz, né à Espinosa de los Monteros (province de Burgos), tous deux célibataires et âgés de vingt-six ans. L'épaisse et nerveuse moustache du caporal, avec des pointes en forme de bélier, entre en premier, suivie du corpulent Aureliano, soufflant comme un bouledogue devant sa proie.

— Qu'est-ce qui se passe ? demande le caporal en voyant l'alguazil, sans perdre de temps en salutations.

— Une troupe de quarante ou cinquante hommes vient de traverser le village par la rue d'Altzate, monsieur, répond « le Gandin » avec empressement. Ce sont peut-être des contrebandiers.

— Des contrebandiers ? aboie De la Fuente, en chargeant l'alguazil avec sa moustache à la kaiser. Vous avez déjà vu des contrebandiers traverser le village en troupeau ?

— Non, monsieur, s'excuse presque don Enrique. C'est exactement ce que je me suis dit, mais en les voyant passer à cette heure-là et avec cette allure sous ma fenêtre…

— Quelle allure ? le coupe le caporal.

— Je ne sais pas, il faisait sombre, mais ils avaient une sale mine, c'est pourquoi je suis aussitôt venu vous avertir.

— Pourquoi n'êtes-vous pas allé d'abord à la caserne des carabiniers, qui était sur votre chemin ?

— Parce que j'ai pensé qu'il valait mieux venir directement ici…

— C'est bon, venez avec nous, ordonne l'homme, sans ôter ses guêtres et sur un ton qui signifie qu'il pense que l'alguazil aurait mieux fait d'arriver plus tard, après le changement d'équipe. Quelle direction ont-ils prise ?

— Je ne sais pas, ils avaient l'air de venir du côté d'Itzea, répond l'alguazil, dubitatif.

— Je ne vous ai pas demandé d'où ils venaient, mais vers où ils se dirigeaient, lui dit grossièrement le caporal, en sortant de la caserne, fusil à l'épaule.

Don Enrique tarde trois secondes à répondre.

— Je dirais qu'ils ont pris la route d'Eztegara…

— Donc ils sont sûrement allés du côté de Lesaca ou vers Irún, intervient pour la première fois le garde Ortiz, apparemment satisfait d'une déduction si évidente.

— À quelle heure les avez-vous vus passer ? veut savoir De la Fuente.

— Il n'y a pas un quart d'heure…

— Bon, alors il est probable qu'ils soient déjà sortis du village. On y va.

Les trois hommes s'ouvrent un passage dans l'obscurité, guidés par la lanterne du garde Ortiz, et prennent la rue Leguía en direction de l'église. En arrivant à la place des Fueros, où la route bifurque vers Irún ou vers Pampelune, ils s'arrêtent.

— Et maintenant qu'est-ce qu'on fait ? demande le garde Ortiz, mais le caporal De la Fuente se contente de soulever sa moustache, comme s'il voulait flairer sa proie. On se sépare ?

— Pas question ! aboie le caporal. Est-ce que vous auriez oublié le règlement, Ortiz ?

L'hercule de Burgos se fait tout petit sous la réprimande de son supérieur.

— On prend vers Lesaca, ordonne le caporal, parce que s'ils ont pris la route d'Irún les collègues les arrêteront à Endarlatsa.

Mais il aurait mieux valu pour Julio de la Fuente que le troupeau, comme il l'a appelé, ait pris vers Irún. Car parfois la distance entre la vie et la mort dépend d'une décision aussi banale que de prendre à droite ou à gauche à un carrefour, et le fait est que les trois hommes prennent le même chemin que celui qu'a pris quelques minutes plus tôt un groupe de révolutionnaires entrés en Espagne après avoir déterré la hache de guerre. Déjà, on voit au loin les lumières de la fonderie, les étincelles qui jaillissent des cheminées comme des feux d'artifice et l'éclat des fours sur les grandes baies, et soudain on entend le bruit des machines, de plus en plus intense à mesure que les trois hommes s'approchent du lieu. À la hauteur de l'entrée principale, sans s'apercevoir que sous la porte dépassent trois ou quatre tracts séditieux laissés par les rebelles, le caporal De la Fuente dit à l'alguazil :

— Rentrez chez vous, don Enrique, nous sortons du village et ce n'est plus de votre juridiction. Nous allons faire une battue dans les environs et nous demanderons aux carabiniers du poste de Lesaca s'ils ont vu quelqu'un. Merci pour votre collaboration.

— C'est bien naturel, répond « le Gandin », et il tourne les talons en rendant grâce à Dieu.

De la Fuente et Ortiz poursuivent leur chemin et à peine ont-ils fait dix pas qu'il leur semble entendre des voix provenant de la carrière d'Argaitza. Aussitôt, comme par enchantement, les rôles s'inversent. Le caporal s'arrête, dubitatif, et c'est son costaud de subalterne qui prend l'initiative, et avance sans hésiter. De la Fuente ne peut faire autrement que suivre son compagnon jusqu'au moment où, soudain, à vingt ou trente mètres, une lampe s'allume et se braque sur eux. Le premier à réagir est Aureliano Ortiz, qui met son fusil mauser à l'épaule et crie, avec une grosse voix digne d'Isidoro Fagoaga, le célèbre ténor né à Vera :

— Halte ! Garde civile !

L'écho de son ordre rebondit sur les parois de la carrière, entourant les révolutionnaires.

XV
(1912-1913)

Si vraiment la caserne est l'école de la vie, Pablo aurait préféré rester analphabète. Parce que pour apprendre, ce qui s'appelle apprendre, il n'a pas appris grand-chose au cours de ces trois ans passés au service de la patrie : tout au plus qu'en arrivant à la caserne on laisse ses couilles dehors (la phrase favorite du sergent Hansen). Mais pour ce qui est de s'habituer, il s'est habitué à une infinité de choses : à dormir sur des paillasses et à avoir la boule à zéro ; au goût de chaux du rata et à imaginer que des patates, des pois chiches, des fayots, du riz, du lard et de la graisse constituent un régime équilibré ; à manger dans des assiettes en étain et à boire dans des verres en fer-blanc ; à laver les marmites sans produit ni éponge grattante, juste avec les mains, de l'eau et du sable ; à porter des vêtements de recrue, raides comme des momies, avec capote, shako et guêtres en tissu ; à la voix métallique du clairon sonnant diane, retraite, silence, corvée, escadron, section, compagnie, bataillon ou troupe ; aux cris hystériques de « Rassemblement ! » et de « Présentez… armes ! » ; à la punition et à la crainte de la punition, à frapper avant qu'on vous frappe, à voler avant qu'on vous vole ; à réparer ses chaussures et sa cartouchière, à frotter inutilement son fusil, sa buffleterie et les boutons de sa vareuse ; aux gardes éternelles et aux tours de garde, aux rondes, aux contre-rondes et aux veilles ; à faire la veillée d'armes sans s'endormir sur ses lauriers ; à se soigner les pieds avec du sel et du vinaigre après les marches militaires, au rythme monotone du un-deux-trois-quatre, un-deux-trois-quatre ; à charger et décharger un mauser, et à connaître la différence entre le chargeur et le percuteur, la détente et le magasin ; à la musique militaire en général et à la *Marche royale* en particulier ; à chanter

« Mignonne, ne tombe pas amoureuse d'un soldat / ni d'un sergent ni d'un officier, tra-la-la, ni d'un sergent ni d'un officier, tra-la-la. / Parce que quand le régiment partira / seulette tu resteras, tra-la-la, tra-la-la » ; à profiter du dimanche et des permissions pour fréquenter les milieux anars ou renouer avec son vieux goût pour le cinéma, ou pour aller à la fontaine de Canaletas attendre stérilement un miracle, ou pour écrire à sa mère et au père Jerónimo dans le vain espoir d'avoir des nouvelles d'Ángela, ou encore pour se promener sur la plage avec Robinson jusqu'à ce qu'il parte vivre dans une communauté de Lyon, d'où il lui enverra différents livres « pour contrecarrer l'effet pernicieux de l'instruction militaire », comme il l'écrira dans l'une de ses dédicaces : le *Manuel du parfait anarchiste*, d'un auteur inconnu, le *Catéchisme du terroriste* de Serge Netchaïev, *L'Amour libre* de Carlos Albert et d'autres ouvrages de Nietzsche ou Schopenhauer ; à vivre dans la peur d'être envoyé au Maroc, même si l'ordre n'en arrive jamais, ou qu'on vous mette aux arrêts et que vous perdiez la tête, comme ce fut le cas d'un conscrit de Teruel qui s'était suicidé en se frappant le crâne contre les murs de sa cellule ; à monter jusqu'au château de Montjuic pour y faire des séjours périodiques sans pouvoir oublier le bouc hautain de Ferrer Guardia dans le fossé de Santa Amalia ; ou à entendre les bleus prêter serment au drapeau après la question de rigueur : « Jurez-vous à Dieu et promettez-vous au roi de suivre constamment leurs drapeaux jusqu'à verser la dernière goutte de votre sang, et de ne pas abandonner celui qui vous commandera dans les actions de guerre ou dans sa préparation ? » À être, en définitive, chaque jour un meilleur soldat et une pire personne.

C'est ainsi que lorsqu'il quitta la caserne, Pablo avait atteint ses vingt-deux printemps et se sentait plus perdu que jamais. Non seulement il n'avait eu aucune nouvelle d'Ángela, mais il était sans travail ni ressources et venait de dilapider trois ans de sa vie, durant lesquels le monde avait continué à faire des siennes : pendant qu'au Maroc les hostilités se poursuivaient, au Portugal la République était proclamée, au Mexique éclatait la révolution et les grandes puissances se partageaient le gâteau subsaharien. Jusqu'aux cieux qui avaient commencé à être colonisés par les avions, et la mode des automobiles qui s'était tellement répandue qu'il n'était pas rare de voir des chiens et des chats étripés dans les rues des grandes villes. Certains noms propres avaient fait les gros titres des journaux, et laissé les lecteurs bouche bée avec leurs gestes épiques ou tragiques : en 1910 se suicidait dans sa prison Luigi Lucheni, l'anarchiste qui avait assassiné l'impératrice Sissi ; fin 1911, le Norvégien Roald Amundsen atteignait le pôle Sud, un mois avant son rival britannique, Robert Scott ; et en 1912, le transatlantique *Titanic* faisait naufrage après avoir heurté un iceberg, faisant de l'océan Atlantique un hypogée aquatique de plusieurs milliers de cadavres. Mais le fait qui allait changer le destin de Pablo devait se produire beaucoup plus près.

Il soufflait un vent froid et désagréable quand s'ouvrirent, un dimanche matin, les portes de la caserne d'Atarazanas pour laisser partir les soldats libérés après leurs trois ans de service actif. Dehors attendaient les fiancées de certains de ces garçons avec qui Pablo avait partagé la monotonie des heures inutiles, sans parvenir à vraiment se lier d'amitié avec aucun. Aussitôt, la scène se remplit de baisers et d'étreintes, de retrouvailles et d'adieux. Sans trop savoir quoi faire, sans personne pour l'attendre, Pablo resta planté sur place, son balluchon pendant à l'épaule, comme celui qui attend sur un quai de gare que descende du train quelqu'un qui n'arrivera jamais. Il s'appuya contre le mur de la caserne et ferma les yeux, offrant son visage au vent, tandis que les gens se dispersaient, le laissant seul. Par deux fois, il se dit qu'il allait compter jusqu'à dix et qu'ensuite il rouvrirait les yeux, mais il compta deux fois et par deux fois il hésita. Comme il comptait pour la troisième fois, il sentit sur son visage une main froide et douce, féminine. Un instant, il crut à l'existence des miracles et il ouvrit brusquement les yeux : ce n'était pas Ángela, mais une jeune fille à l'aspect athlétique et aux traits félins.

— Tu ne te souviens pas de moi ? demanda la fille, en esquissant un sourire.

Tant que Pablo ne remarqua pas les yeux qui l'observaient, sa mémoire lui refusa le souvenir de cet après-midi d'été : le gauche était bleu comme de la porcelaine chinoise, le droit doré comme un maravédis.

— Excuse-moi, je ne t'avais pas reconnue. Il y a si longtemps…

— Eh bien moi j'ai beaucoup pensé à toi, dit la jeune fille, avec une franchise qui fit rougir Pablo. Tu as rougi. Elle sourit de nouveau.

— Qui, moi ?

— Qui veux-tu que ce soit. Bon, ce n'est pas grave : il paraît que la durée maximum de la rougeur est d'une minute et demie…

— Qu'est-ce que tu fais là ? demanda Pablo, pour changer de sujet.

— Je suis venue te chercher.

— Qui ça, moi ?

— Qui veux-tu que ce soit, répéta la jeune fille. Voyant l'air surpris de Pablo elle ajouta : Mais non, voyons, je plaisante. Je passais par ici pour rentrer chez moi.

— Ah, je vois. Et où habites-tu ?

— Ouille, c'est une chose qu'on ne demande pas comme ça à une demoiselle.

— Je suis désolé, la caserne rend les hommes grossiers.

— Aucune importance, je suis une femme émancipée, dit-elle fièrement. Tu n'as pas lu Soledad Gustavo ?

Pablo fit non de la tête.

— Eh bien tu devrais… J'habite tout près, rue Carrera.

— Je peux te demander ton prénom, ou bien est-ce qu'on ne peut pas demander ça non plus à une demoiselle ? essaya de plaisanter Pablo.

La jeune fille réfléchit un instant et dit :

— Appelle-moi Cuzanqui.

— Cuzanqui ?

— Ça ne te plaît pas ?

— Je ne sais pas, c'est bizarre.

— Moi j'aime bien.

— Mais qu'est-ce que ça veut dire ?

— Rien, et Pablo, ça veut dire quelque chose, peut-être ?

Le vent sembla s'arrêter net.

— Comment sais-tu que je m'appelle Pablo ?

La jeune fille prit un air contrarié :

— Désolée, mais je vais être en retard à la maison, se contenta-t-elle de dire, et elle partit en direction de l'avenue du Paralelo.

— Attends, attends, la retint Pablo. Comment connais-tu mon prénom ?

— Tu me l'as dit l'autre fois.

— Tu es sûre ?

— Absolument.

Les deux jeunes gens se regardèrent dans les yeux, isolés de tout ce qui les entourait. Il l'observa, tout étonné, et elle lui rendit un regard ardent. Pablo comprit alors que la vie est un orage gouverné par le hasard, un orage où tout le monde finit par se noyer, y compris les plus malins, même s'ils réussissent à se maintenir plus longtemps à flot. Puis, sans être conscient de ses paroles, il s'entendit dire lui-même :

— Nous sommes des jouets dans les mains du destin, n'est-ce pas ?

La jeune fille (appelons-la Cuzanqui) le prit par la main et l'entraîna vers le Paralelo. En arrivant rue Carrera, elle s'arrêta :

— Attends-moi, lui dit-elle. Je reviens tout de suite.

Elle monta chez elle en courant. En levant les yeux, Pablo eut une impression de *déjà-vu** : trois ans plus tôt il avait fait la même chose, au même endroit, sur le chemin du château de Montjuic. La jeune fille parut soudain au balcon du premier étage, comme pour s'assurer que Pablo était toujours là, et le salua de la main. Cinq minutes plus tard, elle ressortait de l'immeuble, les yeux brillants et les cheveux noués en un chignon.

— Viens, fit-elle, je vais t'emmener quelque part d'où tu

pourras voir tout Barcelone.

Ils gravirent les pentes raides de Montjuic, jusqu'à un promontoire situé sur la face nord de la montagne.

— Attends, dit Cuzanqui, en cachant les yeux de Pablo avec ses mains, ne regarde pas tout de suite.

Ils firent trois pas en avant comme un aveugle et son guide, jusqu'au moment où la jeune fille écarta les mains en disant gaiement :

— Tu peux regarder !

L'image semblait sortie du pinceau d'un paysagiste urbain : Barcelone tout entière se déployait à leurs pieds, les faisant se sentir maîtres du monde. Ils s'assirent sur l'herbe et y restèrent jusqu'au coucher du soleil, bavardant et contemplant ce spectacle sans ressentir ni la faim ni le froid.

— Nous devrions rentrer, proposa-t-il finalement.

— Oui, dit-elle avec regret. Mais attends un moment : ferme encore les yeux.

Pablo obtempéra :

— Il y a encore des choses à voir ?

— Bien sûr, dit-elle.

Alors, le prenant au dépourvu, elle l'embrassa sur la bouche. Pablo sentit un frisson lui parcourir la colonne vertébrale et une douleur aiguë au creux de l'estomac.

— Je ne peux pas, balbutia-t-il, les yeux encore fermés. Quand il osa les rouvrir, Cuzanqui avait disparu.

Pablo se promit de ne jamais revoir cette fille, mais l'épisode de Montjuic installa le doute dans sa conscience, aussi dangereux et résistant que la vrillette. « Tu crois vraiment qu'on doit se lier pour la vie à la première femme qu'on aime ? » lui avait demandé Robinson un peu avant qu'il soit incorporé. « Je vais la chercher, et c'est ce qui donnera un sens à ma vie », avait répondu Pablo. Mais après quatre ans sans la moindre nouvelle d'Ángela, ce projet commençait à vaciller. Tout à coup, juste comme il redescendait de la montagne d'un pas hésitant, une solution désespérée prit forme dans son esprit : si je n'arrive pas à la retrouver, se dit-il, peut-être pourrai-je faire en sorte que ce soit elle qui me retrouve. Comment ? En faisant quelque chose d'insensé, qui attire l'attention de tout le monde, même s'il faut y risquer sa vie. Bref, pour Ángela je suis déjà mort, donc ça ne fait pas beaucoup de différence. C'est en divaguant de la sorte qu'il arriva chez Abelardo Belmonte, le neveu de Ferdinando, qui l'accueillit à bras ouverts et lui proposa de rester chez lui aussi longtemps qu'il le faudrait. Deux jours plus tard, don José Canalejas était assassiné à Madrid et Pablo découvrait comment paraître dans tous les journaux.

Canalejas présidait le pays depuis presque trois ans et s'était fait des ennemis à dextre et à senestre. Ce qui explique que personne, au fond, ne fut vraiment étonné que dans ces temps de crispation et de gâchette facile un anarchiste aragonais du nom de Manuel Pardinas lui tire trois coups de pistolet au beau milieu de la Puerta del Sol, un matin où, en redingote et sans escorte, il se dirigeait vers le ministère de l'Intérieur. Canalejas s'était arrêté devant la vitrine de la librairie San Martín et cet anarchiste moustachu et pâlot, avec un œil au beurre noir, profita de sa distraction pour s'approcher et entrer dans l'histoire sanglante de l'Espagne en criant « Vive l'anarchie et mort aux tyrans ! ». Puis, se voyant cerné, il poussa de nouveau son cri et se tira une balle dans la tempe. Le lendemain, le dénommé Pardinas était le protagoniste des principaux journaux et il n'y eut personne dans tout le pays qui ne fût au courant de son « exécrable exploit ». On dit de lui qu'il ne mangeait ni viande ni poisson et que son seul vice était les livres sur l'anarchisme, il ne buvait pas, ne fumait pas non plus, et ne jouait même pas aux cartes : on affirma aussi qu'il s'était rendu en Argentine pour échapper au service militaire et qu'il en avait été expulsé après l'assassinat du chef de la police de Buenos Aires. On trouva parmi ses objets personnels un tract anarchiste, un stylo à plume en or, un fragment de l'*Astronomie populaire* de Flammarion et un portrait de femme avec la dédicace « À mon inoubliable Manuel », ce qui pourrait démontrer que les assassins aussi sont fils d'une mère. La fascination éveillée par le personnage fut telle qu'on tourna un film intitulé *Assassinat et enterrement de don José Canalejas*, dans lequel un très jeune Pepe Isbert jouait le rôle du magnicide.

— Et maintenant, au tour du roi, dit Abelardo en lisant la nouvelle dans le journal.

Ce que plus d'un prit au pied de la lettre.

Pablo arriva à Madrid au début du mois d'avril 1913. La gare d'Atocha était la même fourmilière humaine que la gare du Nord vingt ans plus tôt, maintenant que les fiacres ne se contentaient plus de rivaliser entre eux : ils s'évertuaient aussi à combattre par des insultes et d'autres artifices moins innocents les automobiles qui menaçaient d'en finir avec leur activité. Pablo avait passé les derniers mois à travailler comme chaudronnier dans une usine métallurgique du Pueblo Nuevo (il avait besoin de gagner de l'argent avant de mettre son plan insensé à exécution), en même temps qu'il nouait des liens avec les foyers les plus radicaux de l'anarchisme barcelonais. Il avait même été approché par l'écrivain et avocat anar Ángel Samblancat (originaire de Graus, village voisin de celui de Pardinas) pour écrire un article dans l'hebdomadaire *La Ira*[14], qu'il pensait éditer avec Federico Urales. Qui aurait dit à Samblancat, ami et mentor du poète Salvat-Papasseit, qu'avec les années son nom de famille deviendrait celui d'une marque de pantalons. Mais Pablo avait à l'esprit d'autres façons plus expéditives d'exercer sa colère qu'en rédigeant des brèves dans un journal.

S'il avait décidé d'aller à Madrid, c'était dans l'idée de faire d'une pierre deux coups, d'atteindre deux oiseaux avec une seule cartouche. Oiseau numéro 1 : le vautour Alphonse XIII, qui n'avait

14. *La Colère.*

pas hésité à envoyer à l'abattoir Ferrer Guardia. Oiseau numéro 2 : la colombe Ángela, qui s'était envolée et perdue dans le firmament. Le plan : attenter contre le premier pour attirer l'attention de la seconde. L'arme : le revolver de poche qu'un capitaine de frégate avait un jour mis entre ses mains (pas question de bombes à la Mateo Morral, qui pourraient faucher des vies innocentes : une balle à bout portant et un passeport direct pour la une de tous les journaux). L'alibi : pour très respectable que soit la vie d'un tyran, la vie du peuple est plus sacrée, comme l'a dit saint Thomas d'Aquin en personne. Dans le pire des cas, il finirait sur l'échafaud, et passerait à la postérité comme le régicide qui a mis fin à la tyrannie alphonsine. Dans le meilleur des cas, il manquerait sa cible, le monarque serait sain et sauf, la peine capitale commuée en prison à perpétuité (par un acte de magnanimité royale) et quand la République serait de nouveau instaurée en Espagne, il serait gracié avec tous les honneurs et passerait le reste de sa vie avec Ángela, fière d'être l'épouse d'un héros national. Voilà à quoi pensait Pablo tandis que le train traversait la meseta en direction de la gare d'Atocha. Aucun doute : il était complètement dérangé.

Toutefois, attenter à la vie du roi ne serait pas chose facile. Le bruit courait que Pardinas avait tiré sur Canalejas parce que l'occasion s'était présentée, et que son véritable objectif avait toujours été Alphonse XIII. En fait, quelques jours après le magnicide, l'ambassadeur d'Espagne à Paris envoyait au ministre d'État une dépêche l'avertissant que la mort du président du gouvernement avait encouragé les anarchistes actifs, dont la plupart résidaient en France et étaient prêts à terminer le travail que Pardinas n'avait fait qu'à moitié. Ce qui explique que lorsque Pablo arriva à Madrid, la capitale était infestée de révolutionnaires et les mesures de sécurité plus drastiques que jamais. Il s'installa à la pension Amelia, située rue Montera, près de la blessure de plus en plus ouverte de la Gran Vía, le projet urbanistique démolisseur qui devait changer le visage de la ville. La propriétaire de la pension était la version féminine de don Quichotte : grande, décharnée et ce regard absent qu'ont seuls les fous ou les aventuriers.

— Ayez l'obligeance de me montrer votre carte d'identité, marmonna-t-elle en guise de bonjour.

— Comme si on était au Ritz, ronchonna Pablo en donnant sa carte.

— Ordre exprès du ministre de l'Intérieur, répondit la copie de don Quichotte.

Pablo ne put faire autrement que de signer le registre de son vrai nom. Puis il s'installa dans une chambre austère, meublée d'un lit en fer, une table de nuit à dessus en marbre, une armoire en bois plus que noire, un fauteuil plutôt crasseux, un petit lavabo surmonté d'une glace et une cuvette en faïence. Il défit sa valise et mit son revolver sous le matelas, mais décida finalement de lui trouver une cachette plus sûre : il ne voulait pas risquer que la grande perche qui régentait la pension ne le découvre en faisant son lit et ne le dénonce à la police, ce qui ferait tout capoter. En poussant l'armoire il trouva un clou mal enfoncé où accrocher l'arme à l'aide d'un bout de ficelle qu'il prit dans sa valise ; puis il approcha le fauteuil du balcon, décrocha le rideau et introduisit à l'intérieur de la tringle les cinq balles qu'il avait achetées avant de quitter Barcelone. Puis il décida de sortir, avec une idée en tête : retrouver Vicente Holgado, le distributeur de journaux reconverti en anarchiste qui lui avait sauvé la vie lors de l'attentat de Mateo Morral.

Il mit plusieurs jours à le trouver, après l'avoir cherché partout : dans les cafés, les meetings, les cénacles libertaires et même dans les cinémas, qui s'étaient reproduits comme des lapins depuis le dernier séjour de Pablo dans la capitale. Mais il finit par le rencontrer de la façon la plus inattendue : au soir du cinquième jour, rentré à la pension Amelia, il s'était mis au balcon pour fumer une cigarette. Il s'appuya à la barre, aspira une profonde bouffée et exhala la fumée en pensant que s'il ne retrouvait pas bientôt Vicente il devrait planifier l'attentat tout seul. Et c'est alors qu'il le vit, au balcon de la pension contiguë, appuyé à la barre et fumant une cigarette, comme s'il était son image reflétée dans une glace :

— Vicente ! s'écria Pablo.

— Pablo ? s'écria Vicente.

Ils s'observèrent tous les deux avec la plus grande surprise.

— Qu'est-ce que tu fais là ? demanda le Madrilène, qui avait toujours son aspect mi-gitan, mi-ruffian.

— Je suis venu pour… s'aventura Pablo, mais il se retint à temps. On peut parler ?

Vicente le regarda dans les yeux, essayant de déchiffrer ses intentions, puis il observa les balcons voisins.

— Je crois qu'on ferait mieux d'aller ailleurs.

Il l'emmena dans le même bar que sept ans plus tôt.

— Je voulais te remercier, dit Pablo après avoir pris place à une table à l'écart et discrète.

— De quoi ? s'enquit Vicente, bien qu'il connût déjà la réponse.

— De nous avoir sauvé la vie le jour du mariage royal.

— Il n'y a pas de quoi, se contenta de dire Vicente. Puis il ajouta : Mais ce n'est pas pour me remercier que tu voulais qu'on parle, non ?

— Non… C'est pour que tu m'aides à tuer Alphonse XIII.

Vicente ne fit aucun commentaire, mais ses narines se dilatèrent dans un acte réflexe, comme si elles avaient flairé le danger. Il regarda fixement Pablo puis sortit sa blague à tabac. Quand il eut fini de rouler sa cigarette il dit :

— Tu sais que tu es le cinquième à me le proposer depuis le début de l'année ?

— Eh bien dis donc, s'étonna Pablo, on dirait que le poste de régicide est très demandé.

— Mais ce n'est pas le moment.

— Comment ça, pas le moment ? Tous les moments sont bons pour tuer un tyran !

— Chuuut, pas si fort, lui demanda Vicente, en regardant d'un œil soupçonneux deux types accoudés au bar. Écoute, Pablo, le succès de tout acte révolutionnaire dépend dans une bonne mesure du fait qu'il soit commis au moment adéquat. Et ce n'est pas le cas maintenant : après la mort de Canalejas les eaux sont vraiment troubles et la police nous surveille de près. En réalité, il vaut mieux que nous ne parlions plus de ça. Ces derniers temps, il y a des indics jusque sous les pierres. Qui te dit que je n'en suis pas un ? Qui me dit que tu n'en es pas un ?

Pablo garda le silence, en essayant d'accepter la situation : il avait aveuglément espéré que Vicente Holgado l'aiderait à planifier le régicide, et à présent il se sentait floué par ce révolutionnaire qui se piquait de stratégie. Quoique, à bien y réfléchir, ce n'était peut-être qu'une pose, une tactique de distraction des anarchistes, qui devaient déjà avoir choisi leur candidat pour occuper la une de tous les journaux : il y avait probablement des mois qu'ils planifiaient l'attentat, et il se pouvait même que ce soit Vicente lui-même qui serait chargé de le perpétrer, raison pour laquelle il était obligé de dissuader tous les illuminés qui prétendaient à la légère en finir avec le roi et mettaient son plan en péril. Par conséquent, si Pablo voulait tirer sur Sa Majesté, il devrait le faire seul… et se débrouiller pour que personne ne le devance.

— Je comprends ce que tu dis, Vicente, finit-il par concéder, même si je continue à penser qu'il n'y a pas de bons et de mauvais moments pour en finir avec les fléaux de cette société. C'est ce que je pense et c'est ce que je dis, parce que j'ai toujours préféré être en désaccord avec le monde entier plutôt qu'avec moi-même. Mais tu es depuis plus longtemps que moi dans cette affaire et je respecte ce que tu dis : quand le moment opportun sera venu, si vous avez besoin de moi, je serai prêt.

— Tu me promets de ne pas faire de bêtise ?

— Je te le promets, dit Pablo.

Il n'avait pas l'intention de manquer à sa parole, car ce qu'il pensait faire n'était pas une bêtise.

– 17 –

> Désireux que l'opinion ait des nouvelles confirmées qui excluent toute désinformation et résument l'importance des faits, en évitant les exagérations conscientes et inconscientes des divulgateurs, le Directoire croit devoir faire connaître les événements suivants, de caractère manifestement révolutionnaire, provoqués par des éléments anarchistes en provenance de France et à coup sûr en relation avec le syndicalisme espagnol de pointe.
>
> À l'aube du 7 de ce mois les autorités municipales de Vera (Navarre) ont observé des individus suspects, qui venaient très probablement de franchir la frontière, lesquels, au nombre de trente et armés, eurent dans les environs du village une grave confrontation avec deux membres de la Garde civile de service avant de se disperser.
>
> *ABC*, 9 novembre 1924
>
> (note officielle de la Présidence du gouvernement)

Le groupe de rebelles se repose dans l'obscurité de la carrière, tandis que leurs dirigeants, au bord de la route, discutent pour savoir s'il vaut mieux attendre que les ouvriers sortent de l'usine ou attaquer dès maintenant la caserne de la Garde civile, quand Manolito Monzón, qui a été poser culotte à l'extrémité du mur de l'usine, arrive en courant avec de grands gestes, dans un état de surexcitation. Seul Perico Alarco, habitué à ses gesticulations, parvient à le comprendre :

— On dirait que quelqu'un vient, traduit-il. Quelqu'un d'armé.

Après quoi les deux hommes se perdent dans l'obscurité.

Alertés, les révolutionnaires se taisent et portent d'instinct la main à leur étui à pistolet, mais déjà ils ont été découverts : sur le fond éclairé de l'usine se découpent deux silhouettes qui se dirigent vers la carrière, couronnées par les tricornes impossibles à confondre de la Garde civile. Les premiers à les distinguer sont les chefs de file près de la route : Bonifacio Manzanedo, Luis Naveira, Gil Galar, Julián Santillán, « el Maño » et Robinson, qui en un clin d'œil passent de la main sur le pistolet au pistolet dans la main. Les autres font de même et certains se rapprochent du groupe de tête, parmi lesquels Pablo, Julianín, Leandro et « el Maestro », dont les dents jouent des castagnettes, de froid ou de peur, allez savoir. C'est à ce moment-là que Luis Naveira, comme pour tenir les silhouettes à distance, allume sa lanterne et la braque sur elles, avec pour effet qu'elles s'arrêtent brusquement. La plus corpulente porte son fusil à l'épaule et crie :

— Halte-là ! Garde civile !

Ce à quoi les révolutionnaires répondent en les mettant à leur tour en joue :

— Halte-là !

— Qui va là ? demande le garde Ortiz.

— Des Espagnols, répondent certains.

— Où allez-vous ? insiste Ortiz.

— Libérer l'Espagne ! répond Gil Galar, et il fait deux pas en avant.

— Vive la République ! s'exclame Manzanedo, croyant naïvement que ce cri sera l'abracadabra qui fera baisser les fusils des gardes.

— Halte-là ! répète pourtant le caporal De la Fuente, d'une voix qui se brise, et il tire un coup en l'air, à titre d'avertissement.

C'est alors que se déclenche la bagarre. Le jeune Julianín a les mains qui tremblent et quand il entend le coup de feu sa vue se trouble et son Star tire tout seul sur les gardes civils, mais manque d'atteindre un de ses camarades devant lui, au premier rang. Pablo se jette sur lui, pour tenter d'éviter la catastrophe, mais ne peut empêcher que les gardes, se sentant attaqués, ne mettent genou à terre et ne tirent, le blessant à la cuisse. Bien qu'en fait le seul qui mette genou à terre soit le garde Ortiz, qui est aguerri, mais le brouillard ou l'obscurité ne lui permet pas de voir qu'il a devant lui plus de quarante hommes armés, ou peut-être se laisse-t-il emporter par un accès d'héroïsme qui lui aliène l'entendement, quant au caporal De la Fuente, plus clairvoyant ou plus froussard, il appuie lui aussi sur la détente de son fusil, mais en battant en retraite au cri de « Fichons le camp, Ortiz, fichons le camp », un cri qui recoupe celui de Santillán, plus concis et plus péremptoire : « Feu ! », et un feu nourri résonne dans la nuit. Même les aboiements de Kropotkine sont inaudibles dans le fracas de la bataille.

Le caporal De la Fuente n'a pas le temps d'en dire plus, car plusieurs balles l'atteignent dans sa retraite. L'une d'elles lui sectionne la carotide et il tombe foudroyé, tandis qu'Ortiz se défend comme un titan. Des cinq balles de son chargeur, quatre au moins font mouche : deux blessent aux jambes Bonifacio Manzanedo, qui tombe en hurlant de douleur ; une autre frôle la tempe droite de Gil Galar pendant qu'il essaie de recharger son pistolet, sans le blesser mortellement ; et une autre atteint « el Maestro » dans les reins alors qu'il s'enfuyait. Mais le garde aguerri ne peut rien faire contre le tentaculaire ennemi qu'il a en face de lui. Tandis qu'il essaie de recharger son fusil, il est criblé de balles. Se voyant perdu il risque le tout pour le tout et se lance contre les éclairs en brandissant sa baïonnette pour unique menace, jusqu'à ce qu'une balle l'atteigne dans la poitrine et lui perfore le cœur. Le vaillant natif de Burgos s'effondre comme un sac de ciment, transformé en passoire à dix-neuf trous. Gil Galar, en sang et vacillant, s'approche du garde civil pour lui arracher son mauser, mais Ortiz n'a pas l'air de vouloir le lâcher, comme si s'agripper à son fusil était son dernier acte de résistance. Galar prend son couteau et lui en donne deux coups dans la nuque, à toutes fins utiles. Mais le garde n'est déjà plus qu'un cadavre.

— Fichons le camp, dit quelqu'un.

— Non, il vaut mieux rester unis, conseille Santillán, sans succès, car certains s'éloignent déjà, comme Casiano Veloso et ses concitoyens de Villalpando, ou encore les insignifiants Perico

Alarco et Manolito Monzón, qui sont partis en courant au premier coup de feu.

Parmi les blessés, le plus mal en point est Bonifacio Manzanedo ; les balles lui ont démoli le genou gauche et le tibia droit. Gil Galar ne s'en tire pas très bien non plus, il souffre d'une commotion cérébrale, mais cela aurait pu être pire, évidemment, s'agissant de la tempe. Pablo a lui aussi eu de la chance, malgré la gravité de l'impact, car la balle lui a traversé la cuisse proprement, sans toucher le fémur. Du « Maestro » nous ne savons rien, car il s'est enfui dans la montagne, emportant sa blessure et suivi d'une poignée de révolutionnaires. Mais par chance il a laissé son sac, dans lequel Robinson récupère la trousse de premiers secours, tout en cherchant, sans succès, son melon qu'il a perdu dans la bagarre. Le reste de l'expédition entoure les blessés, la peur au corps et à l'âme. Naveira tire l'autre trousse de son sac, mais change d'idée au dernier moment :

— Allons plutôt à la rivière, on nettoiera les blessures avec de l'eau, dit-il avec un aplomb qui le surprend lui-même.

Leandro et Santillán, les deux hommes les plus corpulents, prennent Bonifacio sur leurs épaules et l'emportent jusqu'à la rive de la Bidassoa, tandis que Robinson et Naveira aident respectivement Pablo et Gil Galar. À deux ou trois, sans qu'on sache bien pourquoi, ils traînent le cadavre du garde Ortiz et le jettent à l'eau, toujours agrippé à son mauser. Mais personne ne pense au caporal De la Fuente, étendu sur la route à une centaine de mètres, la tête baignant dans une mare de sang.

— Passe-moi les ciseaux, dit Naveira qui, comme il a été infirmier, prend la direction des opérations et déchire le pantalon de Bonifacio Manzanedo, qui ne peut se retenir de hurler. Donne-moi ta cravate, lui dit-il, et il la lui noue à la hauteur de l'aine, comme un tourniquet. Quelqu'un lui met un mouchoir en boule dans la bouche pour qu'il le morde et que cela l'aide à supporter la douleur.

Pendant ce temps, Pablo a baissé lui-même son pantalon et

laisse Kropotkine lécher sa blessure, sachant qu'il n'y a pas de meilleur désinfectant que la salive, même celle d'un chien. Gil Galar, agenouillé au bord de la rivière, plonge sa tête de poète romantique dans les eaux glaciales de la Bidassoa pour essayer de contenir son hémorragie. Robinson prend les compresses de tissu qu'il imprègne de teinture d'iode, pendant que Naveira achève de désinfecter les blessures en leur appliquant une pommade antiseptique, éclairé par les lampes que tiennent « el Maño » et Santillán. Puis, à une vitesse stupéfiante, il bande les jambes de Bonifacio et de Pablo, avant de s'occuper plus longuement de la tête de Gil Galar.

Pendant ce temps, le reste du groupe discute de la résolution à prendre. Dans cette première bataille, la victoire est indiscutable, mais l'échauffourée a refroidi le moral des troupes, qui semblent avoir pris conscience de la dangerosité de leur entreprise et commencent à douter sérieusement des probabilités réelles de succès. Ils sont peu nombreux à penser qu'une nouvelle rencontre avec les forces de l'ordre se solderait sans victimes mortelles parmi les rebelles.

— C'est le moment d'attaquer la caserne de la Garde civile, insinue Santillán, ça en fait déjà deux de moins.

— Ou de fuir avant qu'il soit trop tard, dit Martín Lacouza.

— Mais la révolution n'était-elle pas censée avoir éclaté en Espagne ? demande Anastasio Duarte, qui continue à croire dur comme fer à ce que Max lui affirmait pendant qu'il le soudoyait avec de la cocaïne.

— Mieux vaut partir d'ici une putain de bonne fois pour toutes, insiste quelqu'un, la fusillade a dû s'entendre au village et les renforts ne vont pas tarder à arriver.

Même Gil Galar, avec sa tête bandée, n'ose pas le contredire. Tous semblent avoir enfin compris que personne ne les attend de ce côté de la frontière. Mais il y en a encore un qui ne veut rien savoir :

— Essayons d'aller jusqu'à Lesaca, propose Santillán, peut-être que là-bas les camarades de l'intérieur se sont organisés.

Comme personne n'a rien de mieux à proposer, le groupe prend la route de Pampelune, qui longe la Bidassoa, l'angoisse tatouée sur le visage, en traînant Bonifacio Manzanedo qui commence à délirer sous la douleur et réclame un pistolet pour se brûler la cervelle et finalement perd connaissance. Pendant qu'on essaie de le ranimer, trois hommes partent en avant-garde pour vérifier s'il y a des mouvements insolites, mais ils reviennent aussitôt en courant :

— Les carabiniers arrivent par la route ! dit l'un.

— Il semble qu'ils aient arrêté l'un des nôtres ! dit un autre.

Effectivement, en entendant la fusillade, les deux carabiniers du poste de Lesaca, Santos Pombart et Emilio de Inés, qui étaient de service de nuit sur la route de Pampelune, ont couru vers l'endroit d'où venaient les tirs. Très vite, les deux carabiniers ont rencontré un homme qui marchait dans le sens contraire : c'était José Antonio Vázquez Bouzas, un des révolutionnaires qui s'étaient tout de suite enfuis en courant. Contrairement aux autres, partis vers la montagne, il a préféré prendre le chemin de Lesaca, sans bien savoir vers où il se dirigeait.

— Halte-là ! Carabiniers ! s'écrient-ils en braquant sur lui torche électrique et fusil. Qui va là ?

— Je suis un ouvrier qui va chercher du travail à Bilbao, balbutie Vázquez Bouzas en levant les mains, tout tremblant.

— Eh bien vous vous trompez, ça c'est la route de Pampelune, réplique Santos Pombart. Qu'est-ce que c'était que ces coups de feu ?

— Je ne sais pas… Il y avait des hommes qui se battaient à la sortie de Vera. Mais j'ai passé mon chemin…

— Vous êtes en état d'arrestation, dit le carabinier Pombart ; puis, après l'avoir fouillé et constaté qu'il n'était pas armé, il ajoute : Suivez-nous.

C'est à ce moment-là que l'avant-garde révolutionnaire les aperçoit et revient sur ses pas pour avertir le groupe.

— Tout le monde dans le fossé ! ordonne Luis Naveira, qui semble avoir pris les commandes. Vous autres, dit-il aux trois qui ont vu les carabiniers, allons voir ce qu'ils veulent.

Un peu plus loin, la route fait une courbe d'où on distingue les lampes des carabiniers qui approchent. Naveira et les autres hommes descendent dans le fossé, cachés derrière un poteau télégraphique. Quand les carabiniers arrivent à leur hauteur, Naveira crie :

— Halte ou nous tirons !

Ce à quoi Santos Pombart répond, en le visant avec son arme :

— Carabiniers ! Halte-là !

Mais déjà Naveira tire à bout portant les trois dernières balles de son chargeur, en visant si mal (une adresse d'infirmier, ni plus ni moins) qu'il n'arrive qu'à transpercer la cape du carabinier Pombart, tandis que ce dernier n'a besoin d'appuyer qu'une seule fois sur la détente : la balle frappe « le Portugais » sous le nez, traverse sa mâchoire supérieure et ressort par l'occiput, en lui faisant sauter la masse encéphalique. Naveira tombe à genoux, les yeux sans vie. Les trois autres partent en courant sans que les tirs les atteignent. En entendant les détonations qui viennent du côté de Lesaca, le groupe des révolutionnaires qui attend un peu plus loin se sent acculé, c'est la débandade générale en direction de la montagne, en dépit des efforts de Santillán pour retenir les fuyards. Mais même lui finit par accepter la situation et avec l'aide de Leandro il tente de prendre dans ses bras Bonifacio Manzanedo, qui est revenu à lui et résiste avec véhémence :

— Laissez-moi, laissez-moi ici, camarades ! Par Dieu fuyez, vous qui le pouvez, je ne serai qu'une gêne pour vous !

Devant son insistance et la gravité de la situation, ils le laissent étendu dans le fossé, en espérant qu'on le trouvera avant qu'il se soit vidé de son sang. Robinson aide Pablo à se relever et ils fuient vers la montagne, en essayant d'équilibrer leurs boiteries respectives, accompagnés par Kropotkine, Leandro et Julianín, dont les yeux sont exorbités. Ils sont suivis de Santillán et de Piperra, mais le groupe ne tardera pas à se disperser. Ce qui fait que lorsque les carabiniers arrivent avec leur prisonnier, Vázquez Bouzas, tout ce qu'ils entendent ce sont des cris et des pas dans la montagne ; craignant une embuscade, ils font demi-tour sans découvrir Manzanedo, allongé et grièvement blessé dans le fossé. Ils repartent vers le pont de Lesaca et se réfugient à la centrale électrique, l'Electra Bidasoa, d'où ils téléphonent aux postes de Vera et de Lesaca pour demander de l'aide et rendre compte de ce qui s'est passé.

Entre-temps, l'alguazil don Enrique Berasáin, qui avait déjà parcouru une centaine de mètres quand a commencé la bagarre dans la carrière, est revenu au pas de course au village en entendant les premiers coups de feu, pour avertir les deux autres gardes de la caserne, Silvestre López et José Oncina. Tous trois repartent aussitôt en direction de la carrière d'Argaitza, mais avant d'avoir atteint la fonderie ils entendent les coups de fusil sur la route de Pampelune. Le garde civil Silvestre López frappe avec la crosse de son fusil à la porte de l'usine et cette fois, oui, le gardien se manifeste, et ne tarde pas à ouvrir. Interrogé, il répond que les coups de feu en question sont les premiers qu'il a entendus de toute la nuit. « Venez avec nous », lui disent-ils, et il les rejoint avec une lampe à acétylène pour éclairer le chemin. Un peu plus loin ils découvrent le corps du caporal De la Fuente au milieu de la chaussée, allongé sur le ventre et enseveli sous sa propre cape. Après avoir constaté qu'il est bien mort, ils le retirent de la route et le traînent jusqu'au mur de la fonderie. Comme il leur semble entendre du bruit dans la montagne, ils décident de ne pas aller plus loin mais appellent par son nom le garde Ortiz, une, deux, trois fois. Voyant qu'il ne répond pas, Silvestre López dit à l'alguazil :

— Retournez au village avertir les autorités civiles et militaires : le maire, le tribunal municipal, le chef de la milice citoyenne locale, le capitaine des carabiniers et tous ceux qu'il faudra, bordel. Nous, on reste là en attendant les renforts.

Et don Enrique Berasáin, « le Gandin », refait le chemin qu'il a déjà parcouru quatre fois lors de cette longue et funeste nuit.

XVI
(1913)

Pablo poussa l'armoire et écrivit derrière : « Le 13 avril 1913 mourra le tyran Alphonse XIII. » Il se servit d'un morceau de plâtre qui lui marqua les doigts de blanc. Puis il décrocha son revolver Velodog et le jeta sur le lit, avec la ficelle encore attachée. Il traîna le fauteuil jusqu'au balcon, y monta avec l'agilité d'un chat et décrocha la tringle qui contenait les cinq balles. Juste à ce moment, la porte de la chambre s'ouvrit, inopinément, laissant paraître la propriétaire de la pension, version en jupe de don Quichotte, balai en arrêt. Le voyant juché sur son fauteuil elle prit son air grincheux, marmonna un « Pardon, je croyais que vous étiez sorti », et s'en alla en jetant un dernier regard à l'arme de poche qui gisait sur le lit. « Merde », fit Pablo, en regrettant de n'avoir pas fermé sa porte à clé quand il était remonté après le petit déjeuner. Mais peu importait désormais : dans quelques heures toute l'Espagne connaîtrait son geste. Il sentit une douce chaleur au bout des doigts en mettant les balles dans le barillet du revolver qu'il camoufla comme il avait appris à le faire au cours de son flirt avec l'anarchisme barcelonais : il attacha la ficelle à un des boutons de pantalon retenant ses bretelles, fit un trou dans la poche droite de son pantalon et laissa glisser l'arme, qui descendit le long de sa jambe jusqu'à sa cheville. Au cas où il serait fouillé, aucun policier n'irait aussi bas : une chose est de faire son devoir, et une autre, bien différente, de risquer une lombalgie. Pour récupérer le revolver, il lui suffirait de mettre la main dans sa poche et de tirer sur la ficelle. Avant de sortir de la pension, Pablo prit dans sa valise son amulette, l'embrassa et la pendit à son cou. Une fois dans la rue, il respira profondément.

Un magnifique soleil de printemps brillait dans le ciel et de nombreux Madrilènes profitaient du dimanche matin pour assister à l'événement du jour : la grande parade militaire du serment au drapeau, présidée par Sa Majesté Alphonse XIII. Une fois la cérémonie terminée, le monarque se rendrait au palais à la tête de son état-major, en descendant par le Paseo de la Castellana, avant de tourner dans la rue d'Alcalá, traverser la Puerta del Sol et finalement prendre par la calle Mayor, en suivant un parcours très similaire à celui du jour de son mariage. Pablo se dit que si les anarchistes préparaient un attentat, le lieu choisi se situerait à la fin du trajet, comme l'avait fait Mateo Morral sept ans plus tôt, car les petites rues du centre étaient plus propices à une éventuelle fuite que les grandes avenues. Il se dirigea donc vers la rue d'Alcalá et la place Castelar, présidée par l'effigie de la déesse Cybèle, pour les prendre de court. Les immeubles principaux étaient décorés, des banderoles de couleurs pendaient aux réverbères et les rues commençaient à être envahies par des promeneurs fervents, des journalistes et des marchands ambulants, qui pensaient faire une belle moisson en vendant cacahuètes, graines de lupin et autres friandises. Près de la porte du Cercle, un homme agenouillé demandait l'aumône, en tenant entre ses mains un écriteau où on lisait : « Se tromper est humain, mais en rejeter la faute sur autrui est encore plus humain. » Pablo pensa à cette phrase jusqu'à ce qu'il arrive devant le palais du marquis de Casa Riera, fermé à double tour comme d'habitude, car la légende disait qu'après avoir subi une déception amoureuse dans ses jardins, le marquis y avait planté un cyprès, et fait promettre à ses descendants que tant qu'il ne serait pas sec, le palais resterait inhabité et son jardin, abandonné.

— Le roi va passer par ici, hein, il va passer par ici ? se jeta soudain sur lui une folle, qui le secoua avec hystérie. Elle avait les yeux égarés et les gencives en sang.

— Oui, madame, il va passer par ici, ne vous inquiétez pas, la rassura Pablo, quand il eut récupéré de sa surprise. Puis, plus bas, il ajouta : Si toutefois personne ne l'en empêche, bien sûr.

La femme eut l'air effrayée et porta une main à la bouche. Pablo en profita pour se libérer et se perdit dans la foule. Un peu plus loin, il vit sortir du bar La Elipa un type qui portait une curieuse cape en poil de chameau : leurs regards se croisèrent et l'homme plissa la paupière dans un clin d'œil complice. Comme il ne le connaissait absolument pas, Pablo se retourna, surpris, mais l'homme continua à avancer sans se troubler. Il faut voir ! pensa-t-il, les gens sont de plus en plus fous. Sa propre pensée l'étonna. Et lui, il avait toute sa tête, peut-être ? Qu'aurait dit son père s'il avait appris ce qu'il s'apprêtait à faire ? Que diraient sa mère et sa sœur en le voyant à la une de tous les journaux, changé en régicide ? Il eut un moment d'hésitation et s'arrêta. Un instant, il se dit que tout cela était une formidable stupidité. Mais il revit les yeux d'Ángela et le menton fier de Ferrer Guardia, et reprit courage. Il plongea la main dans sa poche, saisit la ficelle et sentit le poids du revolver ; en levant les yeux, il constata qu'il se trouvait devant la Banque d'Espagne et décida que c'était l'endroit adéquat pour attendre le passage du cortège militaire. Avant de se frayer un chemin jusqu'au premier rang, il acheta un cornet de graines de lupin : en croquant la première il pensa à Robinson, qui les appelait « chochos », et il se sentit étrangement calme.

La tête du cortège fit son apparition sur la place de la déesse Cybèle peu après une heure et demie, et un petit vent frais se leva soudain, comme si Éole avait lui aussi voulu se joindre à la fête. Alphonse XIII, dans son impeccable uniforme de gala et chaussé de bottes à hautes tiges éclatantes, montait son bel Alarún, et il était flanqué du comte d'Aybar et du chef des chasseurs, tous trois suivis de près par le ministre de la Guerre, le capitaine général de Madrid et un bon nombre d'officiers. Sur son habituel visage hiératique, le sourire du Bourbon semblait dessiné pour atténuer son prognathisme. Plusieurs cavaliers ouvrirent un passage sur le flanc gauche de la rue d'Alcalá, obligeant le public à reculer vers le trottoir de la Banque d'Espagne ou vers les rails du tramway au centre de la chaussée. Quand le monarque vit qu'il avait la voie libre, il éperonna son cheval avec prestance, devançant sa suite, et la foule hurla, enflammée. Pablo comprit que c'était le moment et alors seulement il ressentit un chatouillis au creux de l'estomac. Il mit la main dans sa poche et commença à tirer peu à peu la ficelle. Juste au moment où il sentait le contact de la crosse et voyait le roi approcher, quelque chose attira son attention dans la foule devant lui. Il avait fait un pas en avant pour sortir du tumulte et se jeter sur le monarque, mais il resta absolument pétrifié, congelé, étourdi, presque mort : à quelques mètres de lui, de l'autre côté de la chaussée et au premier rang, une femme regardait le passage du cortège royal. Et bien que ses yeux aient perdu leur éclat d'antan, Pablo la reconnut sur-le-champ.

C'était Ángela.

Il eut l'impression que le temps s'arrêtait. Il n'entendit plus les cris de la foule. Ses doigts mollirent et son revolver glissa de nouveau le long de sa jambe. Il planta son regard sur la personne d'Ángela et le monde autour de lui disparut, effacé et estompé par la main de Dieu ou du diable. Au début, il ne put la voir que partiellement, comme s'il était incapable, après si longtemps, d'assimiler son existence entière : il vit d'abord ses yeux ; puis il vit ses lèvres ; plus tard, son nez, ses joues et ses cheveux, retenus par des épingles ; puis il prit conscience de la totalité de son visage, et de son cou, et de la robe noire qui lui moulait le corps ; il fixa ensuite les yeux sur ses bras et les descendit sur toute leur longueur : le gauche se prolongeait jusqu'à la poignée d'une ombrelle, le droit était plié et passé sous un autre bras. Pablo comprit soudain que la ligne qui sépare le bonheur du malheur est parfois aussi fine qu'un cheveu. Pablo sentit que quelque chose se brisait définitivement dans son cœur. Pablo découvrit que le bras qui serrait le bras d'Ángela était celui d'un autre homme, un homme qui de son côté tenait dans ses bras une petite fille, une petite fille qui regardait Ángela en remuant les lèvres, des lèvres qui disaient : « Maman, quand est-ce qu'il arrive, le roi ? » C'était l'homme qui répondait, en remuant les lèvres à son tour, et quiconque l'aurait observé aurait pu voir qu'elles disaient : « Mais il est déjà là, ma chérie. » L'homme et Ángela se regardaient, et dans ce regard il y avait de l'amour, ou de la tendresse, ou de la complicité, l'homme souriait et elle lui renvoyait son sourire, un sourire triste, assurément, mais un sourire quand même. Juste à ce moment-là le cortège s'interposa entre eux, comme une éclipse de Soleil, laissant cette image à tout jamais gravée dans la mémoire de Pablo, lui serrant la gorge, à hauteur de l'épiglotte, comme s'il avait une corde au cou. Plusieurs secondes s'écoulèrent sans qu'il parvienne à respirer et peut-être serait-il mort asphyxié sur place si le destin ne lui avait pas réservé une autre surprise : soudain, deux coups de feu fendirent l'air et tout ne fut plus que confusion, cris et vacarme.

Le bruit des détonations libéra la gorge de Pablo, un flot d'air frais entra en trombe dans ses poumons. Il tourna la tête et eut encore le temps de voir, à quelques mètres de distance, le pistolet empoigné par un homme aux yeux vitreux, enchantés de leur propre audace, sur lequel se jetaient deux gardes pour tenter de l'immobiliser. Il venait de tirer sur Sa Majesté Alphonse XIII, qui avait l'air de s'être brillamment sortie de ce mauvais pas. Du sol, le régicide appuya une troisième fois sur la détente de son Puppy-Velodog : il y eut un éclair, un fracas sans fumée et l'homme se retrouva enseveli sous une avalanche humaine prête à le lyncher, tandis que plusieurs officiers de l'escorte royale dégainaient leurs sabres pour protéger le Bourbon, et que dans l'atmosphère flottait une odeur âcre, sèche, excitante. Pablo n'eut pas le temps de se dire que cela aurait pu être lui, ni de penser à la grande ressemblance entre son arme et celle du régicide ; pendant que des « Vive le roi » et des hourras à la monarchie fusaient de tous côtés, il se tourna vers le trottoir d'en face. Il s'agenouilla pour essayer d'apercevoir Ángela entre les jambes des chevaux, mais Ángela n'était plus là. Et ainsi, à quatre pattes, comme un chien, il se mit à verser des larmes convulsives dont pas même les mots de consolation d'une petite fille à côté de lui ne purent le tirer :

— Ne pleurez pas, monsieur, le roi est vivant. Regardez-le.

Effectivement, alors que plusieurs gardes et agents de l'ordre emmenaient l'anarchiste (car plus personne ne doutait que l'auteur de l'attentat fût un anarchiste), Alphonse XIII dessina de nouveau un sourire sur son visage et reprit l'officier qui avait donné l'ordre au cortège de repartir au galop :

— Non, général : au pas, comme s'il ne s'était rien passé.

Plus tard, on apprendrait que le régicide manqué s'appelait Rafael Sancho Alegre, qu'il faisait partie d'un groupe d'anars appelé Les Sans Patrie et qu'il était venu directement de Barcelone pour attenter contre la vie de Sa Majesté. Mais tout ce qu'il obtint fut que la réputation d'indestructible d'Alphonse XIII grandisse encore, indestructibilité qui lui avait permis de se tirer avec brio de ce énième attentat et de se pavaner devant les journalistes à son arrivée au palais : « Je l'ai vu quitter son groupe et se diriger vers moi, dirait-il en parlant de Sancho Alegre ; un moment, j'ai cru que c'était pour me remettre une requête, mais en même temps j'ai pensé que ce pouvait être un malfaiteur, et je me suis préparé à me défendre. D'ailleurs, j'aurais pu le tuer, mais je n'ai pas voulu. »

Dans la foule, un homme demeurait étranger à tout cela, bien qu'il eût été sur le point d'être le protagoniste des faits. De ses yeux jaillissaient des larmes irrépressibles et un revolver de poche s'incrustait dans son tibia. Il avait passé les quatre dernières années de sa vie à poursuivre un fantôme et maintenant qu'il l'avait retrouvé, il découvrait que c'était en vain. Le fantôme l'avait tenu pour mort. Le fantôme avait refait sa vie. Le fantôme avait même fondé une famille. Il se releva et quitta les lieux, en marchant comme un automate. Il s'enfonça dans la vieille rue del Turco, où des agents de l'ordre s'étaient postés pour empêcher la fuite d'éventuels acolytes. On le laissa passer après l'avoir fouillé, ce qui démontra que le truc de la ficelle était un succès garanti. Mais Pablo, à ce moment-là, ne se rappelait même pas qu'il avait un revolver sur lui. S'il s'en était souvenu, peut-être aurait-il fait une bêtise. Il se mit simplement à errer dans les rues de Madrid jusqu'à perdre la notion du temps. Ce n'est que lorsque ses pas l'eurent conduit à la rue Montera et qu'il se retrouva devant la porte de la pension Amelia qu'il revint à la réalité : à travers la vitre dépolie de la porte il vit la propriétaire parler avec deux gardes civils. L'instinct de survie lui suggéra qu'il valait mieux ne pas rentrer tout de suite, il s'adossa au porche de l'immeuble d'à côté, en attendant qu'ils s'en aillent. Quand ils quittèrent la pension, Pablo put entendre les derniers mots qu'ils prononcèrent sur le seuil :

— Ne manquez pas de nous prévenir, madame, quand cet individu se montrera ici.

Puis ils se perdirent en bas de la rue et Pablo laissa passer deux minutes avant d'entrer dans la pension. Là, il empoigna son revolver et obligea l'hôtesse à lui ouvrir la porte de sa chambre : il mit ses affaires dans sa mallette et descendit l'escalier en courant. Avant de partir, il paya sa note et laissa un bon pourboire. En sortant il tomba nez à nez avec Vicente Holgado, qui sortait lui-même de sa pension à toute vitesse.

— Où vas-tu ? se demandèrent-ils en même temps.

— À la gare du Nord, avouèrent-ils d'une seule voix.

Ce fut la direction qu'ils prirent, avec une seule idée en tête : fuir cette fourmilière le plus vite possible.

– 18 –

L'alguazil municipal, par cet acte, fit preuve d'un zèle digne d'éloges dans l'accomplissement de son devoir. Grâce à son alerte et aux services rendus par le capitaine des carabiniers et ses forces, grâce à la Garde civile, à la milice citoyenne locale et à la coopération harmonieuse et effective des habitants, il fut possible d'obtenir de précieux résultats, et d'étouffer la tentative d'invasion, de néfaste mémoire pour cette ville à cause des malheurs qu'elle engendra et de glorieuse satisfaction car les habitants, remplissant leur devoir de citoyens et inspirés par l'amour de la Patrie, purent faire avorter les projets pervers forgés contre notre Patrie l'Espagne, et qui prenaient pour base cette paisible cité, sans hésiter à affronter ceux qui prétendaient troubler l'ordre de la Nation, au moment précis où elle a le plus besoin de paix pour poursuivre l'ère de progrès initiée par le Directoire actuel qui par bonheur nous gouverne.

Actes de la Mairie de Vera,
16 novembre 1924

— Il vaut mieux que nous nous séparions, admet l'ex-garde civil Santillán, quand il ne voit plus la route derrière lui, c'est notre seule possibilité de nous en sortir, maintenant que tout est perdu.

Les autres font oui de la tête.

— Il y a plusieurs façons de rentrer en France depuis là où nous sommes, leur explique Piperra, sachant que c'est leur seule chance de sauver leur peau. Le chemin le plus court consiste à passer par le col de Santa Bárbara, puis à franchir la frontière par le pic de Labeaga, mais c'est aussi le plus dur et je crois que certains ne sont pas en condition de le faire, dit-il en regardant Pablo.

— Quelles sont les autres possibilités ? demande Robinson, qui n'est pas disposé à laisser son ami sur le carreau.

— Rentrer par où nous sommes venus. C'est la voie la plus accessible.

— En traversant le village ? demande Pablo.

— On pourrait le longer.

— Trop risqué, décrète Santillán.

— Tu pourrais nous accompagner, Piperra ? veut savoir Robinson.

Le guide tarde un instant à répondre.

— Allons-y, finit-il par dire. On va essayer d'aller sans se faire voir jusqu'à la ferme d'Eltzaurdia, où habitent un oncle à moi et sa femme. Nous pourrons peut-être nous y cacher en attendant que le vent tourne.

— D'accord, acquiesce Santillán, qui a pris acte de la situation et commence à devenir nerveux. Séparons-nous et partons tout de suite, avant que les carabiniers ne préviennent ceux qui surveillent la ligne des bornes et qu'ils nous coupent la retraite. Moi je prends par Labeaga, ça dit à quelqu'un ?

Il y a un moment d'indécision, parce que Leandro et Julianín ne veulent pas abandonner leurs amis. Mais il semble qu'ils n'aient pas d'autre choix s'ils veulent avoir une chance de s'en tirer.

— Allez, les gars, dit Pablo en résumant la situation, on se reverra en France, de toute façon.

Ils se quittent avec autant de rapidité que d'émotion contenue, en se serrant dans les bras, peut-être pour la dernière fois, pendant que Piperra explique à l'ex-garde civil comment rejoindre Labeaga. Santillán, Julianín et Leandro prennent par la montagne, en laissant derrière eux les lumières de la fonderie. Pablo s'accroche à Robinson, en supportant la douleur comme il peut, et tous deux suivent Piperra et un Kropotkine qui semble connaître le chemin. Ils longent le col de Santa Bárbara et se dirigent vers Vera à travers des prés et des champs, parsemés çà et là de fermes dont la plupart ont leurs lampes allumées : on voit bien que le bruit de la fusillade a réveillé leurs habitants. Le ciel est de plus en plus dégagé et quelques étoiles tiennent compagnie à la lune moribonde, tandis que se découpe sur l'horizon la majestueuse Rhune, si proche et si lointaine à la fois, comme pour annoncer la frontière entre le salut et la damnation. Pour Pablo, chaque pas est un sacrifice et chaque faux pas une mortification, mais il continue à avancer en se mordant la langue. Un petit torrent croise le chemin des fugitifs et Robinson propose de se débarrasser des pistolets et des munitions, trop compromettants en cas d'arrestation ; après un instant d'hésitation, ils les jettent dans l'eau turbulente, qui les engloutit très vite. Un peu plus loin, avant d'arriver à la route, Piperra s'arrête :

— Attendez-moi ici, je vais voir comment ça se passe, dit-il, et il disparaît.

— Robin, murmure Pablo dans l'obscurité.

— Quoi ?

— Tu crois qu'on s'en sortira ?

Et comme le végétarien ne répond pas, il poursuit :

— Comment avons-nous été si bêtes, Robin ? Comment nous sommes-nous fait berner de cette façon ?

Mais Robinson ne répond pas cette fois non plus, parce que le guide revient.

— Venez, suivez-moi, dit-il à voix basse, la voie est libre.

Les trois hommes et le chien traversent la route qui relie le quartier d'Altzate et le quartier proche d'Illecueta, où personne n'a l'air de s'être aperçu de ce qui s'est passé. Malgré tout, de Vera viennent des cris sans équivoque : l'alerte a été donnée. Quand ils passent devant la ferme de Zelaia, une lampe s'allume à l'intérieur et les trois révolutionnaires se jettent au sol, avec une malchance telle que la jambe blessée de Pablo heurte une pierre. L'ex-compositeur de La Fraternelle ne peut éviter un cri de douleur. Une fenêtre s'ouvre et une silhouette se découpe dans l'encadrement :

— Qui va là ? demande la voix inquiète d'un vieil homme.

Les trois hommes retiennent leur respiration.

— Qui va là ? insiste le vieil homme.

Cette fois, c'est Kropotkine qui sauve la situation, en aboyant opportunément.

— Va-t'en, clébard, va-t'en ! se fâche l'homme, avant de refermer la fenêtre.

Quand la lumière s'éteint, les hommes reprennent leur route, avec un Pablo plus boiteux que jamais. Peu après ils arrivent à la hauteur de la demeure des Baroja, silencieuse et plongée dans la pénombre, tout comme le moulin d'Errotacho, un peu plus loin, où bifurquent la route de France et la piste principale qui monte au Portillo de Napoleón. Piperra sait qu'il n'y a pas d'autre choix que d'aller jusqu'au moulin, bien qu'il soit dangereusement proche de la route, et ils sont à deux doigts d'être découverts par une automobile qui approche en faisant rugir son moteur. Les trois révolutionnaires se cachent entre les herbes juste au moment où les phares de la voiture éclairent la chaussée. Le véhicule passe comme une exhalaison, sans qu'ils aient le temps de voir qu'à l'intérieur se trouvent trois membres du *Somatén*, la milice citoyenne de Vera, qui montent jusqu'à la ligne des bornes pour informer des événements et donner l'ordre de ne laisser passer personne. Le corps civil de défense instauré par Primo de Rivera dès son arrivée au pouvoir semble fonctionner à merveille et faire honneur à sa prétendue étymologie catalane, *som atents*[15]. Mais si les trois fugitifs ne les voient pas, ils peuvent en revanche pressentir qui ils sont :

— Ceux-là vont à la frontière avertir les carabiniers, dit avec raison Piperra, maçon de profession et devin de vocation. Allons-y !

Ils prennent la piste principale, qui monte à Usategieta, mais après un bref moment Pablo se laisse tomber par terre, en haletant :

15. En catalan « nous sommes attentifs ».

— Les amis, sauvez-vous, partez, vous. Moi j'abandonne. Je n'ai pas le droit de vous faire perdre plus de temps…

— Pas question, Pablito, on y est presque, le coupe Robinson, qui en dépit de sa constitution chétive et de la boiterie causée par sa poliomyélite infantile, jette Pablo sur son dos et le porte comme il peut, jusqu'à la ferme d'Eltzaurdia.

— Attendez-moi ici, leur dit Piperra, en montrant une grange près de la maison, et il frappe énergiquement à la porte.

Au bout de deux minutes qui sont pour eux une éternité, quelqu'un ouvre un judas et la lumière d'un quinquet éclaire le visage du jeune homme.

— Ma tante, c'est moi, Pedrito. Ouvrez-moi, s'il vous plaît.

La femme fait ce que lui demande son neveu, qui se glisse à l'intérieur de la maison sans attendre qu'on l'ait invité à le faire. Il n'en ressort qu'au bout d'une demi-heure et fait entrer Pablo et Robinson, désespérés et gelés. Kropotkine doit se contenter d'attendre dehors.

— Ah, Sainte Vierge ! se plaint la femme en les voyant entrer, tandis que son mari regarde d'un air méfiant le chevelu et le blessé qui viennent perturber la tranquillité de sa demeure. Je savais bien que ce gamin ne nous causerait que des malheurs !

— Calmez-vous, ma tante, lui ordonne Piperra, et donnez-leur à boire quelque chose de chaud, vous voyez bien dans quel état ils sont. La femme leur prépare un café au lait et fait bouillir les herbes que lui a données Robinson : ce sont les queues de cheval qu'il a cueillies en descendant à Vera, idéales pour stopper les hémorragies grâce à leur pouvoir cicatrisant. Le végétarien en profite pour changer les compresses complètement imbibées de sang de Pablo, et lui appliquer un emplâtre curatif d'herbes médicinales. Quand il a terminé cette opération, le maître de maison ouvre la bouche pour la première fois :

— Tu peux rester jusqu'à demain, dit-il à son neveu, sur un ton sec et sans réplique. Mais tes amis doivent partir immédiatement.

— Mais, mon oncle… veut protester Piperra.

— Qu'on n'en parle plus. Si dans cinq minutes ils ne sont pas partis, j'irai avertir les carabiniers.

Les trois hommes sortent de la maison. Décidément, le peuple espagnol n'est pas prêt pour la révolution.

— Ne t'en fais pas, dit Robinson à Piperra, en boutonnant son manteau, nous nous débrouillerons tout seuls, ce ne doit plus être très loin.

— Non, bien sûr, répond le guide, tête basse. Je vous accompagnerais bien, mais… Le col est là-haut, et ensuite, tout droit, vous arriverez à la venta d'Inzola. Vous ne pouvez pas vous perdre. Bonne chance, camarades !

Les trois hommes se disent adieu, tandis que Kropotkine mordille le bas du pantalon de celui qui reste, comme pour lui reprocher sa couardise. De la ferme d'Eltzaurdia au Portillo de Napoleón la distance n'est pas grande, mais le chemin est raide et la jambe de Pablo le fait indescriptiblement souffrir à chaque pas. En outre, comme si cela ne suffisait pas, la route bifurque soudain, et ni Robinson ni Pablo ne savent s'il faut prendre à droite ou à gauche. Finalement, ils décident de suivre Kropotkine, qui penche pour le chemin de gauche, mais au bout d'un assez long moment le sentier disparaît à l'entrée d'un bois épais.

— Ça ne me dit rien, se lamente Robinson.

— À moi non plus, hurle Pablo.

Ils décident de revenir en arrière, à la bifurcation. En bas, dans la vallée, Vera semble s'être tout à fait réveillée maintenant, car de nombreuses lampes sont déjà allumées. Les deux amis prennent la route de droite et les premières lueurs de l'aube pointent derrière les montagnes quand enfin ils arrivent aux palombières d'Usategieta, celles-là mêmes d'où quelques heures plus tôt une cinquantaine de révolutionnaires formant le projet de libérer l'Espagne allaient entreprendre la descente vers le bourg de Vera. Mais Pablo n'en peut plus et demande à Robinson de le laisser se reposer un peu.

— C'est bon, reste ici et ne bouge pas, accepte le végétarien. Je vais voir si le chemin de la venta est dégagé.

C'est alors que Pablo commet une erreur fatale, une erreur de débutant, comme si le diable en personne lui avait tendu un piège sous la forme d'une cigarette qui murmure allume-moi, allume-moi et fume-moi. Parce que Pablo, l'esprit engourdi par la douleur ou par la fatigue, prend sa blague à tabac et tandis que Robinson disparaît sur le chemin d'Inzola, il se roule une cigarette et craque une allumette, pas à la première tentative, ni à la deuxième, mais à la troisième, et parce que cet éclat fugace attire l'attention de deux carabiniers qui patrouillent dans la zone, un caporal et un sergent qui ont été avertis de la tentative révolutionnaire et qui avancent droit sur Pablo en suivant le signal d'une braise qui clignote à chaque nouvelle bouffée, deux gardes civils qui se cachent derrière des rochers et qui surgissent soudain en criant halte-là à un Pablo désarmé, un Pablo qui ne porte pas l'amulette qui l'a accompagné toutes ces dernières années, un Pablo qui ne peut faire autre chose que de lever les bras et maudire sa mauvaise fortune en espérant que Robinson ne revienne pas tout de suite, qu'il mette un moment à arriver, qu'au moins il puisse se sauver, lui.

— Halte-là ! ordonne l'un des deux carabiniers, tandis que l'autre scrute les environs, prêt à tirer. Levez-vous, vous êtes en état d'arrestation !

Pablo se lève, en essayant comme il peut de dissimuler sa boiterie, car il sait qu'il sera inculpé si on découvre qu'il a été blessé par balle. Et il se laisse fouiller et lier les mains dans le dos avec du fil de fer, sans voir que Robinson vient d'arriver, juste à temps pour se cacher derrière des buissons et pousser un juron parce qu'il a jeté son pistolet dans la rivière et qu'il ne peut affronter les carabiniers, qu'il ne peut rien faire d'autre que les observer, tapi entre les fourrés, emmener Pablo, et se mordre la langue et essuyer ses larmes sur le dos de Kropotkine, des larmes qui jaillissent comme l'eau du canal d'Inzola qui émerge tout près de là, des larmes de douleur, de rage et d'impuissance, des larmes de peur de ne plus jamais revoir Pablo Martín Sánchez, l'anarchiste sans odorat, le vampire sans cœur, l'ami de son âme qu'il a embarqué dans cette malheureuse aventure. On entend deux coups de feu non loin de là, et Robinson se jette dans le canal, avec son fidèle teckel, pour tenter d'atteindre la frontière avant que le jour se lève.

Alors Pablito regarde le ciel et croit distinguer la constellation de Cassiopée, qui semble dessiner un M, le M de Martín. Mais le plus probable est qu'il s'agit d'une hallucination, fruit de la fièvre ou de la fatigue, car déjà la lueur de l'aube estompe les étoiles. Mais ce qui s'est définitivement estompé, c'est l'espoir révolutionnaire d'en finir avec la dictature de Primo de Rivera.

TROISIÈME PARTIE

— 19 —

Dès qu'elles ont eu connaissance des douloureux événements survenus à Vera, les forces de la Garde civile des postes du canal d'irrigation de la Bidassoa et celles des carabiniers (environ cent cinquante hommes) de Vera, Echalar et Lesaca, convenablement réparties par leurs chefs, ont investi la montagne, afin de capturer les malfaiteurs. Leur travail, en tout point digne d'éloges, a tout de suite produit les meilleurs résultats. Vers midi, heure à laquelle nous sommes arrivés à Vera, onze syndicalistes avaient été arrêtés.

Diario de Navarra,
11 novembre 1924

On dit que l'histoire est écrite par les vainqueurs, mais on oublie trop souvent que ce sont les journalistes qui prennent les notes. Les premiers gazetiers arrivent à Vera de Bidasoa en milieu de matinée, la plupart de Pampelune et de Saint-Sébastien, alors que le cachot de la caserne des carabiniers commence à regorger de révolutionnaires capturés dans la montagne. Mais qui donc prendra sur lui de les transférer à la Garde civile, dont les cadavres de deux de ses membres sont encore chauds :

— Si on les y amène, ils se feront tuer à coups de crosse, affirme aux journalistes l'alguazil, don Enrique Berasáin, converti en étoile du matin inattendue. N'en doutez pas un instant.

Seule l'arrivée de Patricio Arabolaza, l'éminent footballeur tout juste retraité, parvient à détourner l'attention des reporters et à voler la vedette au « Gandin », qui pourtant la mérite bien.

C'est que l'avant du Real Unión Club d'Irún, qui a marqué aux Jeux olympiques d'Anvers le premier but de l'histoire de l'équipe espagnole, a été l'un de ceux qui ont participé avec le plus d'acharnement à la battue organisée pour capturer les rebelles :

— Non, moi je venais d'Irún en voiture et j'allais à une chasse à Echalar, explique posément le célèbre sportif, et en passant à Vera j'ai trouvé toute cette agitation. J'ai aussitôt mis ma voiture et ma personne à la disposition des forces de l'ordre, rien de plus.

— Mais n'est-ce pas vous qui avez sorti de la rivière le caporal De la Fuente ? demande un échotier d'*El Pueblo Navarro*, se faisant l'écho de la rumeur qui court parmi les journalistes.

— Non, non, pas du tout. J'ai simplement vu la traînée de sang qui se dirigeait vers la Bidassoa et j'en ai informé les autorités, qui ont mis une barque à l'eau pour récupérer le corps du garde.

— Malgré tout, on pourrait dire que c'est grâce à votre collaboration qu'on a retrouvé le cadavre, insiste l'homme d'*El Pueblo*.

— Bon, si vous voulez… admet Patricio, habitué à être l'auteur des meilleures actions de jeu.

C'est ainsi, grâce à l'aide inestimable du « Gandin », de Patricio Arabolaza et de bien d'autres qui ont participé à la battue, que les reporters parviennent à reconstituer à grands traits ce qui s'est passé, après avoir établi leur quartier général sur la place près de la mairie de Vera, où durant toute la journée ne cessent d'affluer, à parts égales, nouvelles et autorités. C'est ainsi qu'ils apprennent qu'un groupe fourni d'hommes armés a distribué dans le village des proclamations subversives et que s'est produit à l'aube un affrontement avec les forces de l'ordre. C'est ainsi qu'ils voient le village se remplir de gardes civils et de carabiniers, certains de haut rang, comme le colonel sous-inspecteur don José Rivera, qui arrive de Saint-Sébastien engoncé dans le side-car d'une moto conduite par son aide de camp, le capitaine don Nicolás Canalejo. C'est ainsi qu'ils apprennent la mort du caporal De la Fuente, du garde Ortiz et de Luis Naveira, et que leurs corps ont été transportés sur des brancards de fortune, comme de vulgaires marchandises, au cimetière de Vera, où se trouve la morgue. C'est ainsi qu'ils voient débarquer pompeusement le gouverneur civil don Modesto Jiménez de Bentrosa, venu de Pampelune en automobile. C'est ainsi qu'ils sont informés que sur le lieu de l'échauffourée a été trouvé un rebelle blessé aux jambes, qui a été transporté à l'hôpital de la Miséricorde, où le docteur Gamallo tente de lui éviter une amputation de toute évidence inévitable. C'est ainsi qu'ils voient descendre de son cheval l'élégant et hautain lieutenant de carabiniers de la section de Lesaca, don Augusto Estrada, qui aujourd'hui même sera promu capitaine et choisi pour coordonner la surveillance de la frontière, avec les forces de l'ordre françaises. C'est également ainsi qu'à l'heure du déjeuner leur parvient la rumeur qu'un nouveau rebelle a été abattu dans la montagne (il s'agit d'Abundio Riaño, « el Maño », tué à la hauteur de la borne 10) et qu'un carabinier a été transporté à Vera avec trois blessures par balles et un pronostic vital réservé. C'est ainsi qu'ils aperçoivent le maire de Vera, don Antonio Olla, entrer et sortir continuellement de la mairie, en refusant chaque fois toute déclaration. C'est ainsi qu'à la première heure de l'après-midi ils voient passer, en route pour l'hôpital, une automobile à l'intérieur de laquelle se remarque la chevelure romantique et ensanglantée d'Enrique Gil Galar, à moitié moribond, car apparemment la balle n'a pas fait que lui frôler le temporal droit, mais s'est incrustée derrière son oreille. C'est ainsi, en définitive, qu'à la tombée de la nuit les journalistes rentrent chez eux, prêts à mettre au propre les piles de notes qu'ils ont griffonnées, et à concocter les chroniques qui rempliront les pages des journaux dans les prochains jours. À condition que la censure le permette, bien entendu. Mais ne devançons pas les événements et reprenons l'histoire là où nous l'avons laissée, avec l'ex-compositeur de La Fraternelle en train de contempler le ciel, et croyant y reconnaître le M allongé de Cassiopée, le M de Martín, comme disait son père.

Pablo est ramené à pied entre deux fusils par la route de France, mains liées dans le dos et mâchoire serrée, essayant de cacher le secret de sa blessure. Il s'est pour le moins évité l'ignominie de se voir arracher les boutons de son pantalon et d'avoir à marcher une main sur la nuque et l'autre retenant son caleçon, comme cela a été ou sera très bientôt le cas pour certains de ses camarades. Quand il entre dans le village, le soleil se montre entre les montagnes, et aux fenêtres apparaissent les visages ensommeillés, inquiets ou curieux des habitants qui sont encore chez eux. Rue d'Altzate, une enfant se met au balcon et salue un des carabiniers, qui lui ordonne de rentrer. Mais la petite fille n'écoute pas et regarde bouche bée le gladiateur boiteux, comme si elle croyait voir dans sa défaite une grandeur insoupçonnée.

Peu après ils arrivent à la caserne des carabiniers, qui les accueille avec la devise bien connue de « Moralité, loyauté, courage et discipline » gravée sur la porte d'entrée, au-dessus de l'insigne au soleil naissant qui est l'emblème de la maison. Dans le bureau des entrées, le caporal et le sergent signent le reçu de remise, laissent en dépôt après l'avoir réquisitionné le sac à dos du détenu, qu'ils conduisent dans une salle d'attente, où ils remplacent par des menottes rouillées le fil de fer qui lui blesse les poignets, avant de le laisser à la charge de deux jeunes frais émoulus de l'école des carabiniers. Dans la pièce, il y a un banc recouvert d'une toile cirée râpée et sale, mais ils obligent Pablo à rester debout, face au mur, et ce dernier n'a même pas envie de protester pour autant. Il croit sentir les deux fusils braqués sur sa nuque, mais aussi le regard fixe d'un des carabiniers, le plus jeune des deux, encore imberbe qui, les yeux grands ouverts, ne le perd pas de vue un seul instant, il lui rappelle Julianín. Qui sait ce qu'a pu devenir son ancien assistant. De Julianín, sa pensée saute à Leandro, le géant argentin… Ils ont peut-être réussi à franchir ensemble la frontière et sont maintenant en sécurité en terre française. Et Robinson, que peuvent être devenus Robinson et Kropotkine ? Qu'a dû imaginer son ami en ne le retrouvant pas près des palombières ? Mais un cri le distrait de ces divagations, un cri de stentor qui résonne soudain dans la salle d'à côté.

— Amenez-moi le nouveau !

Pablo tourne la tête et d'un signe de leurs fusils les deux jeunes carabiniers lui ordonnent de se mettre en marche et le conduisent à la salle des interrogatoires, un peu plus grande que la précédente et moins dépourvue de charme, même si personne n'aurait l'idée de la qualifier de confortable. Au centre de la pièce il y a une table en bois avec d'un côté, le plus près de la porte, une chaise défoncée et de l'autre un fauteuil de velours vert où est assis don Feliciano Suárez, lieutenant de carabiniers de la section de Vera, qui vient d'être désigné juge militaire instructeur. Près de la fenêtre, exhalant des bouffées de fumée d'un Partagas tout juste allumé, se tient don Veremundo Prats, le capitaine de carabiniers qui a passé la nuit à coordonner la recherche et la capture des séditieux, avec une centaine de gardes civils et de carabiniers arrivés en autocars des bourgades voisines comme Sunbilla, Lesaca ou Santesteban, mais aussi les membres du *Somatén* local et une bonne partie des habitants de Vera et des hameaux des environs. Au fond, à droite, à demi camouflé derrière une machine à écrire, un secrétaire dactylographe observe avec indolence l'entrée du détenu.

— Asseyez-vous, lui ordonne le juge instructeur, sans même daigner le regarder en face. Ôtez-lui ses menottes.

Le jeune imberbe obéit, avec des mains nerveuses et terriblement froides, pendant que son compagnon braque toujours son fusil sur Pablo. Le lieutenant prend un boîtier dans un tiroir et d'un geste indique au détenu d'appuyer l'extrémité de l'index dans la masse noire et gélatineuse qu'il contient, pour l'appliquer ensuite sur une feuille de papier posée sur la table.

— Vous pouvez vous essuyer les doigts, si vous voulez, dit-il en montrant un chiffon qui se trouve sur le crachoir, au pied de la table, un chiffon d'étoupe sur lequel semblent s'être déjà essuyées un certain nombre de mains. Pablo préfère frotter son doigt sur son pantalon, mais il n'a guère le temps d'y mettre trop de soin, car on lui repasse aussitôt les menottes. Comment vous appelez-vous ? ajoute le lieutenant.

— Pablo.

— Pablo comment ?

— Martín Sánchez.

Le pianotage de la machine à écrire répond à ses mots comme un écho mécanique. Au plafond pend un ventilateur, les pales unies par des toiles d'araignée.

— Âge ?

— Vingt-cinq ans, répond Pablo après avoir hésité.

— Profession ?

— Compositeur d'imprimerie.

Le dactylo lève les yeux de sa machine, et troque son habituelle indolence pour une curiosité momentanée.

— Religion ?

— Aucune.

— Et allez donc, encore un. Écrivez « catholique renégat », indique don Feliciano au secrétaire. Origine ?

— Je viens de Paris.

— Mais vous êtes espagnol…

— Oui, de Baracaldo.

— Tiens donc. On peut savoir ce que vous êtes venu faire à Vera ? demande le lieutenant en se penchant sur la table et en regardant pour la première fois son interlocuteur dans les yeux.

— Ce n'est pas moi qui suis venu à Vera, c'est vous qui m'y avez amené.

— Écoutez, ne faites pas trop le malin, intervient don Veremundo Prats d'un ton brusque, en pointant son cigare sur lui. On vous demande ce que vous faisiez quand vous avez été arrêté. Répondez !

— Je venais de passer la frontière, j'allais à Bilbao, voir ma mère et ma sœur, qui y habitent.

— C'est bon, vous pouvez l'emmener, ordonne le juge instructeur. Mettez-le dans la cellule numéro 6 – et se tournant vers don Veremundo il marmonne : À ce rythme il faudra bientôt en mettre deux par cellule.

En passant devant la salle d'attente, Pablo voit deux hommes, face au mur, gardés par plusieurs carabiniers, et bien que la bourrade qu'on lui donne pour le faire avancer ne lui permette pas de le vérifier, il jurerait que l'un des deux est Casiano Veloso, le chef de file du clan de Villalpando, qui deux jours plus tôt à peine s'ébattait allègrement dans le bordel de madame Alix. Pablo est conduit en silence dans un long couloir, au bout duquel un escalier descend jusqu'aux cachots, d'où émane un désagréable relent de cloaque ou de latrines qu'il ne peut bien sûr discerner. C'est à coup sûr la partie la plus lugubre et la plus humide du bâtiment, à peine éclairée par une ampoule sale qui pend au plafond de la pièce principale, autour de laquelle sont répartis les cachots, selon le système pénitencier claustrophobe de distribution cellulaire. Sous la lampe se trouve une table, au-dessus de laquelle dodeline de la tête une sentinelle. En entendant entrer les trois hommes, elle se redresse brusquement, exhibant une cicatrice qui lui traverse le visage. Ce n'est pas pour rien qu'on l'appelle « Gueule-fendue ».

— Pose sur la table tout ce que tu as dans tes poches, ordonne-t-il au détenu, avec une véhémence inutile et un tutoiement qui se veut offensant, tandis que le jeune garde imberbe lui ôte ses menottes. Ta ceinture et tes lacets aussi, il ne faudrait pas que tu aies de mauvaises idées.

Pablo se voit contraint d'obéir, même si un instant il imagine qu'il ôte sa ceinture et, la brandissant comme un fouet, en balance de grands coups sur les carabiniers. Mais ce doit être la fièvre qui a commencé à lui voiler l'entendement, car sinon, qu'est-ce qui justifierait un tel délire, s'il est absolument évident qu'il n'y a pas d'échappatoire possible.

— L'argent aussi ? demande Pablo, après avoir déposé sur la

table son passeport, son stylo, son mouchoir, sa blague à tabac et ses allumettes.

— Aussi ! rugit Gueule-fendue, dont le visage semble vouloir donner raison aux zélateurs de la physiognomonie.

Le jeune garde imberbe entreprend alors de le fouiller, et en palpant les poches de son pantalon, il découvre le sang qui en imbibe la jambe droite.

— Cet homme est blessé, dit le carabinier novice, un peu effrayé.

— Ce n'est rien, dit aussitôt Pablo, une simple égratignure.

— Il faudrait avertir un médecin… insiste le jeune garde.

— Ce n'est rien j'ai dit, le coupe Pablo en le regardant droit dans les yeux. Continue à me fouiller et fiche-moi la paix avec mes égratignures.

— Dis donc, les ordres, ici c'est nous qui les donnons, l'avertit la sentinelle en brandissant une matraque en caoutchouc. Puis, après trois secondes d'hésitation il presse le jeune carabinier : Allez, finis de le fouiller et après, au trou, camarade. Si le petit monsieur veut se vider de son sang, ce n'est pas moi qui l'en empêcherai. Quelle cellule ?

— La 6, balbutie l'imberbe.

— Touché coulé, ou presque ! s'écrie Gueule-fendue en éclatant d'un gros rire.

Une fois l'opération terminée, le geôlier va chercher sous l'escalier une natte enroulée et une couverture crasseuse, qu'il donne au détenu avec un journal périmé, dont la fonction n'est pas précisément de cultiver l'âme, mais d'essuyer les excrétions du corps. Puis il ouvre la porte massive de la cellule 6 et l'invite du geste à y entrer, si on peut parler d'invitation dans une telle situation. La porte claque avec fracas et la clé en tournant grince comme un garrot mortel qui a besoin d'être graissé. Le cachot est encore plus petit et plus étroit que Pablo ne l'imaginait, et l'obscurité y est presque complète, car la seule lumière provient de l'ampoule sale de la pièce centrale, qui filtre à travers une sorte de judas sur la porte, à peine trois fentes alignées. Il y a aussi une espèce de trappe dans la partie inférieure, qui sert à faire passer la nourriture au détenu sans avoir besoin d'ouvrir la cellule, mais elle est fermée et ne peut être manipulée que de l'extérieur. Comme unique compagnie, dans un coin, on devine l'inévitable bassin, fait d'épaisses planches incurvées assemblées avec des anneaux de fer, pour que le prisonnier y dépose si besoin ses urines, et même ses excréments, sans risque de fuite. Tandis que les pas des deux jeunes carabiniers se perdent dans l'escalier, Pablo entend un sanglot dans la cellule contiguë, mais avant qu'il ait l'idée d'essayer de communiquer avec son voisin, la voix de Gueule-fendue retentit :

— Eh, toi ! Si je t'entends beugler encore une fois, je te démolis, compris ? Et ça vaut pour tout le monde !

Un épais silence se referme sur les prisonniers et Pablo ne peut satisfaire son envie de savoir qui sont ses compagnons de captivité. Toutefois, même s'il avait pu parler avec eux, il ne l'aurait probablement pas fait, le plus sensé étant de prétendre qu'il ne connaît pas les cinq révolutionnaires qui ont été arrêtés avant lui et enfermés dans des cellules identiques à la sienne. Le premier à y avoir goûté (cellule numéro 1) est José Antonio Vázquez Bouzas, que nous avons vu fuir la bagarre et être arrêté par les carabiniers responsables de la mort de Luis Naveira. Nettement plus tard, ils ont amené Francisco Lluch, le déserteur du régiment de Sicile qui venait en Espagne pour voir son père moribond (cellule numéro 2). Les coqs se réveillaient quand sont arrivés Tomás García et Justo Val, tous deux aragonais et fixés à Biarritz, les deux seuls du groupe d'Abundio Riaño « el Maño » à avoir courageusement osé franchir la frontière, si nous ne tenons pas compte de l'infortuné Abundio et du neveu du curé de Lesaca (cellules 3 et 4). Un peu avant Pablo, est venu tenir compagnie aux rats Eustaquio García, un jeune de Soria incapable de retenir ses larmes (cellule numéro 5). Ignorant ces informations, mais les devinant peut-être, l'ex-compositeur de La Fraternelle déroule sa natte, dont une extrémité lui servira d'oreiller, et s'étend de tout son long, en jetant la couverture sur lui et en essayant de se retenir de frissonner. Malgré sa blessure qui s'infecte, malgré les punaises et les poux qui campent à leur aise dans la cellule, malgré son angoisse face à l'avenir incertain qui l'attend et l'inconfort du trou où on vient de le jeter, il s'endort aussitôt, sans même se réveiller quand, un peu plus tard, arrivent Casiano Veloso et Ángel Fernández, les deux du clan de Villalpando, qui sont enfermés ensemble dans la cellule numéro 7, la seule encore libre. C'est à peine s'il se réveille quand au bout de deux heures on lui apporte un en-cas en forme de jus de chaussette (ce café passé deux fois qui est pire que la chicorée et dont le seul mérite est d'être chaud), pour en boire deux gorgées et se rendormir aussitôt. Il ne se réveille tout à fait que vers le milieu de la matinée, le corps tuméfié et sa jambe blessée toute raide, en entendant une voix connue provenant de la salle centrale :

— *Che*, arrête de me casser les couilles ! Cette photo m'accompagnera dans ma tombe… Mais Leandro ne peut terminer sa phrase, parce qu'un coup de crosse se plante dans ses reins et le fait tomber à genoux.

Pablo se redresse comme il peut et s'approche du judas, mais les trois fentes fines sont orientées vers le plafond et il ne voit rien.

— J'ignore comment c'est dans ton pays – c'est la voix de Gueule-fendue – mais ici les règles sont faites pour être observées. Voyons un peu cette photo… Mmm, pas mal la petite, elle me tiendra compagnie pendant que je vous surveille.

— Salopard. Cette fois, c'est la voix de l'ex-garde civil Santillán qu'entend Pablo de l'autre côté de la porte, puis un nouveau coup de crosse et une plainte qui n'est pas tant de douleur que de rage.

— Allez, c'est bon, la fête est finie, dit énergiquement la sentinelle. Achève de les fouiller et mettons une bonne fois tous ces rats dans leur foutue porcherie, sans nattes ni couvertures, parce que je n'en ai plus.

C'est alors que s'ouvre la porte du cachot de Pablo et qu'on y pousse Santillán, qui est à deux doigts de lui tomber dessus. Mais avant qu'on ne la referme, il a le temps de voir, dans la lumière sale de la lampe, les silhouettes impossibles à confondre de Leandro et de Julianín, gardés par une demi-douzaine de rudes carabiniers.

XVII
(1913)

On connaît divers mécanismes pour développer la mémoire, mais pas encore les techniques pour cultiver l'oubli. Le temps guérit tout, dit-on. Même le désamour. Bon, mais en attendant ? En attendant, se dit Pablo, le mieux est de prendre le large. Surtout quand par-dessus le marché on est recherché par la police.

À Madrid, Sancho Alegre serait interrogé, emprisonné, jugé, condamné à mort et gracié par Alphonse XIII, mais lorsque cela adviendrait Pablo Martín Sánchez et Vicente Holgado seraient déjà à dix mille kilomètres de là. Après la tentative de régicide manquée et leur rencontre fortuite devant la pension Amelia, un accord tacite sembla s'établir entre eux : si le destin s'employait à les réunir, le plus sensé était de respecter ses desseins. Ils prirent à la gare du Nord le train pour Irún, où ils arrivèrent presque à l'aube, juste à temps pour engager un contrebandier qui les aiderait à franchir la frontière. Une fois en France, ils n'eurent aucun problème pour atteindre Bordeaux et son port, d'où partaient de nombreux navires, cargos ou transatlantiques.

— Je vais en Amérique, dit Vicente en scrutant la mer. Et toi ?

Pablo tarda quelques secondes à répondre. Ils s'étaient assis à l'extrémité de la jetée et il commençait à faire nuit. Cette idée lui avait traversé l'esprit à lui aussi, mais elle lui semblait insensée. C'est une chose d'oublier et une autre d'aller au bout du monde. Il essaya d'imaginer la vie qu'il pourrait mener en Amérique, mais n'y parvint pas. Il lui suffirait peut-être de rester en France, de rejoindre Robinson et de devenir naturiste, ou végétarien, ou ce qu'on voudrait ; ou de s'installer ici même, à Bordeaux, pourquoi pas, en attendant des jours meilleurs pour rentrer à la maison, auprès de sa mère et de sa sœur. Mais juste à ce moment, sans crier gare, lui apparut l'image d'Ángela dans les bras d'un autre homme et un haut-le-cœur lui monta à la gorge. Décidément, Madrid était trop proche : il avait besoin de prendre de la distance pour se vider complètement la tête. Dans le brouillard qui se levait, Pablo regarda Vicente, qui scrutait l'horizon, et se rappela la vieille maxime que répétait souvent son père : face au doute, le mouvement est toujours meilleur que le repos, car celui qui se repose peut se retrouver sans le savoir sur un des plateaux d'une balance et être pesé avec ses péchés. Il se leva en soupirant, empoigna le revolver Velodog avec lequel il avait voulu tuer le roi d'Espagne et le jeta aussi loin qu'il le put dans l'eau.

— Je pars moi aussi, dit-il enfin, décidé à commencer une nouvelle vie.

Quelques jours plus tard ils s'enrôlèrent comme serveurs à bord du *Victoria*, un transatlantique de la Transamerikanische Linie au nom prometteur, qui transportait des passagers de première et de deuxième classes, mais aussi de troisième, réservée aux émigrants les plus pauvres qui aspiraient à une vie meilleure dans le pays de toutes les chances. L'imposant vapeur à deux cheminées était parti de Hambourg, jaugeait quinze mille tonneaux, naviguait à une vitesse de vingt et un nœuds et comptait un équipage de quatre-vingts hommes, qui augmenterait à mesure qu'embarqueraient de nouveaux passagers aux escales successives : Amsterdam, Bordeaux, Bilbao, La Corogne et Lisbonne, pour mettre ensuite le cap sur New York et conclure son voyage à Buenos Aires. Bien que ni Pablo ni Vicente ne soient jamais montés à bord d'un transatlantique, leur obstination et leur culot finirent par convaincre le capitaine, un vieux loup de mer qui avait l'air sorti d'un roman de Conrad ou de Melville :

— Quelles langues parlez-vous ? leur demanda-t-il dans un espagnol macaronique, la tête penchée et en tirant de brèves et rapides bouffées d'un cigare qui sentait l'outre-mer.

— Celles qu'il faudra, répondit Vicente Holgado avec audace.

— Vous avez déjà travaillé comme serveurs ?

— Depuis le berceau, assura de nouveau Vicente.

— D'accord, concéda le capitaine, les yeux plissés, en tirant sur sa barbichette bien fournie, fidèle reflet de son âme. Je vous prends à l'essai. Mais si vous ne travaillez pas bien, votre voyage s'achève à Bilbao. Compris ?

— Compris, dirent-ils à l'unisson.

C'est ainsi qu'ils intégrèrent l'équipage du *Victoria*.

Les premiers jours furent paisibles, si on ne tient pas compte des heures initiales durant lesquelles Pablo titubait plus qu'il ne marchait, son mouchoir constamment sur la bouche. Mais quand il se fut adapté au doux va-et-vient des vagues, un calme étrange l'envahit, comme si tous les désagréments qu'il avait connus ces derniers temps se diluaient, bercés par Neptune. De plus, sa tenue de serveur lui donnait l'impression de jouer une comédie et il s'employa à tenir son rôle du mieux qu'il pouvait. À l'escale de Bilbao, le capitaine leur confirma qu'ils resteraient jusqu'au terme du voyage, et Pablo profita de leurs heures de permission pour aller à Baracaldo voir sa mère et sa sœur, malgré les objections de Vicente qui préféra rester à bord pour éviter toute rencontre inopinée avec la police. Quand les deux femmes le virent dans l'encadrement de la porte, elles le dévorèrent de baisers. Puis sa mère lui dit, des larmes dans les yeux :

— Les gardes civils sont venus nous interroger à ton propos. On peut savoir ce que tu as fait, mon petit ?

— Rien, mère, ne vous inquiétez pas, tenta de la rassurer Pablo. S'ils reviennent, dites-leur que je suis en vacances en Amérique.

La blague ne parut drôle qu'à Julia, qui sourit avec une douceur qui rappela à Pablo les jours anciens. Mais ce n'était plus une petite fille : elle était devenue une femme accomplie qui ne devait pas manquer de prétendants.

Pablo ne fut donc pas étonné par leur silence quand il leur suggéra de le rejoindre en Amérique dès qu'elles le pourraient. Elles échangèrent un regard et Julia laissa échapper un sourire, cette fois plus espiègle que doux.

— J'ai manqué un épisode ? demanda Pablo en faisant l'offensé.

— Tu crois peut-être, mon cher frère, que nous n'avons pas de vie personnelle ? lui répondit Julia avec un brin de moquerie. Que pendant que tu cours le monde nous restons à la maison à coudre et à attendre ton retour ?

— Ne me dites pas que vous vous êtes trouvé un fiancé toutes les deux…

— Non, pas moi, au nom du Ciel ! s'écria María, en souriant pour la première fois. Mais ta sœur… Allez, ma chérie, dis-le-lui, toi.

Il se trouvait que Julia s'était engagée avec un garçon de Bilbao, étudiant en dernière année de droit, qui pensait la conduire à l'autel quand il sortirait de la faculté, car un de ses oncles lui réservait une place d'avocat dans son cabinet.

— Voyez-vous ça la gamine, dit Pablo. Bon, finalement, c'est elle qui nous tirera tous de la pauvreté.

Ils rirent de bon cœur tous les trois et, pour la première fois depuis longtemps, Pablo éprouva un soupçon de joie. Il ne pensa même pas à Ángela, mais à Julián, le père absent, le quatrième pied de cette table qui boitait depuis qu'il n'était plus là : comme le malheureux inspecteur aurait aimé pouvoir partager ces moments d'éphémère bonheur familial.

— Belle, belle, belle, dit finalement Pablo, en ébouriffant les cheveux de sa sœur et en se citant lui-même.

Puis il les serra dans ses bras pour la dernière fois et courut jusqu'au *Victoria*, il n'aurait pas fallu qu'il reste à terre, le bec dans l'eau. La traversée dura vingt et un jours, et outre faire le bilan de sa vie et s'étonner de l'infinité océanique, elle permit à Pablo de rencontrer un personnage fascinant : un jeune Russe qui se faisait appeler Meister Savielly et qui voyageait en première classe avec sa femme. C'était un type mince mais de complexion robuste, qui le plus souvent portait un costume noir ajusté, pourvu de différents plis, poches, boucles et boutons. Cependant ce n'était pas un aventurier, ni un musicien excentrique, ni un politicien cherchant à passer inaperçu, mais un joueur d'échecs réputé qui allait participer au Tournoi international de New York. Tous les soirs, après dîner, il s'asseyait à une table de la salle de jeu et se faisait apporter un magnifique échiquier en albâtre sur lequel, avec la délicatesse ferme d'un horloger, il plaçait les pièces d'ivoire blanches et noires, magnifiquement travaillées. Puis il se formait une queue de messieurs disposés à parier un peu d'argent pour affronter le maître, sachant que plus la somme serait élevée, plus il leur consacrerait de temps. Durant tout le voyage, il ne concéda que deux ou trois parties nulles, et s'il le fit ce fut pour ne pas décourager ses rivaux et conserver des clients. Il proposa aussi des parties simultanées, et même à l'aveugle, qui laissèrent tout le monde bouche bée. Comme si cela ne suffisait pas, il faisait preuve d'un esprit qui séduisait les plus blasés, et prodiguait *boutades** et phrases ingénieuses comme un galant distribue des compliments, dans un français raffiné : « C'est toujours celui qui commet l'avant-dernière erreur qui gagne », avertissait-il un de ses adversaires avant d'engager la partie. « Si on interdisait les échecs, je me ferais contrebandier », disait-il à un autre, avec véhémence. « On ne peut pas vivre des échecs, mais on peut en mourir », soupirait-il de temps en temps. « Le roque est le meilleur chemin vers une vie rangée », décrétait-il souvent avant de souhaiter bonne nuit et d'aller se coucher. Pendant la journée, il s'enfermait dans sa cabine avec un échiquier de voyage et se consacrait à analyser des papiers bourrés de signes, pendant que sa femme se distrayait sur le pont des premières ou dans la salle des fêtes en bavardant avec les autres passagers et certains membres de l'équipage, en particulier Vicente Holgado qui, avec ses trente ans et son allure un peu canaille, provoquait de gros soupirs parmi les jeunes (et moins jeunes) dames à bord.

— Surveille ton ami, dit un jour Savielly à Pablo, après qu'il lui eut apporté dans sa cabine sa énième vodka, parce que ma femme est très dangereuse.

Savielly l'avait choisi comme serveur particulier après le soir où un coup de roulis plus violent que les autres avait renversé les pièces de l'échiquier alors qu'il livrait une partie intéressante contre un petit vieux à barbe blanche et à faux air de Sigmund Freud. Pablo venait de lui servir une vodka et était absorbé dans le jeu, quand à cause du coup de roulis en question le pantalon de Savielly fut complètement trempé. Le jeune Russe se retira dans sa cabine pour se changer avant de reprendre la partie. Quand il revint, il s'étonna de retrouver les pièces placées exactement dans la position où elles étaient avant l'incident :

— Je vois que vous avez une bonne mémoire, dit-il au vieil homme à la barbe blanche.

— Ce n'est pas moi, avoua l'homme en montrant Pablo : c'est ce jeune serveur.

En effet, Pablo avait ramassé les verres et les cendriers renversés, mais aussi les pièces, qu'il avait remises à leur place sur l'échiquier.

— Je vous félicite, lui lança le maître en le regardant avec curiosité : Savez-vous jouer aux échecs, ou est-ce que vous avez une mémoire photographique ?

N'ayant pas très bien compris la question, Pablo se contenta de répondre :

— J'ai appris à jouer enfant, avec mon père.

À partir de ce jour-là, Savielly demanda que ce soit Pablo qui lui apporte ses vodkas dans sa cabine, et outre de bons pourboires, il lui fit cadeau de plusieurs leçons magistrales, assaisonnées de tel ou tel aphorisme mémorable. Quand enfin ils aperçurent Long Island et que la statue de la Liberté leur souhaita la bienvenue en agitant sa torche, Savielly lui offrit son échiquier de voyage, avec une dédicace griffonnée derrière : « Si je deviens un jour champion du monde, cet échiquier vaudra son pesant d'or. Affectueusement, S. T. » Sous sa signature il avait estampé son ex-libris personnel, un moulin à café, avec lequel il prétendait broyer tous ses rivaux.

Le *Victoria* resta amarré trois jours au quai de l'East River, pour être rafraîchi avant de poursuivre son voyage jusqu'à Buenos Aires. New York était à l'époque une ville en pleine effervescence où accostaient continuellement des bateaux bondés d'immigrants italiens, juifs et de l'Europe de l'Est, qui étaient conduits à Ellis Island où, après un misérable processus de sélection qui semblait vouloir donner raison à Darwin, on décidait de leur sort : seuls les plus vigoureux pouvaient rester, tandis que les vieux, les estropiés ou ceux qui avaient la vue faible étaient marqués à la craie des honteuses initiales L. P. C. (*Liable to Become a Public Charge*), pour être renvoyés chez eux le plus vite possible. Que le gouvernement dépense ses sous dans des campagnes contre les crachats, pour qu'après le pays soit envahi de loqueteux et de mendiants, il n'aurait plus manqué que ça. C'est ainsi que les passagers de troisième classe du *Victoria* furent embarqués sur des pontons en direction d'Ellis Island, tandis que ceux de deuxième classe étaient interrogés par des officiers du service d'immigration et examinés par des médecins qui certifieraient qu'ils étaient en bonne santé avant qu'ils soient autorisés à débarquer ; en revanche, il suffisait aux passagers de première classe de donner leur parole d'honneur qu'ils réunissaient toutes les conditions exigées par la loi. Enfin, on confisqua les papiers des membres de l'équipage du *Victoria* qui voulaient aller à terre, pour le cas où il passerait par la tête de certains d'entre eux de rester à New York, histoire de justifier le vieux dicton selon lequel l'occasion fait le larron.

Quand Pablo et Vicente mirent enfin le pied sur la terre ferme, ils éprouvèrent comme un mal de mer à l'envers : l'impressionnant équilibre des blocs de béton qui soutenaient le brise-lames faillit les faire tomber par terre. Une fois remis, ils se dirigèrent vers le centre de Manhattan. Les imposants gratte-ciel de Wall Street, les dangereuses rues de Chinatown ou l'immensité de Central Park leur firent forte impression. Mais Vicente Holgado n'était pas allé en Amérique pour faire du tourisme, et il ne fut pas long à entrer en contact avec la fine fleur du mouvement anarchiste des États-Unis, qui s'était notablement accru depuis les années quatre-vingt-dix, avec l'arrivée de nombreux immigrants européens de tendance libertaire que le président Theodore Roosevelt avait qualifiés d'« ennemis de l'Humanité », et à qui, peu avant de quitter sa charge, il avait interdit l'entrée dans le pays. L'après-midi même, après être descendus dans les profondeurs de l'île et avoir eu pour la première fois, dans le métro, l'impression d'être des vers de terre, ils se rendirent à Greenwich Village, où vivait un vieil ami de Vicente qui avait fui Madrid après l'attentat de Mateo Morral. Quand il leur ouvrit, Pablo reconnut le journaliste chétif et blême du café Pombo, l'ex-rédacteur de *Tierra y Libertad* qu'il avait rencontré la veille du mariage royal :

— Cher Vicente Holgado ! s'exclama-t-il en tendant le cou comme un dindon déplumé.

— Cher Pepín Gómez ! répliqua Vicente.

Et ils se fondirent dans une accolade. Puis ils burent un verre de vin pour fêter leurs retrouvailles avant d'aller au Café Boulevard, dans l'East Village, où le Sunrise Club avait invité ce soir-là pour une causerie la célèbre activiste Emma Goldman, ex-compagne sentimentale du non moins célèbre Alexander Berkman, celui-là même qui des années plus tôt avait éveillé la conscience anarchiste d'un adolescent nommé Pablo Martín Sánchez. Quand ils arrivèrent, la causerie avait déjà commencé, et Pablo fut surpris par la vitalité de cette toute petite femme à lunettes qui parlait avec la même passion des drames d'Ibsen, de l'engagement anarchiste et de l'hypocrisie du puritanisme, en arborant la bannière de la liberté sexuelle comme bélier du mouvement féministe.

— Le mariage et l'amour n'ont rien en commun : ils sont aussi éloignés l'un de l'autre que les pôles, disait-elle à cet instant, tandis que Pepín Gómez traduisait pour ses amis. C'est l'amitié, et non le mariage, qui doit régir les relations humaines. Aujourd'hui sont venus deux de mes ex-amants, et qu'est-ce qui nous unit encore ? L'amour de l'être humain, l'idéal d'un avenir meilleur où les hommes et les femmes n'établiront plus de relations de servitude. Oui, oui, j'ai dit de servitude : la prostituée qui met à prix ses services est plus libre que l'épouse dévouée qui se marie pour servir son mari toute sa vie !

Du silence du café jaillit un bourdonnement plus excitant que les meilleurs applaudissements.

— Pourquoi ne pouvez-vous pas accepter votre propre liberté ? poursuivit-elle. Pourquoi devez-vous vous agripper à une autre personne pour survivre ?

Mais ce furent les derniers mots que put traduire l'ex-collaborateur de *Tierra y Libertad*, parce que les gens autour d'eux lui demandèrent de se taire. De toute façon, Pablo ne l'aurait plus écoutée, car ses dernières paroles lui avaient remis en mémoire deux souvenirs lointains : d'une part, les idées de Robinson sur l'amour libre, et d'autre part, ce que lui avait dit un jour Ferdinando Fernández à la rédaction d'*El Castellano*, en citant précisément Berkman : le seul amour que peut se permettre un révolutionnaire est l'amour de l'humanité. Une chose en amenant une autre, il ne put s'empêcher de penser à Ángela. Ce n'est qu'à la fin de la causerie qu'il émergea de sa méditation.

— Venez, leur disait Pepín en se frayant un passage, je vais vous présenter à Emma Goldman.

Quand ils arrivèrent près d'elle, « la femme la plus dangereuse d'Amérique » (selon le fondateur du FBI, John Edgar Hoover) était déjà entourée d'amis et d'admirateurs, qui se réjouissaient que les casaques bleues de la police aient brillé par leur absence. Mais quand on lui dit que deux anarchistes tout juste arrivés d'Espagne voulaient la saluer, elle s'excusa auprès de ses amis et s'avança à leur rencontre :

— *Welcome to the USA, amigos !* les salua-t-elle avec effusion, en leur serrant la main de sa main robuste et potelée. Elle avait sous le bras plusieurs exemplaires de son livre *Anarchism and*

Other Essays, qui se vendait comme des petits pains à la fin de ces réunions, et un opuscule en français intitulé *Petit manuel anarchiste individualiste*, d'Émile Armand, car elle avait l'habitude d'être arrêtée après ses discours et ne voulait pas passer la nuit au cachot sans une bonne lecture sous la main. Emma Goldman avait suivi avec beaucoup d'intérêt le procès de Ferrer Guardia et ne perdait pas une occasion de mettre la question sur le tapis chaque fois qu'elle se trouvait face à un Européen :

— Quelles nouvelles m'apportez-vous de la patrie de Ferrer ? leur demanda-t-elle en anglais, et Pepín traduisit.

— La dernière chose que nous avons apprise avant de partir, répondit Vicente, c'est qu'on avait essayé d'assassiner le roi, pour venger la mort de Francisco.

— *Very good*, applaudit Emma Goldman.

— J'ai vu de mes propres yeux l'exécution de Ferrer... commença Pablo, mais juste à ce moment-là apparut un Alexander Berkman un peu vieilli, qui enleva l'héroïne du jour, avec l'excuse qu'ils devaient se rendre à Denver le lendemain. Deux ans plus tard, dans ce même décor, Emma Goldman expliquerait, devant plus de six cents personnes et pour la première fois en Amérique, comment se servir d'un contraceptif, ce qui lui vaudrait une arrestation et plusieurs jours de prison.

— Tu ne m'avais pas raconté, pour Ferrer Guardia, reprocha Vicente à Pablo en sortant du Café Boulevard, comme Pepín les ramenait chez lui. Comment ça, tu as vu son exécution ?

— Toi et moi nous ne savons pas grand-chose l'un de l'autre, Vicente, se défendit Pablo. Tout ce que je sais de toi, c'est qu'un jour tu m'as sauvé la vie... et qu'une autre fois nous sommes allés ensemble voir le cinématographe Lumière, quand personne ne savait ce que c'était.

Ils sourirent tous les deux et Pablo raconta ce qui s'était passé au château de Montjuic, jusqu'au moment où Pepín Gómez s'arrêta devant un immeuble éclairé par des lampes rouges, sur la façade resplendissait le portrait d'une jeune fille aux boucles d'or, et une enseigne annonçait : « America's Sweetheart ». Pablo leva les yeux en se demandant ce que pouvait bien penser Emma de ces actrices de cinéma qui commençaient à hanter les rêves les plus torrides de l'homme américain :

— Si nous entrions voir Mary Pickford ? s'enhardit-il à suggérer.

Mais les deux autres n'étaient plus à ses côtés : ils étaient déjà en train de débourser leurs pièces à la caisse.

– 20 –

Un des détenus fut conduit à la caserne des carabiniers. Il ne dit rien de la blessure qu'il avait reçue, mais un peu plus tard dans l'après-midi, on découvrit qu'il avait été atteint à la jambe par une balle. On le transporta à l'hôpital, où il fut examiné. Le projectile lui avait traversé la cuisse.

El Pueblo Navarro, 11 novembre 1924

Les yeux gris de Julián Santillán, l'ex-garde civil aux cheveux blancs et au regard intelligent, mettent un certain temps à s'habituer à l'obscurité de la cellule. Quand ils le sont, il reconnaît aussitôt son compagnon de captivité. Ils se saluent sans un mot et Pablo lui cède sa place sur la natte pour qu'il se repose un moment, mais Santillán refuse d'un signe de tête.

— Ces salopards ne t'ont pas emmené à l'hôpital ? demande-t-il, en se rappelant que Pablo a été blessé dans l'échauffourée. Mais celui qui répond, c'est Gueule-fendue :

— Silence là-dedans, bordel de merde ! Le prochain qui ouvre sa gueule, je la lui ferme pour toujours !

Les deux hommes doivent attendre l'heure du repas pour échanger quelques phrases, bien que le silence à deux soit doublement insupportable. Il doit être deux heures de l'après-midi quand on entend un bruit de pas dans l'escalier, suivi d'une odeur de gamelle brûlée qui, surmontant la fétidité régnante, se glisse par les fentes des portes.

— De la nourriture de roi pour ces rats, proteste la sentinelle en voyant entrer deux de ses collègues avec une grande marmite fumante, précédés de deux autres, armés de fusils. Moi je te les mettrais au pain sec et à l'eau, pour leur apprendre.

Les carabiniers bavardent entre eux tout en servant le rata dans des assiettes en métal cabossées, dont la rouille, là où la couche d'étain s'est écaillée, se mélange aux aliments. Pablo et Santillán en profitent pour se parler à voix basse.

— Quel désastre, marmonne Pablo.

— Ne perds pas espoir, tente de le consoler Julián. Dès que la révolution triomphera, on viendra nous sortir d'ici, tu verras. Tu sais s'il y a d'autres détenus ?

Pablo fait un signe de tête affirmatif dans l'obscurité :

— Il y avait du monde dans les cellules quand je suis arrivé, je suppose que c'étaient des gens à nous. Après, il m'a semblé voir Casiano. D'ailleurs, s'ils se mettent à nous enfermer deux par deux, il doit y avoir une raison…

— Sûr.

— Sans compter qu'ils en ont probablement conduit d'autres à la caserne de la Garde civile.

— Espérons que non, murmure Santillán, en connaissance de cause, car il sait comment ça se passe avec ses anciens collègues, capables d'attacher les prisonniers au mur avec une chaîne très courte pour qu'ils ne puissent ni s'allonger par terre ni changer de position ou presque.

Soudain on entend le bruit sec d'une trappe qui s'ouvre et la voix du geôlier qui ordonne au prisonnier de la première cellule de s'éloigner de la porte. Il semble qu'ils commencent à distribuer les repas.

— Dis voir, Leandro et Julián étaient bien partis avec toi ? demande Pablo – question toute rhétorique.

— L'Argentin et le gamin, oui, acquiesce Santillán.

— Vous avez été arrêtés ensemble ?

— Oui, on allait juste passer la frontière quand deux paires de carabiniers sont arrivées. Nous nous sommes cachés dans une mine abandonnée, mais ces salauds nous avaient vus y entrer et ils ont attendu pour nous tirer comme des lapins…

— Silence, j'ai dit ! brame Gueule-fendue, tandis que s'ouvre la trappe de la cellule numéro 6. Éloignez-vous de la porte !

Deux assiettes entrent en procession, poussées par le canon d'un fusil et flanquées de quignons de pain et de cuillers rouillées. Dedans fume encore un bouillon de couleur indéfinie dans lequel baignent divers morceaux de quelque chose qui ressemble vaguement à du chou et à des pommes de terre, et que les détenus engloutissent avec une indéniable voracité.

— Vous garderez les assiettes et les couverts dans vos cellules, pour qu'ils vous tiennent compagnie, les informe la sentinelle, presque aphone à force d'avoir tant gueulé. Il ne faudrait pas que vous pensiez que nous sommes vos petites domestiques. Ah, et je vous recommande de vous retenir jusqu'à ce soir, parce qu'ici on ne vide les pots de chambre qu'une fois par jour. Il ne faudrait pas non plus vous croire au Ritz.

Les détenus terminent leurs assiettes en silence, et les essuient avec leur dernière miette de pain. Mais bien que nombre d'entre eux aient encore faim, personne n'ose protester, pas même Leandro ni Santillán, qui pourtant n'ont pas la langue dans leur poche, peut-être parce qu'ils se disent que c'est inutile, ou parce qu'ils se ressentent encore des coups de crosse reçus dans le dos et qu'ils ne veulent pas double ration de rognonnade. Certains essaient de dormir et de reprendre des forces, mais malgré la fatigue, la digestion et la pénombre, peu y parviennent : il est bien connu que Morphée n'accueille pas dans ses bras ceux qui n'ont pas la conscience tranquille.

Une demi-heure n'est pas passée qu'un nouveau détenu arrive, encadré par les deux jeunes carabiniers qui ont amené Pablo ce matin.

— Tu te passeras de dîner pour avoir traîné, lui décoche Gueule-fendue, qui a du mal à dissimuler à quel point il jouit à tourmenter les prisonniers.

Il s'agit de l'un de ceux qui ont passé la frontière avec le groupe de Bonifacio Manzanedo, Juan José Anaya, un boulanger madrilène qui offre une certaine ressemblance avec l'acteur

Douglas Fairbanks, qui vient d'étrenner en Amérique *Le Voleur de Bagdad* et qui est déjà une célébrité, surtout depuis qu'il s'est marié avec Mary Pickford.

— Dépose sur la table tout ce que tu as dans tes poches, récite sans entrain la sentinelle, fatiguée de toujours répéter la même chose et contrariée parce que la relève ne vient pas. Eh bien dis donc, en voilà un fils à papa révolutionnaire – il semble retrouver le moral en voyant le détenu déposer sur la table un étui à cigarettes en argent – va savoir à qui tu l'as fauché. Et ça, c'est quoi ? Voyons… *Oh là là**, s'écrie-t-il quand Anaya tire de sa poche une coupure de journal où l'on voit une photo de l'anarchiste italien Mario Castagna, un bandeau sur l'œil. Mais son envie de plaisanter disparaît brusquement quand en fouillant le Madrilène les carabiniers trouvent dans la doublure de son manteau une notice pour fabriquer des explosifs. Putain de sa mère ! Où est-ce qu'on met ce fils de chienne ?

— Dans la cellule numéro 3, avec le détenu Tomás García, répond le carabinier imberbe après avoir consulté des documents pris dans la salle des interrogatoires.

— Allez, au trou !

Mais la voix inattendue du lieutenant don Feliciano Suárez, juge instructeur des faits, les pétrifie soudain :

— Un moment ! dit-il en entrant dans la section des cachots, dont la puanteur lui dessine une grimace de dégoût sur le visage ; il est suivi du secrétaire dactylographe et d'un homme courtaud, à demi enseveli sous un trépied et divers instruments photographiques. Nous allons faire les fiches anthropométriques, explique-t-il d'une façon un peu alambiquée, et vu les circonstances mieux vaut prendre les photos ici même, pour ne pas perdre du temps à faire monter et descendre les détenus. Une objection ?

— Non, mon lieutenant, bredouille Gueule-fendue, à vos ordres.

— Très bien. Vous, demande-t-il au petit homme, qui déballe

déjà son attirail. Pouvez-vous vous débrouiller dans ces conditions ?

— Eh bien, si on ne peut pas faire autrement…

— Alors au travail. Commencez par celui-ci, dit-il en montrant le dernier arrivé, et continuez avec tous les autres. Vous, Gutiérrez – il s'adresse pour finir au secrétaire dactylographe, qu'il laisse là pour superviser l'opération – montez m'avertir quand tout sera terminé. Si un autre prisonnier arrive entre-temps, j'enverrai quelqu'un vous chercher.

Sur ces mots, il quitte le cachot aussi vite qu'un pêcheur de perles qui remonte à la surface après plusieurs minutes d'apnée, sûr que les photos, une fois développées, seront le couronnement de ces toutes récentes fiches, sur lesquelles après avoir consigné le nom des détenus et de leurs parents, leur date et lieu de naissance, leur profession et leur domicile actuel, don Feliciano inscrira l'épithète qui selon lui définit le mieux ces hommes : « Pistoleros ».

Le type courtaud ôte son béret et le pose sur la table. Il a le bout des doigts brûlé par la poudre de magnésium, et avec une habileté inattendue il monte son trépied et y installe son appareil photo, un Voigtländer allemand de la Grande Guerre. Puis il prend dans un petit sac en cuir les poudres blanches inflammables qu'il verse sur un plateau métallique, auquel est incorporé un manche avec un briquet à amadou.

— Placez-vous dos au mur, dit-il à José Anaya, qui avec son air de jeune premier d'Hollywood est le plus indiqué pour inaugurer la séance de photos, même si c'est avec deux fusils pointés sur lui par des carabiniers qui ont l'air de vouloir le canarder. Très bien, ne bougez plus.

Puis, tout en appuyant de la main droite sur le déclencheur de son Voigtländer, il active de la gauche le briquet et met le feu à la poudre de magnésium d'où jaillit un éclair intense qui filtre à travers les fentes des cellules, suivi d'un nuage de fumée et d'une forte odeur de brûlé. Une volée de cendres s'éparpille en l'air, pour retomber lentement, comme des flocons de neige noire.

— Très bien, maintenant mettez-vous de profil, dit sans se troubler le petit homme courtaud avec un incontestable professionnalisme, tout en remplissant de nouveau le plateau. Presque sans laisser le temps à Douglas Fairbanks de prendre la pose, il appuie de nouveau sur son déclencheur. Les plaques l'immortaliseront avec les cheveux plats coupés court sur les tempes, vêtu d'un épais manteau sous lequel on aperçoit une chemise ensanglantée.

Il pleut encore des cendres quand ils enferment Anaya dans la cellule numéro 3, sans natte ni couverture, et en profitent pour faire sortir son codétenu, le natif de Saragosse Tomás García, cheveux tout ébouriffés et lèvres plissées, engoncé dans une veste, un foulard autour du cou. Deux nouveaux éclairs et il est renvoyé dans son terrier. Après lui, en commençant par la cellule 1, le défilé se poursuit : Vázquez Bouzas, qui passera à la postérité tête basse et le regard perdu, avec son trait de moustache et un début de calvitie, vêtu d'un costume clair, d'un gilet et d'une cravate ; Francisco Lluch, le déserteur asturien, mâchoire et nez proéminents, sourcils froncés, tenue sombre et cravate ; Justo Val, un cultivateur de la région de Huesca tout chétif, au regard affecté de strabisme, qui porte un paletot et un pull en laine, et que le sort a désigné pour partager sa cellule avec Leandro Fernández, notre Argentin costaud, lequel, faisant preuve de sa raillerie innée, ne peut s'empêcher de provoquer Gueule-fendue quand on l'extrait de sa porcherie :

— Si la photo est bonne, tu m'en enverras une copie chez moi, dit-il au photographe, conscient peut-être que la sentinelle gardera davantage les formes en présence du secrétaire de don Feliciano, témoin de la scène.

C'est ensuite le tour du jeune Eustaquio García, natif de Soria, qui a refilé sa tristesse et son affliction à son compagnon de cellule, le plus jeune encore Julián Fernández Revert, Julianín pour les amis, que l'obturateur, sur la photo de face, capte la tête penchée, peut-être à cause de la peine qui l'afflige. Puis c'est le tour de Pablo, plus pâle que la normale, et après lui viendront Julián

Santillán et les deux types de Villalpando : Casiano Veloso, avec sa chevelure de mousquetaire, son bouc et ses cernes de plus en plus prononcés, et Ángel Fernández, qui va offrir au photographe des yeux clairs, un nez aquilin et un invraisemblable toupet qui a l'air de vouloir s'échapper de sa tête. Mais à ce moment-là, Pablo ne sera plus dans son cachot, car il s'est affalé par terre sur le ventre après le second éclair de poudre de magnésium :

— Qu'est-ce qu'il lui arrive encore, à celui-là, demande Gueule-fendue, de mauvaise humeur, en s'approchant avec méfiance. Toi, dit-il au carabinier imberbe, apporte-moi une cuvette d'eau froide, je crois qu'il a tourné de l'œil.

— Je disais bien qu'il fallait qu'il voie un docteur, s'enhardit le jeune carabinier.

— Ferme-la et apporte-moi de l'eau ! lui lance la sentinelle.

C'est ainsi qu'ils découvrent la blessure causée par la balle qui a traversé la cuisse droite de Pablo, et si elle lui permet de sortir de sa soue et d'être transféré à l'hôpital de la Miséricorde, elle se révélera une ligne directe liant de la façon la plus brève possible son destin à l'échafaud.

L'hôpital de la Miséricorde est un édifice ancien et délabré, situé juste à côté de la caserne de la Garde civile et dirigé par de dévouées religieuses qui font office d'infirmières. Ce n'est pas qu'il ait d'importantes ressources, ni des installations modernes, mais au moins les chambres donnent sur un petit jardin où les premiers étourneaux chantent et emplissent d'espoir le cœur des convalescents. Il est presque cinq heures de l'après-midi quand Pablo arrive à l'hôpital, remis de son évanouissement, mais boitant ostensiblement, menotté et gardé par deux carabiniers. La première chose qu'il entend, à peine passé la porte principale, ce sont les cris désespérés d'une voix qu'il reconnaît, et qui vient de l'aile opposée du bâtiment, comme un écho retardé de la carrière d'Argaitza :

— Donnez-moi un pistolet, que je me fasse sauter la cervelle ! hurle Bonifacio Manzanedo, que les douces religieuses ne parviennent pas à calmer, ni avec de la morphine ni avec leurs sourires.

Pablo est conduit, à travers le bâtiment, vers l'endroit d'où partent les hurlements. Il croise en chemin plusieurs carabiniers dont l'un essaye de se jeter sur lui pour se faire lui-même justice : c'est le frère de Pedro Prieto, le carabinier blessé ce matin entre les bornes 40 et 41, comme il ordonnait de faire halte à quatre révolutionnaires qui ont finalement réussi à passer la frontière. Il s'en est fallu d'un cheveu qu'il ne soit tué, car trois balles l'ont atteint : une dans la cuisse, une autre dans le ventre et la troisième dans le téton gauche, qui en pénétrant obliquement n'a, par miracle, pas traversé la blague à tabac qui était dans la poche de sa vareuse, après avoir perforé son uniforme. Les carabiniers emmènent ce frère exalté et Pablo poursuit son chemin vers la vaste chambre où Bonifacio Manzanedo s'égosille à demander un pistolet. Il semblerait qu'on ait décidé de mettre tous les prisonniers blessés ensemble, pour mieux les contrôler ou pour qu'ils s'effondrent, unis dans leur infortune.

Quand l'ex-compositeur de La Fraternelle entre dans la salle, les cris de Bonifacio s'interrompent brusquement, mais une fraction de seconde seulement. Leurs regards se croisent, juste le temps pour eux de se reconnaître et d'admettre tacitement que le mieux est de ne rien dire. Bien qu'au point où ils en sont, tous deux blessés par des balles de fusil labellisées Garde civile, il n'y ait pas grand-chose à cacher.

On couche Pablo sur un lit aux draps si blancs qu'il est presque désolé de les salir de sang et de boue et de souillure et de sueur. On libère une de ses mains du joug des menottes, mais simplement pour accrocher l'autre à la tête du lit, et une sentinelle reste pour le garder. Le contact de son corps avec le matelas, si élimé qu'il soit, semble alléger sa douleur, tandis qu'il attend l'arrivée du docteur Gamallo, avec pour musique de fond les plaintes et lamentations de Bonifacio Manzanedo. Sur le mur contre lequel est appuyé son lit, un Christ vigilant fait concurrence à la sentinelle : il se penche sur Pablo comme s'il voulait descendre de sa croix et le guérir de tous ses maux en le prenant dans ses bras.

— Bonjour, salue le docteur Gamallo en entrant dans la salle, suivi par deux sœurs infirmières qui traînent les pieds à petits pas. Mais avant d'examiner Pablo, il se dirige vers le lit occupé par Bonifacio et sans autre préambule lui annonce la terrible nouvelle.

— Écoutez-moi bien, Manzanedo : nous devons vous amputer de la jambe droite. La balle a détruit l'os, elle risque de se gangréner et de mettre votre vie en danger.

Contrairement à ce qu'on aurait pu penser, les paroles du médecin font taire le natif de Burgos, comme si cette nouvelle était un anesthésiant. Bien que le véritable anesthésiant soit entre les mains d'une des sœurs infirmières, sous forme de seringue hypodermique et prêt à être inoculé.

— Dites-vous bien que c'est le mieux pour vous, continue le docteur Gamallo, en posant affectueusement une main sur l'épaule du blessé, en guise de salut, ce qui est habituel chez lui. D'ailleurs, remerciez le ciel car nous allons pouvoir sauver votre autre jambe.

Bonifacio laisse couler une larme, juste au moment où il sent dans la cuisse la piqûre de l'infirmière. Le docteur Gamallo se dirige ensuite vers le lit occupé par Pablo. C'est un homme élégant, à l'air affable et intelligent, avec une abondante chevelure blanche et une barbe jaunissante. Son visage reflète la fatigue de toute une journée de travail intense, depuis qu'aux premières heures de la nuit le maire de Vera l'a tiré du lit pour lui annoncer qu'un groupe de révolutionnaires était entré dans la ville et avait affronté la Garde civile.

— Voyons ce que nous avons par ici, dit-il en faisant signe aux sœurs de baisser le pantalon et le caleçon du patient. Eh bien je vois qu'on s'est déjà occupé de vous.

À en juger par la moue du docteur Gamallo, une odeur

désagréable émane de la blessure quand on retire les compresses de la cuisse de Pablo.

— Mmm, on vous a fait un emplâtre avec des queues de cheval, n'est-ce pas ? Eh bien sachez que vos compagnons savaient ce qu'ils faisaient, c'est une plante merveilleuse pour stopper les hémorragies. Mais ce n'était pas suffisant, la blessure est infectée, dit le docteur en claquant la langue. Voyons, pliez le genou. Comme ça, oui. Bon. Bon, bon, on dirait que vous avez eu de la chance, la balle a traversé la cuisse sans toucher l'os, sinon à l'heure qu'il est vous chanteriez en duo avec Manzanedo. Pourquoi n'êtes-vous pas venu plus tôt, voyons ?

Mais Pablo ne répond pas.

— Nettoyez bien sa blessure et faites particulièrement attention à l'orifice de sortie, ici, dans la région inguinale, qui est la plus infectée, dit le docteur Gamallo aux religieuses. Changez ses gazes toutes les deux heures et donnez-lui de la morphine s'il le faut. Je passerai après dîner voir si on peut le laisser sortir. Ah, et profitez-en pour soigner les blessures que lui ont faites les fils de fer aux poignets.

Les deux femmes acquiescent avec empressement et le médecin quitte Pablo après lui avoir posé la main sur l'épaule, avant de se diriger vers le bloc opératoire pour préparer l'amputation de Bonifacio. Mais avant qu'il ait pu franchir la porte on entend des cris dans le jardin, et aussitôt apparaissent deux carabiniers traînant un homme avec un bandage sale et ensanglanté sur la tête, qui ne cache pas entièrement la crinière romantique, impossible à confondre, du cadavérique Gil Galar :

— *Ne me touchez pas ! Ne me touchez pas* ! divague-t-il. *Je suis un citoyen de la France, moi* !*

— Allez, avance, rigolo, le pousse un des carabiniers, aussi brute que bigleux. Une canaille, voilà ce que tu es, une canaille, dit-il en le gratifiant d'un coup sur la nuque.

— Bon, bon, du calme, intervient le docteur Gamallo. Qu'est-ce qui lui arrive, à cet homme ?

— C'est encore un rebelle, docteur, explique le bigle. Nous l'avons trouvé à Echalar, planqué dans une cabane. Il semblerait que cet idiot ait réussi à traverser la frontière, mais comme il ne connaît pas le terrain il est revenu en Espagne et maintenant il veut se faire passer pour français, cette canaille…

— C'est bon, c'est bon, le coupe Gamallo, allongez-le sur ce lit, je vais l'examiner tout de suite. Et traitez-le bien, au nom du Ciel, ce n'est pas une bête !

Le docteur sort et revient au bout de deux minutes, accompagné de deux hommes qui apportent une civière et emmènent Bonifacio Manzanedo, agrippé à la main d'une des religieuses qu'il implore de ne pas le laisser seul pendant qu'on lui coupera la jambe. De son côté, Gil Galar continue à divaguer en français, il essaie d'expliquer au carabinier bigleux qu'il n'a rien à voir avec la tentative d'invasion, qu'il est venu de France pour chercher du travail et qu'il ne connaît même pas les deux blessés qui sont à côté de lui. Au milieu de ce vacarme, seul Pablo garde le silence, pendant qu'une sœur soigne sa blessure et que le Christ de la croix le regarde comme s'il se demandait qui l'a obligé à se fourrer dans un tel pétrin.

Après avoir dîné, avec Gil Galar couché sous sédatif (on a réussi à extraire, non sans mal, la balle incrustée derrière l'oreille) et Bonifacio Manzanedo qui récupère au bloc opératoire, le docteur Gamallo s'approche du lit où repose Pablo, disposé à le laisser sortir.

— Comment vont ces blessures ? lui demande-t-il à voix basse. L'interpellé répond par une autre question :

— Bien, merci, mais est-ce que je pourrais passer la nuit ici, docteur ?

Bien que don Agustín Gamallo ait reçu l'ordre exprès de ne pas garder de blessés à l'hôpital, sauf en cas d'absolue nécessité, l'humanité ou le code déontologique l'emportent sur toute prescription militaire :

— C'est bon, vous pouvez rester, je vais faire un rapport pour demander la permission de vous garder ici cette nuit en observation. Mais je vous avertis que nous allons très vite ramener Manzanedo et que pour lui les effets de la sédation vont bientôt passer, alors je ne sais pas si vous pourrez dormir avec des compagnons aussi braillards. Mais de toute façon profitez-en pour vous reposer, car je crains fort que des jours difficiles ne s'annoncent pour vous.

Pablo le remercie en ébauchant un sourire sincère, et il se dit qu'avec des hommes comme ce docteur tout n'est peut-être pas perdu dans cette malheureuse Espagne. Puis il observe les religieuses dévouées et se rappelle fray Toribio, le franciscain qui des années plus tôt l'a guéri d'autres blessures. Ironie de la vie, se dit-il, qui remet entre les mains d'un religieux le salut d'un athée. Et avant de sombrer dans le sommeil, il repense aux derniers endroits où il a dormi : un cimetière, un lupanar, un cachot et maintenant un hôpital.

XVIII
(1913-1914)

Après l'escale de New York, le *Victoria* repartit pour le sud avec à bord Pablo et Vicente. Les deux jeunes gens faisaient des projets d'avenir. Ils auraient bien aimé tous les deux rester à New York, mais le service d'immigration ne leur aurait probablement pas facilité les choses. Ils se consolèrent donc en pensant que l'Argentine était un pays plein d'opportunités :

— À Buenos Aires, il y a les camarades de la FORA, dit Vicente dès qu'ils eurent levé l'ancre, montrant par là qu'il avait dans la tête une mappemonde parsemée de drapeaux noirs.

— Et c'est quoi, la FORA ? demanda Pablo, moins versé en anarchisme international.

— La Fédération Ouvrière Régionale Argentine, récita Vicente. Pepín m'a dit d'y aller et de demander un Espagnol qui s'appelle Rocafú, qui pourra nous introduire dans le mouvement et nous trouver du travail.

Ils firent d'abord escale à La Havane, puis à Puerto Cabello et peu de temps après ils franchirent l'équateur, prétexte à une fête retentissante pour les passagers de première classe, avec bal masqué, qui manqua s'achever en tragédie : Vicente Holgado séduisit la fille d'un riche éleveur de Rosario et il ne trouva rien de mieux, à la fin de la fête, que de concrétiser cette aventurette à l'intérieur d'un des canots de sauvetage. Mais l'anneau qui retenait l'extrémité postérieure de la barque finit par céder à tant d'agitation et ils faillirent tomber à la mer et être avalés par les vagues. Les cris de la jeune fille alertèrent les rares passagers encore sur le pont et les téméraires amants furent sauvés, mais ne purent éviter de payer pour l'audace de leurs actes : alléguant une terrible migraine, la jeune fille ne ressortit plus de sa cabine, et Vicente fut retiré du service des premières classes pour se consacrer au nettoyage des latrines des troisièmes, lui aussi jusqu'à la fin du voyage.

Avant d'arriver à Buenos Aires, ils firent encore escale à Recife et à Rio de Janeiro, où Pablo chercha à vérifier ce que son père lui disait jadis : que dans l'hémisphère sud l'eau coule dans les bouches d'égout en sens inverse de l'hémisphère nord ; mais il en fut incapable... parce qu'il avait oublié dans quel sens l'eau tournait en Espagne ! À mesure qu'ils approchaient du Río de la Plata, ils commencèrent à ressentir la proximité de l'hiver austral. Tandis que les remorqueurs tiraient le *Victoria* vers les quais de Puerto Madero, Pablo et Vicente montèrent sur la passerelle de commandement pour annoncer au capitaine qu'ils restaient en Argentine. L'homme tira plusieurs bouffées rapides de son havane, tout en se frottant les mains pour se réchauffer et en se balançant sur ses jambes.

— Je le savais, grommela-t-il. Vous autres petits Espagnols vous me faites toujours le même coup.

Il leur paya ce qu'il leur devait et leur souhaita bonne chance.

Il ne leur fut pas facile de gagner la confiance des anarchistes de Buenos Aires. Le gouvernement argentin avait mené une dure répression trois ans plus tôt suite à l'assassinat du chef de la police, Ramón Lorenzo Falcón, par le jeune Russe Simón Radowitzky, qui voulait se venger de celle, sanglante, menée lors de la fameuse Semaine rouge ; mais maintenant, après une période de clandestinité, les anarchistes argentins qui n'avaient pas fini au pénitencier d'Ushuaïa remontaient peu à peu à la surface et refusaient d'avoir à se cacher de nouveau à cause d'émigrants européens à la gâchette facile. La chose curieuse était que si Pablo avait débarqué à Buenos Aires, c'était au terme d'une réaction en chaîne produite par la bombe lancée sur le chef de la police : 1) expulsion par décret de presque trois cents étrangers en raison de la loi de Résidence ; 2) parmi eux se trouve l'Espagnol Manuel Pardinas ; 3) Pardinas rentre en Espagne ; 4) Pardinas assassine le président Canalejas, Puerta del Sol ; 5) Pardinas fait la une de tous les journaux et inspire le film dont le protagoniste est Pepe Isbert ; 6) Pablo découvre comment attirer l'attention d'Ángela et décide de se rendre à Madrid ; 7) Pablo voit Ángela, avec fille et mari, rue d'Alcalá, vision qui fait avorter sa tentative de régicide ; 8) Pablo s'enfuit de la capitale avec une vieille connaissance, Vicente Holgado ; 9) après avoir franchi la frontière française, ils décident de partir pour l'Amérique ; et 10) ils arrivent à Buenos Aires où les anarchistes de la FORA les accueillent avec suspicion, car le coup de feu de Radowitzky est encore très récent et personne n'ignore qu'en Espagne on a tenté (une fois de plus) d'attenter à la vie d'Alphonse XIII.

Toutefois, en débarquant à Puerto Madero, Pablo et Vicente avaient dans la manche un atout qui leur ouvrirait les portes de l'anarchisme argentin : une lettre de Pepín Gómez à l'attention d'Ataúlfo Fernández, alias « Rocafú ».

Rocafú était né sur le littoral catalan, dans une ferme de la commune de Premiá, mais très proche de Teiá, où il avait été, par un de ces hasards de la vie qui en fin de compte ne sont pas si hasardeux, camarade de lycée de Ferrer Guardia en personne. À l'âge de dix-huit ans, fuyant un ordre d'arrestation émis à son encontre à Barcelone, il avait rempli sa valise, moins de linge que d'idéaux, et avait traversé l'Atlantique comme passager clandestin sur un cargo. Et bien qu'il vécût désormais retiré à General Rodríguez, avec sa femme et le plus jeune de leurs cinq enfants, il conservait encore parmi les anars argentins le prestige d'avoir été l'un des fondateurs du premier journal anarchiste du pays, *El Descamisado*, et d'avoir appartenu au groupe du mythique Errico Malatesta, qui, un quart de siècle plus tôt, pendant son exil américain, avait organisé une expédition dans le sud de la Patagonie pour y chercher de l'or et financer le mouvement libertaire. L'entreprise s'était soldée par un échec, mais du moins servit-elle à propager les idéaux anarchistes et à créer le bouillon de culture nécessaire à la naissance de la FORA, la plus importante fédération de syndicats ouvriers d'Argentine, dominée par les anarchistes et dont le secrétaire général regardait maintenant les deux Espagnols qui venaient d'entrer dans son bureau en demandant Rocafú. De nombreuses coupures de journaux étaient accrochées aux murs et Pablo ne put s'empêcher de sourire en voyant, sur l'une des plus jaunies par le temps, qu'il y était fait écho de l'arrivée de Malatesta à Buenos Aires : soulignée au fusain, ressortait une phrase que l'Italien avait empruntée à Josiah Warren, celle-là même que Pablo avait écrite sur la cathédrale de Salamanque et qui lui avait valu sa première arrestation : « Tout homme doit être son propre gouvernement, sa propre loi, sa propre église. »

— Alors comme ça vous avez une lettre pour don Ataúlfo, dit le secrétaire de la FORA en regardant l'enveloppe que Vicente tenait dans ses mains. Il ne vient pas souvent ici, sa santé est un peu délicate ces temps-ci, mais si vous me laissez la lettre, je la lui transmettrai moi-même.

— Nous préférerions la lui remettre en personne, répondit Vicente.

— Comme vous voudrez, mais dans ce cas il vous faudra aller à Once prendre le train jusqu'à General Rodríguez.

— C'est très loin ? voulut savoir Pablo.

— À cinquante kilomètres à peu près.

La gare d'Once était un édifice néo-renaissance, neuf et imposant, d'une opulence qui contrastait avec la cohorte de petits crieurs de journaux pullulant dans les environs, des gamins sans chaussures et à moitié nus qui sentaient l'orphelinat et criaient les gros titres à tue-tête. En les voyant, Vicente se rappela son enfance dans les rues de Madrid et secoua la tête avec amertume. Ils montèrent dans le train et traversèrent les faubourgs de Buenos Aires, avant de se retrouver en pleine campagne. Quand ils arrivèrent à General Rodríguez, ils demandèrent où habitait don

Ataúlfo. Ce fut sa femme, Graciela, qui leur ouvrit, et les conduisit dans la chambre où ils trouvèrent Rocafú fumant au lit, avec sur la tête, bien enfoncé, le bonnet de laine qu'il mettait pour ne pas s'enrhumer, mais dont les points étaient si gros que de tous côtés en sortaient des mèches blanches. Il portait des lunettes sans monture et une barbe à la Proudhon, aussi bigarrée et rebelle qu'un essaim d'abeilles. Il les accueillit avec des vers révolutionnaires :

— « Aimable auditoire qui écoutes / l'improvisateur anarchiste / et qui détournes ton regard / avec une expression d'horreur. / Si quand il te dit qui nous sommes / la joie revient sur ton visage / au nom de l'anarchie / il te salue avec amour », récita-t-il d'une voix rauque avec un accent espagnol particulier, en se levant du lit pour leur tendre une main aussi desséchée et fendillée qu'une peau d'éléphant. Vous connaissiez ces vers ?

Pablo et Vicente firent non de la tête, mais ce fut Graciela qui parla :

— Ces jeunes gens sont espagnols, Ataúlfo. Ils sont venus te voir.

— Oh, quel grand honneur ! Vous voudrez sans doute savoir comment s'achève ce poème : « Nous sommes ces anarchistes / qu'on appelle assassins / parce que nous incitons les ouvriers / à chercher la liberté. / Parce que lorsqu'ils nous oppriment / nous renversons les tyrans / et toujours nous nous rebellons / contre toute autorité. » Voyons, quelles nouvelles m'apportez-vous de ma chère Espagne ?

Au-dessus du chevet du lit il y avait deux photos : sur la première, un jeune Rocafú serrait dans ses bras Errico Malatesta, qui tenait dans sa main libre un énorme glaçon ; sur l'autre, on le voyait, très fier, avec Graciela le jour de leurs noces, l'un des premiers mariages civils célébrés dans le pays. Mais sûr qu'Emma Goldman aurait fait une moue réprobatrice.

— D'Espagne, pas beaucoup, dit Vicente, mais nous vous apportons une lettre de New York.

— Une lettre ? De New York ? Voyons, voyons… Ah, ce brave Pepín ! Son père et moi étions grands amis… Eh bien, comme ça vous voulez vous installer en Argentine ? Je verrai ce que je peux faire. Mais il faut d'abord fêter cette rencontre, je pense.

Il alla à la fenêtre, y pencha la tête et cria :

— Leandro, viens ici un moment !

Entra alors un garçon qui ne devait pas avoir plus de quinze ans, mais qui était grand et fort comme un menhir.

— Allez, apporte du bois et ranime le feu, on va préparer un maté bien amer pour nos amis espagnols.

C'est ainsi que Pablo et Vicente firent la connaissance du mythique Rocafú, qui ne fut pas long à leur trouver du travail : Pablo s'affilia au syndicat des linotypistes et au bout de quelques semaines il était embauché à La Belladona, une imprimerie de tendance anarchiste dirigée par le Catalan Xavier Nicolau ; Vicente, de son côté, trouva un emploi sur le port comme docker et devint très vite l'un des leaders de la corporation. Ils louèrent ensemble un appartement rue Cayena, au coin de l'avenue San Martín, et pendant toute une année ils participèrent activement aux débats de la FORA, à la grève générale du mois d'octobre ou aux meetings de protestation contre la nouvelle loi qui rendait le vote obligatoire, mais ils ne manquèrent jamais de monter à General Rodríguez pour aller voir Rocafú et sa famille. Bon, du moins Pablo, car lorsque vint le printemps Vicente s'éprit d'une danseuse de tango et consacra ses dimanches à des occupations plus lascives.

— Pourquoi t'appelle-t-on Rocafú ? demanda Pablo à Ataúlfo lors d'une de ses visites, quand il fut assez en confiance pour le tutoyer.

Rocafú le regarda, déconcerté, comme s'il ne se rappelait pas l'origine de son surnom. Mais il retrouva très vite le sourire :

— Il y a si longtemps qu'on ne me l'avait pas demandé que je l'avais presque oublié… Tu vois mon fils Leandro ? Eh bien quand je suis arrivé en Argentine, j'étais comme lui : fort comme un rocher et ardent comme le feu. C'est pourquoi on m'a surnommé Ataúlfo Rocafuego, mais ces Argentins sont des paresseux et ils ont vite raccourci ça en Rocafú.

— Raconte-moi l'expédition en Patagonie, lui demanda Pablo un autre jour.

— Tu es sûr que je ne te l'ai pas déjà racontée ? s'étonna Ataúlfo, qui commençait à douter de ses propres souvenirs.

— Si, mais j'aime bien cette histoire.

Rocafú lui raconta alors pour la énième fois cette aventure qui semblait tirée d'un roman d'Emilio Salgari, les péripéties de l'extravagante expédition dirigée par Malatesta qui s'était achevée au cap des Vierges, durant laquelle ils avaient bâti une cabane et s'étaient nourris de loutres de mer, avant de rentrer à Buenos Aires la queue entre les jambes et avec une histoire à raconter jusqu'à leur dernier jour.

— Dis-moi, je t'ai déjà dit, pour le Quico ? lui demandait-il souvent.

Quico, c'était Francisco Ferrer Guardia, son ex-camarade d'école, dont la mort avait motivé une des dernières grandes actions de Rocafú : une grève générale en Argentine pour protester contre l'assassinat de Ferrer. Et il y était parvenu, et comment ! la FORA avait convoqué le jour même de l'exécution un meeting auquel avaient assisté environ vingt mille personnes, et le lendemain matin débutait une grève générale qui devait durer quatre jours.

— C'est le moins que je pouvais faire pour un camarade de classe, plaisantait Rocafú, avant de demander à Pablo de lui raconter les derniers instants du célèbre pédagogue.

Parfois, s'il avait bon moral, il sortait sa malle aux trésors : un vieux coffre en bois rempli de coupures de presse, avec des articles qu'il avait publiés dans *El Descamisado* ou dans *La Protesta Humana*, sous différents pseudonymes. Il les posait sur la table et les regardait comme on regarde un nouveau-né, avant de pousser un soupir plein de nostalgie, suivi d'une de ces questions bien à lui, qui contenaient implicitement la réponse :

— L'anarchisme n'est-il pas une théorie philosophique, Pablo ? L'anarchiste n'est-il pas simplement celui qui croit qu'il est possible de vivre sans le principe d'autorité ?

Mais il pouvait aussi se faire que Pablo arrive à General Rodríguez et que Rocafú soit indisposé ou sommeille encore, et dans ce cas il passait un moment à bavarder avec Graciela, qui avait été une des premières institutrices d'Argentine à introduire dans ses cours des notions d'anatomie et de sexualité ; ou bien il jouait au football avec Leandro dans la cour, sport qui éveillait déjà de grandes passions en Argentine et qu'ils pratiquaient avec un ballon fait de vieux caleçons et en posant leurs pulls par terre pour marquer les buts.

Le printemps arriva, puis l'automne, et peu à peu Pablo fit sienne cette famille qui l'avait accueilli comme un fils, tout en essayant, sinon d'oublier Ángela, du moins d'éviter que son estomac ne se noue chaque fois qu'il pensait à elle. De temps en temps lui arrivaient d'Espagne de bonnes nouvelles, qui lui laissaient pourtant un mauvais goût dans la bouche : comme le jour où il reçut une lettre de sa sœur lui annonçant que l'étudiant en droit avait tenu parole et qu'elle était désormais une femme mariée. Non qu'il n'en fût pas heureux, mais il regrettait de ne pas avoir partagé ces moments de bonheur avec elle. Il se sentait parfois comme ce qu'il était : un exilé, un fuyard, un fugitif. Quand il apprit que Julia était enceinte, il commença à penser au retour. C'était peut-être encore trop tôt pour vivre en Espagne sans risquer d'être arrêté par la police, mais il pouvait s'établir en France et faire des escapades pour voir sa famille. Sûr que Robinson l'accueillerait à bras ouverts dans sa communauté de Lyon. D'ailleurs, il avait très envie de le revoir, que diable.

Toutefois, ce fut la mort de Rocafú qui le décida finalement à rentrer en Europe. Depuis un certain temps, l'état de santé du vieil anarchiste avait empiré, surtout avec l'arrivée de l'hiver : il avait du mal à respirer et des pertes de mémoire préoccupantes.

Un matin de début juillet, Pablo monta à General Rodríguez et trouva Graciela désespérée : son mari était sorti faire une promenade la veille, durant l'après-midi, et il n'était pas rentré. Comme ils se disposaient à aller au commissariat pour déclarer sa disparition, c'est la police elle-même qui frappa à la porte, en apportant (comme toujours dans cette maison) de mauvaises nouvelles. Rocafú avait été retrouvé mort dans un hôtel de Buenos Aires, avec une balle dans la tête. Il avait laissé sur la table de nuit un billet de cinquante pesos et une note qui disait : « Pour le gérant, au cas où la balle me traverserait le crâne et abîmerait le mur. » Dans la poche de sa veste, côté cœur, on avait trouvé une longue lettre adressée à sa femme et à ses enfants, par laquelle il demandait pardon pour tout le mal qu'il avait pu leur faire au cours de sa vie et pour ce dernier acte de liberté, dont il espérait qu'ils le comprendraient :

> Quelqu'un a dit un jour que la seule chose dont a besoin le mal pour triompher est que les hommes de bien ne fassent rien. Donc, comme je ne peux plus rien faire désormais et que je ne suis plus qu'une gêne, je laisse la place aux jeunes qui voudront prendre les rênes dans cette lutte, qui est la mienne et celle de l'humanité tout entière. Votre mari, père et ami qui vous aime comme il n'a jamais aimé personne :
>
> ATAÚLFO FERNÁNDEZ « ROCAFU »

Le jour même de l'enterrement, Pablo annonça à Vicente qu'il rentrait en Europe. Une semaine plus tard, il embarquait à bord d'un vapeur de la Hamburg American Line, le *König Wilhelm II*, non sans être auparavant allé à General Rodríguez dire au revoir à Graciela, inconsolée, et à son fils Leandro, qui après la mort de son père semblait être soudain devenu un homme.

— *Che*, surtout écris-nous, lui dit le gamin en aparté. Maintenant je dois m'occuper de maman, mais un jour j'irai te retrouver en Europe.

Pablo lui ébouriffa les cheveux en souriant, sans se douter que

Leandro tiendrait parole. Puis il tira de sa poche une enveloppe avec le symbole de la FORA (deux mains qui se serrent) et il la donna au jeune garçon.

— Qu'est-ce que c'est ?

— Regarde toi-même.

Quand il eut ouvert l'enveloppe, les yeux de Leandro brillèrent : c'était une photo de son équipe de foot favorite, l'Argentinos Juniors, dédicacée par plusieurs de ses joueurs. Le club n'était pas encore en première division, mais il avait de nombreux supporters parmi les anarchistes, ayant été fondé dix ans plus tôt par des militants socialistes et libertaires qui lui avaient donné le nom significatif de Martyrs de Chicago, en hommage aux cinq ouvriers exécutés après les manifestations de mai 1886, durant lesquelles ils réclamaient la journée de huit heures. Quand le garçon leva les yeux de la photo, Pablo avait disparu.

Sur le quai, il fit ses adieux à Vicente, et aucun des deux ne sut trop quoi dire.

— Bon voyage, dit Vicente.

— Prends soin de toi, répondit Pablo.

Ils s'étreignirent sans autres mots, la gorge nouée, peut-être devinant qu'ils ne se reverraient jamais. Ils ne se trompaient pas.

— 21 —

L'expédition chargée de faire irruption en Catalogne ne connut pas un sort meilleur : en arrivant à Perpignan, les anarchistes se réunirent dans les environs de la ville et certains passèrent la frontière. C'est à ce moment-là que la gendarmerie, au courant elle aussi de ce qui se tramait grâce aux renseignements de la police espagnole, décida d'agir : elle arrêta vingt-deux hommes d'un groupe de trente-huit expéditionnaires armés de pistolets, tandis que les autres choisissaient de se disperser en désordre et qu'une cinquantaine parvenait à atteindre les Pyrénées, où ils durent faire marche arrière à cause de la présence de plusieurs régiments, échelonnés le long de la frontière avec des mitraillettes et de l'artillerie.

EDUARDO GONZÁLES CALLEJA,
El máuser y el sufragio

Il fait encore nuit noire dans « la pittoresque ville de Vera » quand, à l'aube froide du dimanche 9 novembre 1924, les cris de Gueule-fendue réveillent ceux des prisonniers qui ont pu trouver le sommeil. Aujourd'hui les deux gardes civils tués dans l'échauffourée, Aureliano Ortiz Madrazo et Julio de la Fuente Sanz, vont être enterrés dans les fosses 19 et 20 de la première parcelle du cimetière, mais ni Pablo ni ses treize compagnons de captivité ne seront là pour entendre le glas sonner à l'église San Esteban, car les cris de Gueule-fendue annoncent un transfert imminent. Nous ne nous trompons pas en disant que les rebelles sont au nombre de quatorze, car à ceux qui ont participé à la séance de photos du vendredi après-midi, il faut en ajouter deux autres, arrêtés hier : Gregorio Izaguirre, un menuisier de Santurce domicilié à Paris, barbe et regard austère, et Anastasio Duarte, que nous connaissons car il a participé à la nouba dans la maison de madame Alix et s'est vendu pour une misérable dose de cocaïne. Seuls ceux qui sont le plus grièvement blessés (Bonifacio Manzanedo et Enrique Gil Galar, dûment surveillés dans leurs lits à l'hôpital de la Miséricorde) entendront sonner le glas d'un enterrement auquel assistera presque tout le bourg de Vera. Après l'inhumation, l'évêque de Pampelune, monseigneur Múgica, sa mitre encore sur la tête, se rendra à l'hôpital pour donner les saints sacrements au natif de Burgos, dont l'état est critique depuis qu'on l'a amputé de la jambe. Mais ni Bonifacio ni Enrique n'entendront la moindre cloche quand seront enterrés leurs camarades Luis Naveira et Abundio Riaño, qui resteront encore deux jours à la morgue municipale, dormant du sommeil éternel sur des blocs de glace vive, jusqu'à ce que les fossoyeurs daignent leur donner une sépulture. Personne ne sonnera le glas pour eux, car le cœur du Seigneur ne tinte pas pour les suicidés, les assassins et les enfants non baptisés : sa clémence ne va pas plus loin que leur offrir l'abri honteux de la plus commune des fosses.

La mort d'Abundio Riaño a été particulièrement controversée. Après s'être enfui seul dans la montagne à la fin de l'échauffourée, « el Maño » avait déambulé, désorienté, toute la nuit et une partie de la matinée, en cherchant un refuge dans les fermes qu'il trouvait sur son chemin, proposant de l'argent en échange d'un hébergement et d'une cachette. Mais personne n'avait accepté, et certains avaient même refusé de lui indiquer la direction à prendre pour rentrer en France. Il avait été découvert à midi à la hauteur de la borne numéro 10 par le caporal de la Garde civile de Sunbilla, Trinidad Gastériz. Riaño avait essayé de se cacher dans les fougères, mais en entendant le cri de « Halte ! », il avait dû lever les mains et se rendre. Soupçonnant un stratagème (ou peut-être pour venger la mort de ses camarades), le caporal avait tiré plusieurs coups de son fusil mauser, avec une précision telle qu'une des balles avait atteint au cœur le révolutionnaire sans défense.

Ce qui n'explique pas pourquoi, à la grande surprise des légistes, le mort présentait des blessures causées par des plombs de chasse. Quoi qu'il en soit, la balle incrustée dans son cœur avait traversé une lettre qu'Abundio avait dans la poche de sa chemise, une lettre brève adressée à sa mère et jamais envoyée. Elle disait ceci :

> Ma chère mère, comment allez-vous ? Moi, je vais bien, ne vous inquiétez pas pour moi. Si Dieu le veut nous pourrons bientôt nous retrouver, dans une Espagne nouvelle, différente, plus libre. Prenez bien soin de vous et de mes frères et sœurs, dites-leur que lorsque j'irai à Saragosse je leur apporterai beaucoup de cadeaux. Votre fils qui vous aime avec dévotion, Abundio.

La lettre était écrite au revers d'un prospectus qui vantait un produit pour la repousse des cheveux.

De son côté, Pablo a été ramené dans son cachot hier matin, après une nuit à l'hôpital nettement plus calme que ce qu'avait auguré le docteur Gamallo, et il occupe de nouveau la cellule numéro 6 en compagnie de Julián Santillán. La journée s'est passée sans histoire jusqu'à l'arrivée des deux nouveaux détenus, que Gueule-fendue a traités avec le même mépris que les autres. Le premier était le menuisier Izaguirre, placé dans la cellule de Vázquez Bouzas, puis Anastasio, placé dans celle de Francisco Lluch, lequel perdit la tête vers le milieu de l'après-midi et se mit à crier qu'il était innocent, qu'il n'avait rien fait, qu'il était là par erreur. Le garde-chiourme arrangea ça à sa manière, en le tirant de sa cellule pour lui administrer une raclée qui lui ôta l'envie d'ouvrir la bouche, montrant par un exemple irréfutable comment on règle les problèmes dans l'Espagne de Primo de Rivera :

— Jésus aussi était innocent, fils de chienne, et il a fini sur la croix en agitant les jambes !

Ce qui est triste, c'est que s'il y a un innocent parmi les détenus, c'est précisément Francisco Lluch, le déserteur qui avait rejoint le groupe révolutionnaire et traversé la frontière dans l'unique intention de voir son père exhaler son dernier soupir.

Après la collation du soir et le vidage des bassins, les quatorze prisonniers essaient de trouver le sommeil, mais au milieu de la nuit froide et sombre, à la surprise des coqs qui dorment encore, ils sont tirés de leurs cachots et conduits deux par deux jusqu'aux arcades de la place de la mairie, où attendent deux camions de la Garde civile qui les transféreront à la prison provinciale de Pampelune. Leandro et Julianín découvrent alors que Pablo fait partie des détenus. À mesure qu'ils arrivent sur la place, ils sont répartis entre les deux véhicules comme des porcs qu'on mène à l'abattoir, les pieds attachés aux banquettes par des menottes et les mains aux barres métalliques qui soutiennent la bâche servant de toit au fourgon cellulaire. Trois gardes civils montent dans la cabine du premier camion, deux seulement dans celle du second, car ils transportent aussi une caisse contenant les armes reprises aux séditieux et le fusil déglingué du garde Ortiz, comme preuves judiciaires pour l'audience qui se tiendra très vite. Une automobile de carabiniers ferme le convoi qui se dirige dans le noir vers Pampelune en laissant les prisonniers bavarder pour la première fois depuis qu'ils ont été arrêtés. Leurs voix sont à moitié étouffées par le rugissement des moteurs. Dans le premier camion sont montés ceux qui étaient dans les cellules impaires et dans le second ceux des paires, bien qu'au dernier moment, pour équilibrer les groupes, Julianín ait été transféré dans le second fourgon, où il a retrouvé ses amis Pablo et Leandro, en plus de l'ex-garde Santillán, du déserteur Francisco Lluch, du maigre Justo Val et d'Anastasio Duarte, qui dès que le convoi démarre essaie en jurant de faire plier la barre métallique à laquelle il est menotté.

— Ménage tes efforts, l'avertit Santillán, qui connaît bien ces camions. Il te faudrait la force de cinquante hommes pour la casser.

Pablo et Leandro se cherchent du regard dans l'obscurité, mais ce sont leurs voix qui se trouvent, seulement séparées par le corps malingre de Justo Val :

— *Che*, Pablo, j'avais l'espoir que toi, au moins… commence l'Argentin, sans finir sa phrase. Et Robinson ?

— Je ne sais pas, je crois qu'il a réussi à s'enfuir, nous étions tout près de la frontière quand ils m'ont arrêté.

— Oui, nous aussi nous étions à deux doigts de la passer. Au fait, ta blessure ?

— Bon, ça aurait pu être pire. Mais toi, comment vas-tu, Julianín ? veut savoir Pablo, se sentant responsable du jeune garçon qui est en face de lui.

— Bien – et c'est tout ce que réussit à dire son ancien assistant, sans se fâcher désormais pour le diminutif.

— Quelqu'un sait où ils nous emmènent ? intervient Justo Val, aussi émacié qu'un spectre venu d'un monde en deux dimensions.

— J'ai entendu un des gardes dire que nous allons à Pampelune, assure Lluch.

— Donc ils nous emmènent à la prison provinciale, déduit Santillán. Et de là, Dieu lui-même ne pourrait s'échapper.

Le silence tombe de nouveau comme une chape sur les prisonniers, avec la musique de fond du moteur des camions. Par les fentes filtre un air glacial qui fait claquer des dents plus d'un. De façon inattendue, c'est Julianín qui rompt cette fois le silence :

— S'ils nous transfèrent à Pampelune, c'est parce qu'ils ont peur qu'on vienne nous délivrer, balbutie l'ex-chasseur de coquilles, qui depuis qu'il a tiré sur les gardes civils dans la carrière d'Argaitza n'est pas parvenu à retrouver le courage qui lui avait permis de quitter Paris.

— Non, s'ils nous transfèrent à Pampelune c'est parce que nous étions trop nombreux dans cette fosse à purin, opine Leandro, toujours plus pragmatique.

— S'ils nous transfèrent à Pampelune, décrète avec raison Santillán, c'est parce qu'ils veulent nous juger le plus vite possible. Le seul espoir qui nous reste c'est que la révolution ait triomphé en Catalogne et qu'elle s'étende à toute l'Espagne.

— Ah, mais vous n'êtes pas au courant ? intervient Anastasio Duarte, le dernier détenu à être arrivé à la caserne des carabiniers. Ceux de Perpignan n'ont même pas réussi à passer la frontière et à Saint-Jean-de-Luz ils ont arrêté plusieurs des nôtres, dont Durruti.

— Putain, mais qu'est-ce que vous dites ! s'exalte Leandro, qui, s'il n'avait pas été pieds et mains liés se serait très probablement jeté sur Anastasio, comme il faisait, enfant, dans son quartier de General Rodríguez quand l'un de ses camarades insultait sa mère.

— Tu es sûr de ça ? demande Santillán.

— C'est ce que j'ai entendu dire quand on m'a arrêté hier dans la montagne.

— Alors nous sommes foutus.

Comme une guillotine, le découragement s'abat sur les prisonniers et leur coupe toute envie de parler pendant le reste du trajet, car ce qu'Anastasio a annoncé n'est pas loin de la vérité, tant en ce qui concerne Perpignan que ce qui touche aux arrestations de Saint-Jean-de-Luz. Il n'en connaît pas les détails, mais ce qui est sûr c'est que la tentative révolutionnaire a complètement échoué. Pour commencer, quand Durruti, Vivancos et huit autres anarchistes sont descendus du train le vendredi à l'aube, la nouvelle que quelque chose de grave venait de se produire à Vera avait déjà franchi la frontière et la police de Saint-Jean-de-Luz était aux aguets, ce qui les avait poussés à se défaire de la caisse de fusils enregistrée à Paris. Durruti explosa de colère quand Juan Riesgo lui apprit ce qui était arrivé, car tout avait échoué à cause de la précipitation, la plus sacrée et la plus élémentaire des règles n'ayant pas été respectée : la coordination maximale entre les différents groupes de rebelles. Mais il n'eut pas trop le temps de se lamenter, car pendant qu'ils discutaient tous avec Juan Riesgo, ils furent découverts et arrêtés par la police française, sans pouvoir opposer la moindre résistance. Le même vendredi, nombre des rebelles qui avaient fui après l'échauffourée et réussi à passer la frontière avant l'aube avaient été arrêtés aux environs de Saint-Jean-de-Luz et d'autres bourgs voisins, comme Sare, Ascain ou Hendaye. Au total, plus de vingt factieux sont tombés aux mains des gendarmes et attendent d'être rapatriés, mais avec un peu de chance ils obtiendront des autorités françaises qu'elles les déportent en Belgique avant que le gouvernement espagnol demande leur extradition. Parmi eux se trouve Robinson, qui a été arrêté près d'Ascain pendant qu'il soignait ses pieds dans une fontaine, mais ce qui lui a fait le plus mal c'est d'être obligé de se séparer de son fidèle Kropotkine, avec lequel il planifiait déjà une nouvelle incursion en territoire espagnol pour tenter de délivrer Pablo. Toutefois « el Maestro » ne figure pas parmi les détenus : après avoir réussi à franchir la frontière avec sa balle dans le corps, il a été découvert par la police près d'un passage à niveau entre les gares d'Urrugne et de Saint-Jean-de-Luz, où ayant soudain perdu ses nerfs il s'est offert un dernier billet sous les roues grinçantes du rapide en provenance de Paris.

Entre-temps, de l'autre côté des Pyrénées, à Perpignan, les nouvelles de Vera avaient pris par surprise Francisco Ascaso et les presque deux cents hommes (et femmes) qui attendaient le signal décisif pour franchir la frontière et libérer les anarchistes enfermés au pénitencier de Figueras. Néanmoins, il est probable que ce sont eux qui étaient en retard, parce que le matin même où Pablo était conduit au cachot de Vera, avait lieu à Barcelone une tentative manquée de prendre d'assaut la caserne d'Atarazanas, perpétrée par les anarchistes catalans, parmi lesquels Gregorio Jover, « le Chinois ». Plusieurs groupes de révolutionnaires s'étaient rassemblés dans les environs de la forteresse pour attendre que des militaires de l'intérieur – supposés engagés dans la tentative – leur en ouvrent les portes. Mais personne n'ouvrit la moindre porte et les rebelles commencèrent à avoir des soupçons, jusqu'à ce que la police arrive et que se déclenche une intense fusillade. Au cours de l'affrontement tomba l'agent de sécurité Bruno López et furent capturés les anarchistes Josep Llàcer et Juan Montejo, qui attendent maintenant à la prison Model de Barcelone le procès sommaire qui se déroulera demain lundi 10 novembre, bien que nous sachions déjà qu'il s'achèvera avec les cous garrottés de Llàcer et de Montejo dans la cour même de la prison, le premier crachant sur son bourreau et criant vive la révolution, et le second avec un crucifix serré sur sa poitrine.

Cela étant, avec les polices française et espagnole alertées par les événements de Vera, les centaines de révolutionnaires arrivés à Perpignan durent se disperser pour ne pas attirer l'attention. La plupart décidèrent de rester en France, où plusieurs dizaines d'anarchistes et de syndicalistes furent arrêtés par les gendarmes, pour détention illicite d'armes et falsification de documents d'identité. Malgré tout, une cinquantaine de braves allèrent jusqu'à la frontière et attendirent, sur le versant français des Pyrénées, l'arrivée du contact qui devait les guider pour entrer en Espagne. Mais ce camarade leur apporta de mauvaises nouvelles : plusieurs régiments de l'armée les attendaient avec des mitraillettes et de l'artillerie, dans une démonstration de coordination et de rapidité jamais vue chez les forces armées espagnoles. À moins qu'elles n'aient été prévenues, bien entendu. Outre Francisco Ascaso, parmi les cinquante braves contraints de faire demi-tour, la queue entre les jambes, se trouvait Valeriano Orobón, qui à part la traduction d'*A las barricadas* laissera à la postérité ces paroles bien senties : « Ce jour-là, en pleine montagne, à mille mètres au-dessus du niveau de la mer, j'ai vu pleurer beaucoup de ces cinquante hommes qui regrettaient de ne pouvoir offrir leurs vies à la révolution. Parmi eux se trouvait Ascaso, Durruti avec ceux de Vera et Jover avec ceux qui attaquaient la caserne d'Atarazanas à Barcelone. Ce fut une tentative ingénue, maladroite, tout ce que vous voudrez ; mais il y avait chez ces hommes une vraie passion révolutionnaire. Ils méritent pour cela le respect de tous. Ils ont échoué, c'est tout. Nous avons si souvent échoué ! Mais à la fin nous triompherons. » Parfois on gagne, parfois on perd, Valeriano, et après la dictature de Primo de Rivera viendront la République, et puis la dictature de Franco, que tu ne verras pas, et plus tard la démocratie, que tu n'imaginerais même pas, mais les paroles de ta chanson te survivront.

XIX
(1914-1915)

Quand Pablo débarqua au Havre, on ne parlait que de cela : Jean Jaurès venait d'être assassiné à Paris. Un étudiant nationaliste du nom de Raoul Villain (comme pour démontrer que nous sommes esclaves de notre nom) l'avait atteint de trois balles au café du Croissant, éliminant ainsi un des plus grands représentants du pacifisme français. Mais la nouvelle ne tiendrait pas longtemps la vedette, car le lendemain le gouvernement Poincaré décrétait la mobilisation générale, ce qui déclencha aussitôt un barouf du tonnerre de Dieu. Par bonheur, le *König Wilhelm II*, sous pavillon allemand, était parti le matin même du Havre en direction de Hambourg. D'un cheveu, pensa Pablo en apprenant la nouvelle. Car depuis qu'ils avaient quitté Buenos Aires, de nombreux passagers (surtout les Français) craignaient que le conflit n'éclate pendant la traversée et de ne pouvoir arriver à destination. De fait, l'Empire austro-hongrois avait déclaré la guerre à la Serbie le jour même où le transatlantique de la Hamburg American Line accostait au port de Lisbonne, ce qui avait provoqué un effet domino d'alliances internationales dévastateur, qui conduirait la Roumanie à mobiliser ses troupes, l'Allemagne à lui déclarer la guerre et la France et la Grande-Bretagne à lui rendre la monnaie de sa pièce. Dire que tout avait commencé quand Gavrilo Princip, un autre jeune nationaliste (serbe, cette fois), avait expédié dans l'au-delà l'héritier du trône austro-hongrois, l'archiduc François-Ferdinand et son épouse controversée, Sophie Chotek, alors que dans une superbe automobile Gräf & Stift ils prenaient à Sarajevo un bain de foule qui s'achèverait dans un bain de sang.

Mais si globalement tout n'était que violence, guerre et destruction, dans la sphère particulière de Pablo pointait enfin la joie : il avait appris qu'il était devenu oncle quand le *König Wilhelm II* avait fait escale à Bilbao. Il s'était rendu à Baracaldo avec l'imprudence de celui qui devine que le bonheur qui l'attend vaut bien le risque encouru, et avait eu la récompense de trouver Julia chez leur mère, en train de donner le sein à une jolie petite fille appelée Teresa. Quand il avait pu la prendre dans ses bras, il l'avait saisie par les aisselles et avait frotté son nez contre le sien à la manière des Esquimaux, comme le lui avait expliqué Rocafú. Comme la petite pleurait, Pablo avait défait l'enveloppe du cadeau qu'il rapportait d'Argentine, comme un prestidigitateur qui tire un lapin de son chapeau : un hochet en fer-blanc qui était parvenu à l'endormir avec son tintement rythmé. Ce n'est qu'après qu'il avait bavardé un moment avec sa mère et sa sœur.

— Et où est mon beau-frère ? demanda Pablo. Je n'ai pas le droit de connaître le père de cette ravissante petite fille, peut-être ?

— Ah, répondit Julia, il passe son temps à son cabinet... Espérons qu'il nous tirera de la pauvreté !

— Préviens-moi quand nous serons riches, je reviendrai faire un tour par ici, plaisanta Pablo.

— Pourquoi ne restes-tu pas à Baracaldo, mon petit ? demanda María. On dit que la France va entrer en guerre...

— Je ne peux pas rester, mère.

— Pourquoi ? Tu es encore recherché par la police ? Elle n'est jamais revenue demander après toi.

— C'est bon signe, mais on ne sait jamais. Elle peut revenir n'importe quand. Et je ne veux pas vous faire souffrir inutilement.

— Parce que te savoir dans un pays en guerre, ce n'est pas de la souffrance ?

— La France n'est pas encore entrée en guerre, nuança Pablo. Si jamais elle le fait, il ne nous arrivera rien à nous les Espagnols : ils ne peuvent pas nous obliger à combattre dans leurs rangs. Si toutefois l'Espagne ne prend pas parti pour l'un ou l'autre bord, bien sûr. Mais dans ce cas-là, ici aussi vous en verrez de toutes les couleurs…

— Je ne pense pas, dit Julia, qui dès qu'elle avait su qu'elle allait mettre un nouvel être au monde avait commencé à s'intéresser à la politique : Eduardo Dato pense qu'en cas de conflit l'Espagne resterait neutre.

— Eh bien tant mieux pour tout le monde, répliqua Pablo avec une certaine véhémence. Les guerres ne servent qu'à ce que les riches continuent à être riches et les pauvres, pauvres. Et à détourner les travailleurs de la véritable lutte, bien sûr.

— Chut ! fit la toute nouvelle grand-mère, tu vas réveiller la petite.

Mais la petite pleurait déjà.

Quelques heures plus tard, Pablo était en haute mer, en route pour Le Havre.

Après l'assassinat de Jaurès et l'entrée en guerre de la France, les hostilités prirent une dimension extraordinaire : la moitié de l'Europe était impliquée, et l'autre moitié assistait, stupéfaite, à un conflit qui causerait dix millions de morts. Mais il s'en fallait encore de quatre longues années avant qu'on ne puisse faire le décompte. L'Espagne, comme l'avait pronostiqué Julia, préféra rester en marge et proclama d'emblée sa neutralité : le jour même où la France mobilisait ses troupes, *La Época* (un des journaux les plus proches du président Dato) intitulait son éditorial « Neutres » et publiait une défense acharnée de l'absence d'implication dans la lutte, en appelant l'opinion publique à la suivre dans son attitude. Au cas où cela ne suffirait pas, l'ex-président Maura s'engagea lui aussi pour la neutralité avec ces mots : « L'Espagne ne peut, ne veut, ni ne doit participer à la guerre. » Ce qui n'avait rien d'étonnant, car quel guêpier pour Alphonse XIII, dont l'épouse était britannique et la mère autrichienne.

Tout juste débarqué, Pablo assista au début de la conflagration avec un mélange de rage et de stupeur. La France, un pays qui avait vu naître des hommes comme Proudhon ou des journaux comme *La Révolte*, avait toujours été pour les anarchistes un modèle de lutte, un exemple à suivre pour la classe ouvrière. Sa participation à une guerre capitaliste ne pouvait être vue que comme l'échec des idéaux révolutionnaires de source jacobine et la preuve irréfutable que le nationalisme chauvin avait gagné la bataille contre l'internationalisme prolétaire. Pablo décida donc que le mieux à faire était de rester en France pour y diffuser les idées pacifistes de Jean Jaurès, si lâchement assassiné, fût-ce au risque de sa vie. Il ne trouva rien de plus naturel que de se rendre à Paris, la ville où il avait été engendré, pensant que les anarchistes y seraient mieux organisés qu'au Havre. La première chose qu'il fit fut de reprendre contact avec deux vieux amis : Robinson, qui vivait toujours dans sa communauté de Lyon, et Ferdinando Fernández, l'ex-rédacteur d'*El Castellano*. Il voulait convaincre le premier de le rejoindre dans sa croisade pacifiste, et proposer ses services au second comme correspondant du journal de Salamanque, figure qui commençait à être à la mode et que le grand conflit contribuerait à consolider. Au bout du compte, cela pouvait être une façon de gagner sa vie et une tribune parfaite pour dénoncer les horreurs de la guerre. D'ailleurs, l'idée n'était pas aussi absurde qu'elle semblait à première vue, car à cette époque parurent dans les principaux journaux européens des annonces où des jeunes hommes se proposaient de couvrir l'information sur le conflit depuis les lieux mêmes des événements, et les Espagnols ne firent pas exception : « Jeune homme intelligent et cultivé – pouvait-on lire début août dans *La Vanguardia* –, parlant français, anglais et italien et ayant voyagé en Europe, cherche place comme correspondant de guerre d'un journal de premier plan. » Le journal barcelonais fut, précisément, le premier d'Espagne à envoyer des collaborateurs dans les capitales des pays belligérants.

Toutefois, dès le début de la guerre, les services postaux et télégraphiques furent surveillés, et les réponses aux lettres que Pablo avait envoyées à ses amis tardèrent à lui parvenir. Au moins apportèrent-elles de bonnes nouvelles quand elles arrivèrent. La première fut celle de Robinson, qui concluait ainsi : « Tu sais quoi ? Dès que je peux je viens. Ici, c'est devenu insupportable ces derniers temps. » Celle de Ferdinando mit un peu plus de temps, bien que pour des raisons justifiées : depuis plusieurs années *El Castellano* était devenu hebdomadaire, et n'était plus dirigé par don Cándido, le vieux poète aveugle ; mais avec la guerre s'ouvrait la possibilité de retrouver un tirage quotidien, car les lecteurs étaient avides de nouvelles fraîches. Ferdinando transmit la proposition de Pablo aux nouveaux propriétaires du journal qui ne prirent une décision qu'après la bataille de la Marne, quand les troupes françaises repoussèrent l'offensive allemande sur Paris et firent échouer le plan Schlieffen, ce qui montra que la campagne militaire serait nettement plus longue que prévu. Finalement, *El Castellano* ressortit quotidiennement à partir du premier octobre et ce fut Ferdinando lui-même qui en rédigea l'éditorial, dans son style enflammé et emphatique habituel : « Depuis un certain temps, disait-il pour commencer, avait germé dans notre esprit l'idée de faire d'*El Castellano* un journal digne de notre chère Salamanque. Aujourd'hui premier octobre, nous voyons réalisés nos désirs constants et véhéments, puisque nous sommes en communication quotidienne avec nos chers abonnés, à qui nous nous devons et que nous défendrons et servirons dans leurs légitimes aspirations, quoi qu'il nous en coûte. » Il concluait avec une proclamation exaltée, en harmonie avec les temps belliqueux que traversait l'Europe : « Dans ses colonnes aura sa place tout ce qui tendra au bien de notre Salamanque oubliée et de tous ses habitants, en respectant la devise que nous avions lancée aux quatre vents aux débuts d'*El Castellano* : "Ordre, Progrès, Moralité et Justice". Et maintenant, luttons pour cette devise, en sachant que la lutte sera longue. »

À ce moment-là, Pablo avait déjà obtenu du Quai d'Orsay son accréditation comme correspondant de guerre sur le front occidental, mais les conditions imposées par *El Castellano* étaient plus que spartiates : le salaire serait le même que s'il était en poste à Salamanque, les frais de logement seraient à sa charge et il ne pourrait même pas signer ses articles mais devrait se limiter à envoyer des informations que d'autres mettraient en forme. « C'est tout ce que nous pouvons t'offrir, lui avait télégraphié Claudio Gambotti y Ragazzi, le nouveau directeur du journal. À prendre ou à laisser. » Il prit, comment faire autrement, car il n'était pas Edwin Weigle et *El Castellano* n'était pas le *Chicago Tribune*. En Espagne, ils seraient un petit nombre à se partager la gloire, les Gaziel, Salvador de Madariaga, Ramiro de Maeztu, Julio Camba, Corpus Barga ou Armando Guerra[16], cynique pseudonyme de Francisco Martín Llorente, lieutenant-colonel et chroniqueur germanophile. La grande majorité, toutefois, tâcherait de faire honneur au métier de journaliste, dans l'abnégation et l'anonymat.

De toute façon, Pablo ne se plut jamais à faire étalage de ce qu'il avait vécu pendant la Grande Guerre, ni de ses expériences comme correspondant. En fait, quand des années plus tard il enthousiasmerait la petite Teresa en lui racontant les aventures de sa vie mouvementée, il ne ferait que peu d'allusions à cette funeste période. « C'est à peine si j'ai pu entrevoir le visage de Mars », dirait-il avec une certaine ironie poétique, pour minimiser l'affaire. Mais quand on lit les articles d'*El Castellano*, on imagine facilement les horreurs dont il a été témoin. Par bonheur, il avait près de lui son ami de cœur, Roberto Olaya, qui s'était laissé pousser plus longs encore la barbe et les cheveux, de sorte que son surnom robinsonnien lui allait mieux qu'un gant : il était arrivé à Paris fin octobre et à eux deux ils parvinrent à garder les pieds sur terre et la tête sur les épaules. Bon, à eux trois, et pas parce que Robinson était accompagné de Darwin, le fidèle

16. Fabriqué à partir du gérondif de « armar guerra », littéralement « déclencher la guerre ».

épagneul qui était mort depuis, mais parce qu'il s'était présenté en tenant par la main sa « compagne sentimentale » comme il l'avait appelée lui-même.

— Pablo, lui avait-il dit après sa rituelle étreinte de boxeur, je te présente Sandrine, ma compagne sentimentale.

— *Enchantée**, avait dit la jeune femme en lui tendant la main avec une légère et très théâtrale génuflexion. Elle avait les yeux de ce bleu lymphatique que les Anglais appellent gris, les cheveux couleur de feu et une curieuse voix grave, feutrée, probablement due au fait qu'elle était née avec deux luettes, ou plutôt une seule qui se divisait en deux quand l'air passait. Mais cela, Pablo ne le savait pas encore.

— Entrez, entrez, ne restez pas dehors.

Pablo louait une chambre minuscule dans une pension proche de l'hôtel Victoria Palace, quartier général des journalistes étrangers venus à Paris pour couvrir le conflit. Il leur proposa les deux chaises dépareillées de la pièce et s'assit lui-même sur le lit en fer, flanqué d'une haute armoire en pin et d'une étagère avec quelques livres. Une table et un lavabo avec cuvette, jarre et porte-savon complétaient le tableau.

— Vous avez eu des problèmes pour arriver ? demanda Pablo en français.

— Tu peux parler en espagnol, dit Robinson.

— Oui, mon grand-père était galicien, d'O Grove, dit Sandrine avec un accent plus qu'acceptable.

— Ah, très bien, se réjouit Pablo, car son français n'était pas encore aussi fluide qu'il l'aurait souhaité.

— Bon, des problèmes, ce qui s'appelle des problèmes, répondit Robinson, nous n'en avons pas eu. Évidemment, comme nous ne sommes pas français, nos valises ont été fouillées plusieurs fois : il paraît qu'il y a beaucoup d'espions en vadrouille dans les pays neutres…

— Ah, tu n'es pas française, donc ? demanda Pablo à Sandrine.

— Non, suisse.

L'histoire de Sandrine valait la peine d'être contée. Fille d'un rabbin de Genève, encore adolescente elle s'était enfuie de chez ses parents et, après avoir parcouru le monde entier ou presque, elle avait fini par arriver à Lyon. Sans un sou en poche et plus affamée que riche d'espoir, elle avait un soir décidé de mettre fin à ses jours en se jetant du pont de la Guillotière dans les eaux noires du Rhône. Mais Robinson, qui à l'époque gagnait sa vie comme portraitiste dans la capitale des Gaules, l'avait saisie par la taille au dernier moment : le soir même, Sandrine le suivait dans la communauté végétarienne dans laquelle il vivait depuis son départ de Barcelone. Mais la guerre avait fini par désintégrer le groupe des naturistes : certains s'étaient enfuis de France, d'autres cachés dans les Alpes, et quelques-uns enrôlés dans l'armée, en arguant qu'il n'y a que dans un pays libre qu'on peut vivre librement. Robinson lui-même, malgré son ostensible boiterie, avait subi des pressions pour s'inscrire comme volontaire étranger dans les bureaux des Amitiés françaises, qui pendant les premiers jours de la guerre croulèrent sous une avalanche d'enrôlements. Quand il avait reçu la lettre de Pablo, il n'y avait pas réfléchi à deux fois : il en avait parlé avec Sandrine, ils avaient fait leurs valises et pris le train pour Paris.

— Et toi, tu as des nouvelles d'Ángela ? demanda Robinson.

Pablo attendait cette question, car dans les lettres qu'il lui avait envoyées d'Argentine il n'avait jamais évoqué la jeune femme. Mais il devrait bien le faire, à un moment ou un autre. Il lui raconta sans trop de détails la scène de la rue d'Alcalá et n'y revint jamais : Ángela n'était plus qu'un dangereux souvenir.

Le jour même, Robinson et Sandrine louèrent une chambre dans la pension où habitait Pablo et ils ne tardèrent pas à trouver le moyen de gagner leur vie : Robinson continua à exploiter ses aptitudes pour le dessin dans les gares et aux portes des bureaux de recrutement, où pour quelques francs, les jeunes soldats se faisaient tirer le portrait et immortaliser avec leurs fiancées, mères ou sœurs avant de partir pour l'abattoir, Sandrine de son côté était serveuse dans un cabaret de la rue Montmartre, jusqu'au jour où quelqu'un l'entendit chanter pendant qu'elle frottait le parquet, et où elle finit par devenir une véritable *vedette**, sous le très juif et très provocateur nom d'artiste de Sanhédrine.

Durant les premiers mois du conflit, Pablo apprit son nouveau métier à marche forcée : les batailles de la Somme et de l'Yser, qu'il dut couvrir sans quitter Paris, lui firent comprendre que le principal ennemi du correspondant de guerre n'est pas la peur, ni l'impuissance, ni la fatigue, mais la censure exercée par les belligérants. Pour que la guerre suive son cours, il fallait maintenir toute sa flamme à l'esprit patriotique des citoyens, ce qui n'était possible qu'en dissimulant la vérité à propos de ce qui se passait sur les champs de bataille, en particulier sur le front occidental, qui ressemblait plutôt à un camp d'extermination. Les journaux des pays neutres comprirent très vite de quoi il retournait et beaucoup se laissèrent soudoyer par les services de propagande de l'un ou de l'autre bord. Malgré tout, il fut interdit aux journalistes étrangers de s'approcher du front, mais on leur accorda la grâce spéciale de pouvoir utiliser les services télégraphiques, qui étaient contrôlés, à condition de rédiger leurs dépêches en français pour qu'elles puissent recevoir l'approbation des censeurs. Si bien que Pablo dut se résoudre à écrire dans la langue de Rabelais sans pouvoir faire grand-chose en faveur du pacifisme au-delà des communiqués officiels que les journalistes recevaient deux fois par jour et de la très stricte loi sur la presse du gouvernement français, qui interdisait « toute information ou article concernant les opérations militaires ou diplomatiques de nature à favoriser l'ennemi et à exercer une influence fâcheuse sur l'esprit de l'armée et des populations », avec des amendes et même des peines de prison pour les contrevenants. Comme la défense de positions pacifistes ne pouvait être interprétée que comme un signe flagrant d'influence nocive, Pablo dut apprendre à écrire entre les lignes.

Ce n'est qu'à la mi-novembre qu'il put participer à sa première « excursion » sur le champ de bataille, expressément organisée pour un groupe de journalistes internationaux par le ministre des Affaires étrangères, Théophile Delcassé, l'un des principaux artisans des pactes qui avaient conduit à la Triple Entente, entre Français, Russes et Britanniques. Mais l'offre était truquée : il ne s'agissait pas d'aller couvrir les affrontements, mais de se promener sur les lieux de la bataille de la Marne, repris par l'armée alliée. Les portes de Paris étaient décorées de fils barbelés et de parapets en acier, rappel des jours où l'armée allemande avait été à deux doigts d'entrer dans la capitale. Plusieurs sentinelles examinèrent attentivement les documents des reporters avant de les laisser monter dans l'automobile militaire qui devait les mener sur la scène du crime (car une guerre n'est pas autre chose qu'un crime organisé). Les premiers kilomètres furent extrêmement paisibles, avec ce faux calme qui précède la tempête, mais aux environs de la Marne le décor changea complètement : les jolis et pittoresques villages qu'ils avaient traversés jusque-là firent place aux premières maisons en ruine, aux premiers foyers mis à sac, aux premiers toits incendiés. Comme à Pompéi, la lave dévastatrice de l'invasion allemande avait surpris les habitants, qui avaient tout laissé en plan : le repas sur le fourneau, le linge sur l'étendoir, la poupée de chiffon près de l'abreuvoir… Quant aux personnes, ils n'en rencontrèrent au début que peu : tout au plus une ou deux petites vieilles à l'air austère et égaré de ceux qui ont tout perdu du jour au lendemain. Ce n'est qu'en arrivant dans des agglomérations plus peuplées, comme Meaux ou Montmirail, qu'ils purent enfin parler avec des témoins des événements, qui se montrèrent ravis d'expliquer aux journalistes ce qui s'était passé au cours des jours qu'avait duré l'occupation allemande, probablement pour exorciser leurs démons. C'est à cette occasion, en écoutant les récits bruts de ces pauvres gens, que Pablo comprit que la guerre est le pire des poisons inventés par l'homme :

— Je rends grâces à Dieu, leur affirma un ancien maître d'école de Meaux, qui était aveugle depuis bien des années, de ne pas m'avoir permis de voir de mes yeux les horreurs de cette guerre.

Sinon, je me les serais crevés moi-même, comme Œdipe. Deux énormes et épaisses larmes sillonnèrent ses joues quand il ajouta : Que n'ai-je été privé de tous mes sens, parce que pour moi le vin a le goût du sang, le pain sent le mort et le chant du coq me fait penser aux cris des jeunes filles violées. Il tira de sa poche un mouchoir tout froissé, se moucha bruyamment et prit congé des reporters d'une voix brisée avec ces paroles amères : Quand il était jeune, Montaigne pensait que philosopher c'était apprendre à mourir. Mais une fois adulte il découvrit que c'était tout le contraire, que la philosophie devait apprendre aux hommes à vivre et à laisser vivre. Si seulement ceux qui nous gouvernent avaient davantage lu Montaigne et moins Napoléon.

Pablo ne put s'ôter ces paroles de la tête durant tout le reste de l'excursion, pas même lorsqu'il contemplait les vallées trouées comme du gruyère par l'impact des obus, ou qu'il comptait les innombrables petits drapeaux tricolores signalant dans la brise les morts ensevelis sous la terre humide des tranchées. À ce moment-là, plus que jamais, il eut la certitude que le drapeau noir des anarchistes, le drapeau qui est la négation de tous les autres, est le seul qui mérite d'être hissé dans cette vie. À partir de ce jour, pendant presque deux ans, il se réveilla chaque matin avec les paroles du vieux maître aveugle résonnant dans ses oreilles. Jusqu'à la bataille de Verdun.

Dès lors pour lui ces mots cessèrent de servir.

— 22 —

> À la première heure du dimanche matin, dans deux camions envoyés à Vera à cet effet et dûment gardés par des forces de la Garde civile, les détenus arrivèrent à la prison de notre ville. Les prisonniers occupèrent des cellules dans la troisième galerie du rez-de-chaussée, et furent visités par l'aumônier des lieux, don Alejandro Maisterrena, devant lequel dix d'entre eux dirent professer la foi catholique et quatre ne professer aucune religion.
>
> *El Pueblo Navarro*, 11 novembre 1924

Quand Pablo et ses treize compagnons entrent dans la prison provinciale de Pampelune, populairement connue comme « la prison des trois P », l'usage pénitentiaire en vigueur en Espagne est ce qu'on appelle le « système progressif », appliqué pour la première fois au pénitencier de Ceuta en 1889, généralisé sur tout le territoire national au début du siècle nouveau et consacré par le décret récent de 1923. Ce système prévoit une amélioration graduelle de la situation des reclus à mesure qu'approche la fin de leur peine, en tenant compte de leur comportement et de la gravité du délit commis, et il comprend quatre phases ou périodes : en premier lieu, la phase d'isolement cellulaire, où le reclus est maintenu sous contrôle, observation et surveillance stricts ; puis la phase de vie en commun avec les autres prisonniers, occupés par des activités éducatives et professionnelles orientées vers la réinsertion ; ensuite, la phase de préliberté, où le condamné bénéficie de premières permissions de sortie ; et enfin la phase de liberté conditionnelle ou sur parole. Comme il se doit, tous les détenus en provenance de Vera se voient appliquer le premier degré pénitentiaire, et sont isolés dans des cellules individuelles en attendant d'être jugés. Même si certains ne dépasseront jamais la première phase.

Il fait encore nuit quand les deux fourgons cellulaires arrivent à Pampelune et réduisent leur vitesse à vingt-quatre kilomètres par heure, vitesse maximum autorisée en ville. Cinq minutes plus tard, ils franchissent les portes d'acier noir de la prison et entrent dans la vaste cour, réveillant les reclus qui dorment dans l'aile sud du bâtiment. La garde a été renforcée par quinze soldats, de même que la surveillance des routes et des chemins menant à la prison. Plusieurs gardes civils, enveloppés dans leur cape noire, jugulaire tremblotant sous le menton, aident les soldats et les gardiens à extraire des camions les quatorze hommes qui arrivent de Vera les bras noués de crampes et les poignets contusionnés. Puis ils les conduisent en silence, fusils pointés sur eux et mains et pieds entravés, vers le bureau des entrées, au rez-de-chaussée de la prison, où les attend pour leur souhaiter la bienvenue, appuyé sur sa canne, le directeur maniéré du pénitencier, don Daniel Gómez Estrada. Un discours de bienvenue qu'il entame par une allusion à son homologue de Burgos :

— Je ne dirai pas, comme certains collègues, qu'un prisonnier est une merde, que deux prisonniers sont deux merdes et que plus de deux prisonniers constituent un tas de fumier, même si parfois ils n'ont pas tort. Mais sachez que ce centre est régi selon trois idées fondamentales : la discipline d'une caserne, le sérieux d'une banque et l'austérité d'un couvent. Si vous vous adaptez à ces prémisses, nous nous entendrons bien, soyez-en sûrs.

Les quatorze nouveaux venus l'écoutent en silence, en maudissant intérieurement l'arrogance du directeur.

— Si vous avez de l'argent, vous pourrez acheter de la nourriture et du linge à l'économat. Sinon, vous devrez vous contenter du rata maison et de l'uniforme du pénitencier.

Ayant dit, il sort du bureau avec un geste hautain de premier chanteur d'opéra, sans pouvoir occulter la boiterie de sa jambe orthopédique, laissant les révolutionnaires aux mains des ordonnances, qui entreprennent de les enregistrer. Avant que ne sonne la diane, les détenus sont conduits au service des douches, où on les oblige à se dévêtir et à faire leur toilette, non sans les avoir fait passer par une pièce adjacente où le « tondeur », comme on l'appelle ici, leur rase la tête. Une fois tondus et lavés, vient pour eux le moment de recevoir le coup de grâce avec l'uniforme pénitentiaire, qui est comme un cilice sur la peau dépouillée de linge de corps. Les moins malchanceux reçoivent des uniformes neufs, en drap épais, tandis que d'autres doivent se satisfaire de vieilles tenues en coutil blanc à rayures grises, qui ne couvrent guère plus que du papier à cigarette. Mais qui donc oserait protester, et risquer qu'on lui donne un pyjama en pin, ce vêtement en bois qu'on ne met qu'une fois et qu'on n'ôte plus jamais…

— Tu peux emporter ton manteau dans ta cellule, mais tu dois mettre le reste en dépôt jusqu'à ce que tu sortes ou que quelqu'un vienne le chercher, dit l'un des geôliers à Pablo quand son tour est venu. Quoique, je te préviens, si personne ne vient, quand tu sortiras d'ici les mites auront fait un bon banquet avec tes fringues. Si tu sors, bien sûr…

— Je ne pense pas que mes vieux vêtements intéressent qui que ce soit, à part les cuisiniers pour donner un peu de goût à la soupe, répond effrontément Pablo. En ce qui me concerne, faites-en ce que vous voudrez.

Une fois en uniforme, les prisonniers se voient remettre deux couvertures râpées (mais pas de draps, il ne faudrait pas qu'ils aient l'idée de les déchirer pour en faire des cordes et se pendre), une écuelle, une cuiller en laiton et l'inévitable journal périmé. Puis on leur affecte un numéro à trois chiffres les dépouillant de toute prétention de personnalité qui pourrait encore leur rester et on les conduit dans des cellules individuelles situées dans la troisième galerie du rez-de-chaussée de la prison, réservées aux criminels les plus dangereux. Car la prison provinciale de Pampelune est construite selon le modèle des nouveaux pénitenciers espagnols, avec une structure panoptique de quatre galeries radiales en forme de croix chrétienne, comme l'explique fièrement don Daniel Gómez Estrada chaque fois qu'une autorité daigne visiter le bâtiment. Avec cette disposition, tant les salles communes que les cellules individuelles reçoivent la lumière naturelle, et celle qui échoit à Pablo, la 31, ne fait pas exception, car elle donne sur la grande cour, où les prisonniers se distraient à jouer au ballon ou à parier des cigarettes dans d'impossibles courses de poux. Elle est un peu plus spacieuse que celle de la caserne des carabiniers de Vera, et bien qu'elle ne casse pas des briques (elle doit faire deux mètres de large sur trois de long), elle contient au moins un mauvais lit en bois, à demi camouflé par une natte de paille moulue crasseuse, et des latrines situées juste sous une petite fenêtre d'où filtre la lumière blafarde de la cour. Il n'y a pas l'eau courante, bien entendu, mais un seau débordant dans un coin sert tant pour la toilette du matin que pour aider à l'évacuation des détritus dans les latrines, ce qui n'empêche pas la pièce d'empester le moisi et l'urine, même si Pablo ne le remarque pas. Il y a sur les murs humides des phrases écrites au crayon ou à la craie, et des dessins obscènes tracés avec le manche des cuillers.

— Fais donc ton examen de conscience, lui dit le geôlier en lui ôtant ses menottes, on est dimanche et le père Alejandro viendra vous confesser.

Sans rien ajouter, il ferme d'un coup sec la porte en fer et fait grincer le heurtoir, laissant Pablo seul avec ses pensées, tandis que dans le couloir de la troisième galerie des soldats vont et viennent, marquant du métronome de leurs pas le lent passage du temps.

La première chose que fait Pablo est d'inspecter sa nouvelle demeure. Qui sait combien de temps elle devra l'abriter. La vitre de la fenêtre est si sale qu'elle en est presque opaque, elle est très en hauteur, mais en se juchant sur le rebord des latrines on peut l'ouvrir et profiter d'un morceau de ciel ; et même, en s'agrippant aux barreaux, on aperçoit la grande cour pavée. Pablo grimpe sur l'urinoir et ouvre la fenêtre, surpris de trouver sur le rebord un étourneau tout tremblant qui ne se décide pas à s'envoler. La faible lumière de l'aube qui entre dans sa tanière éclaire les murs couverts d'inscriptions. Pablo s'agrippe aux barreaux et jette un coup d'œil dans la cour adjacente, vide à cette heure de la matinée. Puis il descend de sa tour de guet et se distrait à déchiffrer les écritures tremblantes des précédents locataires. Il y a des phrases et des sentences pour tous les goûts et de toutes les couleurs, depuis « Ayez pitié de moi, Seigneur, je vous en prie » jusqu'à « Allez tous vous faire foutre », en passant par une autre, de nature plus politique, comme celle qui se trouve près des latrines : « Vous pourrez menotter nos mains, mais nos idées, jamais. » Au-dessus du chevet du grabat quelqu'un a écrit : « Il existe deux genres d'hommes : ceux qui choisissent la vie et ceux qui choisissent la mort », et, près de la porte, un autre (ou peut-être le même, qui sait), a griffonné ses dernières paroles : « D'ici peu on viendra me chercher pour m'infliger le garrot. Je meurs innocent et je n'emporte dans ma tombe que le souvenir de ton regard : 31 octobre 1921. » Un frisson parcourt l'échine de Pablo, qui tient sa lecture pour terminée, referme la fenêtre et s'étend sur le lit, les mains nouées sous la nuque. La pénombre transforme les taches d'humidité du plafond en monstres mythologiques, en continents de mondes perdus, en visages de personnes inconnues ou oubliées, et Pablo se transporte dans son enfance, quand il s'allongeait dans l'herbe des champs de Castille pour regarder les nuages et que son père lui parlait de Léonard de Vinci et de sa théorie des inventions merveilleuses qui surgissent dans l'imagination des esprits ouverts quand ils regardent un bon moment les nuages, ou la boue ou les taches des murs ou la cendre des feux. Et ainsi, en voyant défiler sur le plafond les taches d'humidité animées par sa rêverie, Pablo finit par s'endormir. Il rêve, il rêve comme il y a des nuits qu'il n'a pas rêvé. Il rêve que les taches se changent en capes noires, et les capes noires en gardes civils, et les gardes civils en procureurs, et les procureurs en curés qui administrent les derniers sacrements, et les curés en bourreaux, et les bourreaux en cercueils, et les cercueils en fosses, des fosses sans fond dans lesquelles tomber éternellement, pour des jours et des jours, amen.

Pablo se réveille en tombant du lit et en se cognant contre le sol en ciment. Dans un moment viendra l'aumônier de la prison, don Alejandro Maisterrena, pour essayer de le confesser, mais sans succès : « Ne désespère pas, mon fils, Jésus-Christ et les apôtres ont eux aussi été prisonniers. » Devant le refus du prisonnier il ne pourra que quitter la cellule 31 avec un dernier conseil : « Essaie de ne pas trop te masturber, dira-t-il avec un regard réprobateur, parce que cela affaiblit et le sperme tombe par terre, et se transforme en poussière... et qui sait où va ensuite la poussière... » Ainsi, dès que le curé aura disparu et jusqu'à mercredi, où commenceront les interrogatoires et les autres formalités de l'instruction, la seule compagnie de Pablo sera celle de l'étourneau de la fenêtre, qui incompréhensiblement n'en quitte pas le rebord, en grelottant de froid ou de peur ou de nostalgie, son seul contact avec l'extérieur sera la promenade quotidienne d'une demi-heure dans la petite cour, réservée aux prisonniers mis au secret. Mais entre aujourd'hui et mercredi il se passera beaucoup de choses hors du centre pénitentiaire, dont certaines parviendront aux oreilles des détenus malgré leur isolement, car les nouvelles traversent les murs de la prison comme des ondes hertziennes ou des fantômes indiscrets. Gil Galar, par exemple, entame ce soir même une grève de la faim à l'hôpital de la Miséricorde de Vera, à cause de désaccords avec les médecins, qui assurent que sa blessure au temporal a été causée par une balle de pistolet et non de fusil, laissant entendre par là que ce sont ses propres compagnons qui ont tiré sur lui. Demain, lundi, paraîtront dans le journal français *Le Matin* des déclarations de Blasco Ibáñez par lesquelles il se défend de ceux qui l'accusent d'être un des organisateurs de la tentative et qualifie le mouvement révolutionnaire d'absurde et de criminel. Mardi parviendra la rumeur que Bonifacio Manzanedo s'est laissé saigner à Vera pendant la nuit, après avoir ôté les bandes de sa jambe amputée, rumeur qui paraîtra même dans certains journaux du chef-lieu de la Navarre, mais qui sera démentie dans les éditions postérieures. Ce qui est sûr, c'est que son moignon est atteint par la gangrène et qu'on ne pourra faire autrement que de l'opérer de nouveau. Mercredi matin, enfin, Enrique Gil Galar, ayant cessé sa grève de la faim, arrivera à la prison provinciale de Pampelune où on le conduira directement à l'infirmerie pour être examiné par les médecins avant d'être enfermé dans une cellule de la troisième galerie du rez-de-chaussée, en situation de prison préventive et d'isolement, comme le reste de ses compagnons. Presque à la même heure, trois nouveaux détenus accusés d'avoir participé aux événements de Vera seront transférés depuis Saint-Sébastien, et c'est alors que commencera l'instruction, une fois le tribunal militaire constitué dans la prison même et présidé par le commandant d'infanterie don Manuel González de Castejón, qui poursuivra en qualité de juge instructeur spécial l'enquête initiée à Vera de Bidasoa par don Feliciano Suárez, avec pour secrétaire M. Ortega, sergent du régiment de Sicile.

Le mercredi 12 novembre 1924, à six heures de l'après-midi, Pablo est conduit pour la troisième fois ce jour-là à la salle des interrogatoires, au rez-de-chaussée du bâtiment central de la prison, d'où partent les quatre galeries radiales comme les bras d'un poulpe de pierre et de ciment. Les fenêtres n'ont pas été ouvertes et l'atmosphère est chargée d'une fumée épaisse et paresseuse, d'où émerge le juge instructeur. À ses côtés, se tient, debout, le directeur du centre pénitentiaire, don Daniel Gómez Estrada, impeccablement coiffé d'une toque, arborant le plus faux des sourires appris à l'École de criminologie de don Rafael Salillas. Dans un coin, retranché derrière une vieille Underwood n° 5, le secrétaire nettoie pour la énième fois ses lunettes avec le pan de sa veste, prêt à enregistrer le moindre détail de la déclaration du prisonnier.

— Asseyez-vous, je vous prie, indique le juge instructeur à Pablo, sans permettre qu'on lui ôte ses menottes, alors qu'il serre la main du directeur de la prison. Vous êtes sûr de ne pas vouloir rester, don Daniel ?

— Non, non, merci bien, je vous laisse à votre travail, s'excuse-t-il, et il sort, traînant sa jambe orthopédique et en regardant Pablo comme on réprimande un fils qui a fait une espièglerie.

— Prénom ? demande Castejón.

— Pablo, je vous l'ai déjà dit.

— Nom de famille ?

— Martín Sánchez, encore une fois.

— Ne faites pas le malin, hein ! aboie le juge instructeur, troquant son amabilité initiale contre une sécheresse pleine de menaces. Contentez-vous de répondre à mes questions, sans autre commentaire.

Mais c'est le troisième interrogatoire que subit Pablo en dix heures à peine, et il commence à être énervé de toujours entendre la même rengaine et de voir que plus ses réponses sont sincères, plus elles semblent invraisemblables au juge instructeur. Voilà la torture authentique, demander et redemander la même chose, des heures et des heures durant, jusqu'à ce que le prisonnier ait la bouche sèche et que son cerveau s'engourdisse, et qu'il finisse par déclarer ce qu'on attend pour pouvoir retourner dans sa cellule, boire un verre d'eau et expulser de sa tête le martèlement ininterrompu des questions répétées. Les anciennes méthodes, comme arracher les ongles avec des tenailles ou envoyer des décharges électriques dans le scrotum, avaient peut-être plus d'effet mais elles laissaient des traces et étaient très désagréables. De plus, falsifier la signature hésitante d'un de ces misérables est si facile que personne ne veut se tacher de sang pour obtenir des aveux. Si bien que Pablo a reconnu qu'il a participé à la rixe près de la carrière d'Argaitza, car sa blessure causée par le mauser en est une preuve indiscutable, mais il insiste sur le fait qu'il n'a pas tiré un seul coup de feu et qu'il n'était le chef d'aucun groupe. Pourtant, le juge instructeur continue la même litanie :

— Dans quelle intention êtes-vous entré en Espagne ?

— Dans l'intention de voir de mes propres yeux que la révolution avait éclaté, comme on nous l'avait assuré en France avant que nous ne traversions la frontière.

— Avez-vous tiré sur les gardes civils dans la carrière ?

— Non, bien au contraire : j'ai essayé d'éviter la fusillade, en me jetant sur un des nôtres qui avait sorti son pistolet.

— Inutile de noter cela, dit Castejón au secrétaire, qui tape sur sa machine à écrire dans le coin de la salle ; et avant que Pablo ait pu protester, il lui demande : Étiez-vous l'un des chefs ?

— Non, je vous l'ai déjà dit mille fois.

— Eh bien vous le direz deux mille fois s'il le faut ! crie violemment le juge instructeur, effrayant le secrétaire qui sursaute sur sa chaise. Qui commandait l'expédition ?

— Personne, il n'y avait pas de chefs parmi nous.

— Mais quelqu'un était bien le cerveau de l'opération, je suppose…

— J'imagine que oui, mais je ne le connais pas. Je sais seulement qu'à Paris MM. Blasco Ibáñez, Unamuno et Soriano diffusaient l'idée que la révolution était sur le point d'éclater en Espagne, déclare Pablo, tout en sachant qu'aucun des trois n'a quoi que ce soit à voir avec la tentative.

— Très bien, vous voyez qu'à force d'insister on finit par se rappeler les choses ? Bien, si vous voyiez vos compagnons d'aventure, vous pourriez les reconnaître ?

— C'est possible, concède l'ex-compositeur de La Fraternelle.

— Faites-les entrer un par un, ordonne Castejón à un des soldats qui gardent le prévenu, pour commencer une tournée de reconnaissance. Mais Pablo nie obstinément de la tête en voyant passer Leandro, Julián, Julianín et tous les autres détenus, y compris Casiano Veloso et Anastasio Duarte, qu'il a pris particulièrement en grippe depuis l'épisode du bordel. Le malheur, c'est que tous ceux qui seront interrogés ne seront pas aussi courageux, et n'auront pas le même sens de la camaraderie. Sans aller plus loin, Casiano a déclaré le matin même avoir vu Pablo, qu'il considère comme un des chefs du groupe, tomber, blessé, dans l'affrontement, et Anastasio est allé jusqu'à affirmer que celui qui a été blessé à la cuisse est un de ceux qui se sont le plus acharnés sur les gardes tués.

— Avez-vous quelque chose à ajouter à ce que vous avez déclaré ?

— Non.

— C'est bon, lisez votre déclaration et signez ici, en bas.

— Ce n'est pas exactement ce que j'ai dit, réplique Pablo après avoir jeté un coup d'œil sur la feuille, avec l'indifférence de celui qui est habitué à ce qu'on déforme et dénature ses paroles.

— Si vous refusez de signer, nous le ferons pour vous, soyez sans inquiétude, dit avec cynisme le secrétaire, en se levant de sa chaise stylo en main.

Ce n'est qu'alors qu'on lui permet de boire de l'eau et de retourner dans sa tanière, où il dormira pour la dernière fois comme prisonnier au secret, car demain soir, peu après la sonnerie qui annonce l'heure du coucher, il sera de nouveau conduit à la salle des interrogatoires.

Pablo est étonné d'y trouver Santillán, le lunatique Gil Galar et le timide Vázquez Bouzas, encadrés de plusieurs gardes civils. Le juge instructeur spécial don Manuel González de Castejón, accompagné de son secrétaire, du procureur et du conseiller juridique, leur donne la pire des nouvelles : une fois l'instruction des faits achevée et approuvée à Burgos par l'excellentissime capitaine général de la sixième région, M. Burguete, les quatre seront soumis à un conseil de guerre extrêmement sommaire qui se tiendra, irrévocablement, demain vendredi 14 novembre 1924. Les autres détenus auront droit à un procès ordinaire après le conseil de guerre. Puis le secrétaire procède à la lecture intégrale des charges d'accusation, où Pablo figure comme l'un des principaux chefs de la tentative révolutionnaire et comme auteur des coups de feu ayant entraîné la mort des gardes civils, ainsi que le prouve la balle qu'il a reçue dans la cuisse et le corroborent les accusations de plusieurs détenus. Le procureur demande pour les quatre inculpés la peine capitale, ce pourquoi on les presse de choisir un défenseur entre un commandant de carabiniers, un capitaine d'artillerie et un sergent de la Garde civile, et on leur signifie aussitôt la levée de leur régime d'isolement, comme le dicte la loi : bien qu'ils doivent rester au secret dans leurs cellules, ils auront à présent le droit de maintenir un contact écrit avec l'extérieur et de recevoir la visite de parents, enfants ou épouse, s'ils le désirent. Il est également possible que des journalistes viennent à la prison pour leur poser des questions. Qu'ils dorment bien et que Dieu les assiste.

XX
(1916-1918)

Hemingway définit la Grande Guerre comme « la plus colossale, la plus criminelle et la plus absurde boucherie de l'Histoire ». Et il ajoute, en connaissance de cause : « Tout écrivain qui dirait le contraire mentirait. Par conséquent les écrivains ou bien écrivirent des textes de propagande, ou bien se battirent, ou bien se turent. » Pablo, comme correspondant de guerre, le comprit parfaitement, et il se retrouva bientôt sans paragraphes, sans phrases, sans mots, sans lettres. Et il finit par se taire. Surtout à partir de la bataille de Verdun, la célèbre bataille de Verdun, qui devait se prolonger durant dix interminables mois et finir par être l'un des affrontements les plus inhumains et les plus inutiles de l'Histoire. « L'enfer de Verdun » ou « le hachoir à viande de Verdun », telles furent deux des expressions avec lesquelles les journalistes désignèrent cet épisode, mais pour Pablo ce fut toujours « l'absurdité de Verdun », car non seulement cette bataille causa des centaines de milliers de morts dans les deux camps, mais, militairement parlant, elle ne changea absolument rien.

Elle débuta en février, quand les troupes du général Falkenhayn, chef de l'état-major allemand, lancèrent une offensive colossale sur Verdun, en bombardant la ville et les lignes ennemies sans interruption pendant presque dix heures, ce qui transforma le front en un atroce spectacle de feu et de mitraille, où les cris déchirants des soldats s'entendaient à peine sous le bruit assourdissant des explosions. Non, ce ne fut pas une pluie d'obus : ce fut un déluge de mille cinq cents bombes par minute, un roulement sans fin que les Allemands, dans un accès de lyrisme exacerbé, qualifièrent de *Trommelfeuer*, tambour de feu. Après la tempête, cependant, ce ne fut pas le calme, mais une nouvelle averse d'infanterie teutonne qui prétendait griller avec ses lance-flammes infernaux les survivants mal en point, oubliant que le lion blessé est encore plus dangereux : les Français défendirent Verdun bec et ongles, en attendant les renforts, et ce fut la bataille la plus longue de la guerre.

Mais Pablo ne verrait pas de ses yeux l'ampleur de la tragédie avant la fin de l'année, quand les huiles de l'armée française comprirent qu'après neuf longs mois de gestation la bataille de Verdun touchait à sa fin, et ouvrirent cordialement les tranchées aux correspondants étrangers, comme pour s'enorgueillir de cette imminente victoire à la Pyrrhus : à ce moment-là, jusqu'à quatorze nations avaient déterré la hache de guerre et la conflagration prenait une allure d'Apocalypse.

Le matin où ils quittèrent Paris, il gelait et le temps était agité, un de ces matins qui semblent faits pour rester chez soi près du feu plutôt que pour aller le chercher dans les tranchées. Les journalistes montèrent dans le véhicule militaire aux premières clartés de l'aube et, malgré l'excitation du moment, c'est à peine s'ils ouvrirent la bouche avant d'emprunter la Voie sacrée :

— Voici la fameuse route que certains appellent Voie sacrée, les informa l'officier qui conduisait.

— Pour quelle raison ? demanda le correspondant suédois du *Rockbalius Triduojer*, plus par politesse que pour autre chose, car il connaissait parfaitement la réponse.

— Parce que c'est la voie qui nous a permis de ravitailler notre armée en armes et en aliments, et d'empêcher les Allemands de prendre Verdun.

De chaque côté de la route se dressaient des abris, des écuries et des hangars pour l'aviation, tandis que sur la chaussée circulaient des véhicules de l'état-major, des convois d'artillerie et même des bicyclettes enfourchées par des soldats en uniforme. Une voie ferrée construite pour l'occasion courait parallèlement à la route principale, indifférente aux nombreux cimetières qui la jalonnaient, avec leurs croix et leurs monticules de terre encore fraîche. Après un moment ils croisèrent un camion en provenance du front qui transportait des prisonniers allemands, rubiconds et tremblants comme des pétales de roses.

— Qu'ils sont jeunes, murmura le reporter russe du *Novoïé Vremia.*

Tout le monde acquiesça par le plus explicite des silences.

— Je n'arrive pas à comprendre, finit par dire Pablo – après qu'ils eurent croisé un camion de la Croix-Rouge débordant de soldats blessés –, quel sens cela peut avoir de défendre Verdun.

L'officier qui conduisait sursauta sur son siège et faillit quitter la route.

— Je veux dire, nuança aussitôt Pablo, que ce n'est pas un endroit aussi stratégique qu'il pourrait le paraître. Étant encerclé par les forces allemandes, il oblige l'armée française à maintenir une ligne de front plus large, tandis que si on tranchait dans le vif et qu'on livrait Verdun, le front se réduirait et on épargnerait bien des vies, vous ne pensez pas ?

Aucun reporter n'osa ouvrir la bouche, même s'ils savaient que le correspondant espagnol avait parfaitement raison. La preuve évidente que Verdun n'avait pas de véritable valeur militaire (bien que ce fût un symbole historique de la fierté française), c'était que lorsqu'elle avait été attaquée par l'armée allemande, elle ne disposait que de quelques canons pour se défendre, les autres ayant été affectés à des unités plus importantes. Mais c'est une chose d'en être conscient et une autre de le dire à l'officier qui vous emmène vers la ligne de front après plusieurs mois de bataille et des centaines de milliers de morts.

— Les gens, dit l'officier en essayant de rester impassible, voient ce qu'ils veulent voir. Bien souvent ce que les gens veulent voir ne correspond pas à la réalité.

— Mais n'est-il pas vrai, insista Pablo, téméraire, que le général Joffre est de cet avis, et que s'il a accepté la situation c'est pour des raisons politiques ?

Le visage de l'officier manifesta une peur subite qui dura ce que dure le battement d'ailes d'un papillon.

— Messieurs, dit-il en donnant un coup de frein brusque, nous sommes arrivés à Souilly. Vous allez avoir l'honneur d'être reçus par le général Nivelle.

Ayant dit, il descendit du camion en claquant la portière.

Le général Nivelle, en dépit du froid, sortit les accueillir en bras de chemise, comme un seigneur féodal sort à cheval contempler l'étendue de ses territoires. Il portait des bottes à tige haute et des éperons, et on devinait dans son regard la détermination propre aux fous ou aux élus. Il salua aimablement les journalistes, quoique avec une certaine hâte, et leur montra sur une carte les tranchées et les lieux qu'ils pourraient visiter sur leur parcours. Il conclut en leur rappelant l'interdiction de parler aux poilus et leur serra la main un à un, avant de rentrer se reposer au quartier général.

— Continuons, messieurs, ordonna l'officier qui conduisait le véhicule militaire.

À partir de là les mesures de sécurité augmentèrent : entre Souilly et Verdun ils furent arrêtés une demi-douzaine de fois par des sentinelles qui sortaient de leurs guérites, se plantaient au milieu du chemin, levaient les bras en forme de Y en tenant un fusil et leur demandaient leur sauf-conduit et le mot de passe. « Racine », disait l'officier, ou « Rivoli » ou « Argonne », et seulement alors ils pouvaient continuer leur chemin. Finalement, ils aperçurent au loin une tache brunâtre au milieu de la vallée.

— Voilà Verdun, annonça l'officier, et les correspondants en restèrent bouche bée.

Verdun. Cela faisait des mois que Pablo entendait parler de Verdun. Il avait écrit ce nom des centaines de fois et maintenant ces six lettres se faisaient enfin chair, chair en ruine. Ils y entrèrent par la porte de France et se garèrent pour mieux contempler l'atroce spectacle. La ville avait été dévastée par les bombes allemandes et semblait sortie d'un conte d'horreur ou d'un cauchemar, avec ses maisons détruites et ses rues défoncées. À un balcon pendait encore un drap en lambeaux, comme si les bâtiments abandonnés étaient seuls capables d'arborer le drapeau blanc de la paix. Un peu plus loin, sur la porte d'un café, on pouvait encore lire l'affiche tout usée du dernier spectacle qui était passé par là, avant que les bombes n'apportent un changement imprévu au programme : « Ce soir, disait-elle, à onze heures, début de la belle Paquita et de ses célèbres danses espagnoles. » Quelle façon de débuter a eue ma compatriote, pensa Pablo, mais plusieurs explosions lointaines le ramenèrent aussitôt à la réalité.

— Ce ne sont pas des explosions, les informa l'officier, ce sont des détonations.

— Quelle est la différence ? demanda le reporter hollandais du *Nieuws van den Dag*, encore vert en la matière.

— Presque la même qu'entre la vie et la mort, répondit l'officier avec délectation : la détonation est le bruit que font nos canons en tirant, l'explosion celui des bombes allemandes en tombant. Vous apprendrez très vite à les distinguer, ne vous inquiétez pas.

Peu après, le petit groupe de reporters quittait l'agglomération, le cœur gros, pour se retrouver en rase campagne, en direction des tranchées. Les innombrables cratères laissés par les obus atteignaient jusqu'à cinq mètres de profondeur, et donnaient au paysage un aspect irréel, lunaire, fantasmagorique. On se trouvait à quelques kilomètres de l'ennemi, mais les troupes de l'arrière-garde semblaient immunisées contre le sifflement des grenades allemandes qui déchiraient l'air tout près de là : on voyait des hommes laver leur linge dans un ruisseau, d'autres faisaient chauffer le rata, étrillaient les chevaux, transportaient des sacs, sciaient des planches, mangeaient, buvaient, dormaient ou faisaient de la gymnastique suspendus à une barre horizontale fixée entre deux grands poteaux plantés dans le sol. Soudain, les reporters virent apparaître une vingtaine de bourricots qui revenaient du front ; leur petite taille leur permettait d'apporter du pain, du riz et de la viande aux soldats sans être atteints par les tirs de l'artillerie allemande, mais malgré tout plus d'un était tombé dans cette tentative. Quand enfin ils arrivèrent à l'entrée des tranchées, il y régnait un calme tendu, uniquement perturbé par les détonations de la première ligne de feu. Ils furent accueillis par le colonel commandant de la zone, un de ces vieux militaires français à moustache et mouche, énergique et sans façon, aimant le vin, les femmes et les blagues un peu lourdes. Il les salua avec une impatience pleine d'effusion.

— Allez, messieurs, munissez-vous d'un casque et d'un masque à gaz, car il faut prendre des précautions. Nous irons jusqu'à la tranchée la plus avancée, à vingt mètres de l'ennemi. J'espère qu'il n'y a pas de cardiaque parmi vous.

Il y avait sur le sol un tas de casques, lourds et sales, que les reporters essayèrent jusqu'à ce qu'ils en aient trouvé un à leur taille ; puis ils mirent les masques à gaz, constitués d'un sac de toile couvrant complètement le visage et doté de lunettes de mica qui correspondaient à peine à la position des yeux. Pour finir, le colonel leur fit enfiler par-dessus un cabasset métallique qui acheva de leur donner l'aspect de plongeurs égarés. Le vieux militaire laissa alors échapper un éclat de rire qui flotta dans l'air jusqu'à ce que l'éteigne un roulement d'explosions.

— Allons, allons, ôtez vos déguisements, mesdemoiselles, dit-il en célébrant ce bizutage. Je voulais simplement que vous sachiez comment se sent un poilu quand il doit aller au combat. J'espère que cela vous sera utile pour vos chroniques. Maintenant, suivez-moi, je vous prie, je veux vous montrer plusieurs choses, leur dit-il du ton pressant de celui qui organise une expédition champêtre.

Un peu vexés par cette mise en boîte, les reporters se mirent en marche à travers un labyrinthe de tranchées en direction de la première ligne du front. Ils avançaient, baissés et ramassés sur eux-mêmes, en dépit de la profondeur des tranchées, sans savoir que la probabilité qu'une grenade allemande les atteigne était la même que celle qu'avait jadis une flèche ennemie de se glisser par la meurtrière d'une forteresse. Toutefois, ce qui impressionna le plus Pablo ne fut pas le fracas du canon qu'on entendait dans le lointain, mais l'éclat qu'il remarqua dans le regard des soldats qu'ils croisèrent en chemin. Car ce qu'il vit dans leurs yeux, ce n'était pas de la crainte, ni de la peur, ni de l'espoir, ni de la folie. Ce qu'il vit était quelque chose qui naît du plus profond des cœurs et qui s'enkyste dans le regard des hommes : de la haine. Pas de la haine pour l'Allemand, ni de la haine pour la guerre, pas même de la haine pour leurs supérieurs, non : au moment où le groupe fit son apparition dans les tranchées, il n'y avait dans le regard des soldats que de la haine pour les reporters. La raison, au fond, en était très simple : il y avait plus de deux ans que la guerre avait commencé et les chroniques des journaux s'entêtaient encore à décrire avec bienveillance (avec sympathie, même) la vie dans les tranchées. Eh bien non. La vie dans les tranchées était un enfer, en dépit des blagues de l'officier de service. Quand est-ce que quelqu'un oserait enfin publier la vérité ?

— *A veure quan us atreviu a publicar la veritat, colla de cretins*[17], murmura un soldat en catalan en voyant passer les journalistes. Pablo fut le seul à comprendre et, sous prétexte de renouer son lacet, il resta en arrière. Comme il ne lui était pas permis de parler avec les combattants, il attendit que disparaisse le colonel et demanda en castillan :

— Est-ce qu'il y aurait un Espagnol ici ?

Adossés au talus de la tranchée, quatre poilus le regardèrent d'un air renfrogné, en se réchauffant les mains avec leur propre haleine.

— Oui, dit finalement l'un d'eux, en touchant la visière de son képi, couverte de boue. Ramón Tàrrech, pour vous servir, vous et Dieu.

— Pablo Martín, se présenta Pablo, sans tenir compte de l'ironie du soldat. Donc il y a des volontaires catalans à Verdun.

17. « Quand est-ce que vous oserez publier la vérité, bande de crétins. »

— Bien sûr. On était cinq de mon village, et je suis le seul encore là. L'autre jour un journaliste de Barcelone est venu et il a dit que déjà plusieurs milliers de Catalans étaient morts dans cette maudite guerre. Sous prétexte que le général Joffre est de Rivesaltes, nous nous sommes fait berner comme des perdreaux de l'année. Tu peux mettre ça dans ta chronique, si tu veux.

— Mais pourquoi ne rentres-tu pas chez toi, toi qui le peux ?

Le jeune médita sa réponse tout en se curant les ongles avec la pointe de sa baïonnette.

— Parce que la mort devient routine, comme la faim et le froid, dit-il enfin. Et quand on a vu certaines choses, on ne peut pas rentrer tranquillement chez soi. Tu veux savoir comment on meurt dans les tranchées ? Tu veux que je te raconte comment sont morts hier deux de mes camarades ? Tu veux savoir la vérité sur cette putain de guerre ? Peut-être que comme ça vous cesserez de raconter une foutue fois qu'on passe notre temps à jouer aux cartes, à nous faire des blagues tout en sifflant *La Marseillaise*...

Pablo jeta un regard vers l'endroit par où avaient disparu les journalistes. Apparemment, personne ne s'était rendu compte de son absence.

— Oui, évidemment que je veux le savoir, c'est pour ça que je suis là, dit-il en regardant de nouveau son compatriote. Mais ce n'est pas entièrement notre faute. La censure...

— La censure ? La censure est l'excuse des lâches. On peut toujours choisir de ne rien dire.

Les trois autres firent oui de la tête, même s'ils ne comprenaient pas un mot d'espagnol.

— À six heures du matin je suis sorti avec deux camarades inspecter le terrain, commença le soldat en essayant de contenir son émotion. Un calme absolu régnait dans les tranchées allemandes. Tant de calme aurait dû nous pousser à la méfiance, mais nous étions trop fatigués pour nous en rendre compte. En fait, quelqu'un nous avait vus sortir, ou bien on nous avait découverts pendant que nous approchions, parce que quand nous avons été à leur portée ils se sont mis à tirer. Nous nous sommes jetés tête la première dans un trou d'obus, vautrés dans la boue. C'est à ce moment-là que des grenades ont commencé à exploser. Une à gauche, une autre à droite, et la troisième exactement là où nous étions. Après l'explosion, j'ai ouvert les yeux, mais tout n'était qu'obscurité et poussière et fumée, et l'odeur âcre de la poudre m'asphyxiait. J'ai pensé : je suis blessé ? Puis : est-ce que je suis mort ? J'ai remué les bras et les jambes, je me suis touché la figure et la poitrine. Rien. Tout était en place. Mais alors j'ai vu mes deux camarades, l'un sur l'autre, qui perdaient leur sang. Philippe avait les entrailles dehors, comme s'il accouchait de ses propres viscères, les yeux déjà sans vie. Quant à Benjamin, l'explosion lui avait arraché une jambe et une tache rouge se répandait sur sa poitrine, pendant qu'il me regardait, atterré, en me suppliant de l'aider. Je me suis traîné jusqu'à lui, et je lui ai pris la main. Elle était glacée. Il a essayé de me parler, mais aucun son ne sortait de sa bouche. Et puis, sans savoir ce qu'il faisait, il a déboutonné son pantalon et il est mort en pissant sur la blessure ouverte de Philippe.

La voix de Ramón se brisa et une guillotine de silence tomba sur la tranchée. Un des soldats français se signa et un autre se moucha dans un mouchoir sale et raide comme du carton, peut-être pour dissimuler un début de larmes. Ils n'avaient compris que deux mots du récit, mais ces deux mots avaient suffi : Philippe et Benjamin.

— Nous n'avons pu récupérer leurs corps que ce soir, ajouta Ramón.

Pablo ne parvint qu'à dire :

— Je suis désolé.

— Si tu es vraiment désolé, fais-moi une faveur… répliqua le soldat.

— Je ne crois pas que quelqu'un osera publier ça, l'interrompit Pablo.

— Ce n'est pas de ça que je parle.

— De quoi, alors ?

— Benjamin écrivait un journal depuis qu'il était arrivé ici. Il disait qu'il l'écrivait pour sa fiancée, pour qu'elle sache combien il avait été courageux pendant la guerre s'il était tué. Mais elle habite à Marly, près de Valenciennes, en territoire occupé. Ce qui fait qu'on ne peut pas le lui envoyer par la poste.

— Que voulez-vous que je fasse ?

— Que tu le gardes jusqu'à la fin de cette malheureuse guerre de taupes. Et après que tu l'envoies à sa fiancée. Nous, on ne sait pas si on sortira vivants d'ici.

— Entendu, dit Pablo. Vous n'avez qu'à me le donner.

Ramón échangea quelques phrases en français avec ses camarades et tous firent oui de la tête.

— Viens avec moi, dit-il à Pablo, et ils s'enfoncèrent dans une tranchée à la jonction de plusieurs autres. Presque aussitôt, après un coude, ils se retrouvèrent dans un espace plus vaste, fermé et couvert, où des soldats finissaient de manger à la faible lueur de lampes à huile. Ramón alla dans un coin et glissa la main entre deux madriers.

— Voilà, dit-il à Pablo en lui donnant un petit cahier à la couverture fendillée et plein de traces de boue. Lis-le si tu veux. Nous, on l'a fait. Ça t'aidera peut-être à comprendre cette maudite guerre.

Pablo ouvrit le cahier et observa l'écriture fine et serrée, comme un reflet de la vie dans les tranchées : « Ici, on vit hors du temps et du monde », disait la première phrase. Mais ce fut tout ce qu'il put lire, parce que juste à ce moment-là on entendit tonner une voix :

— Monsieur Martín ! Monsieur Martín !

Il eut à peine le temps de mettre le cahier dans la poche de sa veste avant de voir apparaître l'officier qui l'avait conduit aux tranchées, et qui le montrait du doigt comme s'il le visait avec un pistolet :

— Vous avez commis une très grave infraction, lui cracha-t-il à la figure. Suivez-moi immédiatement.

Pablo ne put dire au revoir à Ramón qu'avec un regard fugace mais sans équivoque.

Après avoir récupéré le correspondant égaré, l'expédition suivit le parcours prévu : les reporters atteignirent les tranchées les plus avancées, avec leurs canons qui vomissaient du feu, leurs périscopes et leurs tremblements de terre, pour regagner ensuite l'arrière-garde et visiter un terrain d'aviation, avec ses appareils de chasse, de reconnaissance et de bombardement. Mais, curieusement, ce fut pendant le retour à Paris que Pablo put voir le véritable visage de Mars. Il ne s'était pas passé un quart d'heure depuis qu'ils étaient montés dans le véhicule qui les ramenait à la capitale quand ils découvrirent trois camions militaires au bord du chemin. À cinq ou six mètres de distance, à l'intérieur du bois, un peloton de soldats, tête basse, semblaient pétrifiés, képi à la main et respiration retenue. L'officier arrêta le véhicule et autorisa les reporters à descendre. Ils s'approchèrent en silence du groupe de poilus et Pablo eut l'impression, pour la première fois de sa vie, de pouvoir sentir : comme il inspirait, l'air lui opprima la gorge, lui laissa un goût amer dans la bouche et lui retourna l'estomac, ce qui lui causa une angoisse physique qu'il n'avait jamais éprouvée jusque-là. Cela ne dura qu'un instant, mais il ne l'oublierait jamais : c'était l'odeur de la mort, aigre et poisseuse, tangible presque, palpable, même pour quelqu'un qui est incapable de distinguer l'odeur d'un pet de celle d'une rose, celle d'un œuf pourri de celle de l'herbe fraîchement coupée, celle de latrines infectes de celle du cabinet de toilette de la reine d'Angleterre.

— Ça va ? lui demanda le correspondant du *Novoïé Vremia*.

— Oui, oui, merci, répondit Pablo. Un haut-le-cœur, rien d'autre.

Au pied du petit groupe de soldats s'ouvrait une profonde fosse dans laquelle s'entassaient des dizaines de cadavres, des corps démembrés et incomplets, couverts de sang et tuméfiés, leurs uniformes déchirés, dans un fouillis de jambes, de bras et de visages contractés par de macabres spasmes. Heureusement, quand les reporters arrivèrent, les premières pelletées de terre commençaient à tomber, comme un rideau qui se ferme pour cacher la plus grande des ignominies. Pourtant, le pire était encore à venir. Car la mort, l'odeur de la mort, le goût de la mort demeure inévitable dans toute guerre, et plus encore s'agissant d'une boucherie comme celle-là. Mais de même qu'il y a pire que de trouver un ver dans une pomme (trouver la moitié d'un ver), il y a pire que des corps sans vie et dépecés : des corps vivants dépecés.

De retour sur la route qui menait de Verdun à Châlons, ils aperçurent un bâtiment sombre, avec le drapeau de la Croix-Rouge ondulant sur le toit. Il s'agissait d'un ancien couvent transformé en hôpital, dernier arrêt de cette excursion des horreurs. Un médecin militaire sortit les accueillir et les fit entrer presque de force, avec le sadisme propre aux bouchers ou aux chirurgiens. Quand ils entrèrent dans le bâtiment, à l'écho lointain des bombes se superposa le hurlement déchirant d'un patient, qui réussit à leur faire dresser à tous (sauf au médecin) les cheveux sur la tête. Dans la grande salle de l'ancien réfectoire, plongée dans une pénombre inquiétante, on distinguait les formes de quantité de lits et on entendait les halètements et les lamentations de leurs occupants circonstanciels.

— Parfois, il n'est pas si facile de savoir si un soldat est mort, disait leur hôte sur un ton de voix désagréablement élevé, car la déflagration des obus peut tuer intérieurement, sans blessures apparentes. Dans ce cas, ou bien nous attendons que les signes évidents de la mort (la rigidité et la putréfaction) apparaissent, ou bien nous pratiquons la cardiopuncture. Qu'est-ce que la cardiopuncture ? C'est la preuve définitive : on enfonce dans la zone du cœur une très fine aiguille jusqu'à ce qu'elle pique le muscle cardiaque. Si l'aiguille bouge, c'est que l'homme est vivant ; sinon, c'est qu'il a expiré.

Eh bien moi, on me tiendrait pour mort, pensa Pablo, et son

cœur s'accéléra sur son côté droit. Mais sa peur ne dura pas, ou plutôt elle changea de forme, parce que soudain quelqu'un ouvrit une des persiennes de la salle et la lumière entra à flots, découvrant le plus monstrueux et le plus terrifiant spectacle qu'on puisse imaginer : certains des corps qui gisaient sur les lits n'avaient même plus forme humaine, c'étaient des fragments, des morceaux, des bouts de corps incompréhensiblement encore en vie. Pablo dut faire un énorme effort pour ne pas détourner les yeux : près de lui se trouvait un homme avec la mâchoire inférieure arrachée, le visage changé en une boule de chiffon où brillaient deux petits yeux apeurés qui semblaient vouloir sortir de leurs orbites ; un peu plus loin agonisait un homme avec un seul bras et une seule jambe, à l'opposé l'un de l'autre, ce qui lui donnait l'aspect d'un puzzle à moitié terminé ; et sur le lit contigu, un homme sans jambes implorait le Ciel en tendant le cou, comme un de ces pantins à ressort qui jaillissent brusquement lorsqu'on ouvre une boîte à surprise. Les journalistes sortirent de là comme des âmes que le diable emporte. Certains réussirent à ne pas vomir.

Quelques jours plus tard, le quotidien suédois *Rockbalius Triduojer* intitulait ainsi son article consacré au conflit : « Qui n'a pas vu Verdun n'a pas vu la guerre. »

Après la « très grave infraction » commise dans les tranchées, Pablo Martín se vit retirer son accréditation de reporter, ce qui lui interdisait d'exercer tant que durerait le conflit. S'il ne fut pas expulsé du pays, et s'il ne passa pas en conseil de guerre, ce fut parce que les militaires avaient des affaires plus urgentes à traiter. De toute façon, cette mesure était inutile, car en arrivant à Paris Pablo prit la décision de renoncer au journalisme tant que prévaudrait la censure, et il entreprit de chercher un travail qui lui permette de survivre jusqu'à la fin de la guerre. N'importe quoi. Ce qu'il trouverait. Ce qu'il faudrait.

— Même chanteur de cabaret, si tu me pousses, dit-il à Robinson sitôt rentré de Verdun.

La Ville Lumière était devenue un étonnant et paradoxal spectacle, comme si les privations des soldats au front avaient éperonné l'esprit épicurien de ceux qui avaient eu la chance de rester à l'arrière. Les théâtres, les cafés et les casinos, fermés au début de la guerre, étaient maintenant plus bondés que jamais, et l'absinthe, interdite par le gouvernement français pour lutter contre l'alcoolisme et éviter la dégradation de la race (mots textuels de l'ordonnance), arrosait de nouveau les gosiers de ceux qui savaient où en trouver. Comme si cela ne suffisait pas, la célèbre pythonisse Madame de Thèbes – dans un élan d'optimisme et de non-voyance – venait de prédire que la guerre s'achèverait au printemps, et dans les rues de Paris on respirait un air de victoire.

— J'ai essayé de louer un balcon sur les Champs-Élysées, pour voir le défilé des troupes quand nous fêterons la victoire, disait dans la rue un homme à un autre.

— Et alors ? voulut savoir l'autre.

— Trop tard, tout est réservé.

Cela étant, Pablo n'eut pas trop de mal à trouver du travail à Paris : trois jours plus tard il vidait les cendriers et débarrassait les verres du cabaret du Père Pelletier, celui-là même où une artiste appelée Sanhédrine charmait les clients avec sa voix de velours et ses formes sinueuses, tandis qu'au fond de la salle un jeune type à chapeau melon et à la barbe bigarrée ne la quittait pas un instant des yeux.

— C'était quoi, ce que tu disais à propos de l'amour libre, Robin ? murmurait Pablo chaque fois qu'il passait près de lui.

— *Va te faire foutre** lui répondait tout bas son ami d'enfance, sans cesser d'admirer sa « compagne sentimentale » jusqu'à ce qu'elle soit remplacée par l'incroyable, le fascinant, le grand hypnotiseur universellement connu Sergio Antunes, aujourd'hui devant vous cher public. Robinson sortait alors attendre l'artiste au café du Croissant, là où naguère Raoul *le Villain* avait d'un coup de revolver ôté la vie à Jean Jaurès et effacé d'un trait de plume les idéaux pacifistes d'avant-guerre.

Et c'est ainsi que passèrent les jours, les semaines et les mois, les États-Unis se joignirent à la fête et en Russie éclata la révolution bolchevique. Juste comme on entrevoyait la fin du conflit, Paris fut bombardé et Sandrine se retrouva sans voix et sans travail.

– 23 –

> Le capitaine général de la sixième région décida alors, en vertu de l'article 652 du Code de justice militaire, que les actions en justice sommaire ne seraient poursuivies qu'à l'encontre des quatre accusés dont il estimait qu'ils avaient été arrêtés en flagrant délit, à savoir : Pablo Martín Sánchez, Enrique Gil Galar, Julián Santillán Rodríguez et José Antonio Vázquez Bouzas, et que les autres détenus et présumés responsables seraient, le moment venu, jugés selon la procédure militaire ordinaire.
>
> CARLOS BLANCO,
> *La Dictadura y los procesos militares*

Quelqu'un a dit que la justice militaire est à la justice ce que la musique militaire est à la musique, et on pourra aujourd'hui juger – c'est le cas de le dire – du bien-fondé de cet aphorisme si funeste. Depuis que la nouvelle est connue, on ne parle dans les bars de Pampelune que du procès intenté après les événements de Vera. La dictature de Miguel Primo de Rivera, disent certains en baissant la voix, a besoin d'un coup de théâtre qui puisse faire oublier au peuple espagnol les désastres de la guerre contre le Maure, et rien de mieux que trois ou quatre têtes de bons à rien d'anarchistes pour se décerner la médaille de la main de fer et du *savoir-faire**, comme aime à dire don Miguelito lors de ses aventures amoureuses avec « la Caoba ». Un conseil de guerre en procédure sommaire est le scénario idéal, assurent certains autres, mais quelles victimes choisir dans ce si large éventail de révolutionnaires ? Il ne convient pas d'être trop cruel, semblent se dire les gouvernants, il ne faudrait pas que le peuple nous accuse d'*hybris* ou d'orgueil, comme les Grecs anciens. Soyons magnanimes et laissons ce brave Bonifacio Manzanedo à Vera, aux bons soins des petites sœurs, car mener à l'échafaud un homme tout juste amputé est affaire de mauvaises gens. Quant aux deux autres blessés, il faut les traiter sans concession. Demandons pour eux la peine capitale, puisque Dieu les a signalés de son doigt infaillible ! Et tant que nous y sommes, mettons dans le même sac l'ex-garde civil, pour avoir mordu la main qui le nourrissait, et ce nigaud de Vázquez Bouzas, qui après tout est le seul à avoir été arrêté en flagrant délit sur les lieux des faits… Allez, donc, ouvrons la séance.

À la prison provinciale de Pampelune, la sonnerie rauque de la diane retentit à sept heures du matin, mais aucun des quatre accusés n'est réveillé par le clairon : il y a longtemps que leurs paupières ont ouvert le rideau pour qu'ils ne manquent pas le prologue de la pièce dont ils vont être les protagonistes. Hier soir, après avoir appris la funeste nouvelle, ils ont reçu dans leurs cellules la visite du commandant des carabiniers don Nicolás Mocholi, un homme cultivé, qu'ils ont tous choisi pour défenseur, bien qu'il ne soit pas avocat ; mais il n'y avait pas grand choix, et du moins a-t-il l'air d'un brave homme, cet élégant Mocholi, ce qui est déjà quelque chose, étant donné ce qu'on peut voir. Il ne leur a même pas demandé s'ils étaient innocents ou coupables, il s'est contenté, d'une voix qui instillait le calme, de les encourager à rester tranquilles, et surtout de ne rien dire durant l'audience qui ne soit absolument nécessaire. Ce matin, dès la première heure, la prison a connu le grand remue-ménage des occasions solennelles, toutes les précautions ont été adoptées, les mesures de sécurité redoublées à l'extérieur et le personnel du corps pénitentiaire renforcé avec des gardes civils et des soldats du commandement de l'artillerie. Il n'est pas encore sept heures et demie quand on apporte aux quatre inculpés l'habituel jus de chaussette du matin, accompagné cette fois d'un petit pain au lait douceâtre et caoutchouteux, comme pour leur suggérer de faire des réserves de forces, car ils vont en avoir besoin. Un peu avant huit heures, des gardes entrent dans leurs cellules, leur infligent une nouvelle fouille absurde et leur ordonnent de mettre leur paletot, parce dans la salle d'audience il fait un froid de canard ou pour qu'ils ne se présentent pas devant le tribunal dans ces pyjamas ridicules, qui sait. Puis on les emmène, menottés par-devant, jusqu'à la salle du centre pénitentiaire, où à l'heure pile commencera le procès instruit contre eux, lors d'un conseil de guerre en procédure sommaire où ils ne seront pas jugés pour avoir fait partie d'un mouvement révolutionnaire, mais pour délit d'agression physique contre la force armée, ayant entraîné la mort de deux gardes civils.

Les pas des accusés et de leur escorte résonnent dans la troisième galerie du rez-de-chaussée, où quelques-uns des autres prisonniers s'enhardissent à les encourager : « Du cran, *che* ! » entend-on dans l'une des dernières cellules, et Pablo reconnaît cette voix, que dans son for intérieur il remercie. Les pas traversent le hall du bâtiment principal, où se trouve la salle d'audience, et s'arrêtent dans une pièce annexe petite et sombre réservée à l'entrée des accusés et où les attend l'aumônier de la prison, don Alejandro Maisterrena, qui demande aux gardes comme s'il ne connaissait pas la réponse :

— Dites voir, vous ne pourriez pas leur ôter leurs menottes, à ces malheureux ?

— Vous savez bien que nous obéissons à des ordres supérieurs, père.

— Ne serait-ce que les desserrer un tout petit peu ? dit-il en montrant ostensiblement les blessures que les prisonniers ont aux poignets.

— Vous êtes trop bon, père, si ça ne tenait qu'à moi je les serrerais encore plus.

Don Alejandro préfère ne pas insister, il ne faudrait pas qu'on croie qu'il sympathise avec ces anarchistes impies. De la salle proviennent des voix amorties, car le procès est public et les curieux les plus impatients sont déjà entrés, de crainte de ne pas avoir de place dans les rangs réservés. Santillán demande si quelqu'un a une cigarette, mais juste à ce moment-là retentit la sonnette qui annonce le début du conseil et une ordonnance ouvre la porte de la pièce annexe, et demande aux accusés de se mettre en file indienne. Le premier, encadré par deux gardes civils, est précisément Santillán, avec sa moustache et ses cheveux blancs qui contrastent avec ses cernes violets ; derrière lui entre José Antonio Vázquez Bouzas, insignifiant en comparaison, preuve que ceux qui l'ont exempté jadis du service militaire pour sa trop petite taille ne se trompaient pas ; aussitôt après entre Pablo, avec une barbe de plusieurs jours et le regard inquisiteur ; le dernier est Gil Galar, appuyé sur l'épaule de l'aumônier de la prison, livide, émacié et la tête consciencieusement bandée, qui sait, peut-être pour inspirer un peu de compassion aux membres du tribunal. L'entrée des quatre reclus fait monter les premiers murmures de la matinée, bien que le public ne soit pas encore très nombreux, si on excepte les journalistes rassemblés aux tables qui leur sont réservées.

Les quatre hommes sont conduits au banc des accusés, au centre de la salle. Il fait plus froid qu'on ne s'y serait attendu, un froid de cimetière, mais heureusement les prisonniers ont leur paletot. À la table présidentielle, juste en face, se tiennent déjà le rapporteur don Manuel Espinosa et cinq capitaines, en tant que conseillers. Le colonel du régiment d'infanterie don Antonio Permuy, qui préside la séance, n'est pas encore arrivé. À leur droite, à la table réservée au procureur, le lieutenant don Adriano Coronel, en train d'ajuster son uniforme, montre des signes d'impatience ; de l'autre côté de la table présidentielle, domine l'athlétique avocat de la défense, don Nicolás Mocholi, qui lance des regards sereins à ceux qu'il représente en se frottant les mains, attaquées par le vitiligo. Derrière le banc des accusés, sur une estrade, le juge instructeur Castejón qui officie comme rapporteur remue nerveusement des feuillets, comme s'il cherchait, en vain, un document égaré ; près de lui, en qualité de secrétaire auxiliaire, le sergent Ortega dispose sur la table le fusil troué du caporal De la Fuente et une caisse contenant des armes, des munitions, de l'argent français et d'autres effets réquisitionnés aux séditieux et qui pourront servir de preuves pendant l'audience. Le tableau est complété par des scribes, des huissiers et des ordonnances, ainsi que des soldats et des agents de sécurité répartis dans la salle.

À huit heures pile, tandis que sonnent les cloches d'une église voisine, le président du tribunal, don Antonio Permuy, entre dans la salle avec toute la pompe dont il est capable, ajuste ses lunettes et frappe les trois coups de rigueur avec son maillet de bois :

— Messieurs, veuillez vous asseoir. L'audience est ouverte.

Un frisson parcourt le dos de Pablo, et, sans prévenir, un haut-le-cœur lui monte de l'estomac jusque dans la gorge, lui laissant dans la bouche un arrière-goût amer qui persistera une bonne partie de la séance. Le conseil est ouvert par le rapporteur du procès, le juge instructeur spécial Castejón, qui lit dans le dos des accusés des actes d'instruction qui occupent plus de cent feuillets, tandis que les spectateurs continuent d'affluer dans la salle, remplissant peu à peu les zones réservées au public. En premier lieu, il rapporte les faits et les recherches menées pour arrêter les coupables, en soulignant la contribution inestimable des habitants de Vera et des forces de l'ordre. Les journalistes prennent des notes, compulsivement, sous la baguette du sténotypiste, qui donne le rythme en face d'eux, à l'autre bout de la salle. À l'occasion, des murmures montent du public, surtout quand sont mentionnées des personnalités de l'envergure de Miguel de Unamuno, Ortega y Gasset, Rodrigo Soriano ou Blasco Ibáñez, possiblement impliquées, bien qu'il soit clairement établi par le rapporteur que leur participation à la tentative ne sera pas considérée lors de ce conseil sommaire, mais lors du procès ordinaire qui se tiendra ensuite ; les murmures s'amplifient quand le récit revient sur la mort des deux gardes civils dans la carrière d'Argaitza, provoquant des commentaires indignés dans l'assistance.

Après les faits, on passe à la lecture d'un des tracts trouvés sous la porte d'entrée de la fonderie de Vera :

— Jugez vous-mêmes des intentions des séditieux – dit la voix bien posée du rapporteur Castejón –, qui les ont distribués avec pour objectif de solliciter l'aide des incorruptibles habitants de Vera : « L'Espagne traverse un moment si éminemment critique, le nombre de crimes et d'injustices que subit ce malheureux peuple sous le commandement de la canaille en redingote, en soutane ou chaussée d'éperons est si grand qu'il est sur le point d'exploser comme une chaudière dont on a trop fait monter la pression… »

Pablo connaît ce texte par cœur et son attention dévie vers l'extérieur de la salle, où des coups lointains, comme de marteau, parviennent à ses oreilles. Ils viennent peut-être des ateliers de la prison, où sont fabriquées la plupart des espadrilles qui chausseront bientôt les ouvriers de toute l'Espagne, sous la marque des magasins Ruiz, enrichis par l'exploitation des prisonniers espagnols.

— « … Allons sauver l'Espagne, camarades ! Vive la liberté ! » Le juge instructeur termine la lecture du tract, soulevant de nouveaux murmures dans la salle.

— Silence, s'il vous plaît, exige le président du tribunal, en assénant énergiquement plusieurs coups de maillet sur le plateau de bois.

Le calme revenu, c'est le moment d'écouter le juge Castejón rapporter les déclarations extorquées aux rebelles au cours des interrogatoires et suivies de leur banc par les quatre inculpés, qui découvrent avec des expressions de surprise ou d'incrédulité ce que certains de leurs camarades ont affirmé. Soudain, l'ex-garde civil Santillán se lève et tente de protester, mais de sa table Mocholi lui fait signe de se rasseoir, car le temps des plaidoiries viendra. Suivent les déclarations du carabinier Pombart, dont Naveiro avait transpercé la cape juste avant de mourir, du carabinier Prieto, grièvement blessé dans la montagne, et du caporal de la

Garde civile dont les balles ont ôté la vie à Abundio Riaño, « el Maño ». On poursuit avec les comptes rendus d'autopsie et de l'enterrement des gardes civils, ce qui provoque une envolée de signes de croix dans le public, puis l'acte d'accusation prononcé par le juge contre tous les détenus, y compris Francisco Lluch, qui n'a pas su convaincre les enquêteurs qu'il n'avait rien à voir avec la tentative et que s'il avait franchi la frontière, c'était pour aller voir son père moribond. Pour finir le juge Castejón énonce les conclusions provisoires du ministère public et de la défense, que toute l'assistance attend impatiemment, suivies de la lecture des charges par le juge Castejón, après quoi le président du tribunal, don Antonio Permuy, donne la parole aux accusés, au cas où ils jugeraient opportun de développer leurs déclarations.

— Un moment, monsieur le président, intervient Mocholi. Vu que le défendeur Enrique Gil Galar présente de graves blessures à la tête, je sollicite une suspension temporaire de la séance pour procéder à un examen médical à même d'évaluer s'il jouit suffisamment de toutes ses facultés physiques et intellectuelles pour prendre la parole.

— Demande accordée, accepte don Antonio Permuy, après avoir échangé deux mots à voix basse avec le conseiller rapporteur. La séance est suspendue le temps nécessaire à l'examen médical de l'accusé.

Ce temps ne sera que de vingt minutes, durant lesquelles Gil Galar est conduit à l'infirmerie de la prison et examiné par deux médecins militaires venus tout exprès, le commandant don Eduardo Villegas et le capitaine don Ángel Bueno. Puis ils retournent dans la salle d'audience et le procès reprend, avec les déclarations des médecins, qui décrètent que l'accusé jouit bien de toutes les conditions mentales et physiques requises pour faire plein usage de sa parole.

— Les accusés ont le droit de développer leurs déclarations s'ils le jugent opportun, répète le président du tribunal après l'avis des experts.

Mais les quatre détenus n'ont pas grand-chose à ajouter et ils se limitent à nuancer certains points. Julián Santillán, par exemple, nie avoir été pris en flagrant délit, car il a été arrêté le lendemain des faits et n'a opposé aucune résistance. Vázquez Bouzas intervient pour affirmer que lors de son arrestation il ne fuyait pas, mais poursuivait son chemin, étranger aux troubles. Gil Galar, qui vacille en se levant, affirme que lorsqu'il a entendu le « Halte-là » des gardes civils, il a fait demi-tour et s'est mis à courir, comme le prouve la balle qu'il a reçue derrière l'oreille. Enfin, Pablo se lève, ouvre la bouche et ne dit rien. Il observe Mocholi et, avant de se rasseoir, il déclare :

— Je n'ai rien à ajouter à ce qui a été dit précédemment.

C'est au tour du procureur, don Adriano Coronel, de demander une nouvelle suspension de séance :

— Monsieur le président : le ministère public considère que, vu que le Code de Justice militaire accorde aux expertises pratiquées devant le conseil une importance particulière et que nous bénéficions de la présence dans la salle des docteurs Villegas et Bueno, il serait opportun de soumettre les autres accusés à un examen médical propre à déterminer l'origine et la nature de leurs blessures.

— La défense accepte-t-elle la demande du procureur ? enchaîne de mauvaise grâce don Antonio Permuy, laissant entendre qu'ils auraient pu se mettre d'accord pour demander l'intervention des médecins en même temps.

— Bien évidemment, monsieur le président, si je ne l'ai pas sollicitée moi-même, c'est pour ne pas gêner à l'excès le déroulement de l'audience, dit Mocholi.

— La séance est de nouveau suspendue, décrète le président du tribunal, en se levant, l'air contrarié.

Cette fois, l'interruption sera d'une demi-heure, et quand la séance reprend, les médecins déclarent que les ecchymoses que Pablo, Santillán et Vázquez Bouzas présentent aux poignets ont été causées par les chaînes de leurs menottes. Quant à la blessure de Pablo Martín à la cuisse droite, ils déclarent qu'elle a été produite par une arme à feu, avec un orifice d'entrée dans la partie postérieure et un orifice de sortie dans la partie antérieure, en dessinant une trajectoire ascendante. Toutefois, elle est qualifiée de peu grave et de légère, car il n'existe pas de lésion osseuse.

— Dites-moi juste une chose, commandant, demande le procureur au médecin qui a fait le rapport, pourriez-vous préciser avec quelle arme a été produite la blessure de l'accusé Martín ?

— Tout semble indiquer qu'il s'agit d'une balle de fusil mauser, comme ceux de la Garde civile.

— Merci beaucoup, dit le procureur en se rasseyant. Un murmure parcourt de nouveau la salle.

— Cependant, intervient sans perdre de temps don Nicolás Mocholi, vous avez affirmé que la balle est entrée par la partie postérieure de la cuisse du défendeur. Pourriez-vous déterminer, après l'analyse des experts, la position de l'agressé par rapport à l'agresseur lorsque le coup a été tiré ?

— Je proteste, monsieur le président, l'interrompt le procureur. L'objet de l'examen était de déterminer l'origine des blessures, pas d'élucubrer sur la façon dont elles se sont produites.

— Protestation rejetée, la demande est pertinente. Veuillez répondre, commandant Villegas.

— Eh bien il semble évident que l'agressé devait se trouver dos à l'agresseur au moment où il a reçu l'impact de la balle, en hauteur ou penché en avant.

— Cela signifie-t-il qu'il a pu être blessé par-derrière, alors qu'il fuyait ?

— C'est possible, oui.

— Comme Gil Galar. Rien d'autre, messieurs. Que cela figure dans l'acte, dit Mocholi en retournant à sa table, l'air satisfait.

Le président du tribunal murmure de nouveau à l'oreille du conseiller rapporteur, et cède la parole au procureur.

— La parole est à monsieur le procureur. Je lui demande d'être le plus concis et le plus clair possible dans son rapport d'accusation.

— Merci beaucoup, monsieur le président, répond don Adriano Coronel en se levant. Mais avant, permettez-moi de rappeler une fois de plus au tribunal les spécificités de ce procès, afin d'éviter toute confusion. Nous devons tenir compte, messieurs, que s'agissant d'une procédure sommaire, il est normal de ne pas pouvoir examiner les preuves avec tout le temps et toute la méticulosité que nous emploierions s'il s'agissait d'un procès ordinaire, car la rapidité de la procédure et l'exemplarité du châtiment sont précisément les éléments qui caractérisent ce type de procès. Il en a été tenu compte ici, messieurs, ainsi que des raisons à caractère patriotique qui exigent des sanctions immédiates…

La mélopée du procureur se poursuit, inaltérable, et les premiers bâillements se propagent dans l'assistance comme la grippe espagnole qui à peine un lustre auparavant a dévasté toute l'Europe. Pablo perd le fil, il s'étonne de voir cette chorale silencieuse de chanteurs timides mettre la main devant leurs bouches, qui s'ouvrent et se referment face à un auditoire de sourds. Ce n'est qu'après un bon moment, lorsque tout le monde se lève, qu'il porte son attention vers la table présidentielle, et découvre que tous les membres du conseil se sont levés eux aussi pour les réquisitions du procureur :

— C'est pourquoi le ministère public, messieurs, sa conscience placée en Dieu, requiert pour les accusés Pablo Martín Sánchez, Enrique Gil Galar et Julián Santillán Rodríguez, au motif du délit d'agression contre la force armée sans circonstances atténuantes, la peine capitale et, en cas de grâce, la prison à perpétuité, ainsi qu'une indemnisation aux familles des victimes, qui ne sera pas inférieure à dix mille pesetas.

Tous trois, essayant de contrôler leur émotion, se contentent de regarder le défenseur, mais une rumeur intense se répand dans les rangs du public, la salle est comble, ce qui oblige le président à intervenir.

— Veuillez s'il vous plaît garder le silence ou je me verrai obligé de faire évacuer la salle ! dit-il en essayant de se faire entendre par-dessus la rumeur et le pan pan pan de son maillet sur le plateau.

— Dans le cas de l'inculpé José Antonio Vázquez Bouzas, continue le procureur une fois le silence revenu, le ministère public ne voit pas d'inconvénient à modifier sa requête initiale et à requérir contre lui une peine de six ans de prison correctionnelle, comme responsable d'actes tendant à offenser physiquement la force armée, sans que soit prouvée sa participation directe à l'agression des gardes civils. Ce sera tout, messieurs.

Le gazetier d'*El Pueblo Navarro*, celui-là même qui une semaine auparavant essayait de faire avouer au célèbre footballeur Patricio Arabolaza sa participation à la découverte du cadavre du garde civil De la Fuente, griffonne à la hâte les lignes suivantes : « Les inculpés ont écouté le réquisitoire avec une apparente impassibilité. La pâleur de Pablo Martín s'est peut-être accentuée et peut-être Gil Galar, le blessé au visage aplati et exsangue, les yeux constamment fermés comme un pantin tragique, brisé et vacillant sur le banc des accusés, est-il devenu plus cadavérique encore… » Quand il verra demain ses phrases publiées, il sourira, satisfait de la veine poétique qui le saisit quand il s'y attend le moins.

— Je vous remercie, monsieur le procureur, concède don Antonio Permuy, le président du conseil. La parole est à la défense.

Don Nicolás Mocholi, qui a préparé sa plaidoirie cette nuit, presque sans fermer l'œil, ne lit pas un texte écrit, mais déploie un discours où se manifeste une habileté rhétorique apprise chez Quintilien, et qui commence par la *captatio benevolentiae* de rigueur :

— Messieurs de la présidence, mesdames et messieurs de l'assistance : le ministère public étant représenté par un officier du prestigieux corps juridique de l'armée, et la défense par quelqu'un qui n'a pas la chance de se prévaloir ne fût-ce que du titre d'avocat, il est normal que les inévitables préjugés que vous avez pu vous forger fassent naître une atmosphère favorable aux avis du premier. Mais je ne me découragerai pas pour autant, et je ne considérerai pas que ma démarche est un échec. Car si d'un côté se trouvent l'aptitude et le talent, de l'autre, du côté de la défense, se trouvent les justes orientations qui doivent servir de boussole à ce respectable conseil quand viendra le moment pour lui d'entrer en délibération pour prononcer son verdict.

Don Nicolás Mocholi n'est peut-être pas avocat, mais ses paroles exercent sur le public un effet hypnotisant qu'on n'a pas vu dans l'intervention du procureur, ni dans celle du juge rapporteur. L'affable commandant des carabiniers sait comment persuader, ses flèches verbales atteignent directement la fibre sensible de ses auditeurs :

— À vous, dit-il en s'adressant à Pablo et à ses trois compagnons de banc, je demande de ne pas accroître mon affliction, qui est grande, par une rancœur devant mon inaptitude à vous défendre. Je vous ai vus beaucoup pleurer cette nuit : continuez, mes enfants, et que vos larmes me prêtent l'énergie nécessaire pour couronner l'épineuse mission qui m'a été confiée…

Pablo l'écoute avec attention, il se concentre pour démêler son jargon, en particulier quand le défenseur aborde enfin le cœur du sujet :

— Messieurs, nous sommes devant un cas de délinquance collective, mais pas de codélinquance, ce qui n'est pas la même chose. Parce que pour la première suffit l'ensemble ou le concours, tandis que la seconde requiert communication de volontés ou d'intentions pour réaliser le dessein commun…

Pablo se laisse distraire par un courant d'air froid. Il ajuste son paletot et cherche d'où vient le souffle : un des carreaux des hautes fenêtres de la salle est cassé. Comme il baisse les yeux, son regard croise celui d'une petite fille assise au premier rang du public, une des rares personnes à ne pas suivre, absorbée dans ses pensées, le discours de la défense. Elle a les yeux fixés sur lui, dans un curieux mélange d'appréhension et de ravissement, comme si deux forces intérieures se livraient une rude bataille entre son cœur et sa tête. Pablo reconnaît alors dans ce regard celui de la petite fille qui était sur son balcon, à Vera, il y a juste une semaine quand il est arrivé dans « la pittoresque ville » par la route de France, blessé et mains liées avec du fil de fer. La dame assise à côté d'elle la tire par la manche pour qu'elle écoute M. Mocholi qui poursuit son laïus compliqué :

— ... la résultante des actes vous convaincra, messieurs, que les hommes que je défends ne sont pas complices dans le fait rapporté, car ceux qui méritent un tel qualificatif sont ceux qui coopèrent à l'exécution d'un acte par d'autres actes, antérieurs ou simultanés, et c'est un principe élémentaire du droit pénal que celui qui l'est par des actes antérieurs ne répond que de ceux qu'il connaît, et quand il est complice parce qu'il coagit par actes simultanés, il ne répond que de ce que son action décidée et extériorisée aide...

Pablo perd de nouveau le fil, incapable de trouver la moindre relation entre le discours de la défense et ce qui s'est passé dans sa vie depuis que Robinson est apparu à la porte de La Fraternelle. Isolé de ce qui l'entoure, comme si ce n'était pas lui qu'on jugeait, Pablo laisse glisser son regard sur les dalles en losanges et il se frotte distraitement les mains, en se massant légèrement les écorchures produites par les menottes. Ce n'est que lorsqu'il entend son nom mastiqué par le commandant Mocholi derrière ses moustaches qu'il prête de nouveau attention :

— ... voilà qu'on établit une procédure sommaire contre ces quatre malheureux alors qu'aucun d'eux n'a été pris en « flagrant délit », comme le requiert l'article 650 du Code pénal : José Antonio Vázquez marchait seul sur la route, sans fuir, quand il a été appréhendé ; Pablo Martín n'était même pas armé ; Julián Santillán a été arrêté dans la montagne le lendemain des événements, sans opposer de résistance ; et quant à l'accusé Enrique

Gil, on ne peut affirmer à quel moment il a été blessé, et il n'est à aucun moment expliqué quel individu de la force publique l'a blessé, ce qui prouve que la grave lésion dont il souffre a été causée par une balle perdue, comme on dit vulgairement.

Les paroles de don Nicolás semblent faire de l'effet et un léger murmure monte de la salle.

— En outre, comme si cela ne suffisait pas, la procédure de reconnaissance menée lors de la séance d'identification l'a été de façon contraire à ce que prescrit la loi, ce qui a eu pour conséquence que, comme tous les prisonniers se connaissaient une fois la frontière franchie et presque tous avant de la franchir, il n'a pas été difficile aux accusateurs de désigner ceux qu'ils ont voulu, en se déchargeant eux-mêmes de toute faute ou en écartant les soupçons qui auraient pu retomber sur eux…

— Exactement, exactement ! l'interrompt Gil Galar du banc des accusés, se réveillant soudain de sa léthargie, et il reçoit comme en réprimande un regard de censure de Mocholi, qui poursuit sa plaidoirie.

— Il se trouve, donc, qu'aucun des hommes que je défends n'a pris part à l'agression contre la force armée ou, du moins, cela n'est pas démontré, et on ne peut sur simple présomption imposer une peine si grave sans que ce soit au détriment de la conscience. Dites-moi, messieurs, comment pourrez-vous rédiger votre sentence si elle doit commencer par une déclaration de « faits prouvés » ? Pourrez-vous affirmer de façon concluante, dans un de vos attendus, que ceux que je défends ont causé la mort des gardes ou les blessures du carabinier ? Non, catégoriquement non, si vous me permettez de répondre pour vous. C'est pourquoi, messieurs du conseil, et vu qu'il n'existe pas de preuves suffisantes de la responsabilité criminelle qu'on leur impute, je demande qu'à Pablo Martín Sánchez, Enrique Gil Galar et Julián Santillán Rodríguez soit appliquée la peine d'emprisonnement correctionnel dans son degré médian, selon la règle première de l'article 82, comme simples participants à un délit de rébellion contre la forme de gouvernement et non comme chefs ou auteurs matériels des faits sanglants jugés ici : de dix ans et un jour à douze ans de prison. Quant à l'accusé que j'ai exclu, José Antonio Vázquez Bouzas, la défense demande son acquittement, vu qu'il ne faisait pas partie du groupe rebelle armé.

De nouveaux chuchotements émergent dans le public et don Nicolás Mocholi en profite pour boire un peu d'eau, en renforçant l'effet de ses paroles par cette pause dramatique étudiée, seulement interrompue pour porter l'estocade finale :

— Maintenant, messieurs les membres du conseil, permettez-moi une digression, qui serait ridicule si on requérait une autre peine, mais qui, vu la gravité de celle que le procureur demande, convient parfaitement comme conclusion de ma plaidoirie. N'en doutez pas, messieurs, Pampelune tout entière versera des larmes en voyant se dresser l'échafaud en terre navarraise. Cette ville si pieuse éprouvera une profonde commisération envers ces hommes qui ne sont pas des professionnels du délit. Approchez-vous, messieurs du tribunal, de la pitié qui irradie du Dieu du Calvaire et éloignez-vous de l'implacable justice qui entoure le Dieu du Sinaï. Rappelez-vous le principe du *in dubio pro reo* : faute de preuves, mieux vaut absoudre un coupable que condamner un innocent. Et si vous n'êtes toujours pas convaincus, pensez pour terminer qu'il est insensé de punir la pierre qui blesse, et qu'il faut chercher la main qui la jette. Qui sait si, le temps passant, des mains honnêtes ne serreront pas sans le savoir cette main criminelle !

Ayant dit, don Nicolás Mocholi se rassied en jetant un regard rassurant à ceux qu'il défend, tandis que la salle tout entière entre en effervescence et que se déchaînent les passions.

XXI
(1918-1921)

Il avait plu des bombes sur Paris au début de la guerre et cela avait continué toute la durée du conflit. Avions, zeppelins et canons à longue portée avaient vomi leurs charges sur la Ville Lumière, en dépit des efforts de l'armée française pour garder la capitale indemne. Mais dans une métropole de presque trois millions d'habitants et de plus de dix mille hectares de superficie, la probabilité qu'un obus tombe sur votre toit était plutôt faible, et les Parisiens avaient appris à coexister avec les raids comme on apprend à supporter en silence la dyspepsie ou les hémorroïdes.

Par une splendide nuit de printemps, avec la pleine lune jouant le premier rôle dans le ciel, Pablo, Robinson et Sandrine quittèrent le cabaret du Père Pelletier et rentrèrent chez eux en se promenant. Ils marchaient sans rien dire, plongés dans leurs pensées. Seule Sandrine ouvrait de temps en temps la bouche et soupirait.

— Ça ne va pas ? lui demanda Robinson au troisième soupir.

— Non, rien. Je pensais.

— Et à quoi pensais-tu ?

— Au bonheur. Au malheur. Je me demandais si on pouvait être heureux pendant une guerre. Parfois je pense que oui, et parfois je pense que non.

— Là tout de suite, qu'est-ce que tu penses ?

— Là tout de suite, je pense que je ne sais pas.

— Vous savez ce que je pense, moi ? intervint Pablo. Que le bonheur est pour l'homme comme la maison de l'ivrogne : même s'il ne la trouve pas, il sait qu'elle existe.

Cette sortie plut beaucoup à Robinson et Sandrine.

— C'est pour ça que je ne bois pas d'alcool, conclut Robinson en serrant Sandrine contre lui : parce que c'est le plus sûr moyen de ne pas se tromper de maison.

Les trois amis voulurent rire, mais le hurlement d'une sirène leur en ôta l'envie : c'était le signal qui avertissait de l'approche d'avions ennemis et enjoignait aux Parisiens de se réfugier dans les abris et les caves. On aurait dit la lamentation d'un animal qui entrait à l'abattoir.

— Comme ils aiment la pleine lune, murmura Pablo.

Bien qu'ils y fussent habitués désormais, ils traversèrent le jardin des Tuileries en accélérant le pas, tandis que les rayons lumineux des projecteurs exploraient la voûte céleste et que commençait à crépiter le violent tir de barrage de l'artillerie anti-aérienne. Cela faisait plusieurs jours que les gothas allemands tentaient de survoler Paris, dans une tentative désespérée de changer le cours de la guerre, définitivement infléchi en faveur des puissances centrales depuis que les États-Unis avaient rejoint les forces alliées. Mais les batteries de défense avaient réussi à repousser les attaques et obligé les bombardiers à pondre leurs œufs dans les environs. Cette nuit-là, cependant, ce serait différent.

— Écoutez ! dit Pablo en montrant le ciel.

Le ronronnement d'un aéroplane, comme le vrombissement d'une énorme abeille, semblait approcher de l'endroit où ils se trouvaient. Quelques secondes plus tard, une terrible explosion parvint à leurs oreilles.

— Cette bombe est tombée sur Paris ! s'écria Robinson.

Un nouvel engin explosa, encore plus près.

— À terre ! cria Pablo.

La bombe suivante, toute proche, les laissa sourds et couverts de poussière. Deux autres explosions retentirent, tandis que le vrombissement s'éloignait.

— Ça va ? demanda Pablo en crachant de la terre.

— Oui, répondit Robinson près de lui.

— Et toi, Sandrine ?

Sandrine ne répondit rien. Ils la virent se relever dans la poussière, les yeux grands ouverts, avec la lenteur d'un fantôme. Elle n'était pas blessée, mais quand elle ouvrit la bouche, elle n'émit aucun son : elle était devenue muette. L'impression, diraient les médecins. Le choc, diraient les voisins. La peur, diraient les clients du cabaret. Qu'est-ce qu'on fait maintenant ? demanderait Robinson, vu que c'est en chantant qu'elle gagne sa vie. Il faut attendre, diagnostiquèrent les médecins, se reposer et attendre que sa voix revienne. Et si possible, changer de décor. Quitter Paris si la guerre le permet. Ne plus entendre le bruit des explosions, ni le hurlement des sirènes, ni le déclic du bouton électrique quand on le tourne et que la lumière ne vient pas.

Une semaine plus tard, Pablo disait au revoir à ses amis à la gare de Lyon, où les ouvriers achevaient de réparer les dégâts occasionnés pendant la nuit fatidique. De façon régulière, tous les quarts d'heure, on entendait une explosion violente et sèche, et Sandrine sursautait : c'était la Grosse Bertha, le canon à longue portée allemand, qui depuis plusieurs jours crachait ses obus tous les matins, de six à huit, avec une stricte ponctualité teutonne, à plus de cent kilomètres de distance.

— Nous rentrons à Lyon, avait dit Robinson à Pablo la veille au soir.

Et là, sur le quai, avant le départ du train, ils s'étreignirent sans savoir qu'ils mettraient des années à se revoir.

Pablo resta à Paris jusqu'à la fin de la guerre, à l'automne bien avancé. Ce n'est qu'alors qu'il décida que le moment était venu de rentrer en Espagne, de retourner auprès de sa mère, de sa sœur et de la petite Teresa. On pouvait espérer que la police ne le recherchait plus ; en fin de compte, plus de cinq ans étaient passés depuis l'attentat manqué contre Alphonse XIII. Ou je rentre maintenant, ou je ne rentrerai jamais, se dit-il. Mais avant, il devait tenir une promesse. Du fond d'un tiroir il tira un agenda en cuir noir, avec une date gravée sur le coin supérieur gauche : 1916. Il ne l'avait plus ouvert depuis qu'il était ressorti des tranchées de Verdun. Il n'avait pas osé. Il passa le bout des doigts sur le cuir âpre et fendillé de la couverture. Il finit par se décider et ouvrit le journal à la première page, cherchant une adresse postale où pouvoir l'envoyer. Rien. « Ici, on vit hors du temps et du monde », disait la première phrase. Dès lors, il ne put interrompre la lecture de ce que le soldat Benjamin Poulain avait écrit pour qu'Annabel Beaumont, sa promise, sa *chérie**, sa *fifille**, sa *petite chouchoute** sache comme il avait été courageux au front. À la dernière page, Pablo avait une pierre dans la gorge. Le soir même, il quitta son travail au cabaret du Père Pelletier. Le lendemain, il mit dans une musette le peu d'effets qui lui appartenaient et solda son compte à la pension. Il alla à la gare du Nord, prit un billet pour Lille et monta dans le train, inaugurant un trajet qu'il ferait souvent dans les années à venir.

À Marly, il demanda à la boulangerie où habitait Annabel Beaumont. La vieille boulangère lui expliqua que les Beaumont vivaient dans une propriété en dehors du village, près d'un joli étang où s'étaient baignées les troupes allemandes après la conquête de Valenciennes.

— Puis-je savoir pourquoi vous cherchez Annabel ? demanda la femme.

— J'ai quelque chose pour elle de la part de Benjamin Poulain.

— Ah, soupira la boulangère, le pauvre garçon.

Et elle sortit de derrière son comptoir pour lui indiquer le chemin.

— Attendez, jeune homme, lui dit-elle avant qu'il s'en aille, et elle entra dans l'arrière-boutique pour en ressortir aussitôt : Apportez-leur cette miche de ma part.

Pablo marcha dix minutes environ, le pain chaud sous le bras, jusqu'à la propriété de la famille Beaumont. On voyait qu'avant-guerre ça avait été une belle maison, typique de la vieille bourgeoisie, mais les quatre ans d'occupation allemande avaient laissé leur marque : l'immense jardin ressemblait à une forêt vierge et une partie de l'avant-toit postérieur s'était effondré. Juché près d'une cheminée, un jeune homme en uniforme de l'armée française examinait les dégâts, tandis qu'un monsieur chauve et trapu lui tenait l'échelle.

— Bonjour, cria Pablo depuis la grille.

Mais son salut fut étouffé par les aboiements de deux chiots boxers, excités par sa présence, et seul sembla lui souhaiter la bienvenue un de ces nains de terre cuite à la mode avant la guerre et que Mme Beaumont s'entêtait à laisser dans le jardin, bien que la mode fût venue d'Allemagne. Quand Pablo sonna, une domestique lui ouvrit et le fit entrer avant de se précipiter vers la cuisine, où était en train de brûler quelque chose qui n'aurait pas dû brûler, le laissant planté dans le vestibule.

— Qui est-ce ? demanda une voix au premier étage.

C'est alors qu'Annabel Beaumont fit son apparition en haut de l'escalier. Car cette jeune femme en mules de velours noir, à la peau blanche, aux cheveux blonds et aux longs cils, qui faisait de petites moues avec sa bouche grande et brillante, ne pouvait être qu'Annabel Beaumont, la *nénette**, la *petite chouchoute**, que Benjamin Poulain avait tant invoquée dans son journal.

— Annabel ? demanda Pablo, bien qu'il sût déjà la réponse.

— Oui, dit la jeune femme en descendant l'escalier, avec deux points d'interrogation brillant dans ses pupilles.

Pablo sortit de sa musette le carnet à couverture noire et dit simplement :

— C'est pour vous. C'est Benjamin Poulain qui l'a écrit.

Annabel porta les mains à sa bouche et, se précipitant en bas de l'escalier, elle arracha le journal à Pablo.

— *Ah, Benjamin, mon cher Benjamin* ! s'écria-t-elle en tombant à genoux et en couvrant le carnet de baisers, comme si c'était un crucifix, et les larmes coulaient sur ses joues de poupée.

À ces cris, la domestique accourut, une spatule à la main, et une femme poudrée surgit en haut de l'escalier, en même temps qu'entraient dans la maison l'homme trapu et le jeune militaire, tandis que Pablo restait au milieu de l'entrée avec un pain dans les mains, sous les regards accusateurs de quatre paires d'yeux :

— C'est pour vous, fut tout ce qu'il trouva à dire : c'est la boulangère qui me l'a donné.

Puis il tendit les bras et leur donna la miche.

Pablo coucha cette nuit-là à Marly, chez les Beaumont. Quand il avait expliqué qu'il était venu tout exprès de Paris pour apporter le journal de Benjamin Poulain, ils l'avaient invité à partager avec eux le savoureux *hochepot** que préparait la domestique. De toute façon, il y avait une place libre, car Annabel s'était enfermée dans sa chambre pour pleurer et lire le journal de son pauvre Ben. Après qu'il eut précisé qu'il ne l'avait pas connu personnellement, Pablo ne put faire autrement que de passer la soirée à raconter ses expériences comme correspondant de guerre et à discuter avec Joseph Beaumont, lieutenant de l'aviation française. Le jeune militaire avait fait partie de la célèbre escadrille des Cigognes, avec Roland Garros, tout juste décédé, qui entre deux parties de rugby avait eu le temps d'inventer un système pour que les mitrailleuses des avions de chasse puissent tirer à travers les hélices. Le jeune Beaumont en était très fier :

— Roland était un génie, disait-il. Téméraire, d'accord, mais est-ce que tous les génies ne sont pas téméraires ?

— Malheureux le pays qui perd ses génies à cause de la guerre, attaqua Pablo.

— Mieux vaut perdre ses génies que sa patrie, contre-attaqua Joseph.

— Mais qu'est-ce que cette patrie qui envoie ses fils à l'abattoir ? répondait Pablo en mettant le doigt sur la plaie.

— Et qu'est-ce que ces fils qui laissent le voisin violer leur mère ? se défendait le lieutenant Beaumont.

Mais la dispute n'alla pas plus loin. Bien au contraire. Au

moment du dessert, quand Pablo avoua son intention de rentrer en Espagne, Joseph Beaumont laissa tomber cette offre :

— Demain je vais à Lille, d'où je m'envolerai pour Bordeaux. C'est-à-dire à un jet de pierre de la frontière espagnole. Monsieur le correspondant aimerait-il m'accompagner dans cette traversée ?

— Ex-correspondant, le corrigea Pablo.

— Comme vous voudrez, mais vous avez une minute pour vous décider, le pressa l'aviateur en prenant sur une étagère un curieux sablier qu'il avait fabriqué lui-même avec deux ampoules décapitées, connectées entre elles par une pièce de vingt-cinq centimes, avec un trou pour permettre au sable que Joseph Beaumont avait rapporté d'un de ses voyages au Sahara de passer d'une ampoule à l'autre. Une minute, répéta-t-il, et il retourna le sablier.

Mais Pablo n'attendit pas que le temps fût écoulé.

À Lille, ils durent poireauter trois jours avant que les conditions météorologiques permettent de décoller. L'avion était un biplan de guerre d'une puissance de trois cents chevaux, à une seule hélice et trois places dans la carlingue : Joseph Beaumont, avec son casque en cuir, ses gants en peau et ses lunettes de pilote, prit place aux commandes ; Pablo s'installa à son tour, le cœur au bord des lèvres ; et le mécanicien se dirigea vers l'avant de l'appareil, tout en enfilant un passe-montagne en laine noire.

— *Contact* ?* demanda-t-il en se dressant sur la pointe des pieds pour saisir une pale de l'hélice.

— *Contact* !* s'écria Joseph après avoir enclenché le moteur.

Le mécanicien donna une impulsion à l'hélice avant de s'installer à toute vitesse sur le deuxième siège, le moteur gronda et les ailes de l'avion palpitèrent comme celles d'un oiseau nouveau-né. Une minute plus tard, le biplan s'élevait et Pablo ne put réprimer un cri de joie :

— Wahouhohou !

Le vent lui fouettait la figure et lui fermait les narines, l'obligeant à tourner la tête pour respirer. Vue du ciel, la Terre avait l'air d'une moquette, avec ses panneaux de prairies et ses chemins comme les nervures d'une grande feuille multicolore. L'avion ne tremblait plus, et n'eussent été le froid, le vent et le rugissement du moteur – et le trou dans le plancher qui rappelait que cet appareil avait été conçu comme machine de mort – on aurait presque pu dire que voler était un cadeau des dieux. Au bout de deux heures, le mécanicien sortit de son trou jusqu'à mi-corps et se pencha vers Joseph Beaumont, pour lui parler. Il essaya une, deux, trois fois, sans parvenir à se faire comprendre. Finalement il enleva un gant, fouilla dans une de ses poches, en tira du papier et un crayon et écrivit : « Il nous reste une demi-heure d'essence. » Le lieutenant tourna la tête, sourit et leva le pouce de sa main gantée. Pablo se rendit compte alors qu'il avait mal aux doigts à force de s'agripper si fort à la carcasse de l'avion.

Ils atterrirent peu après sur le premier espace dégagé qu'ils repérèrent. C'était un champ de manœuvres militaires, aux abords d'une ville de province, non loin d'une guinguette populaire. Une sentinelle armée d'un fusil s'approcha et se mit au garde-à-vous en voyant la croix de guerre avec trois mentions qui pendait au revers du lieutenant Beaumont, mais elle ne put éviter qu'une multitude de curieux ne s'approchent de l'avion et n'assaillent de questions les héros qui le pilotaient. Finalement arriva un camion militaire, qui se fraya un passage parmi les gens et remplit le réservoir de carburant. Le moteur rugit de nouveau et l'avion se perdit dans le ciel, laissant derrière lui un chœur de curieux bouche bée et une intense odeur d'essence brûlée.

L'après-midi même, Pablo et Joseph faisaient leurs adieux pour toujours sur l'aérodrome de Bordeaux : le lieutenant d'aviation devait mourir quelques mois plus tard, de la façon la plus imprévue. Lui, qui avait sillonné le ciel à quatre mille mètres d'altitude ; lui, qui avait traversé les lignes ennemies dans le fracas des grenades ; lui, qui avait atterri dans des conditions impossibles, finirait ses jours frappé par la foudre au cours d'un pique-nique. Sa sœur Annabel, la *chouchoute**, la *cocotte**, la *petite mimi** de Benjamin Poulain, ne pourrait le pleurer : elle avait été emportée pendant l'hiver par la grippe espagnole, qui finirait par enterrer plus de monde que la guerre elle-même. D'ailleurs, Pablo n'allait pas tarder à s'en apercevoir.

À Hendaye, en attendant de passer la frontière, il écrivit une carte à Robinson, disant qu'il s'apprêtait à vivre à Baracaldo. Il dessina dans un des coins un avion avec trois passagers et une flèche qui partait du troisième : « Ça, c'est moi, je te raconterai », disait-il, sans soupçonner qu'il mettrait plusieurs années à tenir sa promesse. Une fois en Espagne, il acheta un journal. Il l'ouvrit au hasard et lut : « L'épidémie se répand de façon rapide et virulente. Lors de sa dernière réunion, la Direction de la Santé publique a décidé la fermeture des lieux de spectacle et des écoles, publiques et privées. La grippe fait de gros dégâts dans les zones rurales. On compte de nombreux décès dans la population. On a vu aujourd'hui le cas des cadavres d'un père et de son fils amenés au cimetière, victimes de la foudroyante invasion de la grippe. » La nouvelle venait de Jérez, de l'autre côté de la Péninsule, mais ne laissait pas d'être inquiétante. Pablo monta dans le train pour Baracaldo avec un pressentiment funeste, qui se verrait confirmé à peine serait-il arrivé chez sa mère en voyant sortir le chapelain don Ignacio Beláustegui, celui-là même qui l'avait baptisé dans l'église San Vicente Martyr presque trente ans auparavant.

— Ah, mon fils, soupira le prêtre, en le reconnaissant.

Et il lui donna quatre mauvaises nouvelles : la première, que sa mère avait la grippe ; la deuxième, que sa sœur avait la grippe ; la troisième, que sa nièce avait la grippe ; et la quatrième, que son beau-frère venait de mourir de la grippe.

Mais la lignée des Sánchez ne lâcherait pas prise : mère, fille et petite-fille survécurent à l'épidémie. Pablo en vint à occuper, d'une certaine façon, le vide laissé par son beau-frère. Il s'installa chez Julia et servit de père à la petite Teresa. Il prit soin de sa mère avec la tendresse et l'attention qu'il n'avait jamais pu lui porter jusque-là. Il tenta de la convaincre de venir vivre avec eux, mais la brave femme ne voulait pas quitter la maison qui avait vu naître ses deux enfants. Il se fit de nouveau chaudronnier, comme à Barcelone, cette fois aux Hauts-Fourneaux de Biscaye, une des entreprises métallurgiques les plus importantes d'Espagne. Il s'affilia au Syndicat unique, presque par inertie. Il en vint même à sortir avec une fille du nom de Celeste, amie de sa sœur Julia : ils se virent plusieurs fois, se promenèrent dans le centre de Bilbao, allèrent ensemble au cinéma et échangèrent même deux ou trois baisers, de nuit mais pas par traîtrise. La vie, enfin, commençait à s'ajuster à la normalité (ou du moins à ce que le commun des mortels entend par normalité).

Mais un jour le gérant des Hauts-Fourneaux fut assassiné et la normalité s'en alla se faire foutre.

– 24 –

> Il était évident que les plus hautes autorités de la dictature n'étaient pas disposées à laisser sans châtiment immédiat et exemplaire, non seulement les assassinats des gardes civils, mais aussi les tentatives de l'opposition pour la renverser. Que ne soit pas suffisamment prouvée la culpabilité des accusés et qu'on puisse considérer possible qu'un ancien ministre d'Alphonse XIII tel que le comte de Romanones, représentant du caciquisme le plus vieux jeu de la Restauration, puisse prendre la tête d'un mouvement révolutionnaire d'extrême gauche, c'étaient là des questions secondaires.
>
> JOSÉ LUIS GUTIÉRREZ MOLINA,
> *El Estado frente a la anarquía*

— Silence dans l'assistance ! crie désespérément le président du tribunal. Je vous préviens pour la dernière fois, mesdames et messieurs, si je dois de nouveau interrompre la séance, ce sera pour faire évacuer la salle.

Et il fait retentir son maillet avec tant de furie que la tête se détache du manche, rebondit sur la table présidentielle d'où elle est projetée vers le banc des accusés, décrivant une parabole digne d'un manuel de balistique. Dans l'assistance, on se rend compte de l'incident et, comme s'il s'agissait d'un match de tennis, on observe bouche bée la trajectoire du projectile, qui se dirige dangereusement vers le crâne blessé et bandé de Gil Galar, lequel se tient tête basse. Mais Pablo, assis à côté de lui, tend au dernier moment une de ses mains menottées et saisit au vol la tête du maillet, provoquant une exclamation dans le public. Puis il se lève, et sans que les gardes qui le surveillent fassent quoi que ce soit pour l'en empêcher, il traverse la salle pour déposer le projectile sur la table présidentielle. Mais avant qu'il ne l'atteigne, une ordonnance lui barre la route et l'oblige à retourner à sa place.

— Merci, graillonne don Antonio Permuy, sans qu'il soit bien clair s'il adresse ses remerciements à Pablo ou à l'ordonnance, qui emporte le maillet cassé pour le remplacer par un neuf. La séance se poursuit. La parole est aux accusés, s'ils jugent opportun d'alléguer autre chose pour leur défense.

Cette fois, c'est Pablo qui intervient le premier, profitant de l'effet produit par son geste. Il se lève et sa voix se répand à travers la salle :

— Messieurs les membres du tribunal, trop d'encre a été versée lors de cette instruction, vu que la moitié des choses qui ont été dites sur moi sont fausses. La déclaration selon laquelle je me serais acharné sur les gardes n'a aucun fondement, pour la simple raison que je me suis jeté à terre dès les premiers coups de feu, et c'est à ce moment-là que j'ai été blessé. Quel que soit celui qui a affirmé que je me suis acharné, il ment et se dénonce lui-même car si elle était vraie, son affirmation signifierait qu'il était à mes côtés quand les faits se sont produits et qu'il n'a rien fait pour les empêcher, ce qui revient à dire qu'il est aussi coupable ou innocent que moi. Que celui qui a dit ça vienne ici, qu'on voie s'il est capable de le démontrer !

Les deux gardes l'obligent à s'asseoir et c'est Gil Galar qui prend la suite, se lève au prix d'un grand effort et parle de façon entrecoupée, en divaguant presque :

— Exactement, exactement… Voyons un peu qui a dit que j'ai tiré sur la Garde civile… Qu'il vienne et qu'il le répète… qu'il le jure devant Dieu s'il est assez courageux… Voyons, voyons… qui est-ce qui a dit ça, hein ? Qu'il vienne et qu'il le répète…

— Autre chose ? lui demande le président, voyant que cet homme à la tête bandée est entré dans une boucle dont il ne parvient pas à sortir, comme un disque rayé sur un vieux gramophone.

— Non, rien d'autre, à quoi bon ? répond Gil Galar d'une voix d'outre-tombe, avant de se rasseoir.

C'est au tour de Vázquez Bouzas de se lever, même debout il n'est guère plus grand que Pablo ou Santillán assis, et il se contente de corroborer les paroles de Mocholi, émerveillé que celui-ci ait demandé son absolution :

— Après ce qu'a dit notre défenseur, et qui est le fidèle reflet de la vérité, je n'ai rien à ajouter. Puis il se rassied.

Quand vient le tour de Santillán, il se lève en regardant le président et déclare, de la voix de quelqu'un qui a l'habitude de donner des ordres :

— Je veux protester formellement contre celui qui m'a accusé d'être l'incitateur et le chef du groupe, car c'est un mensonge et une calomnie, et je veux que ma protestation soit inscrite dans l'acte.

— La protestation ne peut avoir d'effet légal, répond don Antonio Permuy à ce défi, parce que pour se disculper il faut d'abord prouver son innocence.

— Eh bien faites comparaître l'individu qui m'a accusé et qu'il dise où il m'a vu, avec qui j'étais et comment j'étais habillé, insiste Santillán.

Le président a un dialogue bref et secret avec le conseiller rapporteur, avant de prendre la parole pour la dernière fois :

— Ce que demande l'accusé n'a pas lieu d'être, vu que la production de preuves est suffisante et qu'il ne convient pas de l'allonger avec des face à face et des confrontations après les rapports des parties. Quoi qu'il en soit, les allégations des accusés seront consignées dans l'acte. Le tribunal se retire. L'affaire est mise en délibéré et la séance est levée.

Trois coups frappés avec le maillet neuf concluent l'acte final et le public quitte la salle, en commentant avec exaltation ce qui a été dit. Il est onze heures et demie du matin et à l'extérieur de la prison de Pampelune le mercure n'atteint pas les six degrés. Mais les délibérations du tribunal durent plus longtemps que prévu, au point qu'à l'heure du déjeuner on conseille aux journalistes de rentrer chez eux, car il est très probable que la sentence ne sera pas prononcée avant la fin de la journée. Certains insistent pour rester, mais doivent se rendre à l'évidence quand à sept heures du soir la décision n'est toujours pas connue. De toute façon, la sentence (quel que soit le verdict) ne sera définitive qu'après avoir été présentée à Burgos pour approbation ou dissentiment du capitaine général de la sixième région.

Entre-temps, les quatre accusés ont été ramenés à leurs cellules, où ils attendent avec anxiété le résultat des délibérations. Il semble que Gil Galar ait définitivement perdu le jugement (dans un jeu de mots peut-être prémonitoire) car il ne cesse de sangloter et d'en appeler à Dieu et au Saint-Esprit. Pablo, dans la cellule contiguë, essaie de tuer le temps en lisant le journal qu'on lui a laissé près des latrines. C'est un exemplaire de *La Voz de Navarra* vieux de quinze jours, quand il était encore à Paris et prêt à y rester longtemps. Qui lui aurait dit alors que deux semaines plus tard il se retrouverait dans une prison espagnole, à attendre le verdict d'un tribunal qui demande pour lui *la pepa*, cet euphémisme que les reclus emploient pour parler de la peine capitale… Assis sur son grabat, tandis qu'il entend les prisonniers de droit commun encourager leurs poux dans la grande cour, il tourne distraitement les pages du journal, en pensant davantage au procès qu'à ce qu'il a sous les yeux, quand un article attire son attention : « L'Almanach des présages », signé d'un certain Eduardo Carrillo. Pablo lit la première phrase, qui semble décrire son propre état d'esprit : « Depuis plusieurs semaines, ma vie s'est transformée en une angoisse permanente », et il va se placer sous la petite fenêtre pour y voir mieux. « C'est la faute d'un ami, continue le texte, qui, sachant à quel point je suis superstitieux, m'a envoyé un exemplaire de l'*Almanach des présages* avec cette dédicace : "Pour que vous sachiez à quoi vous en tenir tous les jours, dans toutes les circonstances de la vie, face à tous les objets, face à tous les êtres." Parce que tout dans ce livre, en effet, est prévu pour nous tourmenter à toute heure. »

— Repas ! crie-t-on soudain dans le couloir, et Pablo, si absorbé dans sa lecture qu'il n'a même pas entendu la sonnerie de clairon annonçant le déjeuner, sursaute sous sa fenêtre.

Le menu est le même qu'hier et qu'avant-hier et que toutes les semaines : deux cents grammes de pain et une tambouille de pommes de terre et de pois chiches, de lentilles ou de fèves, durs comme des cailloux, qui sera complétée à sept heures du soir par un bouillon trouble ou une purée au goût incertain. Il en va ainsi durant toute l'année à la prison des trois P, sauf le jour de Noël et le 24 septembre, fête de Notre-Dame de la Merci, patronne des reclus… Et après ça le médecin de la prison se plaint qu'il y a plus de détenus affectés de problèmes de constipation que de tuberculose ! Mais Pablo ne connaîtra pas le menu de Noël, et pour le moment il engloutit le potage et essaie de tromper son palais en lisant le journal, qui contribue à camoufler la fadeur de la pitance : « Car c'est en vain qu'on joue les indifférents et qu'on sourit après l'avoir lu, continue l'article. Le poison demeure dans notre esprit, et quand vient le moment de savoir si ce que la science magique nous a annoncé est vrai, nous ressentons une profonde inquiétude. Je ne dis pas que les présages constituent une science exacte. Il se peut qu'ils ne soient qu'une fantaisie millénaire, mais il se peut aussi qu'ils soient tout à fait dignes de considération. Ce qui a préoccupé un Socrate peut bien nous préoccuper nous. L'histoire elle même est une interminable leçon d'occultisme : si César avait écouté le rêve de sa femme, nous disons-nous, il n'aurait pas succombé sous les coups du poignard de Brutus. Et peu à peu, dès que nous tournons nos regards vers le passé, nous cessons de sourire. »

L'article compte encore deux ou trois paragraphes, et quand Pablo a fini de le lire, il reste un bon moment pensif. Il regarde la paume de ses mains, en repensant à la pythonisse qui, il y a des années de cela, lui a prédit qu'il mourrait deux fois, et il se demande s'il aurait maintenant le courage d'ouvrir un *Almanach des présages*.

Au milieu de l'après-midi, les quatre accusés reçoivent une visite, qui pour avoir été annoncée n'en est pas moins désagréable : des journalistes, profitant de la lenteur des délibérations, ont demandé au directeur du pénitencier la permission de rencontrer les prisonniers. Le premier, avec sa petite moustache et ses cheveux gominés, est le gazetier d'*El Pueblo Navarro*, qui rappelle à Pablo un des rédacteurs d'*Ex-ilio,* celui qui lui avait demandé de couvrir le meeting de Blasco Ibáñez à la maison communale pour pouvoir aller voir Raquel Meller :

— Bonjour, dit-il en entrant dans la cellule, précédé par un gardien armé. Une cigarette ?

Pablo remercie en silence pour cette offre.

— Il semblerait que le conseil penche pour la clémence, dit le journaliste pour tenter de lui remonter le moral. Du moins c'est ce que dit la rumeur.

— Les rumeurs sont des rumeurs, répond laconiquement Pablo, en s'allongeant sur sa couchette. Le pauvre reporter ne réussira plus à lui arracher que des monosyllabes blasés.

Une demi-heure plus tard arrive un deuxième journaliste, mais Pablo ne prend même pas la peine de le regarder. Ce n'est qu'en entendant sa voix, une voix impossible à confondre, qu'il lève les yeux, surpris :

— Bonjour, gamin, dit Ferdinando Fernández, rédacteur d'*El Castellano* de Salamanque.

— Ferdinando ! Je n'y crois pas, dit Pablo en reconnaissant en cet homme vieilli celui qui a été son maître dans le métier d'échotier.

— C'est plutôt moi qui n'y crois pas.

Et ils se cherchent tous les deux des yeux, tentant d'y deviner un souffle d'espoir, tandis que Pablo est assailli par ses souvenirs et voit défiler en accéléré, comme dans une séance du cinématographe Lumière, quelques-uns des moments vécus avec ce journaliste aux pupilles éternellement dilatées : les cadavres flottant dans le Tormes, les churros qu'ils ont mangés au café

Pombo, la bombe jetée par Mateo Morral et qui avait failli leur exploser au nez, la vieille gabardine style Sherlock Holmes que lui avait offerte Ferdinando après l'attentat, l'annonce qu'il avait accepté de publier dans *El Castellano* après la disparition d'Ángela…

— Tu étais dans la salle ? demande Pablo, en essayant d'écarter ce torrent de souvenirs.

— Non, je suis arrivé trop tard. Mais j'ai pu parler avec l'un des conseillers, le capitaine Granados, un ami d'une de mes vieilles connaissances.

— Et ?

— Bon, il semblerait que la défense ait été brillante et qu'il y ait des divergences entre les membres du tribunal. Cela fait des heures qu'ils sont réunis sans parvenir à se mettre d'accord sur le verdict. Plus le temps passe, mieux c'est pour vous.

— Parce que ?

— Parce que la sentence ne sera pas prise à l'unanimité. Et ça, c'est bon. Ce sera une raison supplémentaire pour protester s'ils vous jugent coupables. Les forces vives, surtout ici, à Pampelune, se mobilisent déjà au cas où il faudrait demander une grâce, ce qu'à Dieu ne plaise. De plus, sois sûr que je vais faire tout ce qui est en mon pouvoir pour te tirer du bourbier où tu t'es fourré.

— Merci beaucoup, Ferdinando.

— De rien, voyons. Puis il ajoute, en soupirant : Qui m'aurait dit, quand je t'ai vu entrer à la rédaction pour la première fois, que tu ferais un jour la une de tous les journaux…

— Bon, quand j'ai écrit la phrase de Josiah Warren sur la façade de la cathédrale, un ou deux se sont déjà fait l'écho de mon exploit.

— Oui, à l'époque tu montrais déjà tes aptitudes, sourit Ferdinando. C'était quoi, déjà, cette phrase ?

— « Tout homme doit être son propre gouvernement, sa propre loi, sa propre église. »

— Eh bien tu vois à quoi ça t'a servi d'être tellement intransigeant…

Le gardien se racle la gorge, comme pour faire comprendre que la visite est terminée.

— Merci encore, Ferdinando.

— De rien. Je te tiendrai informé… si on me le permet.

Les deux vieux amis se quittent en se serrant la main.

À dix heures du soir, les quatre accusés sont tirés de leurs cellules et conduits au parloir des avocats, où les attend don Nicolás Mocholi, avec ses cent quatre-vingt-dix centimètres de hauteur couronnés par un visage fatigué mais rassurant :

— Je vous ai fait venir pour vous communiquer officieusement le résultat des délibérations. Je ne veux pas vous faire passer une nuit blanche. Sachez qu'il y a vingt minutes à peine, après plus de huit heures de délibération, les membres du tribunal ont quitté la prison et la sentence sera dès demain envoyée à Burgos…

— Et quel est le verdict ? demande Santillán, impatient.

Mocholi hésite un instant :

— Vous avez été acquittés faute de preuves.

Les quatre hommes se regardent, mi-surpris, mi-émus.

— Mais, ajoute Mocholi en pointant l'index vers le ciel comme pour montrer Dieu le Père, la sentence doit encore être approuvée par le capitaine général. S'il n'est pas d'accord avec ce verdict, l'affaire sera élevée au niveau du Conseil supérieur de guerre et de marine. S'il l'approuve, la sentence sera ferme et sans appel, mais vous resterez passibles d'un procès ordinaire.

— Merci beaucoup, commandant, dit Santillán, conscient du beau travail accompli par leur défenseur.

— Ne me remerciez pas encore, le prévient Mocholi. Pour être sincère, j'ai le pressentiment que le capitaine général révoquera la sentence.

Le pressentiment de don Nicolás est fondé, parce que le verdict n'a pas été unanime : tant le président du tribunal, don Antonio Permuy, que le conseiller rapporteur, M. Espinosa, ont exprimé leur désaccord avec la décision de leurs collègues et formulé un vote particulier contre elle, considérant qu'il existe des preuves suffisantes pour condamner, au minimum, Pablo Martín et Gil Galar.

— N'attirez pas le mauvais sort, lui demande Santillán alors qu'on les ramène dans leurs cellules.

Pablo ferme la marche et, tandis que ses pas résonnent sur le sol en ciment de la troisième galerie, il est pris du désir soudain de trouver, en rentrant dans sa tanière, un exemplaire de l'*Almanach des présages*. On y dit peut-être si dans le bureau du capitaine général de la sixième région les astres seront favorables.

La fin de la semaine se déroule avec une lenteur exaspérante. Celui qui n'a jamais été enfermé dans une prison a la fausse impression, tirée de la lecture de mauvais romans, qu'on finit par y perdre la notion du temps. Rien de plus faux : en prison, on est conscient de chaque heure qui passe, de chaque minute, de chaque seconde. Les sonneries du clairon, infaillibles et aussi précises qu'une pendule à coucou, en annonçant la diane, la toilette, la promenade, le rappel, la relève, l'appel, la retraite ou le silence, marquent le rythme vital des prisonniers de façon telle que, si un jour les coups de trompette disparaissaient, ils seraient complètement perdus. Même les détenus au secret, que ces sonneries n'affectent guère, finissent par en dépendre pour régler leur vie quotidienne.

Mais à part le son du clairon, qui lui rappelle ses années de service militaire, la seule compagnie de Pablo dans son cachot est celle du fidèle étourneau de la fenêtre, qui continue à se reposer entre les barreaux rouillés, en dépit du froid et de l'humidité. Il sait que c'est toujours le même, non pas à cause des beaux reflets verts de sa gorge, ni des élégantes taches blanches de sa queue, ni du chant joyeux qui annonce son réveil, qui après tout sont les mêmes chez tous ceux de son espèce, mais grâce au voile qui brouille ses yeux : c'est un étourneau aveugle. Peut-être un prisonnier sans scrupules lui a-t-il crevé les yeux avec une aiguille, et que le pauvre petit oiseau doit désormais vivre là, dans un endroit que tout le monde veut fuir. Depuis qu'il a découvert qu'il est aveugle, Pablo s'est pris d'affection pour lui et le nourrit de miettes de pain, de lentilles ou de pois chiches écrasés ; et comme en cette fin de semaine dans l'attente du verdict du capitaine général de Burgos, les heures se font interminables, il se distrait en lui confectionnant un nid. Bref, il a déjà lu deux fois le journal périmé, et les repas et les promenades dans la petite cour ne sont que des distractions éphémères, qui ne parviennent à remplir qu'une infime partie du temps. Même le dimanche, avec sa messe obligatoire, sa douche et son changement de linge, ne parvient pas à éluder tout à fait la routine quotidienne. Et donc Pablo, avec les brins de paille de sa paillasse effilochée et les copeaux de bois du vieux lit vermoulu, se consacre à bâtir un nid coquet pour son compagnon de cellule, en suivant la technique que lui a enseignée son père pour bâtir des châteaux avec des cure-dents.

Le dimanche soir, le nid est terminé. Pablo monte sur l'urinoir et ouvre la fenêtre sale, le petit oiseau lève la tête, dans l'attente de sa ration ; il lui met sous le bec une main pleine de mie de pain et d'eau, le pousse à l'autre bout du rebord et dépose le conglomérat de bois et de paille dans son coin préféré, entre le mur de gauche et le premier des trois barreaux. Mais l'étourneau a l'air contrarié, quand ayant terminé son dîner il veut retourner dans son coin et découvre l'étrange objet qui l'occupe. Il le picote, comme pour tenter d'évaluer les forces de l'envahisseur, puis avec tant de furie que le fragile tressage commence à se fissurer.

— Eh, eh, ne fais pas ça, murmure Pablo, juché sur l'urinoir.

Mais l'étourneau aveugle ne veut pas entendre raison, et deux minutes plus tard il ne reste rien du brave petit nid. Pablo referme la fenêtre et s'allonge sur son grabat, en tirant sur lui les couvertures. Il cache sa tête sous son aile et se met à pleurer, libérant la tension accumulée pendant tant de jours, jusqu'au moment où, recroquevillé, et entre deux hoquets, il s'endort. Demain, quand la diane le réveillera, il constatera que le petit oiseau a récupéré son coin préféré sur le rebord de la fenêtre. Parce que les étourneaux n'aiment pas trop les nids, Pablito, incroyable que tu aies pu oublier les cours d'ornithologie que te donnait ton père dans les champs de Castille.

Le lundi après-midi deux gardiens tirent Pablo de sa cellule pour le conduire au parloir des avocats, avec les trois autres accusés de la procédure sommaire. Ils sont attendus par le juge instructeur Castejón et don Nicolás Mocholi, dont le visage n'augure rien de bon :

— Le capitaine général s'est prononcé contre le verdict, leur annonce Mocholi à brûle-pourpoint quand ils entrent dans la salle, en évitant de les regarder dans les yeux. L'affaire a été élevée au Tribunal suprême de guerre et de marine, qui devra édicter une sentence ferme et définitive dans un délai inférieur à quinze jours.

Ni Pablo, ni Julián, ni Enrique ne savent quoi dire. Seul Gil Galar murmure quelques mots incompréhensibles.

— L'audience aura lieu à Madrid, intervient le juge Castejón, mais vous resterez ici, et par conséquent, je vous invite à choisir un défenseur le plus tôt possible.

Les quatre hommes lèvent les yeux vers Mocholi, qui détourne le regard :

— Je regrette, messieurs, mais vous devrez choisir quelqu'un d'autre... Des problèmes de santé m'interdisent de me déplacer à Madrid... Je vous recommande le commandant don Aurelio Matilla, qui habite la capitale et est un avocat expert...

— Dites-nous la vérité, commandant Mocholi, l'interrompt Santillán. S'il vous plaît.

Don Nicolás hésite, se racle la gorge et conclut :

— C'est tout ce que j'avais à dire. Le commandant Matilla fera une excellente défense, soyez-en sûrs. Si vous avez été acquittés une fois, je ne vois pas pourquoi vous ne le seriez pas de nouveau.

Mais il n'y a pas besoin d'être très perspicace pour entendre dans les mots de Mocholi une profonde indignation, déguisée en faux espoir. C'est que, parfois, même les desseins de Dieu obéissent à des ordres supérieurs.

XXII

(1921-1923)

— Ouvrez, ouvrez immédiatement ! entendit Pablo de son lit, tandis qu'on frappait à coups de crosse sur la porte de la maison.

Deux ans se sont écoulés depuis son retour à Baracaldo, deux ans depuis qu'il a décidé d'en terminer avec sa vie d'exilé, deux ans de normalité auxquels ces coups de crosse venaient mettre fin une bonne fois pour toutes. Il est bien connu que nous sommes esclaves de notre passé et que les fantômes peuvent surgir à tout moment : même à trois heures du matin par un hiver glacial, pendant que nous dormons tranquillement agrippés à notre oreiller. Ou pas si tranquillement, peut-être, dans le cas de Pablo, qui depuis plusieurs nuits faisait des cauchemars.

— Ouvrez ou nous enfonçons la porte ! retentirent à nouveau, menaçants, les cris sur le palier.

Pablo se leva d'un bond, enfila son pantalon et alla ouvrir. Il croisa dans le couloir sa sœur et sa nièce, que le vacarme avait aussi réveillées. D'un geste, il leur fit signe de rentrer dans leur chambre. Quand il ouvrit la porte, deux gardes civils se jetèrent sur lui et lui passèrent les menottes, tandis que deux autres entreprenaient de fouiller la maison : le juge avait ordonné son arrestation pour implication dans l'assassinat du directeur des Hauts-Fourneaux.

En réalité, tout avait commencé à tourner mal une semaine plus tôt, quand l'entreprise avait licencié trente-huit ouvriers et menacé le Syndicat unique d'en mettre cinq cents de plus à la porte si ne cessait pas la résistance passive par laquelle ils prétendaient obtenir des augmentations que la direction n'était pas disposée à accorder. Les syndicalistes s'étaient réunis à la Maison du Peuple de Sestao et l'assemblée s'était terminée dans l'exaltation des esprits et des positions divisées : d'un côté ceux qui voulaient donner une leçon à ce « fils de chienne qui avait débuté comme stagiaire et qui maintenant se prenait pour le roi du monde », comme avait dit quelqu'un, et de l'autre ceux qui considéraient que la violence ne servirait à rien pour régler le problème (bien au contraire). Entre les deux se situait, curieusement, un syndiqué qui avait eu l'intention de commettre un attentat contre la vie d'Alphonse XIII, même si personne ne le savait. Non que Pablo ait perdu la foi en la lutte, ni que la responsabilité de prendre soin de sa famille lui ait fait craindre pour son emploi, mais il avait fini par comprendre ce que Cicéron a dit à propos de Jules César : tuer un tyran n'est pas acte de sages, il est préférable d'attendre qu'il échoue pour ne pas faire de lui un martyr. Car les autorités profiteraient de tout attentat pour mener une répression radicale contre les syndicalistes, cela ne faisait pas le moindre doute.

Le lendemain, alors qu'il quittait ses bureaux de Baracaldo, l'automobile de don Manuel Gómez Canales, directeur des Hauts-Fourneaux de Biscaye, était criblée de plomb, et le même soir les arrestations débutèrent. Pendant plusieurs jours, s'élevèrent de la caserne de la Garde civile de Sestao les plaintes des torturés, et de plus en plus d'ouvriers manquaient à leur poste : certains parce qu'ils avaient été arrêtés, d'autres parce qu'ils avaient pris la poudre d'escampette. Certains parvinrent même à embarquer pour le Mexique ou l'Argentine, pour éviter à tout prix le *canari*, cet instrument de torture qui faisait parler les plus solides. Mais Pablo continua à aller travailler, en dépit des mauvais pressentiments de sa sœur Julia :

— Ah, petit frère, un de ces jours la Garde civile t'arrêtera…

— Je n'ai rien à craindre, répondait Pablo : cette fois je n'ai rien fait, et je peux le prouver.

En effet, il avait le meilleur des alibis : quand l'attentat s'était produit, il était à l'usine, en train de découper des plaques d'acier. Mais, trois jours après la fusillade, don Manuel Gómez mourait des suites de ses blessures et la police découvrait un complot dirigé par Hilario Oliver, José Manzaner et Francisco Hebrero, alias « Malatesta », compagnons de Pablo aux ateliers de chaudronnerie. On trouva chez le premier une douzaine de bombes, une cinquantaine de livres anars et le classique Browning, sceau de la tribu anarchiste. Ce fut le début d'une nouvelle vague d'arrestations et bientôt environ cent cinquante syndicalistes infesteraient les casernes.

— Laissez ma sœur et sa fille en paix, demanda Pablo tandis que les gardes le poussaient dans l'escalier. Ce n'est pas leur faute.

— Donc c'est bien la tienne, pas vrai, crétin ? lui demanda l'un d'eux, en le gratifiant d'un coup de crosse. Allez, ferme-la et avance.

Dans la rue l'attendait un fourgon de police qui devait le transférer à la caserne de la Garde civile de Sestao. Mais quand ils voulurent ouvrir la porte arrière du véhicule, ils s'aperçurent que le mécanisme de fermeture s'était bloqué.

— Ah, zut, encore ! murmura le chauffeur, qui prit sous son siège un marteau et un ciseau. Bon, ça y est, dit-il après avoir flanqué deux ou trois coups sur la serrure, vous pouvez mettre le moineau en cage.

La cage n'était pas vide : à l'intérieur du fourgon, Pablo était attendu par les petits yeux apeurés du camarade Jesús Vallejo, syndicaliste et chaudronnier comme lui aux Hauts-Fourneaux de Biscaye.

Une fois à la caserne, on les enferma dans une cellule où leur parvenaient, amortis, des cris à faire se dresser les cheveux sur la tête. Sur le mur du cachot quelqu'un avait écrit, plusieurs fois : « Maman je t'aime », jusqu'à épuisement de sa craie ou de sa patience. Dans la cellule voisine, une femme en chemise de nuit blanche et aux cheveux trempés murmurait « la pluie, la pluie, la pluie », dans une litanie monotone.

— La ferme, maintenant, putain de folle ! cria la sentinelle, avant de s'adresser aux nouveaux venus. Vous savez ce qu'elle a fait, cette sale traînée ? Elle a jeté par la fenêtre les vêtements d'un de ses clients ! Et après elle est allée au cimetière manger la terre des tombes…

Le premier qu'on vint chercher fut Jesús, qui sortit de la cellule en tremblant, le visage marqué par la terreur. Une demi-heure plus tard, ce fut le tour de Pablo. Comme si de rien n'était, on le conduisit à la salle d'interrogatoire en faisant un petit détour par l'écurie : pendu dans un escalier la tête en bas, nu, Jesús était fouetté avec une cravache.

— C'est comme ça que tu finiras toi aussi si tu ne nous dis pas ce que nous voulons entendre, le menaça le garde civil qui un peu plus tôt lui avait donné un coup de crosse.

Mais Pablo allait avoir plus de chance que son camarade. Non qu'il soit moins coupable, ni plus malin, ni parce qu'ils avaient eu leur quota de tortures pour cette nuit-là : mais parce qu'il était le fils de Julián Martín, ancien professeur du caporal Lorca, chargé des interrogatoires.

— Pablo Martín Sánchez, dit le caporal en brandissant des papiers et en frottant lentement son menton proéminent, fils de Julián Martín Rodríguez et de María Sánchez Yribarne. Tiens tiens tiens… J'ai eu un maître à l'école de Baracaldo qui s'appelait comme ça, ce n'était pas ton père, par hasard ?

— Mon père est mort il y a longtemps, répondit Pablo, en s'asseyant sur la chaise que lui proposait le caporal, mais il a été instituteur à Baracaldo avant d'être inspecteur, en effet.

— Ah ! il a été inspecteur ? Bien, bien, je m'en réjouis pour lui. Quel dommage qu'il soit mort. C'est un des rares maîtres dont je me souvienne avec affection. Comment c'était, déjà, ce qu'il répétait toujours ? Dans un effort de mémoire, le caporal Lorca se mordit la lèvre inférieure et passa la main sur son crâne tondu. Ah, oui : si vous pensez jouer un bon coup… tâchez d'en jouer un meilleur encore ! C'est un précepte que j'ai essayé de mettre en pratique dans toutes les circonstances de ma vie. Et je ne m'en suis pas mal trouvé, je t'assure… Toi, par exemple, tu es un bon coup, Pablo : j'ai sous les yeux un mandat d'arrêt qui date d'il y a quelques années, le 13 avril 1913. Laisse-moi réfléchir… Ce n'était pas le jour de l'attentat de Madrid contre Sa Majesté, en pleine rue d'Alcalá ? Mais c'est une affaire qui a été tout de suite classée. Ne remuons pas le passé, sûr qu'il y a un meilleur coup à jouer…

Pablo le regarda avec des yeux froids comme l'acier qu'il découpait à l'usine.

— Ne me regarde pas comme ça, mon vieux, lui lança le caporal, en ébauchant un sourire, tu me rappelles ton père quand il nous disputait. Je suis prêt à te croire, mon garçon, il faut simplement que tu me dises la vérité. Étant fils de don Julián, tu ne peux pas être quelqu'un de mauvais. Écoute, je vais être sincère avec toi : ce dont il s'agit ici, c'est donner une bonne leçon à toute la racaille anarchiste qui croit qu'elle peut rendre la justice elle-même. Mais sûr que tu n'as rien à voir avec toute cette pègre, pas vrai ? Je parierais n'importe quoi qu'on t'a obligé à prendre ta carte du syndicat, comme tant d'autres, je me trompe ? Tu serais étonné de la quantité de travailleurs honnêtes qui finissent par se syndiquer à cause des menaces. Sans aller plus loin, l'autre jour j'ai croisé un voisin qui avait l'œil rouge comme une tomate. Je l'arrête et je lui demande : « Mais, Tomás, au nom du Ciel, comment tu t'es fait ça ? » Alors il me répond, comme si c'était la chose la plus normale du monde : « Rien, j'ai refusé de payer ma cotisation. » Ça, on ne peut pas le permettre, Pablo. C'est par là que tout commence. On commence par frapper celui qui ne veut pas se syndiquer et on finit par tuer le directeur. Tu me suis ? C'est pour ça qu'il faut trancher dans le vif, empêcher toute cette vermine d'agir, couper les mains à ceux qui prennent les armes. C'est clair, ou pas ?

De l'écurie parvint une longue plainte aiguë, comme un hurlement.

— C'est clair, se répondit le caporal à lui-même, en prenant une liste de noms. Mais allons au fait. Voyons, voyons… Macías… Madero… ah : Martín, Martín Sánchez. Il est dit ici que le

11 janvier à dix-huit heures, heure à laquelle on a tiré sur don Manuel Gómez, tu étais en train de travailler à l'usine des Hauts-Fourneaux de La Biscaye, car ce jour-là tu étais d'après-midi. C'est exact ?

— Oui.

— Parfait, c'est tout ce que je voulais entendre. Tu vois que ce n'était pas si difficile, Pablo ? Ton père le disait bien : si tu penses jouer un bon coup… tâche d'en jouer un meilleur encore ! Allez, signe ici et tire-toi avant que je change d'avis.

Quand il sortit de la caserne, on entendait encore les cris de Jesús Vallejo, en provenance de l'écurie. Pablo serra les dents, faisant contre mauvaise fortune bon cœur, sans soupçonner que trois jours plus tard le malheureux tenterait de se suicider, en se jetant à plusieurs reprises de l'appui de la fenêtre de sa cellule sur le sol. Mais Pablo avait trop de problèmes personnels pour se préoccuper de ceux d'autrui. Si on m'a arrêté une fois, pensait-il en rentrant à Baracaldo, on peut m'arrêter une deuxième. Car bien qu'il se soit tiré favorablement de sa mésaventure, il devinait que tout était en train de mal tourner. Quand il arriva chez lui, c'est sa mère qui lui ouvrit, elle avait été alertée par Julia. Elle se jeta dans ses bras, en larmes, et quand elle reprit contenance, elle dit :

— À partir d'aujourd'hui je m'installe ici, avec vous. S'ils reviennent te chercher, il faudra qu'ils me fassent d'abord sortir les pieds devant.

Pablo embrassa sa mère, serra sa sœur dans ses bras et soupira en voyant la petite Teresa, qui s'était endormie près du feu et semblait faire un cauchemar, à en juger par l'expression de son visage.

— Elle n'a pas voulu aller au lit, expliqua Julia. « Quand tonton Pablo reviendra », a-t-elle dit.

Tonton Pablo la prit dans ses bras et lui donna son baiser spécial de bonne nuit, en frottant son nez contre le sien. La petite se réveilla et, après avoir vu son oncle, elle se rendormit : mais maintenant elle ne fronçait plus les sourcils. Pablo la porta dans son lit puis il raconta ce qui s'était passé aux deux femmes.

— Ce qui fait qu'on peut dire, conclut-il, que Papa m'a sauvé depuis le Ciel.

— Loué soit le Seigneur, s'écria María, en joignant les mains.

— Loué soit-il, pour une fois, concéda Pablo. Espérons qu'il sera aussi miséricordieux pour mes compagnons.

L'Espagne était devenue une poudrière qui tôt ou tard exploserait. Les syndicats et le patronat étaient entrés dans une lutte sans merci et tous les jours les nécrologies s'accumulaient dans les journaux. Sans aller plus loin, la veille du jour où le directeur des Hauts-Fourneaux avait été criblé de balles à Baracaldo, un patron de l'industrie du liège nommé Enrique Barris avait été assassiné à Séville, et le lendemain c'était au tour de l'industriel de la métallurgie don Juan Abelló de passer de vie à trépas à Tarrasa, jusqu'où arrivaient les éclaboussures sanglantes de la Barcelone voisine. Car ce qui se passait dans la Cité comtale était proprement scandaleux : le patronat avait réussi à changer le Syndicat libre en un nid de tueurs à gages, pour combattre les groupes anarcho-syndicalistes qui prédominaient dans la classe ouvrière. Comme si cela ne suffisait pas, le général Martínez Anido, gouverneur militaire de Barcelone, sortit de son chapeau un lapin empoisonné qui provoquerait un nouveau magnicide : la fameuse *Ley de Fugas*, qui permettait à un policier de tirer sur tout détenu qui ferait mine de fuir. Puis de l'usage on passa à l'abus : s'il ne voulait pas fuir, il suffisait de l'y pousser un peu.

Le 8 mars, à Madrid, presque deux mois après l'attentat des Hauts-Fourneaux, trois hommes sur une moto équipée d'un side-car tiraient sur la voiture du président du gouvernement, don Eduardo Dato, qui le même jour avait dit à sa femme : « Si on me tue, que veux-tu… les risques du métier. » Trois balles lui donnèrent raison : la première s'incrusta dans son thorax à hauteur de la septième côte, la deuxième lui brisa la mâchoire et la troisième lui traversa le crâne, les méninges, le cervelet, la protubérance annulaire, le ventricule moyen et le lobe frontal de l'hémisphère gauche. Et bien que cela ait été plus difficile qu'on ne l'aurait cru, vu les circonstances, on découvrit que les auteurs de l'attentat étaient trois jeunes anarchistes catalans venus à Madrid dans le seul but d'assassiner le président. L'un d'eux, Pedro Mateu, avouerait : « Je n'ai pas tiré sur Dato, que je ne connaissais même pas ; j'ai tiré sur un président qui a autorisé la plus cruelle et la plus sanguinaire de toutes les lois, la *Ley de Fugas.* » Décidément, le lapin du chapeau de Martínez Anido sentait le roussi.

Quand il apprit la nouvelle, Pablo craignit le pire. Madrid était très loin, bien sûr, mais on sait que chat échaudé craint l'eau froide : il n'avait rien eu à voir non plus avec la mort du directeur et il avait failli finir pendu la tête en bas. En rentrant de l'usine, il pensa à sa mère, prête à sortir les pieds devant si quelqu'un voulait lui prendre son fils. Il pensa à Julia, qui ne s'était pas encore remise du choc reçu deux mois plus tôt. Il pensa à la petite Teresa, qui demandait encore qui étaient ces hommes qui étaient entrés chez elle aux petites heures du matin. L'idée de l'exil lui passa par la tête. Mais quand il arriva à la maison, les deux femmes et la petite l'en dissuadèrent très vite. Ne pars pas, dit sa mère. N'y pense même pas, insista sa sœur. Si tu t'en vas, menaça sa nièce, je ne te parle plus. Il décida alors d'aménager une cache dans la chambre de Julia, en tirant profit du petit dressing qui se trouvait au bout de la pièce : il déplaça l'armoire trois corps, de façon qu'elle dissimule la porte d'accès au petit réduit et découpa le fond de l'armoire comme une chatière humaine. En cas de visite intempestive, il lui suffirait d'écarter les vêtements et de se glisser par l'ouverture, ce qui ne lui prendrait que quelques secondes, comme il allait avoir l'occasion de le vérifier très vite : le lendemain, sans aller plus loin. Ils étaient en train de dîner quand la sonnette les fit sursauter. Pablo se leva de sa chaise, courut vers la chambre, et se faufila dans la cache par le fond de l'armoire. Il retint son souffle dans la pénombre jusqu'à ce qu'il entende sa nièce qui disait :

— Ça y est, tu peux sortir, tonton Pablo.

Elles l'attendaient toutes les trois assises sur le lit, les mains sur les genoux, et elles ne purent s'empêcher de rire en le voyant surgir d'entre les vêtements de l'armoire, comme une taupe pointant la tête hors de sa taupinière :

— Fausse alerte, dit Julia. C'était la voisine, qui nous apportait des œufs de Pâques.

— Eh bien elle me la copiera, la voisine, avec ses œufs, ronchonna Pablo.

Mère, sœur et nièce rirent de nouveau tout leur soûl, déchargeant ainsi la tension accumulée. Quand ils retournèrent dans la salle à manger, la soupe avait refroidi.

— La prochaine fois, dit Pablo, n'oubliez pas de cacher mon assiette avant d'ouvrir. La police sait compter jusqu'à quatre.

Mais il n'y eut pas de prochaine fois. Le procès pour l'assassinat du directeur des Hauts-Fourneaux ne commença qu'un an et demi plus tard, et devait se terminer au milieu de 1923, avec l'acquittement des quatre accusés (parmi lesquels Jesús Vallejo, qui dans l'intervalle avait de nouveau tenté de se suicider), le jury ayant compris que les aveux avaient été obtenus sous la torture. Malgré tout, le procès laissa une trace dans le caractère de Pablo, qui peu à peu devint plus aride, plus renfermé, plus taciturne. Il cessa de participer aux réunions du syndicat. Il cessa de se promener le long du Nervión. Il cessa de fréquenter la bibliothèque populaire. Il cessa de boire du vin avec ses camarades de travail. Il cessa même de sortir avec Celeste, l'amie de sa sœur Julia, à qui il présenta les excuses du mauvais payeur : il faut que je m'occupe de ma famille, je ne suis pas l'homme que tu mérites, il est probable que je doive partir bientôt pour l'étranger. Au fond, pendant ces années la plus grande joie de sa vie fut une petite fille, curieuse comme pas deux, qui ne cessait de l'interroger sur tout et sur rien, en le mettant souvent dans l'embarras.

— Tonton Pablo, si Dieu est partout, il est aussi en enfer ?

Diable de gamine.

— Tonton Pablo, c'est vrai que les poissons ne dorment pas ?

Sa curiosité n'avait pas de limites.

— Tonton Pablo, grand-mère dit que tu ne peux pas sentir les fleurs, c'est vrai ?

C'est là que commencèrent les questions personnelles.

— Tu n'as jamais été amoureux, tonton Pablo ?

Tonton Pablo ne put faire autrement que de lui raconter sa vie.

— Tu vois, je dirais que si Dieu existe, il passe le plus clair de son temps en enfer, répondait l'anticlérical.

— Je ne sais pas si les poissons dorment, mais ce dont je suis sûr c'est qu'ils rêvent ; parce qu'on peut vivre sans dormir, Teresa, mais on ne peut pas vivre sans rêver, répondait le romantique.

— Bien sûr que c'est vrai. Tu ne sais pas que grand-mère ne ment jamais ? Je ne peux pas distinguer les odeurs, ni les bonnes ni les mauvaises, ni celle des roses ni celle des pets, répondait l'anosmique.

— Je n'ai été amoureux qu'une seule fois et j'ai failli ne pas vivre pour le raconter, répondait le vampire sans cœur.

Si bien qu'à l'âge de neuf ans, Teresa connaissait mieux la vie de son oncle que l'histoire du Petit Chaperon rouge.

— Tonton, lui demanda-t-elle un soir, c'est quoi ton plus vieux souvenir ?

— Le cinématographe Lumière, répondit Pablo, après avoir réfléchi un instant.

Le lendemain, il décida de l'emmener au cinéma, avec l'espoir que l'invention des frères Lumière assouvirait un peu son inépuisable soif de connaissance. Le plus difficile ne fut pas de convaincre sa nièce, qui sautait de joie, mais sa mère, qui n'avait pu oublier la tragédie du cinéma Teatro-Circo de Bilbao, où une fausse alerte à l'incendie avait eu raison de la vie de quarante enfants, étouffés dans leur fuite précipitée. Mais il y avait plusieurs années de cela et désormais les salles étaient mieux équipées. Ils sortirent donc de chez eux un soir, un paisible soir de la mi-septembre. Le film qu'ils allèrent voir était *Nanouk l'Esquimau*, d'un certain Robert Flaherty. Une critique enthousiaste en avait été publiée le matin même dans *El Noticiero Bilbaíno* : « Il s'agit d'un film tourné au pôle Nord, où se déroulent d'intéressantes et très curieuses scènes de la vie des Esquimaux. Le spectateur sera au plus haut point étonné par les travaux et les opérations que réalise Nanouk, l'Esquimau, pour la chasse au morse, au phoque, à l'ours et pour la pêche au saumon, ainsi que par le spectacle du dépeçage du morse harponné et de la façon dont le chasseur mange sa chair crue avec un plaisir évident. *Nanouk l'Esquimau* est un des meilleurs films projetés cette saison. »

— Que diriez-vous d'aller voir tous ensemble les Esquimaux ? avait dit Pablo, qui depuis l'acquittement de ses compagnons des Hauts-Fourneaux avait retrouvé sa bonne humeur. Voyons si après ça vous me croirez quand je vous dis qu'ils s'embrassent en se frottant le nez…

Quand la lumière s'éteignit, Pablo ressentit la même émotion que ce jour lointain où il était allé avec Vicente Holgado rue San Jerónimo, à Madrid, pour voir, contre deux réaux, la magnifique, l'incroyable, l'extraordinaire invention des frères Lumière. Maintenant, les films duraient une heure, et non plus une minute, mais l'émotion qu'on ressentait quand la salle était plongée dans le noir était toujours la même. La première séquence les laissa bouche bée, particulièrement la petite Teresa, qui dut la refermer pour ne pas laisser tomber le bonbon que son oncle lui avait acheté à un stand de friandises : un kayak s'approchait de la caméra, conduit par Nanouk l'Esquimau, qui maniait une rame à double pelle avec la dextérité d'un spadassin ; sur la proue, s'agrippant pour ne pas tomber à l'eau, se tenait un petit Esquimau de cinq ans environ, appelé Allee. Mais le meilleur était à venir, quand Nanouk descendait de son kayak et que par l'étroite ouverture surgissaient un à un tous les membres de sa famille, comme si le kayak était un monstre fabuleux qui vomissait des Esquimaux : la mère, Nyla, avec son nouveau-né de quelques semaines ; Cunayou, le fils adolescent au sourire espiègle, et Comock, le husky aux pattes blanches comme la neige.

— Ferme la bouche, répétait Julia à sa fille.

Mais pas moyen. Même pas quand Nanouk et d'autres hommes chassèrent un morse et le dépecèrent pour le manger cru. Ni quand ils découvrirent un ourson polaire caché dans une grotte. Encore moins quand ils se mirent tous à construire un igloo avec de grands blocs de neige, découpés à l'aide des défenses affilées des morses : et le plus beau de tout était que l'igloo avait une fenêtre en glace pour qu'entre la lumière ! Mais Pablo était inquiet, parce qu'il y avait déjà presque une heure que le film était commencé et il n'avait pas encore vu ce qu'il voulait voir.

— Regardez ! s'exclama-t-il enfin, exultant. Voilà le baiser esquimau !

En effet, la belle Nyla et son bébé se frottaient nez contre nez, dans un geste de tendresse. Quant à la petite Teresa, elle regardait son oncle en souriant sous son petit bout de nez à elle.

Il faisait nuit quand ils sortirent du cinéma. Bien que le film se soit terminé sous une tempête de neige, un immense sourire se dessinait sur le visage de Teresa, et un plus petit sur celui de Julia, et un autre à peine perceptible sur celui de la grand-mère María ; Pablo les regardait sans pouvoir éviter qu'un sourire ne lui échappe à lui aussi, de bonheur ou d'espoir, qui sait… Mais tous ces sourires allaient bientôt se figer, car à ce moment-là, dans la Cité comtale, un coup d'État militaire était fomenté.

– 25 –

> En ce même mois de novembre, l'affaire était entre les mains de l'avocat général, don Carlos Blanco. Il dut voir quelque chose de terrible dans ce dossier, car dix jours plus tard il démissionnait de sa charge, prétextant une maladie. Lui semblait-il monstrueux d'accuser des innocents, de pauvres hommes trompés, livrés peut-être au gouvernement par des agents de ce même gouvernement qui servaient ainsi d'infâmes et inavouables projets ? Don Carlos Blanco ne le dit pas. Mais il renonça au ministère public, et se retira de ce Conseil qui devait prononcer une sentence de toute façon excessive et injuste.
>
> JOSÉ ROMERO CUESTA,
> *La verdad de lo que pasó en Vera*

Deux semaines, deux longues et interminables semaines passeront avant que ne se déroule à Madrid le nouveau procès devant le Conseil suprême. Deux semaines pendant lesquelles continueront à arriver de nouveaux détenus à la prison provinciale de Pampelune, accusés d'avoir participé à la tentative révolutionnaire de Vera : parmi eux, deux pauvres types nommés Perico Alarco et Manolito Monzón. Deux semaines pendant lesquelles Pablo subira le rata semblable à de la boue, les punaises à l'air de sangsues et les cris et cantiques que les prisonniers de droit commun chantent faux dans la grande cour. Deux semaines pendant lesquelles l'ex-compositeur de La Fraternelle aura le temps de penser à ce qui s'est passé et à ce qui ne s'est pas passé et à ce qui pourra se passer si le Tribunal suprême se prononce contre lui. Deux semaines à imaginer mille et une façons de s'échapper, sans oser en tenter aucune. Deux semaines à écouter le sourd martèlement des pas dans le couloir, à supporter que la trappe de sa cellule s'ouvre brusquement et que le globe oculaire d'une sentinelle envahisse son intimité. Deux semaines à frissonner en pensant à l'improbable possibilité que soit arrivée en Espagne l'absurde mode américaine d'organiser des visites guidées pour des dames désireuses de voir les prisonniers. Deux semaines à avouer ses craintes à l'étourneau aveugle de la fenêtre et à faire mariner l'aumônier de la prison, don Alejandro Maisterrena, qui s'entête à lui parler de Dieu et de la Très-Sainte Trinité.

— Écoutez, père, finit par lui dire Pablo, j'ai toujours pensé que le meilleur chrétien n'est pas celui qui parle le plus de Dieu, mais celui qui l'offense le moins.

Deux semaines aussi à mémoriser malgré lui les phrases et les dessins obscènes qui décorent les murs de sa cellule de six mètres carrés. À souffrir du syndrome du détenu, dont l'esprit voyage constamment dans le passé et le futur, mais évite comme il peut de s'arrêter dans le présent. À lire des journaux périmés pour apprendre que Charlie Chaplin va se marier avec Lita Grey, l'adolescente avec qui il partage l'affiche et qu'il a mise enceinte, et d'autres plus récents que lui passe en cachette Ferdinando Fernández, comme cet exemplaire du *Petit Parisien* dans lequel Blasco Ibáñez, depuis Paris, persiste à nier toute implication dans les événements, même si au moins, il se solidarise désormais avec les accusés : « Je plains les hommes de Pampelune et ceux de Barcelone. Ils ont été victimes de leur bonne foi et de leur enthousiasme, et il ne fait aucun doute qu'ils seront vengés. » Deux semaines à entendre les coups que frappe Gil Galar dans le cachot contigu et à repenser, malgré lui, au camarade Jesús Vallejo, qui a tenté de se suicider à Sestao en se jetant de l'appui de la fenêtre sur le sol de sa cellule, les mains dans les poches. Deux semaines, enfin, durant lesquelles Pablo recevra deux lettres qui perturberont plus encore, si c'était possible, ses nerfs déjà bien mal en point.

La première arrive le lundi 24 novembre, et elle est de sa sœur Julia, qui lui écrit de Bilbao. La missive est brève et certains fragments en ont été censurés. Elle dit ceci :

> Mon cher Pablo,
>
> Je ne sais pas si ces mots parviendront jusqu'à toi, mais je suis convaincue que mon immense amour fraternel traversera les murs de pierre de la prison. Les journaux disent que vous avez tué deux gardes civils, et tu ne peux imaginer le chagrin qu'en a eu notre mère. [Phrase censurée] Mais même si c'était vrai, tu sais que je donnerais ma vie si cela pouvait te sortir de là. Je ne supporte plus de rester enfermée toute la journée à la maison, à attendre d'avoir de tes nouvelles par les journaux. Un de ces jours je vais prendre la petite et aller te voir à Pampelune, même si je dois demander à genoux qu'on me laisse entrer, car seules les visites de parents, épouses et enfants sont acceptées. [Phrase censurée] Prends bien soin de toi et ne fais pas de bêtises.
>
> Ta sœur qui t'aime.
>
> JULIA

Pablo lit la lettre sous la fenêtre de sa cellule, avec en musique de fond l'étourneau aveugle qui depuis quelque temps ne cesse de pépier. Quand il termine de la lire, les yeux humides, il s'en prend à coups de poing à sa paillasse, jusqu'à s'en faire saigner les jointures des doigts.

Trois jours plus tard, à la tombée du soir, il reçoit une nouvelle lettre, mais cette fois c'est l'aumônier de la prison qui la lui remet en personne, à la grande surprise de Pablo.

— Elle est arrivée à mon nom ce matin, mais elle est pour vous, dit don Alejandro, un peu contrarié. Passe pour cette fois, vu qu'elle vient de Béjar et qu'elle est à en-tête de l'église San Juan Bautista. Mais si cela se renouvelle, j'en informerai le directeur pour qu'il applique la censure pertinente.

Pablo le remercie du regard et ouvre l'enveloppe, les mains tremblantes, en reconnaissant l'écriture impossible à confondre du père Jerónimo, qui après les premiers mots d'encouragement et l'inévitable exhortation à avoir confiance dans le pardon de Dieu, écrit ce qui suit :

> … et donc, mon cher ami, en arrivant à la fin de cette lettre et vu les circonstances exceptionnelles dans lesquelles vous vous trouvez, je me vois dans l'obligation de vous avouer une chose qui augmentera encore les turbulences de votre esprit. Il s'agit d'Ángela, encore une fois, mais cette fois ce ne sont pas des rumeurs. Après tant d'années, elle est rentrée à Béjar. Elle est venue hier à la sacristie, accompagnée d'une jeune personne qui devait être sa fille. Elle est venue directement me voir, en brandissant une coupure de journal où il était fait allusion aux événements de Vera. Elle m'a regardé dans les yeux et s'est contentée de demander : « C'est lui, mon père ? » Comme je n'avais pas la force de lui répondre, elle est sortie de la sacristie en jurant, ce qui me fait dire qu'il est très probable qu'elle va essayer d'aller à Pampelune pour vérifier de ses propres yeux si vous êtes ou non le Pablo qu'elle a connu dans sa jeunesse…

Parvenu à ce point, Pablo est incapable de continuer à lire. La lettre lui tombe des mains, sa vue se trouble et il s'effondre sur son lit, sous le regard inquiet de l'aumônier de la prison, qui lui demande s'il veut qu'il appelle le docteur. Pablo fait non de la tête et entend don Alejandro trébucher contre son écuelle avant de quitter la cellule. Et c'est en regardant fixement les taches d'humidité du plafond, qui s'estompent pour dessiner partout le visage d'Ángela, que Pablo passe une nuit blanche, à réinterpréter les quinze dernières années de sa vie, depuis qu'une balle lui a traversé la poitrine et l'a à tout jamais éloigné du destin qui l'attendait. Aux premières lueurs de l'aube, il tombera dans une étrange somnolence, et quand il voudra récupérer la lettre, il ne la trouvera nulle part, ce qui le conduira à se demander si tout ça n'a pas été qu'un rêve. Mais l'écuelle de laiton renversée dans un coin, qui reflète vaguement son visage décomposé, lui rappellera que parfois la réalité prend la forme d'un cauchemar.

Enfin, après deux semaines d'attente tendue, le lundi 1er décembre 1924, à onze heures du matin, débute à Madrid le procès devant le Tribunal suprême de guerre et de marine, en l'absence des quatre accusés et par un froid glacial qui gèle les oreilles et le cœur : « Froid, grand froid, annonce le matin le journal ; gel dans les règles. On dit qu'il s'agit d'une vague de froid qui vient des États-Unis : si elle payait des droits de douane, quelle hausse des recettes publiques ! » Ayant été transféré au Tribunal suprême, le procès devrait avoir perdu son caractère sommaire et, par conséquent, son urgence. Mais ce n'est pas le cas, parce que le gouvernement de Primo de Rivera est impatient de clore la représentation sur un effet spectaculaire : le châtiment des rebelles. Si cela n'a pas encore eu lieu, c'est à cause d'un rapport polémique du procureur suprême, don Carlos Blanco. Il y affirme qu'une procédure sommaire n'est en rien appropriée dans cette affaire, car les conditions nécessaires pour garantir une sentence juste et pondérée ne sont pas réunies, ce qui place le conseil de guerre dans le terrible dilemme de condamner sans certitude absolue ou d'acquitter sans conviction, ce qui ne serait pas le cas si les quatre accusés étaient jugés lors d'un procès ordinaire avec le reste de leurs compagnons. Comme si ce n'était pas suffisant, il a envoyé en début de semaine une lettre au conseil, dans laquelle il disait que « si pour des raisons d'ordre supérieur, avec lesquelles ma conscience ne peut transiger, on exige de moi une sentence de condamnation, ma charge est à la disposition du gouvernement ». Face à cette inébranlable position, le président du conseil, don Gabriel Orozco, a contre-attaqué en affirmant que si le procureur Blanco s'obstinait dans la version qu'il a soumise au tribunal, c'est lui qui présenterait sa démission. L'imbroglio a pris fin le vendredi matin et s'est résolu comme se résout toute chose dans ce pays de Sancho Pança gloutons et veules (pour utiliser une expression du pamphlet de Blasco Ibáñez, qui a finalement pu être introduit clandestinement en Espagne) : avec un congé maladie de quinze jours pour don Carlos, qui finira par être suspendu de ses fonctions pour une durée indéterminée.

C'est ainsi qu'à onze heures du matin s'ouvre, dans la salle de Justice, l'audience qui décidera du sort des quatre accusés acquittés lors du procès sommaire. La représentation est assez semblable à celle à laquelle nous avons assisté à Pampelune, comme si les décors avaient été commandés au même scénographe et que c'étaient les mêmes acteurs mais sous des noms différents. Les figurants qui font le public sont eux aussi presque identiques à ceux d'il y a quinze jours, bien qu'ils soient un peu moins nombreux, il ne manque que les journalistes, avec leurs carnets de notes et leur plume en arrêt. Le tribunal est présidé par le général vétéran don Gabriel Orozco (tellement dur d'oreille qu'il a devant lui sur la table un vieux cornet acoustique), flanqué des conseillers généraux Picasso et Gómez Barber, qui jouent le rôle d'assesseurs, du magistrat général Trabada et des rapporteurs Alcocer, Valcárcel et González Maroto. À droite du tribunal, tout frais sorti de chez le barbier, le lieutenant don Ángel Noriega, qui n'a eu aucun scrupule à remplacer comme procureur don Carlos Blanco, présente son allure sévère. À gauche de la table présidentielle, le commandant défenseur don Aurelio Matilla a la difficile tâche de rivaliser avec le magnifique Mocholi et avec la leçon de faconde et de jurisprudence qu'il a donnée lors du procès sommaire. Enfin, face au conseil, la table est occupée par le secrétaire rapporteur, don Antonio Méndez, qui se prépare à ouvrir la séance, au signal du président du tribunal. Devant lui, sur le banc des accusés, brillent par leur absence Pablo, Enrique, Julián et José Antonio, qui fument dans leurs cellules de la prison aux trois P les mégots que les détenus de droit commun leur ont lancés de la grande cour, et savent qu'en ce moment, à quatre cents kilomètres de là, on est en train de décider de leur sort.

L'audience commence par la lecture du dossier de l'instruction, du déroulement des événements et des déclarations des inculpés. Sont aussi évoqués la possible participation aux faits d'éminentes personnalités de la politique et de la culture espagnoles résidant à l'étranger, et le rôle malheureux du conseil de guerre de Pampelune, qui n'a pas su respecter les formes procédurales pour l'engagement de l'instruction et l'épuration des responsabilités. Finalement vient le tour de l'accusation et de la défense, qui s'embarquent dans une bataille dialectique qui fera pencher la balance d'un côté ou de l'autre. Toutefois, comme l'écrira un historien des années plus tard, avec ces cartes aussi bien distribuées que marquées, la plaidoirie de la défense ne peut pas servir à grand-chose.

— Messieurs du conseil – c'est au tour du procureur don Ángel Noriega de prendre la parole de sa voix amidonnée –, le devoir du ministère public est d'être au service de la justice, de la vérité et de la société. Ces très hautes instances se verraient offensées si, une fois entendus le récit des faits, les déclarations des détenus et les actes de l'instruction, nous consentions à ce que les coupables de telles atrocités ne soient pas châtiés.

Dans la salle le silence est maintenant absolu, et seul le cliquetis spasmodique du sténotypiste semble vouloir donner la réplique aux dures paroles du procureur.

— C'est pourquoi, continue Noriega, même si les preuves peuvent sembler insuffisantes (comme c'est généralement le cas dans les procès sommaires) et si certains vices de forme inconsistants ont pu se produire dans la procédure de l'instruction, le ministère public se limitera à examiner le fond de l'affaire, qui n'est autre que le délit d'offense à la force armée, avec pour résultat la mort de deux gardes civils dans l'exercice irréprochable de leur devoir. Il considère donc, par conviction morale, notoirement injuste la sentence absolutoire édictée à Pampelune et demande sa révocation, en invoquant, conformément à la loi sacrée, pour le châtiment des coupables, l'indispensable exemplarité requise par ce genre d'affaires et la nécessité de défendre la société espagnole de la vague destructrice qui la menace.

Un vieil homme des premiers rangs du public est pris d'un violent accès de toux et don Ángel Noriega interrompt son discours, jusqu'à ce qu'arrive une ordonnance avec un verre d'eau pour calmer le grand-père et ses convulsions.

— Même s'il est impossible de déterminer en connaissance de cause, reprend don Ángel sans perdre sa dignité, qui est le véritable auteur des coups de feu qui ont tué les deux gardes civils, il est du devoir de la justice de donner l'exemple à la société et de punir de la peine de mort ceux qui selon toute probabilité en sont les auteurs, car c'est ce que dictent la vengeance des héroïques gardes civils, la réparation due à cet estimable Corps et la certitude absolue qu'un acquittement inconcevable donnerait des ailes aux tueurs révolutionnaires pour renouveler leur tentative. Pour toutes ces raisons, messieurs du tribunal, le procureur croit remplir son devoir en demandant que Pablo Martín Sánchez, Enrique Gil Galar et Julián Santillán soient condamnés à la peine capitale, appliquée sous la forme prévue par le Code ordinaire, avec une indemnisation de cinq mille pesetas pour chacune des familles des gardes assassinés. Quant à José Antonio Vázquez Bouzas, il est requis contre lui une peine de six ans de prison correctionnelle pour agression contre la force armée.

Maintenant, oui, le public est incapable de se réprimer et une rumeur sourde se répand dans la salle. Mais le président don Gabriel Orozco n'a pas l'ouïe de don Antonio Permuy et il laisse les murmures s'éteindre tout seuls, sans utiliser son maillet.

— Messieurs du jury, monsieur le procureur, mesdames et messieurs du public – plaide à son tour don Aurelio Matilla, le front perlé de sueur malgré le froid qui règne dans la salle –, les paroles du ministère public ne peuvent s'entendre que comme le fruit de la douleur et de la stupéfaction qui nous affligent tous. Mais il est du devoir de la justice de ne pas s'en remettre aux raisons du cœur, et de se limiter aux faits prouvés. Or, les seules preuves qu'on apporte contre les hommes que je défends sont les douteuses déclarations de certains de leurs compagnons, sûrement effectuées dans la vaine intention de se disculper eux-mêmes. Quant aux blessures que présentent Pablo Martín et Enrique Gil, elles prouvent simplement qu'ils faisaient partie du groupe, mais ne démontrent en rien qu'ils sont les auteurs matériels de la mort des gardes civils. Car les événements, comme on le sait, messieurs, se sont produits de nuit et les gardes ont tiré avec des armes longues qui ont pu blesser même ceux qui fuyaient.

Le procureur Noriega claque ostensiblement la langue et fait un geste dédaigneux de la main, montrant par là que les bonnes manières ne s'acquièrent pas par des soins quotidiens chez le coiffeur.

— Vous avez parfaitement raison, estimé collègue, dit Matilla en le montrant du doigt. Vous reconnaissez vous-même que les preuves sont insuffisantes, comme c'est toujours le cas dans les procès sommaires, et je ratifie votre affirmation : en effet, messieurs, les preuves sont absolument insuffisantes, de la même façon que sont regrettables et honteux les innombrables vices de forme qui ont entaché l'instruction et que le ministère public qualifie d'inconsistants. Permettez-moi de vous en donner un seul exemple, moins banal qu'il pourrait le sembler à première vue : on a exigé des accusés qu'ils jurent que leurs déclarations étaient sincères au lieu de les exhorter à dire la vérité…, motif pour lequel cette même salle a annulé un procès le 3 juin 1908 !

Le général Picasso, mal à l'aise, s'agite sur son siège, car il siégeait au tribunal en question.

— Vous serez d'accord avec moi, messieurs : pour déterminer qui sont les promoteurs de la tentative d'invasion il faut préciser l'âge des inculpés ; il faut détailler techniquement les blessures dont certains souffrent ; il faut vérifier concrètement les actes d'acharnement que Duarte attribue à Martín, de même que le rôle de meneur conféré à Santillán ; et tout cela doit se faire en gardant le plus profond respect pour les formes procédurales, en organisant des séances d'identification des prisonniers au lieu de les faire défiler ou de lire aux accusés leurs propres déclarations avant qu'ils ne les signent. Mais rien de cela n'a été fait comme il se devait. Et malgré cela le procureur ose requérir sans se troubler trois peines de mort, en se fondant sur de simples hypothèses et sur des convictions morales !

La hardiesse finale de don Aurelio provoque quelques exclamations dans le public, mais le procureur Noriega demeure imperturbable dans son fauteuil, avec une moue de suffisance dessinée sur le visage.

— Mais depuis quand fait-on appel à la « conviction morale » comme fondement d'une demande de peine capitale ? Non, messieurs, non, la conviction morale de la culpabilité des hommes que je défends ne peut suffire à un tribunal pour prononcer une sentence de mort. Elle pourrait peut-être justifier un acquittement, s'il s'agissait de la conviction de l'innocence d'un accusé, mais elle ne peut jamais servir pour arracher la vie d'un être humain. Des preuves, messieurs, des preuves, voilà ce dont on a besoin, et non de convictions morales. Et à dire vrai, la défense ne trouve pas dans toute l'instruction la moindre preuve, non pas suffisante, mais ne fût-ce qu'indiciaire, pour que trois hommes subissent la plus irréparable des peines.

Le volume des murmures augmente considérablement cette fois, au point que don Gabriel lui-même les entend sans avoir besoin de son cornet acoustique, si bien qu'il se sert pour la première fois de son maillet en bois, avec une violence inattendue.

— Silence dans la salle ! crie-t-il, rouge de fureur, provoquant le mutisme de l'assistance, surprise par son accès de colère.

— Laissons donc, continue don Aurelio Matilla, un peu intimidé lui aussi par la sortie de son collègue, la hâte et l'exemplarité aux affaires bien définies qui ne nécessitent pas de confrontation de preuves. De plus, souvenons-nous que le Code exige que les accusés aient été surpris en flagrant délit pour pouvoir être jugés selon un procès sommaire, condition qui n'est pas remplie dans l'affaire que nous examinons, définie à l'article 237 du Code de justice militaire. C'est pourquoi la défense considère et demande que tous les détenus pour les faits soient jugés ensemble, en réunissant en un seul le procès sommaire contre les hommes qu'elle représente et le procès ordinaire mené contre les autres.

Don Aurelio se rassied, il essuie la sueur de son front avec un mouchoir jaunâtre, en remerciant en son for intérieur les applaudissements audacieux d'un spectateur, à qui une ordonnance enjoint de cesser ou de quitter la salle. Le président du tribunal échange quelques mots avec le général Picasso, assis juste à sa droite, lequel lui répond à travers le cornet acoustique, mais il élève si bien la voix que ses paroles arrivent jusqu'aux derniers rangs du public.

— La parole est au procureur, finit par annoncer don Gabriel Orozco, plusieurs décibels au-dessus du nécessaire.

— Merci infiniment, monsieur le président, graillonne don Ángel Noriega. La défense se trompe, ou ment, en mettant dans la bouche du ministère public ce que celui-ci n'a jamais affirmé. C'est une chose de reconnaître quelques vices de forme, compréhensibles dans un procès de ce type, et une autre, bien différente, de dire qu'il n'existe pas de motifs suffisants pour requérir la peine capitale. Il suffit de noter comme circonstances aggravantes du délit le milieu moral dans lequel se mouvaient les agresseurs et les réunions à caractère révolutionnaire qu'ils tenaient dans le pays voisin, comme cela est expressément notifié dans l'instruction. Ce sont tous des tueurs, dit-il en mâchant chaque syllabe, des anarchistes et des communistes à casiers judiciaires qui n'ont eu aucun scrupule à attaquer vilement, de nuit et en réunion, deux dévoués défenseurs de la loi et de l'ordre…

— Je proteste, monsieur le président, l'interrompt le commandant Matilla en se levant. Les hommes que je défends n'ont pas tous des casiers judiciaires…

— Qu'est-ce qu'il a dit ? demande le président au général Picasso, son cornet à l'oreille.

— Qu'il proteste, don Gabriel.

— Eh bien… protestation rejetée ! crie-t-il avec véhémence. Vous aurez le temps de rectifier ce que dit le ministère public, un peu de patience, voyons.

Don Aurelio se rassied et le procureur Noriega reprend son réquisitoire :

— Est-il besoin d'autres preuves pour condamner les coupables ? Les blessures reçues par les gardes et les agresseurs eux-mêmes ne sont-elles pas suffisantes pour décréter leur culpabilité, de même que le résultat des autopsies et les déclarations de leurs propres compagnons ? Bien entendu, messieurs, la défense a raison de plaider l'innocence de ceux dont elle est chargée. Il ne manquerait plus qu'elle ne le fasse pas, c'est son devoir et sa mission. Mais les miens sont d'accuser, et c'est pourquoi j'accuse, en me situant sur un plan bien différent de celui de la défense, sachant que le poète a raison qui dit que « dans ce monde trompeur / rien n'est vrai ni faux / tout dépend de la couleur/ des verres avec lesquels / on regarde les choses ». Or M. Matilla les regarde avec des verres bleus, c'est évident, tandis que moi je les regarde avec les verres de la loi et de la justice divine. C'est pourquoi j'insiste et je dis à celui qui affirme qu'il n'y a pas de preuves suffisantes, que j'apporte la plus irréfutable des preuves : celle que fournit la conviction morale. Moi je l'ai, messieurs, et c'est pourquoi je maintiens l'accusation.

Une salve d'applaudissements retentit dans la salle, sans qu'aucune ordonnance ose la réprimer. Il semblerait que la claque ne soit pas le patrimoine exclusif des théâtres.

— Je ne peux m'empêcher de regretter, messieurs, dit à son tour le défenseur Matilla, que le procureur ait omis de répondre aux arguments présentés par la défense…

— La parole est à la défense pour sa réponse, l'interrompt le président du conseil, qui n'a pas entendu que don Aurelio avait commencé son discours.

— Euh… merci, monsieur le président. Je disais qu'il est regrettable que monsieur le procureur n'ait pas daigné répondre aux arguments de la défense et qu'il insiste pour fonder son accusation sur des raisons de nature morale. Quoi qu'il en soit, je voudrais qu'il soit bien clair que je n'ai pas demandé l'acquittement ni parlé de l'innocence des accusés. Ce que j'ai dit, c'est qu'on ne peut déduire des pièces de ce procès des preuves suffisantes, ni même des indices, sur lesquels fonder l'imposition d'une peine si grande qui, si elle était appliquée, serait irréparable. Car la question fondamentale n'a toujours pas obtenu de réponse concluante : qui donc a réellement tué les gardes ? Est-ce que ce ne peut pas être les rebelles qui ont été tués lors de la rencontre, ou le dénommé Bonifacio Manzanedo, qui soigne encore ses blessures à l'hôpital de Vera ?

De nouveau, le procureur fait de sa table une ostensible moue de dédain en observant la façon dont le public réagit aux paroles de la défense. Il découvre dans les derniers rangs sa femme, qui le salue en remuant les doigts.

— Et il n'est pas vrai, messieurs, que la défense regarde cette affaire à travers le prisme de la bienveillance : elle le regarde avec celui, très net, de la conscience. Il n'est pas vrai non plus, messieurs du tribunal et public en général, que la défense plaide l'innocence des accusés, pour la simple raison qu'elle ignore s'ils sont coupables ou non. Mais ce qu'elle sait en revanche, c'est que son devoir est d'exiger des preuves suffisantes et manifestes de leur culpabilité, au cas où le conseil déciderait de leur appliquer la peine capitale.

Au milieu d'un silence plein d'attente, don Aurelio fait une pause dramatique et, après avoir longuement observé le public et les membres du tribunal, il conclut :

— Messieurs : je terminerais en demandant la clémence pour ces pauvres malheureux si j'étais convaincu de leur culpabilité. Mais comme je ne le suis pas, tout ce que je demande, c'est la justice.

Et il se rassied, convaincu que sa plaidoirie a été irréprochable.

— Très bien, messieurs, dit en se levant le président Gabriel

Orozco, qui voit que le défenseur a terminé sa plaidoirie, si personne n'a rien à ajouter, nous allons lever la séance et commencer les délibérations.

— Un moment, monsieur le président, intervient le procureur Noriega, j'aimerais avoir la parole pour la dernière fois.

— Qu'est-ce qu'il dit ? demande don Gabriel au général Picasso, en ajustant son cornet acoustique.

— Qu'il veut encore dire quelques mots, l'informe le général en approchant les lèvres du pavillon de l'instrument.

— Il n'y a pas de raison que vous reparliez, monsieur le procureur, crie le président, un peu irrité. Mais je vous accorde une minute.

— Merci infiniment, monsieur le président. Je voulais simplement rappeler aux membres du conseil, et en particulier au public, qu'au cas où certains des accusés seraient condamnés à mort, il est toujours possible d'appliquer l'article deuxième du Code pénal et de demander la grâce au gouvernement.

Même les meubles de la salle, habitués à entendre les plus grosses énormités, semblent frissonner devant cette si subtile marque de cynisme. Il s'est écoulé moins de deux heures depuis le début de l'audience et don Gabriel Orozco lève la séance, tandis que les premiers flocons de neige tombent sur Madrid. Le Conseil supérieur de guerre et de marine a huit jours pour rendre sa sentence.

XXIII
(1923)

La nuit suivante, Pablo rêva des seins nus de la belle Nyla et se réveilla en croyant vivre avec elle dans un igloo. Mais son rêve allait fondre très vite. À la seule vue du crieur de journaux entouré d'une demi-douzaine de passants, il sut que quelque chose de grave venait d'arriver.

— Page 18, monsieur, l'informa le jeune garçon, en lui donnant *El Liberal*.

Pablo ouvrit le journal avec un soupir et un pressentiment. « Dernière heure », lut-il dans la deuxième colonne ; et au-dessous, en lettres énormes, menaçantes, la question fatidique : « Coup d'État ? » Question toute rhétorique en réalité, car la réponse se trouvait dans la suite, sous forme de manifeste envoyé à deux heures du matin par le capitaine général de la quatrième région, don Miguel Primo de Rivera. « Au Pays et à l'Armée », apostrophait le marquis d'Estella, et il commençait ainsi sa harangue, dans cette prose baroque qui deviendrait la griffe de la maison : « Espagnols : le moment plus redouté qu'espéré (car nous aurions toujours voulu vivre dans la légalité et que ce soit elle qui régisse sans interruption la vie espagnole) est venu pour nous de recueillir les angoisses, d'être attentifs à la retentissante demande de tous ceux qui aimant la Patrie ne voient pour elle d'autre salut que de la délivrer des professionnels de la politique, des hommes qui pour une raison ou une autre nous proposent le tableau de malheurs et d'immoralités qui ont commencé en 1898 et qui menacent l'Espagne d'une fin tragique et déshonorante. »

Pablo lut la première phrase debout et resta figé. Puis, sans cesser de lire, il se mit à marcher lentement, en traînant les pieds avec la méfiance d'un boxeur sur le ring, faisant de petits sauts, avalant sa salive ou secouant la tête chaque fois qu'il tombait sur des passages du genre : « Ce mouvement est un mouvement d'hommes : que celui qui ne ressentirait pas en lui une masculinité absolument caractérisée attende dans son coin, sans perturber, les beaux jours que nous préparons pour la patrie » ; ou : « Nous ne voulons pas être ministre et nous n'avons d'autre ambition que celle de servir l'Espagne. Nous sommes le *Somatén*, de légendaire et honorable tradition espagnole, et comme lui nous avons pour devise : "Paix, paix et paix". » Puis, après ce pompeux verbiage, venait la partie dispositive, où le diable montrait ses cornes : « À la déclaration, dans toutes les régions, de l'état de guerre, le capitaine général, ou quiconque le représentant, destituera tous les gouverneurs civils, et chargera de leurs fonctions les gouverneurs et commandants militaires. Les sites les plus indiqués, tels que les centres à caractère communiste ou révolutionnaire, gares, prisons, banques, centrales électriques et réservoirs d'eau, seront occupés, et il sera procédé à l'arrestation des éléments suspects et de mauvaise réputation. Pour tout le reste, il sera fait en sorte de préserver une vie normale et calme. »

Quand il eut fini de lire la proclamation séditieuse, Pablo avait la bouche sèche, il était pâle comme un mort. Il s'arrêta, leva la tête et haussa les sourcils : ses jambes l'avaient ramené chez lui, les petites malignes. Il doit y avoir une raison, pensa-t-il, et il décida de ne pas aller à l'usine. En fin de compte, si le putsch prospérait, la répression des syndiqués était plus que certaine.

— Que se passe-t-il ? lui demanda sa mère en le voyant entrer.

Mais Pablo n'eut pas la force de répondre : il se contenta de poser le journal sur la table, ouvert à la page 18, et se disposa à attendre à la maison le cours des événements. Le soir même, on sonna à la porte, et il se fit un silence qu'on aurait pu couper au couteau.

— Qui est-ce ? finit par demander Julia, d'une voix tremblante, tandis que Pablo courait vers la cache et disparaissait derrière les vêtements de l'armoire.

Personne ne répondit.

— Qui est-ce ? demanda Julia de nouveau, d'une voix plus ferme, mais elle n'obtint pour seule réponse qu'un bruit de pas descendant l'escalier. Dix minutes plus tard Pablo ressortait de sa cache comme une taupe de sa taupinière, sans que personne ose esquisser un sourire.

C'est à peine s'ils purent trouver le sommeil cette nuit-là, et Pablo resta de nouveau à la maison le lendemain, en attendant que sa sœur rentre du travail avec une bonne provision de journaux. L'*ABC* de Madrid affichait en une les photos des chefs moustachus du soulèvement militaire (Primo de Rivera, Cavalcanti, Saro et Berenguer), *La Libertad* titrait « Crise totale. Le roi accepte la démission du gouvernement » et *La Correspondencia de España* ne permettait pas le moindre doute : « Primo de Rivera, président du Gouvernement », et indiquait dans ses pages intérieures que les syndicalistes commençaient à fuir Barcelone.

— J'ai bien peur qu'ils ne nous montrent le chemin, murmura Pablo en songeant à l'exil, et María qui regardait son fils ne put éviter que deux larmes figées et dures ne tombent sur la table, où elles s'écrasèrent comme des claques.

La lecture des journaux plongea Pablo dans une profonde consternation. Le général Primo de Rivera avait décrété l'état de guerre et constitué un directoire militaire, en arguant que les « politiciens professionnels » – comme il les qualifiait avec un incontestable mépris – avaient mené le pays à une impasse et qu'il fallait en finir une fois pour toutes avec les fléaux de la corruption administrative, du nationalisme séparatiste et du terrorisme révolutionnaire. Bien qu'au fond personne n'ignorât que ce putsch camouflait une autre intention, plus sibylline : éviter le procès en responsabilité ouvert à l'encontre de divers militaires (qui éclaboussait jusqu'à Alphonse XIII en personne) pour le désastre d'Anoual, où l'armée espagnole avait subi une de ses plus honteuses défaites devant les troupes d'Abdelkrim. Bien entendu, les camarades anarchistes et communistes n'étaient pas restés bras croisés, ils avaient même envoyé une note à la presse pour l'informer de la création d'un comité d'action contre la guerre et la dictature. Mais on doit à la vérité de dire que le mouvement syndicaliste ne connaissait pas ses meilleures heures, surtout à Barcelone, où le gouverneur militaire, don Severiano Martínez Anido, et le chef supérieur de la police, don Miguel Arlegui, l'avaient brutalement réprimé et, cerise sur le gâteau, avaient emprisonné, un mois avant le soulèvement militaire, toute la direction de l'anarchisme barcelonais. Et maintenant, comme si cela ne suffisait pas, on murmurait que le nouveau directoire avait prévu de récompenser leur dévouement en offrant au premier le ministère de l'Intérieur et au second la Direction générale de l'ordre public, distinctions qui n'admettaient qu'une interprétation, et à rime riche : poigne de fer et répression contre le syndicalisme d'action !

Le soir, pendant que la famille Martín Sánchez dînait en discutant des conséquences du putsch, quelqu'un se fit de nouveau entendre à la porte, selon l'ancien et rude usage cette fois : en donnant des coups de poing au lieu de sonner. Pablo retourna se cacher dans le dressing et Julia demanda : « Qui est-ce ? » pour n'obtenir que la même inquiétante réponse : le plus atroce des silences.

— Demain c'est moi qui ouvrirai, s'indigna Pablo en sortant de la cache, et ce sera qui Dieu voudra : j'en ai plus qu'assez de me cacher comme un lézard.

Mais le lendemain soir personne ne sonna ni ne cogna sur la porte ; on se contenta de coincer contre le montant une feuille de papier où étaient gribouillés ces mots de menace : « Nous savons qui vit ici et nous ne voulons pas de racaille en ces lieux. Nous ne le répéterons pas. » Manifestement, les désirs de nettoyage prêchés par le tyran étaient ancrés profondément dans l'immeuble.

— Connards ! cria Pablo en ouvrant la porte de l'appartement. Mais il n'y avait plus personne sur le palier.

Cette nuit-là non plus l'aîné des Martín ne put fermer l'œil et le chant du premier coq le fit sortir du lit : il prit au fond d'une malle la musette qu'il avait achetée à Paris pendant la Grande Guerre, y mit un peu de linge et sortit sans faire de bruit, en laissant sur la table de la cuisine un mot très succinct.

> Il vaut mieux que je ne reste pas ici. Je vais essayer de traverser la frontière en attendant que la situation s'améliore, ce qui sera sûrement bientôt le cas. L'Espagne ne peut permettre à cette barbarie de triompher. Je vous aime infiniment,
>
> Pablo
>
> P.-S. : Brûlez ce mot quand vous l'aurez lu, je vous écrirai de France en signant « tante Adèle ».

Un calme tendu régnait à la gare. Il y avait moins de monde que d'habitude et les gens essayaient de ne pas se regarder en face, il n'aurait pas fallu qu'on découvrît dans l'éclat de leurs pupilles la terrible peur de ceux qui fuient. Au bout du quai, Pablo crut reconnaître un camarade du Syndicat unique, le béret enfoncé presque jusqu'aux yeux et le col de la chemise relevé, comme les oreilles d'un chien aux aguets. Mais ils firent tous les deux comme s'ils ne se connaissaient pas et montèrent dans des voitures différentes du train pour Saint-Sébastien. Pablo passa la tête dans le premier compartiment : il n'y avait personne et il préférait ne pas voyager seul. Dans le deuxième, un prêtre ne lui sembla pas non plus la meilleure des compagnies. Il finit par s'installer dans le troisième, où se trouvaient déjà trois personnes, qui avaient l'air de la même famille : un grand-père à moustache blanche qui épluchait une banane avec une lenteur exquise ; une femme (probablement sa fille) qui présentait au monde une énorme verrue entre les sourcils, là où l'arête du nez prend son élan ; et un petit garçon blond (probablement le petit-fils) qui jouait avec une toupie en fer-blanc. Ils semblaient complètement étrangers à la situation où se trouvait le pays.

— Tu sais comment on coupe une banane en trois parts

égales ? demanda gaiement le grand-père à l'enfant.

— Non, maugréa son petit-fils.

— Eh bien regarde, dit l'homme d'une voix de prestidigitateur, et il introduisit son index à un bout de la banane en pressant vers le bas jusqu'à ce que le fruit s'ouvre comme une fleur à trois pétales identiques.

— Bonjour, marmonna Pablo, en interrompant le spectacle.

— Bonjour, répondit la famille à l'unisson.

Et le train démarra avec un coup de sifflet plaintif.

Pablo descendit à Saint-Sébastien et prit le *Topo*, le train électrique à voie étroite qui devait le conduire à Hendaye, de l'autre côté de la frontière. Dix ans plus tôt, il l'avait traversée à pied, en pleine nuit, avec l'aide d'un contrebandier et en compagnie de Vicente Holgado, dont il n'avait plus de nouvelles depuis qu'ils s'étaient quittés sur le port de Buenos Aires. Mais maintenant c'était différent : Primo de Rivera avait ouvert les portes de l'Espagne pour laisser sortir les rats, justifiant ainsi le proverbe qui dit que si la merde se balaie toute seule, on n'a pas besoin de balai. Si certains refusaient de partir, il serait temps de les chasser à grands coups dudit balai, comme ce rat de bibliothèque nommé don Miguel de Unamuno, recteur de Salamanque, qui oserait qualifier de troglodytique le manifeste du généralissime et qu'il faudrait tôt ou tard envoyer en exil dans l'île inhospitalière de Fuerteventura.

Malgré tout, le cœur de Pablo battait la chamade quand ils arrivèrent à Irún, la véritable épreuve du feu. On fit descendre les voyageurs du train, avec leurs bagages, et passer par le service des douanes, où un carabinier inspectait les valises et un gendarme demandait les papiers. Pablo salua le premier en basque et le second en français, pendant qu'ils fouillaient sa musette et examinaient son passeport : voyant qu'il avait vécu en France pendant la Grande Guerre, le gendarme le lui rendit avec un geste de sympathie. Cinq minutes plus tard, Pablo remontait dans le *Topo*, prêt à franchir la frontière, assis à côté d'un couple de jeunes mariés français que le soulèvement militaire avait surpris en pleine lune de miel.

— *Je t'aimerai toujours**, disait l'homme, qui portait un chapeau à large bord, une lavallière et une cape noirs, dans le plus pur style des mousquetaires.

— *Contente-toi de m'aimer tous les jours**, lui répondait la femme, en faisant un jeu de mots que Pablo aurait trouvé sublime s'il n'avait pas été aussi impatient de traverser la frontière.

La première chose qu'il fit en mettant le pied sur le sol français fut d'écrire une carte postale, dont l'illustration montrait une plage bondée d'enfants en maillots de bain et de dames à ombrelles :

> Chère famille,
> Je reçois des nouvelles confuses d'Espagne, apparemment le marquis d'Estella a pris les rênes de la nation. Est-ce vrai ? Ah, il était bien temps que quelqu'un ose mettre de l'ordre dans ce pays abandonné de Dieu ! Quand je rentrerai nous fêterons ensemble le bel avenir qui s'annonce pour notre chère patrie, mais pour le moment je continue à profiter de mes vacances ici dans le sud de la France, où le soleil brille d'un éclat divin. Je vous embrasse depuis la station balnéaire d'Hendaye, tante Adèle.

Il poussa un soupir de résignation, colla le timbre dans l'angle supérieur droit de la carte postale et la glissa dans une boîte, qui l'avala avec l'avidité d'une plante carnivore.

Pablo resta presque un mois à Hendaye, à attendre que la situation se décante de l'autre côté de la frontière, en s'accrochant, comme un naufragé à un tronc, aux rumeurs qui circulaient parmi les exilés :

— Vous êtes au courant de la lettre que Blasco Ibáñez a envoyée à Lerroux ? demandait quelqu'un, et tout le monde faisait cercle autour de lui pour savoir ce qu'avait dit le célèbre romancier en résidence sur la Côte d'Azur au fondateur du Parti radical. Il se trouvait que Blasco avait dans l'idée de faire le tour du monde, mais qu'il avait proposé à Lerroux d'annuler son voyage si on avait besoin de lui en Espagne.

— Et Lerroux lui a répondu ? demandait un impatient.

— Oui, bien sûr, il lui a dit de partir voir le monde s'il le souhaitait, mais de rester localisable, parce qu'ils pensent profiter du coup d'État pour renverser la vapeur et proclamer la République.

Il serait vite démontré, cependant, que le tronc était pourri, et les naufragés à la dérive finiraient par se noyer avec leurs naïves illusions : à la mi-octobre, les Syndicats uniques de Barcelone publiaient dans *El Diluvio* une lettre ouverte à tous les travailleurs où ils annonçaient la suspension indéfinie de leurs activités, tandis que l'UGT et le Parti socialiste baissaient leur culotte et acceptaient le jeu imposé par le dictateur. Ce fut la goutte qui fit déborder le vase des frustrations et Pablo dut admettre que le directoire militaire s'était emparé du pouvoir. Il décida alors de s'installer à Paris, car même si Primo de Rivera répétait que la situation était exceptionnelle et transitoire, on voyait de loin qu'il n'avait pas l'intention de lâcher les rênes avant longtemps. D'ailleurs, il aurait sans aucun doute plus de chances de trouver un emploi dans la capitale que dans les villes du midi de la France, où les exilés espagnols en quête de travail étaient de plus en plus nombreux. Sur la dernière carte qu'elle envoya d'Hendaye, la tante Adèle annonçait à sa famille qu'elle était tombée amoureuse d'un beau commerçant parisien et qu'elle s'en allait vivre avec lui dans la Ville Lumière.

La première chose que fit Pablo en arrivant à Paris fut d'aller au cabaret du Père Pelletier pour y demander du travail. Mais le cabaret n'existait plus : il avait laissé la place à un magasin d'orthopédie. Puis il alla à la pension de la rue Lecourbe, où il avait logé pendant la Grande Guerre, pour voir s'ils avaient une chambre de libre, mais c'était devenu une maison de rendez-vous. Le pays se remettait à peine des séquelles du conflit et c'était dans la capitale qu'on sentait le plus l'envie de tourner la page. Paris avait été choisi pour accueillir les huitièmes Jeux olympiques de l'ère moderne, et le *citius, altius, fortius* avait séduit les Parisiens, qui s'employaient (en s'en flattant) à être la capitale du monde. Comment comprendre, sinon, le monstre infernal qui se dressait fièrement entre les boulevards Saint-Denis et Sébastopol pour régler la circulation ? Une authentique absurdité, à dire vrai, car les gens s'arrêtaient, ébahis, à regarder la petite lumière rouge, et les accidents se multipliaient, sans parler de la sonnerie aussi désagréable que bruyante qui annonçait aux piétons que le passage était libre. Enfin, pensa Pablo en regardant ce tout premier feu tricolore, c'est la vie moderne. Comme il tournait au coin de la rue il faillit heurter un couple de sexagénaires qui eux aussi marchaient la bouche ouverte.

— *Oh, pardon**, dirent-ils.

— *Excusez-moi**, dit Pablo.

L'homme remit en place son haut-de-forme, qui avait glissé sur son crâne chauve, tandis que sa femme, poudrée et couverte de bijoux, regardait Pablo d'un air tout étonné :

— Monsieur Martin ? finit-elle par demander, en prononçant le nom à la française.

— Madame Beaumont ? Monsieur Beaumont ?

Merveilles de la vie, ces deux sexagénaires étaient les Beaumont, que Pablo avait connus dans leur propriété de Marly à la fin de la guerre. Durant trois secondes, ils ne surent que se dire, jusqu'à ce que la femme propose d'aller boire un café à La Petite Porte, qui se trouvait tout à côté. Ils étaient venus à Paris pour le mariage d'un neveu et n'avaient rien à faire jusqu'au lendemain. Pablo apprit alors que le lieutenant d'aviation Joseph Beaumont était mort, frappé par la foudre, et que l'éthérée Annabel, la *petite chouchoute** de Benjamin Poulain, avait été emportée par la grippe espagnole.

— Nous habitons maintenant à Lille, dit Mme Beaumont, en étouffant un hoquet, et nous n'allons à Marly que pour le week-end.

Pendant un bon moment ils gardèrent le silence, que Pablo finit par rompre pour raconter qu'il était arrivé à Paris le matin même et qu'il cherchait du travail et un logement. Les Beaumont se regardèrent, hochèrent la tête sans rien dire, comme s'ils avaient attendu cet aveu, et lui firent une offre : le gardien qu'ils avaient à Marly leur avait annoncé son départ, ce qui faisait qu'ils auraient bientôt besoin de quelqu'un pour s'occuper de la propriété en semaine, quand ils n'y étaient pas. Cela pourrait peut-être l'intéresser, lui dirent-ils, jusqu'à ce qu'il trouve un emploi plus en accord avec ses capacités. Il serait logé, avec un salaire modeste, mais un salaire, enfin, ce qui dans la situation où il se trouvait n'était pas rien. Il aurait simplement à s'occuper des chiens, du jardin et tenir la maison en état pour lorsqu'ils iraient y passer le week-end. « Merci beaucoup, je vais y réfléchir », dit Pablo, et avant de leur dire au revoir il nota le numéro du téléphone que les Beaumont avaient fait installer dans la propriété.

Mais la journée devait encore lui apporter beaucoup. En sortant du café, Pablo acheta *Le Quotidien*, le nouveau journal de gauche fondé par Henri Dumay pour combattre la corruption dans la presse, et les vingt centimes qu'il lui coûta valurent la peine : non que le journal lançât un appel de protestation contre la condamnation à mort de deux des trois anarchistes accusés de l'assassinat du président espagnol Eduardo Dato, ni parce qu'à la une apparaissait la photo de miss Eugenia Gilbert, « la plus belle femme de Los Angeles », mais parce que dans les pages intérieures son attention fut attirée par deux informations qui décideraient de son sort. La première se félicitait (non sans une certaine dose d'ironie) de l'inépuisable imagination de la bourgeoisie parisienne, qui, ruinée après la guerre, avait trouvé une solution d'urgence à ses problèmes économiques en louant les dénommées *chambres de bonne**, des mansardes généralement froides et délabrées auxquelles on accédait par un escalier de service, idéales pour des étudiants pauvres ou des ouvriers sans ressources qui arrivaient à Paris en quête de travail. Pour vingt-cinq francs par semaine on pouvait en avoir une, plus ou moins digne, disait l'article, et Pablo s'imagina soudain vivant à la hauteur des cheminées. Ce ne serait pas si mal, pensa-t-il, sûr que la vue doit être belle. Cette idée le fit sourire, là, au milieu de la rue. La seconde information, encore plus intéressante, se faisait l'écho du projet de Sébastien Faure (écrivain et éditeur anarchiste connu) de publier un hebdomadaire en castillan qui s'adresserait à l'importante communauté espagnole de Paris, laquelle allait sans nul doute s'accroître après le coup d'État de Primo de Rivera. Cet homme avait été l'un des principaux porte-drapeaux du pacifisme français pendant le conflit européen et Pablo lui avait même écrit pour lui proposer de collaborer au périodique anarchiste qu'il dirigeait, *Ce qu'il faut dire*, juste avant qu'il soit définitivement interdit par la censure. Il faudra que j'aille le voir, pensa Pablo, peut-être qu'il pourra me donner du travail. Il nota donc l'adresse de l'imprimerie, La Fraternelle, sise au 55 de la rue Pixérécourt, en plein quartier de Belleville.

Le lendemain, Pablo louait une mansarde rue Saint-Denis pour trente francs par semaine, et deux jours plus tard il s'entendait avec Sébastien Faure pour travailler comme compositeur à La Fraternelle, où il serait chargé de tout ce qui serait édité en castillan, et en particulier le périodique *Ex-ilio : hebdomadaire des émigrés espagnols*, dont le premier numéro verrait le jour début novembre. Peu importait que Pablo n'ait pas mis les pieds dans une imprimerie depuis dix ans, depuis son époque de linotypiste à La Belladona de Buenos Aires : il suffit à Faure de savoir qu'il connaissait le métier et qu'il professait la foi anarchiste, la seule foi digne d'être professée sur la surface de la Terre. De toute façon, il serait au début supervisé par Célerin Didot, un vieux typographe qui l'aiderait à rafraîchir les secrets du métier.

— Toutefois, je ne peux te proposer qu'un travail de fin de semaine, l'informa Sébastien Faure, en frisant les pointes de sa moustache. Parce que du lundi au vendredi l'Albatros et la Minerva font feu des quatre fers. Mais il suffira de deux jours pour composer un numéro de quatre pages, tu ne crois pas ?

— Bien sûr, répondit Pablo.

Quand il sortit de l'imprimerie, le ciel s'était couvert. Il regarda l'heure à sa montre de gousset, mais les aiguilles étaient immobiles : entre une chose et l'autre, il avait oublié de la remonter ce matin-là.

— Excusez-moi, dit-il en arrêtant un vieil homme qui passait dans la rue, pourriez-vous me donner l'heure ?

L'homme le regarda à travers ses lunettes à verres épais et se contenta de dire, avant de poursuivre son chemin :

— Tout au fond de la montre il y a la mort. Mais n'ayez pas peur, jeune homme.

Juste à ce moment-là retentit un coup de tonnerre et il se mit tout à coup à tomber des cordes.

XXIV
(1923-1924)

Pablo apprit très vite que Sébastien Faure était plus connu à l'imprimerie comme *monsieur Fauve**, à cause de son caractère abrupt et emporté. De toute façon, il ne subirait pas trop ses accès de colère impromptus car pour le vieil anarchiste deux choses étaient très claires : Dieu était une invention des riches pour continuer à soumettre les pauvres et le dimanche était fait pour se reposer (ce en quoi le Seigneur lui-même lui donnait raison). Et qui dit le dimanche dit la fin de semaine tout entière. Si bien qu'il quittait La Fraternelle le vendredi après-midi et ne s'y remontrait pas avant le lundi matin, confiant entre-temps l'imprimerie à Célerin Didot, un affable compositeur relativement âgé qui portait avec fierté sa petite moustache de neige et son illustre nom de famille.

— Les erreurs et transpositions de lettres blessent encore plus l'œil typographique qu'une note fausse ne blesse une oreille musicale, telle fut la première chose qu'il dit à Pablo, après lui avoir donné une blouse de compositeur. Pour qu'il n'oublie pas cette maxime de Firmin-Didot, il lui fit composer la phrase, l'imprimer et l'afficher au-dessus du linteau de la porte, ce qui en passant lui permit d'évaluer sa connaissance du métier.

Mais son misérable salaire de compositeur à temps partiel permettrait à peine à Pablo de payer sa mansarde, il se résolut donc à appeler M. et Mme Beaumont et à accepter le poste de gardien de leur propriété. Jusqu'à ce que je trouve mieux à Paris, se dit-il, sans soupçonner qu'il resterait à Marly une année entière. Il s'y présenta le premier lundi de novembre, s'entendit avec M. Beaumont sur les termes du contrat, mit de l'ordre dans la maisonnette près du bassin et décida de profiter des jours qu'il passait à la campagne pour respirer l'air pur qui lui manquait dans la capitale. Et aussi pour retrouver un vieux plaisir qu'il avait complètement oublié : celui d'envoyer des lettres à ses vieux amis. Le premier à qui il écrivit fut Robinson, dont il ne savait plus rien depuis qu'il avait quitté Paris pour s'installer à Baracaldo. Puis il écrivit à Vicente Holgado, en espérant qu'après tant d'années il habitait toujours rue Cayena avec Luciana, la danseuse de tango. Il écrivit aussi à Graciela, la femme de Rocafú, et à son fils Leandro, qui devait être un homme maintenant. Il écrivit encore à Ferdinando Fernández, avec qui il n'avait plus aucun contact depuis qu'on lui avait retiré son accréditation de reporter après l'épisode de Verdun. Il écrivit même au père Jerónimo, qui lui avait sauvé la vie à la fontaine au Loup quand les autres le tenaient pour mort… Mais de toutes les lettres qu'il envoya, seules deux reçurent une réponse : celle au père Jerónimo et celle à Graciela. Le religieux de Béjar se réjouissait d'avoir de nouveau de ses nouvelles et lui parlait de la rumeur qui courait dans la ville depuis plusieurs années : Ángela vivait à Madrid, où elle s'était mariée, et elle avait une fille. À la bonne heure, pensa Pablo, qui ne put se défendre d'une pointe de nostalgie.

Graciela, de son côté, lui donnait deux nouvelles, l'une bonne et l'autre mauvaise. La bonne était que son fils vivait désormais à Paris, où il était arrivé précisément sur les pas de Pablo (dont la dernière lettre, écrite au début de la Grande Guerre, portait le tampon de la Ville Lumière), elle lui donnait son adresse en lui demandant de bien vouloir passer le voir pour savoir comment il allait. La mauvaise était que Vicente Holgado était mort à Buenos Aires quatre ans plus tôt, au cours des sanglants événements de la Semaine tragique, car les Argentins avaient eux aussi connu la leur. En raison d'une grève des ouvriers de la métallurgie qui réclamaient la journée de huit heures, un terrible affrontement avec les forces de l'ordre s'était conclu par des centaines de morts et des milliers de blessés. Mais Vicente n'avait pas été tué par la police : il avait été assassiné par les jeunes de la Ligue patriotique argentine, un groupe d'assaut nationaliste et xénophobe qui démontrait que le fascisme de Mussolini avait un frère jumeau de l'autre côté de l'Atlantique. On avait tiré sur lui douze balles, devant sa porte, et il était mort dans les bras de Luciana, qui entendant les coups de feu était descendue quatre à quatre juste à temps pour l'entendre dire « Je t'aime », suivi d'un moribond « Fils de… », interrompu sans que Vicente ait pu préciser s'il s'agissait de fils de chienne, de pute ou de leur putain de mère.

Quelques jours après avoir reçu la lettre de Graciela, et profitant du fait qu'il avait terminé son travail à La Fraternelle au début de l'après-midi, Pablo alla voir Leandro. C'était par un dimanche pluvieux et triste, un de ces dimanches qui semblent faits pour les suicidaires et les fossoyeurs. Leandro vivait dans une pension de la rue des Beaux-Arts, juste en face de l'Hôtel d'Alsace, où Oscar Wilde était mort en portant un toast avec une coupe de champagne et en laissant une dette de plus de deux mille francs, après avoir affirmé que « sur cette Terre que nous habitons, il n'existe pas de spectacle plus lugubre qu'un dimanche après-midi de pluie à Paris ».

Pablo frappa à la porte, mais n'obtint pas de réponse. Il frappa de nouveau et entendit un grognement venant de la chambre.

— Leandro ? appela-t-il par la fente de la porte.

— Qui est-ce ? mugit une voix rauque.

— C'est Pablo, Pablo Martín, ta mère m'a écrit pour me dire…

La porte s'ouvrit d'un coup et la silhouette d'un géant se dessina à contre-jour :

— Pablo ! s'écria la silhouette, et elle se jeta sur le nouveau venu, l'écrasant plutôt que le pressant contre sa poitrine. Entre, *che*, entre. Quelle joie de te revoir…

Le fils de Rocafú était devenu un malabar de plus de deux mètres, aussi large et fort qu'un moulin à vent. Il était en tenue de nuit, les cheveux ébouriffés, comme s'il venait de se lever.

— Excuse le désordre, la nuit a été longue… Un petit maté ?

Leandro prépara le maté dans une calebasse et Pablo se brûla la langue à la première gorgée. Puis ils échangèrent les nouvelles, et il se trouva que le fils de Graciela travaillait comme serveur au Point du Jour, un bar près de l'imprimerie de Sébastien Faure.

— Ne me dis pas que tu bosses pour ce vieux grincheux ? s'étonna l'Argentin. Tu sais que mon père et lui étaient amis ? Des amis par correspondance, en fait, car ils ne se sont jamais rencontrés. Mais ils s'écrivaient tous les mois, papa en espagnol et Faure en français, ne me demande pas comment ils faisaient, mais ils se comprenaient. Je suppose qu'au fond ils parlaient la même « langue », celle de Proudhon, celle de Bakounine, celle de Ferrer Guardia et celle de Malatesta, qui les avait mis en contact. Alors quand je suis arrivé à Paris, je suis allé le voir et je lui ai dit : « Monsieur Faure, je suis le fils d'Ataúlfo Fernández et je viens vous demander du travail. »

— Il ne t'en a pas donné à La Fraternelle ?

— Si, j'y suis entré comme apprenti, mais je n'ai pas tenu quinze jours. Je ne suis pas fait pour ça, Pablo, tu as vu mes mains, mes doigts ? Quand je veux prendre un caractère j'attrape tout le composteur !

Au-dessus de la tête de lit il y avait une photo d'une équipe de foot, encadrée mais dont le verre était cassé.

— Tu te souviens ?

— Bien sûr, répondit Pablo. Argentinos Juniors, l'équipe des prolétaires.

— Les ex-Martyrs de Chicago. Tu sais qu'ils sont montés en première division ? Cette photo est une relique, parce que leur maillot n'est plus rouge et blanc, mais vert et blanc…

Ils se préparèrent un autre maté et continuèrent à bavarder.

— Je suppose que tu es au courant, pour Vicente, dit Leandro.

— Oui, je l'ai appris par la lettre de ta mère.

Il se fit un silence lourd.

— Je suis parti pour Paris après qu'ils l'ont tué, finit par dire Leandro, je ne supportais plus de rester en Argentine… Mon père disait toujours qu'un conservateur, c'était quelqu'un qui préférait l'injustice au désordre. Or mon pays est plein de conservateurs,

Pablo. Tu sais quoi ? Moi aussi ces fils de pute de la Ligue patriotique ont failli me tuer. Regarde, dit-il en soulevant sa chemise pour montrer une cicatrice de balle : je suis parti avec ça dans le dos, mais il y en a deux qui n'oublieront pas ma tête… si toutefois ils peuvent encore se souvenir de quoi que ce soit. Tu sais ce que je leur ai fait ?

Pablo haussa les sourcils.

— Je les ai attrapés par le cou et j'ai tapé leurs têtes l'une contre l'autre, si fort que leurs crânes se sont ouverts comme des pastèques bien mûres. Ils m'ont tout dégueulassé ma chemise…

Durant un moment on n'entendit plus que le chuintement que faisait la paille lorsqu'ils sirotaient leur maté. Quand sept heures sonnèrent à l'horloge d'une église voisine, Pablo se leva pour partir.

— Attends, l'arrêta Leandro. Tu as une bicyclette ?

— Non, dit Pablo en enfilant son paletot. Dehors, il avait cessé de pleuvoir.

— Eh bien j'ai un cadeau pour toi, dit Leandro avec un sourire de géant. Il se mit à chercher dans le fouillis qui encombrait un coin de la pièce, jusqu'à ce qu'apparaissent un guidon, puis une selle et enfin la bicyclette tout entière.

— *Voilà**, s'exclama-t-il joyeusement. Même si elle te semble vieille, ce n'est pas n'importe quelle bicyclette, c'est une Clément Luxe de 1896, une véritable relique. Alors traite-la avec affection, comme si c'était une petite vieille. En plus, le ferrailleur qui me l'a vendue m'a dit qu'elle avait appartenu à un écrivain ou à un peintre de la bohème, tu sais, un qui était assez célèbre…

— Mais tu ne vas pas en avoir besoin, Leandro ?

— Moi ? Qu'est-ce que tu veux, que je la bousille ? Le jour où je l'ai essayée, j'ai failli me tuer. Au fond, je l'ai achetée parce que le ferrailleur me faisait un peu pitié…

Pablo et Leandro s'étreignirent, ou plutôt ce fut Leandro qui étreignit Pablo et Pablo qui se laissa étreindre par ce géant au cœur si tendre.

— Passe au Point du Jour quand tu voudras. Je bosse tous les jours sauf le dimanche, j'ai dit au proprio que ma religion me l'interdisait, parce que sinon... Tu vas voir ça quand il va apprendre que je suis plus athée que Galilée ! C'est rue de Belleville, à la hauteur de la place des Fêtes.

— Eh bien on s'y reverra tous les trois, Leandro, c'est sûr.

— Tous les trois ?

— Évidemment : toi, moi, et... Clément, dit Pablo en souriant et en caressant la selle de la Clément Luxe.

Et il sortit de là avec une vieille bicyclette et un ami tout neuf.

Les mois s'égrenèrent avec la précision flegmatique d'une montre suisse. En Espagne, le directoire militaire se consolidait peu à peu et la possibilité de rentrer chez lui semblait à Pablo de plus en plus éloignée. En France en revanche, c'étaient les progressistes qui avaient pris le pouvoir et le nouveau Cartel des gauches fermait les yeux sur les groupes d'exilés espagnols, de plus en plus nombreux, qui organisaient des meetings de protestation contre la dictature de Primo de Rivera. L'hebdomadaire *Ex-ilio*, dont Pablo se chargeait seul désormais, depuis que le vieux Célerin Didot avait dû prendre sa retraite après une embolie qui l'avait laissé à moitié paralysé, rendait fidèlement compte de tout cela. Le tirage était modeste, mais il atteindrait les deux mille exemplaires pendant les Jeux olympiques, car de nombreux ouvriers espagnols avaient travaillé à la construction du tout récent stade de Colombes ou de la piscine des Tourelles, et suivaient avec passion les résultats de leurs compatriotes dans les épreuves d'athlétisme, de tennis, de natation, de football ou de boxe. Quand les Jeux furent terminés (sans une misérable médaille au tableau de l'armée sportive espagnole, comme l'appela un journaliste) ce fut le premier anniversaire du coup d'État de Primo de Rivera qui remplit les quatre pages hebdomadaires d'*Ex-ilio*.

À cette époque, Paris était devenu une fourmilière d'anarchistes, de communistes, de républicains et de catalanistes qui conspiraient au grand jour avec l'audace et la résolution de ceux qui croient que la justice est de leur côté. Septembre commença et La Fraternelle fut envahie par des groupes, des associations, des collectifs et des clubs d'Espagnols qui désiraient éditer pamphlets, tracts, feuilles volantes ou affiches où ils annonçaient meetings, causeries, colloques ou spectacles théâtraux pour protester contre la situation en Espagne et marquer le premier anniversaire du soulèvement militaire.

— Si ça continue comme ça, je vais avoir besoin de quelqu'un pour m'aider, dit Pablo à Sébastien Faure, voyant que le travail s'accumulait.

Et bien que « le Fauve » ait grogné et juré en tirant sur la pointe de ses moustaches, il lui envoya le lendemain un jeune imberbe du nom de Julianín, fils d'émigrants de la province d'Álava, pour qu'il lui apprenne le métier. Il fit bien, car le travail ne diminua pas après le 13 septembre, bien au contraire, les actes commémoratifs se prolongèrent plusieurs semaines, comme si la date en question n'avait été qu'un prétexte pour éperonner les exilés et le coup de pistolet de départ d'un mouvement de protestation qui exploserait tôt ou tard. Pablo ne put assister à beaucoup de ces actions, car en semaine il s'occupait de la propriété des Beaumont à Marly-lez-Valenciennes. Mais il participa à quelques-uns des meetings les plus retentissants, comme celui organisé dans le local des syndicats par Rodrigo Soriano, qui rassembla plus de six cents personnes et qui fut critiqué par *L'Humanité* dans un article féroce intitulé « Anarchistes et bourgeois, coude à coude », où il était dit que les anarchistes n'étaient rien d'autre que les bourgeois de la classe ouvrière. Mais plus retentissant encore fut le meeting du premier samedi d'octobre à la maison communale, avec la participation de Blasco Ibáñez qui semblait vouloir démontrer à Soriano – son ennemi déclaré – qu'il était capable de réunir davantage de monde encore. En fait, cette fois-là, Pablo y alla pour des raisons professionnelles :

— Dis-moi, tu avais l'intention d'aller ce soir à la maison communale, n'est-ce pas ? lui avait demandé l'un des rédacteurs d'*Ex-ilio* durant l'après-midi.

Pablo avait répondu oui, car il avait décidé d'y passer en sortant de La Fraternelle.

— C'est que j'ai rendez-vous ce soir avec une amie pour aller voir Raquel Meller… Tu n'auras qu'à prendre des notes, et demain je viendrai à la première heure pour les récupérer et rédiger l'article…

Ce n'était pas la première fois qu'on demandait ce genre de service à Pablo, et il accepta bien que Sébastien Faure le lui ait expressément interdit. Il quitta La Fraternelle avec un bloc dans les mains, dîna sur le pouce au Point du Jour avec son ami Leandro et se dirigea vers la maison communale sur la vieille Clément Luxe de 1896. Le local était bondé, Blasco Ibáñez avait réussi à faire mieux que Rodrigo Soriano, non seulement en quantité, mais aussi en qualité : le dessus du panier de l'*intelligentsia* espagnole exilée à Paris était là. Sitôt entré dans la salle des actes, Pablo vit Miguel de Unamuno assis dans un coin, dans sa posture habituelle, jambes croisées et l'extrémité de la jambe du dessus sous le tibia de celle du dessous, écoutant attentivement Eduardo Ortega y Gasset, autre illustre intellectuel qui avait dû quitter sa patrie. Un peu plus loin, un petit groupe de politiciens connus attendait le début de la séance et parmi eux Pablo put distinguer Francesc Macià et Rodrigo Soriano lui-même, qui arborait un sourire jusqu'aux oreilles comme s'il voulait démontrer à tout le monde qu'il était venu écouter Blasco parce que dans des moments comme celui-là il n'y a pas de querelles qui vaillent. Pablo se dirigea vers le bout de la salle et, en passant devant eux, il entendit Macià qui disait, avec son accent catalan à couper au couteau :

— Cette question, moi je l'ai déjà réglée…

Juste à ce moment-là, Blasco Ibáñez monta sur l'estrade et le public, plus enflammé encore, éclata en vivats et en applaudissements, qui ponctuèrent toute son intervention. Quand il eut terminé de parler, il descendit de scène et sortit de la maison communale comme une vedette de music-hall : en saluant ses admirateurs main levée. Comme il notait cette image dans son carnet, Pablo entendit quelqu'un dire près de lui :

— Ça te dit ?

Il leva les yeux et vit un type au visage piqué de petite vérole qui lui présentait une petite boîte de tabac à priser ouverte.

— Non, merci.

— Intéressant, ce discours, tu ne trouves pas ? Blasco sait comment mettre le doigt sur la plaie. J'en ai vu plus d'un qui était mal à l'aise quand il critiquait l'Espagne ; il y en a qui préfèrent qu'on ne leur ôte pas le bandeau des yeux, pas vrai ?

— Bon, personne n'aime entendre insulter une mère, même si c'est un frère qui le fait, et avec toutes les raisons du monde, dit Pablo.

— Oui, j'imagine que c'est ça, admit l'homme en baissant la voix. Surtout si tu es un infiltré. C'est pour ça qu'il vaut mieux ne pas parler de certaines choses ici : passe tout à l'heure par La Rotonde, et rejoins notre groupe d'habitués…

Pablo observa attentivement le type, qui aspirait une pincée de tabac.

— Non, merci. Demain je me lève tôt pour aller au travail, dit-il en refusant l'invitation.

— Eh bien, où allons-nous si même ce pays ne respecte pas le repos dominical, se lamenta l'autre en prenant dans sa poche une carte avec l'adresse de La Rotonde. Passe un de ces jours, mais ne tarde pas trop.

Pablo prit la carte et se dirigea vers la sortie : les derniers mots de l'homme l'avaient mis mal à l'aise. En quittant la salle, il lui sembla entendre crier son nom, mais il ne se retourna pas : il enfourcha sa bicyclette et pédala de toutes ses forces jusqu'à la mansarde de la rue Saint-Denis. Une fois chez lui, il regarda la carte que lui avait donnée le type au visage marqué de petite vérole et vit qu'il y avait au dos une phrase manuscrite : « Nous avons besoin de ton aide, camarade, prends d'urgence contact avec nous. »

Cette nuit-là, il fit des cauchemars et le lendemain il était d'une humeur de dogue en se rendant à La Fraternelle. Pour comble de malheur, le rédacteur qui lui avait demandé de couvrir le meeting ne se montra pas de la matinée et Pablo dut se résoudre à écrire lui-même l'article de ce gazetier à la gomme, en jurant que ce serait la dernière fois. Quand il eut fini, il aligna plusieurs caractères et composa la manchette de la première page d'*Ex-ilio* : « Blasco Ibáñez remue les consciences des émigrés espagnols de Paris ».

Mais juste à ce moment-là deux coups très forts retentirent à la porte de l'atelier, Pablo sursauta, lâcha le composteur, et tous les caractères se répandirent par terre.

— 26 —

> L'origine de la peine de mort, telle que l'appliquent actuellement les États, est certainement la vengeance, la vengeance sans mesure, aussi terrible que peut l'inspirer la haine, ou la vengeance réglée par une sorte de justice sommaire, c'est-à-dire la peine du talion : Dent pour dent, œil pour œil, tête pour tête.
>
> ÉLISÉE RECLUS,
> cité par El Duende de la Cárcel[18]
> dans *La tragedia de Vera : un crimen jurídico*

Le Conseil supérieur de guerre et de marine a huit jours pour émettre son verdict, mais il n'en prend que trois : le mercredi 3 décembre 1924, à la tombée du soir, un capitaine de la Garde civile quitte les dépendances du palais de Justice de Madrid et prend le train pour Burgos, avec sous son bras une serviette volumineuse qui doit être remise au capitaine général de la sixième région. Peu de gens savent ce qu'elle contient et dans la prison des trois P les accusés se rongent jusqu'aux ongles des pieds, en attendant que soient confirmées ou démenties les rumeurs qui traversent les murs et empêchent les consciences de dormir. D'après ces rumeurs, le verdict est implacable pour trois d'entre eux et moins sévère pour le quatrième. Toutefois, ce n'est que demain après-midi que sera communiquée officiellement l'intégralité de la sentence prononcée par le Conseil supérieur de guerre et de marine, qui compte quatorze attendus, sept considérants et plus de deux cents feuillets. Trop d'encre, comme a dit Pablo

18. « Le Lutin de la Prison. »

récemment, pour tant de de bla-bla et un si triste dénouement : José Antonio s'en tire pour cette fois, mais qu'il fasse attention jusqu'à la fin de ses jours ; quant à Pablo, Enrique et Julián, qu'ils se préparent à jouer leur dernière scène sur le déplaisant théâtre qui a pour nom « échafaud ».

Les trois accusés reçoivent la nouvelle dans le parloir des avocats de la prison provinciale de Pampelune. On les tire de leurs cellules après le dîner, tandis que la purée qu'on leur a servie ballotte dans leurs estomacs angoissés. Dans le couloir de la troisième galerie, ils constatent que Vázquez Bouzas n'est pas là, comme pour confirmer leurs mauvais pressentiments. Et quand en arrivant au parloir ils y trouvent Nicolás Mocholi, les yeux rougis, ils n'ont plus aucun doute. À côté de lui, don Daniel Gómez Estrada se lisse les cheveux, luisants de brillantine.

— Vous pouvez vous asseoir si vous le souhaitez, leur propose le paon qui dirige le pénitencier, avec un geste d'affliction qui ne manifeste qu'une affectation hypocrite.

Mais les trois hommes n'ont pas l'intention de s'asseoir, c'est debout qu'ils écoutent la voix brisée de don Nicolás :

— Je vais être direct : vous avez été condamnés à la peine capitale. La sentence vous sera communiquée officiellement demain et elle sera exécutée samedi à l'aube.

Les paroles brutales de Mocholi ont un effet paralysant, elles figent la scène plusieurs secondes, jusqu'à ce que Gil Galar rompe le charme en s'effondrant à genoux sur le sol, pris d'une crise de convulsions et de sanglots. Mais Pablo ne l'entend pas, une peur soudaine s'est emparée de ses sens et il n'entend plus ce qui se passe autour de lui. Il peut juste voir. Et il voit Gil Galar tomber par terre et personne pour le relever. Il voit Mocholi remuer les lèvres pour essayer de demander le calme et ses mains tachées de vitiligo faire des moulinets. Il voit Santillán donner un coup de pied dans une chaise et deux gardes essayer de l'immobiliser, sous le regard désapprobateur du directeur qui frappe à plusieurs reprises le sol avec sa canne. Il voit des écailles sur les murs et des mégots humides dans les crachoirs. Il voit les uniformes des gardes baïonnette au fusil et leurs jugulaires qui leur font un double menton. Il voit ses propres mains et les menottes qui les serrent et ses chaussures fendues et sa tenue de prisonnier. Ce n'est que lorsque les gardes le font sortir du parloir qu'il commence à récupérer l'ouïe, juste à temps pour entendre Mocholi dire à don Daniel Gómez Estrada :

— Non, monsieur, le peuple navarrais ne permettra pas que le sang de ces malheureux soit répandu sur son sol !

La véhémence de don Nicolás ne parvient pas à calmer l'angoisse des malheureux en question, mais elle reflète l'état d'esprit d'une bonne partie du peuple navarrais : ce n'est pas pour rien qu'hier après-midi en même temps que les rumeurs les plus pessimistes, s'est mis en marche le mécanisme de demande de grâce avec l'espoir qu'ayant naguère été accordée à Pedro Mateu et à Luis Nicolau (condamnés à mort pour l'assassinat du président du Gouvernement, don Eduardo Dato), elle ne soit pas non plus refusée cette fois-ci. Le fait est qu'il y a un vrai malaise dans certains secteurs de la société de Pampelune, et que même si personne ne va jusqu'à justifier la tentative révolutionnaire, nombreux sont ceux qui verraient d'un bon œil le renversement de la dictature. Le spectacle du supplice serait le honteux couronnement d'un procès truffé d'irrégularités qui, comble de dérision, s'est conclu avec la sévère punition de ceux qui avaient voté en faveur de l'acquittement lors du premier conseil de guerre sommaire : deux mois d'arrêts pour les cinq conseillers et un mois de sanction pour le juge instructeur, le commandant González de Castejón, au motif d'un manque de zèle dans l'exercice de ses fonctions. Bien entendu, ni le président du tribunal don Antonio Permuy, ni le conseiller rapporteur don Miguel Espinosa, qui avaient pour leur part émis des votes contre l'acquittement, n'ont été l'objet d'une quelconque sanction disciplinaire.

Les trois prisonniers sont ramenés dans leurs cachots dans un silence sépulcral, uniquement interrompu de temps à autre par les hoquets de Gil Galar. Quand Pablo entre dans sa cellule, il a l'impression qu'elle a rétréci. Il s'allonge sur sa couche et pense à Ángela et à sa sœur Julia et à sa nièce Teresa et à sa pieuse mère María et à son défunt père, et il éprouve le besoin de voir le ciel et les étoiles et la constellation de Cassiopée, avec sa forme en M, le M de Martín. Alors le prisonnier de la cellule 31 se lève de sa couche, monte sur son vase de nuit et ouvre la fenêtre sale de sa cellule, pour s'apercevoir que le ciel est couvert et qu'il n'est pas possible de voir la moindre étoile dans le firmament. Mais ce qu'il voit, en revanche, c'est l'étourneau aveugle, étrangement inerte sur le rebord. Il le touche du doigt et il ne réagit pas : on dirait que la mort, avant de frapper à sa porte, a eu la déférence de regarder par la fenêtre.

Pablo a à peine fermé l'œil quand le clairon sonne la diane. Il est sept heures du matin du dernier jour de sa vie et sur les pavés de la grande cour tambourinent les gouttes de pluie, un bruit sourd de friture qui étouffe l'agitation dans laquelle le pénitencier baigne depuis l'aube. Quarante soldats du régiment d'infanterie Amérique sont venus renforcer la garde de la prison provinciale de Pampelune, peut-être par crainte d'une improbable attaque des hordes révolutionnaires pour libérer leurs camarades condamnés, et il y a aussi des forces spéciales de la Garde civile, qui surveillent le bâtiment et les routes proches, tant à pied qu'à cheval. En outre, l'accès au centre pénitentiaire a été rigoureusement interdit à toute personne non munie d'une autorisation écrite du juge instructeur.

Extra-muros, l'activité est aussi ou davantage frénétique qu'à l'intérieur de la prison, car de nombreux organismes, associations et personnalités se sont mobilisés pour obtenir la grâce des trois condamnés. Au premier rang il y a le maire de Pampelune, don Leandro Nagore y Nagore, qui envoie des téléphonèmes au directoire et à l'Intendance du Palais, et va voir en personne l'évêque de Pampelune, le vice-président de la Députation et le gouverneur civil pour leur demander d'intercéder en faveur des condamnés. La Chambre de commerce, l'Association de la presse, la Société sportive Osasuna, la Croix-Rouge, la Députation et l'Athénée apportent aussi leur pierre à l'édifice, et le Parti socialiste lui-même s'associe à la dernière heure de l'après-midi aux demandes de grâce, mais à vrai dire sans trop d'élan, parce qu'ils ne portent pas trop les anarchistes dans leur cœur, dirons-nous. Mais rien ne radoucit celui d'Alphonse XIII, même pas les télégrammes comme celui qu'a envoyé le vice-président de la Députation forale de Navarre à l'Intendant du Palais :

> Je prie Votre Excellence transmettre à Sa Majesté le Roi supplique fervente Députation de Navarre pour que, faisant une fois de plus preuve de ses très nobles sentiments, elle accorde si possible pardon royal trois malheureux condamnés à mort Conseil suprême guerre pour répréhensibles événements Vera où ont sacrifié leur vie deux gardes civils. Avec témoignage sincère gratitude réitère à Vos Majestés inébranlable adhésion Navarre et Députation. Vice-président Gabriel Erro.

Jusqu'à un certain point, il est logique que l'orgueilleux Alphonse XIII ne transige pas devant les suppliques plaintives d'une poignée de bureaucrates et d'une demi-douzaine d'associations ; mais que les demandes de la Sainte Église ne parviennent pas non plus à l'adoucir, le roi ayant toujours été si enclin à respecter les volontés du clergé, voilà ce que l'évêque de Pampelune lui-même n'arrive pas à comprendre. Mais le fils de Marie-Christine est capricieux, et il ne restera plus au prélat qu'à ordonner à tous les temples de Navarre d'adresser leurs prières au Ciel pour demander la grâce des trois malheureux.

— Je veux que la Garde civile m'en soit reconnaissante, dira le Bourbon, après avoir affirmé que le garrot est plus humain que la guillotine ou le peloton d'exécution, parce qu'il ne provoque pas d'effusion de sang.

Mais tant que le garrot n'aura pas commencé à serrer le cou des condamnés, il y aura toujours quelqu'un pour se réfugier dans la sagesse populaire : tant il vrai que tant qu'il y a de la vie il y a de l'espoir.

Pablo ne bouge pas de sa paillasse de la cellule 31, enveloppé dans ses couvertures, pas même quand on lui apporte son jus de chaussette matinal. Dans le cachot contigu, Gil Galar se répand dans une litanie moribonde, interrompue de temps en temps par des coups soudains contre le mur. Il n'est pas improbable que la même et funeste idée passe par la tête des trois condamnés, comme ce serait sûrement le cas pour quiconque se trouverait dans leur situation. En tout cas, Pablo ne peut s'empêcher de penser à la jeune recrue qui s'est suicidée en se jetant sans prendre d'élan tête la première contre le mur de sa cellule ; ou à Jesús Vallejo, le camarade des Hauts-Fourneaux qui a tenté au moins deux fois de faire la même chose sans y arriver. Une fois la vanne ouverte, son esprit se perd dans des pensées funèbres, et voyage vers tous ceux qui ont succombé au chant des sirènes. C'est ainsi qu'il pense à Mateo Morral, qui s'est tiré une balle dans le cœur. Au père de Leandro, don Ataúlfo Fernández, qui s'est ôté la vie en s'en tirant une dans la tempe. Et à une histoire que lui a racontée Vicente Holgado quand ils logeaient ensemble à Buenos Aires : celle d'un pays lointain où on oblige les condamnés à choisir entre dix capsules de cyanure, sachant que l'une d'entre elles est vide… Pablo pense aussi à la possibilité que des gens viennent le voir mourir sur l'échafaud et cette idée lui provoque un frisson qui parcourt son corps tout entier. Il se demande si on les fera passer chez le tondeur avant de descendre dans l'arène, pour qu'ils soient présentables quand on leur tordra le cou. Lui vient alors à l'esprit la vieille légende selon laquelle il y eut une époque où on graciait le condamné si la corde se cassait deux fois de suite. Le problème, c'est que le garrot est en acier incassable.

Soudain, la porte de la cellule 31 s'ouvre et on entend la voix nasillarde d'un gardien dans le couloir.

— Tu as de la visite, Martín. Suis-nous, s'il te plaît.

— Qui est-ce ? demande Pablo tandis que les gardiens lui passent les menottes.

— Ta femme et ta fille, répond la voix nasillarde, et Pablo est à deux doigts de dire qu'il s'agit d'une erreur, qu'il n'a ni femme ni fille. Mais il pense aussitôt que c'est peut-être sa sœur Julia, qui est venue le voir avec la petite Teresa et a imaginé cette ruse pour qu'on les laisse entrer.

Ils longent le couloir de la troisième galerie et montent au premier étage du bâtiment central, où se trouve le parloir des visites. C'est une salle oblongue et inhospitalière, et seule la faible lumière qui filtre par une petite fenêtre permet de distinguer le visage des visiteurs. Deux hautes grilles verticales divisent la pièce en trois parties : d'un côté, celle réservée aux prisonniers ; de l'autre, celle réservée à leurs visiteurs ; et, au milieu, un couloir dans lequel une sentinelle monte la garde, comme si à travers ces grilles serrées on pouvait échanger autre chose que des paroles de désespoir.

Mais quand Pablo arrive au parloir, ce n'est pas sa sœur et sa nièce qui l'y attendent :

— Ángela… ? dit-il dans un filet de voix qui se brise dans sa gorge.

— Pablo… ? répond Ángela, et ses yeux se remplissent de larmes.

— Comment as-tu… ? essaie de demander Pablo, sans pouvoir terminer sa phrase.

— Pourquoi ne m'as-tu pas dit… ? murmure Ángela.

— J'ai cru que… dit-il.

— Je pensais que tu… dit-elle.

Mais il y a des moments dans la vie où les paroles sont inutiles. Pablo et Ángela s'agrippent à la grille, séparés par quelques centimètres, et ils se regardent, complètement troublés.

— Pablo, parvient enfin à dire Ángela, en tournant la tête vers l'adolescente qui est à côté d'elle, je te présente… je te présente ta fille, Pablo… Voici ta fille, ta fille Paula.

Puis Ángela éclate en sanglots, comme si on avait ouvert les vannes d'un barrage trop longtemps fermé, tandis que Pablo ouvre la bouche sans parvenir à prononcer un mot. Il regarde d'un air halluciné cette jeune fille de quinze ans qui est la vivante image de sa mère, en tout sauf dans les yeux, car ses yeux sont ses yeux à lui, ce sont les yeux de Pablo dans un visage adolescent. Et alors elle se lève et, glissant ses doigts fins entre les barreaux, elle dit :

— Bonjour, papa.

Et Pablo, que va dire Pablo ? Pablo ouvre la bouche et dit :

— Bonjour, ma fille… bonjour, Paula.

Puis c'est elle qui veut savoir et demande :

— Où étais-tu pendant tout ce temps ?

Et tout de suite après, sans le laisser répondre :

— Tu l'as fait, papa ? Tu as tué les gardes, ou non ?

Mais à cet instant retentit une sonnette dans la salle, annonçant la fin de la visite. Comment ? Déjà ? mais elle n'a pas duré une minute, pense Pablo, et il dit :

— Non, bien sûr que non, en regardant les deux femmes.

C'est maintenant Ángela qui prend la parole et qui dit à Pablo, avant qu'on l'emmène :

— Tu es toujours aussi beau.

Pablo regarde Ángela et les larmes aux yeux, il murmure :

— Si je m'en sors…

— Quoi ? demande Ángela, la voix brisée.

Mais la gorge de Pablo se noue et déjà les gardes l'emmènent.

— Je viendrai vous chercher, réussit-il à dire avant de disparaître par la porte du parloir.

Mais il est très probable qu'Ángela ne l'ait pas entendu, car elle s'agrippe à la grille et répète en criant « Que dis-tu ? » tandis que sa fille Paula tente de la calmer et qu'un fonctionnaire des prisons s'approche pour les faire sortir de la salle. La dernière chose qu'Ángela peut voir de Pablo, c'est sa nuque, une nuque hérissée par la commotion ou la peur ; une nuque destinée à se hérisser de nouveau demain quand elle sentira le froid mortel du plus irréversible des garrots.

Une demi-heure plus tard, sa sœur et sa nièce viendront elles aussi le voir, mais on leur refusera l'entrée. De toute façon, c'est presque mieux ainsi, parce que Pablo ne peut plus supporter la moindre émotion.

À une heure moins le quart, peu après la sonnerie du repas, le lieutenant-colonel don Bartolomé Clarés, juge spécial, se présente à la prison provinciale de Pampelune, pour lire officiellement la sentence aux trois infortunés. Au même moment descend de l'express de Madrid un des deux bourreaux qui officieront demain lors de la funèbre cérémonie, et il se rend de la gare à son logement dans la prison escorté par la Garde civile ; l'autre est arrivé hier soir, en provenance de Burgos. Les accusés écoutent les paroles du juge et ne peuvent empêcher leur poignet de trembler lorsqu'ils apposent leurs signatures en bas du document d'accusation. Une fois sa désagréable mission terminée, don Bartolomé Clarés quitte le centre pénitentiaire, tandis que Pablo, Julián et Enrique sont conduits dans trois petites cellules situées au deuxième étage, juste à côté de la chapelle, accompagnés par l'aumônier de la prison, don Alejandro Maisterrena, et plusieurs frères de la Paix et de la Charité, en habit et cordon à la ceinture, dont la tâche est de leur tenir compagnie lors de leurs dernières heures dans cette vallée de larmes créée par Dieu en sept jours à peine. À l'entrée de la chapelle, des soldats montent la garde, baïonnette au canon.

— Un scélérat ! crie l'ex-garde civil Santillán avant de s'effondrer sur la couche de sa nouvelle et dernière cellule. Un scélérat, voilà ce qu'est celui qui m'a accusé.

La cellule de Santillán est la plus éloignée de la chapelle et l'ex-garde civil a du mal à empêcher ses mains de trembler, malgré la bouteille de cognac qu'on lui a apportée pour calmer son corps. Dans la suivante se trouve Gil Galar, le visage décomposé et marmonnant d'incompréhensibles phrases. Dans la dernière cellule juste à côté de l'oratoire, Pablo ne peut s'ôter de l'esprit l'image d'Ángela et de sa fille Paula derrière la grille ; il s'assied par terre, dos au mur, et se couvre avec une couverture grise et une casquette à carreaux dont nul ne sait d'où elle sort, mais qui lui permet de dissimuler son visage aux regards et de se concentrer sur ses pensées. Maintenant, oui, pour la première fois depuis qu'ils sont prisonniers, le temps commence à passer à une vitesse vertigineuse.

Un peu après deux heures arrive le docteur Joaquín Echarpe, chargé de la tâche paradoxale de surveiller la santé des condamnés, après le départ en congé, survenu à la dernière heure, du médecin légiste titulaire don Eduardo Martínez de Ubago, affligé d'une grippe inopportune. Puis le bon Nicolás Mocholi, qui ne quittera pas les accusés de toute la journée, et qui les encourage à recevoir les derniers sacrements, conscient que cela peut être bénéfique pour la demande de grâce. Gil Galar est le premier à se laisser convaincre, dans un subit et ultime accès de foi, et il réclame la présence de don Alejandro Maisterrena, pour lui exprimer son désir le plus sincère de se réconcilier avec Dieu. Peu après, c'est au tour de Julián et de Pablo de succomber à la confession chrétienne, car il faut éprouver une grande indifférence à la vie pour ne pas tenter, là où ils en sont, tout ce qui peut aider à obtenir la grâce. À cinq heures de l'après-midi se présentent à la prison deux carmes déchaux qui remettent aux condamnés le saint scapulaire de la Vierge du Carmel, que Gil Galar ne cessera plus d'embrasser avec ferveur et contrition jusqu'au dernier instant.

À six heures du soir, tandis que du dehors commence à parvenir, amorti, comme un bruit de coups de marteau, les condamnés reçoivent la visite du maire de Pampelune, M. Nagore, qui les met au courant des démarches entreprises pour obtenir la clémence et les assure que sa détermination ne faiblira pas. Il est accompagné de l'évêque du diocèse, monseigneur Múgica, que Gil Galar a déjà rencontré à l'hôpital de Vera, ce qui explique qu'il vienne le voir en premier :

— Comment vas-tu, Enrique ? demande le prélat.

— Je me suis réconcilié avec Dieu, monseigneur, sanglote Gil Galar en se jetant à ses pieds.

— Très bien, mon fils, très bien. Il faut être courageux et mourir chrétiennement…

Puis, comme s'il se rendait compte de son manque de délicatesse, il ajoute :

— Mais jusqu'au dernier moment je tenterai d'obtenir votre grâce, mon fils ; il me reste encore à faire une démarche qui aura peut-être de bons résultats. *Nihil desperandum.*

— Merci, merci, merci. Sinon, j'irai au Ciel et je verrai les anges… Oh, mon Dieu… Et il se met à pleurer désespérément quand monseigneur Múgica sort de sa cellule pour entrer dans celle de Santillán, qui a fini sa bouteille de cognac.

— Y a-t-il encore un espoir ? lui demande l'ex-garde civil à brûle-pourpoint.

— Le défunt pape prie pour vous du haut du Ciel – c'est tout ce que l'évêque parvient à dire, un peu surpris par la rapidité et la véhémence de la question.

— Donc tout est perdu, n'est-ce pas ?

— Essayez de penser aux délices de la vie éternelle, lui suggère-t-il, en l'invitant à baiser une croix que lui a offerte Pie X. Et laissez-nous la tâche d'essayer jusqu'au bout.

Mais Santillán refuse l'invitation et se laisse tomber lourdement sur sa couche, tandis que le bruit des coups de marteau se fait maintenant plus distinct, et que personne n'ose demander ce que c'est, de crainte que ses soupçons ne soient confirmés.

Quand le prélat entre dans la cellule de Pablo, l'ex-compositeur se contente de lever les yeux, sans même ôter la casquette à carreaux qui semble le protéger de l'inclémence de la justice terrestre, et même de la divine.

— *Arratsalde on*[19], salue l'évêque Múgica en basque, car il sait que Pablo est originaire de Baracaldo.

19. « Bonsoir. »

— *Arratsalde on*, répond Pablo, bien qu'il ne maîtrise guère la langue.

— Mon bon ami le curé de Baracaldo, don Ignacio Beláustegui, m'a écrit pour me demander de m'intéresser à vous, l'informe le prélat, mais c'est à peine si Pablo fait un signe de tête d'assentiment en entendant le nom du prêtre qui l'a baptisé. Je souhaiterais pouvoir lui dire que les sentiments chrétiens que vos pieux parents vous ont inculqués se sont réveillés en vous…

— Je me suis confessé, mon père, l'interrompt Pablo.

— Très bien, mon fils, très bien. *Errare humanum est, perseverare autem diabolicum*, lui sort-il pour montrer son latin. Je reviendrai après dîner, peut-être aurons-nous avancé dans la demande de grâce. Mais, à toutes fins utiles, préparez-vous à mourir chrétiennement.

— *Bai, jauna*[20], lui répond Pablo, et il replonge dans ses pensées.

Quand vient l'heure du dîner, aucun des trois condamnés n'a faim, ils se contentent de boire du café ou du punch au lait et à l'œuf, cet humble délice que la prison des trois P ne sert que dans le couloir de la mort. À mesure que passent les minutes et que la grâce désirée n'arrive pas, la tension devient insupportable. Le téléphone sonne avec insistance dans le bureau de don Daniel Gómez Estrada et cette sonnerie se glisse comme en sourdine jusqu'aux cellules des condamnés, renouvelant par instants leurs espoirs. Des sœurs de la Charité vont et viennent, apportant des verres d'eau ou des tasses de café, et les frères de la Paix essaient de remonter le moral des présents avec d'affables paroles.

À dix heures et demie, comme il l'avait promis, l'évêque Múgica revient, et après avoir adressé quelques mots de pieuse consolation aux trois malheureux, il leur montre le fameux crucifix que lui a offert Pie X :

— Baisez-le, mes enfants, dit-il à Enrique, à Julián et à Pablo,

20. « Oui, monseigneur. »

l'un après l'autre, et accompagnez-moi à la chapelle, nous réciterons ensemble le saint rosaire.

Et les trois hommes, plus morts que vifs, se lèvent comme des spectres et suivent le prélat jusqu'à l'oratoire, où se trouvent déjà l'aumônier de la prison et d'autres prêtres qui se sont réunis là ce soir, comme le chanoine don Alejo Eleta, docteur en théologie de l'université de Salamanque, ou le curé de San Lorenzo, don Marcelo Celayeta.

— Tenez-la près des condamnés jusqu'au dernier moment, dit monseigneur Múgica en donnant à don Alejandro Maisterrena la croix de Pie X.

En sortant de la chapelle il croise le maire Nagore, qui vient d'expédier de la prison même ce dernier télégramme, désespéré, au directeur de la Garde civile : « Nom peuple Pampelune prie V. E. intercéder pour concession grâce peine de mort faveur condamnés Vera donnent sincères preuves de repentir. » Mais à cette heure-là, le directeur général doit déjà rêver de petits anges, contrairement aux trois coupables, pour qui il est impossible de trouver le sommeil. En particulier Pablo, à qui on apporte, à minuit, un télégramme envoyé par sa mère.

— Lisez-le-moi vous-même, don Alejandro, demande Pablo à l'aumônier de la prison.

— Vous êtes sûr ?

— Oui, oui, s'il vous plaît.

— Très bien, alors voilà : « Mon fils, tout espoir humain perdu, ta mère, consumée de peine et prostrée devant la Vierge des Douleurs, implore que tu te prépares à mourir chrétiennement comme elle t'a chrétiennement appris à vivre. Ne refuse pas cette dernière consolation à ta mère. María Sánchez. »

Pablo cache sa tête entre ses jambes et éclate en sanglots secs et convulsifs, comme il l'a fait un jour lointain en sortant du ventre maternel. Quand il parvient à se remettre, il dit à don Alejandro :

— Auriez-vous l'amabilité de répondre à ma mère ? Je n'ai même plus la force d'écrire. Dites-lui que je meurs chrétiennement.

— Je le ferai, répond l'aumônier. Autre chose, mon fils ?

— Oui, roulez-moi une cigarette, s'il vous plaît, je tremble trop.

Gil Galar et Santillán écrivent eux aussi à leur mère, bien que l'ex-garde civil espère encore une grâce de dernière heure. Vers deux heures du matin, le médecin don Joaquín Echarte examine les condamnés, et ne leur diagnostique d'autres altérations que celles propres à la situation. Peut-être les trouve-t-il un peu frigorifiés et il demande qu'on leur apporte une autre couverture et un petit verre d'anis. Très vite, Gil Galar s'endort et, n'entendant plus ses continuelles lamentations, Santillán dit à l'un des frères qui lui tiennent compagnie :

— Lui, il est tranquille, et il est heureux parce qu'il dort, mais il verra quand il se réveillera…

À trois heures et demie, Pablo semble retrouver brusquement le moral, et il demande à parler au juge spécial don Bartolomé Clarés, qui est arrivé à la prison à minuit, signe manifeste de l'improbabilité de la grâce.

— J'aimerais dire au revoir aux deux compagnons qui m'ont aidé quand j'ai été blessé, dit-il à don Bartolomé en le voyant entrer.

— Quels sont leurs noms ?

— Leandro Fernández et Julián Fernández.

— Je vais voir ce que je peux faire, dit le juge d'un ton circonspect.

Une demi-heure après arrivent Leandro et Julianín, les yeux rougis par les larmes ou le sommeil, qui peut le dire.

— Pablo ! s'écrie Leandro, sans pouvoir réprimer un élan pour le prendre dans ses bras. Mais les gardes l'en empêchent et l'Argentin jure dans toutes les langues qu'il connaît.

— Les gars, dit Pablo en les regardant dans les yeux – les siens sont rougis eux aussi –, merci pour tout. Dites au revoir aux autres et bonne chance pour le procès. Meilleure chance que pour moi, du moins. Puis il esquisse un sourire, à mi-chemin entre un clin d'œil complice et une moue grotesque.

— Ce qui m'énerve le plus, ose dire l'Argentin, c'est que ces misérables t'aient condamné injustement.

— Tu préférerais peut-être qu'ils m'aient condamné justement ? réplique Pablo avec une ironie socratique.

Un ange passe, et la question reste en suspens.

— À bientôt, *che* – c'est tout ce que Leandro trouve à dire.

— À bientôt, répète Julianín, sans savoir quoi dire d'autre.

— Adieu, propose Pablo, avant qu'on traîne ses deux amis hors de la cellule. Ce qu'il voit en dernier est Leandro essayant de se libérer des griffes de l'un des gardes, et qui reçoit en réponse une pluie de coups.

À quatre heures et demie on tire les trois condamnés de leurs cellules et on les mène à la chapelle, où don Alejandro Maisterrena va dire la première messe. Julián Santillán a l'air serein, peut-être espère-t-il encore un coup de grâce final. Gil Galar ne cesse de baiser son scapulaire, tout en regardant fixement la statue du Rédempteur qui couronne l'autel et en priant, lèvres tremblantes. Pablo garde la tête baissée, en se couvrant avec la couverture et la tête protégée par sa casquette à carreaux. Il va être cinq heures quand le chanoine Alejo Eleta commence la messe principale, où communient les trois pantins sans volonté que sont devenus Pablo, Juan et Enrique, comme des automates de foire qui reproduisent un rituel mille fois répété.

Après la seconde messe, le directeur de la prison des trois P, sur l'indication expresse du juge, se dirige vers son bureau et téléphone aux gouvernements civil et militaire pour savoir s'ils ont reçu l'ordre de grâce, car sinon les préparatifs de l'exécution vont commencer. Quand il revient, tous peuvent lire sur la moue de ses lèvres que la grâce a été refusée. Les premières lueurs de l'aube entrent par la fenêtre vitreuse de la chapelle et éclairent légèrement les visages livides et figés de tous les présents, qui semblent incapables d'assumer désormais ce qui va se passer.

— 27 —

Quelques-uns de ces hommes, probablement pour échapper au châtiment, invoquèrent mon nom et allèrent même jusqu'à dire que j'étais l'auteur de certaines proclamations adressées aux soldats espagnols et l'organisateur d'activités révolutionnaires à Paris. Ce qui était vrai, mais cela n'avait rien à voir avec les événements de Vera. Le procureur de ce procès requit contre moi je ne sais combien d'années de prison, et qui sait, peut-être même la peine de mort. Blasco Ibáñez dit que ces hommes, trompés, étaient des bandits. Cela m'indigna et je pris leur défense. Sachant qu'ils devaient être exécutés, j'écrivis une lettre à l'ambassadeur d'Espagne pour lui dire que j'étais le seul et unique responsable de ce qui s'était passé à Vera, même si c'était faux, et pour demander à être entendu par le Conseil supérieur de guerre, avant qu'ils soient exécutés. J'offrais de me rendre à Madrid et de prendre tous les risques. Cette lettre fut remise à l'ambassadeur. C'est en vain que j'attendis sa réponse.

RODRIGO SORIANO,
España bajo el sable

On s'attend à ce que les coqs chantent à l'aube, mais en cette froide matinée du 6 décembre 1924, ils semblent tous muets ou endormis ou transis de la même douleur que le peuple de Navarre, qui va voir se répandre sur son sol le sang de trois malheureux. Même le soleil a l'air d'être submergé par le malaise ambiant et lambine, comme s'il voulait retarder son lever derrière les montagnes et les nuages bas, et laisser à la pénombre l'honneur de réveiller les bourreaux. Aux environs de la prison, plongés dans un silence macabre, les curieux les plus matinaux ou les plus misérables rôdent comme des oiseaux charognards qui auraient senti l'odeur de la chair sur le chemin de l'abattoir. À l'intérieur, un souffle tragique se répand parmi les fonctionnaires, les gardiens, les prêtres, les frères de la Paix et tous ceux qui vont former l'effrayant cortège. À six heures vingt-cinq, le juge Bartolomé Clarés communique aux condamnés l'ordre de se préparer pour la cérémonie.

L'exécution aura lieu hors de l'enceinte de la prison, sur ce qu'on appelle le Tour du château, situé près du fossé de l'aile nord du bâtiment, juste là où commence le chemin de ronde : ainsi, tout Pampelune pourra assister en direct à ce spectacle magnifique. Hier soir les charpentiers ont construit une plateforme de bois avec deux appareils à tuer, dont l'un devra être utilisé deux fois. Les bourreaux, après un petit déjeuner frugal, se sont rendus sur place, l'air ensommeillé, et ont entendu grogner les porcs de l'abattoir contigu, dans un grotesque jeu de miroir du destin. Ce sont les mêmes (les bourreaux, pas les porcs) qui il y a un mois à peine, ont été chargés de garroter Josep Llàcer et Juan Montejo à la prison Model de Barcelone. Celui de Madrid est grand et dégingandé, verdâtre, à la mine austère, comme s'il voulait rendre justice à l'image qu'on a généralement du métier d'exécuteur des hautes œuvres. Celui de Burgos, en revanche, est petit, bien en chair, rougeaud et sans façon, et il affirme qu'au cours de sa longue trajectoire en tant que bourreau, il a déjà exécuté cinquante et une personnes.

— Avec mon système, la peau n'est pas pincée et pas une goutte de sang n'est répandue, dit-il fièrement à son collègue de travail, tout en tirant de leur étui diverses pièces d'acier bruni qu'il ajuste au poteau.

Celui de Madrid ne dit rien et s'affaire à encastrer ses instruments d'exécution dans l'autre appareil, tandis que les curieux affluent peu à peu.

— Comme sur des roulettes, dit celui de Burgos avec satisfaction, après avoir graissé son tourniquet et l'avoir fait fonctionner en tournant la manivelle. Puis il s'essuie les mains sur ses jambes de pantalon, prêt à attendre l'arrivée du cortège.

Pendant ce temps, à la chapelle, les trois condamnés se préparent pour leur dernier défilé. Debout et menottés, ils attendent gravement l'arrivée du directeur de la prison et du juge inspecteur spécial, qui doivent prendre la tête du cortège. Un piquet de soldats monte la garde dans le couloir, baïonnette au canon. À six heures cinquante-cinq paraît don Daniel Gómez Estrada, rasé de frais, pour organiser le cortège. Trois minutes après, d'un mouvement de canne sans équivoque, car sa gorge est incapable d'émettre le moindre son, il ordonne à la procession de se mettre en marche. Le silence est absolu et seul le bruit des pas dans le couloir de la première galerie leur permet de s'assurer qu'ils ne sont pas tous devenus sourds. En tête, un piquet de soldats ; derrière avancent d'un pas funèbre le directeur de la prison, le juge instructeur, le médecin légiste et les autorités civiles et militaires, ainsi que les trois habitants officiellement sélectionnés pour être témoins de l'exécution ; puis, à deux ou trois mètres de distance, plus transparent que jamais et le regard perdu, Gil Galar avance, soutenu par deux frères de la Paix et par l'aumônier Alejandro Maisterrena ; il est suivi par Julián Santillán, avec un aplomb digne de louange, flanqué des deux frères de rigueur et du curé Marcelo Celayeta ; en troisième position, Pablo traîne les pieds, soutenu par deux autres frères de la Croix, sous le regard attentif du chanoine don Alejo Eleta ; le cortège est fermé par un nouveau piquet de soldats. À l'extrémité de la première galerie, le groupe tourne à droite et s'engage dans un couloir auquel les prisonniers de droit commun n'ont pas accès, car il distribue bureaux et secrétariats.

— Lâchez-moi, dit soudain Pablo aux frères de la Paix, j'ai assez de forces pour marcher seul.

Les deux saints hommes accèdent à son désir et peu après le cortège s'arrête devant une petite porte située au bout du couloir ; de l'autre côté, une passerelle traverse le fossé de l'aile nord et débouche sur un escalier qui mène au chemin de ronde, où a été dressé l'échafaud. Le premier piquet de soldats passe la porte et franchit la passerelle, suivi par les autorités et les témoins ; puis c'est au tour de Gil Galar et de Julián Santillán, accompagnés de leurs religieux et prêtres respectifs. C'est alors, quand vient le tour de Pablo, qu'il se produit quelque chose d'inattendu qui surprend les rares personnes qui n'ont pas encore franchi la porte : d'un geste aussi soudain que brusque, il se débarrasse des deux frères qui l'accompagnent, pousse fortement un des soldats qui sont derrière lui et se précipite dans un des bureaux. En deux enjambées il se plante devant la première fenêtre qu'il trouve, l'ouvre et se jette tête la première dans le vide, comme on plonge dans une piscine ou du haut d'une falaise, mains menottées par devant.

Les deux frères de la Paix et don Alejo Eleta sont paralysés sur place, attendant le bruit sec du corps contre le sol, tandis que trois ou quatre soldats entrent dans le bureau en poussant des cris et se précipitent sur l'appui de la fenêtre, les fusils prêts à tirer. Le trouble atteint la tête du cortège et plusieurs personnes retournent sur leurs pas, parmi lesquelles le directeur de la prison et le juge instructeur. Tous se penchent à la fenêtre, mais en bas, dans le fossé couvert de broussaille et de pénombre, on ne distingue pas bien le corps de Pablo.

— Descendez voir ce qui s'est passé ! ordonne don Daniel Gómez Estrada, en faisant des roulades, bien que déjà plusieurs soldats descendent en courant l'escalier.

— Allons-y nous aussi, dit d'une voix pressante le juge instructeur au docteur Echarte. Je crains fort que vous n'ayez du travail.

Pendant ce temps, à l'autre bout de la passerelle, Gil Galar et Santillán se montrent surpris et inquiets de tant d'agitation.

— Que s'est-il passé ? demande l'ex-garde civil à l'aumônier Maisterrena, qui revient du bureau en se signant convulsivement.

— Martín Sánchez s'est jeté par la fenêtre, dit le prêtre d'une voix affligée. Que Dieu ait pitié de son âme.

— Mais alors il est mort, mon père ? s'enquiert Gil Galar, les yeux grands comme des soucoupes.

— Je ne sais pas, mon fils, répond don Alejandro en se signant de nouveau.

— Il a bien fait, murmure Santillán pour lui-même.

Trois minutes n'ont pas passé qu'ils sont éclairés par don Bartolomé Clarés, qui arrive en compagnie du docteur Echarte, lequel corrobore avec de nerveux hochements de tête les paroles du juge, comme s'il voulait jouer, avec son menton, du tambour sur son sternum :

— Le condamné est décédé. Il s'est brisé le crâne. Avancez, ordonne-t-il laconiquement.

Le cortège se remet en marche, avec une désolation plus grande encore, si cela est possible. Un coq s'éveille enfin au loin et son chant arrive jusqu'au cortège, atténué comme un répons improvisé. Un chœur de porcs lui répond de l'abattoir, complétant la liturgie. On dirait que tu as réussi, Pablito, on dirait que tu es arrivé à tes fins. On dirait que tu es parvenu à éviter avec ton dernier vol que le garrot ne te pince la nuque et que ta mort ne serve d'infâme spectacle à cette ville de Pampelune et à cette Espagne de Sancho Pança, couarde et gloutonne, incapable d'aucune idée située au-delà des bords de sa mangeoire. Dommage que tes compagnons n'aient plus désormais le courage d'un Don Quichotte pour se jeter dans le vide. Mais en revanche, pauvre Ángela, Pablo, pauvre Ángela quand elle l'apprendra, maintenant qu'elle t'avait retrouvé. Pauvre Paula, aussi, qui le même jour a gagné un père et l'a perdu. Toutefois, comme dirait l'évêque de Pampelune, *pro optimo est minime malus* : le mieux est le moins mauvais, oui, le mieux est le moins mauvais. Inutile, toutefois, de rester à regarder par la fenêtre, inconsolés. Laissons les sœurs de la Charité prier le Ciel pour ton âme impie et suivons le cortège pour connaître le sort que vont connaître tes deux compagnons d'infortune. Ne manquons surtout pas le final de cette farce magnifique.

À sept heures six, la procession arrive au pied de l'échafaud. Il est décidé que Gil Galar sera le premier à être exécuté, alors on emmène Santillán dans un terrain découvert contigu pour qu'il ne soit pas témoin de la mort de son compagnon. Incapable de tenir debout et aidé par deux frères de la Paix, Enrique monte les marches qui mènent à l'échafaud, les yeux exorbités dans un visage décomposé. Une fois qu'il est assis sur le banc de bois, le rondelet bourreau de Burgos lui ajuste le carcan autour du cou, tandis qu'un gardien monte lui ôter ses menottes et que don Alejandro Maisterrena prie en recommandant à Dieu l'âme du malheureux. La plus grande partie de l'assistance répond à la litanie en se prosternant, genoux au sol. Avec une corde solide, les bourreaux lient les pieds et les mains du condamné, en le plaquant fermement contre le poteau, et lui couvrent la tête d'un chiffon noir.

— Ne me couvrez pas la figure, sanglote Gil Galar. Je suis un martyr.

Mais le bourreau de Madrid ne veut rien savoir, car il se rappelle peut-être le crachat qu'il a reçu il n'y a pas longtemps à la prison Model de Barcelone, tandis que son collègue commence à tourner la manivelle et que le condamné répète encore et encore, sous son masque mortuaire improvisé, « Jésus, aie pitié de moi. Mère, pardonne-moi. » Le bruit des vertèbres qui se brisent est amorti par les cris de Gil Galar, qui se tortille comme une sangsue sur son banc. Les terribles secousses et contractions se prolongent plusieurs minutes, jusqu'à ce que le corps enfin demeure inerte, à sept heures vingt et une. Le bourreau de Burgos tourne la manivelle en sens inverse et desserre le carcan qui retient la tête du défunt, que deux frères retirent rapidement et mettent dans un cercueil en pin brut qui se trouve derrière la scène. Le bourreau de Burgos nettoie l'engin avec une flanelle jaune, tout en discutant avec son homologue madrilène pour savoir lequel des deux appareils ils vont utiliser pour le condamné suivant.

— Si vous voulez, nous pouvons de nouveau utiliser celui-ci, il marche comme sur des roulettes, propose l'homme de Burgos. Comme ça on ne salira pas le vôtre.

À ce moment-là entre en courant un fonctionnaire de la prison, qui agite un télégramme. Plus d'un pense qu'il s'agit de la grâce, qui arrive avec un retard fatidique, y compris don Daniel Estrada, qui exhale un ridicule soupir de soulagement en lisant son contenu :

— Il est de la mère de Gil Galar, dit-il ; et devant l'attente qui règne, il lit : « Tout espoir perdu, mon fils, prie la Vierge du Carmel, comme nous le faisons nous-mêmes. Nous t'embrassons pour la dernière fois. Ta mère, tes frères et tes sœurs. »

Mais Enrique n'a plus d'oreille pour entendre les prières de sa vénérable mère. Contrairement à l'ex-garde civil Santillán, qui entend la lecture du télégramme tout en montant l'escalier de l'échafaud, d'un pas ferme et sûr, en regardant tranquillement les gens qui l'entourent.

— Puis-je dire quelques mots de remerciement ? demande-t-il au juge Clarés, tandis qu'il se laisse ôter ses menottes et que les bourreaux le lient au poteau.

— Parlez, lui concède don Bartolomé.

— Je voudrais remercier de toute mon âme le peuple de Navarre pour les démarches qu'il a faites pour obtenir notre grâce. Je veux qu'il sache que je meurs, que nous mourons, victimes de la tyrannie… Parce que ce n'est pas la justice qui a triomphé ici, c'est la tyrannie !

— Autre chose ? demande le juge, visiblement mal à l'aise.

— Oui, dit-il en cherchant quelqu'un dans l'assistance, je voudrais aussi remercier notre défenseur, don Nicolás Mocholi, qui a fait tout ce qu'il a pu pour nous. Ne le voyant pas dans le public, il termine : Bon, eh bien dites-le-lui de ma part. Ah, une dernière chose : je vous serais reconnaissant de bien vouloir me mettre sur le cœur, dans mon cercueil, la photo des miens qui se trouve dans la poche de ma chemise.

Un silence émouvant se répand dans l'assistance.

— Et toi, lâche-t-il avec mépris au bourreau de Burgos, tâche de ne pas me faire souffrir.

— Non, voyons, ce ne sera rien, répond cyniquement l'homme de Burgos, en se préparant à lui recouvrir la tête avec le chiffon noir.

— Non, ne me couvre pas la figure, proteste énergiquement Santillán. Pour quoi faire ? Que le peuple de Navarre voie de quoi vous êtes capables. Vive la révolution ! Vive l'Espagne libre !

Mais la dernière exclamation est étouffée dans son œsophage, car déjà le bourreau tourne la manivelle et le visage de l'ex-garde civil se contracte en un rictus de terreur visible de toute l'assistance, qui répond par des cris de dégoût ou qui tourne la tête pour ne pas voir l'horrible spectacle que la justice de Primo de Rivera nous offre ce matin. Il est sept heures trente-huit en ce samedi 6 décembre 1924, quand le dernier cri sinistre sort de la bouche de Julián Santillán. Un peu après, son cœur cesse de battre. Le bourreau rondelet tourne la manivelle dans l'autre sens et desserre le carcan, et aussitôt la tête du mort glisse sur le poteau et regarde le firmament les yeux vides, le visage violacé, la langue pendante et la bouche pleine d'écume blanche, dans une attitude posthume qui semble se demander qui paiera au Ciel les injustices que les hommes commettent sur la surface de la Terre.

— *Consummatum est,* dit l'aumônier don Alejandro Maisterrena, en faisant le signe de la croix.

Dans l'abattoir contigu plusieurs porcs lui répondent avec leurs derniers grognements, ignorant le sort qui les attend.

ÉPILOGUE

Quelle grande idée a eue l'inventeur de l'épilogue, ce port auquel atteignent les bateaux et où ils peuvent faire le bilan de la traversée. C'est le moment d'amarrer les cordages, de nouer les bouts et de s'excuser auprès des passagers pour les turbulences du voyage. C'est donc pour toi, cher lecteur, le moment de respirer à fond, de prendre tes valises et de te préparer à descendre la passerelle pour retrouver la terre ferme. J'espère simplement que tu ne me reprocheras pas l'abrupte et tragique fin de cette aventure, car que pouvais-je faire sinon être fidèle à la vérité, si désagréable soit-elle. Moi aussi j'aurais préféré un destin moins cruel pour mon homonyme anarchiste et ses infortunés compagnons de voyage, mais l'Histoire n'est pas un menu à la carte où chacun choisit le dessert qui lui fait envie. Bien sûr, je regrette de ne pas avoir pu entendre de la bouche de Teresa sa propre version du dramatique dénouement et je me demande toujours à quoi faisait allusion l'adorable vieille dame en parlant de la « petite surprise » qu'elle me réservait pour la fin. Qui sait si elle n'aurait pas donné un tout autre tour à cette affaire. Mais arrête-moi, lecteur, et ne me laisse pas plus longtemps tirer des plans sur la comète. Car il est temps maintenant que je profite de cette dernière étape, pendant que les dockers terminent d'amarrer le navire, pour te rapporter quelques détails que tu aimerais sans doute connaître avant de poser le pied sur le quai et de te perdre à jamais à l'intérieur des terres.

Après l'assassinat légal à la prison provinciale de Pampelune, comme certains l'ont appelé, les corps sans vie de Julián Santillán et d'Enrique Galar furent directement transportés au cimetière dans un fourgon mortuaire flanqué de nombreux gardes civils et d'une bonne poignée de curieux. Le corps de Pablo, selon certaines sources officielles, ne sortit pas de la prison avant le lendemain. Apparemment, il resta dans la salle de l'hôpital jusqu'à ce que le médecin légiste, don Joaquín Echarte, procède à son autopsie l'après-midi du dimanche, c'est-à-dire le 7 décembre 1924. Peu après, un fourgon funèbre escorté de gardes civils à cheval quittait la prison, avec un cercueil en bois de pin brut orné d'une croix en papier d'argent. Tout le week-end, en signe de deuil, les parties de pelote au fronton du chef-lieu de la Navarre furent suspendues.

Les milieux les plus à gauche de la société espagnole redoublèrent de critiques, même si c'était depuis l'exil. *Le Quotidien*, par exemple, titrait en une son édition du 7 décembre : « Alphonse XIII et le directoire commettent un triple assassinat », et concluait l'article par une prophétie : « Le monde civilisé ne pourra jamais oublier ce crime. » Le lendemain, plusieurs journaux français reproduisaient la lettre que don Miguel de Unamuno, don Vicente Blasco Ibáñez et don Eduardo Ortega y Gasset adressaient au marquis de Magaz, à l'époque président par intérim du gouvernement, car Primo de Rivera se trouvait au Maroc pour stimuler ses troupes. La lettre était implacable et ne laissait aucun doute sur la position antidictatoriale des trois intellectuels, même s'ils récusaient leur participation directe à la tentative révolutionnaire de Vera de Bidasoa. Elle disait ceci :

> Nous protestons en notre nom, et en celui de nombreux Espagnols qui parce qu'ils sont privés de liberté en sont empêchés, contre la cruelle violation de la justice que vient de commettre le directoire en faisant exécuter les accusés jugés pour les événements de Vera.
>
> Les déclarations consignées dans les actes n'ont pas été soumises à l'approbation des accusés ; les détenus n'ont pas été arrêtés *in fraganti* mais plusieurs heures après les faits ; ils n'ont pas non plus

fait l'objet d'une reconnaissance de témoins lors de séances d'identification.

Le procureur du Conseil suprême lui-même, comprenant qu'il se fondait sur une preuve arbitraire, fait constater sa déficience et accuse, comme dans un procès médiéval, par conviction morale ; cette même autorité judiciaire atténue le terrible ritualisme inhérent à sa fonction, en assortissant cette peine de mort de la possibilité d'une demande de grâce.

Enfin, le défenseur, dans un rapport extrêmement clair, qui emporte la conviction de l'esprit le plus soupçonneux et le plus passionné, conclut par ces mots : « Je vous jure en mon honorable conscience, après avoir longuement médité sur ce qui figure dans les pièces de ce procès, que je ne trouve pas de preuves, non pas suffisantes, mais pas même indiciaires pour que trois hommes subissent la plus irréparable des peines. »

Il convenait au directoire de faire croire à une organisation révolutionnaire, d'où cette fable absurde, à laquelle même le plus grand des crétins ne peut ajouter foi, d'un complot communiste, soutenu par des éléments républicains et ayant pour objectif de donner le pouvoir à un monarchiste, le comte de Romanones. Pour nourrir cette farce, on n'a pas hésité à lancer nos noms ni, ce qui est plus grave, à la teinter du sang de trois innocents.

De notre côté, nous considérons comme légitime tout ce qui sera fait pour renverser une dictature qui nous avilit et nous dégrade aux yeux du monde entier, et lorsque nous estimerons avoir les moyens d'y parvenir nous serons, sans ostentation, mais sans hésitation, à notre poste. Mais ce sera celui que nous montrera notre devoir, et non celui qu'on voudrait nous attribuer sur la foi déloyale d'adversaires sans respect pour la justice et encore moins pour l'honneur d'autrui.

À présent, notre devoir est de protester avec la plus grande énergie contre la mort de trois innocents ; ce qui précède nous autorise à la qualifier d'assassinat. Avec la demande de grâce du procureur leur sang retombe intégralement sur l'étrange gouvernement qui opprime aujourd'hui notre pays. Nous affirmons également que c'est avec de tels actes qu'on discrédite l'Espagne face à la civilisation, et nous supplions de ne pas juger notre patrie d'après l'œuvre d'une minorité qui la tyrannise, la moins préparée, la moins

apte de toutes celles qui pourraient la diriger. L'Espagne demande à être régie, comme tous les peuples modernes, par l'expression sincère et spontanée de la majorité nationale.
Signé :

VICENTE BLASCO IBÁÑEZ
MIGUEL DE UNAMUNO
EDUARDO ORTEGA Y GASSET

Un peu plus tard, Unamuno dédierait à Pablo, à Enrique et à Julián le sonnet XCVIII de ce qui serait son livre *De Fuerteventura a París*, assorti d'une glose où il critiquait durement Alphonse XIII et toute sa cohorte de stupides *stupidisés*, comme il avait coutume de les appeler. Voici les vers qu'il leur offrit à titre posthume :

L'envie, la simple envie, est chose vaine
et son sentier débouche sur le néant,
mais l'entendement cherche des prétextes…
pour tout remettre au lendemain

« Il faut agir ! crient les gens sains ;
le bâton ! le bâton ! », en regardant l'abattoir.
Qu'importe que l'animal soit agneau
ou loup ? Notre loi aplanit tout !

À Vera pour quelques pauvres garçons,
le garrot « sans effusion de sang »,
oh, grande clémence ! et sans que jaillisse

la moindre plainte du peuple ; sa patience
attend que le Rifain abatte pour nous
la vile dictature de la démence.

Vers la même époque, Blasco Ibáñez parvenait à inonder l'Espagne de sa brochure *Una nación secuestrada*, à laquelle il ne put jamais donner la suite attendue par Durruti, *Una nación liberada*. Des centaines de milliers d'exemplaires furent introduits clandestinement durant tout le mois de décembre 1924, dans une opération dont on pourrait presque dire qu'elle fut menée par terre, mer et air. Comme les exemplaires étaient distribués gratuitement, ils finirent par entrer dans les foyers de la bourgeoisie, de la noblesse, et même dans les églises. Le trouble fut d'une telle ampleur que les autorités ordonnèrent de retirer toutes les plaques dédiées à l'écrivain valencien, on confisqua ses biens, la vente de ses livres fut interdite (on en brûla même en place publique) et il y eut des gens pour demander qu'on le déchoie de la nationalité espagnole. À tout cela, Blasco répondit par une fanfaronnade depuis sa forteresse de Menton : « Ce pamphlet était un feu d'artillerie. Maintenant, c'est à la mitrailleuse que nous allons tirer. » Mais, à l'heure de vérité, la poudre du célèbre écrivain se mouilla et il mourut en 1928, la veille de ses soixante et un ans, complètement éloigné de la politique et sans voir l'avènement de cette république qu'il désirait tant. Toutefois, la postérité conservera les mots de Pablo Dupont, un personnage de son roman *La Cité des futailles*, qui annonçaient avec clairvoyance l'aventure des rebelles de Vera : « Un peu de peur au début, et après, pan, pan, pan ! l'exemple qu'il leur faut, le pénitencier, et un peu après le garrot, pour qu'ils redeviennent raisonnables et nous laissent tranquilles un moment. »

Au cours des mois qui suivirent la tentative révolutionnaire, de nouveaux accusés arrivèrent à la prison de Pampelune. Si bien que leur nombre au procès ordinaire atteignit trente-trois. Parmi eux figuraient Unamuno, Blasco, Ortega et Soriano, qui furent déclarés rebelles par contumace. Mais l'audience ne débuta qu'au mois de janvier 1927, de nombreux détenus passèrent ainsi plus de deux ans en prison, en dépit de leur innocence. Entre-temps, La Fraternelle imprima, en avril 1925, un opuscule intitulé *La tragedia de Vera : un crimen jurídico*, édité par le Comité proprisonniers et signé du pseudonyme du « Lutin de la prison », qui susciterait une nouvelle tentative révolutionnaire à Vera de

Bidasoa le 26 mai 1925, sans grandes conséquences : une vingtaine d'hommes armés tentèrent de franchir la frontière entre les bornes 24 et 25, mais ils furent découverts par les carabiniers, et reçus à coups de fusil avant même d'avoir pu entrer sur le territoire espagnol. D'après certains, il s'agissait d'un plan conçu pour venger la mort des camarades anarchistes ; pour d'autres, sans que leurs affirmations soient vraiment fondées, les rebelles voulaient donner ce qu'il méritait à l'alguazil don Enrique Berasáin, « le Gandin », qui depuis les événements de novembre avait reçu plusieurs menaces de mort. Mais il est également probable qu'il s'agissait d'un complot ourdi par la police de Martínez Anido (« ce porc épileptique aux mains couvertes de sang », selon les mots d'Unamuno), celui de fin 1926, dénoncé par le courageux capitaine des carabiniers Juan Cueto : des policiers, apparemment sous les ordres de Luis Fenoll Malvasía, chef de la Sécurité du gouvernement de Primo de Rivera, achetèrent des armes en France, firent l'ascension de La Rhune et tirèrent plusieurs coups en l'air en pleine nuit ; puis ils couchèrent dans une hutte de berger et le lendemain matin descendirent à Vera en annonçant qu'un groupe fourni de communistes avait tenté sans succès de franchir la frontière, abandonnant dans leur fuite deux caisses pleines de pistolets (précisément ceux que les policiers avaient emportés dans la montagne). L'objectif de l'opération semblait évident : entretenir une peur latente dans la société espagnole et légitimer une dictature en déclin.

Finalement, le 10 janvier 1927, débuta le jugement ordinaire contre les trente-trois accusés d'avoir organisé les sanglants événements de Vera, ou d'y avoir participé. Malgré leur nombre élevé, je consignerai ici le nom de chacun, ne serait-ce que pour en faire état par écrit. Nous connaissons déjà la plupart d'entre eux. En plus des quatre éminents intellectuels accusés de rébellion, furent jugés par le conseil de guerre ordinaire José Antonio Vázquez Bouzas (qui avait échappé d'un cheveu à l'échafaud), Bonifacio Manzanedo (qui ne fut détenu à la prison des trois P qu'en mars 1925, une fois complètement rétabli des deux amputations qui lui avaient évité le garrot), Julian Fernández Revert (Julianín, qui était entré gamin en prison et en sortirait en homme fait), Casiano Veloso (le mousquetaire de Villalpando dont les déclarations condamnèrent Pablo), Anastasio Duarte (le natif de Cáceres au regard oblique qui vendit sa patrie pour une injection de cocaïne), Juan José Anaya (le Douglas Fairbanks madrilène), Justo Val (le cultivateur chétif de la province de Huesca), Tomás García (l'autre Aragonais qui avait franchi la frontière avec le groupe du malheureux Abundio Riaño), Gregorio Izaguirre (le charpentier de Santurce qui partageait la cellule de Vera avec Vázquez Bouzas), Francisco Lluch (le déserteur du régiment de Sicile qui voulait revenir en Espagne pour voir mourir son père), Eustaquio García (le jeune garçon affligé dont les larmes avaient fait pleurer Julianín), Ángel Fernández (un autre du clan de Villalpando, à l'invraisemblable toupet), Gabriel Lobato Quevedo (également du clan de Villalpando), Pedro Alarco (le petit voleur édenté, plus connu sous le nom de Perico) et Manuel Monzón (Manolito le sourd-muet). Les autres accusés du procès ordinaire étaient : Francisco Jáuregui Tellechea (natif de Vera de Bidasoa, accusé d'avoir couvert les fugitifs), Manuel del Río Menéndez (natif d'Órdenes, province de La Corogne), Inocencio Clemente Ansó (natif de Santa Engracia, province de Huesca), Isidoro Lorente Delgado (natif de Tobillos, province de Guadalajara), Alejandro Díaz Gazco (natif de Getafe, province de Madrid), Mateo Palme Barranco (natif de Tudela, province de Navarre), Felipe Crespo Martínez (natif d'Armañanzas, province de Navarre), Domingo Bocos Pernía (natif de Pampliega, province de Burgos), Ángel Ramos Pina (natif de Fitero, province de Navarre), Antonio Pingarrón Magaña (natif de Madrid), Ángel García Pellisa (natif de Monzón, province de Huesca) et Manuel Zulaica Caramés (natif de Saint-Sébastien, province de Guipúzcoa). À tous ceux-là il faudrait ajouter José Manuel López Martínez (natif de Castril, province de Grenade, qui mourut en prison avant le procès) et Bienvenido Vázquez Gustiñas (dont le cas fut séparé de l'ensemble de l'affaire car il avait été arrêté alors que le procès se tenait désormais en séance plénière). La majorité était en prison quand le procès eut lieu, à l'exception évidente du défunt López Mártinez et de ceux qui avait été remis en liberté provisoire, comme le jeune Eustaquio García, l'ineffable Perico Alarco (toutefois l'édenté finit par retourner en prison, accusé de vol) ou le sourd-muet Manolito Monzón (qui se retrouva lui aussi en cellule pour avoir mendié sur la voie publique).

Mais ne manque-t-il pas quelqu'un dans cette longue liste ? Si, en effet : il manque Leandro, le géant argentin, le fils de Rocafú, celui qui avait failli tuer le vieux Dubois, celui qui était tombé amoureux comme un gosse de la petite Antoinette, la fille du fossoyeur. S'il n'y est pas, c'est tout simplement parce qu'il ne figure dans aucune liste officielle des inculpés de 1927. C'est un des grands mystères non résolus de cette histoire : après l'exécution, il disparaît du décor. La dernière chose que nous savons de lui c'est qu'il fit ses adieux à Pablo à la chapelle. À partir de ce moment-là, les journaux de l'époque ne mentionnent plus son nom et les livres d'histoire gardent le silence le plus absolu sur lui.

Quoi qu'il en soit, c'est en l'absence de Leandro que s'ouvrit le procès ordinaire, le 10 janvier 1927. Parmi les accusés, un grand nombre choisirent don Nicolás Mocholi pour les défendre et ce commandant éclairé fut à la hauteur des attentes en obtenant que tous les accusés soient absous du délit d'agression contre les forces armées, faute de preuves. Ce qu'il ne put éviter, c'est que certains d'entre eux ne soient accusés de rébellion contre la forme de gouvernement : Bonifacio Manzanedo, Casiano Veloso et Manuel del Río (condamnés chacun à douze ans de réclusion criminelle), de même que José Antonio Vázquez Bouzas, Anastasio Duarte, Julián Fernández Revert, Justo Val, Gregorio Izaguirre, Tomás García et Ángel Fernández (dix ans et un jour de réclusion criminelle). Inocencio Clemente et Gabriel Lobato furent condamnés pour complicité à deux ans, quatre mois et un jour de prison. Les autres furent acquittés ou condamnés par contumace. Toutefois, aucun des condamnés pour rébellion n'alla au bout de sa peine : entre le 12 et le 14 avril 1931, ils furent libérés, certains par les masses enfiévrées qui prirent d'assaut les prisons après l'avènement de la république et d'autres grâce à l'amnistie décrétée par le nouveau gouvernement. En outre, en septembre de la même année, la Mairie de Vallejo de Mena (province de Burgos), localité natale de Gil Galar, demanda au Congrès la révision du procès qui avait abouti à l'exécution de son administré. La demande fut acceptée et les démarches entreprises, mais le procès dura plus longtemps que prévu et la guerre civile vint briser la possibilité d'une réhabilitation posthume. « C'est ainsi que restèrent à tout jamais stigmatisés – écrirait des années plus tard l'historien José Luis Gutiérrez Molina – les exécutés de décembre 1924. Il n'avait pas été prouvé qu'ils étaient les auteurs des assassinats, mais ils moururent parce que la dictature se devait d'infliger un châtiment exemplaire à ses adversaires. » Qui sait si un jour, maintenant que semble s'être ravivé le désir de déterrer les ombres du passé, quelqu'un commettra la folie magnifique de remonter jusqu'à la dictature de Primo de Rivera et d'exhumer les dossiers de cet absurde procès. Qui sait, en définitive, si le dernier chapitre de cette histoire ne reste pas à écrire.

De leur côté, ceux qui ne furent pas arrêtés par les autorités espagnoles connurent des sorts divers, mais il est surprenant que tant d'entre eux aient eu un destin tragique comme si la tentative avortée conçue à Paris les avait frappés d'une sorte de maléfice. Nous avons vu qu'Anxo García, « el Maestro », avait fini écrasé par un train entre les gares d'Urrugne et de Saint-Jean-de-Luz, le lendemain des événements de Vera. Recasens, alias « Bonaparte », fut guillotiné à l'été 1925 pour une tentative de vol à Bordeaux. Teixidó, le responsable à Paris de la propagande révolutionnaire, l'homme au tabac à priser et à la voix râpeuse, tomba sous les balles de la police dans le bar Bruselas de la rue Urgell, à Barcelone, au cours d'un règlement de comptes qui ne donna lieu à aucune enquête. Le suivant fut Piperra, le guide de Zugarramurdi qui n'avait pu convaincre son oncle et sa tante de donner refuge à Pablo et à Robinson : après être resté caché presque un mois dans la ferme d'Eltzaurdia, il refit sa vie à Saint-Jean-de-Luz, où il avait trouvé du travail comme ouvrier maçon, et où il mourut dans l'effondrement du mur auquel il travaillait. Des années plus tard, pendant la guerre civile, cette fois, ce serait au tour de Francisco Ascaso et de Buenaventura Durruti de mourir tragiquement, après plus de dix ans passés à vouloir changer le monde : peu après avoir été arrêtés par la police française, en décembre 1924, ils parvinrent à embarquer au port du Havre en direction de l'Amérique, où ils braquèrent des banques pour financer la cause libertaire. Ils rentrèrent en Espagne pendant la République, participèrent à la guerre civile et devinrent de véritables mythes révolutionnaires, ce à quoi contribua assurément leur mort légendaire : le premier à tomber fut Ascaso, atteint d'une balle en plein front alors qu'il tentait d'étouffer, devant la caserne d'Atarazanas à Barcelone, le soulèvement fasciste de juillet 1936 ; Durruti mourrait quatre mois plus tard, à l'hôtel Ritz de Madrid, atteint en plein cœur tandis qu'il s'efforçait de contenir l'avancée des troupes nationalistes.

Mais tout ne fut pas que malheurs, quelques-uns connurent un sort meilleur. Gregorio Jover ou García Vivancos, par exemple, vécurent jusqu'à un âge avancé, bien qu'ils aient participé eux aussi à l'aventure américaine et à la guerre civile espagnole, où ils commandèrent la colonne Los Aguiluchos de la 28e division de l'armée républicaine. Jover, le troisième des trois mousquetaires, devait mourir au Mexique pendant la dictature franquiste, en 1964, après avoir été secrétaire de sous-délégation de la CNT en exil. Vivancos, qui était chargé de l'approvisionnement en armes pour la tentative révolutionnaire avortée, mourut peu avant l'avènement de la démocratie en Espagne, après une vie digne d'un film : à la fin de la guerre civile, il s'enfuit à Paris, où il fut fait prisonnier par les nazis et interné quatre ans durant aux camps de concentration du Vernet et de Saint-Cyprien. Il en sortit grâce à la résistance et il participa à la libération de la France, où il s'établit. La misère de l'après-guerre l'obligea à gagner sa vie en peignant des scènes et des paysages sur des foulards de couleurs qu'il vendait à des touristes fortunés, jusqu'à ce qu'il fasse, en 1947, la connaissance de Picasso dont il obtint qu'il le parraine. Il finit par connaître un succès remarquable comme peintre, exposa dans des galeries renommées et ses œuvres furent achetées par des personnalités aussi différentes que Greta Garbo ou François Mitterrand. Il mourut en 1972, pendant les derniers soubresauts de la dictature franquiste, alors qu'il était en vacances à Cordoue.

Enfin, Roberto Olaya, alias « Robinson », l'ami d'enfance de Pablo Martín Sánchez, anarchiste mystique et végétarien à chapeau melon, s'installa en Belgique après avoir été expulsé par les autorités françaises en 1924. Personne ne sait comment Kropotkine, son fidèle teckel, se débrouilla pour suivre sa piste, mais ce qui est sûr c'est qu'il y arriva, car Robinson entra avec lui en Espagne à la proclamation de la république en 1931. Un des premiers endroits où il se rendit fut Baracaldo, où il passa plusieurs jours chez Julia, la sœur de Pablo, et où il laissa sous son charme la petite Teresa, qui n'oublierait jamais la longue barbe rousse et les histoires attendrissantes que racontait, d'une voix de prophète, ce vieil ami de son oncle l'anarchiste. Quand la guerre civile éclata, Robinson refusa de prendre les armes : son anarchisme philanthropique s'était mué en un pacifisme œcuménique ; il s'exila au Panama, où il mourut de la typhoïde. Avant d'embarquer, cependant, il écrivit une lettre à Julia pour lui faire ses adieux, accompagnée d'une aquarelle qu'il avait peinte lui-même, intitulée *Vera. Vision synthétique ?* Le dessin, maladroitement surréaliste, représentait une vieille presse à pédale (la Minerva de La Fraternelle ?), d'où sortait un tuyau d'évacuation qui débouchait dans une bassine pleine de sang et, comme pour anticiper le *Guernica* de Picasso, d'un mélange de têtes, de mains et de pieds coupés. Un garde civil et un juge veillaient au bon fonctionnement de la machine, tandis que des prisonniers, mains liées dans le dos, attendaient d'être dépecés. La scène était complétée par une femme nue, qui regardait le spectateur d'une fenêtre au fond de la pièce, en laissant échapper un petit oiseau qu'elle tenait dans ses mains.

Voilà, cher lecteur : les dockers ont fini leur travail et le moment est venu de nous dire au revoir. J'espère seulement que l'arrière-goût amer que nous a laissé la fin tragique de ce récit perdurera assez longtemps pour nous empêcher de commettre encore et toujours les mêmes erreurs. Si, de plus, ces pages réussissent à sauver de l'oubli des hommes qui ont vu leurs vies tronquées à cause de leur désir de liberté, ce serait une raison supplémentaire de considérer que le temps que j'ai passé à reconstituer cette histoire n'aura pas été vain. Et si dans quatre-vingts ou quatre-vingt-dix ans, quelque part dans ce vaste monde où les humains sont de plus en plus nombreux, un autre Pablo Martín Sánchez tombe sur l'histoire d'un anarchiste qui s'appelait comme lui, il trouvera peut-être dans ce livre écrit par un homonyme une inspiration pour s'approprier à son tour un souvenir tel qu'il brille au moment du danger. Bien qu'à vrai dire, patient lecteur, je me tiendrai pour satisfait si je suis parvenu à te mener jusqu'à la dernière page en espérant que tu aies apprécié cette promenade, car écrire n'est rien d'autre que déambuler et flâner avec quelqu'un qu'on ne connaît pas encore. Parce que si je me réjouis de quelque chose, c'est d'avoir partagé cette histoire avec toi, l'histoire d'un anarchiste qui s'appelait comme moi, l'histoire de Pablo Martín Sánchez, une histoire dont j'espère qu'elle valait la peine d'être racontée.

ADDENDA

Je veux présenter mes excuses à mon éditeur, Jaume Vallcorba, et le remercier sincèrement de m'avoir donné la possibilité d'inclure cette note finale, alors que le livre était déjà sur épreuves. Si je le prie de m'excuser c'est pour ne pas avoir à le faire auprès de ma conscience, qui a été ces dernières heures en proie au trouble. Je m'explique. Voilà quelques mois, après avoir achevé ce livre et signé le contrat d'édition, j'ai envoyé une copie du manuscrit à diverses personnes, en espérant qu'elles me donneraient leur avis sincère et qu'elles m'aideraient à éclaircir certains doutes qu'il me restait à résoudre : je l'ai envoyé en particulier à deux historiens, à des amis de confiance et à plusieurs des personnes que j'avais connues pendant mon enquête de terrain à Vera de Bidasoa, à Paris ou à Baracaldo, y compris « les limiers de la maison de retraite ». Un grand nombre ont répondu aimablement à mon appel, en me donnant leur avis ou en me signalant certaines erreurs géographiques ou historiques. Ce à quoi je ne m'attendais pas, c'est que ces exemplaires passeraient de main en main et finiraient par arriver à la personne qui a troublé ma conscience.

J'ai reçu la semaine dernière un courrier électronique de quelqu'un que je ne connais pas et qui disait avoir lu le manuscrit de mon roman. Il affirmait connaître de première main l'histoire des événements de Vera, et bien que dans ses grandes lignes il soit d'accord avec mon récit, il ne comprenait pas comment j'avais pu ajouter foi à la version officielle du suicide de Pablo Martín Sánchez. J'ai d'abord pensé qu'il s'agissait d'une plaisanterie ou du délire d'un maniaque des déformations de l'Histoire. Mais je n'ai pu empêcher un soupçon de doute de se glisser dans mes pensées. Comme il vaut toujours mieux s'agiter dans le doute que se reposer dans l'erreur, j'ai essayé d'entrer en contact avec le responsable de ce délire, mais en vain : il n'a répondu à aucun de mes messages. C'est pourquoi, le temps jouant contre moi (la publication du livre était imminente), j'ai décidé d'inclure cet addenda avant qu'il soit trop tard. Non qu'il me semble nécessaire de faire part de mes inquiétudes de dernière heure, mais parce que je considère qu'il est de mon devoir de reproduire ici ce courrier, ne serait-ce que pour ne pas priver le lecteur d'une autre version possible de cette histoire, aussi étrange ou fantaisiste qu'elle puisse paraître. Voici donc, textuellement, les propos qui ont mis le désordre dans mes idées :

> Oubliez tout ce que vous avez pu lire sur la dernière nuit que les prisonniers ont passée à la prison de Pampelune. N'en croyez rien : c'est une brochette de mensonges, une reproduction pathétique de la version officielle que les autorités ont donnée des faits. Tout a été déformé et arrangé pour que l'hypothèse du suicide de Pablo Martín Sánchez soit crédible. Je ne sais pas ce qui s'est passé exactement, mais ce dont je suis sûr c'est que Pablo ne s'est pas suicidé, même si nombreux sont ceux qui s'entêtent à affirmer le contraire. Ne me dites pas que vous n'avez pas vu toutes les incongruités qui transparaissent dans votre propre récit. Croyez-vous vraiment qu'un condamné à mort, dûment surveillé, puisse échapper à ses gardiens, entrer dans un bureau, ouvrir une fenêtre et se jeter dans le vide sans que personne l'arrête ? Croyez-vous vraiment ce bobard selon lequel c'était Pablo Martín qui était le dernier dans la file, fermant le cortège, et qu'il s'est mis à courir quand il n'y avait presque plus de témoins, flanqué seulement d'un aumônier et de deux frères de la Paix ? Et pourquoi, dites-moi, pendant la dernière nuit, se tient-il en permanence tête basse, parlant à peine, caché sous une casquette et enveloppé d'une couverture ? Ne vous semble-t-il pas suspect que le légiste Eduardo Martínez de Ubago ait été remplacé la veille au soir par le médecin Joaquín Echarte, sous

prétexte d'une prétendue maladie du premier ? Ne trouvez-vous pas étrange que Leandro, l'Argentin, ne réapparaisse pas parmi les inculpés, que la dernière chose que nous sachions de lui soit qu'il a rendu visite à Pablo le même soir ? N'êtes-vous pas encore plus étonné que Pablo ait voulu lui faire ses adieux, ainsi qu'à Julián Fernández Revert, et les ait mis en danger en révélant qu'ils étaient ensemble au moment de la fusillade ? Ne trouvez-vous pas suspect qu'on ait monté deux échafauds, alors que les condamnés étaient trois ? Ne vous semble-t-il pas au plus haut point étrange qu'il n'ait fallu que trois minutes pour déclarer le suicide avant que le cortège reprenne sa marche ? D'autre part, quel besoin y avait-il de faire l'autopsie de Pablo, si comme on peut le supposer tout le monde avait vu ce qui s'était passé ? Au cas où on l'aurait effectivement pratiquée, ne vous semble-t-il pas étrange que personne n'ait rapporté que les viscères du suicidé n'étaient pas du bon côté, à cause du *situs inversus* ? De plus, depuis quand faut-il deux jours pour faire une autopsie ? Et pourquoi croyez-vous que Pío Baroja se fasse l'écho de la rumeur selon laquelle ce n'était pas Pablo Martín Sánchez qui avait été enterré dans sa tombe ? Que dites-vous de la terrible censure qui s'exerça sur tous les journaux espagnols durant les jours qui suivirent les tragiques événements ? Je n'ai malheureusement pas la réponse à toutes ces questions, mais ce que j'ai, en revanche, c'est la conviction que Pablo ne s'est pas suicidé à la prison provinciale de Pampelune. Et sinon, laissez-moi vous poser une dernière question : ne vous êtes-vous jamais demandé qui pouvait bien être ce « Lutin de la prison » qui a écrit l'opuscule imprimé par La Fraternelle en avril 1925 ?

On comprendra mieux maintenant la raison de mon trouble. Et si ce que dit ce courriel était vrai, aussi insensé semble-t-il ? Ne devrais-je pas me poser la question de suspendre la publication du livre, le temps d'explorer une nouvelle piste et, au cas où elle serait confirmée, de réécrire la véritable fin de cette histoire ? Bien sûr, quel ridicule si ce n'était que le fruit de l'imagination d'un illuminé, le délire chimérique d'un fou ou d'un visionnaire. Mais dans ce cas, pourquoi Pío Baroja s'est-il fait l'écho des rumeurs selon lesquelles Pablo ne s'est pas suicidé ? Pourquoi a-t-il inclus dans les dernières pages de *La familia de Errotacho* les déclarations d'un certain Manish, d'après qui le suicidé n'était pas Pablo Martín Sánchez, mais quelqu'un d'autre qui « était descendu dans la tombe avec un nom qui n'était pas le sien » ? Et pour couronner le tout, quand aujourd'hui j'ai de nouveau tapé mon nom sur Google, après être resté bien longtemps sans le faire, je suis tombé sur un nouveau dictionnaire anarchiste, publié par l'Association Isaac Puente, qui à l'entrée correspondant à Pablo Martín Sánchez, dit : « Arrêté pour sa participation aux événements de Vera de Bidasoa, fut condamné à mort et se suicida sur le chemin de l'échafaud. *Certains affirment qu'il est mort bien des années plus tard à Lavelanet.* »

Mais non, me dis-je, je ne peux pas me laisser embarquer par des racontars sans fondement, ni par le désir intime que mon homonyme ait connu un meilleur sort : qui sait si, au fond, je n'alimente pas ces rumeurs parce qu'elles me permettent de fantasmer sur un destin différent pour l'anarchiste qui s'appelait comme moi. Non, décidément, non, me dis-je, et je suis rassuré d'avoir pu écrire cet addenda pour faire la paix avec ma conscience, en avouant ces vagues inquiétudes de dernière heure et en protégeant mes arrières pour le cas où quelqu'un viendrait me dire qu'il a entendu dire ici, qu'on dit là, qu'on assure un peu plus loin que le suicidé n'était pas Pablo…

Maintenant, tandis que je rédige à la hâte les dernières lignes de cette note, je ne peux éviter la tentation de regarder et regarder encore la vieille photo que Teresa m'a laissée en guise d'adieu, où on voit Pablo enlaçant une femme et une adolescente à côté d'un camion de livraison qui fait de la publicité pour La vache qui rit. Et je me dis que la femme pourrait bien être Ángela, et l'adolescente sa fille Paula, puis je repense au courriel que j'ai reçu la semaine dernière et soudain un nouveau doute m'assaille, je me replonge dans des archives oubliées et je me demande, la peur au ventre, comment il est possible que Pablo figure sur une photo à côté d'une affiche de La vache qui rit, alors que le logo dessiné par

Benjamin Rabier n'a été utilisé qu'à partir de 1925. De plus en plus troublé, je me dépêche de terminer cette note pour l'envoyer le plus tôt possible à mon éditeur, il ne faudrait pas que je me repente, au dernier instant, d'avoir écrit cette histoire et de faire ce que je suis en train de faire irrémédiablement sans le vouloir.

Barcelone, 6 octobre 2012

TABLE

LA COUVERTURE DE
L'anarchiste qui s'appelait comme moi
A ÉTÉ CRÉÉE PAR DAVID PEARSON
ET IMPRIMÉE SUR OLIN ROUGH
EXTRA BLANC.

LA COMPOSITION,
EN MINION PRO ET MRS EAVES,
ET LA FABRICATION DE CE LIVRE
ONT ÉTÉ ASSURÉES PAR LES
ATELIERS GRAPHIQUES
DE L'ARDOISIÈRE
À BÈGLES.

IL A ÉTÉ REPRODUIT SUR LAC 2000
ET ACHEVÉ D'IMPRIMER EN FRANCE PAR NORMANDIE ROTO
IMPRESSION S.A.S. À LONRAI
LE VINGT-SIX MAI DEUX MILLE VINGT ET UN
POUR LE COMPTE DES ÉDITIONS ZULMA
ET DES ÉDITIONS LA CONTRE ALLÉE.

979-10-387-0052-9
N° D'ÉDITION : 0052
DÉPÔT LÉGAL : AOÛT 2021

NUMÉRO
D'IMPRIMEUR
2102085

IMPRIMÉ EN FRANCE